KNAUR

Von Charlotte Roth sind bereits folgende Titel erschienen:
Als wir unsterblich waren
Als der Himmel uns gehörte
Weil sie das Leben liebten
Bis wieder ein Tag erwacht

Über die Autorin:
Charlotte Roth, Jahrgang 1965, ist Berlinerin, Literaturwissenschaftlerin und seit zehn Jahren freiberuflich als Autorin tätig. Mit ihrem Roman *Als wir unsterblich waren,* der auf einem Stück ihrer eigenen Familiengeschichte basiert, erfüllte sie sich einen lang gehegten Traum, und der Roman wurde zum Bestseller. Charlotte Roth hat Globetrotter-Blut und zieht mit Mann und Kindern durch Europa, hält an ihrem Koffer in Berlin aber unverbrüchlich fest.

Charlotte Roth

WENN WIR WIEDER LEBEN

ROMAN

KNAUR

Besuchen Sie uns im Internet:
www.knaur.de

FSC
www.fsc.org
MIX
Papier aus verantwortungsvollen Quellen
FSC® C083411

Originalausgabe Juli 2018
Knaur Taschenbuch

Ein Imprint der Verlagsgruppe
Droemer Knaur GmbH & Co. KG, München

Ein Projekt der AVA International
Autoren- und Verlagsagentur www.ava-international.de
Redaktion: Silvia Kuttny-Walser

Covergestaltung: ZERO Werbeagentur, München
Coverabbildung: arcangel images / Malgorzata Maj; akg-images
Satz: Daniela Schulz, Rheda-Wiedenbrück
Druck und Bindung: CPI books GmbH, Leck
ISBN 978-3-426-52030-7

4 5 3

Für dich, Omi, für dein Sopot, für dein Gdańsk.
Dein jüngster Urenkel, der mit mir in deiner Heimat war,
würde sagen: »Danke so viel.«

»Maikäfer flieg,
Der Vater ist im Krieg.
Die Mutter ist in Pommerland,
Pommerland ist abgebrannt,
Maikäfer flieg.«

Kinderlied, Herkunft unbekannt

Świt na morzu – Morgen am Meer

»Wenn du wiederkommst,
Weißt du, wo du mich findest.
Ich bin in der Frühe am Strand
So wie damals.
Der Wind wird wie immer sein
Und das Meer so grau, wie du es kennst.
Nur ich werde nicht mehr dieselbe sein,
Aber sorge dich nicht. Das wird niemand merken.

Morgen am Meer.
Gott verdamm mich – unser Morgen am Meer.
In die Stille gehüllt wie in deinen alten Mantel
Füße schwer vom Treibgut, standen wir in der Gischt.
Ich stehe noch immer und warte,
Auch wenn die Stille kein Echo mehr hat.

Du kommst nicht wieder,
Und niemand findet mich mehr
In der Frühe am Strand.
Vorbei ist vorbei.
So wie immer bleibt nur der Wind
Und das Meer mit seinem Vor und Zurück.
Das mit dir und mir ist lange vergessen,
Und die Welt merkt nicht, dass wir fehlen.

Morgen am Meer …«

Lied der *Vier aus Zoppot,* Herkunft umstritten

ERSTER TEIL

Wanda

Berlin

Herbst 1963

»Espenbaum, dein Laub blickt weiß ins Dunkel.
Meiner Mutter Haar ward nimmer weiß.«

Paul Celan: *»Espenbaum«*

1

Die Tische in der Mensa waren wie Gesichter, fand Wanda: manche neu und aus glattem Pressspan, manche von irgendwo angeschleppt und fremd, manche alt und übersät von Narben.

An einem der Narbentische saßen sie zu dritt: Helga Landschulze, die nicht hierhergehörte, Sigi Witthuhn, die schon ein Jahr lang studierte, und Wanda, die vor vier Wochen angefangen hatte. Helga fuhr in ihrer Mittagspause die ganze Strecke zur Uni nach Dahlem, weil sie behauptete, das Geld fürs Pausenbrot sparen zu müssen. »Was verdient eine wie ich denn schon? Weniger als die Spaghettifresser in der Eisdiele. Und mein Vater missgönnt mir jedes Gramm Margarine, das ich mir auf die Stulle kratze.«

In Wahrheit, so vermutete Wanda, bestrich sich Helga ihre Brote dick mit Schmalz oder Mettwurst und verschlang sie auf dem Weg zur Universität, wo sie sich von Wanda ein Essenstablett samt Nachtisch holen ließ. Helga war immer hungrig. »Das ist so eingebrannt, von der schlechten Zeit«, sagte sie zu Wanda. Und: »Du verstehst das nicht, du kennst ja keinen Hunger.«

Damit hatte sie recht. Solch einen Hunger, wie er Helga umtrieb, kannte Wanda nicht, weshalb sie ihr das Tablett, das ihr als Studentin zustand – Erbsensuppe mit Würstchen und Milchreis mit brauner Butter –, gern überließ. Sie mochte die aus Blechkübeln ausgeteilten Gerichte sowieso nicht. Sie rochen unangenehm, waren mit einer Haut überzogen und machten ihr keinen Appetit.

Essen – das begann für Wanda mit dem Duft, der ihr daheim, in der Alboinstraße, schon im Treppenhaus entgegenschlug. Das Gänseklein auf dem Herd, das Matti behutsam rührte, die

Sauerkrautsuppe mit frisch geröstetem Speck, der lange Tisch, an den sie alle sich setzten, und die weißen Teller mit der blauen Schrift, von denen sie gerade sechs besaßen, der sechste, den sie nur zu Weihnachten brauchten, war am Rand angeschlagen. Auf dem Herd standen immer Töpfe, in denen etwas vor sich hin köchelte – Holundergelee oder Hühnerbrühe und vor Weihnachten Markknochen für den Karpfen in Aspik. Es war warm, die Luft feucht vom Dampf, und vier Gesichter blickten ihr entgegen. Sie war erschöpft und froh, daheim zu sein. Die Mensa-Erbsensuppe mit der Haut konnte getrost Helga essen, Wanda dagegen freute sich auf den Abend zu Hause.

Sigi, eine Arzttochter im dritten Semester, die Wanda unter ihre Fittiche genommen hatte, schien Hunger gar nicht zu kennen. In ihrem milchfarbenen Pullover wirkte sie knochig, führte einen Löffel Erbsen zum Mund und schob dann Helga angewidert ihr Tablett hin. »Meines können Sie auch haben, wenn Ihnen so was schmeckt. Dass deutschen Studenten so ein Fraß vorgesetzt wird, ist eine Schande, aber unsere Studentenvertreter wühlen ja lieber alten Schlamm auf, statt sich um banale Bedürfnisse zu kümmern.«

»Eine wie ich kann sich's nicht leisten, den Suppenkasper zu spielen«, sagte Helga, zog das Tablett zu sich und begann gierig, den Eintopf in sich hineinzulöffeln. »Bei uns wird gegessen, was auf den Tisch kommt, oder der Magen bleibt leer.«

»So, als würde Ihr Magen oft leer bleiben, sehen Sie aber nicht aus«, bemerkte Sigi, ließ Helgas giftigen Blick an sich abprallen und steckte sich eine Zigarette an.

Es war anstrengend, mit den beiden zusammenzusitzen, weil sie nichts gemeinsam hatten, abgesehen davon, dass sie mit Wanda befreundet waren. Wobei Helga der Meinung war, Wanda sei treulos, wenn sie Sigi als Freundin bezeichnete. Schließlich kannte sie die Arzttochter erst seit vier Wochen, ihre wirkliche

Freundin – Helga – dagegen bald ihr ganzes Leben. Aber so war Wanda eben. Sie mochte Menschen und fand überall Freunde. »Deine Mutter war genauso, als sie jung war«, sagte Tante Lore. »Sie brauchte die Leute bloß anzusehen, und jeder liebte sie.«
Wandas Mutter, die Wanda und ihre Schwestern nicht Mutti, sondern Matti nannten, kam selten aus dem Haus und hatte daher kaum Gelegenheit, Freunde zu finden, aber alle Freunde von Wanda liebten sie. Sie brauchte sie nur anzusehen. »Deine Matti ist solch ein Schatz«, sagte Helga, die in der Wohnung in der Alboinstraße ein und aus ging. »Du weißt gar nicht, was für ein Glück du hast.«
Das sagte Helga oft: Wanda wisse gar nicht, was für ein Glück sie habe, weil ihre Mutter ein Schatz war und Tante Lore »auch eine ganz Liebe«, weil sie keinen Vater hatte, der die Stütze versoff und Prügel austeilte, keinen ewig bevorzugten Bruder, sondern nur zwei bescheidene Schwestern, weil sie studieren durfte, statt sich im miefigen Dampf einer Wäscherei die Beine in den Bauch zu stehen, weil jeder sie mochte, obwohl sie sich nicht halb so viel Mühe gab wie Helga.
Doch, dachte Wanda, sooft Helga das sagte, doch, ich weiß, was für ein Glück ich habe, ich spüre es jeden Tag, wenn ich aufwache und höre, wie Matti in der Küche Hagebuttentee brüht und dabei leise, fast lautlos summt. Aber ich spüre auch, dass mir etwas fehlt. Ich war gut in der Schule, meine Lehrer haben mich für ein Studium empfohlen, doch als der Direktor mich fragte, was ich gern aus mir machen würde, ist mir keine Antwort eingefallen.
»Etwas mit Musik«, hatte sie gemurmelt und sich geschämt, denn sie spielte nicht einmal Blockflöte und stammte aus keiner Musikerfamilie. In der Wohnung in der Alboinstraße gab es zwar ein Instrument, aber niemand spielte darauf. Matti und Tante Lore machten sich nichts aus Musik, doch anders als Helgas Eltern, die deren Lieblingslieder *Negermusik* und *krankes*

Geheule nannten, hatten sie Wanda niemals verboten, Radio zu hören. Im Gegenteil. Sie hatten sogar gespart, um im *Kaufhaus Held* die Anzahlung für einen Plattenspieler zu entrichten, und Freitag für Freitag, wenn Tante Lore ihre gelbe Lohntüte nach Hause brachte, legten sie als Erstes das Geld für die Rate beiseite. Sie hatten Wanda nicht einmal gefragt, ob sie sich einen Plattenspieler wünschte, sondern nur miterlebt, was mit ihr geschah, wenn sie Musik hörte.

Was genau das war, begriff sie selbst nicht, aber es funktionierte bei so gut wie jeder Musik, selbst bei Blaskonzerten der Heilsarmee und seichten Schlagern von Connie Francis. Als wäre ihr Körper elektrisiert, jede Sehne gespannt, jede Pore geöffnet, um die Klänge einzusaugen. Bei Songs der Beatles glaubte sie, an sämtlichen Gliedern zu zucken, und bei Liedern von Édith Piaf, die in diesem Jahr verstörend jung gestorben war, wurde ihr schwindlig, weil die Musik ihr so naheging.

Padam, padam, padam.

Wilde Traurigkeit, die bis zum Umfallen tanzte.

Wanda verstand weder vom einen noch vom anderen etwas, von Tanz so wenig wie von Traurigkeit, und von Musik am allerwenigsten. Also hatte sie sich für die Studienfächer Deutsch und Geschichte entschieden und beschlossen, Lehrerin zu werden. Was fing man auch sonst mit einem Studium an? Wandas Familie kannte höchstens eine Handvoll Menschen, die studiert hatten – den Priester ihrer Gemeinde, den Hausarzt und die Lehrer, die Ari, Vera und Wanda unterrichtet hatten. Priester konnte sie nicht werden, und für ein Medizinstudium tat sie sich zu schwer mit den Naturwissenschaften.

Lehrerin dagegen schien machbar. Der Direktor hatte genickt: »Warum nicht, das Zeug dazu dürften Sie Ihren Zeugnissen nach ja besitzen. Ich hoffe, Sie wissen, was für ein Glück Sie haben, Fräulein Scharneck.«

Unter den sechzehn Abiturienten ihres Jahrgangs war Wanda das einzige Mädchen gewesen. Sie wusste, was für ein Glück sie hatte, auch wenn das Glück manchmal schwerer zu schleppen war als die lederne Mappe, die Matti und Tante Lore ihr zum Studienbeginn geschenkt hatten. »Wer hätte das gedacht?«, hatte Tante Lore gesagt. »Nach allem, was war, schafft es eine von uns an die Universität. Wir sind stolz auf dich, Wanda.«

»Bist du heute zurechtgekommen?«, unterbrach Sigi Wandas Gedankenfluss und stippte Asche auf Helgas Tablett. »Wenn nicht, frag mich ruhig. Ich erkläre dir gern, was du nicht verstanden hast.«

Sie hatten gemeinsam zum zweiten Mal ein Proseminar zur Lyrik der Heidelberger Romantik besucht. Der Professor, der es hielt, sprach mit schnarrender Stimme, marschierte mit ausladender Gestik vor dem Pult auf und ab und trug am Handgelenk zwei Uhren, um derentwillen er Wanda in der Eröffnungsveranstaltung zusammengestaucht hatte. Dass ein Professor schrie, bis er rot anlief, hatte sie nicht erwartet, und seine Gegenwart machte sie so beklommen, dass sie Mühe hatte, sich zu konzentrieren.

»Was macht ihr denn da, was so schwer zu verstehen sein soll?«, fragte Helga. »Aber ich bin euch ja sowieso zu dumm. Ladenmädchen bei *Wäsche Meyer* – was ist das schon?«

Sigi drückte die Zigarette aus und ignorierte Helga. »Ich fand es eigentlich nicht schwer zu verstehen«, brachte Wanda heraus. »Eher langweilig. Obwohl ich als Anfängerin so etwas nicht sagen sollte. Ich habe mich nur gefragt …«

Sie ließ den Strom der Worte versiegen und hoffte, jemand würde das Wort übernehmen und mit einem neuen Thema aufwarten. Sie tat das manchmal, Matti tat es ebenfalls, und meistens funktionierte es.

Heute nicht. Sigi hob die Augenbrauen, und Helga, die beide

Griesschüsseln leer gelöffelt hatte, fragte: »Ja, was denn nun? Hat's dir die Sprache verschlagen?«
»Nein, nein«, sagte Wanda und spielte mit dem ausgefransten Band um ihr Handgelenk – wie immer, wenn etwas sie verunsicherte. »Ich habe mich nur gefragt, was das alles mit uns zu tun hat, diese Gedichte über Mondschein und rauschende Brunnen, warum wir uns heute noch damit beschäftigen sollen. Aber ich weiß natürlich, dass es sein muss, wenn ich Deutschlehrerin werden will.«
Sigis Brauen blieben oben.
»Warum du das werden willst, weiß ich sowieso nicht«, sagte Helga. »Aber du warst ja schon immer was Besonderes. Wanda … Wer heißt denn so? Weißt du noch, in der Volksschule? Von zwanzig Mädchen in der Klasse hießen acht Helga, aber zu dir hat der Lehrer gesagt, er wusste nicht mal, dass Wanda ein Name ist.«
»Acht Helgas?«, fragte Sigi. »Ist das Ihr Ernst?«
Helga nickte. »Helga Schulze gab's zweimal, und dazu ich als Landschulze. Mich hat nie ein Lehrer beim Namen genannt, ich war immer bloß ›eine von den Schulze-Helgas‹.« Mit einer traurigen kleinen Geste schob sie beide Tabletts beiseite und stand auf, um zu gehen. In der nächsten Bewegung hielt sie inne. »Das war ja wieder mal klar«, murmelte sie. »Sobald ich losmuss, lässt sich hier was Hübsches blicken.«
Wanda drehte sich um. An ihren Tisch waren zwei junge Männer getreten, deren Gesichter ihr vage bekannt vorkamen. Wenn sie sich recht erinnerte, saß der Kleinere, dem die überdimensionalen Ohren vom Kopf abstanden, in irgendeiner ihrer Vorlesungen. Der Größere trug kein Essenstablett vor sich her, sondern unterm Arm einen prallen Aktenordner. »Das ist ganz einfach«, sagte er.
»Was ist ganz einfach?«, entfuhr es Wanda.

»Die Antwort auf deine Frage«, sagte der Mann. »Du wunderst dich, was diese Verseschmiede mit ihren Wanderliedern und Wunderhörnern mit uns zu tun haben, und die Antwort lautet: nichts. Nichts haben die mit uns zu tun. Auch wenn deren Deutschtümelei beileibe nicht so harmlos ist, wie das Geschmachte von Nachtigallen und christlicher Erweckung uns glauben machen will.«

Sigi stöhnte. »Verschone uns. Das hier ist die Mensa. Keines deiner Versammlungslokale.«

Helga gaffte immer noch den Mann an, der Wanda so unverblümt und ohne jede Hemmung duzte. Er war groß und hatte ein kantiges Gesicht, umrahmt von ungekämmtem, zu langem Haar.

»Ich bin übrigens Manne«, sagte der Kleinere, der halb verdeckt stand. »Und der Stoffel hier neben mir ist Andras. Dass er's nicht für nötig hält, sich vorzustellen, dürft ihr ihm nicht übel nehmen. Manieren gehören nicht zu seinen Stärken.«

»Was ja nichts Neues ist.« Sigi verdrehte die Augen. »Gibt es sonst noch etwas, oder könntet ihr so nett sein, Leine zu ziehen und uns in Ruhe essen zu lassen?«

»Du isst doch gar nicht.« Der Kleinere, der sich als Manne vorgestellt hatte, grinste und wandte sich Wanda zu, die ihn jetzt erkannte. Er war ebenfalls in dem Seminar des Professors mit den zwei Armbanduhren gewesen. »Und wo ist dein Teller? Schmeckt's dir nicht in unserem Lukullustempel?« Er streckte ihr die Hand hin. »Herzlich willkommen an Berlins Freier Universität. Du heißt Wanda, stimmt's?«

Als Wanda nicht reagierte, hob er die Hände. »Schon gut. Wir sind nicht halb so schlimm, wie wir aussehen, und wir machen uns auch gleich dünne.«

»Nein, nicht!«, rief Wanda. Sie fand den Jungen namens Manne nett und bewunderte, wie selbstbewusst er auftrat, obwohl er

nicht älter sein konnte als sie und seiner Ohren wegen sicherlich Spott gewohnt war. Sie wollte nicht, dass die beiden gingen. Der andere – Andras – war nicht nett, aber das, was er über die Dichter der Heidelberger Romantik gesagt hatte, ließ sie nicht los.
»Bitte bleiben Sie doch. Ich war nur in Gedanken.«
»Ich bleibe sowieso.« Andras knallte den Aktenordner auf den Tisch und zog sich einen Stuhl heran, dass die Beine über den Boden kreischten. Er ließ sich nieder, stützte die Ellbogen auf die Knie und das Kinn in die Hände. Die Intensität, mit der er Wanda ansah, hätte man unverschämt nennen können, und seine Augen hatten eine seltsame Farbe, Dunkelblau oder Dunkelgrau, die weder zu den schwarzen Haaren noch zu der bleichen Haut passte. »Du sitzt im Proseminar bei Raimund Krankemann mit den zwei Uhren, richtig? Achim von Arnim und Clemens Brentano, die zwei Waldvögelein, die doch nur die Natur besingen und gegen die deshalb auch niemand etwas sagen darf.«
Sein Blick bereitete ihr Unbehagen. Sie konnte nicht länger still sitzen, sondern begann, mit den Füßen zu scharren und an dem Band um ihr Handgelenk zu zupfen. Es bestand nur noch aus ein paar seidenen Fäden, und wenn sie nicht aufhörte, würde es reißen – das Band, das sie schon beinahe so lange trug, wie ihre Erinnerung zurückreichte.
»Auf das Gerede von Andras musst du nichts geben«, sagte Sigi. »Das habe ich dir doch neulich schon gesagt, dieser Politik-Zirkus ist seine Masche. Damit schmeißt er sich an jede ran, und sein Studium hat er längst vergeigt.«
Andras beachtete sie nicht, sondern schloss die Hand um Wandas Gelenk mit dem Band. »Nicht doch«, sagte er. »Wenn du das loswerden willst, besorge ich eine Schere.«
»Ich will's nicht loswerden!«, rief Wanda.
»Das dachte ich mir.« Noch immer sah er sie unverwandt an. »Was ist das?«

»Es ist …«, begann Wanda und ließ das blaue Band los. »Es ist von meiner Mutter.«
Sie trug es fast so lange, wie sie denken konnte. Matti hatte es ihr gegeben, als sie mit Vera und ein paar Nachbarskindern im Hof *Räuber und Gendarm* gespielt hatte. Sie hatten aus Zweigen Pistolen gebastelt, mit denen sie aufeinander schossen. Wurde jemand getroffen, musste er sich zu Boden werfen und tot sein. Nicht für immer. Wenn er bis hundert gezählt hatte, durfte er wieder leben, aber dieses Zählen bis hundert kam Wanda vor wie eine bleischwere Ewigkeit.
Wanda mochte das Spiel nicht. Sie spielte nur mit, weil alle anderen wild darauf waren. Ständig stritten sie sich: »Du hast zu schnell gezählt, du musst noch tot sein!«, gellte es über den Hof, sobald jemand sich zu früh rührte.
Wanda war erst sechs, gerade zugezogen, und bis hundert zählen konnte sie nicht. Mit Mühe schaffte sie es bis zwanzig, das war hart genug. Bei der letzten Zahl sprang sie auf. »He, du!«, schrie einer der Spielkameraden. »So einfach wieder leben geht nicht. Wenn du nicht zählen kannst, bleibst du für immer tot!«
Sie weinte nicht oft, galt als fröhliches, umgängliches Kind, doch an diesem Tag war sie in Tränen ausgebrochen.
Matti stand in der Küche, sie hatte das Fenster zum Hof geöffnet und war mit einem Ohr bei ihren Kindern. So schnell, wie sie die zwei Stockwerke hinunter und über den Hof rannte, hätte kein Athlet sie einholen können. Um ihr Haar trug sie ein geblümtes Tuch und über Rock und Bluse eine saubere Schürze. Sie kniete sich vor Wanda aufs Pflaster und schlang die Arme um sie. Kein Kind, dachte Wanda, kein Kind auf der Welt hat eine Mutter, die so schön ist wie Matti.
Wanda wollte nicht, dass Matti mit den anderen Kindern schimpfte. Sie war doch neu hier, musste sich ihren Platz erst erkämpfen. Matti aber schimpfte nicht mit den Kindern. Sie

bemerkte sie gar nicht, sondern hatte nur Augen für Wanda. »Ist ja gut, meine kleine Pirogge, mein Pischkachelche, das bekommen wir schon hin.«
»Ich will nicht tot sein, Matti. Totsein ist dunkel. So lange tot sein, bis ich zählen kann, will ich nicht.«
»Weiß ja, Piroggche, weiß ja. Wer will das schon?«
»Und wenn ich so lange tot bin, vielleicht wache ich dann gar nicht mehr auf!« Von Neuem brach Wanda in Tränen aus und begriff sich selbst nicht. Was war an dem Spiel denn so sehr zum Weinen? Was konnte ihr dabei passieren, und woher wollte sie mit ihrem warmen, hellen Leben wissen, dass Tod dunkel war?
»Schau mal her«, hatte Matti gesagt und ihr den Ärmel der Jacke zurückgestrichen. »Haben wir als Kinder auch gespielt, aber wer uns töten wollte, musste uns erst unser Lebensband abnehmen.« Nach kurzem Nesteln zog sie ein hellblaues Band aus ihrem eigenen Ärmel und schlang es lose um Wandas Handgelenk. »Dann musste er selbst bis hundert zählen und es uns wiedergeben. Wer sein Lebensband hatte, dem konnt' keiner erzählen, er wär tot, und dir erzählt's auch keiner mehr. Fall einfach um und spiel die Tote – du hast ja dein Band und weißt, dass du noch lebst.«
Wanda hatte auf ihr Handgelenk gestarrt und schniefend aufgeatmet.
»Ist es jetzt besser?«
Sie hatte genickt.
»Mein Nebelkind.« Nur selten nannte sie Wanda so, nur wenn sie allein waren. »Wenn du nicht mehr draußen spielen magst, komm mit mir nach drinnen. Ich koch uns einen Kakao, und die Mohnklöße sind auch gleich schön rösch.«
Aber Wanda mochte nicht nach drinnen kommen. Sie hatte Menschen gern, sie wollte hier Freunde finden, und dazu musste man eben manchmal bei einem ungeliebten Spiel mitmachen.

So schlimm war das ja nicht, nicht mehr jetzt, mit ihrem blauen Band. Noch einmal schniefte sie, schüttelte den Kopf und wischte sich mit dem Handrücken die Nase trocken.
Sie brauchte sich nicht mehr zu fürchten. Als Matti gegangen war, hatte sie die Schlaufe des blauen Bandes aufgezogen und es sich mit zwei festen Knoten ums Gelenk festgezurrt. Sie mochte fünf- oder zehnmal bis zwanzig zählen müssen, während die anderen glaubten, sie wäre tot, aber sie würde dabei das blaue Band ansehen und wissen, dass sie am Leben war.
Die Knoten hatten sich am Abend nicht lösen lassen, am nächsten Tag auch nicht, und bis heute saßen sie fest. Wanda war es ganz recht gewesen, auch wenn sie längst keine Spiele auf dem Hof mehr spielte und nicht mehr daran glaubte, dass blaue Seidenbänder vorm Tod beschützten. Dennoch hatte es in all den Jahren gutgetan, das Band an ihrem Puls zu spüren. Wie eine Art Ausweis, den man vorzeigen konnte, um zu beweisen, dass man zum Leben berechtigt war.
Der Mann, der Andras hieß, strich mit einem langen Finger über die am stärksten ausgefranste Stelle. »Lebensband, ja?«
»Haben Sie das auch gespielt?«, platzte Wanda heraus.
»Du«, verbesserte Andras. »Hast *du* das auch gespielt. Sich zu siezen ist reaktionär – so wie die Gedichte, die der Nazi Krankemann euch lesen lässt.«
»Mir reicht es jetzt«, unterbrach Sigi, »mit deiner ewigen Wichtigtuerei. Einen alten Mann, der zum Andenken an seinen toten Freund dessen Uhr trägt, beschimpfst du als Nazi, romantische Gedichte sind dir zu reaktionär, aber mit dem Schlamm, den du aufwühlst, überschüttest du jeden. Dabei ist der genauso Vergangenheit wie die Texte von Arnim und Brentano, und hören will davon niemand mehr.«
»Deshalb muss ich's ja jedem in die Ohren blasen«, erwiderte Andras. »Weil sie's nicht hören wollen, aber hören *müssen*. Ihr

hier, die ihr Lehrer werden wollt, zuerst. Ihr wollt die nächste Generation in Geschichte unterrichten und seid zu feige, eurer eigenen Geschichte ins Gesicht zu sehen?«

»Warum sollten wir dazu zu feige sein?«, entfuhr es Wanda. Sie hatte Geschichte von klein auf geliebt: Kathedralen und Burgen, die Schlössern aus Märchen glichen, Handelsstädte voll prächtiger Bürgerhäuser, Stadttore, Ritterorden und Reichstage. Als Kind hatte sie sich Bildbände in der Bücherei ausgeliehen, weil diese Bilder sie fesselten: Sie waren fremd und geheimnisvoll, doch dabei frei von Gefahr. Sie hatten nichts mit ihrem Leben zu tun und gehörten dennoch auf unergründliche Weise zu ihr. Zumindest glaubte sie das. Wenn sie manchmal ein Zweifel, eine Art Beklemmung beschlich, wandte sie sich hastig einem anderen Thema zu.

»Die Vergangenheit ist kein Märchenwald voller blauer Blumen«, sagte Andras und schob ihr den Aktenordner hin. »Sie ist ein Friedhof voller Geister.«

»Huch«, machte Helga. »Was soll denn das jetzt?«

»Nichts«, rief Sigi. »Andras Goldfarb spielt sich auf, das ist alles.«

Helga hielt inne und musterte sie. »Schade, dass ich wegmuss«, murmelte sie. »Immer wenn's interessant wird.«

Unwillkürlich griff Wanda nach dem Band an ihrem Handgelenk. Zugleich dachte sie: *Andras Goldfarb.* Der Name ist so schön.

»Der Feigling Winkler speist euch mit verklärten Glanzbildchen ab«, sagte der Mann mit dem schönen Namen. »Ich dagegen will Gräber öffnen und Leichen aus Kellern zerren. Das Vergangene ans Licht holen, weil es gar nicht vergangen ist, sondern unter der Oberfläche schwelt und auf den nächsten Ausbruch wartet.«

Für einen Augenblick schwiegen sie alle, sodass das Kreischen der Stuhlbeine, das Klappern der Bestecke und das Raunen der Gespräche sich im Hintergrund verdichtete. Dann sprach Man-

ne: »Jetzt lass es doch gut sein, Andi«, sagte er. »Wen willst du mit der Tür, mit der du ins Haus fällst, eigentlich erschlagen?«
Andras drehte sich zu ihm um, schwieg aber weiter und begann, in dem Aktenordner zu blättern, bis er schließlich ein schmales schwarzes Büchlein hervorzog. Er schlug es auf und legte es vor Wanda hin. »Da«, sagte er. »Warum lest ihr nicht das hier, wenn euch Vergangenes umtreibt?«
Sigi wollte das Buch beiseiteschieben, aber Wanda hatte schon die Hand daraufgelegt. Ohne zu überlegen, zog sie es zu sich und begann zu lesen:

»Espenbaum, dein Laub blickt weiß ins Dunkel.
Meiner Mutter Haar ward nimmer weiß.
Löwenzahn, so grün ist die Ukraine.
Meine blonde Mutter kam nicht heim.
Regenwolke, säumst du an den Brunnen?
Meine leise Mutter weint für alle.«

Wanda jagte ein Schauder über den Rücken. Heftig stieß sie das Buch von sich. »Was ist das?«
»Paul Celan«, sagte Andras. »Ein jüdischer Dichter, dem sie in einem Zwangsarbeiterlager in der Bukowina Mutter und Vater umgebracht haben.« Er nahm das Buch zu sich und las die letzten vier Zeilen:

»Runder Stern, du schlingst die goldne Schleife.
Meiner Mutter Herz ward wund von Blei.
Eichne Tür, wer hob dich aus den Angeln?
Meine sanfte Mutter kann nicht kommen.«

Für den Bruchteil einer Sekunde glaubte Wanda, Matti vor sich zu sehen. Ihre Finger packten das blaue Lebensband und zerrten daran, bis der letzte Faden riss. Ihre Hand wurde steif. Wie erstarrt hing ihr Blick an dem zerfetzten Stoff.

»Wie genau sie gestorben sind, weiß er nicht«, sagte Andras. »Das habe ich gemeint: Weshalb sollen wir verblendete Romantiker lesen, wenn unsere Generation nicht einmal weiß, wer ihre Eltern umgebracht hat. Oder wen *sie* umgebracht haben?«

»Du liebes bisschen«, sagte Helga. »Da packt einen ja das Grauen. Ich mach lieber, dass ich zu meiner Wäsche zurückkomme, eine wie ich kann sich keinen Rausschmiss leisten.«

Sie ging, und Sigi stand ebenfalls auf. »Wir müssen in unsere Vorlesung«, sagte sie. »Und das nächste Mal sucht euch andere Opfer. Wanda ist neu, die lässt sich von diesem faulen Zauber noch beeindrucken.«

Manne boxte Andras gegen den Arm. »Na, komm schon. Das hat doch so keinen Sinn.«

Andras aber sah unverwandt Wanda an, als hinge etwas Entscheidendes davon ab, was sie als Nächstes tat.

»Nein«, hörte sie sich sagen, während ihre Finger die Enden des Bandes zusammenhielten. »Gehen Sie nicht. Sagen Sie mir, was Sie damit gemeint haben – wir wüssten nicht, wen unsere Eltern umgebracht haben.«

Er griff nach ihrer Hand und nahm ihr das blaue Band ab. »Ich bekomme das wieder zusammengeflickt«, sagte er. »Ich bin gut in solchen Sachen. Und gemeint habe ich: Unsere Generation muss den Mut aufbringen, vor ihre Eltern hinzutreten und zu fragen: Was habt ihr von 1933 bis 1945 gemacht?«

2

Wanda ging zu Fuß nach Hause. Es war kalt, es war im Nu stockdunkel, und der Weg war weit. Für gewöhnlich nahm sie den Bus, aber heute hatte sie das Gefühl, keinem Fremden gewachsen zu sein, nicht einmal dem Schaffner, der die Fahrscheine kontrollierte. In Steglitz waren noch Menschen unterwegs, die aus Büros und Geschäften nach Hause hasteten, doch in Tempelhof lagen die Straßen wie ausgestorben. Es gab kaum Lokale hier, nur die italienische Eisdiele, die schon geschlossen hatte, und ein paar Eckkneipen, aus denen das Licht trübe durch vergilbte Stores sickerte.

Regen setzte ein. Dünne, kaum spürbare Fäden, die das Schwarz schraffierten.

Nichts war Wanda vertrauter als dieses verschlafene Viertel um den Alboinplatz, der Park mit dem steinernen Stier, auf dessen Sockel sie als Kinder geklettert waren, die Reinigung und der Lebensmittelladen von Herrn Eck. Ehe sie aufs Gymnasium gewechselt war, das keine Viertelstunde Fußweg entfernt lag, hatte sie das Viertel kaum je verlassen, und wann immer sie zurückgekehrt war, hatte sie im Stillen aufgeatmet. Es war schön hier! Sie hatten ihr eigenes Zuhause, wo sie hinter sich die Tür schließen konnten, um vor allem Unheil geborgen zu sein.

Dabei gab es gar kein Unheil. Wandas Leben war glatt, geradezu ereignislos verlaufen, und dennoch hatte der Gedanke, dass diese Wohnung ihre Burg war, sie mit Wohlgefühl erfüllt. Hinter der Tür mit dem Namensschild *Lehwald/Scharneck* warteten die Wärme der Kachelöfen, das Licht der Küchenlampe und offene Arme. Harmonie, die Matti und Tante Lore hegten wie andere Leute ihre Zimmerpflanzen. Wenn Wanda und Vera sich gestritten hatten, hatte Matti sie beide an sich gezogen und

gesagt: »Nicht in unserem Zuhause, bitte. Zank und Menschen, die uns das Grausen lehren, gibt es da draußen genug.«
Dass sie selbst sich mit ihrer Schwester stritt, hatte Wanda kein einziges Mal erlebt. Matti und Lore – das war eine Einheit, die nicht einmal Worte zu wechseln brauchte, um sich zu verstehen. Um den Zwillingen das Streiten abzugewöhnen, hatte Matti beide an den weiß gestrichenen Küchentisch gesetzt und vor sie hingestellt, was immer in ihren Töpfen, Gläsern und Dosen zu finden war: Porzeln in Puderzucker, Karamellbonbons, dicke Weißbrotscheiben mit Birnenmus oder die allseits geliebten Mohnklöße. »Da habt ihr, nun lasst es euch schmecken. Wer Süßes im Mund hat, braucht niemandem Saures zu geben.«
Während Wanda und Vera naschten, bereitete sie schon wieder etwas Neues zu, und worüber sie gestritten hatten, geriet in Vergessenheit. Matti machte alle Süßspeisen selbst, und nichts, was es zu kaufen gab, konnte so köstlich sein.
»Warum ist Matti keine Köchin geworden?«, hatte Wanda einmal gefragt. »Bei ihr schmeckt es viel besser als bei Frau Behse in der Schulspeisung.«
Tante Lore hatte zu Matti hinübergesehen, die am Herd stand und dünne Pfannkuchen für Wandas Lieblingsgericht *Komm morgen wieder* ausbuk. »Menschen ändern sich«, hatte sie gesagt. »Deine Mutter hätte, als sie jung war, keinen Kochlöffel angerührt.«
»Kochen für Fremde ist kein Spaß«, hatte Matti nach kurzem Schweigen erwidert. »Hätte ich euch Kinder nicht bekommen, wäre ich bestimmt nicht aufs Kochen verfallen, aber für ihre Kinder kocht jede Mutter gern.«
Matti jedenfalls tat es. Seit sie in der Alboinstraße wohnten, war kein Tag vergangen, an dem nicht für ihre Kinder ein warmes Essen auf dem Tisch gestanden und in der Speisekammer etwas Süßes gewartet hatte.

Sie waren 1950 aus einer Behelfswohnung hierhergezogen. Dunkel erinnerte sich Wanda, wie sie ungläubig durch alle Räume gelaufen war. Sie hatte bis zu jenem Tag nur die Notunterkunft gekannt, in der sie alles mit anderen Familien hatten teilen müssen, und jetzt besaßen sie zwei Zimmer ganz für sich allein: ein Schlafzimmer für Matti und Tante Lore und ein Kinderzimmer für Wanda und ihre Schwestern, wobei Ari, die Stille, schon fünfzehn und genau genommen kein Kind mehr war. Dazu kam die Küche mit dem großen Tisch, dessen Schrunden Tante Lore weiß übermalte und an dem sie gemeinsam aßen oder ihr geliebtes Kartenspiel Remik spielten. Die Küche war das Herz der Wohnung, sie führte auf einen kleinen Balkon, auf dem Tante Lore Geranien und Gurken zum Einlegen zog. Als Krönung hatten sie sogar ihr eigenes Bad mit einem Ofen, in dem man das Wasser erhitzte, bevor man es in die emaillierte Wanne einlaufen ließ.

Wanda war eine »Frostbeule«, für sie war das Wasser, das dampfend heiß aus dem Hahn schoss, das Schönste an der ganzen Wohnung. Sie liebte es bis heute, an Winterabenden zu einem heißen Bad nach Hause zu kommen. Die Seife duftete, als wäre schon Weihnachten, die Handtücher wärmte Tante Lore auf dem bollernden Ofen, und in der Küche stand Matti und kochte ihr Tee.

»Ihr seid drei verwöhnte Gören«, pflegte Helga zu sagen und traf ins Schwarze. Wanda und ihre Schwestern wurden gehätschelt wie Prinzessinnen. Sobald es einer von ihnen im Hals kratzte, machte Matti Honigdrops und kochte Hühnerbrühe, die Tante Lore »das jüdische Allheilmittel« nannte. Hatte eine von ihnen Geburtstag, durfte sie so viele Kinder einladen, wie sie wollte, und für jeden Gast gab es Mohnklöße, Käsekuchen, Kakao mit Sahne und einen Bilderbogen zum Mit-nach-Hause-Nehmen. Bald fand sich um den Alboinplatz kein Kind mehr, das nicht bei den Scharneck-Schwestern zum Feiern eingeladen werden wollte. Vera und Wanda waren Zwillinge, doch weil Wanda kurz vor Mitternacht und Vera eine Stunde später zur Welt gekommen war, hatte jede ihren eigenen Geburtstag und es gab zwei Kinderfeste hintereinander.

»War dein Vater eigentlich ein Bonze?«, hatte Horst Pahlke aus dem Vorderhaus nach Wandas achtem Geburtstag gefragt. »Oder 'n Ami? Ich mein ja nur, weil ihr doch wohl in Geld schwimmen müsst, wenn ihr euch so was leisten könnt.«

Wandas Vater war weder ein Bonze noch ein Ami gewesen, versicherte Tante Lore. Seine Fotografie stand auf der Kredenz in der Küche, ein lächelndes Männergesicht in verblichenem Schwarz-Weiß, am Rahmen ein Trauerflor. Er war im Krieg geblieben wie so viele. Vera und Wanda hatten ihn nicht gekannt, und Ariane erinnerte sich nicht. Wanda hatte dem Bild nie viel Aufmerksamkeit geschenkt, es stand dort wie die Tischuhr, das unbenutzte Musikinstrument und die Pralinenschachtel, in der sie ihre Schlüssel aufbewahrten. An Weihnachten stellte Tante Lore eine Kerze und einen Tannenzweig davor, doch ansonsten blieb es von der Familie unbeachtet.

Helga hingegen schwärmte es regelrecht an: »Mit einem toten Vater stehst du besser da als mit manchem lebendigen. Und einen so hübschen, den würde ich tot wie lebendig nehmen.«

Weder auf Horst Pahlkes Frage noch auf Helgas Schwärmerei hatte je jemand reagiert, geschweige denn erwähnt, wer der Vater gewesen war. Kein Bonze und kein Ami, das war alles, was Wanda wusste. Es war ihr nie aufgefallen, bis jetzt, wo sie durch vom Regen schraffiertes Dunkel lief und nicht mehr sicher war, ob sie in der Wohnung in der Alboinstraße noch zu Hause war. Aber wenn nicht dort, wo sonst?

Wo sie geboren war, hatte nie ein Mensch gefragt. Sie selbst hatte auch nichts gefragt. Es war ein Wort in ihrer Geburtsurkunde wie ihr Name, über den schließlich auch kein Mensch etwas fragte.

Scharneck, Wanda Ernestine

Geboren in Zoppot, 1. November 1944

Wo immer das war, es hatte mit ihr nichts zu tun, denn sie wohnte ja hier. In der Alboinstraße, hinter dem winzigen Laden von Herrn Eck, wo Tante Lore an der Kasse saß. Weil sie damals diese Arbeit gefunden hatte, hatten sie die Wohnung bekommen. Bei den anderen Kindern, deren Väter im Krieg geblieben waren, mussten die Mütter arbeiten gehen, und wenn die Kinder von der Schule kamen, hatten sie Wäsche zu waschen, Brote zu schmieren und Geschwister zu hüten. Matti hingegen war immer zu Hause, hatte das Essen und die Wäsche fertig und wartete, zum Fenster lauschend, dass Wanda und Vera über den Hof gerannt kamen.

Als Kind war Wanda sich reich vorgekommen. Auf dem Weg zur Schule hatten sie bei Herrn Eck hineinschauen und Tante Lore Auf Wiedersehen sagen dürfen, und Herr Eck hatte ihnen Kirschlutscher geschenkt. Tante Lore verdiente so viel, dass Matti daheimbleiben konnte, und ihre Kinder bekamen alles, was sie sich wünschten.

Dass das, was Tante Lore in gelben Lohntüten nach Hause brachte, nicht viel war, dass Matti beim Einkauf mit dem Pfennig rechnen musste, hatte Wanda erst auf dem Gymnasium begriffen. Für ihren Jahrgang wurde eine Klassenreise ins Fränkische angeboten, und Wanda durfte nicht mitfahren.

»Tut uns leid, Marjellchen. Gewünscht hätten wir's uns für dich, aber von dem bisschen, was ich verdien', können wir's leider nicht bezahlen.« Es war Tante Lore, die ihr das erklärte, während Matti am Herd stand und lautlos weinte.

»Ist nicht schlimm!«, hatte Wanda gerufen, war zu Matti gelaufen und hatte die Arme um sie geschlungen. »Ich wollt' sowieso nicht mitfahren – ist überhaupt nicht schlimm.«

Matti hatte sich umgedreht und ihre Hand an Wandas Gesicht gelegt. »Du bist was Besonderes, Piroggche. Eine wie du hätt' Eltern verdient, die ihr all das bieten können – Reisen in fremde Länder, Abenteuer, kopfüber ins Leben.«
Bei jedem Wort hatte Wanda gespürt, was sie sich kaum je eingestand: Sie war Mattis Liebling. Ihr Nebelkind. Matti war die geborene Mutter, sie liebte und hütete all ihre Kinder, doch zwischen ihnen beiden war mehr. Wanda hatte Matti so fest gedrückt, dass die Knochen knackten. »Ich will keine anderen Eltern. Ich will keine blöde Klassenreise, die dich zum Weinen bringt. Ich will nur dich.«
Am Morgen noch hatte sie sich auf die Fahrt gefreut und mit ihren Freundinnen Pläne geschmiedet, aber als sie nachts in ihrem Bett lag, stellte sie fest, dass ihr der Gedanke ans Reisen ohnehin nicht geheuer war. Was, wenn sie zurückkam und das Leben in der Alboinstraße nicht mehr so war, wie sie es kannte? Wenn, während sie fort war, etwas passierte? Sie betete abends. Früher hatte Tante Lore mit den Mädchen *»Müde bin ich, geh zur Ruh«* gebetet, doch seit sie dafür zu groß waren, betete Wanda, was immer ihr einfiel. An diesem Abend betete sie: *Lieber Gott, bitte mach, dass wir immer in der Alboinstraße wohnen, Matti, Tante Lore, Ari, Vera und ich, und dass alles so bleibt, wie es ist.*
Als Ari volljährig geworden war, hatte sie ein Jahr lang Angst gehabt, ihre große Schwester könnte einen Mann kennenlernen und aus der Wohnung und aus ihrem Leben verschwinden. Inzwischen aber war Ari fast dreißig, noch immer zu wortkarg, um Bekanntschaften zu machen, und noch immer daheim. Sie hatte sich in der Diele eine Nische mit Bett und Regal für ihre Liebesromane eingerichtet. Wenn Matti die Leiter zum Hängeboden ausfahren wollte, um die Kiste mit dem Weihnachtsschmuck oder die Wintermäntel herunterzuholen, musste sie auf Aris Bett steigen. Aber das machte ihr nichts aus.

»Solang's den Kindern gut geht, spielt so was für eine Mutter keine Rolle.«
So war Matti. So war die Welt, die Wanda kannte. Und jetzt lief sie durch einen schwarzen, regennassen Abend und wusste nicht mehr, auf welchen Pfeilern diese Welt stand. Als glitte ihr mit jedem Schritt der Boden unter den Füßen weg. Es war spät, viel später, als sie sonst heimkam. Das Essen würde kalt sein, die anderen waren seit Stunden zu Hause, Matti und Tante Lore bestimmt außer sich. Ari und Vera kamen nie verspätet, und wenn es bei Wanda mal der Fall war, weil sie mit Freundinnen bummeln oder ins Café ging, rief sie bei Herrn Eck im Laden an, damit er Tante Lore Bescheid gab.
Sie hätte ihn auch heute anrufen können. Vor dem Lokal war eine Telefonzelle gewesen, und Herr Eck war ein netter Mann, der sogar hinauf in die Wohnung lief, wenn nach Feierabend ein Anruf für seine Kassiererin kam. Die Ecks hatten keine Kinder. »Nach all den Jahren sind Sie für uns so etwas wie Familie«, hatte Herr Eck zu Tante Lore gesagt.
Aber Wanda hatte ihn nicht angerufen. Sie hatte in der seltsamen, düsteren Kellerkneipe gesessen, der seltsamen, düsteren Musik zugehört und sich gefragt, ob sie je wieder zu Hause anrufen würde, ob sie überhaupt noch wusste, wo ihr Zuhause war.
»Ich glaube, ich verliere den Verstand«, sagte sie zu dem Mann, der Andras hieß und sie in das Lokal geschleppt hatte. Wobei *geschleppt* nicht zutraf. Sie war freiwillig mit ihm gegangen.
»Hauen wir hier ab?«, hatte er gefragt, nachdem der freundliche Manne sich unter einem Vorwand verabschiedet hatte. »Ich weiß einen Laden, wo's angenehmer zugeht. Nicht weit von hier.«
»Einen Laden?«
»Einen Club. Eine Musikkneipe. Wie's dir lieber ist.«
»Warum soll ich mit Ihnen in eine Kneipe gehen?«

Die Frage passte nicht zu Wanda. Sie hatte ihr Leben gern unkompliziert und siezte keinen, der sie duzte.
»Weil ich mit dir reden will«, sagte Andras.
Wanda wollte das auch. Mit ihm reden. Wissen, was es mit dem Gedicht über die Mutter, die nicht mehr kommen konnte, auf sich hatte, mit den Papieren im Aktenordner und mit der Frage, die ihr im Kopf hallte: *Was habt ihr von 1933 bis 1945 getan?* Zugleich hatte sie Angst. Aber aus welchem Grund sollte sie Angst davor haben, mit einem Studienkameraden in eine Kneipe zu gehen und zu reden? Schwerfällig stand sie auf. Ein höflicherer Mann hätte ihr die Tasche abgenommen oder zumindest auf sie gewartet, aber Andras Goldfarb ging einfach voran.
Der Weg zu der Kneipe war doch weiter, führte durch das gesamte Universitätsgelände, durch halb Dahlem und anschließend noch durch halb Steglitz. Unterwegs begann es zu dämmern und wurde im Nu sehr kalt. Wanda schmiegte sich tief in ihren Wintermantel, den Tante Lore gefüttert hatte. Andras dagegen, der über dem Hemd lediglich eine Art grauen Kittel trug, ließ sich nichts anmerken.
Umso überwältigender war die Wärme, die ihnen aus der Kneipe entgegenschlug. Es war ein Kellerraum, bis auf den letzten Platz vollgestopft mit Menschen, ihrem Atem, ihren Geräuschen und Gerüchen. Flüchtig dachte Wanda: Wo sollen wir hier denn noch unterkommen, es ist ja kein einziger Flecken mehr frei!
Und doch war sie längst entschlossen, unter keinen Umständen wieder zu gehen. Es war nicht die Wärme, die sie die paar Stufen hinunterzog. Es war die Musik. Ein Mann, der auf Englisch zur Gitarre sang. Im ersten Augenblick hatte sie angenommen, es müsse Rock 'n' Roll sein, die Musik, die Helga bei sich zu Hause nicht abspielen durfte, weshalb sie ihre Platten in die Wohnung der Scharnecks schleppte. Wanda hörte Helgas Musik gern, doch es war nicht die ihre. Sie fühlte sich offen und noch immer

auf der Suche, ohne das, was sie suchte, benennen zu können. Bei den Beatles glaubte sie sich dem Ziel nahe, bei Édith Piaf noch näher, aber letztlich blieb die Gewissheit: Da muss mehr sein. Etwas, das meins ist. So sehr meins, als hätte ich es gemacht.

Als sie sich durch die Tür der Kneipe zwängte und die Töne ihr wie metallene Perlen entgegenrollten, spannte sich jeder Muskel in ihrem Körper. Sie bemerkte nicht einmal, dass sie sich an Andras und einem Türsteher vorbeigedrängt hatte, und auch nicht, dass sie auf den Stufen, die in den dunklen, überfüllten Raum führten, stehen blieb. Das ist so ähnlich wie Helgas Musik, dachte sie eine Sekunde lang, und in der nächsten: Nein. Das ist anders. Es hat nichts mit Helgas Musik zu tun. Nur mit mir.

Wanda hatte in der Schule Englisch gelernt und wie in allen Fächern ordentliche Noten erzielt, begriff jedoch erst jetzt, was das Wort *Fremdsprache* bedeutete. Fremdheit. Eine Tür, an der sie vergeblich rüttelte. Von dem Text erschlossen sich ihr nur Bruchstücke, die sie jedoch um so heftiger wünschen ließen, das Ganze zu erfassen. Vom Regen sang der Mann, von einem harten Regen, der fallen würde, und Wanda zog die Schultern hoch, als bekäme sie die Trommelschläge dieses Regens zu spüren. Dann wieder schien der Sänger sich an ein Kind zu wenden, an *sein* Kind, das er *mein geliebtes Kleines* nannte.

Er sang von traurigen Wäldern, die er durchquerte, vom Schlund eines Friedhofs, in den er zehntausend Meilen weit eingedrungen war. Die Worte dazwischen blieben bedeutungslos. Und sie musste doch wissen, was sie bedeuteten, musste wissen, was die Musik ihr sagen wollte! Hilfe suchend drehte sie sich zu Andras um. Der stand zwei Stufen über ihr und debattierte mit dem Türsteher, zog schließlich ein Stück Papier aus der Tasche und zeigte es seinem Gegenüber. Sie sprachen Englisch, stellte Wanda verwundert fest. Im selben Atemzug fiel ihr auf, dass in dem

Stimmengewirr, das gegen die Musik andrang, ebenfalls Englisch vorherrschte.
Der Mann gab Andras das Papier zurück und trat beiseite. Andras stopfte es wieder in die Tasche und wandte sich Wanda zu.
»Was nicht in Ordnung?«
»Die Musik«, sagte Wanda. »Was ist das?«
»Mann aus den Staaten«, antwortete Andras. »Bob Dylan, den Namen sollte man sich merken. Er ist nicht viel älter als wir, hat gerade erst in Greenwich Village auf sich aufmerksam gemacht.«
»Greenwich Village? Wo ist das?«
»In New York«, sagte Andras. »Ein Künstlerviertel. Der Laden hier heißt so, weil sie die ganz neuen Platten, die im *Village* angesagt sind, nach Berlin holen. Für die *G. I.s.*«
»*G. I.s?*«
»Amerikanische Soldaten.« Er wies in den Raum, und Wanda sah, dass die Mehrzahl der Männer, die sich dort drängten, Uniformen trugen. »Das hier ist ein Club für amerikanische Soldaten.«
»Aber Sie …«, begann Wanda, »Sie sind doch kein Amerikaner?«
Er schüttelte den Kopf. »Mein Vater arbeitet für die *Berlin Brigade* – die amerikanische Besatzungsarmee. Als Einkäufer. Die Leute hier kennen mich. Die Probleme mit Jake gerade eben gab es nur, weil er mir nicht geglaubt hat, dass du volljährig bist.«
»Bin ich doch auch nicht!«, rief Wanda erschrocken. Sie war neunzehn, und in einer Gaststätte mit Altersbeschränkung war sie zuvor nie gewesen. Aber aus dieser hier wollte sie nicht weg. Nicht die Musik verlieren, nicht jetzt, wo sie sie gerade gefunden hatte.
Die metallische Stimme des Mannes sang von Trommlern mit brennenden Händen und von flüsternden Menschenscharen, auf die niemand hörte.

»He«, sagte Andras und legte ihr die Hände auf die Schultern. »Ist ja schon gut, Jake macht keine Probleme. Ich habe behauptet, du wärst meine Cousine, und ihm irgendeinen Brief von meinem Vater gezeigt. Mein Vater ist hier so eine Art Markenname. Du kannst ganz beruhigt sein.«

Seine Hände schienen auf ihren verspannten Schultern zu brennen. »Es ist die Musik«, murmelte Wanda und starrte auf die staubbedeckten Stufen. Plötzlich fiel ihr ein, wie sie es ihm erklären konnte: »Ich verstehe nicht, was er singt, mein Englisch taugt nicht viel. Und dann wieder kommt es mir vor, als verstünde ich alles. So wie bei dem Gedicht, das Sie mir gezeigt haben. Ich weiß nicht, worum es dabei geht, aber mir ist, als wüsste ich es. Als wäre das Wissen in mir, und ich komme nicht dran.«

Hilflos gab sie auf und ließ die Arme hängen. »Komm«, sagte Andras, trat an ihr vorbei und zog sie mit sich. »Setzen wir uns.«

»Aber es ist doch nirgendwo Platz.«

»Ich finde schon einen.«

Willenlos ließ sich Wanda durch die Menge zerren. Der Raum hatte keine Fenster. Von der Lautstärke der Musik vibrierte der Boden. An der Wand standen dicht an dicht schmale Tische für höchstens zwei Gäste. Andras trat an einen, an dem ein Paar saß und sich bei den Händen hielt, das Mädchen blond, mit wassergewellten Locken, der Mann in Uniform. Sie tauschten ein paar Worte auf Englisch, dann standen die beiden auf und überließen Andras und Wanda den Tisch.

»Setz dich. Ich hole uns was zu trinken.«

»Sie können doch nicht einfach andere Leute von ihren Plätzen vertreiben.«

Andras zuckte die Schultern und legte den Aktenordner auf den Tisch, der damit zur Gänze bedeckt war. »Mark ist ein Freund. Er weiß, ich würde ihm denselben Gefallen tun.«

Damit drehte er sich um und schob sich durch die Menge zurück bis zum Tresen. Wanda, die nicht wusste, was sie sonst hätte tun sollen, setzte sich. Die Musik schien sich noch einmal zu steigern, sie ganz zu umschließen. Wieder ging es um Feuer, um eine junge Frau, die verbrannte. Den Namen des Sängers – Bob Dylan – würde Wanda nicht mehr vergessen. Vor ihr auf dem Tisch lag der Aktenordner. Sie hätte nur den Deckel heben müssen, doch bei dem Gedanken verkrampften sich ihre Finger. Wovor hatte sie Angst? Vor einem Stapel Papier, vor Worten, die sie gar nicht betrafen?

Andras kam zurück, hielt in einer Hand zwei braune Flaschen bei den Hälsen, nahm mit der anderen den Ordner vom Tisch und stellte die Flaschen ab.

»Bier?«

Er nickte. »*Country Club. Malt Liquor.*«

Wanda wusste nicht, ob sie Bier mochte, und hätte gern etwas Heißes getrunken. Wenn schon keinen Kakao, der ihr hier kindisch vorkam, dann eben Kaffee, Kuffelchen, wie Matti sagte, eine große Tasse, an der sie sich die Hände wärmen könnte. Als sie aufblickte, sah sie, dass Andras ebenfalls fror, die bleiche Haut über den Wangenknochen war gerötet, die Lippen zitterten. Sie erwartete, er würde noch einmal losgehen, um Gläser zu holen, doch er setzte sich ihr gegenüber, schob den Ordner unter den Tisch und trank aus der Flasche.

»Das Wissen ist in dir«, sagte er. »Du weißt, worum es in Celans Gedicht geht, du weißt noch viel mehr oder könntest es zumindest wissen. Dass du nicht drankommst, liegt daran, dass deine Eltern dir den Zugang verweigern. Sie sagen, da gibt es nichts zu finden, dreh dich um und leb brav dein kleines Leben weiter, damit es dir mal besser geht als uns. Aber dir geht es nicht besser. Auch nicht, wenn außen alles blitzblank glänzt und die Trümmer weggeräumt sind. Im Innern spürst du, dass etwas faul ist, und das wühlt in dir.«

»Jetzt reicht es«, unterbrach ihn Wanda. »Wie kommen Sie dazu, solche Dinge über mich zu behaupten? Sie kennen mich doch gar nicht, und meine Eltern schon gar nicht.«
Das Lied war zu Ende. Unwillkürlich legte Wanda die Hände umeinander, wie um etwas festzuhalten, das schon verloren war.
»Nein«, sagte Andras. »Natürlich nicht. Ich meinte ja auch nicht dich und deine Eltern im Speziellen. Sondern uns alle. Die Trümmerkinder, denen von klein auf eingetrichtert wurde: Schau nach vorn. Nur nicht zurück. Räum fleißig auf, leg einen Stein auf den andern und frag dich nicht, warum du auf einem Trümmerfeld geboren bist.«
»Das ist Unsinn«, sagte Wanda. »Natürlich wissen wir das. Wir haben es in der Schule gelernt, wir haben gehört, wie schlimm das alles war, aber damit ist es genug, denn was nützt es, sich immer weiter damit zu quälen?«
Das hatte Tante Lore gesagt. Damals, als der Krieg Schulstoff gewesen war und Wanda den Albtraum gehabt hatte: Sie war im Zug durch einen Tunnel gefahren, hatte etwas Vertrautes gespürt, aber dort, wo sie hatte aussteigen wollen, hatte der Zug nicht angehalten. Schreiend und mit aller Kraft hatte sie an den Türen gerüttelt, überzeugt, dass an der letzten Station etwas Entsetzliches auf sie wartete, doch es hatte nichts genützt. Von ihrem Geschrei, von ihrer irren Angst war sie aufgewacht, als der Zug aus der Finsternis des Tunnels in den ebenso finsteren Bahnhof hineingeschossen war und sie die Männer in den schwarzen Mänteln erkannt hatte, die an allen Ausgängen warteten und den Tod brachten.
So sehr geschrien und geweint hatte sie, dass sie keine Luft mehr bekam und zuerst gar nicht bemerkte, dass sie wach war, dass Tante Lore an ihrem Bett saß und sie in den Armen wiegte. Tante Lore. Nicht Matti. »Ist ja gut, mein Zruchelche, mein kleiner Gnussel, das ist doch alles vorbei und tut dir nichts mehr zuleide.«

Wanda aber hatte sich nicht beruhigen können. Noch heute glaubte sie, das Schluchzen zu spüren, das ihren Körper schüttelte, bis sie am Morgen entkräftet in sich zusammengesunken und eingeschlafen war. Tante Lore hatte sich bei Herrn Eck freigenommen und war in die Schule gelaufen, um Wanda von den Geschichtsstunden befreien zu lassen, bis das Thema Weltkrieg abgeschlossen war.

Am Abend informierte sie Wanda darüber. Die hatte den größten Teil des Tages verschlafen und fühlte sich wieder wohlauf. Ihr Ausbruch in der Nacht war ihr peinlich, und sie verstand nicht, wie es dazu gekommen war. Noch peinlicher war ihr Tante Lores Besuch bei ihrem Lehrer, den sie gern rückgängig gemacht hätte: »Wenn alle es lernen müssen, mag ich keine Extrawurst haben. Warum soll ich denn nicht mehr zur Geschichtsstunde gehen – nur weil ich gestern diesen dummen Traum hatte?«

Daraufhin war Tante Lore, sonst die Ausgeglichenheit in Person, aufgesprungen und hatte ihr Nähzeug zu Boden geworfen. »Weil es damit genug ist«, hatte sie hervorgestoßen, genau wie Wanda es eben zu Andras gesagt hatte. »Wir haben gelitten, wir werden immer weiter leiden, aber was wird denn wieder heil, wenn auch noch unsere Kinder leiden? Und nach denen unsere Enkel und Urenkel – soll denn nie ein Ende sein?«

Matti hatte den Kochlöffel fallen lassen, war zu ihrer Schwester gelaufen und hatte die Arme um sie geschlossen. »Nicht doch, Lorinkachen, mein Großes, jetzt beruhig dich und hock dich zum Essen. Ich hab dir deine Bohnchen geschmort, mit tüchtig Speck drin, die sollst dir nun aber auch schmecken lassen.«

Fasziniert hatte Wanda ihnen zugesehen. Sie waren sonst nie zärtlich zueinander, und die Worte klangen nach einer Geheimsprache unter Schwestern, wie Wanda und Vera sie nie gehabt hatten. Matti stimmte die Melodie an, die sie manchmal

morgens in der Küche summte, und Tante Lore straffte die Schultern und machte sich los. »Das lieber nicht, das Lied schlägt mir auf den Magen, verstehst?«
Matti hatte sofort aufgehört zu summen, war zum Herd zurückgekehrt, um die Bohnen umzurühren, und sie hatten nie wieder davon gesprochen. Jetzt saß Wanda hier mit einem fremden Mann, und sobald sie aufsah, begegnete sie seinem Blick. Verhangene Augen, wie Regenhimmel. Der amerikanische Sänger begann ein neues Lied.
»Wir müssen uns weiter quälen, weil es nicht vorbei ist«, sagte Andras. »Davon, dass wir es totschweigen, geht es nicht weg. Es geht überhaupt nicht weg. Es ist immer da, in allem, was wir tun.«

3

Der Regen verdichtete sich, kam von vorn, prallte Wanda ins Gesicht. Ihre Augen tränten vom Wind, sie lief blindlings, rannte wie auf der Flucht. »Davor kann man nicht fliehen«, hatte Andras gesagt. »Es flieht mit uns überallhin.«
Schwer atmend erreichte sie das Haus Nummer 4, riss das Tor auf und ließ es hinter sich wieder zufallen. Im hohen, leeren Durchgang des Vorderhauses blieb sie stehen und lehnte sich gegen die Wand. Als Kind hatte sie hier stets sofort das Licht eingeschaltet, weil im Dunkeln bedrohliche Schatten tanzten, und auch als Erwachsene durchquerte sie den Gang noch immer, als wäre der Teufel hinter ihr her. Heute aber blieb sie im Dunkeln stehen. Gegen die Furcht, die ihr Herz umklammerte, würde das Licht nichts ausrichten. Statt wie sonst über den Hof

und die Treppen des Seitenflügels hinauf zur Wohnung zu stürmen, stand sie still und lauschte ihrem Atem, während die vergangenen Stunden durch ihre Gedanken jagten.

»Deine Freundin zum Beispiel«, hatte Andras gesagt. »Die Schulze-Helga. Glaubst du, die weiß wirklich nicht, warum außer ihr noch sieben andere in der Klasse Helga hießen?«

»Wie soll sie das denn wissen?«, hatte Wanda erwidert und das Gefühl gehabt, sich mit Händen und Füßen gegen etwas zu wehren, das dennoch über ihr zusammenschlug. »Sie kann ja schlecht in den Köpfen von anderen Eltern nachsehen, warum denen der Name Helga gefiel.«

Andras beugte sich zu ihr und sprach leise, seine Stimme aufgeraut wie die des amerikanischen Sängers: *»Deutsche Mutter, schenk dem Führer ein Kind«*, raunte er, und sein Atem traf ihre Haut. »Helga war sein Lieblingsname.«

Erschrocken fuhr Wanda zurück. »Wessen Lieblingsname?«

»Der von Hitler«, sagte Andras. »Wenn ein Mädchen in unserem Alter Helga heißt, kannst du sicher sein, dass ihre Eltern Hundertprozentige waren und ihr den Namen wie ein Etikett verpasst haben. All die kleinen Helgas und Horsts wurden als Geschenke für den Führer gezeugt.«

»Sie meinen, Helgas Eltern …«

Wanda brach ab, und Andras nickte. »Und dann Sieglinde«, fuhr er fort. »Was meinst du denn, was für Leute Ihre Tochter Sieglinde genannt haben? Derselbe Schlag, auch wenn der ehrenwerte Dr. Witthuhn sich bedeckter hält als der vermutlich schlichtere Vater deiner Freundin Schulze-Helga. Er hat ja auch mehr zu verlieren, und er weiß, wie man's macht. So einer ist ein wandelnder Persilschein, der wäscht alles weiß. Sein vorschnell benanntes Goldkind ruft er jetzt harmlos Sigi.«

Die Spannung, die zwischen Sigi und Andras herrschte, hatte Wanda bereits in der Mensa wahrgenommen. Die kühle, überlegene Sigi hatte gewirkt wie ein kopfloses Huhn, und sie hatte Wanda gewarnt: *Das ist seine Masche, damit schmeißt er sich an jede ran.* Was war zwischen ihnen vorgefallen, was hatte Andras mit Wandas Vater zu schaffen, und warum sprach er mit solcher Verachtung von ihm?

Schweigend sahen sie einander an. »Wanda ist kein germanischer Name«, sagte Andras dann.

»Nein?« Sie wollte nicht, dass er weitersprach, dass er ihr sagte, was für ein Name Wanda war.

»Wo bist du geboren?«, fragte er. »Woher stammen deine Eltern?«

»Warum fragen Sie mich das alles?«, brach es aus ihr hervor. »Warum versuchen Sie, mir mit Ihrem Gerede Angst einzujagen, warum laufen Sie mir mit Ihrem Ordner voller grausamer Gedichte hinterher, was habe ich Ihnen denn getan? Ich kenne Sie doch gar nicht. Ja, ich erinnere mich, Sie haben auf dem Einführungsabend der Studentenvertretung gesprochen, aber Sigi und ich sind früher gegangen, und wir hatten doch nichts miteinander zu tun!«

Er wirkte erschrocken. Abrupt setzte er sich auf. »Das wollte ich gar nicht. Dir Angst einjagen.« Seine Hand tastete über den Tisch. Als sie sich auf ihre legte, war Wanda nicht sicher, wen er beruhigen wollte, sie oder sich selbst. »*Ihnen* Angst einjagen, wenn Ihnen das lieber ist. Ich wollte mir auch nichts über Ihre Familie ausdenken, und in dem Ordner sind Unterlagen für mein Projekt. Das Buch von Celan steckte nur dazwischen, weil ich süchtig danach bin und es überallhin mitnehme. Finden Sie sein Gedicht wirklich grausam?«

»Ich finde es zum Fürchten«, antwortete Wanda. Ein paar Sekunden lang kam es ihr vor, als singe Bob Dylan mit seiner Stimme wie zerkratztes Metall die Zeilen des Gedichts:

»Espenbaum, dein Laub blickt weiß ins Dunkel.
Meiner Mutter Haar ward nimmer weiß.«

»Ich finde es zärtlich«, sagte Andras. »Und traurig. Ich glaube, Paul Celan hat seine Mutter sehr geliebt.«
»Natürlich«, entfuhr es Wanda. In den Rauchschwaden, die schwer in der Luft hingen, meinte sie auf einmal Matti zu sehen, deren Haar vorn und an den Schläfen weiß wie Staub war. Matti, die am Herd stand und sich umdrehte, wenn Wanda die Küche betrat. Sie sah das Lächeln, das über Mattis müdes Gesicht zog, und hörte sie Piroggche sagen, *mein Piroggche,* so leise, dass es nur für sie beide gedacht war, für Matti und Wanda. Ganz kurz ließ sie die Vorstellung zu, sie könnte Matti verlieren, erschrak zutiefst – und glaubte, endlich zu erfassen, worum es hier ging.
Löwenzahn, so grün ist die Ukraine.
Meine blonde Mutter kam nicht heim.
»Auch wenn Sie Angst haben«, sagte Andras, »bitte gehen Sie nicht weg.« Er fasste in eine Tasche seines Kittels, fischte ihr zerrissenes Lebensband heraus und zwirbelte die Fäden an den Rändern auseinander, bis das Band wieder lang genug war, um es zusammenzubinden. Er schlang es um ihr Gelenk und knotete es fest.
»Bitte nicht«, sagte er noch einmal. »Immer wollen alle gehen. Immer wollen alle nach vorn schauen, nichts mehr hören, nichts mehr sehen – aber was soll denn einer wie Celan tun? Der kann nicht gehen. Der nimmt seine tote Mutter überallhin mit. Und er kann auch nicht weiterleben, solange er nicht weiß, was geschehen ist, wie sie gestorben ist – und vor allem, warum.«
Er verstummte, wandte sich ab und sah in die auf und ab wogende Menschenmenge. Ohne es zu bemerken, hatte Wanda die Hand um seine geschlossen. »Kann ich Ihr Bier haben, wenn Sie's nicht mögen?«, fragte er.

Wanda nickte. Andras trank aus der Flasche. »Meine Mutter ist auch gestorben«, sagte er.
»Ihre Mutter ist …« Sie wusste nicht, wie sie es ausdrücken sollte, bekam die richtigen Worte nicht heraus. »Im Krieg geblieben?«, fragte sie schließlich wie Tante Lore, wenn sie von Wandas Vater oder den gefallenen Vätern anderer Kinder sprach.
Andras schüttelte den Kopf. »Nein«, sagte er. »Und dann wieder doch. Dieser Ausdruck ist interessant: im Krieg geblieben.«
»Meine Tante sagt das immer. Sie sagt: *Der ist tot geblieben,* wenn jemand gestorben ist.«
»Das gefällt mir«, sagte Andras. »Es redet nichts schön. Mit dem Totsein kann man ja nicht irgendwann aufhören und einfach wieder leben. Auch wenn wir das als Kinder glauben und uns am liebsten noch jahrelang in die Tasche lügen.« Er berührte das Band, das er um ihren Arm geknotet hatte. »Meine Mutter ist gestorben, als der Krieg schon acht Jahre vorbei war, aber in gewisser Weise stimmt es trotzdem. Sie ist im Krieg geblieben und der Krieg in ihr. Ein Geschwür hatte sie, das hat ihr den Magen regelrecht zerfressen, weil sie diesen Krieg nicht aus sich herausbekommen konnte.«
»Das tut mir leid«, murmelte Wanda.
Andras hielt ihre Hand fest. »Die Angst«, sagte er. »Die Wut. Die Traurigkeit. Für andere liegt das Jahre zurück. Aber für meine Mutter ist nichts davon vorbeigegangen. Die Ehe meiner Eltern hat das nicht ausgehalten. Meine Mutter fand, sie und mein Vater müssten meinetwegen zusammenbleiben, aber manchmal denke ich, sie war erleichtert, als sie sterben durfte.«
»Und Ihr Vater?«
Andras grinste verunglückt. »Der hatte mich am Hals. Und ich ihn. Wir haben uns aber leidlich zusammengerauft. Zumindest so weit, wie das zwischen zwei Kerlen mit unserer Geschichte zu machen ist.«

»Ist er denn nicht froh, Sie zu haben?« Matti flocht das unentwegt in ihre Sätze, wenn jemand den Tod ihres Mannes erwähnte, die schlechte Zeit, die Not der ersten Jahre: *Ich war froh, dass ich euch hatte,* oder: *Ich hatte ja euch, alles andere war zu ertragen.*

»Das war er nie«, sagte Andras. »Ich glaube, er hat meine Mutter dafür gehasst, dass sie unbedingt ein Kind wollte. Mich hat er nur gezeugt, weil er fand, er könne ihr nicht auch das noch versagen, wo sie schon auf so gut wie alles, was ihr sonst zugestanden hätte, um seinetwillen verzichten musste.«

Wanda war wie vor den Kopf geschlagen. Was sollte sie darauf erwidern? Das hier war nicht richtig. Wildfremde, die sich nicht einmal sympathisch waren, führten nicht solche Gespräche, vertrauten einander nicht derart schockierende Dinge an.

Aber er war ihr doch sympathisch! Sie war doch Wanda, die Menschenmögerin, der alle Welt sympathisch war! »Du magst auch jeden«, hatte Helga immer gelästert, und ein einziges Mal war Wandas stille Schwester Vera, die mit ihnen von der Schule nach Hause ging, erbost dazwischengefahren: »Ja, leider tut sie das. Denn sonst würde sie nicht solche wie dich mögen und dauernd zu uns in die Wohnung schleppen.«

Vera zog sich häufig zurück, wenn Wandas Freundinnen die Küche füllten, aber dass ausgerechnet Helga, die doch praktisch zum Inventar gehörte, solche Wut in ihr entfachte, hatte Wanda erschreckt. Erst an jenem Abend war ihr aufgefallen, dass Vera nie jemanden nach Hause mitbrachte, weder eine Klassenkameradin noch eins der Mädchen, die sie in ihrer Ausbildung zur Drogistin kennenlernte. Vera blühte auf, wenn sie unter sich blieben, wenn feststand, dass den ganzen Abend lang niemand an der Tür klingeln würde. Dann flogen die Remik-Karten auf den Tisch, und sie wurde zu einer Vera, die da draußen niemand kannte, die witzig und spritzig war, bisweilen sogar laut.

Wieder ließ Andras' Stimme sie zusammenfahren. Seit wann war sie so schreckhaft, noch dazu hier, unter Scharen von Menschen, die ihren Feierabend genossen und Musik hörten? »Fragen Sie mich«, sagte Andras.

»Wie bitte?«

»Wenn Sie etwas von mir wissen wollen, versuchen Sie nicht, es sich zusammenzureimen. Fragen Sie mich. Ich sage es Ihnen.«

»Warum«, fragte Wanda, »sagen Sie einer Fremden solche Dinge über Ihre Eltern?«

»Vielleicht weil ich seit Jahren darauf warte, dass jemand sie wissen will«, erwiderte er. »Vielleicht weil Sie mir nicht fremd sind. Vielleicht beides.«

Wanda starrte ihn an, sah die zerzauste Locke, die über seine Stirn tanzte, die schweren Lider und die Augen darunter, die müde und überwach zugleich waren. Ich finde ihn nicht sympathisch, stellte sie fest. Ich finde ihn schön. Ich will, dass er geht, und ich will, dass er bleibt.

»Ich wollte Ihnen keine Angst machen, sondern Sie kennenlernen«, sagte er. »Ich habe Manne, der mit Ihnen in irgendeinem Seminar sitzt, angebettelt, uns bekannt zu machen.«

»Uns? Sie und mich? Aber warum denn?«

Er hob den Kopf. Es war das erste Mal, dass sie ihn lächeln sah, und es verflog sofort wieder. »Weil ich Sie kennenlernen wollte, warum wohl sonst?«

»Mich?«

Er nickte. »Ich habe Sie auch nicht mit meiner Sache überfallen wollen. Aber Manne hat offenbar recht: Ich bin unverbesserlich. Schon als Ihre Schulze-Helga mit ihrem Namen anfing, war ich kaum noch zu halten. Und als Sie dann diese Frage über das Seminar von dem verdammten Nazi Krankemann stellten …« Er brach ab, wie auch Wanda es so oft tat. Ließ die Worte versanden und wirkte auf einmal selbst versandet. Verloren. Wanda starrte ihn an, wie er da mit hängenden Schultern und einer müden Traurigkeit um die Augen vor ihr saß, und fast schien es ihr, als wäre ihr noch nie ein Mensch so vertraut gewesen. Als blicke sie in einen Spiegel, nur dass das Bild hinter der Glaswand lebendig war.

Sie hätte etwas ganz anderes sagen wollen, etwas Unsagbares. »Professor Krankemann ist doch kein Nazi«, sagte sie stattdessen. »Nazis gibt es nicht mehr. Es ist nicht erlaubt. An der Uni schon gar nicht.«

»Und das glauben Sie?« Er stützte den Kopf in die Hände und suchte noch immer Wandas Blick. »Dass es keine Nazis mehr gibt, weil das nicht erlaubt ist? In der Uni schon gar nicht und in den Schulen schon gar nicht, in Gerichten, auf Ämtern und in der Regierung … Glauben Sie das wirklich?« Er holte Atem. »Ich mag Sie, Wanda. Schon seit Sie auf dem Einführungsabend neben der unvermeidlichen Sigi gesessen haben und plötzlich herausgeplatzt sind: ›Warum sind wir eigentlich hier? Warum halten die alle Reden und keiner erklärt uns, warum wir hier sind?‹ Ich wollte es Ihnen erklären, aber der Herrenmensch Sieglinde hat ja angeordnet, Sie beide müssten fluchtartig den Saal verlassen.«

Jetzt erinnerte sich Wanda. *Nichts wie weg hier,* hatte Sigi gesagt. *Dieser Wichtigtuer ist hinter allem her, was einen Rock trägt. Er glaubt, Mädchen stehen auf diese Farce mit der Politik.*

»Was ist das, Ihre Sache?«, fragte sie. »Die, mit der Sie mich nicht überfallen wollten?«

»Mein Projekt.« Mit einem Kopfnicken wies er unter den Tisch, wo er den Ordner abgestellt hatte. »Meine Besessenheit. Sigi Witthuhn hat schon recht: Mein Studium habe ich vergeigt, und das mit Ihnen vergeige ich auch, weil ich einfach nicht loslassen kann. Ich wollte mit Ihnen hier sitzen, Bob Dylan hören, Ihnen erzählen, dass Sie die aufregendste Stimme in dieser eingemauerten Halbstadt haben – oder Sie wenigstens zu einem Bier einladen, aber selbst das ging in die Hose.«

»Erzählen Sie's mir«, sagte Wanda. »Was ist in dem Ordner?«

Andras stand auf. »Erst hole ich Ihnen was zu trinken. Obwohl sie hier nicht viel Auswahl haben. Whisky kommt bei Ihnen auch nicht besser an als Bier, oder? Aber Coca-Cola müsste es geben.«

Wanda schüttelte den Kopf. »Ich will wissen, was das für eine Sache ist, um die Sie ein solches Geheimnis machen, obwohl Sie sie in jedem Satz erwähnen.« Sie kannte solche Verbissenheit nicht an sich, aber aufgepeitscht von der Musik fragte sie sich, was sie an sich überhaupt kannte.

Er bückte sich nach dem Ordner und ließ sich wieder auf seinen Hocker fallen. »Auschwitz«, sagte er.

Ins Schweigen hämmerte Bob Dylans Gitarre wie das Geprassel von Hagel, stark genug, um Krater zu schlagen. Wanda nahm die Bierflasche, die noch zur Hälfte gefüllt war, und trank.

»Ich hole uns noch was.« Wieder wollte er aufstehen.

»Nein. Was ist in dem Ordner?«

»Beweise«, sagte er. »Winzige Spuren, nach denen ich wie ein Habicht Ausschau halte, um mich auf sie zu stürzen. Ich und eine Handvoll anderer Leute. Im Dezember beginnt der Prozess, das sind nur noch sechs Wochen. Wenn wir bis dahin keine ausreichende Beweislast beisammenhaben, ist womöglich die einzige Chance vertan, die uns bleibt.«

»Was für ein Prozess?«

»Auschwitz«, sagte er noch einmal. Ließ seine Lippen das Wort formen, von dem Wanda sicher war, sie hätte es nicht in den Mund nehmen können, ohne zu schreien wie Ari, wenn sie am Weihnachtsabend Karpfen in Aspik probierten. Am Weihnachtsabend, den sie in Kleinkindersprache Wigili nannten, gab es keine Wahl. Da mussten alle Gerichte probiert werden, zwölf an der Zahl, sonst brachte es Unglück fürs neue Jahr. Ari, die für gewöhnlich so tapfer war, brach in Tränen aus, sobald sie die glibberige Masse, die den Fisch umgab, nur sah. Hatte sie sie im Mund, begann sie, zu spucken, zu schreien und zu würgen, als ginge es um ihr Leben. So fühlte sich Wanda jetzt. Nicht um ihr Leben hätte sie dieses Wort im Mund behalten können.

»Nach fast zwanzig Jahren stehen die Mörder von Auschwitz endlich vor einem deutschen Gericht«, sagte Andras. »Ein Jurist namens Fritz Bauer, der selbst ein KZ überlebt hat, hat ohne Ende dafür gekämpft.«

»Und Sie?«, fragte Wanda. »Warum kämpfen Sie?«

»Weil ich muss«, antwortete Andras. »Wissen Sie das wirklich nicht?«

»Woher sollte ich?«

»Es liegt alles im Namen«, sagte er. »Bei Schulze-Helga wie bei der germanischen Heldin Sieglinde. Und bei Goldfarb gibt es erst recht keinen Zweifel, oder? Mein Vater ist deutschsprachiger Ungar, hat in Berlin studiert, geheiratet und für Borsig im Materialeinkauf malocht. Bis er nicht mehr malochen durfte. Bis meine Mutter bedrängt wurde, sie solle sich von ihm scheiden lassen oder dürfe selbst nicht mehr malochen. Chirurgin war sie. Mein Vater hat sie zu überreden versucht, aber sie ließ sich trotzdem nicht scheiden und verlor ihren Posten an der Klinik. Verlor ihre Freunde. Eine wie sie fasste keiner mehr mit der Kneifzange an. Aber ihr Mann hat überlebt. Als Einziger seiner Familie. Immerhin etwas.«

Sein Vater war Jude. Mit einem Schlag ließ sich alles erklären, und Wanda kam sich wie eine Idiotin vor. Das Wort »Jude« hatte etwas Verbotenes, wie das Wort »Auschwitz«. Stimmen senkten sich, ehe es ausgesprochen wurde, und Köpfe wandten sich ab. Wanda war noch nie einem Juden begegnet. Vielleicht hatte ein Teil von ihr geglaubt, hinter dem gefürchteten Wort verberge sich gar keine Wirklichkeit.

»Vielleicht verstehst du jetzt, warum ich mit Leuten wie Raimund Krankemann und Adalbert Witthuhn meine Schwierigkeiten habe«, sagte Andras. »Warum es mich krank macht, dass sie davongekommen sind. Witthuhns holde Tochter wirft mir vor, ich könnte nicht aufhören, und recht hat sie. Sie hat eine Großmutter, einen Onkel und drei Cousinen. Ich habe nichts von alledem und kann nicht aufhören, mich zu fragen, ob ihr Vater Hurra geschrien hat, als meine Großmutter, meine Onkel und Cousinen sich in der Gaskammer totgeröchelt haben.«

Der Aspik in Wandas Mund wurde dicker und verstopfte ihr den Hals. In ihren Ohren formte die Musik ein Echo seiner Worte: *totgeröchelt.*

Ehe ihr schwindlig wurde, hielt er sie an den Armen fest. »Tut mir leid«, sagte er. »Sie können nichts dafür, und ich habe kein Recht, all das über Sie auszukippen. Aber ich wünschte, ich hätte ein Recht. Ich wünschte, ich könnte jeden, der in dieser Uni herumläuft, zwingen, seine Eltern zu fragen: Was habt ihr in diesen Jahren gemacht? Wie soll ich mit irgendwem normal umgehen, wenn ich das nicht weiß? Wie soll ich bei irgendjemandes Mutter zu Hause aufkreuzen und Blumen überreichen, wenn ich nicht weiß: War die eine Aufseherin? Hatte die einen Stock, mit dem sie meine Oma Hulda ins Gas getrieben hat?«

Wanda schrie auf, doch niemand hörte sie. Niemand, nur Andras. Der hielt sie immer noch an den Armen fest. »Tut mir leid«, murmelte er noch einmal. »Ich höre jetzt auf. Sobald Sie sich besser fühlen, hole ich Bier für uns, und dann reden wir über Ihre Seminare. Dieser Krankemann ist übrigens Dr. Witthuhns Duzfreund und wirklich ein Nazi. Die Mär von der Uhr, die einem dritten Freund namens Adolf Kling gehörte und die stehen blieb, als der heldenhaft fürs Vaterland fiel, erzählen die beiden überall herum, aber was der Freund getan hat, als ihn der Heldentod ereilte, verschweigt er. Es ist kein Zufall, dass er Sie Arnim und Brentano lesen lässt. Er hätte Ihnen stattdessen Eichendorff vorsetzen können. Der ist nicht weniger romantisch, aber er betrieb keine Deutschtümelei und erst recht keine Hetze gegen Juden.«

»Ihre Oma Hulda«, sagte Wanda mit verstopfter Kehle. »Hatten Sie die gern?«

Er zuckte zusammen. »Ich weiß nicht. Ich war zu klein. Sie hat Apfelringe in Brandteig ausgebacken, und ich habe herumgezappelt, konnte nicht abwarten, bis sie aus der Pfanne kamen.«

»Wie bei uns«, murmelte Wanda. »Wenn Matti Piroggen oder Flinsen macht.«

Er blickte auf, ließ gleich darauf jedoch den Kopf wieder sinken. »An mehr erinnere ich mich nicht. Eines Tages war sie weg.«

»Und Sie …« Wanda wies mit dem Arm, den er noch immer festhielt, auf den Ordner. »Sie suchen nach Beweisen gegen die, die Ihre Großmutter …« Auf einmal hasste sie diese Marotte, die Sätze nicht zu Ende zu sprechen, wenn die Worte ihr ausgingen und die Stimme zum Krächzen schrumpfte.

»Gegen die, die sie umgebracht haben«, sprach er an ihrer Stelle aus. »Gegen die Mörder von nebenan, die biederen Saubermänner, die ihr Leben weiterführen, als wäre nichts gewesen. Die, die jetzt wieder unterrichten, verwalten, regieren und in deutschen Gerichten sitzen. Und die geschützt werden. Wenn man anfängt, Fragen zu stellen, rennt man gegen eine Wand aus Schweigen. Das Einzige, was man zu hören bekommt, ist: *Es muss doch mal genug sein,* oder: *Haben wir nicht genug gelitten?* Neulich hat mir einer ins Gesicht geschleudert: *Weshalb regt ihr Linken euch eigentlich unentwegt über die ollen Kamellen auf statt über die Schandmauer, die der Russe durch unsere Stadt gezogen hat, oder über die Teile von Deutschland, die der Pole sich unter den Nagel gerissen hat.«*

»Der Pole?«
Andras nickte. »Anfangs habe ich bei so etwas noch zurückgefragt: Und warum ist Pommerellen jetzt polnisch, warum ist Deutschland geteilt? Aber das hat keinen Sinn. Die Leute wollen das alles vergessen, sie wollen, dass es vorbei ist. Nur wird es nie vorbei sein, solange es nicht ans Licht gezerrt und unschädlich gemacht wird, sondern im Dunkeln schwelt und gärt und wieder wächst.«
»Pommerellen«, wiederholte Wanda. Ihr Herz raste.
»*Land am Meer*«, sagte Andras. »Stammen Sie von dort?«
»Ich?« Sie erschrak bis ins Mark. »Wie kommen Sie denn darauf?«
»Durch die Art, wie Sie sprechen«, sagte er. »So viele Verkleinerungen habe ich noch nie von jemandem gehört, der nicht aus Westpreußen stammte. Sie rollen Ihr R, nennen Ihre Mutter nicht Mutti, und die nicht Mutti genannte Mutter macht Piroggen und Flinsen, die wir Berliner Eierkuchen nennen.« Er hielt inne, um ihren Blick zu suchen. »Und? Stimmt es?«
Wandas Herz spannte sich, als könnten die Muskelstränge reißen. Ehe sie sich zurückhalten konnte, waren die unglaublichen Worte heraus: »Ich weiß es nicht.«
Er gab ihre Arme frei, strich daran entlang. »Wo Sie geboren sind, werden Sie doch wissen. Wie alt sind Sie? Neunzehn? Also Jahrgang 44.«
Sie nickte. »In meiner Geburtsurkunde steht ein Ort namens Zoppot. Aber ich weiß nicht, wo das ist.«
Andras verzog den Mund, ohne zu lächeln. »In Pommerellen. Bei Danzig. Am Meer.«

4

Sie hatte ihm versprochen: Sie würde Matti und Tante Lore fragen. Jetzt stand sie im dunklen Hausdurchgang und fror. In ihren Ohren trommelte Bob Dylans Lied von dem harten Regen, der fallen würde, doch die Silben des Textes ballten sich zu einem Wort zusammen: *Warum, warum, warum.*

Warum hat niemand mir gesagt, dass der Ort, an dem ich geboren bin, heute in Polen liegt?

Warum hat niemand den Ort je erwähnt, warum habt ihr uns nie davon erzählt, wenn in diesem verschlossenen, weit entfernten Land unsere Heimat ist?

Pommerellen. *Land am Meer.*

Man könne da nicht hin, hatte Andras gesagt, jedenfalls nicht ohne erhebliche Schwierigkeiten. Die Delegation, die der Gerichtshof in Frankfurt entsenden wollte, um vor Ort in Auschwitz dringend benötigte Beweise zu beschaffen, stand vor einem Wall aus Problemen, weil Polen und die Bundesrepublik keine diplomatischen Beziehungen unterhielten. Sie waren keine friedlichen Nachbarn, sondern noch immer erbitterte Feinde. Im Krieg geblieben.

Wut packte Wanda und schüttelte sie.

Warum habt ihr uns nicht gesagt, dass es in diesem Krieg, der nie aufgehört hat, um das Land geht, in dem wir zur Welt gekommen sind? Warum habt ihr so getan, als wären wir eines Tages alle fünf vom Himmel gefallen und in der Behelfswohnung gelandet? Als hätte erst in der Alboinstraße unser Leben begonnen? Und warum, warum, warum habe ich euch neunzehn Jahre lang geglaubt?

Noch immer schüttelte die Wut ihren Körper mit einer Heftigkeit, der sie kaum gewachsen war. Verwundert bemerkte sie,

dass sie schluchzte, laut und haltlos wie als kleines Kind, wenn sie Angst gehabt hatte, Matti könnte verschwunden sein, ihre Matti, ihr Zuhause, die Grenze ihrer Welt.
Sie konnte nicht aufhören. So, wie Andras nicht aufhören konnte, Beweisen nachzujagen, konnte Wanda nicht aufhören zu weinen. Am Ende hatten sie sich wieder geduzt. Ohne sich abzusprechen. Wohl weil sie Fremdheit genug zu ertragen hatten.
»Mein Freund Manne van Bontjes ist einer, der aufhören kann«, hatte Andras gesagt. »Dieses *Greenhorn,* das sich weigert, seine Ohren zu kaschieren, sieht aus wie ein Klassenkasper und ist dabei ein verdammt starker Kerl. Er engagiert sich, ist eine führende Stimme im Sozialistischen Studentenbund, aber er ist nicht besessen. Er kann ein schönes Mädchen auf ein Bier einladen, ohne in Raserei über erschlagene Mütter und ungesühnte Morde zu verfallen. Vielleicht ist er so stark, weil seine Eltern stark durch diese Zeit gegangen sind. Sein Vater ist Niederländer, seine Mutter Deutsche, sie sind beide nach Frankreich geflohen und waren dort im Widerstand. Mit dem Wissen, auf der richtigen Seite gekämpft und am Ende gewonnen zu haben, lässt es sich leben, aber Leute wie Claas und Rieke van Bontjes sind selten. Die meisten von uns haben Eltern, die sich in Opfer und Täter aufteilen.«
In Opfer und Täter.
Noch immer war Wanda nicht in der Lage, sich zu beruhigen. Aus Sorge, jemand könne das Haus betreten und Fragen stellen, setzte sie sich schließlich in Bewegung. Davon, dass sie hier stehen blieb, löste sich ja nichts auf, und es kam auch nichts in Ordnung. Als sie den Hof überquerte, flog oben ein Fenster auf. Das Küchenfenster. Gelbe Vorhänge flatterten und gaben ein Bündel Licht frei, das den Regen glitzern ließ. Matti rief nicht, sie schrie. Wanda ging weiter, ohne zu ihr aufzublicken. Betrat den Seitenflügel, schleppte sich die Stufen hinauf, hatte das Gefühl, sich

gegen den Widerstand ihres Körpers am Geländer hochziehen zu müssen. Wenigstens erstarb das Schluchzen, auch wenn sie durch die verstopfte Nase kaum Luft bekam.
Sie hatte den Treppenabsatz im ersten Stock kaum erreicht, als eine Tür aufflog und die Witwe Bader – im rosa Frotteemantel, die blondierten Locken mit einer Art Wäscheklammer auf dem Oberkopf festgesteckt – auf die Schwelle trat. »Schämst du dich nicht? Treibst dich rum, und deine arme Mutter, die alles für dich getan hat, grämt sich zu Tode.«
Oben im zweiten Stock stand die Tür längst offen. Beim ersten Wort der Witwe Bader stürmte Matti die Stufen hinunter, auf Strümpfen, in ihrer Alltagsschürze, das Haar mit einem Band aus dem Gesicht gehalten, das gerötet war und schweißnass glänzte.
Die Witwe fuhr herum und ließ ihr Gezeter auf Matti einprasseln: »Sie waren doch auch allein mit den Blagen, auch ein Flüchtling, dem kein Mensch geholfen hat. Willkommen waren wir hier niemandem. Als hätte man sich's ausgesucht, seine Heimat zu verlieren. Aber davon haben die Gören heute ja keine Ahnung mehr, so, wie wir die in Watte gepackt haben. Die haben nie gehungert, nie gefroren, und was Angst ist, wissen die nicht.«
Mit einem Sprung erreichte Matti den Absatz und stieß die Frau von Wanda weg. »Sie lassen mein Kind in Frieden!«, herrschte sie die Größere an. »Mit meinem Kind haben Sie nichts zu schaffen, verstanden?«
Die entrüstete Antwort hörte Wanda wie durch Watte, weil Matti sie an sich riss und Wandas Kopf an ihrer Schulter begrub. »Du bist wieder da, mein Piroggchen, o Gott, o Gott, dass du nur wieder da bist!«
Freunde, die zu ihnen in die Wohnung kamen, hatten es erwähnt, ohne dass Wanda weiter darüber nachgedacht hätte. Jetzt wurde es ihr bewusst, sprang ihr geradezu in die Ohren: Matti

redete nicht wie andere Leute. Sie benutzte Worte, die Wanda sonst nirgendwo hörte, und sprach in einer eigentümlichen Satzmelodie. Mit einem Ruck machte sie sich frei. Sie konnte nicht warten, bis sie oben in der Wohnung waren, sie konnte keine Sekunde länger warten: »Warum weiß ich nichts davon, dass wir aus Polen kommen? Was ist da passiert in diesem Ort in Polen, dass du ihn mit keinem Wort erwähnst?«

Ein Laut entfuhr Matti. Ihre Hand schnellte vor und legte sich fest auf Wandas Mund. Dann besann sie sich. »Ist doch egal, Piroggche, ist doch lange her und vergessen. Gehen wir nach oben und essen schön warme Bullewupp, machen's uns gemütlich. Du bist wieder da, nur darauf kommt's an.«

»Na, dann machen Sie doch, was Sie wollen«, fuhr die Witwe dazwischen. »Eine von uns waren Sie ja nie, und dass das Mädel nicht weiß, wo es her ist, wundert mich nicht. Sie und Ihre Schwester, Sie haben sich doch immer für was Besseres gehalten.«

Matti kümmerte sich nicht um sie, sondern legte den Arm wieder um Wanda und stieg mit ihr die Treppe hinauf. Willenlos ließ Wanda sich mitziehen.

»Und Ihre Mädel, was sind die nun Dolles geworden?«, rief die Witwe Bader ihnen hinterher. »Die eine ist Tippse im Krankenhaus, und die andere lernt beim Drogisten, ist das vielleicht ein Ruhmesblatt? Da lob ich mir meine Ulrike, deren Rudi ist Beamter, das ist wenigstens was Sicheres.«

Matti und Wanda stapften weiter, bis die Tür hinter ihnen ins Schloss krachte. »Nass bist«, murmelte Matti. »Wetter ist ja scheußlich. Einen Kakao mach ich uns, davon wird dir warm.«

An der Türschwelle zur Wohnung wartete Tante Lore. »Wanda«, sagte sie. »Himmel, Kind, wo warst du denn?«

»Ich war aus«, antwortete Wanda. Dann machte sie sich von Matti los. »Ich will keinen Kakao. Die Wahrheit will ich.«

»Was für eine Wahrheit?«, fragte Tante Lore.

»Lass doch sein«, sagte Matti. »Gehen wir erst mal ins Warme, ist so koddrich draußen.«
Sie zog an Wandas Arm, aber die stand wie angewachsen. »Warum wir aus Polen kommen, will ich wissen«, sagte sie. »Warum mir das nie jemand erzählt hat. Und was ihr gemacht habt von 1933 bis 1945, als ihr ja wohl in Polen gewesen seid.«
Mattis Finger bohrten sich in ihren Unterarm. Wanda blickte auf und sah, wie die Farbe aus ihrem Gesicht wich. Es wurde aschfahl. Wie ein Foto, das in Sekundenschnelle verblich.
»Lernt ihr das an der Universität?«, fragte Tante Lore. »Dass Danzig polnisch war, dass es das deutsche Danzig, unser schönes Danzig mit seinen Dachrinnen, seinen Laternen, seinen schmiedeeisernen Toren und all den Türmchen und Figürchen nie gegeben hat?«
Wanda hielt inne. Sie hatte sich falsch ausgedrückt, natürlich wusste sie, dass Danzig nicht immer polnisch gewesen war. Aber dass Danzig – diese Stadt, von der sie wie durch Nebel eine Silhouette zu erahnen glaubte – mit ihr zu tun hatte, dass dieser Ort Zoppot, der in ihrer Geburtsurkunde stand, nahe bei Danzig lag, hatte sie nicht gewusst.
»Ich habe nicht danach gefragt«, hatte sie zu Andras gesagt.
»Das glaube ich dir nicht«, hatte er erwidert. »Kinder fragen immer nach solchen Dingen, sie finden alles spannend, was sie selbst betrifft. Aber wenn sie mit ihren Fragen wieder und wieder gegen eine Wand aus Schweigen laufen, hören sie vielleicht irgendwann damit auf.«
Wir haben wirklich nie gefragt, dachte Wanda. Ariane, Vera und ich. Ich kann mich bei keiner von uns an eine einzige Frage nach unserer Herkunft erinnern.
»Um das, was wir lernen, geht es nicht«, sagte sie zu Tante Lore. »Sondern um das, was ihr uns verschwiegen habt.«
»Bei jedem, der schweigt, frag ich mich das«, hatte Andras

gesagt. »Warum schweigt der? Was ist es, das er zu verschweigen hat?«
»Ich will wissen, wo ich herkomme«, begann sie stockend von Neuem. »Wer mein Vater war. Warum wir hier sind.«
Tante Lore aber schien ihr nicht mehr zuzuhören. Sie sah nicht zu Wanda, sondern zu Matti, die stand wie erstarrt, der Blick leer, das Gesicht kalkweiß. »Schleiserchen.« Lore stürzte zu ihr, wie damals Matti zu ihr gestürzt war, als Wanda im Unterricht den Krieg behandelt hatte und von dem Grauen im Zug geträumt hatte. Sie zog Matti von Wanda weg und legte die Arme um sie. »Ach, mein Schleiserchen, ist doch halb so schlimm. Musst dir das dumme Plachandern nicht zu Herzen nehmen.«
»Es ist kein dummes Plachandern!«, rief Wanda verletzt. Nie hatte eine der beiden etwas, das sie sagte, als dumm bezeichnet oder sie auf andere Weise herabgesetzt. »Ich habe ein Recht darauf, zu erfahren, wer ich bin und was meine Familie getan hat.«
»*Getan?*«, fuhr Tante Lore sie an, während sie Matti umschlungen hielt wie ihr Kind, das sie vor der Welt beschützen musste. »Was sollen wir denn *getan* haben? Geflohen sind wir wie das halbe Reich, haben zugesehen, dass wir euch ins Trockene bringen, dass euch kein Leid geschieht, und jetzt stellst du dich hin und wagst es, deiner Mutter vorzuwerfen, sie hätte etwas *getan?*«
»Ich habe niemandem etwas vorgeworfen«, erwiderte Wanda. »Nur eine Frage gestellt. Wenn niemand etwas zu verbergen hat – warum wird dann in unserer Familie so viel verborgen? Warum muss ich einem Studienkameraden, der mich danach fragt, zur Antwort geben: Ich weiß nicht, woher ich stamme?«
»Von uns hier!«, rief Tante Lore. »Von uns hier stammst du – ist dir das nicht gut genug? Musst du alles aufwühlen, obwohl du siehst, wie sehr du deine Matti damit quälst? Deine Matti, die alles dafür gegeben hat, um dich zu behüten, dir ein gutes Leben zu bereiten …«

Matti, die bis eben stockstarr gestanden hatte, weinte auf. Wie ein Tier, fand Wanda und konnte nicht glauben, dass in ihr alles kalt blieb, als wäre der eisige Regen ihr unter die Haut gedrungen. In der Tür erschienen Vera und Ari, die, weil sie um sechs Uhr früh ihren Dienst im Krankenhaus antreten musste, bereits im Schlafanzug war. Wanda sah ihre bestürzten Gesichter und konnte nichts denken als: Ari hat es gewusst. Ari war fünfzehn, als wir hierhergekommen sind, sie muss alles, was zuvor geschehen ist, gewusst haben.

Aber Ari sprach ja nicht. In der Schule hatten sie Ari »eine Schweigerin vor dem Herrn« genannt und sie durch die mündliche Prüfung rasseln lassen.

»Schleiserchen«, murmelte Tante Lore. »Musst doch keine Angst haben. Es ist vorbei, es hatte uns in all den Jahren nichts mehr an.« Als das nichts half, begann sie zu summen, und es waren diese kaum hörbaren Töne, die am Eis in Wandas Innern kratzten.

Es war *das Lied.* Das einzige Lied, das von Matti je zu vernehmen war, am frühen Morgen, wenn sie glaubte, dass niemand sie hörte.

Tante Lore summte die Melodie, von der sie einmal gesagt hatte, sie schlage ihr auf den Magen, zwei- oder dreimal, bis das haltlose Weinen ihrer Schwester in ein Wimmern überging und schließlich verstummte. Wieder und wieder streichelte sie ihr das Haar, Mattis schönes, dichtes, vorn schneeweißes und hinten graues Haar, das aufgeraut war, als stünde es ihr zu Berge.

»Ist wirklich kalt hier«, sagte Vera, die von einem Fuß auf den anderen hüpfte und die Arme um den Leib geschlungen hatte. »Könnt ihr euch nicht drinnen weiterstreiten?«

»Wir streiten nicht«, presste Matti hervor, hob den Kopf und wandte das Gesicht, über das unaufhörlich Tränen strömten, Wanda zu. »Nicht wahr, mein Piroggche, ehe wir zwei, du und ich, uns streiten, geht die Welt unter.«

Das hatte sie auch gesagt, als Wanda ein Kind gewesen war und der Streit, den Helga mit ihren Eltern führte, ihr Angst gemacht hatte. »Ich bin kein Piroggche«, sagte sie.
»Weiß ja, weiß ja.« Das Lächeln, das Matti sich abrang, geriet zur Grimasse. »Bist jetzt schon groß. Bist mein Nebelkind.«
»Ich bin auch kein Nebelkind«, sagte Wanda. »Ich brauch die Wahrheit, Matti. Sprich den Namen von diesem Ort, von dem wir kommen, nur einmal aus, ich habe noch nie gehört, wie du den Ort, an dem du mich geboren hast, beim Namen nennst.«
Matti befreite sich aus den Armen ihrer Schwester und richtete sich auf. »Zoppot«, sagte sie, und ihre Stimme wurde hart, gehörte auf einmal einer fremden Frau. »Bei Danzig, am Meer. Es war ein so nebliger Tag.«
»Ich dachte, es war eine Nacht.«
»Nacht und Nebel«, sagte die fremde Matti, ohne Wanda anzusehen. »In Zoppot war's, in unserem berühmten Ostseebad mit seiner endlosen Seebrücke und seinem Casino, der Spielhölle, auf die wir Danziger so stolz waren, in dem herrlichen Haus in der Ernststraße mit all den Türmen und Erkern und der verglasten Veranda. In dem Zimmer war Schwärze, weil wir ja das Fenster zugehängt hatten, aber das Meer war nur einen Katzensprung weit weg, und durch Glas und Wände und Decken hörte man es immer noch. Und roch es auch. Ich bin jetzt müde, Wanda. Was immer du von mir verlangst, erzähl ich dir, wenn's mir besser geht.«
Wanda wollte sie aufhalten, doch ihre Glieder gehorchten ihr nicht. Matti ging zur Tür, schob sich an Ari und Vera vorbei und verschwand in der Wohnung. »Danzig und Zoppot«, hörte Wanda sie murmeln, ohne dass sie sich noch einmal umdrehte. »Die gibt's doch nicht mehr. Und erzählen kann man das nicht.«

ZWEITER TEIL

Gundi

Freie Stadt Danzig, Ostseebad Zoppot

Sommer 1927

»Dunkle Giebel, hohe Fenster,
Türme tief aus Nebeln sehn.
Bleiche Statuen wie Gespenster
Lautlos an den Türen stehn.«

Joseph von Eichendorff: *»In Danzig«*

5

Als Gundi Frieböse ein Kind gewesen war, hatte jeder Sommertag in Zoppot begonnen, als hätte er kein Ende. Natürlich hatte er eines, denn wenn er endlos gewesen wäre, hätten Gundi und ihr Großvater, der Paul Otto Peter Frieböse hieß, den aber alle Welt Pop nannte, sich ja nie den Sand aus den Schuhen schütteln, nie die Handtücher, Butterbrotdosen und nassen Badeanzüge in die blaue Tasche stopfen und den Zug zurück nach Danzig-Langfuhr besteigen müssen. Aber am Sonntagmorgen, wenn Gundi und Pop mit der Tasche zwischen sich zum Bahnhof stapften und der Tag sich wie eine Sonnenanbeterin vor ihnen räkelte, kam er Gundi endlos vor.
Noch schöner war es, wenn Pop am Samstag eine frühe Schicht erwischte, wenn sie den Zug ins Abendrot nahmen und ihr Tag in Zoppot schon mit der Nacht zuvor begann. An solchen Wochenenden durften sie bei Tante Karl in der *Pension Sonnenschein* übernachten, und frühmorgens, nach einem hastig heruntergeschlungenen Frühstück, rannte Gundi an den Strand. Einen Augenblick lang gehörte das Meer dann ihr allein, denn noch niemand war draußen, nur der miesepetrige Reinhold Ziebuhr, der seine Strandkörbe zurechtschob und dabei die Möwen fütterte. Manchmal entdeckte sie am Horizont eins der weißen Schiffe, mit denen reiche Leute auf Kreuzfahrt gingen, und träumte sich an Bord.
Die Samstage mit der frühen Schicht waren für Gundi die Kirschen auf einem ganzen Sahneeis aus Glück. Während sie an solchen Abenden durch das zerfließende letzte Licht mit Pop und der Tasche zum Bahnhof marschierte, glaubte sie, hinter den Stirnen sämtlicher Leute, die an ihnen vorbeikamen, deren Gedanken lesen zu können: Das ist die Gundi Frieböse, dachten

die Leute, das glücklichste Kind von der Ostseeküste. Gottchen, mein Gottchen, wie ist die zu beneiden!

Einmal, als ein solcher Sommertag schon ganz dünn geworden und fast zu Ende war, als Gundi vor der gepackten blauen Tasche in Tante Karls Küche saß, sich die Tränen verbiss und auf Pop wartete, hatte Tante Karl sie gefragt: »Und, Marjellchen? Was auf der Welt hast jetzt am allerliebsten?«

»Dich, Tante Karl«, hatte Gundi gesagt. Tante Karl hatte ihr Porzeln hingestellt, Hefebällchen, dick mit Puderzucker bestreut, und den Topf mit Birnenmarmelade daneben. Sie war immer so nett, und ihr Häuschen mit der verwitterten himmelblauen Balkonbalustrade und der Schwarzäugigen Susanne, die ihre leuchtenden Blüten im Lauf des Sommers bis unter das Dach hinaufringelte, war hübsch wie ein gemaltes Bild.

»Na nee«, sagte Tante Karl. »Das ist jetzt aber geflunkert, was, Marjell?«

»Nur ein bisschen«, gab Gundi zu. »Ein klitzekleines bisschen.«

»Dann raus mit der Wahrheit.«

Die Wahrheit war aus unerfindlichen Gründen schwieriger auszusprechen. Sie hatte etwas Feierliches, Gewichtiges wie die Klänge der Blaskapelle vor dem Kurhaus: Man musste erst mal den Porzel-Bissen hinunterschlucken und ordentlich Luft holen.

»Pop und Zoppot«, hatte Gundi schließlich gesagt und dann noch einmal Luft geholt: »Und die Musik.«

Anschließend hatte sie die Luft angehalten. Würde Tante Karl, die so lieb war und sie an jedem Sommersonntag in ihrem Märchenhaus wohnen ließ, gekränkt sein, weil Gundi an dritter Stelle nicht sie, sondern etwas so Unwichtiges wie Musik genannt hatte? Aber für Gundi war Musik nicht unwichtig. Im Gegenteil. Musik war ihre Arznei.

Herzweh-Arznei. Wenn sie vom Bahnhof Langfuhr nach Hause ging und schrecklich traurig war, weil es den endlosen Sommer-

tag auf einmal nicht mehr gab, wenn sie glaubte, der Riesenberg Traurigkeit würde sie erdrücken, musste Pop nur ein Lied anstimmen, und die Last war wie weggeblasen. Gundi dachte dann nicht mehr an den Sonntag, der zu Ende war, sondern an den, der in einer Woche vor ihr lag, ein brandneuer, endloser Tag als glücklichstes Kind von der Ostsee.
Natürlich gab es auch Sonntage, an denen das Wetter trüb war. Viele sogar. »Wollt ihr schwitzen, fahrt auf die Fidschis – das hier ist Zoppot«, empfahl Pop, wenn die Urlauber am Strand ins Jammern gerieten. Musik aber war wie der eine Strahl Sonne, der über dem Meer durch die Wolkendecke blitzte. Und wenn es gar nicht zu regnen aufhörte, zogen sich Pop, Tante Karl und Gundi ihre Handtücher über den Kopf und rannten den Wäldchenweg hinauf bis zur Pension, wo es in der verglasten Veranda Kakao gab und auf dem Grammofon eine Platte spielte. Zwei besaß Tante Karl: eine von Enrico Caruso und eine mit Melodien von Walter Kollo. Die von Caruso war Gundi die liebste. Der Regen prasselte gegen die Scheibe, und drinnen, im Trockenen, schmolz Gundi dahin, weil die Männerstimme mit solcher Wärme sang. Aber die mit den Kollo-Liedern war ihr auch recht. Ihr wäre alles recht gewesen. Sobald sie Musik hörte, fing ihr Herz an zu tanzen. Tante Karl war nicht gekränkt, und wenn doch, dann ließ sie es sich nicht anmerken. Pop, der austreten gewesen war, kehrte zurück, und Tante Karl vertrat ihm den Weg.
»Ach, Du'chen«, sagte Pop. Das sagte er immer, wenn er Tante Karl eine Weile nicht gesehen hatte, auch wenn die Weile keine fünf Minuten dauerte. Tante Karl war Pops »Bratkartoffelverhältnis«. So nannte es Frau Olschewski, ihre Nachbarin daheim in Langfuhr, und als Gundi Pop danach gefragt hatte, hatte er bestätigt, dass Tante Karl die knusprigsten Bratkartoffeln von ganz Westpreußen briet. Sooft er »Du'chen« zu Tante Karl sagte, lächelte er, und sein Bart zog sich in die Breite.

Tante Karl lächelte nicht zurück. Das tat sie nie, wenn es etwas Wichtiges zu besprechen gab, damit Pop nicht vom Thema ablenkte. »Die Gundi muss ein Instrument lernen«, sagte sie. »Bisschen Gespartes hab ich, das reicht bei Max Boehm in der Röpergasse als Anzahlung für eine Quetsche.«
Eine Quetschdudel – kurz: Quetsche – war ein Akkordeon, von den drei oder vier Instrumenten, die Gundi damals gekannt hatte, das schönste. Hätte Tante Karl eins der anderen genannt, wäre vermutlich dieses das schönste gewesen, aber so war es eben das Akkordeon. Und ein solches sollte sie besitzen, sie, Gundi Frieböse, würde ihre eigene Musik machen! Pop schloss die Hand um den Bart und sammelte das Lächeln ein. Wenn Tante Karl sich etwas in den Kopf gesetzt hatte, widersprach er so gut wie nie. »Ehe ich mich streite, geh ich lieber schnupfen«, lautete seine Devise.
»Geschenkt nehm' ich's von dir nicht«, sagte er diesmal immerhin.
»Zahlst es mir halt zurück«, parierte Tante Karl. »Und in die Marienkirche kannst mit der Marjell auch mal gehen, sie die schöne Orgel anhören lassen.« Kurzerhand nahm sie die blaue Tasche, stopfte ein Paket mit Wurstbroten hinein, und damit war die Sache erledigt.
Auf dem Heimweg hatten Gundis Beine sich geweigert, gesittet zu gehen. Sie wollten immerzu hüpfen.
Erst in der Nacht, als sie sich in ihr Bett in der Stube kuschelte, auf Pops Schnarchgeräusche aus der Küche lauschte und vom Leben mit ihrem Akkordeon träumte, hatte das schlechte Gewissen sie überfallen: Tante Karl hatte sie gefragt, was sie auf der Welt am liebsten hatte, und sie hatte außer ihrem allerliebsten Pop keinen Menschen genannt. Nur Zoppot, wo sie eines Tages für immer wohnen wollte, und die Musik, die für immer bei ihr sein sollte – aber kein Wort von Lore. Sie kam sich vor wie eine Verräterin.

Wenn sie am Sonntag aus Zoppot kamen, nahmen sie meist den letzten Zug, um den Tag noch ein wenig auszudehnen, und sobald Gundi dann endlich im Bett lag, war sie vor Müdigkeit überwach und fand so schnell keinen Schlaf. So auch heute. Am liebsten wäre sie auf der Stelle aus dem Bett gesprungen und zu Lore gelaufen, um sich zu entschuldigen, obwohl die von ihrem Verrat ja gar nichts wusste. Liebes Lorchen, hätte sie ihr sagen wollen, dass ich dich nicht genannt hab, heißt nicht, dass ich dich nicht am liebsten hab, sondern nur, dass ich's in dem Augenblick, als Tante Karl gefragt hat, vergessen hab.

Das war die Wahrheit. Aber Lore wohnte in Neufahrwasser, wo die hohen Kräne standen und wo Gundi vor langer Zeit auch einmal gewohnt hatte. Es lag nicht allzu weit entfernt, doch bei Nacht war so ein Spaziergang keine gute Idee. Sie würde also Lore erst morgen in der Schule wiedersehen, und dann? Sollte sie ihr wirklich erzählen, dass sie sie vor lauter Zoppot und Musik vergessen hatte? Das war nicht nett, es würde Lore traurig machen, und dergleichen passierte Gundi viel zu oft. Lore, dessen war sie sicher, wäre es umgekehrt nie passiert.

Lore war Gundis Schwester.

*Halb*schwester, beharrten kleinkrämerische Leute wie Frau Olschewski. Aber Gundi war das egal. Halbe Menschen gab es ja nicht, und Lore war eindeutig ein ganzer. In den allerersten Jahren, denen vor Pop und Tante Karl und Zoppot, an die Gundi sich kaum erinnern konnte, war Lore alles gewesen, was sie lieb gehabt hatte. Jedenfalls fast alles. Ihre Mutter – die lodderige Asta, wie die Leute im Mirchauer Weg sie nannten – musste sie schließlich auch lieb gehabt haben, nur war Gundi eben so gar nichts von der Mutter im Gedächtnis geblieben.

»Darfst ihr's nicht übel nehmen, Marjellchen«, hatte Pop gesagt. »Eine Schlechte war sie ja nicht, meine Asta, nur 'n bisschen liederlich und nicht die Hellste. Und zum Bemuttern hatte das arme Ding kein Talent. Ihre Mutter, Gott hab sie selig, auch nicht. Ob so wat in der Familie liegt?«

Gundi nahm ihrer Mutter nichts übel. Schließlich hätte sie ohne die Mutter weder ihren Pop noch ihre Tante Karl noch ihr Zoppot und schon gar nicht ihre Lore gehabt. Die Mutter, Pops Tochter, die kein Talent zum Bemuttern gehabt hatte, war Hausmädchen bei einem Herrn Lehwald, einem Kolonialwarenhändler aus Neufahrwasser, gewesen, und auf einem dieser Wege, um die Erwachsene ein unsägliches Getuschel veranstalteten, war jener Kolonialwaren-Lehwald zu Gundis Vater geworden. Warum auch nicht? »Hinter einem Kolonialwarenhandel versteckt sich zwar oft nicht mehr als ein Kramladen, aber die Bude vom Lehwald hat seinen Mann schon ernährt«, hatte Pop erzählt. »Schiet war nur, dass der eben schon eine Ollsche hatte. Und auch schon ein Marjellchen, verstehst?«

Die Ollsche war Katrine Lehwald, Mutters Dienstherrin, die alles lieber in ihrer Wohnung wollte als eine vom Herrn Gemahl geschwängerte Bedienstete samt Balg. Das Marjellchen war Lore, Herrn Lehwalds vierjährige Tochter, die nichts lieber in der Wohnung wollte als ein Schwesterchen. An Lore erinnerte Gundi sich in allen Einzelheiten: Auch wenn's nicht möglich war, kam es ihr vor, als wären sie und Lore vom ersten Tag an durch dick und dünn gegangen.

Die Ollsche vom Herrn Lehwald hatte es schließlich dulden müssen, dass das gefallene Mädchen Asta und ihr Fehltritt Gundi in der Dienstbotenkammer blieben, denn der Kolonialwarenhändler bestimmte es so. Gern hätte sie ihren Zorn darüber an dem Kuckuckskind ausgelassen, aber wann immer sie es versuchte, fuhr ihre sonst so fügsame eigene Tochter dazwischen. Anfangs bettelnd: »Sei doch zum Schwesterchen nicht so bös«, später immer drängender und am Ende drohend: »Wenn du

noch mal hässlich bist zur Gundi, sag ich's dem Papa, und der verbietet's dir.«
Die Drohung wirkte. Zwar scherte der Kolonialwarenhändler sich tagsüber nicht um Gundi und noch weniger um Lore, aber die Ollsche hatte Angst vor ihm. Sie schlug um Gundi künftig einen Bogen, und in deren Erinnerung blieb nichts als die Zweisamkeit mit ihrer Schwester, der Bund, der sie vor allem Hässlichen schützte.
Dann hatte der Krieg begonnen, von dem Gundi und Lore anfangs nicht viel mitbekamen. Umso mehr aber der Kolonialwarenhändler, denn der zog mit Hurra an die Front und war nach acht Wochen tot. Damit gehörte die Wohnung der Witwe, und die wollte *den Schandfleck* – die Geliebte ihres Mannes und deren Kuckuckskind – schnellstmöglich loswerden. Falls sich Gundi mit ihren vier Jahren überhaupt darum gesorgt hatte, wo sie fortan unterkommen würde, so endete diese Sorge im Nu: Auf die Bühne ihres Lebens trat Pop. Mutters Vater, Gundis Großvater, Vorarbeiter auf der Danziger Klawitter-Werft und damit für kriegswichtige Arbeit reklamiert. Hände wie Schaufeln, ein Kreuz, um die Sorgen der Welt dranzuhängen, und blaue Augen, die Pops Haltung kundtaten, ehe er den Mund aufmachte.
»Sei nicht dätsch, natürlich kommt ihr zu mir«, hatte er gesagt, erst mit den Augen, dann mit dem Mund und in einer Ruhe, die Gundi sicher machte, dass sie sich fortan auf ihn verlassen konnte.
So war Gundi in Pops kleine Bude – Wohnküche, Stube, Klosett auf dem Gang – im Mirchauer Weg in Langfuhr gezogen. Es war ihr Zuhause. Zwar gab es keine Kräne vor dem Fenster, weder Stuckverzierungen im Treppenhaus noch eine Kredenz aus Mahagoni, aber an der Tür stand ihr Name, *Frieböse,* und sie war nicht hier, weil der Herr des Hauses sie mit knirschenden Zähnen duldete, sondern weil sie sein einziges Enkelkind war.

Sein Sonnenschein.
Dass er seine Duv, seine Taube Asta, nicht halten konnte, hatte er gewusst. Sie zog gar nicht erst mit ein in das Heim ihrer Kindheit, das ihr zu eng geworden war, sondern lernte beizeiten in einem Kaffeehaus in der Rechtstadt einen amerikanischen Fotografen kennen, entschwand mit ihm in Richtung New York und ließ ihr Kind bei ihrem Vater zurück.
»Wie entsetzlich«, stöhnte Frau Olschewski in Herrn Martensius' Gemüseladen, wo sichergestellt war, dass sämtliche Nachbarinnen sie hörten. »Der arme alte Mann, und erst das arme Wurm!«
Aber so war es nicht. Es war nicht entsetzlich, und Pop war weder arm noch alt, sondern nur manchmal ein wenig »bedammelt im Kopp« von dem ständigen Lärm auf der Klawitter-Werft. Deshalb mochte er es am Feierabend gern leise, aber Gundi störte ihn nicht: »Dat is' ja kein Lärm, wat du machst, Marjellchen. Dat is' Gekruschel vom Leben.«
Er hatte in der Küche einen Schaukelstuhl, in den er sich setzte, um seinen Schnupftabak der Marke *Vineta* zu schnupfen, wenn ihm die Welt zu laut wurde, und dass Gundi zu seinen Füßen ihr Gekruschel verbreitete, mochte er gern. Auf seiner Schnupftabakflasche aus Steingut, die sein Freund Gustav Kapahnke ihm geschenkt hatte, stand: *Will die Nase auch was haben,* und am Wochenende, in Zoppot, gönnte er sich ein Gläschen Machandel mit der Pflaume dazu und sagte für Gundi und Tante Karl seinen Trinkspruch auf:

»Wochenende und Machandel,
Das ist Zoppots Lebenswandel.
Hast ein Liebchen obendrein,
Willste gar nuscht andres sein.«

Er war nicht arm oder alt. Er war Pop Frieböse, in Langfuhr bekannt wie Bollermann und Welutzke, einer, der am liebsten das sein und bleiben wollte, was er war. Und Gundi war auch kein armes Wurm. Wenn Frau Olschweski und die anderen mitbekamen, wie sie am Sonntagmorgen mit Pop und der blauen Tasche zum Bahnhof zog, dachten sie ohne Frage: Das ist die Gundi Frieböse, das glücklichste Kind von der Ostseeküste. Gottchen, mein Gottchen, wie ist die zu beneiden!

6

Jetzt war Gundi überhaupt kein Kind mehr. Sie war siebzehn Jahre alt, spielte acht Jahre davon Akkordeon und lag mit ihren drei besten Freunden im weißen Sand des Strandes von Zoppot. Nicht direkt an der Seebrücke – der längsten Europas, wo der schönste Strandabschnitt für die Gäste des brandneuen *Grandhotels* abgesperrt war –, aber doch auch nicht allzu weit davon entfernt. So, dass sie das Gelände des *Grandhotels,* die weißen Zelte und Sonnenschirme, die Tische mit ihren blitzenden Champagnerkühlern, die duftigen Sommerkleider und wippenden Hüte im Blick behalten konnten.

Gundi war daran gelegen, das *Grandhotel,* das über ein echtes, mit einer Lizenz ausgestattetes und bereits jetzt als Spielhölle verrufenes Casino verfügte, den ganzen Sommer über im Blick zu behalten. Es waren weder die Hüte noch die Kleider und auch nicht der Champagner, die sie reizten, obwohl sie schon gern probiert hätte, wie der schmeckte, und das eine oder andere Hütchen niedlich fand. Viel fesselnder aber war die Musik. Von dem geschmiedeten Gartentor führte ein Pfad, der selbst für vornehmste Füßchen zu bewältigen war, auf eine hölzerne Tanzfläche, die sich bis weit auf den Strand erstreckte. Eine Kapelle, ein Ensemble oder ein komplettes Tanzorchester spielte hier bei schönem Wetter bereits zum Frühstück auf, und nie war das Wetter so schön, so beständig, so golden gewesen wie in diesem Sommer.

Badegäste, die aus ganz Europa und sogar aus Übersee kamen, richteten sich in ihren Strandkörben ein wie in Sommerhäusern, und die Möwen wurden fett von den Überresten luxuriöser Picknicks.

Pop sagte nicht mehr: »Willste schwitzen, fahr auf die Fidschis«, wenn Wolken aufzogen und irgendwer klagte, sondern: »Mach zu die Klapp, Glückspilz. Nicht gewusst, dass wir hier im Monte Carlo des Ostens schmoren?«

Gundi kannte Monte Carlo nicht. Es drängte sie, es kennenzulernen, alle Orte kennenzulernen, die weite, weiße Strände an womöglich azurblauen Meeresbuchten hatten und warme Nächte unter sich wiegenden Palmen, sodass die Musik weiterspielen konnte, bis dem letzten Tanzpaar die Kräfte erlahmten. Bis sich aber ein Weg finden würde, diese erträumten Orte zu bereisen, nahm sie mit Zoppot vorlieb – und konnte sich insgeheim nicht vorstellen, dass irgendein Ort auf der Welt so schön wie ihr Zoppot war.

Mitten im Lärm der sorglosen Badegäste ertönte Gesang. An der Brücke fanden Schwimmwettbewerbe statt, auf dem Sand schossen Federballnetze aus dem Boden, und wenn die Sonne sank, trugen die Pagen des *Grandhotels* Öfen nach draußen und entzündeten rund um die Tanzfläche Ketten mit bunten Lampions. Sicher, bald schon wurde es zu kühl, und die Paare flüchteten zum Weitertanzen in die glitzernden Säle des Hotels, doch für ein paar Augenblicke drehten sie sich unter einem blauschwarzen Himmel voller Sterne.

Für diesen einen Tanz, den letzten, den das Geplätscher des Meeres begleitete, brachte das *Grandhotel* Abend für Abend einen besonderen Künstler auf die Bühne. Das große Orchester packte zusammen, und stattdessen spielte ein Ensemble aus Geige, Kontrabass, Klarinette und Piano, weil es intimer und sinnlicher war. *Indigo Moon* nannte sich die Gruppe, das klang wie ein Versprechen, das niemand halten konnte, und für den letzten Tanz schloss sich ihnen ein Sänger an, ein junger, polnischer Tenor, der einen Tango sang.

Gundi hatte den Tango schon ein paar Mal im Radio gehört. Er hieß *Vergebliches Verlangen* und war einer der großen Schlager dieses Sommers, aber kein Mensch sang ihn so wie der polnische Tenor des *Grandhotels.* Nicht einmal Enrico Caruso hätte ihn so singen können.

»Wenn der anhebt, isst du besser kein Eis«, sagte Julius, Gundis zweit- oder drittbester Freund mit einem Knurren in der Stimme. Die Eisverkäufer zogen mit Bauchläden über den Strand, und Gundi hatte sich gerade eines kaufen wollen.

»Warum soll ich kein Eis essen, wenn der Tenor *Vergebliches Verlangen* singt?«, fragte sie.

»Weil's dir wegschmilzt«, antwortete Julius und grinste.

Gundi streckte ihm die Zunge heraus. »Dein Witz soll sich noch mal aufs Ohr legen«, sagte sie. »Der hat eindeutig nicht ausgeschlafen.«

Julius' Grinsen rutschte ihm vom Mund. Gundi mochte ihn schrecklich gern, aber so empfindlich, wie er war, hatte sie es nicht immer leicht mit ihm. »Jetzt werd' nicht gleich trippstrillig«, sagte sie und boxte ihm in die Seite. »Trippstrillig« war eins von Pops Lieblingsworten. Es bedeutete so etwas wie »traurig«, aber wie all diese Pop-Worte bedeutete es noch so einiges, das sich nicht benennen ließ. »Ich kauf uns beiden ein Eis, was hältst du davon?«

»Und was ist mit uns?« Erik, der im Wechsel mit Julius Gundis zweit- oder drittbester Freund war, richtete sich halb auf und verzog einen Mundwinkel. An seinen mit Sand bedeckten Oberkörper schmiegte sich Lex, sein Schäferhund, der so schön war, dass immer wieder Leute stehen blieben und mit dem Finger auf ihn zeigten. Erik hob die Hand, die er in Lex' Fell versenkt hatte, und legte Lore den Arm um die Schultern. »Sollen Lore und ich etwa leer ausgehen?«

Lore war Gundis erstbester Freund, und daran würde sich nie etwas ändern. Ihre Schwester war sie auch, aber Pop hatte zugestimmt, dass nichts dagegensprach, seine Schwester als erstbesten Freund zu haben. Dass man zusammen durch dick und dünn ging, darauf kam es an, und das taten Gundi und Lore. »Wie Bollermann und Welutzke«, sagte Pop. Das waren die Lieblingswitzfiguren von Danzig, und witzig ging es auch bei Gundi und Lore zu. Vor allem aber gehörten sie zusammen. Gundi und Lore – ihre Namen waren wie der Titel eines Liedes, in einem Atemzug genannt.

Damals, in der Nacht nachdem Tante Karl beschlossen hatte, Gundi müsse ein Akkordeon bekommen, hatte ihr Gewissen nicht aufgehört, sie zu piesacken, bis sie am Morgen aus dem Bett gesprungen war und Pop erklärt hatte, sie wolle weder das Akkordeon noch jemals wieder nach Zoppot, wenn Lore nicht mitkommen dürfe.

»Die arme Lore sitzt mit ihrem Griesgram von Mutter auf der Bude. Wie soll mir da Zoppot Spaß machen, wenn Lorchen nie welchen hat?«

Pop hatte eine Weile überlegt. »Na ja, Marjellchen«, hatte er schließlich gesagt. »Dann werd' ich wohl mal mit deiner Tante Karl plachandern müssen, denn so über ihr'n Kopp hinweg entscheiden kann ich das nech'.« Daran war nicht zu rütteln. Aber seine Augen hatten längst etwas anderes gesagt.

Seither kam Lore an Sommersonntagen und manchmal schon an den Samstagen mit nach Zoppot. Ihre Mutter hatte sich eine Reihe von Krankheiten zugelegt und war froh, die Tochter los zu sein und sich ganz ihren Leiden widmen zu können, und für Gundi war dieser erste Sommer mit Lore schöner als alle zuvor. Sie waren wieder Lore und Gundi, die Unzertrennlichen. Und im zweiten Sommer, als Gundi auf einmal »ins Kraut schoss«, wie Pop es nannte, und der Badeanzug nicht mehr passte, hatten sie auf der Seebrücke Julius und Erik kennengelernt. Kaum erfuhren sie, dass die beiden in Zoppot wohnten, hatte Gundi aufgeschrien: »Gottchen, das gibt's ja nicht – seid ihr zu beneiden!«
Schon damals war sie Gundi das Trampeltier gewesen, das den empfindlichen Julius allzu oft verletzte. Julius war nämlich überhaupt nicht zu beneiden, denn er hatte keinen Vater. Gundi hatte zwar auch keinen, aber sie hatte Pop, und wer hätte den schon gegen einen Vater getauscht? Julius dagegen lebte mit seiner Mutter, die es noch ärger trieb als die von Lore: Tagein, tagaus zeterte sie über den Weltkrieg, der ihr angeblich den Mann und ein Leben als ehrbare Offiziersgattin geraubt hatte.
»In Wahrheit wohnt mein sogenannter Vater in einer von den Villen in der Ernststraße und macht sich als Offizier ohne Armee einen lustigen Lenz«, hatte Julius gesagt. »Von wegen *der Krieg hat ihn ihr geraubt* – sie war ja nie mit ihm verheiratet. Wie auch? Er ist ein Junker, sie nur die Tochter eines kleinen Beamten, und außerdem hatte er längst Frau und Kinder, als sie sich mit ihm eingelassen hat.«
»Meiner auch«, wollte Gundi, der das Herz von Mitleid überquoll, sagen, doch im letzten Augenblick verkniff sie es sich. Sie war verwöhnt, geborgen, das glücklichste Kind von der Ostsee – wie wollte sie sich da mit Julius vergleichen? Um ihn durchzubringen, musste seine Mutter als Küchenhilfe arbeiten. »Wie

eine Polackin«, jammerte sie und sparte sich die Gulden vom Mund ab, damit ihr Sohn aufs Realgymnasium gehen konnte. Ganz dürr sah sie aus, ganz vertrocknet und alt. »Sie hat nie mit mir gelacht«, erzählte Julius, und Gundi hatte ihn spontan umarmt. Sie und Pop und Tante Karl lachten immerzu und konnten oft gar nicht mehr aufhören.

Erik dagegen hatte einen Vater. Der war Jockey, trat für den Rennstall von Josef Abramowicz auf dem Hippodrom von Zoppot an und machte zu Pferd und in der bunten Bluse etwas her. Leider verlor er immerzu, und wenn er verlor, hatte er kein Geld, und wenn er kein Geld hatte, schnorrte er sich Schnaps und ließ im Suff seine Wut an Erik, dessen Mutter und den kleinen Geschwistern aus. Wer solch einen Vater hat, der hat besser keinen, dachte Gundi, aber Erik war nicht so empfindlich wie Julius. Er war auch nicht so schlau, flog vom Realgymnasium und verdiente sich im Sommer ein paar Gulden, indem er in einem Boot, das er geflickt hatte, Feriengäste durch die Bucht ruderte.

So hatten Gundi und Lore die beiden kennengelernt – an der Seebrücke und dann auf einer Ruderpartie, in jenem zweiten gemeinsamen Sommer, in dem Gundi der geringelte Kinderbadeanzug zu eng geworden war. Daheim in Langfuhr waren die Jungen unausstehlich, hatten zerschundene Knie und ungewaschene Hälse, aber Julius und Erik gefielen sogar Tante Karl. »Wie aus dem Ei gepellt sind die«, sagte sie. »Der eine zuckriger als der andere.«

Um die Zuckrigkeit hatte Gundi sich nicht weiter gekümmert. Viel mehr interessierte sie etwas anderes: Die beiden liebten Musik. Sie teilten ihren Traum, und das machte sie zu Freunden, die seit Jahren zusammenhielten. Erik hatte von einem Onkel einen Kontrabass geerbt, auf dem er ohne Anleitung übte, bis ihm die Finger bluteten. Julius dagegen hatte von klein auf Trompetenunterricht erhalten und im Orchester seiner Schule gespielt. Dass seine Liebe dem Jazz gehörte, gefiel seinem Lehrer zwar weniger, aber Julius hatte seinen eigenen Kopf.

Ja, die Musik war das Bindeglied zwischen ihnen gewesen, der Wunsch, es als *Band* ganz nach oben zu schaffen. In diesem Sommer aber erwischte Gundi sich gelegentlich dabei, dass sie Julius und Erik mit anderen Augen betrachtete, nicht mehr allein die Musiker, die Kameraden in ihnen sah, sondern die jungen Männer, denen andere Mädchen verlangende Blicke zuwarfen. Tante Karl hatte recht: Sie waren zuckrig – mal der eine mehr und mal der andere.

Julius war groß und blond, er hatte prächtige Schultern, und im Dezember war er eigens nach Danzig gekommen, um sich bei Nagorznik in der Hundegasse fotografieren zu lassen. Die Aufnahme schenkte er Gundi zu Weihnachten, *In aufrichtiger Zuneigung von deinem Zoppoter Freund Julius Czarnetzki,* stand in seiner eleganten Handschrift darunter. »Ei, ei, mein Kossenbock«, hatte Ilse aus Gundis Klasse gesagt und es ihr aus den Fingern gerissen. »Dahin, wo's solchen leckeren Lorbass hat, kannste Vadderns Tochter auch mal einladen.«

Erik dagegen war für einen Mann eher klein, und sein Haar war nicht so hübsch wie das von Julius, aber wenn er Gundi aus seinen dunklen Augen auf eine bestimmte Weise ansah, wurde ihr schwummrig im Kopf. So wie jetzt, als er spöttisch die Brauen hob und fragte: »Und was ist mit uns? Sollen Lore und ich euch etwa beim Eisessen zusehen?«

Flugs überschlug Gundi im Kopf, wie viel Geld ihr blieb, bis Tante Karl sie am Freitag bezahlte. Sie war in diesem Jahr nämlich zum Arbeiten hier, nicht nur auf Besuch am Wochenende, sondern den ganzen Sommer lang. Der Vorschlag war von Tante Karl gekommen. Gundi hatte mit Ach und Krach die Schule hinter sich gebracht und wusste nun nicht, wie es weitergehen sollte. »Musik willse machen, das Marjellchen«, hatte der eben-

falls ratlose Pop gesagt und den Kopf gewiegt. »Aber wie sich das nu' ausgehen soll, das weiß dem Düvel sein Pinscher.«
»Sollse doch erst mal mir in der Pension zur Hand gehen«, hatte Tante Karl vorgeschlagen. »Bin ja bis September ausgebucht und kann Hilfe gebrauchen. Bisschen wat zahlen kann ich ihr auch, daran soll's nicht liegen.«
Also zog Gundi zur Saison nach Zoppot und war die glücklichste Siebzehnjährige von der Ostsee. Sie bewohnte ein Kämmerchen unterm Dach, wo die Schwarzäugige Susanne ihre Blüten bis aufs Fenstersims ringelte, und Lore, die wochentags hinter der Theke der Kolonialwarenhandlung stand, kam so oft wie möglich auf Besuch. Natürlich brauchte Gundi Tante Karl so gut wie überhaupt nicht zur Hand zu gehen, obwohl das Geschäft in der Pension brummte, seit Zoppot als Monte Carlo des Ostens in Mode war und mehr Badegäste anzog, als es Einwohner hatte. Felicja, das Stubenmädchen, erledigte die Arbeit so flink, dass für Gundi kaum etwas zu tun blieb. Sie half beim Mangeln der großen Wäsche, fegte die Treppe und ging mit Tante Karl zum Markt, doch über den Rest des Tages konnte sie frei verfügen.
Auf einmal schien der Sommer kein Ende zu kennen wie die Sonntage der Kinderzeit. Es war erst Juli, der Blumenkorso durch den Ort, der den ersten Höhepunkt der Saison bildete, lag keine zwei Wochen zurück, und Gundi war siebzehn, spielte Akkordeon und hatte das Schönste noch vor sich.
Das Schönste vom Sommer.
Das Schönste vom Leben.
Sie würde im roten Saal des Kurhauses auf ihren ersten Knospenball gehen, würde unzählige Stunden mit ihren Freunden am Strand verbringen und vor allem Musik machen, Musik, Musik, Musik. In diesem Sommer musste es sich entscheiden: Sie waren keine Schulkinder mehr, sondern junge Erwachsene am Anfang ihres Weges. Wenn dieser Weg die Musik sein sollte,

dann musste es ihnen jetzt gelingen, eine Tür aufzustoßen und einen Fuß hineinzustellen.
Gundi war dabei die treibende Kraft. Julius und Erik mussten nebenbei Geld heranschaffen, und Lore, die Gitarre spielte, hatte ohnehin nur an den Wochenenden Zeit. Also lag alles bei ihr. Sie hatte bereits erreicht, dass sie in der Remise von Tante Karls Vetter üben durften, und schrieb für die Gruppe ein Lied nach dem anderen. Manche waren nicht übel. Aber eines, das nicht nur das Eis aus dem Bauchladen, sondern den gesamten Strand von Zoppot zum Schmelzen brachte, war nicht dabei.
Und ein solches brauchten sie doch, wenn sie eines Tages von ihrer Musik leben wollten, statt Fisch auszufahren oder Urlauber umherzuschippern! Wenn sie irgendwann nicht mehr vor der Absperrung des *Grandhotels* herumlungern und sehnsüchtig hinüberspähen wollten, sondern dahinter stehen, auf der Bühne, wo gleich der Tenor anheben und *Vergebliches Verlangen* singen würde.
Sein Auftritt war der Höhepunkt des Abends. Das war umso beachtlicher, da er polnisch sang und es anfangs Besucher gegeben hatte, die sich beschwerten: Das *Grandhotel* sei ja wohl in deutscher Hand und habe seinen Gästen deutsches Kulturgut zu bieten.
Dieses Gezänk um das Deutsche, das sich vom Polnischen abzuheben hatte, schien von Jahr zu Jahr lauter und gehässiger zu werden. Danzig und Zoppot waren einmal polnisch gewesen, dann jedoch deutsch geworden, darauf wieder polnisch und wenig später von Neuem deutsch – Gundi, die in der Schule selten aufgepasst hatte, wusste es nicht so genau. Jetzt jedenfalls, seit dem Ende des verlorenen Krieges, waren sie keines von beidem – oder von beidem ein bisschen. Der Völkerbund hatte das Gebiet zu einem eigenen Staat mit einem eigenen Senat, eigener Währung und eigenen Gesetzen erklärt. *Freie Stadt Danzig.* Das

klang schön, fand Gundi. Auch wenn es Frau Olschewski, Herrn Martensius und manch anderen nicht passte, weil sie der Meinung waren, Danzig sei voller Deutscher und müsse folglich zu Deutschland gehören.
Gundi gähnte. Ihr war es egal. Immerhin begann eine Bahnstation von Zoppot entfernt, in Gdingen – Gdynia, wie es jetzt hieß –, bereits der polnische Korridor. Längst lebten dort mehr Polen als Deutsche, und auch Danzig und Zoppot hatten zahlreiche polnische Einwohner. Eine polnische Schule stand nicht weit von der, die Gundi besucht hatte, es gab ein polnisches Postamt samt polnischen Briefkästen und den *Delikatesy,* den Feinkostladen von Stasiek Kurowski, wo man die besten Piroggen von Langfuhr bekam. Und es gab den polnischen Tenor, der schöner sang als Enrico Caruso und zumindest in diesem Sommer alle zänkischen Stimmen zum Schweigen brachte.
Die meisten Polen in Danzig und Zoppot sprachen recht ordentlich Deutsch, und die meisten Deutschen sprachen zumindest ein paar Brocken Polnisch, aber ausgerechnet Gundi war darin eine solche Niete, dass sie von *Vergebliches Verlangen* nicht mehr als den Titel verstand. Mehrmals hatte sie sich vorgenommen, die Sprache zu lernen, und wusste doch, dass sie sich nicht dazu durchringen würde. Sie war zu faul. »Mein Marjellchen«, sagte Pop zu Tante Karl, »das versteht sich auf zwei Dinge – auf ihre Quetsch und aufs Glücklichsein. Und sonst auf nuscht.«
Recht hatte er. Musik und Glücklichsein, das nahm so viel Raum in Gundis Leben ein, dass sie bei allem anderen faul sein *musste.* Und genügte es für den Augenblick denn nicht, wenn sie sich auf die Musik konzentrierte und mit ein bisschen Fegen und Mangeln ein Taschengeld verdiente, um ihren Freunden ein Eis zu spendieren? Später, ja später würde alles anders werden, da würde sie mit ihrer Musikgruppe dort oben auf dem Podium stehen, ordentlich Geld verdienen und Pop und Tante Karl alles

kaufen, was sie sich nie hatten leisten können. Heute Abend jedoch war Gundis Welt so, wie sie war, ganz in Ordnung.
»Leer geht bei mir keiner aus«, sagte sie und rappelte sich auf. »Also, was wollt ihr? Erdbeer? Zitrone? Lore, wie ich dich kenne, kannst du dich nicht entscheiden, also nimm besser gleich zwei.«
Sie wollte den Eisverkäufer heranwinken, aber Erik kam ihr zuvor. Geschmeidig wie ein Klappmesser sprang er auf die Füße, während der Schäferhund sich auf die Hinterkeulen setzte und erwartungsvoll an ihm hochsah. Die große Rute wedelte und wirbelte einen Sandsturm auf. »Das Eis zahle ich«, sagte Erik so beiläufig, als hätte er die Taschen voller Geld. »Und Lore kann so viele Kugeln haben, wie sie will.«
Er hatte tatsächlich die Taschen voller Geld – wenn auch nur heute. Sein Vater, der beim Stutenrenntag auf der Favoritin *Weichselfee* angetreten war, hatte es einmal mehr geschafft, sich wegen unmäßigen Einsatzes der Gerte disqualifizieren zu lassen und den Namen Tetzlaff zum Gespött von Zoppot zu machen. Der zweite Tetzlaff – Erik – hatte dagegen gewonnen. Nicht im Pferderennen, denn Erik hatte als Junge einen Sturz erlitten und hasste das Reiten. Stattdessen hatte er mit Lex an der Zoppoter Hundeschau teilgenommen und den Sieg davongetragen. Die Prämie war lächerlich im Vergleich zu dem, was auf der Rennbahn über den Tisch ging, doch für die vier Freunde war es viel Geld. Erik fingerte es lässig aus der Hosentasche und schlenderte mit dem Schäferhund hinüber zum Eismann.
Unwillkürlich sah Gundi ihm nach. Er hatte die Hände in den Taschen der hellen Leinenhose vergraben, trug ein leichtes, offenes Hemd, das im Abendwind flatterte, und der prachtvolle Hund tat ein Übriges. »Kein Wunder, dass sie gewonnen haben«, murmelte sie. »Die zwei sind so ein schönes Paar – wenn wir erst Auftritte haben, sollten wir Lex mit auf die Bühne nehmen.«

»O ja, Lex!«, rief Lore, die anfangs Angst vor dem Hund gehabt hatte, jetzt aber vor Freude ein rotes Gesicht bekam, wenn er ihr den Kopf in den Schoß legte und sich das dichte Nackenfell kraulen ließ. Dann hielt sie sich die Hand vor den Mund, als hätte sie etwas Falsches gesagt, und spähte hinüber zu Julius.

Sie *hatte* etwas Falsches gesagt. Wenn man nicht achtgab, sagte man bei Julius nur allzu schnell etwas Falsches. »Man könnte meinen, ihr hättet noch nie einen Berufsmusiker gesehen«, fuhr er auf. »Wozu machen wir uns eigentlich die Mühe, hier den ganzen Tag auf der Lauer zu liegen? Tritt vielleicht einer von denen da drüben mit seinem Haustier auf? Der Kontrabassist schon gar nicht. Ein Kontrabassist ist kein Frontmann, sondern hält sich im Hintergrund, ich dachte, euch brauchte ich das nicht zu erzählen.«

Gundi und Lore tauschten einen Blick, und Lore spreizte ratlos die Arme. Mit einem Abwinken versuchte Gundi, sie zu beruhigen. Sie wusste, wie die Schwester sich fühlte: Keine von ihnen wollte Julius verletzen, aber es war so schwer zu vermeiden! Viel öfter als Lore war es Gundi, die mit beiden Füßen im Fettnapf landete.

Erik hatte den Eisverkäufer bezahlt und kam mit Lex zu ihnen zurück. Zwischen seinen langen Fingern, die so gewandt über die Saiten des Kontrabasses flogen, balancierte er sechs mit Eis gefüllte Waffeln. Zwei teilte er an Gundi und Julius aus, zwei gab er der verblüfften Lore, und eine schob er dem wartenden Lex in die Schnauze. Die letzte behielt er selbst.

»Ich habe nicht gesagt, dass ich ein Eis will«, kam es übellaunig von Julius.

»Du hast aber auch nicht gesagt, dass du keines willst«, gab Erik zurück. Dann zuckte er die Schultern. »Wenn du's nicht magst, wirf's weg. Der Hund wird sich nicht beklagen.«

»Dass du Geld hast, um es an deinen Hund zu verfüttern, war mir neu«, sagte Julius. »Aber du musst es ja wissen.«
Erik gab keine Antwort, setzte sich und sandte Julius einen Blick.
Lore blickte noch immer ungläubig auf die zwei Eiswaffeln. Während sie sich offenbar nicht entscheiden konnte, welche sie essen sollte, rann ihr der schmelzende Inhalt rosarot und gelblich über die Finger.
»Jetzt esst schon!«, rief Gundi, bohrte ihre Zungenspitze ins Eis und genoss die kalte Süße. »Erik gibt sein Geld aus, um uns eine Freude zu machen, und ihr wisst das nicht mal zu schätzen.«
Wie so oft zuckte Erik die Schultern. »Kein Problem. Von mir aus können sie's in den Sand spucken.«
»Wenn das so ist …« Warum Julius an einem so herrlichen Tag derart übellaunig war, wusste der Himmel, aber er spuckte tatsächlich.
Dabei hatte er sein Eis nicht einmal angerührt.
»Du benimmst dich wie ein Kodderatz, weißt du das?« Gundi bemühte sich um einen tadelnden Blick. »Glaub man bloß nicht, dass dir dat steht.«
»Und du sprichst wie eine Hafengöre.« Julius fixierte sie. »So als hättest du keine Kinderstube. Bist du darauf vielleicht stolz?«
»Und wie«, gab Gundi zurück. »Ich bin schließlich eine. Getauft mit Meerschaum aus Neufahrwasser. Aber eine Kinderstube hatte ich, und egal, wie beleidigt du bist, gegen meinen Pop sagst du nie wieder einen Ton, klar?«
Ehe Julius noch einmal den Mund aufbekam, wirbelte sie herum, dass ihr Rock sich auffaltete und um ihre Beine schwang. Der Anblick gefiel ihr ausnehmend gut, obwohl sie nicht so schlank war, wie sie es gern gewesen wäre. Schuld daran war Tante Karl. Als Gundi zum ersten Mal mit Pop nach Zoppot gekommen war, hatte sie Gundis Schultern und Arme befühlt und

ausgerufen: »Das arme Trienchen ist ja nuscht als Knöchelchen und Haut. Da wird's ordentlich gute Butter und Klütermus zum Aufpäppeln brauchen.«
Seither hatte sie keine Gelegenheit versäumt, gezuckerte Porzeln, Apfelflinsen, Birnenkompott und was ihr Garten und ihre Küche sonst hergaben, Gundi in den Mund oder zum Mitnehmen in die blaue Tasche zu stopfen. Und da Gundi so überhaupt kein Talent zum Neinsagen hatte, war sie beileibe nicht so grazil wie die zarte Brünette, die manchmal am Bühnenrand auf den polnischen Tenor wartete. Aber hübsche Beine hatte sie. »Astreines Fahrgestell«, hatte Pops Freund Gustav Kapahnke ihr attestiert.
»Mir schmeckt es jedenfalls«, sagte sie zu Erik und biss krachend in die Waffel, sodass die Kälte Schmerzwellen bis in die Wurzeln ihrer Zähne sandte. »Danke, Erik. Ich freu mich.«
Sie trat auf ihn zu, und er vollführte spöttisch eine Verbeugung vor ihr. »Keine Ursache. Im Grunde ist der edle Spender ja Lex, nicht ich.«
Herr und Hund blickten ihr entgegen, zwei Paar dunkle Augen, eine Einheit, die nicht zu durchdringen war. So erging es ihr oft mit Erik. Im einen Augenblick war sie sich sicher, dass er sie mochte, und vielleicht sogar mehr als das, doch im nächsten verpuffte alle Vertrautheit, und er schien hinter einem Vorhang zu verschwinden. Dann war er ein erwachsener Mann, der bereits seine ersten Schritte auf dem Weg zum Berufsmusiker gemacht hatte, und sie blieb ein Schulmädchen, das zwar jeder mochte, aber niemand ernst nahm.
Er war ein grandioser Bassist, der die Fehler und Unsicherheiten, die ihr als Sängerin unterliefen, mit schlafwandlerischer Sicherheit abfing, und dass er bei verschiedenen Kaffeehaus-Ensembles als Ersatzmann einsprang, machte es umso aufregender, mit ihm zu musizieren. Doch anders als Lore, die über bald

jede Note in Anbetung ausbrach, und Julius, der auf jedes neue Lied neue Hoffnung setzte, verlor er nie ein anerkennendes Wort über eine von Gundis Kompositionen.

Weil sie nicht gut genug waren. Sie konnte sich spielend leicht Melodien einprägen und verstand sich hervorragend darauf, ein Stück zu arrangieren, es flog ihr regelrecht zu, und am Ende passte es für sie alle: für Erik, ihren besten Instrumentalisten, wie für Lore, die über die Grundlagen nicht hinauskam. An musikalischen Einfällen schien es ihr jedoch zu fehlen. Saß sie vor dem leeren Blatt und kaute am Bleistift, war ihr Kopf wie leer gefegt.

Manchmal glaubte sie dennoch, es wäre ihr endlich gelungen und sie hätte ein Lied erdacht, das die Menschen dort berührte, wo Worte nicht hingelangten, und sie zum Lachen und Weinen brachte. Sobald sie jedoch Eriks unbewegte Miene sah, wusste sie, dass es auch dieses Mal nicht genügte, dass ihr Lied gar nichts auslöste, kein Zucken im Herzen und kein Kribbeln in den Beinen, und einen halben Tag später war die Melodie aus ihrem Kopf verschwunden.

Ein Lied wie *Vergebliches Verlangen* hingegen verschwand daraus nie. Es setzte sich ihr ins Ohr, und während sie hastig den Abwasch erledigte oder den Wäldchenweg hinunter zum Strand hüpfte, ertappte sie sich dabei, dass sie es summte. Auch jetzt, wo hinter der Absperrung des *Grandhotels* das Vorspiel der Geigen begann. Gundi sah Erik an und vergaß ihr Eis. In seinen Augen tanzten kleine Lichter, Reflexe der Lampions, die der aufkommende Seewind zum Schwingen brachte.

»Wie schön das sein muss«, murmelte Lore. »Dort drüben dabei zu sein. Nur ein einziges Mal.«

»Das werden wir, Lorchen«, rief Gundi, ohne sich umzudrehen. Die Sehnsucht wurde so stark, dass sie zu spüren glaubte, wie ihre Beine davonlaufen und über den Zaun springen wollten.

»Wir werden nicht nur einmal dabei sein, sondern wieder und wieder und wieder – so oft, wie wir Lust darauf haben.«

»Dein Wort in Gottes Ohr«, sagte Erik. »Wenn ich mir ansehe, wie viele von uns Habenichtsen hier ihr Glück mit Musik machen wollen und wie viele ständig dazukommen, frage ich mich allerdings, ob ich mich nicht auf die Hundezucht verlegen sollte.«

»Das ist nicht dein Ernst!«, rief Gundi. Es durfte nicht sein Ernst sein, denn es hatte doch immer festgestanden: Sie würden gemeinsam kämpfen, bis sie ihr Ziel erreicht hatten. Wenn einer von ihnen absprang, konnten sie die Sache vergessen.

»Vermutlich nicht«, erwiderte Erik. »Ich habe ja nur Lex und könnte mir von meinen paar Kröten nicht einmal eine Hündin leisten. Aber ewig an einem tot geborenen Kind zu operieren hilft ja auch nichts. Wenn wir keine Nummer zustande bringen, die sich aus der Masse hervorhebt, werden wir uns wohl eingestehen müssen, dass wir aufs falsche Pferd gesetzt haben.«

Gundi war derart entsetzt, dass ihr die Worte fehlten. Wie konnte er so etwas sagen? Sie waren doch jung, sie fingen gerade erst richtig an – und Erik wollte das Handtuch werfen? Wenn er es tat, trug sie die Schuld daran. Sie war es doch, die eine solche starke Nummer nicht zustande brachte, die bei aller himmelstürmenden Liebe zur Musik nichts als Durchschnittsware aufs Notenpapier bekam.

»Ich glaube, ich höre nicht richtig.« Julius war aufgestanden und hatte die Arme vor der Brust verschränkt. »Schlapp machen willst du? Unsere Musik wegwerfen und auf ewig für einen Hungerlohn buckeln? Und zum Trost speist du die Mädchen mit deinen blöden Eiswaffeln ab? Nichts da. Ich glaube an uns, und das werden wir heute Abend feiern. Auf Eriks Eis könnt ihr pfeifen, ich lade euch ins *Grandhotel* zu Champagner ein.«

Mit der gleichen Geste wie Erik vorhin zog er sein Geld aus der

Tasche, nur wirkte es bei ihm nicht lässig. Und statt der Handvoll zerknitterter Guldenscheine förderte er eine abgeschabte Brieftasche zutage. Das Rot des Himmels verdunkelte sich zu Violett, der Tenor begann in strahlenden Tönen *Vergebliches Verlangen* zu singen, und Gundi konnte nicht fassen, was sie gerade gehört hatte.

Lore noch weniger. »Ins *Grandhotel?*«, stammelte sie. »Aber solche wie uns lassen sie doch da gar nicht rein.«

»Weshalb sollten sie uns denn nicht reinlassen?«, versetzte Julius. »Ist mein Geld vielleicht schlechter als das von anderen, zähle ich weniger, weil ich keinen Adelstitel und kein Gut in Ostpreußen erbe? In unserem Senat sitzen Sozialdemokraten, im Kreistag haben sie sogar dazugewonnen. Bei uns im Freistaat hat jeder Mensch denselben Wert.«

Erik lachte. »Glaubst du das wirklich, oder hörst du dich nur gern reden?«

»Warum soll ich es nicht glauben? Von den Geldsäcken, die sich für was Besseres halten, habe ich mich all die Jahre niedermachen lassen, aber die Zeiten sind vorbei. Die können mich mal küssen, wo ich schön bin.«

Sein *können* klang wie *kinnen* und sein *küssen* wie *kissen.* Gundi wusste, wie sehr er es hasste, wenn er versehentlich Danziger Mundart sprach, die seine nicht gerade vornehme Herkunft verriet. Aber schön war er, wie er da so kerzengerade im flutenden Licht stand und vor Empörung die Brust aufblähte.

Mit der Brieftasche wedelte er in Eriks Richtung. »Wer bezahlt, dem öffnen sich Türen. Und wenn Gundi unbedingt diesen schmalzlockigen Knödler aus der Nähe hören will, dann soll sie ihren Willen haben.«

Der Pole knödelte nicht. Jeder seiner Töne war klar wie Glas, und trotz der opernhaften Wucht seiner Stimme sang er den Tango jazzig und seidig, aber das war Gundi im Augenblick egal.

Sie hätte Julius sagen müssen, er solle sein bisschen Geld nicht für Dinge verschleudern, die er sich nicht im Entferntesten leisten konnte, doch sie brachte es nicht über sich. Zu verlockend war das, was er ihnen in Aussicht stellte.

»Na, was sagt ihr?«, rief er. »Ist das ein Angebot oder ist es keins?«

»Und ob's eins ist! Du bist der Beste, Ju-Ju!« Mit einem Satz, der den Sand aufpflügte, war Gundi bei ihm und warf ihm die Arme um den Hals.

7

In das verfluchte *Grandhotel* hatte man sie tatsächlich nicht eingelassen. Wäre es nur um ihn gegangen, hätte Julius ohnehin keinen Fuß in den noblen Kasten gesetzt, in dem Männer wie sein Vater innerhalb von Minuten Summen verprassten, von denen Frauen wie seine Mutter einen Monat lang lebten. Aber es ging nicht um ihn. Es ging um Gundi, und sobald sie ins Spiel kam, verließ ihn sein Verstand.

Der Türsteher in seiner albernen Operetten-Livree hatte ihn behandelt wie einen lästigen Bengel, den man mit einer Handbewegung verscheuchte. »Nur für Gäste«, hatte er behauptet, obwohl allgemein bekannt war, dass zu den Tanzveranstaltungen auf der geschmückten Terrasse die Kurgäste aus sämtlichen Hotels zusammenströmten. Das Geld, das Julius ihm hinhielt, hatte er keines Blickes gewürdigt.

Es war nicht Julius' Geld. Seine Mutter hatte es ihm gegeben, und er hätte den Wocheneinkauf dafür erledigen sollen. Julius erledigte so gut wie alle Einkäufe für ihren mickrigen Haushalt,

und er war noch nie auf die Idee gekommen, auch nur einen halben Gulden für sich abzuzweigen. Er war ehrlich und diszipliniert. Wenn es überhaupt etwas gab, auf das er stolz war, dann auf diese zwei Eigenschaften, aber heute hatten beide versagt. Stillzuhalten und zuzusehen, wie Gundi nicht nur den Tenor, diesen Fatzke, anhimmelte, sondern sich obendrein von Erik mit seinem läppischen Eis ködern ließ, war zu viel gewesen. Er hatte die Scheine aus der Geldbörse gezogen und vor den Gesichtern seiner Freunde geschwenkt, als gäbe es kein Morgen. Aus seinem Wahn erwacht war er erst, als der Livrierte ihm das Tor vor der Nase zustieß, aber nun gab es kein Zurück mehr. Ohnehin war er vor Gundi bis auf die Knochen blamiert worden. Wenn er jetzt nicht den Überlegenen spielte und den Schaden begrenzte, würde er ihr nicht mehr unter die Augen treten können.
Eine ältliche, wie ein Christbaum mit Schmuck behängte Frau kam neugierig näher und klopfte ihm mit ihrem Fächer auf die Wange. »Na, mein Hübscher – in der Tür geirrt? Was wollten Sie mit Ihren Spargroschen denn bestellen? Ein halbes Gläschen Wasser?«
Welcher vernunftbegabte Mensch brauchte am Strand von Zoppot einen Fächer, welcher Mensch mit Herz bildete sich etwas auf ererbten Reichtum ein und hielt Gehässigkeit für Mutterwitz? Julius war wütend auf sich selbst. Er hatte keinen Grund, eine Frau zu beneiden, der die Schminke aus den Falten bröckelte und die ihren perlenden Champagner allein trinken musste, ohne dass jemand mit ihr anstieß. Er dagegen war jung und voller Träume, er stand unter einem funkelnden Sternenhimmel und hatte die besten Freunde der Welt. »Kinder, hier ist's mir zu muffig«, rief er. »Gehen wir irgendwohin, wo man richtig tanzen und den Sommer feiern kann.«
Ohne nachzudenken, schnappte er sich Gundi und zog sie mit

sich fort. Lore und Erik, der den Hund in der Obhut des Strandkorbvermieters zurückgelassen hatte, folgten. Sie schlenderten die Strandpromenade hinunter, versuchten ihr Glück von Hotel zu Hotel, wohl wissend, dass ihnen nicht nur das größte, glamouröseste, sondern ebenso die der zweiten und dritten Kategorie verschlossen bleiben würden. Von der Seestraße aber, die hinter dem Aussichtsturm und dem großen Kurhaus hinauf zum Bahnhof führte, lockte das Gelb von Laternenlicht, und ein Lokal reihte sich ans nächste. Erik war es, der sie dorthin umlenkte: »Hat doch keinen Sinn, wenn wir uns vorn am Strand die Füße wund laufen. Hier kriegen wir wenigstens demnächst was zu trinken.«

Sie landeten im *Blauen Pudel,* einer Kaschemme, die zum Tanzen im Grunde zu eng war, die aber etwas Besonderes hatte. In der Einrichtung, einem Sammelsurium von Möbelstücken, lag ein gewisser Stil, und die Musikauswahl verriet unverkennbar Geschmack.

Julius wollte nicht mehr denken, nur tanzen und vergessen. Champagner gab es nicht im *Pudel,* doch für das Geld seiner Mutter bekam er mehrere Flaschen französischen Weißwein, gekühlt in einem angelaufenen Silberkübel. Elkeles, der Barmann, sah aus wie ein attraktiver Verwandter des Teufels, ließ sich nie ohne einen eigentümlichen Drehbleistift hinter dem Ohr sehen und bestückte den Weinkeller des Lokals mit Tropfen, die edler waren als das Publikum.

Wein war ein Luxus, den sie nicht gewohnt waren, sie tranken ihn zu schnell und auf fast leeren Magen. Dazu kamen die Sonne, die ihnen den ganzen Tag auf die Köpfe gebrannt hatte, die Erregung und der weiche Jazz, der sich ins Blut schlich. Der Alkohol wirkte im Nu. Mit jedem Glas wurde die Mahnung seines Gewissens leiser, verschwammen die Sorgen. Was blieb, waren der behagliche, vollgestellte Raum und der Tanz mit Gundi.

Sie schmiegte sich an ihn, in der Enge blieb ihr gar keine Wahl. Aber sie hätte es sonst auch getan, tat es immer, nicht weil sie scharf auf ihn war, sondern weil sie vor Vertrauen und Zärtlichkeit überfloss. So kess und weltgewandt sie auch daherkam, war sie im Innersten naiv und noch immer ein Kind. Dass er, der ihre festen Brüste und ihren Bauch, den sie nie einzog, an seinem Körper spürte, fast verging, bemerkte sie gar nicht. Stattdessen plapperte sie vor sich hin: wie schön sie es hier fand und wie nett es von ihm war, sie einzuladen, wie verrückt sie aufs Tanzen war und auf die Musik aus dem rauschenden Trichter des Grammofons. »Ist die nicht eine Wucht, Ju-Ju? Würdest du die auch am liebsten von morgens bis abends und dann noch in der Nacht hören?«

Wenn ich dich dabei halten kann, dachte Julius. Er hatte seine Hände auf ihren Rücken gelegt und ließ sie wandern, spürte streichelnd durch den Stoff der Bluse ihren festen Körper, ihre Lebenskraft. Über ihre schönen Augen senkte sich ein Schleier, und einen Augenblick, nur eine einzige selige Sekunde lang, wagte er zu hoffen, sie könne aus ihren Kinderträumen erwacht sein und dasselbe empfinden wie er.

»Einmal hab ich zu Pop gesagt: Musik macht mich glücklich«, erzählte sie dann, »und Pop hat gesagt: Aber glücklich bist du doch schon, Marjellchen, und da hab ich's verstanden, weißt du? Die Musik macht, dass ich immer das, was ich eh schon bin, noch viel mehr bin: Bin ich glücklich, dann macht sie mich überüberglücklich, und bin ich traurig, dann muss ich weinen.«

Julius nahm eine Hand von ihrem Rücken und hob ihr Kinn an. »Warum bist du denn jetzt traurig, Gundi?«

»Jetzt? Ach, ich weiß auch nicht.« Eine Träne löste sich aus ihrem Augenwinkel und rollte ihr über die Wange. »Weil's so schön ist. Die Musik und das Tanzen, meine ich. Und weil ich glaub, dass Erik recht hat. Ich hab's einfach nicht in mir. Ich werde nie ein Lied schreiben, das die Leute in der Nacht mit in den Schlaf nehmen und am nächsten Morgen auf dem Weg zum Strand noch summen.«

»Ach, Gundi.« Julius wischte ihr die Träne weg und zwang sie, ihn anzusehen. »Es gibt auch noch etwas anderes als Musik, denkst du manchmal daran?«

Er selbst benahm sich oft genug so, als gäbe es nichts anderes. Seine Mutter, die ihm die Trompete gekauft hatte, weil das zu ihren Vorstellungen von einem Offizierssohn gehörte, schimpfte: »Wenn ich gewusst hätte, dass von dir tagaus, tagein nichts als das Getröte zu hören ist, hätte ich es mir zweimal überlegt.« Er aber übte in jeder freien Minute, weil die Musik seine Chance war, aus den zwei Zimmern im Gartenhaus, samt Plumpsklo im Hof, herauszukommen.

Es gab für ihn keine andere. Sein Abitur war bestenfalls mittelmäßig, er hatte zu oft geschwänzt, weil er die herablassenden Blicke und die Häme der Bürgersöhne nicht ertrug. Studieren konnte er ohnehin nicht, denn woher hätte er das Geld dafür nehmen sollen? Im Moment fuhr er Fischkonserven aus, belieferte auf einem verbeulten Rad mit Gepäckkörben die Hotels und Restaurants und schrubbte sich abends wund, um den Gestank loszuwerden. Im Sommer von Zoppot blieb alles Düstere hinter der Fassade aus Strandleben und Urlaubsfreude versteckt, doch in Danzig wurden die Schlangen der Arbeitslosen vor den Ämtern täglich länger. Die wirtschaftliche Lage war alles andere als rosig, und Julius verfügte über keinerlei Beziehungen.

»Und dafür habe ich mich nun abgerackert«, jammerte seine Mutter. »Mein Sohn ist ein Laufbursche geworden. Statt mir mein Alter zu erleichtern, wird er in der Gosse landen.«

Julius war entschlossen, nicht in der Gosse zu landen, sondern es allen, die nicht an ihn glaubten, zu zeigen. Deshalb gab er sich der Musik mit ganzer Kraft hin. Für Gundi hingegen war die

Musik so etwas wie ein geheimes Elixier, das sie einsaugen musste, um zu vollem Leben zu erwachen. Sanftes Kokain. Unter seinen streichelnden Fingern spürte er das Zucken ihrer kräftigen Muskeln, die Ungeduld, das Verlangen, das er nicht stillen konnte.

»Etwas anderes als Musik?«, fragte sie verwirrt, als hätte er nicht Deutsch gesprochen. »Nein, Ju-Ju, das glaub ich nicht. Natürlich gibt's Eis und Wein und Tante Karls *Komm morgen wieder,* es gibt das Meer, in das ich gleich morgen früh hineinrennen möchte, und nächsten Sonntag kommt Pop, und wir spielen bis Mitternacht Rommé. Aber ohne Musik wär das doch alles nichts, hab ich recht?«

So war Gundi. Auf die Idee, ihm zu sagen, was er hören wollte, wäre sie nie gekommen. Sie war stets ganz sie selbst, weshalb es schier unmöglich war, ihr böse zu sein. Wann er sich in sie verliebt hatte, wusste er nicht. Seit sie in diesem Jahr hier war und endlich kein Schulmädchen mehr, hatte er ein paarmal versucht, es ihr zu sagen, bezweifelte aber, dass sie es je richtig mitbekommen hatte.

Schweigend tanzten sie ein paar Schritte, dann lachte Gundi auf, als ihr rundlicher Hintern einen Herrn in blauem Samtjackett rammte, und der drehte sich um, erwiderte das Lachen und sah geradezu verzückt aus. Julius hätte ihn am liebsten angefahren und beiseitegestoßen. Gleich darauf war die Platte zu Ende, und die Paare lösten sich voneinander. »Ich habe Durst, lass uns zu den anderen gehen«, sagte er, ehe der Kerl auf die Idee kam, ihm Gundi abzuschwatzen.

»Ach ja, ich auch.« Sie klang selig, alle Traurigkeit war verflogen. »Dein Wein schmeckt so schön nach Sommer, auch wenn ich sonst den süßen lieber mag. Und die zwei Trauerklöße müssen wir ja auch mal auf Trab bringen.«

»Erik und Lore?«

Gundi nickte. »Sie haben den ganzen Abend noch nicht einmal getanzt.«

Erik und Lore saßen auf einer grün gepolsterten Bank, an die Ecke eines Tisches gequetscht, an dem offenbar eine Art Versammlung stattfand. Acht Männer, von denen mehrere eine wenig kleidsame, schlammfarbene Uniform trugen, kippten zu lautstarken Trinksprüchen Schnäpse. »Auf den Abwehrkampf«, grölte einer. »Wer als Danziger polnische Waren kauft, die womöglich noch über Gdingen kommen, hat das Recht verwirkt, sich Deutscher zu nennen.«

Solche Parolen waren für Julius nichts Neues. Seine Mutter schnappte sie ständig irgendwo auf, obwohl sie von Politik nichts verstand. Danzig war nach dem Krieg gegen den Willen der Einwohner aus dem Deutschen Reich herausgelöst und der Kontrolle des Völkerbundes unterstellt worden, um dem neu geschaffenen polnischen Staat einen Zugang zur Ostsee zu sichern. »Ein Stachel im Fleisch ist das für die tapferen Männer wie deinen Vater, die für ihr Land gekämpft haben. Wie sollen sie das jemals verwinden, dass ihre schönen Städte, ihr Danzig, ihr Zoppot, sich nicht mehr deutsch nennen dürfen und das sich quer durch ihr Land dieser polnische Korridor zieht, der es in zwei Hälften teilt?«

Daran war zweifellos vieles richtig. Der Korridor trennte Ostpreußen vom Reich, und wer ihn im Zug durchqueren wollte, musste in einem Waggon Platz nehmen, der anschließend verplombt wurde. Eine Zumutung, die die Menschen in Rage brachte, und der ewige Streit um Zölle machte es nicht besser. Seine Mutter, die nur das Gerede nachplapperte und nichts verstand, vergaß jedoch, dass Danzig vom Umschlag polnischer Waren in seinem Hafen nicht schlecht gelebt hatte. Seit die Polen sich im nahen Gdingen – das bereits zum Korridor gehörte – ihren eigenen hochmodernen Hafen bauten und Warengeschäf-

te aus Danzig abzogen, litt die angeschlagene Wirtschaft erheblich, und die Unternehmen waren gezwungen, Arbeiter zu entlassen.
Über all das ereiferten sich die Schnapstrinker in den schmutzbraunen Hemden. Einer, dessen Gesicht mit roten Eiterpusteln übersät war, krakeelte, er stamme aus einem nahe gelegenen Ort mit dem possierlichen Namen Putzig, der jetzt jedoch polnisch war und sich Puck nennen musste. »Wat 'n schniekes Seebad war unser Putzig, da kam Zoppot nech' mit, und jetzt hockt da der Polacke und grinst sich eins. Polens Hochzeit mit dem Meer nennen die das und machen am Jahrestag 'ne Sause, dass einem das Kotzen kimmt.«
Verdenken konnte man es den Leuten nicht. Julius mochte sich nicht vorstellen, wie er selbst empfunden hätte, wenn der Völkerbund sich auch Zoppot und das Kleinod Danzig einverleibt und sie für polnisch erklärt hätte. Zu einem anderen Zeitpunkt hätte er die Debatte der Männer gern weiter verfolgt, doch heute interessierte ihn nichts als Gundi.
Mit ihr zu tanzen war himmlisch. Sich mit ihr in die enge Bank zu quetschen wäre womöglich noch himmlischer, auch wenn allein der Gedanke ihm die Hitze in die Wangen trieb. Er konnte es nicht erwarten, sie wieder neben sich zu spüren, doch als er sich setzen und sie an seine Seite ziehen wollte, stand Erik auf.
»Jetzt bin ich dran«, sagte er und vollführte die Parodie einer Verbeugung. »Gundi, erweist du mir die Ehre?«
»Und ob!« Gundi strahlte und griff an Julius vorbei nach Eriks Hand. Am Grammofon hatte sich ein Haufen Stammgäste um die nächste Platte gestritten und sich schließlich für *Blue Skies* entschieden, ein Stück aus Amerika, das Julius umwerfend fand. Es stammte aus einem brandneuen Film, der keinen vor der Leinwand klimpernden Pianisten und auch keine Zwischentitel mehr brauchte, weil alles – Musik, Dialoge, Geräusche – mit den

Bildern zusammen aufgenommen wurde. Ein Tonfilm! So etwas gab es nur in Amerika. Julius packte das Fernweh. Er war noch nirgendwo gewesen, hatte noch nichts erlebt und wollte doch mit Gundi überallhin. In die großen Hotels, an sonnenüberflutete Strände, in Städte, in denen es nie dunkel wurde.

Seine Gundi, der er die schillernde Welt hätte zu Füßen legen wollen, zog mit Erik davon und tanzte mit ihm zu *Blue Skies.* Sie trug eine Bluse mit aufgestickten Kornblumensträußchen zu einem blauen Rock, den die Geliebte ihres Großvaters genäht hatte, und hatte vermutlich keine Ahnung, dass sie in diesen Kinderkleidchen reizvoller und strahlender war als jede Salonschönheit in raffinierter Robe. Julius glotzte ihnen nach und kam sich vor wie ein Idiot. Warum war er nur zum Tisch gegangen, statt weiterzutanzen, warum hatte er sie Erik überlassen, ausgerechnet zu *Blue Skies,* das wie für sie beide gemacht war?

Es war kein echtes Tanzstück, nur geeignet für enge Räume, für schummriges Licht und für Gäste, die nie richtig tanzen gelernt hatten. Es war für Mädchen wie Gundi geschrieben, denen die Lebensfreude in die Hüften sackte, wo kein Verstand herrschte, sondern schwingende Sinnlichkeit. Julius stand noch einmal ihr lächelndes Gesicht vor Augen, über das eine Träne rann, und endlich begriff er, was sie gemeint hatte. So eines brauchen wir, durchfuhr es ihn, ein Lied wie *Blue Skies,* das zum Lachen und zum Weinen bringt, ein Brennglas, das Gefühle tausendfach verstärkt.

Julius verstand den Text nicht, aber er hatte von dem Film gelesen: Er erzählte die Geschichte eines Jungen, der mit seiner Familie bricht, um seinem Traum zu folgen und Jazz zu singen. Das Lied *Blue Skies* singt er für seine Mutter, die er liebt und dennoch verlässt. Es war ein heiteres, düsteres, lustiges, trauriges Lied, und er selbst, Julius Czarnetzki, hätte es für seine Mutter singen können.

Das ist das Geheimnis, dachte er. Ein großes Lied gibt jedem das Gefühl, es sei allein für ihn geschrieben worden. Vieles, was Gundi verfasst hatte, war hübsch und ansprechend, aber es berührte nicht, weil es weder mit ihr noch mit irgendwem sonst zu tun hatte. Vielleicht traf ja zu, was sie befürchtete, und sie würde nie etwas schreiben, das darüber hinausging. Julius hörte *Blue Skies*, gesungen von Al Jolson, der zu verstehen schien, wie es in ihm aussah, und wusste: Er selbst wäre dazu nicht imstande gewesen.

Es war nichts, was man einfach so probieren oder erlernen konnte, sondern etwas, das wenigen vom Glück begünstigten Menschen vorbehalten war.

Ein vom Wein schweres Seufzen entfuhr ihm, während sein Blick Erik und Gundi folgte. Warum war die Welt nur so, warum begünstigte das Schicksal manche Leute wie diesen Tango-Tenor, ließ sie sich in Erfolg und Talent sonnen, während andere auf immer am Boden festklebten? Er hatte sich so sehr gewünscht, eines Tages dazuzugehören, hatte an diesem Traum Halt gefunden, und jetzt schien er auf einmal in Scherben zersprungen, über die Gundi mit Erik hinwegtanzte.

Erik tanzte so gut wie nie. Durch eine Verletzung, die er sich beim Sturz vom Pferd zugezogen hatte, waren die Bewegungen seiner linken Hüfte eckig und steif. Heute Abend aber sah Julius zum ersten Mal, wie er sich Mühe gab, diesen Makel zu verbergen. Seine rechte Hand strich Gundis Rücken hinab, blieb an der Taille liegen und zog sie enger zu sich. Erik war Julius' Freund. Sie waren Nachbarn, und ihr Status als Außenseiter unter den Kindern der biederen Zoppoter Kleinbürger – Julius als uneheliches Kind und Erik als Sohn eines versoffenen Versagers – hatte sie zusammengeschweißt. Er war immer froh gewesen, Erik

an seiner Seite zu haben, aber heute hätte er ihn auf den Mond schießen wollen.
Machte der Freund sich ernsthaft Hoffnungen, Gundi für sich zu gewinnen?
Aber er musste doch wissen, wie viel sie Julius bedeutete, jeder musste das wissen, es stand ihm ja regelrecht auf die Stirn geschrieben, lag in jedem Schritt, den er setzte, jedem Wort, das er sprach!
Julius verfolgte Erik und Gundi weiter mit seinen Blicken und erkannte, dass es dem Freund nicht anders erging. Auf seiner Stirn stand derselbe Name geschrieben:
Gundi. Gundi. Gundi.

8

Julius griff nach seinem Weinglas und stürzte den Inhalt hinunter. Ein Rinnsal lief über sein Kinn und tropfte ihm aufs Hemd. Würde ihm nicht einmal erspart bleiben, dass nicht der fremde Tenor, sondern ausgerechnet sein einziger Freund ihm seine Gundi wegschnappte? Er hatte sein Geld verschleudert, seine Mutter bestohlen, würde morgen nicht wissen, wie er ihr den leeren Speiseschrank erklären sollte – und jetzt würde er dennoch der Verlierer sein?
Aber hatte Erik denn eine Chance?
Julius wusste, er hätte Erfolg bei Mädchen haben können. Er galt als gut aussehend, gab sich Mühe mit seinen Umgangsformen, und seine Trompete stellte eine zusätzliche Attraktion dar. Erik dagegen war verschlossen, sarkastisch, düster – keiner, der Mädchen gefiel. Als Bassist stand er in der zweiten Reihe, und Geld

hatte er so wenig wie Julius. Sogar noch weniger. Mit seinem Boot machte er nur im Sommer Einnahmen, und das meiste davon fraß sein geliebter Hund auf.
Aber Gundi mochte den Hund. Und Gundi war anders. Was, wenn Gundi auf das, was anderen Mädchen wichtig war, keinen Wert legte und sie in Erik etwas fand, das sonst niemand sah?
Jemand zupfte an seinem Ärmel. Er drehte sich um und sah Lore, die großäugig zu ihm aufblickte. Plötzlich schämte er sich. Hatte er sich nicht eben noch seiner Umgangsformen gerühmt, die so viel feiner waren als die von Erik? Und hier stand er nun und ließ die arme Lore sitzen, obwohl doch klar war, was sie von ihm erwartete: Wenn Erik mit Gundi loszog, war es an Julius, das zweite Mädchen ihrer Gruppe aufzufordern. Ihr Blick, aus dem ihn die Hoffnung geradezu ansprang, schnitt ins Herz.
»Entschuldige, Lore«, bat er sie eilig. »Ich war abgelenkt, mich hat interessiert, was die Leute dahinten am Grammofon treiben.« Er wies auf die Gruppe, die sich gegenseitig Plattenhüllen zeigte und lebhaft diskutierte.
»Ja, hübsch, nicht wahr?« Die Hoffnung in Lores Blick erlosch. »Dass die dich interessiert, versteh ich. Geh ruhig und tanz mit ihr, ich komm hier schon zurecht.«
Julius wandte sich wieder der Gruppe zu und sah, was Lore meinte. Umringt von Männern stand ein Mädchen, das ein rotes Kostüm und einen entzückenden kleinen Hut trug. Sie selbst war ebenfalls entzückend. Dunkles Haar, rund geschnitten, das Gesicht wie ein ebenmäßiges Herz. Grübchen in den Wangen. Samtaugen unter gebogenen Wimpern. Kein Wunder, dass die jungen Männer wie aufgeplusterte Hähne um sie scharwenzelten. Ein weiteres Mädchen, das plumper wirkte und Zöpfe trug, stand unbeachtet wie Lore am Rand, während die Hübsche den Kopf in den Nacken legte und silbrig lachte.
»Sprichst du von dem Mädchen mit dem Hut? Die ist mir gar

nicht aufgefallen«, sagte Julius wahrheitsgemäß. Die Kleine war süß, strahlte einen zarten Charme aus, aber er hatte wie immer nur Augen für Gundi gehabt. »Ich möchte nicht mit ihr tanzen, sondern mit dir.«

»Das Lied ist ja gleich zu Ende«, erwiderte Lore betrübt. »Ich mag es gern. Auch wenn ich nicht so viel wie ihr davon verstehe.«

»Jetzt komm schon.« Mit etwas Mühe widerstand Julius der Versuchung, sich aus der Pflicht herauszuwinden. Er nahm Lores Hand und zog sie auf die Füße. »Ich mag es auch gern. Es stammt aus einem amerikanischen Film …«

»*The Jazz Singer*«, sagte Lore. »Der Junge, der es singt, will auf der Bühne stehen wie wir, aber sein Vater will, dass er der Tradition gehorcht und Kantor der Synagoge wird. Als der Sohn an den Broadway geht, verstößt der Vater ihn, doch seine Mutter hält zu ihm und sagt ihm, er soll singen, was er im Herzen trägt. Am Ende kehrt er zurück, weil sein Vater stirbt, und singt dieses wunderschöne religiöse Lied.«

»Woher weißt du denn das?«, platzte Julius verblüfft heraus. »Ich wusste gar nicht, dass du dich für Filme interessierst.«

Der kleinste Anlass genügte, um Lore erröten zu lassen. So auch jetzt. »Ich geh gern ins Kino«, murmelte sie. »Komm nur nicht oft dazu.«

»Und Englisch kannst du auch?«

»Sprechen nicht. Aber Lesen hab ich mir mit einem Buch beigebracht. So wie Gitarre spielen. Kann jeder, man muss nur üben.«

»Und was willst du damit anfangen?« Julius war noch immer verblüfft, er hätte der stillen Lore, die meist in Gundis Schatten lief, so viel Antrieb nicht zugetraut.

»Nichts.« Lore senkte den Kopf und stolperte.

Julius fing sie auf. Die Musik wechselte, es folgte ein weiteres Lied mit dem Titel *Dirty Hands, Dirty Face,* das langsamer war und aus dem Tanzen ein Anschmiegen und verstohlenes Liebkosen machte. »Du lernst ohne Grund Englisch und liest Sachen über Filme, die wir hier gar nicht zu sehen bekommen?«

Lores Stimme wurde noch leiser. »Wenn ich dir den Grund sag, lachst du mich aus. Und das möcht ich nicht, Julius. Wirklich nicht.«

»Ich lache niemanden aus.« Leute, die das taten, die nur darauf warteten, dass jemand einen falschen Schritt tat, um in wieherndes Gelächter auszubrechen, waren ihm verhasst.

»Ich hab mir mal zusammengeträumt, ich könnt' vielleicht selbst zum Film gehen«, kam es kaum hörbar von Lore. »Jetzt lachst du doch, stimmt's? Ist ja auch zum Lachen. Ausgerechnet ich.«

Julius zog sie an sich. Ja, es war zum Lachen, aber mehr noch zum Weinen. Das Leben war nicht gerecht.

Im nächsten Augenblick entstand rund um das Grammofon ein Tumult. »Na komm, Mottchen. Sollst ja nicht als Mauerblümchen verkümmern, auch wenn man bei dem Gejaule von diesem als Neger angemalten Juden kotzen kinnt.« Das sagte einer von den Burschen in den braunen Hemden, der junge Vierschrötige mit dem Ausschlag im Gesicht, der aus dem Seebad Putzig stammte. Er packte das Mädchen mit dem hübschen Hut beim Arm und wollte sie aus der Gruppe herauszerren. Sie versuchte, sich zu befreien, schaffte es aber nicht.

Zu Hilfe kam ihr ein Mann, der den im braunen Hemd um gut einen Kopf überragte, ein Prachtkerl, dem die Schultermuskeln schier aus der zu engen Jacke platzten. Er stieß den Kleineren zurück, der prompt das Mädchen losließ und zwei Schritte rückwärts taumelte. »Du lässt Finger von ihr, *rozumieć?* Sonst gibt Ärger.«

Der Mann im braunen Hemd fing sich ab. »Du hast mir gar nichts zu sagen, Polacke!« Sein Gesicht lief rot an. »Das hier ist unser Land, da machen wir mit den Mädeln, was uns passt.«

»Nicht mit meine Schwestern.« Der mit dem Ausschlag hatte sich in die Brust geworfen, wohl in der Hoffnung, er könne seinen Widersacher einschüchtern. Sobald aber der Pole vortrat, wurde klar, wie lächerlich das war. Mit jedem Schritt, den der Pole tat, zwang er den Deutschen, einen zurückzuweichen. »Du sie fasst noch mal an, und es setzt Priegel.«

»Nicht doch, Jeszek!«, rief das süße Mädchen auf Polnisch, was Julius leidlich verstand. »Lass ihn laufen, ist doch nur ein Betrunkener, und mir ist nichts passiert.«

Der Pole, der also ihr Bruder war, hörte nicht auf sie, sondern fuhr fort, den Deutschen tiefer in den Raum zu drängen. Von dem Tisch, wo Julius mit seinen Freunden gesessen hatte, erhob sich ein weiterer, älterer Mann und versuchte, seinen Kumpan zu beruhigen: »Nu lass mal gut sein, Bruno, is' Zeit fürs Bettchen. Hast mächtig einen sitzen, aber deswegen musst du doch keinen Radau schlagen und uns am Ende ein Verbot einhandeln.«

Der Pustelige schüttelte ihn ab. »Von dem Polacken lass ich mir nichts gefallen. Was bildet der sich denn ein, dass ich seine Polackenflittsche anfass und mir 'nen Tripper hol?«

Er hatte noch nicht zu Ende gesprochen, da flog die Faust des Polen in die Höhe. Ehe sie aber auf seinen Kopf niedersausen konnte, sprang das Mädchen, das am Rand gestanden hatte, hinzu und riss den kraftvollen Kerl zurück. »Lass das bleiben, Jeszek, was hat Zosia davon, wenn du dich schlägst? Du hast Scherereien genug, und wir auch. Mutter geht's wieder schlecht.«

Der Mann erinnerte Julius an ein Pferd, das noch einmal bockte und gegen das Geschirr kämpfte, sich dann aber erinnerte, dass es gezähmt war, und sich fügte. »*Szkopy*«, stieß er aus und spuckte auf den Boden, dann trottete er mit seiner Schwester zurück zu der Gruppe am Grammofon, die sich öffnete und beide einschloss. Der Deutsche vergalt das Schimpfwort mit einem noch

herberen auf Deutsch und knurrte: »Alles Polackenschweine hier, und der Kerl an der Bar ist ein stinkender Jude«, ließ sich anschließend aber von seinem Kumpan an den Tisch führen.
Die Musik war längst zu Ende, die Paare kehrten an ihre Plätze zurück. Auf der engen Tanzfläche befanden sich nur noch Julius und Lore, Erik und Gundi. Gundi wirkte aufgelöst, die Frisur war zerrauft, das Gesicht verschwitzt, die Kleinmädchenbluse hing aus dem Rockbund. Kam das von einem einzigen Tanz mit Erik?
»Wie scheußlich das war!«, rief sie außer sich. »So ein Widerling, den hätte der Wirt mit Wuppdich aus dem Laden schmeißen sollen.«
Julius hatte sie nie zuvor so erregt erlebt, und er verliebte sich noch einmal in sie. Ohne Hemmungen lief sie zu der Gruppe am Grammofon und legte einen Arm um das hübsche Mädchen, das den Hut inzwischen abgenommen hatte. Ihr Haar schimmerte wie poliertes Holz, und sie wirkte verstört. »Ist alles gut bei dir?«, fragte Gundi mitfühlend. »Meine Freunde und ich, wir verbimsen den Kerl, wenn der dir was getan hat.«
Das Mädchen war scheu, machte den Rücken steif und wich zurück, aber gegen Gundis überschäumende Herzlichkeit kam so schnell keiner an. »Du wirst dich an mich nicht erinnern«, sagte sie. »Aber ich kenne dich. Und deine Schwester auch. Ihr seid die Töchter von Felicja Pajewska, richtig? Ich hab euch ein paarmal gesehen, wenn ihr mit eurer Matka zu meiner Tante gekommen seid. Ernestine Karl von der *Pension Sonnenschein.*«
Das Mädchen rieb sich die Schläfen, und auf ihre Lippen stahl sich die Spur eines Lächelns. »Ja. Frau Karl ist sehr nett, lässt uns Matka helfen, wenn es geht nicht so gut.«
»Was hat eure Matka denn? Wenn sie krank ist, soll sie sich daheim auskurieren und die Arbeit mich machen lassen. Ich bin ein faules Stück, aber ich bekomm dafür ja Geld.«

Sie lachte die Polin an, und die verfiel ihr schließlich und lachte zurück. »Sie wollen machen Arbeit von Matka?«
»O wei, ich glaub, da hab ich den Mund zu weit aufgerissen!«, rief Gundi. »Ich bin in Hausarbeit schrecklich unbegabt. Aber könntet ihr zwei nicht kommen, du und deine Schwester, und mir ein paar Kleinigkeiten beibringen? Nur müsst ihr zu mir Du sagen, nicht Sie, sonst komm ich mir alt und verschrumpelt vor wie meine Lehrerin. Die Gundi bin ich. Und du bist …?«
»Zosia«, sagte das Mädchen. »Und meine Schwester heißt …«
»Jetzt es ist genug«, fiel die Schwester mit den Zöpfen ein. »Alle hier viel getrunken, und jetzt besser gehen nach Hause. Sie mit uns haben nichts zu schaffen, Fräulein. Wir machen Arbeit, Frau Karl ist zufrieden, Sie geht nichts an.«
Eine andere als Gundi hätte sich gekränkt abgewendet. Gundi Frieböse aber, die alle Welt Gundi Sonnenschein nannte, sagte: »Fräulein heiß ich schon mal gar nicht. Und wenn du mich wissen lässt, auf welchen Fuß ich dir getreten bin, nehm ich meinen sofort runter.«
Das Mädchen mit den Zöpfen schüttelte den Kopf. »Du hast gut gemeint. Aber du bist Deutsche. Wir sind Polen. Dass das geht nicht zusammen, du hast gesehen. Meine Schwester sich benimmt wie dummes Ding, aber ich sage ihr: Wenn wir uns halten von Deutschen fern, wo wir können, wir sind besser dran.«
»Was für ein Unsinn!«, rief Gundi. »Wir sind doch alle junge Leute, die gern Musik hören und tanzen. Nur weil so ’n Suffke dummes Zeug von sich gibt, brauchen wir uns nicht den Abend verderben zu lassen.«
Ehe die Polin Antwort geben konnte, schob sich Erik in die Gruppe und zog Gundi beiseite. »Lass uns gehen, ja? Du willst nichts Böses, aber sie hat recht.«
»Und warum? Der Kerl hat zu tief ins Glas geguckt, so was kommt eben vor.« Weiter kam Gundi nicht, denn Erik zog sie

weiter, sammelte am Tisch ihre Sachen ein und verließ mit ihr das Lokal. Lore und Julius folgten.
Draußen glitzerte noch ein wenig vom Leben des Strandbads, war aber schon dabei, sich schlafen zu legen. Die Leuchtreklamen über den Bars erloschen, die Straßenhändler und Losverkäufer schleppten ihre Buden und Bauchläden fort, und die Nachtschwärmer torkelten lachend und sich küssend nach Hause. In der plötzlichen Kühle spürte Julius die Wirkung des Alkohols wie einen Hammerschlag. Er wollte auch küssen, er wollte die Arme um Gundi schlingen und seine Lippen auf ihre legen. Dafür hatte er das Geld ausgegeben, das nicht seines war. Er wollte, dass Erik verschwand.
»Die Polen haben recht«, sagte Erik. »Sie haben Grund, sich Sorgen zu machen, und du in deinem Wolkenkuckucksheim verstehst nichts davon. Der Mann war nicht irgendein besoffener Idiot. Er gehört zu einer dieser Gruppen, die um jeden Preis wollen, dass Danzig und Zoppot wieder deutsch werden.«
»Na und?«, fragte Gundi. »Das wollen doch alle. Pop will's auch, obwohl er sagt, wichtiger ist ihm, was er auf dem Teller und am Sonntag im Glas hat.«
»Den Leuten von der Hitler-Partei ist das aber nicht wichtiger«, sagte Erik.
»Was ist denn eine Hitler-Partei?«
»Die Typen im Lokal gehören dazu«, antwortete Erik. »Eine dieser Splitterparteien aus Deutschland, deren Mitglieder entschlossen sind, sich alles zu nehmen, was sie wollen. Mit Gewalt. Eines aber wollen sie auf gar keinen Fall: Frieden zwischen Polen und Deutschen, die im Freistaat leben. Wo sie können, stiften sie Streit.«
»Seit wann scherst du dich denn um Politik?«, fragte Julius, der nicht die geringste Lust verspürte, über irgendwelche Randalierer aus Deutschland zu diskutieren. Er wollte die letzten

Sekunden der Nacht nutzen, für die er so teuer bezahlt hatte und die so rasch zwischen seinen Fingern zerrann.

»Ich schere mich nicht darum«, erwiderte Erik, und wieder einmal beneidete ihn Julius, weil seine Aussprache nach all dem Wein noch scharf und klar war und es ihm scheinbar mühelos gelang, den hässlichen Akzent ihrer Kindheit abzulegen. »Über gewalttätige Gruppierungen an meinem Wohnort bin ich jedoch lieber informiert.« Er wies auf seine Hüfte. »Ich gehöre im Zweifelsfall nämlich zu denen, die nicht schnell genug die Kurve kratzen können.«

»Ach, Erikchen.« Gundi schlang ihm die Arme um den Hals. »Glaubst du wirklich, wir würden solchen Rabauken erlauben, dir ein Haar zu krümmen? Die sollen sich nur trauen, dann kriegen sie's mit uns zu tun.« Sie reckte sich und drückte ihm den Kuss auf die Wange, nach dem Julius sich seit Stunden sehnte.

Nicht auf die Wange. Eher in den Mundwinkel, und sie gab Erik auch nicht gleich wieder frei, sondern hielt ihn fest und ließ ihre Lippen auf seinen ruhen. »Findest du nicht, das stünde mir zu?«, rief Julius und hasste sich dafür.

Mit Erik in den Armen drehte Gundi sich um. Auf ihr Gesicht fiel der Schein der Lampe, und Erstaunen malte sich darauf. »Ach, Ju-Ju. Sag das doch gleich – klar kriegste auch einen.« Sie ließ Erik los, umschlang stattdessen ihn und verpasste ihm einen feuchten Schmatz wie Eriks kleine Schwester, die gerade fünf Jahre alt war.

In Julius' Kopf explodierte etwas. Der viele Wein, die Gedanken, alles schäumte über. »Hör endlich auf, dich wie ein Kind zu betragen!«, rief er und stieß sie von sich. »Für deinen Pop magst du immer eines bleiben, aber du bist keines mehr. Hast du dir schon mal überlegt, ob du deshalb kein großes Lied schreiben kannst? Weil du dich weigerst, erwachsen zu werden?«

Sie stand still, sah ihn ohne Verständnis an, und das Lachen glitt ihr vom Gesicht. Er hatte sie getroffen. Da, wo sie verletzlich war. Er hatte endlich etwas in ihrem komischen kleinen Schädel bewegt.

»Du schäkerst mit Erik, ohne auch nur einmal daran zu denken, dass du mir wehtun könntest«, sagte er sanfter. »So verhalten sich Kinder. Keine Erwachsenen. Wenn du auf die Gefühle von Menschen so wenig achtgibst, wirst du sie kaum in Musik fassen können.«

»Was für Gefühle denn?«, platzte Gundi heraus. »Und weshalb sollte es dir wehtun, wenn Erik und ich ein bisschen Spaß haben?«

»Verdammt, weil ich dich liebe«, fuhr er sie an. »Und jetzt spiel nicht die Ahnungslose, die das nicht gewusst haben will, denn das ist erst recht kindisch, und keiner nimmt es dir ab.«

Gundi überlegte. Dann verzog sie ihren großen Mund und gewann die Fassung zurück. »Jetzt versteh ich«, sagte sie. »Du liebst mich und denkst, ich lieb Erik, und deshalb tut's dir weh?«

Julius wusste nicht, was er erwidern sollte. Er sah ihr Gesicht dicht vor seinem und dazwischen das Geld, die verprassten Scheine, die seine Mutter ihm am Morgen gegeben hatte.

»Ach, Ju-Ju«, rief Gundi, »mein armer, dummer Ju-Ju. Ich lieb euch doch beide!« Sie zog Erik zu sich, warf beiden einen Arm um die Schultern und drängte sie zueinander, bis sie mit den Köpfen zusammenstießen. Dann ließ sie sie los und lachte in die klare, nach Salz und Zuckerwatte und dem letzten Hauch von Parfüm duftende Nacht. »Und wisst ihr, wen ich noch viel mehr liebe als euch beide zusammen? Mein Schwesterchen. Meine süße Lore.«

Sie packte Lore bei den Händen und sprang mit ihr unter den flackernden Laternen davon in Richtung Waldgässchen, wo

die Geliebte ihres Großvaters ihre Pension hatte. Lores Zöpfe flogen, Gundis Locken hüpften, und sie sahen aus wie zwei kleine Mädchen, die kein Wässerchen trüben konnten.
Julius und Erik sprachen kein Wort und starrten ihnen nach.

9

September

Das Schreiben der Ortsgruppe Nürnberg hing am Schwarzen Brett, auf dem Absatz vor dem kümmerlichen Büro. Hundegasse, am Kuhtor, nur Schritte vom Ufer der Mottlau gelegen – die Adresse war alles andere als schlecht, aber die geleckte Fassade täuschte. Das lausige Zimmer stank nach Moder, und der Name »Parteigeschäftsstelle« war blanker Hohn. So war Danzig. Manchmal hasste Pfitzner seine Stadt mit derselben Kraft, mit der er sie liebte. Die, die ihr wohlwollten, hielt sie wie Bettler, während sie die, denen sie ihr Elend verdankte, überschüttete.
Demzufolge hatte ihre Ortsgruppe kein Geld. Unter den SA-Kameraden litt manch einer bittere Not. Ordentliche Besoldung zu verlangen war sinnlos, denn die Kassen der Partei waren leer. Wenn sie auf einen grünen Zweig kommen wollten, mussten sie jetzt, bei den Wahlen zum Volkstag, Sitze gewinnen. Sich eine Machtbasis schaffen. Dazu hieß es, schärfere Geschütze aufzufahren. Hohnfeldt, der in der feuchten Luft ständig hustete, war dafür der falsche Mann.
Pfitzners Vorschlag, für die Wahlkampfveranstaltung das Schützenhaus zu mieten, hatte er sich kaum angehört. »Leider, leider, Parteigenosse, dafür fehlen uns die Mittel. Sie wissen doch, einem nackten Mann kann keiner in die Tasche greifen.«

Pfitzner wusste ganz anderes: dass Hohnfeldt als Gauleiter ersetzt werden musste. Bruno Fricke, der sich um den Posten gerissen hätte, war ein hirnloser Schläger, der nur zu Krawallen taugte. Walter Maass, ein SS-Mann, besaß das Charisma einer Steckrübe. Pfitzner hätte die Dinge selbst in die Hand nehmen wollen, doch sein Körper war alt und ausgezehrt, geplagt von Gicht, Gastritis und weiteren Leiden. Seine kostbaren Kräfte hatte er in den Jahren von Vaterlandsverrat und Versailler Schande verschleudert. Und jetzt, wo es endlich eine Bewegung gab, die den Karren aus dem Dreck ziehen wollte, verdammte ihn seine körperliche Schwäche dazu, sich mit dem Posten eines Sekretärs zu begnügen.

Hohnfeldt war nicht umzustimmen. Also musste die Kundgebung unter dem Motto *Danzig bleibt deutsch* im *Café Derra* stattfinden. Falls die erhofften Scharen sich einfanden, würden sie kaum Platz finden, und der ganze Aufwand war für die Katz, wenn nicht jemand auftrat, der wusste, wie man in einer tumben Masse Feuer entfachte. Da er auf Hilfe aus der Ortsgruppe nicht bauen durfte, hatte Pfitzner sich selbst umgetan. Im Reich. Da, wo Danzig hingehörte. Pfitzner war der älteste von vier Brüdern gewesen und hatte drei Söhne gehabt. Im Sommer 1914 war er vierundvierzig Jahre alt gewesen, der jüngste seiner Brüder sechsundzwanzig, sein kleinster Sohn achtzehn. Sie hatten alle gedient, hatten sich sofort bei Kriegsausbruch gemeldet. Die sieben Pfitzners waren sie gewesen, gesunde, kräftige Männer, die für ihr Vaterland kämpften.

Im Herbst 1918 war Pfitzner der einzige Pfitzner gewesen, hatte keinen Sohn und keinen Bruder mehr gehabt. Er wollte einen Redner, der den Leuten erklärte, dass das unerträglich war. Seine Brüder und Söhne waren genauso für Deutschland gestorben wie Brüder und Söhne in München, Berlin oder Lübeck, und so, wie man nicht München, Berlin oder Lübeck von Deutschland abtrennen konnte, konnte man es auch mit Danzig nicht tun. Als wäre der Heldentod von Danzigern nichts wert.

Freie Stadt Danzig. Was war frei an einer Stadt, die zu ihrem Land nicht mehr gehören durfte, der ihr jahrhundertelang mit Stolz getragener Titel *Hansestadt* aberkannt wurde, die einen Kommissar des Völkerbundes in ihre Mauern gepflanzt bekam, damit er über sie die Aufsicht führte? Pfitzner wollte einen Redner, dem diese Ungerechtigkeit das Blut zum Kochen brachte. Mit einem intellektuellen Weichling wie Hohnfeldt war ihm so wenig gedient wie mit einem randalierenden Idioten à la Fricke. Deshalb hatte er sich umgehört. Hatte seinen Füllfederhalter aufgeschraubt und sich Notizen gemacht.

Im Süden, im Fränkischen, war er fündig geworden. Ein junger Parteigenosse machte dort von sich reden, er hatte in Fürth eine Ortsgruppe aufgebaut und galt als glänzender Redner. Pfitzner ließ sich Material kommen. Über den Fünfundzwanzigjährigen, der groß war und ansprechend aussah, hieß es da: *»In den Kampfjahren ist in ihm eine Flamme entzündet, die alles verbrennt, was nicht Hitler dient. Albert Forster ist in den Jahren einer der Männer geworden, um die Himmel und Erde einstürzen können, die aber nie die Treue zu ihrem Führer vergessen.«*

Das klang nach genau dem, was Pfitzner wollte. Er hatte diesen Forster als Redner anfordern wollen, ohne mit Hohnfeldt viel Gefackel zu machen, doch seit heute früh hing auf der Treppe vor seinem Büro das Schreiben der Ortsgruppe Nürnberg. Gerichtet war es an *»sämtliche Ortsgruppen, welche unsern Parteigenossen Forster als Redner anfordern«:*

»Infolge der Mittellosigkeit unserer Bewegung war es bisher nicht möglich, unserem Parteigenossen Forster ein festes Gehalt zu sichern«, hieß es in dem Papier. Seit Pfitzner diesen Satz gelesen hatte, wollte er ohne Unterlass stöhnen. Des Weiteren wurde ausgeführt, dass der Parteigenosse dringend auf Einnahmen

angewiesen sei und dass Ortsgruppen, bei denen er auftrat, ihm die Reingewinne aus der Veranstaltung aushändigen sollten.
Reingewinne?
Verschwendeten die Männer im Reich auf Danzig überhaupt einen Gedanken, machten sie sich eine Vorstellung davon, dass hier kein Mensch einen Pfennig zahlen würde, um einen unbekannten Redner zu hören? Pfitzner hatte keine Wahl. Er würde Forster ein Honorar aussetzen müssen, und dazu brauchte er Hohnfeldts Einwilligung. Er hatte ihn um ein Treffen gebeten, und jetzt stand der Gauleiter vor ihm. Hustete und rieb sich die tränenden Augen. Pfitzner schob ihm die Dokumente zu. »Im Reich ist man höchst angetan von dem Mann. Bitte lesen Sie selbst.«
Als Hohnfeldt vor sich hin murmelnd eine Weile in den Papieren geblättert hatte, tippte Pfitzner auf einen Nachsatz: »*Parteigenosse Forster hat sich in kurzer Zeit als Redner zu Bedeutung gebracht. Es liegt im Interesse unserer Bewegung, dass er uns unter allen Umständen erhalten bleibt, dies schon umso mehr, als unsere Bewegung sehr arm an zugkräftigen Rednern ist.*«
Der Gauleiter blickte auf und verkrampfte den Mund zu einem Grinsen. »O ja. Das ist leider wahr. Wie bedauerlich, dass wir uns den Parteigenossen nicht werden leisten können.«
»Aber wir *müssen* ihn uns leisten!«, fuhr Pfitzner auf. »Wir wollen einen Wahlkampf bestreiten, den Weg ebnen, auf dem unsere Stadt heim ins Reich gelangt. Sie selbst profitieren doch zuallererst davon!«
Den letzten Satz hätte er sich besser verkniffen. Hohnfeldt gab sich gern als edler Streiter, den allein die Zukunft der Bewegung antrieb. Dass er selbst auf Listenplatz eins stand und somit in den Volkstag einziehen würde, wenn die NSDAP auch nur einen Sitz gewann, unterschlug er. Pfitzner stand auf Listenplatz vier, und es war vermutlich die letzte Volkstagswahl, für die er in

seinem desolaten Zustand noch würde kandidieren können. Er wollte nicht sterben, ehe über dem Senat von Danzig wieder eine deutsche Fahne wehte. Warum aber sollte der hustende Hohnfeldt, dem ein Sitz so gut wie sicher war, sich darum scheren?
»Ich bedaure wirklich, mein lieber Pfitzner«, krächzte der Gauleiter. »Aber es geht nun einmal nicht – und wissen Sie was? Ich bin nicht einmal sicher, ob ein derart fanatischer Mann unserer Stadt wirklich guttun würde. Vielleicht erweist sich unsere finanzielle Misere also am Ende als Segen.«
Pfitzner erhob sich. »Fanatischer Mann?«, wiederholte er. »Halten Sie demnach auch mich für einen fanatischen Mann?«
»Aber nicht doch!« Hohnfeldt hob beschwichtigend die Hände. »Im Gegenteil, ich bin doch überaus dankbar, dass man mir einen Sekretär zugewiesen hat, der einen kühlen Kopf bewahrt.«
»Ich bedanke mich«, sagte Pfitzner. »Und mit meinem kühlen Kopf trete ich dafür ein, dass wir diesen Forster als Redner anfordern.«
Hohnfeldt hustete und rieb sich wieder die Augen. »Ich verstehe Sie wirklich, mein Guter«, sagte er. »Leider sind mir die Hände gebunden, aber die Wahl haben wir ja deshalb nicht verloren. Geben wir unser Bestes, und ich bin sicher, Sie ziehen genauso in den Volkstag ein wie ich.«

10

November

Du solltest aufhören, mit ihnen zu spielen.« Lore saß auf dem Fenstersims in Pops Küche und baumelte mit den Beinen. »Sie meinen es ernst, weißt du?«

»Ja glaubst du denn, ich nicht?« Gundi sah an Lore vorbei aus dem Fenster und trauerte dem Sommer nach. Regen prasselte an die Scheibe, und es war nicht der Regen, der versiegte, sobald über dem Meer der Himmel aufriss, und die Luft wie frisch gebohnert zurückließ, sondern der, der auf Monate blieb und überall hineinkroch: in Kleider und Zimmer, unter Decken und ins Gemüt. »Nur immer schön einheizen«, sagte Pop und stapelte im Korb neben dem Kachelofen Holz. Gewiss war es nirgendwo in Langfuhr, abseits der Villenviertel, so warm und gemütlich wie in ihrer Wohnung, aber der Regen kroch trotzdem herein, wenn nicht die Nässe, so doch das Grau.

»Wer sagt dir, dass ich es *nicht* ernst meine?«

Lore seufzte. »Du. Mal ist es bei dir der eine, mal der andere, wie's dir gerade passt. Versteh mich nicht falsch, Gundi. Mich geht's nichts an, und ich bin nicht deine Anstandsdame, aber die beiden, Julius und Erik, sind doch ernsthaft in dich verliebt.«

»Mhm.« Gundi überlegte, stand dann endgültig vom Küchenstuhl auf und ging, um sich von ihrem Bett in der Stube die Decke zu holen, die Tante Karl gestrickt hatte. Das unentwegte Prasseln des Regens ließ sie frieren, trotz des Feuers. Sie war ein Sommerkind. Als sie klein gewesen und zum ersten Mal Gustav Kapahnke, Pops Freund aus der Werft, begegnet war, hatte der gefragt: »Na, wen haben wir denn da?« Und Gundi hatte stolz zur Antwort gegeben: »Ich bin die Gundula Asta Frieböse.«

»I wo«, hatte Kapahnke erwidert. »Du flunkerst, das seh ich so

’m Marjellchen doch an der Nasenspitze an. Du bist die Gundula Asta Sonnenschein.«

Am Wochenende darauf hatte Pop in Zoppot zu Tante Karl gesagt: »Vielleicht solltest du deinem Hexenhäuschen einen neuen Namen verpassen, Du’chen. Einen, der warm macht bei dem koddrigen Wetter.«

So war aus der *Pension Karl* die *Pension Sonnenschein* geworden, benannt nach Gundi, die am ersten hellen Tag im Frühling wie eine Knospe aufsprang, während sie in den langen, sonnenlosen Monaten vor sich hin kümmerte. Ihr fehlte Zoppot, wo sie im Winter höchstens einmal im Monat hinfuhren, ihr fehlte das Meer, das blasse Licht am hoch sich wölbenden Himmel, das Möwengeschrei, die Musik aus dem kleinsten Kneipchen. Vielleicht hatte das ja sein Gutes, hatte sie am Ende dieses Sommers gedacht. Vielleicht würde sie, wenn es ihr nicht mehr so unverschämt gut ging, ja endlich in der Lage sein, ihr Lied zu schreiben. Eines, das traurig war und trotzdem glücklich machte, eines wie *Vergebliches Verlangen,* das sie noch immer nicht vergessen konnte.

Aber das Lied hatte sich nicht eingestellt. Gundi übte täglich viele Stunden auf dem Akkordeon. Anders als ihre Freunde brauchte sie sich keine Arbeit zu suchen, hinter keiner Ladentheke zu stehen und schon gar nicht mit Fischkörben durch die Kälte zu radeln. »Lass mal bleiben«, hatte Pop gesagt. »Wenn du nuscht weißt, was du anfangen willst, musst du eben noch überlegen.«

So gesehen hatte Gundi Glück, konnte sich ganz der Musik widmen, während Julius und Erik sich nur ab und zu einen Abend freinehmen konnten, um zum Üben nach Danzig zu kommen. An solchen Abenden ging Pop mit Gustav Kapahnke im *Kroog* an der Hauptstraße einen heben und überließ die Wohnung dem Jungvolk. Heute sollte es wieder so weit sein, und Gundi hatte dem Tag entgegengefiebert, doch trotz allem fühlte sie sich zunehmend unwohl. Ihre Freunde sparten sich das Geld für die Zugfahrt vom Mund ab, Lore handelte sich Ärger mit ihrer Mutter ein, und Pop musste bei dem üblen Wetter um die Häuser ziehen – und wofür? Damit sie, Gundi, ihnen ein weiteres Mal die hundertfach durchgespielten Blätter vorlegte und gestand, dass es das lang erwartete Lied noch immer nicht gab?

Was Pop betraf, so tat er es zwar als selbstverständlich ab, dass er für sie sorgte, aber nicht einmal Gundi entging, dass er zu kämpfen hatte. Die *Danziger Volksstimme*, die Zeitung der Sozialdemokraten, die er seit Jahr und Tag las, blieb immer häufiger ungelesen auf dem Küchentisch liegen, weil Pop im Sitzen davor einschlief. Der große Kopf mit dem schweren Haar sackte vornüber, und die Flasche mit dem *Vineta*-Schnupftabak glitt ihm aus der Hand und krachte auf den Boden. Er war nicht mehr jung, und er hatte Sorgen. Gundi wusste nicht, welches von beidem sie mit größerem Schrecken begriffen hatte.

Die Werft steckte in Schwierigkeiten. Einmal hatten sie Pop bereits seinen Lohn nicht in voller Höhe auszahlen können. Er hatte keinen Wind darum gemacht, »hab ja ein bisschen was auf der hohen Kante«, und eine Kiste mit aus der Kantine aussortiertem Geschirr in Zahlung genommen, das Tante Karl in der Pension gut brauchen konnte. Schlimmer war, dass Leute entlassen werden mussten und Pop als Vorarbeiter es ihnen mitzuteilen hatte. Er hatte als fünfzehnjähriger Laufbursche bei Klawitter begonnen, und die meisten der jungen Kerle, über die er jetzt die Aufsicht führte, waren Enkel jener Männer, mit denen er einst Hand an sein erstes Schiff gelegt hatte.

Sie lagen ihm am Herzen, auch wenn Pop keiner war, der über sein Herz viele Worte machte, und dass er sie an die Luft setzen musste, diese Lorbasse, die mit zwanzig schon ein Mädel und womöglich was Kleines durchzufüttern hatten, setzte ihm zu.

Einmal hatte er vor der ungelesenen Zeitung und der Flasche mit Schnupftabak gesessen, hatte ausgesehen, als wäre er wieder eingeschlafen, aber über seine Wangen waren Tränen gerollt. Erschrocken hatte Gundi ihn wach gerüttelt. »Pop, wach auf, warum weinst du, was ist denn passiert? Liebes Popchen, bitte sag mir doch, warum du so traurig bist!«

Pop hatte ein bisschen mit den Schultern geschaukelt, um richtig wach zu werden, dann hatte er sich die Augen gerieben. »Mach dir mal keinen Kopp, Marjellchen. Die Zeiten sind haarig wie 'n Männerkinn, aber unser Danzig hat schon ganz anderes weggesteckt. Liegt wohl am Alter, dass unsereiner auf einmal so bedammelt wird.«

Aber Pop war nicht bedammelt. Er stand mit beiden Füßen so fest auf dem Boden, als wäre er darin verwurzelt, und wenn er sich von etwas die Petersilie verhageln ließ, dann gab es dafür einen Grund.

Er hatte unzählige Freunde, und seit jeher kamen kleine Rudel von ihnen abends auf ein paar Gläser, einen Schwatz oder eine Runde Rommé vorbei. Die meisten gehörten der sozialdemokratischen Partei an, und gelegentlich bedrängten sie Pop, doch endlich Genosse zu werden. »Ich bei euch eintreten?«, spielte er dann den Erstaunten. »Das macht mal alleine, Jungchen. Ich hab zu arbeiten.«

Vor ein paar Tagen aber hatte er stattdessen den, der das Thema angeschnitten hatte, gefragt: »Und daran glaubste immer noch, dass dat wat bringt? Schietke, sagt Liedtke. Die, die da im Senat sitzen, sind doch Jacke wie Hose, und der kleine Max, der am Schraubstock steht, kratzt keine Sau.«

Pop hatte Sorgen. Julius und Erik hatten Sorgen, und Lore mit ihrer ewig kranken Mutter hatte mehr Sorgen als Finger zum Zählen. Sie alle stützten ihre Hoffnung auf Gundi, und das durfte nicht länger sein. Sie musste ihnen sagen, wie es in

Wahrheit um ihr Talent stand, statt sie wieder und wieder zu enttäuschen.
Gundi legte sich die Decke um die Schultern und kehrte zu Lore in die Küche zurück. Es war noch kälter geworden, fand sie, obwohl das Feuer hinter der Ofentür bollerte. »Du hast schon recht«, sagte sie, schenkte den Rest von Pops Hagebuttentee in Lores Tasse und gab reichlich Zucker dazu. »Ich mach's nicht richtig mit den beiden. Ich sollte einem von ihnen sagen: Du und ich, wir sind's, durch dick und dünn, aber ich weiß nicht, welchem.«
»Du weiß nicht, welchem? Ist das dein Ernst?«
Gundi setzte sich an den Küchentisch und streckte die Füße vor den Ofen. »Ich wart' immer darauf, dass die Erkenntnis vom Himmel fällt«, sagte sie. »Dass ich eines Tages dasteh und ganz tief in mir drin sicher bin: Der ist's. So, wie ich ganz tief in mir drin sicher bin, dass Zoppot das schönste Seebad der Welt ist und Pop mein Pop und du die liebste Schwester. Nur was die Jungs betrifft, geht mir die ganze Sicherheit flöten.«
»Wie meinst du das?« Lore blies in ihren Tee, dann trank sie mit spitzen Lippen einen Schluck. »Du weißt wirklich nicht, welchen von beiden du lieber magst? Aber das weiß man doch, wenn man verliebt ist, man weiß es so sehr, dass man sonst nichts anderes mehr weiß.«
Gundi horchte auf. »Bist du verliebt, Lorchen? Bist du's schon mal gewesen?«
Lore blies wieder in den Tee, als hätte sie Gundis Frage nicht gehört.
»Ich wär's gern, weißt du?«, sagte Gundi. »Manchmal denk ich, daran liegt's auch, dass ich das Lied, das wir brauchen, nicht schreiben kann. *Vergebliches Verlangen.* Vielleicht ist es ja gar nicht möglich, das in Musik auszudrücken, wenn man keine Ahnung hat, wie es sich anfühlt.«

»Du weißt das wirklich nicht, Gundi? Du bist in keinen von beiden verliebt und warst es auch nie?«

Gundi zuckte die Schultern. »Ich weiß ja nicht einmal das. Manchmal denk ich: Doch, ich bin's, und jetzt bin ich sicher – auf dem Knospenball, wo wir Mädchen mit unseren Kännchen Schokolade an dem weißen Tisch gesessen haben und die Jungen auf der anderen Seite, und durch den ganzen Saal hat Ju-Ju mich angeschaut. Oder wenn er mir so liebe Briefe schreibt und ich ihn und den Sommer ganz schrecklich vermisse. Aber dann wieder …«

»Und ohne Sommer?«, unterbrach sie Lore. »Ohne Trompete, Knospenball, Zoppot und allem Drum und Dran? Wär's da von den beiden immer noch Julius, den du vermisst?«

Gundi überlegte. Nach einer Weile antwortete sie zögernd: »Ja.«

»Klopft dein Herz, wenn du an ihn denkst?«

Gundi gab sich alle Mühe, an Julius zu denken, aber das war nicht so einfach, denn sooft sie versuchte, sich Julius vor Augen zu rufen, stieg auch alles andere vor ihr auf: Sie sah ihre Freunde, wie sie ihre Instrumente die Seestraße hinunterschleppten, um dem Inhaber einer Gaststätte vorzuspielen, sah den Strand, ihre Federballschläger im Sand verteilt, die Reste eines Picknicks aus Teewurststullen, Heringsstipp mit Apfel und einer längst geleerten Flasche Wein, die aufragende Silhouette des *Grandhotels* und das Meer, das weiße Muster auf den Küstenstreifen leckte. Julius' Gesicht kam erst in den Fokus, als sie sich mit geballten Fäusten darauf konzentrierte. Aber was für ein hübsches Gesicht! Julius sah wirklich besser aus als alle jungen Männer, die sie kannte, er hatte die schönsten Augen, und stattlich war er obendrein.

Ihr Herz klopfte sowieso. Es hatte schon zu klopfen begonnen, sobald das erste Bild von Zoppot vor ihrem inneren Auge aufgetaucht war.

»Ja, tut's«, sagte sie zu Lore.
»Es ist also Julius, den du von den zweien am liebsten hast?«
Wieder zögerte Gundi, doch nicht allzu lange, ehe sie schließlich nickte.
»Und wieso zweifelst du dann daran, dass du in ihn verliebt bist?«, fragte Lore. »Er sieht toll aus, kann toll tanzen, und alle sagen, dass er toll Trompete spielt. Das ist dir doch das Wichtigste. Und außerdem ist er der netteste Junge von hier bis Gdynia. Ehrlich und sanft. Nicht so, wie Männer sonst sind.«
»Was meinst du denn damit? Männer sind doch fast immer nett.«
»Meinst du?« Lore lachte auf. »Für dich vielleicht, weil du nicht von morgens bis abends hinter einem Ladentisch stehst und dich behandeln lassen musst wie einen Sack, den man nicht schnell genug aus dem Weg treten kann. Klar, dein Pop ist der netteste Mensch, der rumläuft, seine Freunde lieben dich, und vielleicht wären zu dir ja sogar meine ekelhaften Kunden nett. Weil du eben ein Sonnenschein bist und ich so eine Art Dauerregen samt Bodenfrost.«
»Lorchen! Du dumme Schucherliese!« Gundi sprang auf und schlang die Arme um die Schwester. »Die blöden Kerle, die dich wie einen Sack und koddriges Wetter behandeln, sollen uns mal küssen, wo wir hässlich sind. Also nirgendwo. Wir kommen ganz groß raus, es dauert nur noch ein bisschen, aber dann zeigen wir denen, wohin sie sich verziehen können. Auf das, was die sagen, braucht eine Gitarristin wie du doch keinen Pfifferling zu geben.«
In diesem Moment wünschte sie es sich wieder so sehr: das verfluchte Lied, das sich nicht zeigen wollte, das eine, das ihre Freunde aus dem Elend, in dem sie steckten, herausholen würde. Ginge es nur um mich, wäre das mit dem Lied nicht so wichtig, dachte sie. Ich könnte mein Akkordeon spielen und mich

irgendwie durchwursteln, auch wenn ich noch so gern auftreten, im *Grandhotel* schlafen und vor Aufregung fast umfallen würde. Aber wenn das nicht geht, habe ich es immer noch warm, fahre im Sommer nach Zoppot, und das Leben ist schön. Für die anderen ist es übler. Die anderen brauchen verflixt noch mal endlich das Lied!

»Ist schon gut, Schleiserchen.« Lore befreite sich ein wenig. »Es gibt Schlimmeres, und auf der Gitarre bin ich übrigens höchstens Mittelmaß.«

»Bist du nicht. Das denkst du nur, weil meine Lieder Mittelmaß sind. Aber das wird sich ändern. Weißt du was?«

»Nein. Mein Name ist Hase.« Lore grinste.

»Ich probier's aus. Das, was du gesagt hast. Das mit dem Ernstmeinen.«

»Mit Julius?«

Gundi nickte. »Wie ich's anstelle, weiß ich noch nicht, aber heute Abend sag ich Julius, dass er es ist, den ich am liebsten hab. Bestimmt merk ich dann auch, dass ich in ihn verliebt bin. Und wenn ich verliebt bin, wenn ich's nicht aushalte, dass Julius nicht bei mir ist, muss ich ja wohl ein Lied darüber schreiben können.«

»Meinst du nicht, dir ist dann wichtiger, mit ihm zusammen zu sein?«, fragte Lore. »Andere denken dabei ans Heiraten, nicht an irgendwelche Lieder, die sie schreiben könnten.«

»Ans Heiraten hab ich, glaube ich, noch nie gedacht«, sagte Gundi. »Ich denke immer nur daran, wie es sein wird, wenn ich das Lied geschrieben habe. Vielleicht kann ich mit dem Denken an etwas anderes ja erst anfangen, wenn es erst so weit ist.«

»*Wenn es erst so weit ist.* Das hört sich an wie damals, als wir im Hof *Räuber und Gendarm* gespielt haben. Wer getroffen wurde, musste sein Lebensband abgeben und im Liegen abwarten, erinnerst du dich? Du und ich, wir haben immer ganz dicht zusammengelegen und darüber geflüstert, was wir anstellen, wenn wir erst wieder leben.«

Lore schob den Ärmel ihrer Bluse zurück. Ums Gelenk trug sie noch immer das blaue Band, das Pop im Kurzwarenladen für ihr Spiel besorgt hatte.

Über Gundis Rücken rann ein Schauer. Sie hatte dieses Spiel nie gemocht. Gleich darauf klopfte es an der Tür. »Unsere Jungs sind da!«, rief sie erleichtert und stürmte durch den engen Flur davon.

11

Julius und Erik standen vor der Tür wie zwei begossene Pudel, der eine mit dem Trompetenkasten in der Hand, der andere mit dem Kontrabass auf dem Rücken. »Ju-Ju! Erik! Ihr seht ja aus, als wärt ihr durch eine Sturmflut gerannt.«

»Viel anders hat sich's auch nicht angefühlt. Dürften wir zum Trocknen vielleicht kurz reinkommen?« Erik schob sich an Gundi vorbei und lud ächzend das Instrument ab. In dem abgeschabten Staubmantel war unverkennbar, wie schmächtig er war. Er zog sich die Kappe herunter, und aus den Haarsträhnen, die davon nicht bedeckt gewesen waren, triefte Regen über sein Gesicht.

Auch der kräftigere Julius klapperte mit den Zähnen. Hastig zog Gundi ihn in die Wärme der Wohnung und warf die Tür ins Schloss. »Ihr Armen!«, rief sie. »Gott sei Dank habt ihr's bei dem Wetter überhaupt hergeschafft.«

»Ach, das war das kleinere Problem.« Erik schälte sich aus der nassen Joppe. »Ärgerlich ist nur, dass wir den ganzen Weg wieder zurückmüssen, und das Wetter sieht nicht so aus, als hätte es Lust, sich zu bessern.«

»Kommt nicht infrage!«, entfuhr es Gundi. »Heute Nacht bleibt ihr hier.«

»Und wie soll das bitte schön gehen?«

»Mir wird schon was einfallen«, erwiderte sie und stapfte voraus in die von Wärme und dem Dampf des Ofens erfüllte Küche. »In die Sintflut da draußen schick ich euch jedenfalls nicht noch mal.«

»Untertänigsten Dank, Gnädigste.« Erik vollführte seine spöttische Verbeugung, die Gundi auf die Nerven ging. »Ihre Einladung in die Fürstensuite des *Hotel Kaiser* wird gern angenommen, selbst wenn ich unser *Grandhotel* für die feinere Adresse halte. Wären Sie bitte noch so gut, mir meinen Hund nachsenden zu lassen und meinen Herrn Arbeitgeber davon zu unterrichten, dass ich nicht vorhabe, morgen früh meinen Dienst anzutreten?«

Ja, dachte Gundi und schob sich ein wenig näher zu Julius, ich habe mich richtig entschieden. Bei Julius muss man aufpassen, ihn nicht zu verletzen, aber immerhin ist es mit ihm leichter als mit Erik, den kein Mensch durchschauen kann. »Du könntest doch morgen früh den ersten Zug nehmen«, sagte sie.

»Und um fünf bei Schlachter Levinson auf der Matte stehen? So früh fährt kein Zug. Wenn Madame es wünschen, könnte ich natürlich zu Fuß gehen.«

»Jetzt lasst uns doch erst einmal Musik machen«, mischte sich Lore ein, ehe die Stimmung gänzlich verdorben war. »Gundi hat sich solche Mühe gegeben, alles schön vorzubereiten.« Sie wies zum Tisch, und die anderen folgten.

Viel vorbereitet hatte Gundi nicht gerade. Nur die zwei Notenpulte aufgestellt, den Ofen geheizt und das Gas aufgedreht, sodass die Lampe über dem Küchentisch einladend flackerte.

Zuletzt hatte sie noch eine Schale mit dem Inhalt von Pops Keksdose gefüllt. »Will jemand Tee? Hagebutte? Treibt die Kälte aus den Gliedern.« Sie trat an den Herd, um eine Kanne frisch aufzubrühen.

»Gibt es nichts Stärkeres?«, fragte Erik. »Wollten wir heute nicht feiern?«

Das hatten sie vorgehabt. Zwei Jahre war es jetzt her, dass sie ihr Ensemble gegründet und beschlossen hatten, mit der Musik ihren Weg zu machen. Zur Feier des Tages hatte Gundi ihren Freunden einmal mehr das Lied versprochen, das den erhofften Durchbruch bringen würde – und einmal mehr hatte sie ihnen nichts als Enttäuschung zu bieten. Eben noch war sie entschlossen gewesen, ihnen die Wahrheit zu sagen, doch jetzt wollten ihr die Worte nicht über die Lippen. Und hatte sich das Blatt nicht gewendet? Wenn sie nun in Julius verliebt war, würde sie das Lied ja schreiben können, und es gab keinen Grund mehr, ihren Traum zu begraben.

Julius war an das von Wärme beschlagene Fenster getreten, hatte sich mit der Hand ein Guckloch gewischt und sah hinaus in die Nacht. »Ich liebe diese Stadt«, sagte er. »Sie macht mir solche Sehnsucht. Wäre das Wetter nicht so abscheulich, würde ich euch überreden, jetzt noch hinüber in die Rechtstadt zu laufen und die Langgasse hinunterzuflanieren.«

»Flanieren. Oho.« Erik verzog das Gesicht. »Sagt man das auch bei Leuten ohne einen Pfennig in der Tasche?«

»Es lässt sich doch nicht alles in Geld aufwiegen«, erwiderte Julius, der noch immer nach draußen starrte, obwohl er durch den Regen kaum etwas erkennen konnte und der Mirchauer Weg außer grauen und braunen Fassaden, nassem Kopfsteinpflaster, über das ab und an ein Karren oder ein Automobil rumpelte, sowie ein paar verrammelten Läden nichts bot. Vorn an der Kreuzung stand die Synagoge, die weit schlichter war als die

prächtige, große an der Reitbahn, und zwei Straßen weiter führte eine Auffahrt zu Danzigs Flughafen, aber beides war vom Fenster aus nicht zu sehen.
»Danzig ist herrlich, wir haben ein Recht, auf diese Stadt stolz zu sein«, fuhr Julius fort. »Diese Prachtstraßen nah dem Fluss, die von vergangenen glorreichen Zeiten künden, mit ihren Türmen und Terrassen und den hohen Fassaden, die so weiche Schatten werfen – mir kommen sie vor wie Schmuckstücke aus Bernstein, in denen Träume eingeschlossen sind. Träume, die anderswo davonhuschen und von denen man in Worten nicht erzählen kann.«
Gundi fand, dass Julius von den Träumen durchaus in Worten erzählen konnte. Jedenfalls fand sie seine Worte schön, und hätte sie dasselbe in Musik ausdrücken können, hätten sie ihr Lied längst gehabt. Sie hatte sich über Danzig nie Gedanken gemacht, auch wenn die Konditoreien unter den Lauben der Langgasse eine Wonne waren und man den glitzernden Schaufenstern des Kaufhauses *Sternfeld* kaum widerstehen konnte. Sie war hier geboren, die Pracht war vertraut, und ihre Sehnsucht galt Zoppot – aber darauf kam es nicht an. Nur darauf, eine Sehnsucht festzuhalten, so klar, dass jeder seine eigene darin erkennen konnte.
Beherzt schob Gundi sich neben ihn und nahm seine Hand. »Wir könnten auch in der Rechtstadt auftreten«, sagte sie. »In der *Rosendiele* oder in einem der schicken Restaurants an der Mottlau. Und hinterher gehen wir bei *Sternfeld* einkaufen und auf dem *Dominik,* dem Jahrmarkt, Karussell fahren. Das können wir alles machen, ganz wie wir es wollen, wenn wir nur erst unser Lied haben …«
»Wenn wir nur erst wieder leben«, rutschte es Lore heraus.
Kurz schwiegen alle, aber Julius wandte sich zu ihr um, und in seinem Gesicht stand Verwunderung.

»Dann lass mal hören, das Lied«, sagte Erik. »Auch wenn wir mit Hagebuttentee drauf anstoßen müssen.«
»Müssen wir gar nicht!« Gundi, der ein Einfall gekommen war, nahm Julius' andere Hand und drückte beide. Dann lief sie hinüber in die Stube und holte aus der Kredenz die braune Flasche und die Schnapsgläser, von denen sie nur drei besaßen. Im Vorbeigehen sammelte sie von ihrem Bett ein paar Blätter ein, die vorhin aus ihrer Notenmappe gerutscht waren.
»Zur Feier des Tages spielen wir *Vergebliches Verlangen*«, sagte sie, als sie in die Küche zurückkehrte, und legte die Blätter auf die Pulte. Über die Notenlinien waren Akkorde in Buchstaben gekritzelt, weil außer Julius keiner von ihnen ein Meister im Notenlesen war. Hatten sie die Grundmelodie halbwegs erfasst, ergab sich der Rest von selbst: Sie probierten aus, was ihnen einfiel, warfen sich gegenseitig Tonfolgen zu, erfanden neue und machten sich das Stück zu eigen. Das war das Besondere an ihnen: Sie waren alles andere als herausragende Instrumentalisten, und nicht wenige Gastwirte, bei denen sie zum Vorspielen erschienen waren, hatten sie abgelehnt, weil ihnen die Virtuosität fehlte. Aber was die Freude am gemeinsamen Spiel anging, machte ihnen niemand etwas vor.
Gundi konnte es oft selbst kaum fassen: Sie begann mit einem Stück, das ihr beim Üben langweilig und brav vorgekommen war, doch sobald die anderen einfielen, flog ihr ein Schwung von Ideen zu, der dem Lied Verve und Feuer verlieh. Dünnes Tröpfeln wuchs zum Sturm der Orgel in der Marienkirche, vereinzeltes Klimpern zu einem Teppich aus Klang. Würde es ihr mit *Vergebliches Verlangen* ähnlich ergehen? Sie hatte es etliche Male durchgespielt, aber von dem Zauber, den der polnische Tenor versprühte, hatte sich nie auch nur ein Funke eingestellt.
Den anderen hatte sie es bisher nicht vorgeschlagen, weil der Tango mit seinem Tonartenwechsel und dem leichten Schleppen

im Rhythmus für Lore zu anspruchsvoll sein mochte, aber heute war der Tag, es zu versuchen. Es war der Platzhalter für ihr eigenes Lied, ein Symbol und ein Versprechen.

Der Kessel pfiff, und Lore ging, um kochendes Wasser über die getrockneten Hagebutten aus Tante Karls Garten zu schütten. Erik wand Gundi die Flasche aus der Hand und studierte das Etikett. »Machandel. Immerhin. Scheint also doch einen Grund zum Feiern zu geben.«

Julius war an das Notenpult getreten, das er sich mit Gundi teilte. Er las den Titel des Stücks und stöhnte. »Das ist nicht dein Ernst. Ich dachte, den Wahn mit diesem Tadeusz Radun hätten wir hinter uns.«

Tadeusz Radun war der polnische Tenor. Sobald er erwähnt wurde, verdrehte Julius die Augen. »Ich will das nicht spielen«, sagte er. Eben am Fenster, beim Träumen von Danzig, hatte er wie der Mann geklungen, mit dem Gundi das Abenteuer des Verliebtseins erkunden wollte. Jetzt aber klang er wie ein eingeschnapptes Kind. »In der Waldoper haben sie ihn ausgepfiffen, weißt du das? *Der fliegende Holländer,* eine Standardpartie, war zu viel für deinen Heldentenor.«

»Kein Wunder«, versetzte Gundi. »Die Oper ist ja auch nicht sein Metier. So wenig wie unseres. Wir wollen Swing spielen, oder? Musik für Leute wie uns.«

Lore lief umher und bot Tee an, aber niemand wollte welchen. Unbemerkt war Erik an das zweite Pult getreten und fegte das Blatt herunter. »Warum lassen wir diesen öden Streit nicht mal beiseite und spielen unser eigenes Lied? Ich weiß nicht, wie es euch geht, aber ich brenne darauf, es kennenzulernen.«

Warum war er so gehässig? Während Gundi kaum je wusste, was in ihm vorging, beschlich sie ständig das Gefühl, er lese in ihr wie in einem Buch. Statt auf seine Bemerkung einzugehen, lief sie zum Speiseschrank und holte eine Schüssel Piroggen heraus, die Tante Karl am Sonntag gemacht hatte, gefüllt mit Quark, Kartoffeln und Pilzen. »Da, für euch – lasst uns doch erst mal feiern.« Sie schob die Schüssel auf den Tisch, schnappte sich den Senftopf und das Glas mit eingemachten Pflaumen und stellte beides dazu.

Einen Augenblick lang schien jede Unstimmigkeit vergessen. Wie die Wölfe stürzten sich alle auf Tante Karls Piroggen, die noch besser waren als die von Kurowskis *Delikatesy*. Gundi rettete die Pflaumen, fischte eine mit den Fingern heraus und stopfte sie sich in den Mund. Dann erst füllte sie eins der Schnapsgläser, die wie Tönnchen geformt waren, mit der klaren, nach Wacholder und Kiefernwäldern duftenden Flüssigkeit. So nämlich trank man Machandel: Erst zerkaute man die Pflaume, verteilte den bittersüßen Geschmack im Mund, dann goss man den Schnaps hinterher. Es tat gut. Umso mehr, wenn man sich seiner Sache alles andere als sicher fühlte.

Der Machandel gehörte Pop, der sich nur am Wochenende ein Glas davon gönnte, und die Piroggen waren zum Abendessen für zwei Tage gedacht. Gundi tat so etwas sonst nicht, an die Schränke gehen und sich an dem bisschen Vorrat bedienen, aber heute war eine Ausnahme. Pop würde das begreifen, selbst wenn Gundi keine Worte zur Begründung fand. »Weiß schon«, würde er sagen. »Leicht is' ja das Jungsein auch nech'.« Und damit wäre die Sache erledigt.

Sie würde es ihm erklären, wenn all diese Probleme hinter ihnen lagen, wenn sie ihn und Tante Karl in die berühmteste Gastwirtschaft von Danzig einlud, in den *Lachs,* wo sich unter der Decke ein Schankstübchen verbarg und die Fenster zum Fluss hinausgingen, wo nicht nur Machandel, sondern Kräuterlikör mit Flocken von echtem Blattgold serviert wurde und dazu eine Leberpastete, die so fein war, dass sie wie Eis auf der Zunge schmolz. Der *Lachs* war eine Legende in Danzig. Schenkte man denen, die schon drin gewesen waren, Glauben, ihrem Zahnarzt Isidor Garfinkel zum Beispiel, dann verbarg sich hinter der rosa Fassade mit den goldenen Malereien das Schlaraffenland.

»Ihr beiden Lieben«, würde sie zu Pop und Tante Karl sagen und ihnen den Programmzettel für ihren ersten Auftritt hinschieben. »Dass ich das geschafft hab, dass mein Traum sich erfüllt hat, das verdank ich euch, und für den Rest eures Lebens sollt ihr nur noch Milchbrötchen und schmelzende Leberwurst essen und Lieblingsschnaps trinken, ohne ein Fingerchen krumm zu machen.«

Die Szene gehörte zu denen, die sie sich am liebsten ausmalte. Zeit, sich darin zu verlieren, hatte sie nicht, denn Erik drängte sich neben sie und entwand ihr den Machandel. »Gibst du deinen Freunden auch was ab? Die Pflaumen kannst du behalten. Und deinen Tango, der längst Schnee von gestern ist, auch. Dajos Bélas *Shimmy Blues,* damit könntest du in Berlin oder Paris noch jemanden vom Hocker reißen, aber das, was wir hier haben, ist viel zu hausbacken, zu provinziell. Du hast uns nicht so ein Lied geschrieben, oder? Eins, das Babys zum Einschlafen bringt, keinen Vamp zum Tanzen?«

Das war das Problem mit Erik: Er war unbarmherzig, er sagte das, was niemand hören wollte, und meistens hatte er obendrein noch recht. *Vergebliches Verlangen* war Schnee von gestern, und selbst das, was in Berlin und Paris gerade das Heißeste vom Heißen war, konnten andere besser spielen als sie.

Erik goss sich Schnaps ein, Julius und Lore aßen Piroggen, als würde es ab morgen keine mehr geben. Und wie schlimm das wäre! Tante Karl hatte Gundi erzählt, manche ihrer Gäste kämen Sommer für Sommer, obwohl sie sich wärmere Strände hätten leisten können, nur weil sie hier in Pommerellen Piroggen bekamen. Gundi stellte ihr halb leeres Schnapsglas ab und langte nach einer der kleinen Teigtaschen. Sie stopfte sie sich in den

Mund, nahm sich Zeit, sie sich schmecken zu lassen, und überlegte dabei.
»Wir sind aber nun einmal von hier«, sagte sie zu Erik, nachdem sie den letzten Bissen geschluckt hatte. »Und wenn wir denen nacheifern, die in Paris und Berlin groß rauskommen, sind wir wie dein Vater und liegen schon auf der Startlinie einen halben Kopf zurück.«
Erik wandte ihr das Gesicht zu. Im flackernden Licht sah sie die bläuliche Schwellung um sein Auge und zuckte zusammen. Die Freunde hatten alle ihr Päckchen zu tragen, aber Erik vermutlich das schwerste. Niemand sprach darüber, er selbst am wenigsten. »Mag schon stimmen«, sagte er. »Aber das ist noch kein Grund, hinterherzuhinken.«
»Sicher nicht.« Aus den Augenwinkeln sah Gundi, wie sich Julius und Lore die letzten Teigtaschen einverleibten. »Aber es gibt ja auch Dinge von hier, auf die die ganze Welt scharf ist. Das Krantor zum Beispiel. Oder die Piroggen. So ein Lied brauchen wir. Nicht aus Paris, nicht aus Berlin, sondern von hier. Eins wie Machandel, der nach Herbst schmeckt, schön und ein bisschen traurig, eins wie Zoppot, wo's eigentlich zum Baden zu kalt ist, eins wie das, was Ju-Ju gesagt hat: Schatten, die Träume in Bernstein einfangen. Straßen voll tanzendem Zwielicht und ein langsamer Fluss, in dem sich Türme spiegeln.«
Gundi holte Luft und wunderte sich. Ihr war nicht bewusst gewesen, dass sie so klar im Kopf hatte, wie ihr Lied beschaffen sein musste. Es fehlte nur noch ein Tropfen, um es zu beleben, und der würde sich heute Nacht dazugesellen.
»Gar nicht schlecht.« Vielleicht zum ersten Mal sah sie Erik beeindruckt. »Das Lied will ich hören, also spann uns nicht länger auf die Folter.«
»Das Lied gibt es noch nicht«, erwiderte Gundi mutig. »Oder doch, in meinem Kopf ist es schon da, nur noch nicht auf dem

Papier. Stattdessen habe ich mir etwas anderes überlegt: So, wie wir bis jetzt dahergekommen sind, kann's doch mit dem Auftritt gar nichts werden. Wir haben kein Kostüm, an dem man uns erkennt, keine Visitenkarte, und wie soll ein Veranstalter sich unseren Namen merken, wenn wir erst gar keinen haben?«

Sie sprach in den Wind, Erik hörte nicht zu. Er trat ihr in den Weg, und seine Augen wurden schmal. »Du hast uns also wieder umsonst herbestellt? Du hast gar kein Lied. All das Gerede über Schatten und langsame Flüsse ist nur Honig, den du uns ums Maul schmierst, damit wir vergessen, dass wir wieder mal unser Geld zum Fenster rausgeschmissen haben.«

»Erik!«, rief Julius und wollte nach seinem Arm greifen. »So kannst du doch mit Gundi nicht reden.«

»Nein, lass mich!« Erik, der durch nichts aus der Ruhe zu bringende Erik schrie. »Ich habe es satt. Weißt du, was bei mir zu Hause los ist? Abramowicz hat meinen Vater gefeuert. Er ist in der nächsten Saison ohne Rennstall. Stattdessen hat er sich bei den Krakeelern von der Hitler-Partei eingeschrieben, damit's den Juden und Polacken an den Kragen geht.«

»Bei den Wahlen zum Volkstag haben die doch nur einen Sitz bekommen«, murmelte Gundi. »Pop sagt, das läuft sich tot, solche vernagelten Eierköppe können sich bei uns nicht halten, weil Danzig und Zoppot ihren Reichtum ihrer Weltoffenheit verdanken.«

»Schön, dass dein Pop das sagt«, biss Erik zurück. »Der liebe Gott weiß alles, und dein Pop weiß alles besser, was?«

Gundi wollte zu einer Erwiderung ansetzen, aber ein Blick auf Eriks verschwollenes Auge hielt sie ab. In der Stille hörte sie seine heftigen Atemzüge, mit denen er sich zu beruhigen versuchte.

»Ich bitte um Entschuldigung«, sagte er dann, die Stimme wieder kalt und beherrscht. »Mein Vater ist leider weniger schlau, der schafft jetzt kein Geld mehr ran, sondern wartet, bis sein Hitler ihm welches gibt, das er den Juden und Polacken abgeknöpft hat. Bis dahin säuft er bei Pachmüller vom *Café Baronsky*, der auch zu dem Haufen gehört.«

»Der Idiot neben dem *Blauen Pudel*, der uns letztes Jahr nicht haben wollte?«, fragte Gundi.

Erik nickte. »Das *Baronsky* ist jetzt wohl so eine Art Versammlungslokal.«

»Und dein Vater hat dir dein Geld abgenommen, um es mit diesen Hitler-Leuten zu versaufen?«

Noch einmal nickte Erik. »Ich kann meiner Mutter nichts geben, um Milch für Max und Gretchen zu kaufen, ich habe nicht einmal Futter für meinen Hund, und das Fahrgeld habe ich mir von Julius geborgt, dem ich es nicht zurückgeben kann.«

»Erik.« Julius schob sich neben ihn und legte ihm die Hand auf den Arm. »Ich habe dir hundert Mal gesagt, du darfst dir das nicht gefallen lassen. Du bist ein erwachsener Mann, dein Vater hat weder das Recht, sich dein Geld anzueignen noch dich zu schlagen.«

»Ach, was du nicht sagst!« Zornig stieß Erik ihn von sich. »Und was soll ich deiner Meinung nach machen? Ins *Grandhotel* ziehen? Den Schlamassel meiner Mutter überlassen und Pfeife rauchen?«

»Natürlich nicht, aber …« Julius brach ab.

Wieder atmete Erik schwer ein und aus. »Vergessen wir's«, sagte er dann. »Ich hätte nicht herkommen dürfen. Ich hatte nur noch immer nicht aufgehört, mir alberne Hoffnungen zu machen. Aber damit ist Schluss. Ich fahre nach Hause. Einen neuen Bassisten für eure Türme und Schatten findet ihr sicher im Handumdrehen, schließlich gibt's die wie Sand am Meer.«

Er drehte sich um. Sowohl Gundi als auch Julius versuchten, ihn zurückzuhalten, ihn auf jede erdenkliche Weise zum Bleiben zu bewegen. Nur Lore stand mit hängenden Armen da und tat nichts. Erst als Erik gegangen und die Tür ins Schloss gefallen war, sagte sie: »Es ist sein Recht. Wir dürfen ihm nicht noch länger etwas versprechen, das wir nicht halten können.«

»Du hast das doch gar nicht getan!« Gundi war überzeugt, noch nie so verzweifelt gewesen zu sein. »Ich war es. Weil ich nicht wahrhaben wollte, dass ich unser Lied nicht schreiben kann.« Sie ließ sich auf einen der Stühle fallen. »Nein, sag nichts«, rief sie, als Julius den Mund aufmachte. »Ich weiß, dass es meine Schuld ist, das lässt sich nicht schönreden. Erik wollte schon im Sommer aufhören, und ich habe ihn immer wieder hingehalten. Ich wollte ihn auch heute hinhalten. Aber es gibt kein Lied. Es wird nie eines geben. Ich dachte, es würde helfen, wenn wir uns *Die Piroggen* nennen und Tante Karl uns Kostüme näht, aber das ist dummes Zeug. Nichts hilft. Nicht mal, dass ich mich verliebe.«

»Du hast dich verliebt?«

»Nutzt ja nun nichts mehr.« Ihre Stimme klang so zerdrückt, wie sie sich fühlte. »Es gibt keine *Band* mehr. Nichts gibt's.«

»Das ist nicht wahr, Gundi.« Julius nahm ihre Hand. »Erik kommt zurück, das mit seinem Vater hat doch mit uns nichts zu tun.«

»Aber wenn er immer nur darauf wartet, dass das mit unserer Musik was wird, findet er nie etwas anderes und kommt aus der Hölle daheim nicht raus«, sagte Lore. »Bei mir ist's nicht so arg. Mir tut keiner weh. Aber weg will ich trotzdem, und solange ich denk, die Musik wird's schon richten, hock ich da und komm nicht vom Fleck.«

»Es tut mir so leid.« Gundi spürte, wie ihr Tränen übers Gesicht liefen, doch in ihrer Stimme war kein Schluchzen. »Unsere Musik sollte glücklich machen, aber sie macht nur Kummer.«

Lore trat hinter sie. Berührte sie. »Es war schön, davon zu

träumen«, sagte sie rau. »Aber schaffen tun's eben nur wenige, und wir gehörten nicht dazu.«
»Ihr könnt doch so nicht reden!«, rief Julius. »Wer soll denn noch an uns glauben, wenn nicht wir selbst?«
»Niemand«, sagte Lore.
Der Schlüssel knirschte im Schloss. Mit einem kleinen Laut sprang Gundi auf, rannte durch den Flur und warf sich Pop wie als kleines Mädchen in die Arme. Er fing sie auf. Umschloss ihr Gesicht. Seine Hände waren kühl. »Was'n los, Marjellchen? Geht die Welt unter? Hab's schon befürchtet, als der stürmische junge Mann mir entgegenkam.«
»Es ist meine Schuld, Pop! Ich habe alles verdorben.«
Pop hob ihr Gesicht, und sein Blick aus blauen Augen traf den ihren. Es ist nicht so schlimm, sagten seine Augen. Schlimm, sicher, aber nicht ganz so schlimm, wie du denkst. »Ist dabei einer tot geblieben?«, fragte er.
Gundi schüttelte den Kopf.
»Na siehste«, sagte Pop. »Dann ist Polen auch noch nicht verloren.«

12

Mai 1928

Was das grüne Bürschlein Forster machte, ging Pfitzner nichts an. Die Feuchtigkeit in der sogenannten Parteigeschäftsstelle kroch ihm in die Knochen, die Tapete schimmelte von den Wänden, und selbst davon abgesehen, hatte sein Witz von einer Ortsgruppe ihre eigenen Sorgen.
1461 Stimmen hatte sie bei der Wahl im November errungen,

was so peinlich war, dass man es besser nicht erwähnte. Bruno Fricke, der Idiot, hatte mit einer Horde Randalierer die Feier der siegreichen SPD in Neufahrwasser gesprengt und damit der NSDAP ein vierwöchiges Verbot aller Versammlungen eingehandelt. Den einzigen Sitz im Volkstag hatte Hans Hohnfeldt eingenommen, war seiner Gesundheit wegen jedoch als Gauleiter zurückgetreten. Walter Maass hatte seine Nachfolge angetreten, »kommissarisch«, wie er versicherte, »bis eine dauerhafte Lösung gefunden ist«.

Männer wie der machten alles nur kommissarisch. Und woher sollte die dauerhafte Lösung kommen, wenn die Danziger Partei wie eine Trockenpflaume vor sich hin schrumpfte? Vermutlich würde sie demnächst aufgelöst werden, eine weitere Hoffnung für Danzig, die in der Ostsee versank. Pfitzner hatte sich gewünscht, am Leben zu bleiben, bis die Wunde geschlossen war und Danzig wieder dem Reich angehörte. Wie es aussah, würde sein Körper jedoch vorher schlapp machen. Die NSDAP mochte die letzte in den Sand gesetzte Hoffnung sein, die er überlebte.

Eine erbärmliche Hoffnung. Bei den Wahlen zum Deutschen Reichstag vor einer Woche hatte Hitlers Partei 2,6 Prozent erzielt. Das bedeutete einen Verlust von zwei der vierzehn kläglichen Sitze, es bedeutete, dass solche, die die Partei hätten fürchten sollen, sich schenkelklopfend über sie kaputtlachten.

Pfitzner hätte seinen Posten hinwerfen sollen. Sein Gehalt zahlte die Partei ihm ohnehin nicht aus, er lebte von ein paar Gulden Rente und hatte niemanden zu versorgen. Aber er blieb und blätterte durch Ausgaben alter Parteiorgane. Schraubte seinen Füllfederhalter auf und machte sich Notizen.

Ein tot geborenes Kind, diese Partei. Das, was die Roten Demokratie nannten, war wie Zuckerwasser, es machte die Leute schwach und gleichgültig. Sie hatten keine Ideale mehr und

waren zu träge, um für etwas zu kämpfen. Nicht alle. Aber was wollten die wenigen ausrichten?
Dieser Forster schien einer von den wenigen. »*Er gehört nicht mehr sich selbst*«, hieß es über ihn in einem der Blätter. »*Er ist besessen, Eigentum der nationalsozialistischen Idee.*«
So einer war Pfitzner. Er hatte keinen Grund mehr, sich selbst zu gehören, sondern war Eigentum von Danzig. Aber er war alt und dieser Forster erst sechsundzwanzig. In Franken hatte er 10,8 Prozent der Stimmen erzielt – fünfmal so viel wie das Gesamtergebnis. Doch statt ihm einen der Sitze zu übertragen, verheizte die Partei ihn auf einem aussichtslosen Listenplatz neun. Hatten die in Franken einen solchen Überschuss an Kräften, dass sie es sich leisten konnten, einen Mann wie Forster ungenutzt beiseitezuschieben?
Dann sollen sie ihn uns schicken, dachte Pfitzner. Wer brauchte einen Mann, der im Kampf keine Grenzen kannte, mehr als Danzig? Und es brauchte ihn schnell, ehe der verfluchte Hafen von Gdingen, der infame Korridor und der Zollstreit zerstört hatten, was in Jahrhunderten geschaffen worden war. Danzig war Deutschlands Kleinod, sein Bernstein, es hätte auf Samt gebettet und bewundert werden sollen. Stattdessen war es dem Völkerbund hingeworfen worden wie Tand, den man entbehren konnte.
Pfitzner hatte kein Herz mehr, das brechen konnte. Aber das Wissen um das, was seiner Stadt geschah, brachte ihn um den Verstand.

13
Juni

Der Winter war hart gewesen. Sobald aber die schwärzlichen Schneereste in den Rinnsteinen geschmolzen waren und der Frühling wie in jedem Jahr über Nacht aus seiner Verpuppung geplatzt war, hatte sich unaufhaltsam die Gewissheit eingeschlichen, dass Pop recht hatte: Noch war Polen nicht verloren. Die Redensart benutzte jeder in Danzig. Dass sie der polnischen Nationalhymne entstammte, schien niemanden zu stören:
»Noch ist Polen nicht verloren,
Nicht, solange wir leben.«
Das Lied war geschrieben worden, als es kein Polen gegeben hatte. Gundi, die in der Schule bekanntlich nicht aufgepasst hatte, schien es, als sei dies ständig der Fall gewesen. Immer wieder hatten irgendwelche Nachbarn Polen wie Stücke von einer Käsetorte unter sich aufgeteilt, und nach einer dieser Teilungen war das Lied entstanden. Zu Recht. Man konnte ein Land schließlich nicht von der Landkarte wischen, solange noch Menschen lebten, die nun einmal keine Deutschen oder Litauer oder Russen, sondern Polen waren. Für die war das Land, auf dem sie mit ihren Füßen standen, ja nicht plötzlich ein anderes. Es war nicht aus der Welt gefallen, es stand nur nicht länger im Atlas. Gundi besaß einen solchen Atlas, den Gustav Kapahnke ihr zur Firmung geschenkt hatte und der noch aus der Zeit vor dem Krieg stammte. Ein Land Polen war darin nicht verzeichnet, aber dazu hatte Kapahnke gesagt: »Macht nuscht. Um zu wissen, dat da Polen is', brauchste ja kein Buch nech'.«
Als es Frühling wurde und die Tage nicht mehr dunkel waren, kam Gundi die Sache mit ihrer *Band* ein wenig ähnlich vor: Auf gewisse Weise gab es sie noch. Von ihren vier Mitgliedern war ja

keiner aus der Welt, sie alle lebten, und die Musik würde immer leben. Sie hätten sich morgen wieder zusammenschließen und weiterüben können, als hätten sie nur eine Pause gemacht.

Geschehen würde das kaum. Es hatte sich ja nichts geändert, und daran, dass es sich jemals ändern würde, glaubte nicht einmal mehr Gundi. Aber der Gedanke, dass es nicht völlig ausgeschlossen war, hatte etwas Tröstliches. Sie konnte sich Szenen ausmalen, in denen sie wie durch ein Wunder doch noch zusammenkamen, und das half ihr durchs Einerlei des Alltags.

Eine feste Stellung hatte sie noch immer nicht. Da aber die Bedingungen auf der Werft beständig bedrückender wurden und Befürchtungen kursierten, Klawitter müsse demnächst schließen, bemühte sie sich, eine zu finden. Nach Weihnachten hatte sie in Martensius' Gemüseladen ausgeholfen, was einerseits Spaß machte, weil sich die Leute über die schönen Früchte freuten, aber andererseits an ihren Nerven zerrte, weil Herr Martensius ohne Unterlass über Juden wetterte, die sich in Langfuhr angeblich wie Ratten vermehrten.

»In keinem verdammten Land in Europa gibt's so viele Saujuden wie in Polen, und in unsere saubere Stadt schwappt das rein«, geiferte er. »Und jetzt treibt sich auch noch das Kodderzeug aus dem Osten bei uns rum. Dabei haben wir selbst nuscht als 'n Kanten zu beißen, und unsere Jungs sind ohne Lohn und Brot.«

Mit »Kodderzeug aus dem Osten« meinte er Leute, die aus Russland nach Danzig geflüchtet waren, weil ihnen in ihren Dörfern die Häuser angezündet worden waren. Während die Danziger Juden aussahen wie jeder andere auch, hatten diese lange Locken an den Schläfen und trugen komische Hüte und Perücken, sodass man sie auf den ersten Blick erkannte. Sie kamen mit Kindern an den Händen und Säcken auf dem Rücken, weil sie hofften, über Danzigs Hafen weiterreisen zu können – nach Amerika oder Palästina. Wer dafür kein Geld hatte, musste

versuchen, sich hier ein Leben aufzubauen – irgendwo unterzukommen, ehe ihm ein Kind erfror, Essen aufzutreiben, wo die Preise in die Höhe schnellten, Arbeit zu finden, während die Schlangen vor den Ämtern täglich länger wurden.
»Keinen Heltke verschenkst du an das Pack, verstehst mich?«, schimpfte Herr Martensius. »Ansonsten fliegst du raus, und wenn du hundert Mal Pop Frieböse sein Tochterkind bist.«
Ein Heltke war ein fauler Apfel, den Gundi in eine Kiste aussortierte, weil er nicht zum Verkauf taugte. Die Kiste, in der sich den Tag über alles Mögliche an verdorbenem Obst und Gemüse sammelte, bekam des Abends Pachulke, das Schwein, das Martensius im Koben hinter dem Haus mästete. Gundi mochte Pachulke, der aussah, als würde er grinsen, und Geräusche wie ein Mahlwerk von sich gab. Wenn Martensius aber mit seinem Geschimpfe anfing, ballte sich ein Klumpen in ihrer Kehle, und sie hätte losheulen wollen, weil Martensius seine angeschlagenen Äpfel lieber dem Schwein geben wollte als einem der Kinder, die wie kleine klapprige Gespenster durch die Straßen huschten.
Überhaupt war das Ganze Unsinn, denn die Ostjuden mit ihren Kindern kamen nie in Herrn Martensius' Laden. Stattdessen kamen Leute wie Regine, das Hausmädchen von Zahnarzt Garfinkel, die kaufte die zarten Salate und schimmernden Südfrüchte, die die übrigen Kunden sich nicht leisten konnten. Sobald die Ladenglocke klingelte und Herr Martensius Regine erblickte, verstummte das Geschimpfe über Juden, die an Danzigs Unglück schuld waren, und stattdessen hieß es: »Aber gern doch, Fräulein Regine«, »Ohne Frage, meine Beste«, und: »Darf ich für die gnädige Frau denn noch von den süßen Datteln einpacken – eine Seltenheit, die ich den andern gar nicht erst anbieten tu.«
Wenn Frau Olschewski im Laden war und eine Bemerkung fallen ließ, fuhr Martensius ihr über den Mund, doch sobald Regine mit gefülltem Einkaufsnetz das Geschäft verlassen hatte,

ging die Hetze wieder los: »Kein Wunder, dass es mit Danzig den Bach runtergeht – was unsereins fehlt, steckt sich die Judsche in den Sack.«
Manchmal war Gundi mit Tränen kämpfend nach oben gekommen, und einmal hatte sie ihr Abendessen nicht runtergebracht, obwohl es Schwemmklößchen in Fruchtsuppe gab. Sie konnte nichts schlucken, ohne daran zu denken, wie sie Kohlrüben, Kartoffeln und Äpfel an das Schwein verfüttert hatte, während Martensius auf die in Lumpen gehüllten Frauen schimpfte, die am Bahnhof mit ihren Kindern bettelten.
Pop fackelte nicht lange. »Dann gehst da halt nicht mehr hin, Marjellchen«, sagte er und räumte die Suppe ab. »Satt sind wir immer geworden, dafür muss mein Pischkachelchen nicht so trippstrillig aus der Wäsche gucken.«
Also war Gundi nicht mehr zu Martensius in den Laden gegangen, sondern hatte angefangen, morgens Zeitungen auszutragen. Das war besser gewesen, weil niemand über irgendwen, der ihm nichts getan hatte, schimpfte, aber es bedeutete einen täglichen Kampf mit Gundis Natur. Sie war ein Faulpelz, daran ließ sich nicht rütteln, sie liebte es, in der Frühe noch einmal unter die Decke zu kriechen, und wenn Pop aus der Küche fragte, ob sie lieber Kaffee oder Schokolade wollte, rief sie hinüber: »Ginge ausnahmsweise auch beides?« Das frühe Aufstehen in Kälte und Dunkelheit war eine Herausforderung – und als der Vertreiber der *Danziger Nachrichten* die Zahl seiner Boten reduzierte, war Gundi höchstens mit halbem Herzen traurig darüber.
Mit ganzem Herzen glücklich war sie, als Tante Karl vorschlug, sie solle auch in diesem Sommer wieder in der Pension aushelfen. »Buchungen hab ich ja reichlich, und die zwei Marjellchen, die haben's doch schwer genug.«
Die zwei Marjellchen, das waren Roza und Zosia Pajewska, die Töchter der Perle Felicja, die im Winter gestorben war. Die

Mädchen gaben sich Mühe, alles Anfallende so zuverlässig wie zuvor ihre Mutter zu erledigen, aber sie kamen oft schon todmüde in der Pension an, weil sie daheim noch alle Hände voll zu tun hatten. Ihr Vater war Invalide und brauchte Versorgung, und auf ihren Bruder, den wilden Jeszek, mussten sie ständig ein Auge haben. Er war klug, erzählte Tante Karl, hatte es an die Technische Hochschule in Langfuhr geschafft, wo die Plätze für Polen begrenzt waren, und studierte, um Ingenieur zu werden, brachte sich durch seinen Jähzorn und seinen Hass auf alles Deutsche jedoch fortwährend in Schwierigkeiten.

Gundi war entschlossen, den Schwestern unter die Arme zu greifen. Zur Not würde sie sogar kochen lernen, auch wenn sie sich in dieser Kunst bisher als völlig talentlos erwiesen hatte. Sie war einfach nur froh, wieder in Zoppot zu sein. Ihre Zeit als glücklichstes Kind der Ostsee war vorüber, aber sobald sie am Gleis eins aus dem Zug stieg und den tief vertrauten Duft von Salz und Fisch und den Moränenwäldern ringsum einatmete, spürte sie, wie ihre Kraft zurückkehrte. Zoppot tat ihr gut, das war etwas, das sich ihr einprägte, von dem sie wusste, sie würde ihr Leben lang darauf zurückgreifen können.

Tante Karl stellte die drei Mädchen einander vor und war erfreut, als sich zeigte, dass sie einander schon kannten.

»Nun ist es also doch so gekommen, dass wir zusammen arbeiten«, rief Gundi. »Ich fürchte, in den ersten Tagen werde ich euch eher eine Last als eine Hilfe sein, aber ich verspreche, ich gebe mir Mühe.«

Roza, die ein Gästebett mit frischen Laken bezog, hob kaum den Kopf, um Gundis Gruß zu erwidern, aber Zosia hielt inne und lächelte. Wieder, wie schon an dem Abend im *Blauen Pudel*, fiel Gundi auf, wie zart und reizend sie war – nicht nur hübsch, sondern so einnehmend, dass man sie einfach gernhaben musste und sich wünschte, sie zu beschützen. Sie freute sich darauf, mit ihr zusammen zu sein. Lore, deren Mutter den Kolonialwarenladen hatte verkaufen müssen, hatte jetzt einen Giftzahn zum Chef und würde nicht oft herüberkommen können. Ersetzen konnte die Schwester niemand, doch es würde nett sein, ein anderes Mädchen zu haben, mit dem sie sich gut verstand.

Natürlich hoffte sie darauf, ihre Freunde zu sehen. Mit Julius war der Kontakt nie abgerissen, obwohl die Angelegenheit mit dem Verlieben sang- und klanglos im Sand verlaufen war. Sie hatten sich seit jenem Abend nicht mehr gesehen, aber Julius schrieb ihr, und im Briefeschreiben war er ein wahrer Weltmeister. Zu Weihnachten schickte er ihr eine Schallplatte, auf der Tadeusz Radun *Vergebliches Verlangen* sang. Gundi fand das unglaublich nobel, zumal Julius den polnischen Tenor nicht ausstehen konnte.

Tadeusz Radun – die goldene Stimme aus der Kaschubei, stand auf der Plattenhülle. Gundi wunderte sich und fragte Pop danach, der die Hülle hin und her drehte. »Radun«, brummte er, »mit dem Namen kann er das eine so gut wie das andere sein.«

»Pole oder Kaschube?«

Pop nickte.

»Ich glaub nicht, dass ich schon mal einen Kaschuben gesehen hab«, sagte Gundi.

»Und ich glaub, du siehst jeden Tag einen, vielleicht sogar im Spiegel«, erwiderte Pop. »Hier bei uns ist doch alles ein Mischmasch, damit kannst du Piroggen stopfen.«

»Warum haben die dann wohl Kaschubei auf die Hülle geschrieben? Er singt doch polnisch.«

»Wer weiß, Marjellchen«, sagte Pop. »So sehr anders als kaschubisch is' das ja wohl nech'. Und als Kaschube verkauft er sich vielleicht besser.«

»Warum?«

Pop sah sie an und sagte etwas mit den Augen. Etwas Trauriges,

das Gundi dieses Mal nicht verstand. »Die Polen denken, der Kaschube ist einer von ihnen, wir Deutschen denken, er ist einer von uns«, sagte er dann. »So ist er jedem recht. Hat ja auch sein Gutes.« Dann hatte er sich die Plattenhülle noch einmal vorgenommen, sie kurz betrachtet und Gundi gefragt: »Netten Kavalier hast du da jedenfalls. Und? Magst ihn leiden?«
Gundi überlegte.
Damals, als die Gruppe zerbrochen war, war Julius tatsächlich über Nacht bei ihnen geblieben. Pop hatte beschlossen, bei dem Wetter jage man weder Hunde noch traurige junge Männer vor die Tür, also hatte er ihm im Flur ein Bett aufgeschlagen, und als Gundi austreten ging, musste sie im Dunkeln über ihn hinwegsteigen. Auf dem Rückweg hatte Julius sie am Bein festgehalten und zu ihr aufgeschaut. Trotz der Dunkelheit hatte sie erkennen können, dass er so traurig war wie sie, und war froh gewesen, ihn zu haben.
Gundi war kein Dummchen. Sie war ein modernes Mädchen, das ins Kino ging und über das, was Männer und Frauen in der Nacht taten, Bescheid wusste. Aus der Küche drang rasselndes Schnarchen, das bestätigte, dass Pop tief schlief. Wenn wir es tun, war ihr durch den Kopf geschossen, uns lieben, hier auf dem Boden, vielleicht ist es aufregend, vielleicht vergesse ich dabei, dass wir die *Band* verloren haben, und mir fällt ein, wie es sich damit weiterleben lässt.
Julius aber hatte sie rasch, wie vor sich selbst erschrocken, losgelassen. »Geh wieder ins Bett, Gundi«, hatte er gemurmelt, und seither hatten sie einander nicht mehr gesehen.
Pop wartete noch immer auf seine Antwort.
»Ja«, sagte Gundi, »ich hab ihn gern.«
»Sehr?«
Gundi nickte. »Ich weiß nur nicht, wie sehr. Und ich glaub, das ist ein Problem.«

Wieder hatte Pop sie lange angesehen, ehe er fragte: »Für dich oder für ihn?«
»Für ihn doch wohl.«
»Wer weiß, ob er's überhaupt merkt«, hatte Pop erwidert. »Wir Männer sind in diesen Sachen nämlich nech' halb so auf Draht, wie ihr Frauen meint.«
Eine ganze Weile hatte Gundi darüber nachgedacht, war aber zu keinem Ergebnis gekommen. Jetzt war sie wieder in Zoppot und würde Julius wiedersehen. Er hatte in der Pension ein Sträußchen Moosrosen abgegeben, darin eine Postkarte mit einem Foto vom Familienbad, auf der er sie bat, morgen zum Wettschwimmen an die Seebrücke zu kommen. *»Ich trainiere seit Mai. Wenn ich gewinne, ist der Preis für Dich.«*
Mit einer Spur Wehmut las Gundi die Zeilen. In anderen Sommern hatte Julius nie Zeit gehabt, für den Schwimmwettbewerb zu trainieren, sondern hatte jede freie Minute mit seiner Trompete verbracht. Nichtsdestotrotz würde sie hingehen und ihn anfeuern. Vielleicht war ja sogar dies der Sommer, in dem sie herausfand, wie gern sie ihn hatte. Seltsam war nur, dass ihr das nicht mehr sonderlich wichtig schien, seit es die *Band* nicht mehr gab und sie nicht länger glaubte, sich zu verlieben könnte ihr helfen, ein unvergessliches Lied zu schreiben.
Sie kam ein wenig zu spät, weil sie sich mit Tante Karl in der Küche vertrödelt hatte. Diese hatte ihr auf ihre Bitte noch einmal genau gezeigt, wie man Piroggenteig walkte, sie hatten lachen müssen, weil Gundi sich anstellte wie eine Kuh am Klavier, und hatten Zosia herbeigeholt, die mitlachte.
»Ich kann auch nicht«, sagte Zosia mit ihrer Stimme wie ein kleiner Vogel. »Braucht so viel Kraft. Aber meine kleine, dünne Matka konnte – hat sie sich Muskeln wie Bär in die Arm gehabt, von *Pierogi*-Machen.«

»Das mit deiner Mutter tut mir leid«, sagte Gundi und hörte auf zu lachen.
Über Zosias Gesicht flog ein Schatten. »Das ist von dir nett, Gundula. Du bist nett. Wenn du willst lernen *Pierogi* machen, meine Schwester kann mit dir üben. Hatte sich meine Matka Muskeln wie Bär, hat sich meine Roza Muskeln wie Elefant.«
Sie lachten wieder. Gundi bedankte sich für das Angebot, beschloss aber, die Sache mit den Piroggen aufzugeben und sich stattdessen morgen an einem Kohlrübeneintopf zu versuchen. Dann machte sie sich auf den Weg, erreichte den Strand und die Seebrücke aber erst, als der Startschuss schon gefallen war, und winkte sinnlos, als könnte Julius sich beim Schwimmen umdrehen und sie erkennen.
Nicht einmal sie erkannte ihn unter den schwimmenden Körpern zwischen den Wellen. Es war ein trüber Tag, kalt für Juni, das Meer steingrau und aufgewühlt. Zuschauer waren trotzdem reichlich gekommen, trugen Capes und Südwester und würden sich nachher in Bars und Cafés mit Machandel oder Sliwowitz aufwärmen. Der Wettbewerb gehörte zu den beliebtesten Attraktionen der Saison. Die *Möwe,* die illustrierte Zeitung der Badeverwaltung, brachte schon Wochen zuvor Berichte über die vielversprechendsten Schwimmer, und vor allem die Damenwelt ließ sich das Spektakel, das fünfundzwanzig mehr oder minder stramme Männer in Badekleidung aufbot, nicht entgehen. Nur im Wasser tummelte sich außer den Teilnehmern bei dem unwirtlichen Wetter niemand.
Gundi schirmte ihre Augen ab, um Julius vielleicht doch zu erspähen. Das gehörte zu Zoppots Eigenheiten, die sie so sehr liebte: Einerlei, wie düster der Himmel bezogen war und wie sehr die Sonne sich versteckte – sobald man sich reckte, um über das Meer zu blicken, hatte man das Gefühl, von Licht geblendet zu werden. Die Strecke, die die Schwimmer zurücklegen

mussten, hatte die Form eines Hufeisens und war mit blau-gelben Fähnchen abgesteckt. Dazwischen sah man hier und dort einen Kopf aufblitzen, aber einen bestimmten Teilnehmer auszumachen war ein Ding der Unmöglichkeit.

Gundi stellte sich auf Zehenspitzen und hatte Mühe, im Sand die Balance zu halten. Als etwas mit Wucht in ihre Kniekehle rammte, verlor sie den Halt und stolperte vornüber gegen den Rücken einer Dame im schottisch karierten Regenmantel, die erschrocken herumfuhr. Gundi fing sich und hob die Hände. »Entschuldigung und besten Dank, Madam. Hätten Sie nicht dagestanden, wär ich hingeknallt.«

Da die Dame zwar freundlich lächelte, aber sichtlich kein Wort verstand, drehte Gundi sich um und wäre um ein Haar auch noch hintüber gekippt. Der langhaarige Schäferhund war wie aus dem Nichts aufgetaucht, sprang an ihr hoch und leckte ihr übers Gesicht. »Lex!«, rief Gundi selig. »Mein liebster, allerliebster Lex, wo kommst du denn her, und wie schön ist das denn?« Sie warf die Arme um den Körper des Tieres, und zusammen schwankten sie wie ein besoffenes Tanzpaar über den Sand. Dann ließ sich der Hund wieder auf seine vier Pfoten fallen, und Gundi beugte sich über ihn und vergrub die Hände in seinem Fell. »Weißt du, wie sehr ich dich vermisst habe, du großer Hund? Du musst's ja wissen, denn sonst wärst du nicht auf einmal hier.«

»Er ist hier, weil ich dich gesucht habe.«

Gundi hob den Kopf und sah in Eriks Gesicht. Er trug eine dunkel- und hellbraun gestreifte Uniform mit dem eingestickten Schriftzug *Strandkorbvermietung Ziebuhr* auf der Brusttasche und hatte das dunkle Haar sehr ordentlich gescheitelt. Reinhold Ziebuhr war ein Kauz, der Möwen und streunende Katzen fütterte, den Eseln beim Kinderreiten Wasser hinschleppte und Schilder mit der Aufschrift *Die Benutzung des Strandes ist für*

Hunde verboten zum Ärger der Strandaufsicht umgehend entfernte. Er hatte einen Narren an Lex gefressen. Erik mochte er, weil der die Versandkiste mit dem halb toten Welpen vor Jahren aus der See gefischt und das Tier gerettet hatte. Jetzt hatte er sich seiner offenbar angenommen und ihm Arbeit gegeben.
Hatte denn Erik sein Boot nicht mehr? Egal! Gundi ließ Lex los und umarmte über den Körper des Hundes hinweg seinen Herrn. »Ach, Erik. Erikchen. Wie hab ich's denn diese ganze Zeit ohne dich ausgehalten?«
Dann besann sie sich. Sie waren im Streit auseinandergegangen, und Eriks Zorn auf sie war berechtigt gewesen. Sie gab ihn frei. Richtete sich auf. »Tut mir leid«, murmelte sie.
»Nein«, sagte Erik. »Mir tut's leid. Deshalb habe ich dich gesucht.«
»Woher wusstest du denn, dass ich in Zoppot bin?«
»Tja.« Erik verzog spöttisch den Mund, vollführte aber nicht die verhasste Verbeugung. »So ist eben Zoppot. Wenn Gundula Frieböse anreist, weiß das im Nu der ganze Ort.«
»Ich bin so froh, wieder hier zu sein, Erik. Und du brauchst dich bei mir nicht zu entschuldigen. Wenn wir nur wieder zusammen sind …« Sie erschrak und verschluckte das Ende des Satzes. Was sagte sie da? Hatte sie Erik so sehr vermisst?
»Doch«, sagte er, nahm den Hund beim Halsband und zog ihn zu sich zurück. »Ich war an dem Abend nicht bei mir und habe mich ungehörig benommen. Richte das bitte auch deinem Großvater aus, über den ich Dinge gesagt habe, die mir nicht zukommen.«
»Pop? Aber das ist doch Unsinn. Pop ist mehr als dreimal so alt wie wir, der hat die halbe Welt unter- und wieder aufgehen sehen und weiß, wie er das, was wir vom Stapel lassen, zu nehmen hat. Außerdem hat er bei sich auf der Werft ganz andere Sorgen. Der nimmt dir nichts krumm, und bei dem, was du über ihn gesagt hast, war er ja auch nicht dabei.«

Erik stand unbewegt vor ihr. Die gestreifte Uniform wirkte albern, fand Gundi, aber Eriks Gesicht tat es nicht. »Ich entschuldige mich trotzdem«, sagte er. »Wir waren ja Freunde, und so, wie ich mich wegen dieses Liedes betragen hab, beträgt man sich mit seinen Freunden nicht. So ist das eben, wenn man etwas allzu sehr will. Vielleicht hat's sein Gutes, dass man's nicht bekommt. Hab einen schönen Sommer in Zoppot, Gundi.« Er zog Lex am Halsband und drehte sich um, um durch die Menschenmenge davonzugehen.

»Aber Erik!«, rief Gundi. »Wir sind doch immer noch Freunde! Und unter Freunden ist's nicht so arg, wenn sich einer mal komisch benimmt. Außerdem war ich es, die sich am koddrigsten benommen hat. Ich hab euch enttäuscht. Das tut mir von Pfingsten bis Weihnachten und gleich noch mal rückwärts leid.«

Es drehten sich bereits Köpfe nach ihr. Zwei Russinnen in zu warmen Mänteln diskutierten, wobei die eine der anderen radebrechend Gundis Worte übersetzte. Erik blieb stehen, wandte sich um und hatte ein Lächeln auf dem Gesicht. Ein ehrliches. Ohne Spott. »Das ist nett von dir, Gundi. Aber was willst du mit mir? Ich spiele nicht einmal mehr Bass.«

Es fühlte sich an, wie wenn man sich beim Zwiebelnhacken in den Finger schnitt – ein kurzer, scharfer Schmerz, und dann floss Blut und man wunderte sich. Zu sagen fiel ihr so schnell nichts ein, und zu hören wäre ohnehin nichts mehr gewesen, denn ringsumher brach Jubel für den Sieger des Wettschwimmens los. Seltsamerweise sprach sie dann doch, wohl wissend, dass er unmöglich ein Wort verstehen konnte. »Das ist so schade, Erik«, murmelte sie. »Du warst besser als wir alle. Hättest du dich mit uns nicht aufgehalten, sondern eine andere Gruppe gefunden, hättest du's geschafft.«

Leute, die nach vorn drängten, um den Sieger zu feiern, drängten sich zwischen sie und ihn. Ihre Blicke blieben trotzdem noch eine ganze Weile ineinander verzahnt, und so, wie sie sprach, ohne dass er etwas verstehen konnte, sah sie auch ihn sprechen und wusste doch nicht, was er sagte. Dann tat er einen Schritt rückwärts, schwerfällig, als könnte er sich nicht lösen, drehte sich um und ging mit Lex an der Seite fort. Gundi konnte sich ebenfalls nicht lösen. Sie wandte sich erst zum Meer und zur Siegerehrung um, als jemand sie am Arm packte und herumriss.

»Gundi! Liebe Gundi! Ich habe so gehofft, dass du kommst, aber ich konnte dich nirgendwo entdecken.«

Julius trug einen weißen Bademantel mit dem Emblem des *Grandhotels,* das in diesem Jahr als Sponsor des Wettbewerbs auftrat. Alles an ihm triefte, und die Zähne klapperten – insgeheim war er eine Frostbeule, und das Schwimmen bei dem Wetter musste ihn höllisch viel Überwindung gekostet haben. Gundi gab sich Mühe zu lachen und stieß ihn sachte von sich, ehe er sie so nass, wie er war, umarmen konnte. »Geh weg, du Klabautermann. Ich war ein bisschen spät dran und hab keinen guten Platz mehr erwischt. Sag bloß, du hast gewonnen?«

Der Himmel war jetzt wirklich dunkel, und auf ihren Wangen spürte sie den Regen, der im Handumdrehen dichter wurde. Julius' gute Laune verflog. »Ich habe trainiert wie ein Besessener«, sagte er und schüttelte den Kopf. »Aber es war nicht genug. Nicht mal, um ein albernes Wettschwimmen zu gewinnen, reicht's bei mir.«

Gundi sah an ihm vorbei zur Seebrücke, wo ein Siegertreppchen aufgebaut war. Angestellte des Hotels geleiteten drei tropfnass bibbernde Gestalten hinauf, und die Blaskapelle der Kurverwaltung, die sich unter einem Regendach aus Leinwand drängte, spielte einen Tusch. Der Sieger bekam einen Kranz um den Hals gehängt und einen Pokal, der aussah wie eine überdimensionale Blumenvase.

»Was willst du denn damit?«, fragte Gundi. »Mit dem Gemüse und dem Pott, mein' ich.«
»Ich hab ihn dir schenken wollen.«
»Und was sollten Pop und ich damit anfangen? Einen Nachttopf draus machen?«
»Gundi! Du hast dich kein bisschen verändert.«
Sie lachte und hakte sich bei ihm ein, obwohl die Nässe sie schaudern ließ. »Du dich auch nicht. Jetzt sieh zu, dass du dich trocken kriegst, dann darfst du mich in der Seestraße zu einem Kännchen Schokolade einladen. Hab ich mehr von.«
Julius ließ einen Zischlaut hören. »Würd' ich gern. Aber wie üblich hab ich kein Geld. Der Sieger ist samt Begleitung zur Blauen Stunde ins *Grandhotel* eingeladen. Du weißt nicht, wie sehr ich davon geträumt hab, dir das bieten zu können.«
Einen Moment lang träumte Gundi ebenfalls davon, und es tat ein bisschen weh. Das *Grandhotel* war das *Grandhotel,* daran führte kein Weg vorbei. Aber damit war es auch wieder gut. Es war für solche wie sie nicht gemacht, und davon starb man nicht.
»Mach dich landfein«, sagte sie und schickte ihn mit einem Klaps auf den Rücken auf den Weg. »Wir gehen in den *Pudel.* Frisch angekommen bin ja schließlich ich, also lade ich dich ein.«
»Im *Pudel* gibt's keine Schokolade.«
»Aber Eis mit Sekt!«, rief Gundi, wirbelte im Loslaufen Sandfontänen auf und rannte ihm davon.

14

Juli

Seit dem Tag traf sich Gundi so gut wie täglich mit Julius. Er fuhr keinen Fisch mehr aus, hatte den Gestank nicht länger ertragen können, sondern ordnete jetzt den Nachlass eines Zuckergroßhändlers, dessen Gattin ihn nach Abschluss der Arbeit mit einem Prozentsatz des Erbes entlohnen wollte. Mit himmelhohen Hoffnungen hatte Julius diese Stellung angetreten. In dem gediegenen Herrenzimmer der Villa in der Ernststraße, nicht weit vom Haus seines Vaters entfernt, hatte er sich in seinem Element gefühlt und schon davon geträumt, sich auf diesem Gebiet etwas aufzubauen. Der Nachlass des Großhändlers entpuppte sich jedoch als ein einziges Chaos, und je mehr Wochen verstrichen, desto beklommener fragte sich Julius, ob es am Ende überhaupt etwas zu erben geben würde.

»Wie es aussieht, ist sogar die Villa bis übers Dach verschuldet«, erklärte er Gundi missmutig bei einem Picknick, zu dem sie sich in einen verlassenen Strandkorb quetschten. Der Sommer war nicht so schön wie der des letzten Jahres. Bald täglich regnete es. Die Gäste des *Grandhotels* schlürften ihren Champagner auf der verglasten Hochterrasse und blickten hinunter auf das Fußvolk, das am Strand weiterhin tapfer Federball spielte, Brötchen mit Matjes oder Danziger Flunder vertilgte und sich nassregnen ließ.

»Wie hat denn der Mensch so viele Schulden gemacht?«, fragte Gundi. »Unsereinem borgen sie nicht mal mehr im *Pudel* einen halben Gulden – sonst säßen wir jetzt nämlich im Trockenen vor einem Kukilorchen.«

»Unsereiner hat sich ja auch nicht die schönste Villa von ganz Zoppot bauen und sie mit Danziger Barock, Kaminen aus

Alabaster und Delfter Fayencen ausstatten lassen«, erwiderte Julius bitter. »Das Haus allein ist so viel wert, wie du und ich im Leben nicht verdienen könnten. Dazu kommt der Garten, der eher ein Park ist, und dann die Terrasse, auf der du im Sessel sitzen, an weißem Burgunder nippen und die Sonne über dem Meer untergehen sehen kannst.«

»Vielleicht hat dein Zuckerverkäufer da ein bisschen zu oft gesessen und die Sonne angebetet«, sagte Gundi. »Und vor lauter Burgunder hat er seinen Zucker glatt vergessen.«

Julius ging auf ihren leichten Ton nicht ein. »Du weißt nicht, wie gern ich dir so ein Haus hätte bieten wollen«, sagte er. »Du bist es, die in den englischen Korbweidesessel auf diese Veranda gehört, mit einem Glas gekühlten Wein in der Hand und einem Mädchen mit weißem Häubchen, das dir Kanapees serviert.«

»Kana-*was?*«, fragte Gundi, die das Wort sehr wohl kannte. Sie kuschelte sich tiefer in den Strandkorb und drückte Julius' Arm. »Hier draußen ist es doch auch schön, Ju-Ju. Solche Häubchen sind beim Arbeiten lästig, da kannst du Zosi und Roza oder mich höchstpersönlich fragen, und das Glas Wein wäre zwar nett, aber Tante Karls Wurststullen schmecken auch ohne.«

»Ich werde nie begreifen, wie du es schaffst, dir die Welt derart schönzureden.«

»Vielleicht schaff ich's, weil ich sie schön finde«, sagte Gundi. »Ich war das glücklichste Kind von der Ostsee, ich sitz hier mit meinem Freund Ju-Ju im Strandkorb, brauch nicht zu verhungern und hab noch sechs Wochen Sommer in Zoppot vor mir. Und obendrein kann ich auch noch froh sein, dass mir kein Mensch was borgt, weil ich dadurch keine Schulden hab wie dein Herr Zuckerhut.«

»Seesen hieß der«, sagte Julius. »Harro Seesen, und wenn du mich fragst, ist der nicht an einer Magenblutung gestorben. Auf der Platte des Schreibtischs, an dem ich arbeite, ist ein dunkler

Fleck, geformt wie Afrika, der sich nicht wegreiben lässt. Ich wette, der hat sich in diesem eleganten Zimmer in seiner Luxusvilla erschossen.«

Gundi schauderte. »Wegen der Schulden?«

Julius nickte.

»Ich frag mich immer noch, wie er die auftürmen konnte«, sagte Gundi. »So viele, dass ihm am Ende kein Mensch mehr helfen konnte.« Sie vermochte sich alles Erdenkliche vorzustellen, aber dass jemand nicht mehr leben wollte, nicht mehr da sein, wenn morgen wieder die Sonne aufging und sich ein ganzer Tag voll neuer Möglichkeiten entfaltete – nein, das konnte sie sich nicht vorstellen.

Schon gar nicht, wenn man Menschen hatte, die sich die Augen ausweinen würden. Gundi sah Pop und Lorchen und Tante Karl vor sich und musste schlucken. »Hatte der Kinder, der Zucker-Seesen?«

»Eine Tochter«, sagte Julius. »Toni, zwölf Jahre alt. So ein kleiner, verwöhnter Goldschatz, dem jetzt plötzlich der raue Wind entgegenweht.« Mit dem Ellbogen wies er zum *Grandhotel.* »Da oben hat er die Schulden gemacht. Im Casino. Weißt du, dass wir in Zoppot es die Spielhölle nennen, weil sich darin reihenweise ehrenwerte Bürger um Kopf und Kragen spielen?«

Gundi hatte von ihrer Teewurststulle abgebissen, behielt aber den Bissen unzerkaut im Mund und sah an der honiggelben Fassade des Hotels hoch, den Fenstern mit den weiß lackierten Balkongittern und den rot blühenden Geranien wie im Süden. Es war so schön, stand majestätisch und einladend in seinem Hotelgarten, umgeben von Springbrunnen und Rosenlauben und mit Treppen, auf denen Kellner in Fracks umhereilten, um den Gästen unter weißen Sonnensegeln alles herbeizuschaffen, was ihrer Erholung und ihrem Wohlbefinden zuträglich war. Es fiel nicht leicht zu glauben, dass in dieser hellen, heiter plätschern-

den Welt, die von der Sorglosigkeit lebte, ein dunkler Strudel lauerte, der Menschen zu sich zog und ins Verderben riss.
Und doch speiste wohl gerade dies – die Gefahr, der Abgrund, die Möglichkeit, in einer Nacht sein Leben zu verspielen – die verführerische Kraft des *Grandhotels.* Es war beileibe nicht das einzige Luxushotel, das den Küstenstreifen säumte. Die Heilkraft von Zoppots Kuranlagen war über Europa hinaus berühmt, die Wälder, die es wie einen Geliebten umschlangen, schirmten es zugleich vor Stürmen, und das Wasser in der geschützten Danziger Bucht war wärmer als anderswo an der Ostsee. Nicht umsonst erfreute sich das Damenbad an der in Richtung Danzig gelegenen Westerplatte beständiger Beliebtheit, obwohl gleich daneben den Polen ein Militärdepot genehmigt worden war.
Hotels, die die Reichen und Schönen lockten, hätte es somit zur Genüge gegeben, aber es war das *Grandhotel,* das bereits ein Jahr vor Saisonbeginn kein freies Zimmer mehr hatte. Es war das *Grandhotel,* vor dessen Zaun sich Menschen sammelten, mit dem Finger hinüberwiesen und murmelten: »Einmal dort drüben Gast sein. Nur ein einziges Mal …«
»Wenn ich Geld hätte, würde ich auch spielen«, sagte Julius wie als Echo auf ihre Gedanken.
»Und wenn du alles verlieren würdest – so wie dein Zucker-Seesen?«
»Na wenn schon«, erwiderte Julius. »Ärger als jetzt kann es nicht kommen, und mich würde ja auch niemand vermissen.«
»Du bist ein Idiot.« Gundi sprang aus dem Strandkorb. Dass ein Regenschauer sie wie eine kalte Dusche traf, war ihr egal. »Warum, glaubst du wohl, sitz ich mit dir in diesem dämlichen Korb und hör mir dein Gejammer an – wenn ich dich nicht vermissen würde?«
»Wirklich, Gundi?« Er blickte zu ihr auf, die Augen groß wie bei einem Kind.

»Darauf kannst du einen heben, du Dammlack.«
»Aber ich hab dir doch nichts zu bieten.«
»Hast du wohl. Tagaus, tagein deine Klagelieder.« Gundi, der es nun doch zu nass wurde, ließ sich wieder in den Strandkorb fallen, verschränkte aber die Arme vor der Brust, statt wie zuvor eine Hand auf Julius' Arm zu legen. »Ich muss ja drauf stehen, wenn ich so blöd bin, noch immer hier zu hocken.«
Humor, fand Gundi, war eine goldene Brücke, über die man sich zurückhangeln konnte, wenn man sich danebenbenommen hatte. Ein Lachen und Schwamm drüber. Julius aber ließ ihre Brücke wie so oft links liegen.
»Um deinetwillen wünsche ich mir doch, ich hätte eine Chance, aus meinem Leben etwas zu machen, mir auch so eine Villa hinzustellen und in Luxushotels Ferien zu machen. Für dich und meine Mutter. Aber wie es aussieht, bliebe mir wirklich nur das Casino. Nur fehlen mir dafür das Startkapital und der Smoking, und einen abgerissenen Versager wie mich setzen sie dort vor die Tür.«
»Aber Ju-Ju.« Gundi unterdrückte ein Stöhnen. »Wer hat denn schon so eine Villa oder wohnt im *Grandhotel?* Das ist doch höchstens ein ganz winziges Häufchen Menschen, und der ganze riesige Rest muss sein Leben doch auch genießen. Warum wartest du nicht erst mal ab? Bezahlen muss dich die Frau von dem Zuckerhut ja trotz allem, und wer weiß, vielleicht kannst du mit dem Geld ja ein kleines Geschäft aufbauen. Immerhin bist du auf diese piekfeine Schule gegangen, hast was im Kopf und würdest im Anzug mächtig was hermachen …«
»Ich habe aber nicht den richtigen Stallgeruch.« Julius schnaubte. »Und die Bezahlung kann ich vergessen. Wie ich meiner Mutter beibringen soll, dass ich drei Monate Arbeit in den Wind schreiben kann, muss ich mir erst mal einfallen lassen.«
»Momentchen mal. Du hast die Arbeit erledigt. Also muss die Frau dir deinen Lohn geben.«

»Ich habe aber doch diese Vereinbarung unterschrieben.« Hätte es einen Preis für die kreuzunglücklichste Stimme von Zoppot gegeben, hätte Julius ihn konkurrenzlos gewonnen. »Statt einer festgesetzten Summe erhalte ich als Entlohnung ein Prozent vom ausgezahlten Erbe. Und ein Prozent von null bleibt null, egal wie man es wendet.«

»Schietke, sagt Liedtke. Ach, Ju-Ju, du bist aber wirklich ein Pechvogel vor dem Herrn.«

»Das kannst du laut sagen.«

»Nützt das was? Dann mach ich's.« Sie formte die Hände vor dem Mund zum Lautsprecher, um es über den Strand zu rufen, aber Julius schüttelte den Kopf. Wiederum erwies sich Humor als der falsche Weg, um ihm aus seinem Jammertal herauszuhelfen.

»Meine Mutter hält mir unentwegt vor, sie hätte ihr Geld und ihre Kraft für meine Schulausbildung verschleudert. Weißt du, wie weh das tut? Sie hat mich als Arzt gesehen, als Anwalt, als Richter – als einen Sohn, auf den sie hätte stolz sein können. Ich aber habe all die Jahre vergeudet, weil ich meine Hoffnungen in die Musik gesetzt habe, und jetzt bin ich schuld daran, dass meine Mutter mit fünfundvierzig eine alte Frau ist.«

Damit schob er die Schuld ihr zu. Hätte sie sich nicht größenwahnsinnig eingebildet, sie könnte ein einzigartiges Lied schreiben, wäre Julius vielleicht auf die Universität gegangen. Wäre sie nicht so größenwahnsinnig gewesen, hätte sich kein Talent eingebildet, das sie nicht besaß, wäre Julius vielleicht Arzt oder Anwalt geworden. Aber hatte nicht auch Pop ein wenig recht? Es war davon niemand gestorben. »Wir sind doch noch jung«, testierte Gundi lahm. »Wer weiß, was uns morgen in den Schoß fällt.«

»Dir vielleicht. Hübsch, wie du bist, kannst du dich wenigstens ordentlich verheiraten. Vorausgesetzt, du hängst dich nicht an eine taube Nuss wie mich.«

Gundi stand auf. Es hatte keinen Sinn. Statt dass sie Julius aus seiner Weltuntergangsstimmung herausholte, fühlte sie sich davon angesteckt. »Ich muss gehen. Tante Karl braucht mich«, behauptete sie, obwohl Zosia und Roza bestens ohne sie zurechtkamen. Sie fühlte sich hilflos und ausgelaugt, doch am nächsten Tag traf sie sich wieder mit Julius und versuchte von Neuem vergeblich, ihn aufzuheitern.

Eine Hoffnung blieb ihr jedoch, ein Trumpf im Ärmel: In der kommenden Woche wurde der *Große Donnerstag* gefeiert, der mit seinem Blumenkorso durch den Ort, der Parade geschmückter Schiffe und dem Feuerwerk auf der Seebrücke einen Höhepunkt der Saison bildete. Seit Wochen war verabredet, dass Pop und Lore sich zu diesem Anlass drei Tage Urlaub nehmen würden, um ein köstliches, endloses Wochenende in Zoppot zu verbringen. Gundi konnte es nicht erwarten, sie vermisste die beiden, und sogar das Wetter sollte sich bessern. Vielleicht würde es Julius leichter fallen, Mut zu fassen, wenn sie erst alle wieder zusammen waren.

Nur würden sie *alle* zusammen sein.

Es drängte Gundi, Erik zu bitten, diesen Tag wie früher mit ihnen zu verbringen, doch sie hatte sich nicht dazu durchringen können. Sie sah Erik gelegentlich, wenn er mit Reinhold Ziebuhr einen Strandkorb versetzte oder einer Kundin freie Körbe zeigte, und jedes Mal hatte sie sich schuldig gefühlt, weil sie überhaupt hinsah. Die in Kaffeefarben gestreifte Uniform hatte etwas von einer Sträflingskleidung, und Erik wirkte darin, als hätte man ihn kleiner gemacht, als er war. Julius hatte ihr erzählt, dass Eriks Boot bei einem der Winterstürme an der Seebrücke zerschellt war. Er hatte keine Wahl gehabt, als die mies bezahlte Arbeit bei Ziebuhr anzunehmen.

Gundi hätte ihn beschwören wollen, den Kontrabass nicht aufzugeben, doch was verlieh ihr dazu das Recht? Erik hatte deutlich gemacht, dass er ihre Freundschaft als beendet betrachtete. Er besaß den Edelmut, ihr nicht länger etwas vorzuwerfen, aber das bedeutete nicht, dass er nach allem noch mit ihr zu tun haben wollte.

»Sprichst du Erik manchmal?«, fragte sie Julius.

»Wir sind Nachbarn«, erwiderte der mit einem Schulterzucken. »Aber wo's möglich ist, gehen wir uns aus dem Weg. Der eine Nichtsnutz schämt sich vor dem andern.«

Also hatte sie lediglich Julius im Schlepptau, als sie am Morgen des *Großen Donnerstags* durch den mit Blumengirlanden geschmückten Ort zum Bahnhof lief, um Pop und Lorchen zu empfangen. Tante Karl blieb in der Pension und deckte den Gartentisch für Kaffee und ofenwarmen Pflaumenkuchen. Tatsächlich hatte es schon seit der Nacht nicht geregnet. Sogar die Sonne zeigte sich, brannte sich Gucklöcher ins Grau und sandte dem feiernden Zoppot einen Gruß. Gundi vergaß ihre Sorgen. Endlich hätte sie wieder durch die Straßen hüpfen wollen, beherrschte sich um Julius' willen und stellte sich vor, wie die Passanten dachten: Das ist die Gundi Frieböse, die ist vielleicht nicht die Glücklichste von der Ostsee, aber ein verdammtes Glück hat die schon.

Lorchen würde ihre Gitarre mitbringen – womöglich würden sie heute schon miteinander spielen. Und wer weiß, vielleicht würde Julius ja seine Trompete holen, und sie würden sich ihre Musik zurückerobern. Ihre Musik, die hatten sie doch nicht nur deshalb geliebt, weil sie damit eines Tages groß herauskommen wollten. Die Musik war für sie die Welt gewesen. Der Ort, an dem sie Riesen waren, keine Zwerge in einer Uniform mit kaffeebraunen Streifen.

Der Zug fuhr ein, während sie Julius voran die Stufen zu den Gleisen hinaufhastete. Da war es – ihr geliebtes verbeultes Emailleschild mit der Aufschrift *Zoppot.* Als sie den Absatz erreichte, stiegen Pop und Lore gerade aus dem Waggon der Holzklasse, und auf den ersten Blick erkannte Gundi, dass es kein Wochenende voller Musik und Leichtigkeit und neuer Hoffnung geben würde. Lore hatte ihre Gitarre nicht mitgebracht, sie trug nicht einmal Übernachtungsgepäck und sah dennoch aus, als drücke eine Last sie nieder. Pop war grau im Gesicht. Gundi hatte ihn müde gesehen, auch erkältet und nach einem Schwof mit Gustav Kapahnke verkatert, aber noch nie grau. Sie brauchte nichts weiter, um zu begreifen, dass etwas ganz und gar nicht in Ordnung war.

»Gundi, es tut mir so leid!«, rief Lore, sobald sie ihrer ansichtig wurde. »Ich weiß, ich hab's dir versprochen, aber ich kann nicht bleiben.« Als wäre sie – Gundi – die Leidtragende, wenn Lore ein ganzes leuchtendes Sommerwochenende in Zoppot entging.

»Nu mal langsam«, sagte Pop. »Du bleibst hier, dat kriegen wir schon gebacken, die Tante Karl und ich. Nutzt ja nu' nuscht, wenn du auch noch um dein Vergnügen gebracht wirst.«

»Was ist denn überhaupt passiert?« Zu viert standen sie einander gegenüber, verwirrt, nicht wissend, wohin mit Händen und Gedanken. Dann konnte Gundi nicht mehr an sich halten, sie musste die Arme um Pop schlingen, noch ehe sie seine Antwort kannte. Er hatte sie immer beschützt. Vom ersten Tag an, als er sie aus der Wohnung des Kolonialwarenhändlers zu sich geholt hatte, hatte sie sich sicher gefühlt, weil dieser große, wuchtige Kerl sie beschützte, und auf einmal wirkte er wie geschrumpft. Stimme, Schultern, Herz. Verzagt, als müsste jetzt Gundi ihn beschützen.

Sie hielt ihn fest, dass ihr die Arme wehtaten. Kein Problem, Pop, dachte sie. Das ist so, wie du's mir erklärt hast, als ich als Kind zu weit rausgeschwommen bin und ertrunken wäre, hättest du mich nicht rausgezogen: »Wo's brenzlig werden kann, ist man besser zu zweit. Mal hat der eine Oberwasser, mal der

andere, und wenn's bei beiden nuscht mehr zu retten gibt, hat man beim Ersaufen wenigstens einen zum Anstoßen.«
Pop in ihren Armen stand stumm. Statt seiner sprach Lore. »Ich bin gefeuert, Gundi. Verdien kein Geld mehr. Meine Mutter sagt, wir müssen aus der Wohnung raus, und als ich gesagt hab, ich muss trotzdem fahren, weil ich's dir versprochen hab, hat sie sich auf den Boden geworfen und das Schreien angefangen. Ich muss mit dem nächsten Zug zurück.«
»Musst du nech'«, sagte Pop. »Lass deine Mutter sich ausheulen, dat wirkt ja manches Mal Wunder. Und du erholst dich, und am Montag marschierste mit frischer Farbe auf den Backen los, und der erste Ladenbesitzer, der so 'n hübsches Dingelchen zu sehen kriegt, der stellt dich ein.«
Lore weinte fast nie. Auch jetzt klang nur ihre Stimme so, als hätte sie es gern getan. »Ich bin kein hübsches Dingelchen«, sagte sie. »Deshalb hat mich Herr Hansen doch gefeuert. Als Ladenmädchen nimmt er die Tochter von seiner Cousine. Die macht was her, sagt er. Da greifen die Kunden zu.«
Gundi spürte, wie Pop zusammenzuckte. »Den soll doch beim Pieschern der Blitz treffen«, knurrte er in seinen Bart, ehe ein weiterer Ruck durch seinen schweren Körper ging und er sich wieder in der Gewalt hatte. »Was der Schubiak sagt, kannste vergessen«, sagte er zu Lore. »Du bist unser Lorchen. Lass dir nech' einreden, du wärst nuscht wert.«
Gundi sah Lore schlucken, sah, wie ihr Kehlkopf drei Mal auf und ab sprang, und noch immer kam kein Wort heraus. »Wollen wir nicht erst mal alle zu Tante Karl zum Kaffeetrinken gehen?«, schlug sie vor, um der Schwester zu helfen. »Der schöne Kuchen wird ja sonst kalt, und in einer Stunde geht's schon los mit dem Korso. Uns fällt bestimmt was ein, Lorchen, wenn wir nur erst ein bisschen fröhlicher sind. Ganz bestimmt.«
Und wenn nicht?, schoss es ihr durch den Kopf. Wie konnte sie

Lore wieder Hoffnungen machen – hatte sie mit ihren leeren Versprechungen ihre Freunde nicht schon tief genug in den Schlamassel manövriert?

»Marjellchen, zur Tante Karl musst allein geh'n.« Das war Pop, der Tonfall grau wie sein Gesicht. »Ich komm nicht mit.«

»Du kommst nicht mit zu Tante Karl? Was für dummes Zeug ist denn das?«

Pop löste sich aus ihren Armen, trat einen Schritt zurück und stand auf dem Bahnhof wie ein Mann, der auf der Welt allein ist. »Ich bin auch gefeuert«, sagte er. »Klawitter ist pleite, die Werft leitet von Stund an eine Betriebsgesellschaft, aber die übernimmt keinen ollen Dussel wie mich.«

»Aber du bist doch Vorarbeiter! Du hast doch seit fünfzig Jahren …«

»Ja«, wiederholte Pop tief in Gedanken, »seit fünfzig Jahren. Im April hat mir der Klawitter noch 'ne goldene Nadel angesteckt. Aber jetzt is' halt Sense. Musst dir keinen Kopp machen, Marjellchen. Irgendwas wird sich schon finden, so schnell geht ja Polen nicht verloren. Nur die Tante Karl, die hat genug zu schaffen, der laden wir das nech' auf, verstehst?«

15

September

Der Augenblick auf dem Bahnhof war Gundi vorgekommen, als bliebe die Welt stehen. Danach hatte sie eines gelernt: Die Welt tat das niemals. Nach einem Pfeifen war der Zug weitergefahren, frisch verplombt in Richtung Gdingen, und ihr Leben hatte sich weiter abgespult wie im Kino die Rolle mit dem

Film: Man brauchte nur rasch austreten zu gehen und hatte schon etwas Entscheidendes versäumt.
Tante Karl wartete weiter mit Kaffee und Pflaumenkuchen, im Kurpark wurden die letzten Wagen für den Korso geschmückt, und die vier Menschen am Bahndamm mussten eine Entscheidung treffen, oder das alles rollte über sie hinweg.
»Bei dir piept's ja«, hatte Gundi zu Pop gesagt. »Die Tante Karl, die gehört doch zu dir! Du kannst doch dein Leben nicht zuklappen wie eine Eisenbahntür, und dann hängst du 'ne Plombe dran, und wir, die dich lieb haben, bleiben draußen stehen.«
Zu Lore und Julius hatte sie gesagt: »Los, kommt, ihr müsst mir helfen, diesen sturen Schrat in die Pension zu verfrachten«, und auf einmal hatten sie alle zusammen auf Pop eingeredet, und das hatte ihnen geholfen. Etwas zu tun zu haben. Nicht tatenlos zuzusehen, wie das Leben aus den Angeln rutschte.
Pop war schließlich doch mit zu Tante Karl gegangen, und natürlich hatte die gesagt, was Gundi erwartet hatte: »Was soll's. Kommst du eben mit dem Marjellchen zu mir. Is' ja nech' so, dass ich einen Mann ums Haus nicht gut gebrauchen könnt'.«
Es war der traurigste Anblick, den Gundi in ihrem Gedächtnis fand: Pop, der sich schämte. Er hielt seine Kappe in beiden Händen und knetete sie immer im Kreis herum. »Ach nee, Du'chen«, stammelte er. »Ach nee, ach nee.«
»Magst 'n Schnaps?«
Pop schüttelte seinen großen Kopf. »Ach, Du'chen«, murmelte er noch einmal. »Du bist ja das liebste Du'chen diesseits und jenseits von Kleinkalapupa, wo die Hunde mit dem Schwanz bellen. Aber mich bei dir ins gemachte Nest setzen und beim Nichtstun die Hand aufhalten, dafür is' Vater Frieböse sein Sohn nech' gemacht. Bin 'n oller Danziger. Bisschen stur im Schädel und auch nech' gut zu verpflanzen.«

Danach hatte Gundi schon früher gefragt: »Du und ich und Tante Karl, warum wohnen wir nicht zusammen?«
»Weil's gut geht, wie's ist«, hatte Pop geantwortet. »Sie macht ihre Penunzen drüben, und ich mach unsere hüben, und wenn's hinten und vorn nicht reicht, ist nech' der andere schuld und die Liebe geht hops.«
Am Tag des Blumenkorsos hatte sich Gundi zum ersten Mal gefragt: Und warum ist das so? Warum reicht's hinten und vorn nicht und die Liebe geht hops, obwohl die Leute von früh bis spät schuften? Sie selbst war ein Faulpelz, das wusste sie – aber Leute wie Pop und Tante Karl, wie Julius und Lore und Erik? Etwas lief falsch, wenn ein Mann wie Pop seit seinem fünfzehnten Lebensjahr auf einer Werft stand, und am Ende blieb nicht genug, um mit seinem Du'chen ein kleines, zufriedenes Leben zu führen.
Allzu lange dachte sie jedoch nicht darüber nach, denn sie bekam davon Kopfweh, und es gab so viel anderes zu bedenken. Letzten Endes würde es um Pop nicht allzu übel stehen. Er hatte Geld in eine Arbeiterversicherung eingezahlt, die ihm jetzt eine Rente stellen würde. »Zum Sterben zu viel«, sagte er. »Aber um noch so 'n Weilchen vor sich hin zu leben, wird's schon reichen. Mir geht's um dich, Marjellchen. Dat es dir an wat fehlt – dat will mir so ganz und gar nech' schmecken.«
Nach einer Weile, als Gundi und Tante Karl sich beide den Mund fusselig geredet hatten, war beschlossen worden, dass Pop und Lore das Wochenende trotz allem in Zoppot verbringen sollten. Gundi würde Lore ein bisschen Wäsche und Waschzeug leihen, und von all dem Druck, der auf ihr lastete, hatte Lore doch noch geweint. Nur ein paar Tränen, dann hatte sie sich kräftig geschüttelt und gesagt: »Ich weiß auch nicht, was mit mir los ist. Bin sonst nicht so.«
Gundi und Julius hatten sich bei ihr eingehakt, und so waren sie

zum Blumenkorso gegangen. Ohne Pop und Tante Karl, die ein bisschen Zeit für sich brauchten. Die prächtigsten Wagen, die ganz vorn fuhren, hatten sie verpasst, aber sie kamen rechtzeitig, um das Wägelchen des *Blauen Pudel* zu bewundern, eines der grasgrünen, gedrungenen Automobile, die »Laubfrosch« genannt wurden, eher notdürftig bedeckt mit Margeriten. Auf der Motorhaube schwankte eine Skulptur aus Kornblumen, in der sich der Pudel nur erraten ließ, wenn man den Namen des Cafés kannte.

Dennoch war dies der schönste Wagen, fand Gundi. Sie fühlte sich ungewohnt schwach, und aus den Fenstern des *Pudel*-Wagens winkten die Kellner mit weiß-blauen Tüchern. Natan Elkeles, der Barmann, der mit seinem spröden Charisma den Umsatz steigerte, lehnte den halben Oberkörper hinaus, um ihr einen Blick unter schläfrigen Lidern zuzuwerfen, und Helma, das vorwitzige, viel zu junge Serviermädchen, rief: »Gundi, Gundi!«

Das gab ihr ein bisschen von der Geborgenheit zurück, die an diesem Tag erschüttert worden war. Der Wagen, der dem Laubfrosch folgte, war doppelt so lang und in ordentlichen Streifen mit roten und schwarz gefärbten Rosen bestückt. *Heim ins Reich,* stand in Weiß über der Windschutzscheibe. Die Fenster waren geschlossen und zur Hälfte mit Rosen und Plakaten verhängt. *Unser Zoppot bleibt deutsch,* stand darauf und: *Wer Zoppot liebt, wählt nationalsozialistisch!*

»Schon wieder Wahlkampf?«, brummte ein Mann mit einer Plauze, auf der er sein Bier hätte abstellen können. »Ich denk, wir ha'm Urlaub.«

Mehrere Leute lachten. Gundi entdeckte hinter der halb verdeckten Scheibe ein Gesicht, das ihr bekannt vorkam. War das nicht der Mann mit dem Ausschlag im Gesicht, der sich letzten Sommer mit Zosias Bruder angelegt hatte?

»Siehst du den?« Julius wies auf den Wagen.

»Den mit den Pickeln, aus dem *Pudel?* Bruno hat der geheißen, richtig?«

Julius schüttelte den Kopf. »Den mein ich nicht. Den daneben. Das ist Mick Tetzlaff, Eriks Vater. Der macht sich jetzt bei diesen Nazis lieb Kind, obwohl bei denen auch nichts zu holen ist.«

Gundi konnte neben diesem Bruno keinen anderen Mann erkennen, und gleich darauf war der Wagen außer Sicht. Der nächste war wieder hübscher, geschmückt mit zwei lebensgroßen schnäbelnden Schwänen. Aber eine fröhliche Stimmung wollte nicht aufkommen. Weil Julius Eintrittskarten hatte, gingen sie sich das Tennisturnier ansehen, in dem die kleine Toni Seesen in der Kinderklasse antrat und eine Schale mit dem eingravierten Bild des *Grandhotels* gewann.

»Das Ding und die Karten, das wird wohl mein Honorar sein«, kam es von Julius so niedergeschlagen, wie sie alle sich fühlten. Toni Seesen war ein schmales, sehr ernstes Mädchen mit braunen Zöpfen, das die Ehrung ohne ein Lächeln entgegennahm. Ihr Vater ist gestorben, dachte Gundi, aber von uns ist doch keiner tot. Wir dürfen die Köpfe nicht so hängen lassen.

Dennoch stand sie abends mit den anderen am Strand, um das Feuerwerk zu sehen, das in glitzernden Bögen den Himmel über der Seebrücke erhellte, und musste in den Rocktaschen die Fäuste ballen, um nicht zu weinen. Pop und Tante Karl waren auch gekommen, standen still beieinander und kamen Gundi allzu tapfer vor. Sie waren alt, sie hatten es verdient, vergnügt zu sein, nicht tapfer. Und was war mit Lore, die sich tagtäglich mit den unverschämten Kunden herumgeschlagen hatte, um jetzt vor dem Nichts zu stehen, mit Julius, der nicht weiterwusste, und mit Erik, der sich gar nicht erst blicken ließ? Sich spiegelnde Lichtfunken überzogen das Meer mit einem Teppich aus goldenen Splittern. Das Feuerwerk war ein so herrliches Schauspiel, sie hätten es gemeinsam genießen sollen, doch stattdessen kämpfte ein jeder für sich gegen Tränen.

Verbissen starrte Gundi in den Himmel, wild entschlossen, sich nicht umzudrehen, den mit Lampions geschmückten Strandabschnitt des *Grandhotels* keines Blickes zu würdigen, die lachenden Gäste in den weißen Liegestühlen, die von Pagen in weiche Decken gehüllt und mit Champagner verwöhnt wurden, nicht zu beachten.

Warum die? Warum nicht wir, vor allem mein Pop, der sich nie mehr gegönnt hat als einen Sonntag am Strand und am Abend zuvor einen Schnaps?

Zum ersten Mal empfand sie fast so etwas wie Hass auf das *Grandhotel* und seine Sommerfrischler, die auf der Welt keine Sorgen kannten. Aber wie konnte sie Menschen hassen, die sie gar nicht kannte und die ihr nichts getan hatten? *Sie* war doch die Schuldige, nicht diese Fremden mit ihren Perlenketten und Pelerinen. *Sie* hatte verursacht, dass es den Menschen, die sie liebte, schlecht ging. Niemand anders als sie mit ihrer Eitelkeit.

Über den Himmel fuhr ein glänzender Kometenschweif, die Menge brach in »Ah« und »Oh« aus, und in Gundis Taschen ballten sich die Fäuste noch fester. Das verdammte Lied, hämmerte es in ihrem Kopf, hätte ich nur das Lied gehabt, dieses eine gottverdammte Lied.

Seither waren sechs Wochen vergangen, reichlich Wasser durch Mottlau und Weichsel geflossen, wie Pop sagte, und der Sommer neigte sich schon seinem Ende zu. Tante Karl hatte das weiße Kantinengeschirr mit der blassblauen Aufschrift *Klawitter-Werft* wegwerfen wollen, damit Pop es nicht mehr ansehen musste, aber Pop hatte sich dagegen gewehrt: »Gutes Geschirr auf'n Müll schmeißen? Hast du im Keller 'nen Esel, der Dukaten spuckt?« Und dann hatte er über den Schriftzug am Rand seines Suppentellers gestreichelt und so versunken, wie er jetzt

manchmal war, gemurmelt: »Die Jahre schmeiß ich ja auch nech' auf'n Müll. Das waren gute Jahre. Mein Leben war das.«
Zu ihrer aller Überraschung hatte er mit seinen fünfundsechzig Jahren und der schwierigen Lage zum Trotz noch einmal Arbeit gefunden. Die Schichau-Werke, die ebenfalls eine Werft betrieben, hatten Verwendung für ihn. Nicht in der Stellung, die er sich in Jahrzehnten erarbeitet hatte, sondern als Hilfstischler für nicht einmal die Hälfte seines bisherigen Lohns. »Um Schichau steht's nicht besser als um Klawitter«, erklärte er Gundi. »Nur sitzt deren Mutterunternehmen in Elbing, in Deutschland, und die Reichsregierung hat beschlossen, so 'n Schiffbauriesen im Osten, den dürfte man nech' einfach hopsgehen lassen. Also kriegt Schichau 'ne Art Osthilfe für Industriebetriebe, und ich mit meinem Dusel krieg von der Glumse wat ab.«
Glumse war saure Dickmilch, die Gundi nicht schmeckte, und dass Pop Dusel hatte, weil er für Pfennige bei Schichau arbeiten durfte, bezweifelte sie. Tante Karl aber hielt sie davon ab, etwas dazu zu sagen. »Lass ihm das. Es ist doch nicht nur Geld, was ihm gefehlt hat, sondern die Kameradschaft, dieses Jebrissel unter Männern und das Gefühl, was wert zu sein.«
Das Erste verstand Gundi. Aber das Zweite glaubte sie nicht. Pop war gedemütigt worden, von der einen Werft mit einem Tritt vor die Tür gesetzt und von der andern mit einem Almosen abgespeist. Es machte sie wütend. Kein Mensch hatte das Recht, Pop Frieböse zu demütigen. Wäre ich reich, würde ich ihm ein Auto kaufen, wie's die Geldsäcke haben, dachte sie, und einen Chauffeur in einer Livree einstellen, mit Kniebundhosen wie im *Grandhotel.* Damit würde Pop vor dem Verwaltungstrakt von Schichau vorfahren, aussteigen und seine Stechkarte auf den Tisch werfen. »Besten Dank, dafür hab ich keine Verwendung mehr.«
Zu Pop passte das nicht. Und Gundi war nicht reich. Aber mit

solchen Träumereien lenkte sie sich von den trüben Gedanken ab, die sie befielen, wenn sie an die Zukunft dachte. So wie jetzt, wo sie gemangelte Betttücher zusammenlegte und dabei immer wieder von vorn beginnen musste, weil sie den richtigen Kniff einfach nie lernen würde. Noch drei Wochen lang würden diese Tücher unentwegt gewaschen, gestärkt und gemangelt werden, damit die Gäste sich über frisch bezogene Betten freuen konnten. Danach würde aus dem Gästestrom ein Plätschern werden, das schließlich so gut wie versiegte. Die paar Kurgäste und Erholungssuchende, die im Winter kamen, stiegen höchstens vereinzelt in der *Pension Sonnenschein* ab, und mit dem, was dann noch an Arbeit anfiel, würde Tante Karl allein fertigwerden.

Gundi würde abreisen müssen, und anders als in den Wintern zuvor brauchte sie unbedingt Arbeit. Woher sie die nehmen sollte, mochte der Himmel wissen, aber der verriet es nicht. Lore war wochenlang auf der Suche gewesen und hatte schließlich bei einem Vertrieb für Schreibmaschinen angefangen, für den sie in ganz Danzig Klinken putzen ging. Sie musste sich die schweren Vorführgeräte in einer Art Satteltasche aufladen, die Büros der Stadt aufsuchen und sich mehr als einmal eine Tür vor der Nase zuschlagen lassen. Eine Provision erhielt sie nur, wenn sie einen Abschluss tätigte, ansonsten hatte sie sich für nichts die Sohlen durchgelaufen und stand mit leeren Händen da.

So wie Julius, der von den bankrotten Seesens tatsächlich nicht mehr erhielt als einen Satz Leuchter aus dem Familienbesitz. »Messing, nicht mal Silber. Alles, was irgendwie von Wert ist, hat die Witwe längst verpfändet, um für sich und die Kleine das Haus zu halten. Wie ich mich halte, ist nicht von Belang. Ich bin ja nur der Idiot, der keine Ausbildung nachweisen kann und haarsträubende Verträge unterschreibt.«

Gundi gönnte sich einen Fluch und faltete das schief gelegte

Laken wieder auf. Um mich steht's noch schlimmer, dachte sie. Ich bin selbst für einfachste Handgriffe zu blöd. Dann hielt sie inne. Aus dem Vorraum zur Waschküche, wo sich Bügelbrett und Wäscheschrank befanden, drang ein Geräusch.

Nein. Kein Geräusch. Etwas, das sie aus ihren Gedanken mit aller Kraft verbannt hatte und das sich dennoch immer wieder darin festrankte wie die Triebe der Schwarzäugigen Susanne am Fenstersims.

Musik.

Ohne zu überlegen, rannte sie los. Sie riss die Zwischentür auf, und mit dem Duft nach Stärke und frisch gewaschener Wäsche wogte ihr die Musik entgegen. In dem Raum waren die beiden polnischen Schwestern beschäftigt. Roza stand am Bügelbrett und fuhr mit dem Eisen über ein Tischtuch. Zosia saß auf dem Bänkchen an der Wand und hatte vor sich auf dem Tisch, der zum Falten der Wäsche gedacht war, einen mit gebündelten Saiten bespannten Kasten liegen, dem sie durch Zupfen eine Melodie entlockte.

Gundi erkannte das Instrument sofort. Es war eine Akkordzither, wie sie sich vor Jahren eine ausgeliehen hatten, damit Lore daran üben konnte. Lore hatte sich so sehr gewünscht, mit Gundi und den Jungen Musik zu machen, doch sie zweifelte an ihrem Talent, und von der Akkordzither hieß es, man könne das Spiel in nur drei Tagen erlernen. Tatsächlich hatte das einfache Instrument Lore den Weg zur Musik geebnet. Kurz darauf hatte sie sich auf Gundis Rat das Geld für eine Gitarre angespart und bei Erik, der sich auf allen erdenklichen Instrumenten Grundlagen beigebracht hatte, spielen gelernt. Eine Zeit lang hatte Gundi sie ermuntert, sich auch im Singen zu versuchen, aber dazu hatte Lore nie den Mut gefunden.

Den zarten Ton der Zither, der sich für eine *Band,* die in Bars Tanzmusik spielen wollte, nicht eignete, hatte Gundi lange nicht

mehr gehört. Zosia sang nicht dazu, sondern summte, und Roza am Bügelbrett summte mit.
Die Melodie kannte Gundi nicht. Nein, das war so nicht richtig: Sie hatte sie *bisher* nicht gekannt, doch sie kannte sie jetzt und würde sie kennen, solange sie lebte. Heftig drängte es sie, eine Frage zu stellen, doch sie brachte es nicht übers Herz, die Musik zu stören. Das Stück ähnelte keinem anderen, weder *Vergebliches Verlangen* noch *Blue Skies* oder dem brandneuen *Let's Do It* von Cole Porter. Es stand ganz für sich, hatte etwas Kühles, beinahe Blasiertes, ein über die Schulter geworfenes Wort des Abschieds – und dann wechselte es die Tonart und traf wie beiläufig mitten ins Herz. Es war federleicht und tieftraurig. Es machte beschwingt und hinterließ einen Tropfen Wehmut, der daher rührte, dass das Leben wie ein Sonntag in Zoppot war: schön, aber nicht endlos. Es war das Lied, auf das Gundi all die Jahre lang gewartet hatte.
Erst jetzt bemerkte Roza sie, hörte auf zu summen und zischte: »Psst!« Sofort hielt Zosia ebenfalls inne, und das Lied erstarb.
Gundi fühlte sich beraubt. »Was ist das?«
»Was?« Roza senkte den Blick und bügelte. »Meinst du das Tafeltuch für das Firmungsessen am Sonntag?«
Es war erstaunlich, wie rasch die beiden im Umgang mit den Gästen nahezu perfektes Deutsch gelernt hatten. Roza war nach wie vor verschlossen, doch immerhin bestand sie nicht länger darauf, Gundi zu siezen. »Ich meine das Lied«, sagte Gundi. »Das Musikstück, das ihr gerade gespielt habt.«
»Ich hab kein Musikstück gespielt.«
»Ach, hör doch auf, Roza.« Zosia lachte. »Sie meint *Świt na morzu.*«
Morgen am Meer. So viel Polnisch verstand sogar Gundi. Es klang nach Zoppot. Nach jenen Tagen, an denen sie als kleines Mädchen ihr Frühstück hatte stehen lassen und hinunter zum

Strand gerannt war, um das Meer zu begrüßen, nach der Gischt, die an den Beinen trocknete, und dem Tang, der sich um die Fesseln fing. Nur nach kleinen Mädchen klang es nicht, sondern nach Erwachsenen, die wussten, dass Sommertage endlich waren.

»Hat es einen Text?«, fragte sie. »Kann man es singen?«

»Ein paar Zeilen«, antwortete Zosia. »Was mir eben so einfällt. Aber wir singen es nie. Richtig singen wir können gar nicht.«

»Du hast es selbst geschrieben? Es gehört dir?«

Zosias Finger zupften nervös an den Saitenbündeln der Zither, ohne einen Ton zu erzeugen. »Geschrieben nicht. Ich weiß nicht, wie man schreibt Musik. Aber ich mag Musik gern.«

»Ich auch«, sagte Gundi. Sie sahen sich an.

»Ich geh gern in die Bars, wo Musik ist, mit meinem Bruder und seinen Freunden. Tanzen oder nur zuhören. Von all der Musik mir fallen manchmal ein paar Töne ein, ich weiß nicht, warum.«

»Warum dir dieses Lied eingefallen ist, weißt du also auch nicht?«, fragte Gundi.

Zosia schüttelte den Kopf.

»Sie denkt es sich aus«, sagte Roza.

»Nein, mir fällt ein.« Je unsicherer Zosia wurde, desto mehr Fehler schlichen sich in ihr Deutsch. »Ich habe bestimmt irgendwo gehört. Meine Mutter viel hat gesungen. Und Roza und ich, wir sonst das nicht machen – Musik in der Arbeit. War nur einziges Mal.«

Mit einem Schnaufen lachte Roza auf. »Ich hab weitergebügelt. Davon, dass meine kleine Schwester fünf Minuten macht Pause, niemand wird sterben.«

»Aber nicht doch!«, rief Gundi. »Tante Karl ist doch keine Leuteschinderin, und ich mache von morgens bis abends Pause.«

»Das ist was anderes. Du bist keine Polin.«

»Ach, Roza«, sagte Gundi. »Bitte nicht wieder das. Mir ist es egal, ob ihr bügelt oder diese blöden Falten in den Stoff macht, für mich ist das sowieso ein Buch mit sieben Siegeln. Ich finde euer Lied schön. *Morgen am Meer.*«

Zosia lächelte.

»Kannst du's noch mal spielen? Und kannst du mir den Text dazu sagen, die paar Zeilen, die du weißt?«

»Wozu soll das gut sein?«, fragte Roza, und auf Polnisch fuhr sie ihre Schwester an: »Lass den Unfug.«

Zosia gab eine fröhliche Antwort, die Gundi nicht verstand, rückte die Zither zurecht und spielte das Lied noch einmal. So leise die Musik war, füllte sie den Raum und machte ihn weit. Die Zeilen, die sie dazu aufsagte, waren ein Radebrechen zwischen Deutsch und Polnisch. »Tut mir leid«, sagte sie am Ende. »Ich hab mir auf Deutsch noch nie überlegt.«

»Macht überhaupt nichts«, sagte Gundi, in deren Kopf sich die deutschen Worte zum *Morgen am Meer* wie von selbst vervollständigten. »Und ihr singt es wirklich nie? Ihr summt es nur für euch?«

Zosia nickte. »Um die Zeit zu vertreiben, weißt du? Die Langweile.«

»Das verstehe ich«, erwiderte Gundi. »Ich finde nichts auf der Welt so langweilig wie dieses Gefuchtel mit der Wäsche.«

Sie lachten beide.

»Hör mal, Zosia«, sagte Gundi dann, »ich habe ein paar Freunde, mit denen zusammen ich Musik mache. Das heißt, in letzter Zeit haben wir keine mehr gemacht, würden aber ganz gern wieder anfangen. Meine Schwester Lore kennst du ja – und meinen Freund Julius hast du auch schon gesehen.«

»Ist schöner Junge.« Zosia strahlte. »Blond und schön.«

Gundi zwinkerte ihr zu. »Meinst du, meine Freunde und ich könnten dein *Morgen am Meer* einmal spielen? Würde dir das etwas ausmachen?«

»Aber nein, warum denn?« Zosia sprang auf, kam zu ihr gelaufen und nahm ihre Hände. »Du bist so nett, Gundula. Wenn du magst unser kleines Lied – es ist deins. Ich schenk's dir.«
»Ist das dein Ernst?« Um Gundi schien sich der Raum zu drehen. »Aber du musst Gundi zu mir sagen, alle meine Freunde sagen Gundi.«
»Ich lieber sage Gundula.« Zosia lachte und drehte sich, als würde sie tanzen. »Finde ich hübsch. Klingt wie Musik. Klingt wie du.«

16

Oktober 1930

In seinen Händen, die in letzter Zeit immer klamm waren, drehte Pfitzner das kleine Stück Papier. Es war wie eine Urkunde über eine Versicherungspolice. Nicht über irgendeine. Eine wie diese schloss man ab, wenn man sah, dass sein Haus in Flammen stand, und dennoch mit letzter Kraft um einen guten Ausgang kämpfte.
Pfitzner hatte wahrlich mit allem, was er aufbringen konnte, für einen guten Ausgang gekämpft. Er hatte inmitten der Flammen die schon verlorene Stellung gehalten und jeden Hebel in Bewegung gesetzt, um die Police zu bekommen. Jetzt hatte er sie. Hielt sie in schweißig-kalten Händen. Wenn sie sich nicht auszahlte, hatte er zumindest alles, was in seiner Macht stand, getan und würde aufgeben können. Diesen grotesken Witz von einem Büros räumen, nach Hause gehen und sterben.
Als vor einem halben Jahr die Banken erst in Amerika und dann in den Staaten Europas wie Dominosteine umgefallen waren,

hatte sich Pfitzner die Hände gerieben. Krisen brachten Leid, und in Danzig war das Leid bereits vor Ausbruch der Krise so schwer gewesen, dass es im Handumdrehen unerträglich scheinen würde. Die Geschundenen würden sich verzweifelt nach einem Retter umsehen und sich dem Ersten, der auf weißem Pferd herbeigaloppiert kam und ihnen Heil versprach, zu Füßen werfen.

Heil! Heil!

Pfitzners Partei war dazu gemacht wie keine andere. Sie hatte Pferde, Fahnen, Helden im Stechschritt und selbst für den dümmsten Tropf eine verständliche Lösung. Sie war die Partei, die all die abgewrackten Schleicher abfangen würde, all jene, die nichts mehr besaßen als ihre Stimme, verliehen von dem kranken Götzen, dem sie huldigten – ihrer Demokratie. Es war ein Kinderspiel, der irre Lauf der Welt trieb ihnen die Schafherde mit ihren Wahlstimmen regelrecht zu. Pfitzners klamme Hände wurden wund vom Reiben. Wie es weiterging, wenn erst einmal Neuwahlen anberaumt waren, blieb offen, aber sie hätten einen Fuß in der Tür. Wo der eine stand, konnte ein zweiter folgen, und durch den Spalt, den zwei Füße erzwangen, passte ein komplettes Regiment.

Und dann war es seiner Partei wahrhaftig gelungen, den schon sicheren Sieg in den Sand zu setzen. Was war eine Partei, warum verschrieb man sich ihr? Pfitzner erkannte, dass er sich einzig der herrlichen Idee verschrieben hatte. Die Kretins, die sich in Danzig Mitglieder nannten, hatten nichts damit zu tun.

Maass, der Schwächling, hatte das Handtuch geworfen, und der Zauderer Hohnfeldt machte sich wichtig, ohne etwas zu bewirken. Bruno Fricke, der die Danziger SA übernommen hatte, war ein anderes Kaliber, hatte die geballte Faust in der Tasche und drosch beim ersten Mucks zu. Das Problem mit ihm bestand darin, dass sein Schädel ein Hohlraum war, dem der Zugang zum Füllen fehlte. Pfitzner legte keinen Wert auf hochgezüchtete Intellektuelle. Der Führer selbst bewies, dass es ihm auf Tatkraft ankam, auf Treue und Opferbereitschaft, die selten mit ausgeprägter Intelligenz und Bildung einhergingen. Dummheit brauchte jedoch berechenbare Grenzen, und die von Fricke hatte keine. Weil ihm Hohnfeldt nicht passte, stürmte er mit einem Rollkommando die Parteizentrale, erklärte Hohnfeldt für ausgeschlossen und pflanzte seinen eigenen Hintern auf den wackeligen Gauleiter-Stuhl.

Und diese bizarre Tragikomödie spielte sich ab, nachdem im Reich die Koalition der Vaterlandsverräter in die Knie gegangen war und sich das Gleiche in Danzig vollzog. Dem Volkstag, diesem überflüssigen Damenkränzchen, wurden fünfzig Sitze gestrichen, und hier wie dort berief man Neuwahlen ein. Pfitzner, der zu wenig schlief, um zu träumen, hatte sich in einem Albtraum gewähnt: Die Bewegung befand sich mitten im Kampf, der die Wende bringen konnte, und statt alle Kräfte darauf zu konzentrieren, mussten Parteigrößen aus dem Reich abkommandiert werden, um den Kindergarten von Danzig aufzuräumen.

Hermann Göring kam. Erklärte Fricke für ausgeschlossen und Hohnfeldt für rehabilitiert. Ein Mann namens Greiser erhielt anschließend den Auftrag, die Danziger Nationalsozialisten neu aufzubauen. Der mühte sich redlich. Greiser war im Krieg Jagdflieger gewesen, es fehlte ihm nicht an Schneid, und im Vergleich mit den Pappkameraden war er die bessere Wahl. Dass aber der Einäugige unter den Blinden König war, versetzte ihn noch lange nicht in die Lage, ein Land zu regieren.

Pfitzner hatte weitergekämpft wie ein Maulwurf, der allein einen Garten unterhöhlen konnte. Er hatte ihn unterhöhlt. Der Boden war bereitet. Das Papier, das er in den Händen hielt, war der Beweis.

Die Wahlen zum Reichstag hatten ein Ergebnis gezeitigt, das Pfitzners kühnste Hoffnung übertraf: Mit einhundertsieben Stimmen war die Bewegung zweitstärkste Partei nach den Sozialdemokraten geworden. So süß der Triumph schmeckte, so bitter war die Furcht, im Rausch des Sieges werde Danzig vergessen. Nicht wenige nahmen an, die Wahlen zum Volkstag, die für November angesetzt waren, wären im Grunde schon verloren, nachdem die zerstrittenen Hottentotten der Danziger Partei ihre Chancen verspielt hatten. Pfitzner konnte niemandem diese Haltung verdenken. Aber er wäre eher gestorben, als sie zu teilen.

Unbeirrt hatte er weiter unterhöhlt, seinen Füllfederhalter aufgeschraubt und Briefe geschrieben, Telegramme aufgegeben und sich an den Fernsprecher gehängt. Greiser sei ein guter Mann, pflegte er seine Darlegung einzuleiten. Er sei nur nicht gut genug für Danzig. »Wir brauchen niemanden, der uns eine Kerze anzündet. Wir brauchen einen, der einen Brand entfacht.«

Er hatte gewonnen. Heute Abend würde die Zündschnur gelegt und der Kampf um jede deutsche Seele in Danzig begonnen werden. Die verstreuten Haufen der Partei waren ins *Café Derra* bestellt worden, sie wussten nur noch nicht, was ihnen dort blühte. Wessen Ankunft zu erwarten stand, um Greisers Tagen als Leiter ein Ende zu bereiten. Aber Pfitzner wusste es. Er hielt den Durchschlag der Vollmacht in seinen schweißnassen Händen:

»Parteigenosse Reichstagsabgeordneter Albert Forster wird hiermit von mir als kommissarischer Führer für das Gebiet des Freistaates Danzig bestimmt.
Er hat alle Vollmachten, sowohl über die politischen Gliederungen als auch über SA und SS, um für die kommenden

Wahlen zum Volkstag das ihm nötig Scheinende zu organisieren.
Nach der Wahl hat er den Auftrag, über die Neuordnung der Danziger Verhältnisse mir seine Vorschläge zu unterbreiten.

Adolf Hitler.«

DRITTER TEIL

Wanda

Berlin

Winter 1963

»Runder Stern, du schlingst die goldne Schleife,
Meiner Mutter Herz ward wund von Blei.«

Paul Celan: »*Espenbaum*«

17

Du darfst dir nicht alles, was Andras dir vorsetzt, zu Herzen nehmen«, sagte Manne. »In den Kopf, ja. Aber nicht zu Herzen. Das ist wie Dauerbeschuss mit Stahlkugeln. Das hältst du nicht aus.«

»Und wie schaffe ich das?«, fragte Wanda und schob den Ordner mit den Dokumenten, die Andras ihr gegeben hatte, zurück in ihre Mappe. Sie war gern bei Manne, der keine fünf Minuten von der Uni entfernt wohnte, mochte sein halb dunkles Zimmer im Souterrain, in dem nur auf dem Bett Platz zum Sitzen war. In einem Haus wie dem seiner Familie war sie nie zuvor gewesen. Es war alt und riesengroß, umringt von noch älteren, noch größeren Bäumen, angefüllt mit Dingen, die wie zufällig hingeworfen wirkten, zusammengewürfelt in Farbe und Form und dennoch in ein üppiges, schillerndes Gesamtbild gefügt.

Vor allem war es bis unters Dach gefüllt mit Menschen. Manne hatte vier Geschwister, und sowohl diese als auch seine Eltern schienen ständig Besuch zu haben, der in einem der vielen Zimmer hinter halb offenen Türen hockte, lautstark debattierte, Unmengen aß und aus Batterien von Flaschen Getränke zu sich nahm.

Andras würde später nachkommen. Er verspätete sich meistens, weil seine Arbeit ihm kaum Zeit ließ. Da die Eröffnung des Prozesses in Frankfurt bis auf drei Wochen herangerückt war, überlud er seine Tage mit Terminen, um noch in letzter Sekunde etwas zu erreichen. Er war so abgehetzt, wie Wanda sich fühlte, und das tat keinem von ihnen gut. Sie sehnte sich nach ihm und fürchtete zugleich, er werde zur Tür hereinkommen. Für den Augenblick war sie ganz zufrieden, mit Manne allein zu sein.

Das Haus der van Bontjes war in dem Monat, seit sie sich kannten, so etwas wie ihr Asyl geworden. In dem Monat, seit sie auf die Antwort wartete, die ihre Mutter – Matti – ihr versprochen, aber bisher nicht gegeben hatte. Solange die Antwort aufgeschoben wurde, mochte sie sich in der Wohnung in der Alboinstraße nicht aufhalten und kam erst nachts nach Hause, wenn zu hoffen war, dass alle schliefen. Matti schlief nicht. Vielleicht nie. Einmal kam sie aus dem Zimmer in die stockdunkle Diele gestürzt und packte Wanda bei den Armen. »Bitte schick mich nicht weg. Lass mich mit dir reden, Wanda, lass mich doch bitte, bitte mit dir reden.«
Dieses eine Mal hatte ihre Stimme wieder so geklungen, wie Wanda sie kannte. Nicht wie die der Fremden. »Die Fragen, die ich dir gestellt habe«, hatte Wanda gesagt und trotz der vertrauten Stimme nichts empfunden, »willst du mir die beantworten?«
»Gib mir noch Zeit!«, rief Matti. »Du hast doch gesagt, du gibst mir noch eine Woche Zeit.«
»Dann will ich auch erst in einer Woche mit dir reden«, hatte Wanda erwidert. Ariane, die von dem Wortwechsel aus dem Schlaf geschreckt war, hatte sich in ihrem Bett unter dem Hängeboden aufgesetzt und ein gequältes Geräusch von sich gegeben. Den Augenblick, in dem Matti abgelenkt war, hatte Wanda genutzt, um in dem Zimmer, das sie mit Vera teilte, zu verschwinden.
Es war das letzte Mal gewesen, dass Matti das Wort an sie gerichtet hatte.
Am nächsten Abend kam sie noch später. Sie wollte mit niemandem aus ihrer Familie sprechen, solange sie nicht wusste, wer Freund und wer Feind war und was sie noch glauben durfte. Andras war darüber im Bild. »Geh schon zu Manne, wir sehen uns nachher dort«, sagte er, wenn sie sich vor der Uni trennten. Anfangs war Wanda sich abgeschoben vorgekommen und hatte

befürchtet, Manne und den van Bontjes zur Last zu fallen. Inzwischen aber fühlte es sich gut an, hier zu sein. Fremd und neu, aber nicht ungeborgen. Aufgefangen in einer Art zu leben, von der sie mit Erstaunen feststellte, dass sie ihr behagte.
Manne zündete eine Kerze an und stellte sie auf das Teetablett, das zwischen ihnen auf der Tagesdecke stand. »Meine Mutter sagt, man muss sich um den Kehlkopf herum eine Grenzlinie ziehen: Augen und Ohren nehmen alles auf, das Gehirn verarbeitet alles, aber der Hals filtert, und in die Brust rutscht nichts. Sie hat das in Frankreich gelernt, in ihrer Zeit im Widerstand. Informationen mussten innerhalb von Sekunden umgesetzt werden. Hätte sie aber das, was sie zu sehen bekam, an sich herangelassen, hätte sie nicht weitermachen können. Sie hätte schlappgemacht und wäre verhaftet worden.«
Mannes Mutter hieß Rieke van Bontjes. Sie war eine große, eckige, energische Frau und offenbar in der Lage, drei bis vier Leben auf einmal zu führen. Ihre fünf Kinder hatte sie in fünf verschiedenen Ländern Europas bekommen, war in Berlin schließlich sesshaft geworden und arbeitete als Chefärztin im Tropeninstitut. Wie nebenbei saß sie in etlichen politischen Gremien, hielt ihr riesiges Haus für all diese Leute offen, und neulich, als Wanda auf der Suche nach der Toilette herumgestrichen war, hatte sie gesehen, wie sie ihrem Mann die Tür öffnete, ihn umarmte und küsste. Leidenschaftlich, als hinge an diesem Rettungsring der Lippen das Leben. So, wie junge Leute sich küssten, wie Wanda selbst gerade erst küssen gelernt hatte.
»War deine Mutter dazu stark genug?«, fragte sie Manne. »Immer? In jeder Situation?«
»Solange sie musste«, antwortete Manne. »Danach ist sie zusammengebrochen. Das tut sie immer noch manchmal. Mein Vater auch.«
Mannes Vater, ein niederländischer Ethnologe, der für seine

Leistungen im Widerstand mehrere Orden angeboten bekommen und alle abgelehnt hatte, sah aus wie eine ältere, einmal durch den Wolf gedrehte Ausgabe von Manne: bleich, mit groben Zügen, gewaltigen Ohren und aufmerksamen Augen hinter dicken Brillengläsern.
»Und was machen sie dann?«, fragte Wanda.
»Sie fahren in dieses Schloss in Südfrankreich, wo meine Mutter im letzten Jahr vor der Befreiung versteckt war. Zum Weinen, sagen sie. Danach geht es ihnen wieder eine Zeit lang besser.«
Wanda kam es vor, als erzähle Manne, der im selben Jahr wie sie geboren war und nur ein paar Bezirke von ihr entfernt lebte, ihr Geschichten aus einer anderen Welt. Dabei war nicht einmal am verblüffendsten, dass diese Leute mir nichts, dir nichts durch den halben Kontinent reisten, um sich hinter irgendwelchen Schlossmauern auszuweinen, sondern dass sie mit ihren Kindern darüber sprachen, dass sie sich deren Freunden als »Rieke« und »Claas« vorstellten und sämtliche Türen hinter sich offen ließen, als gäbe es nichts zu verbergen.
Es war ihr nie zuvor aufgefallen: Matti und Tante Lore hielten die Tür ihres Schlafzimmers sorgsam geschlossen und sprachen mit gedämpften Stimmen: »Pst. Nicht so laut. Die Wände sind dünn, die Nachbarn können uns hören.« Im Haus der van Bontjes dagegen herrschte ein Stimmengewirr wie auf einem Verschiebebahnhof.
»Das eben meine ich.« Manne hob seine Teetasse, ließ sich den Dampf ins Gesicht steigen. »Lass es nicht an dich heran, nicht ins Herz, bis du dich wieder sicherer fühlst. Bis du weißt, was mit deiner Familie los ist, was sie dir verschweigen und warum.«
Wanda tat es ihm nach. Der Dampf, der Feuchtigkeit auf ihren Wangen hinterließ, hatte etwas Belebendes. »Ich lasse es nicht an mich heran«, sagte sie. »Es ist gar keine Entscheidung. Mir ist zumute, als würde ich hinter der Mauer sitzen, die ein Stück von

Berlin abteilt, hinter dem Eisernen Vorhang, und nichts dringt zu mir durch.«

»Der Vergleich ist gut«, sagte Manne. »Aber in den Osten von Berlin kommt man durchaus. Man braucht nur ein Visum.«

Wanda versuchte zu lächeln. »Dann sitze ich eben in Polen. Andras sagt, dorthin kommt niemand, ein Visum wird niemandem ausgestellt, es sei denn, er hat eine persönliche Einladung. Und ich spreche offenbar keine Einladung aus: Meine Mutter sagt etwas zu mir, meine Schwester sagt etwas zu mir, meine Tante sagt, ich soll meine Mutter in Ruhe lassen und nicht auf meiner Antwort bestehen, aber bei mir kommt nichts davon an. Nichts berührt mich. Und dann erzählt Andras mir von Auschwitz, von all dem Grauen, und ich weiß, da müssen gesunde Menschen schreien, weinen und verzweifeln, aber in mir regt sich nichts. Bei mir kommt nichts an.«

Was sie gesagt hatte, klang monströs. Nicht menschlich. Manne blies in seinen Tee. »Mit Auschwitz geht es den meisten Leuten so«, sagte er. »Wir haben dafür kein Maß, keinen Speicher, nichts, das es aufnehmen kann. Etwas in uns lässt das Sicherheitsgitter runter, weil wir spüren: Wenn wir's reinlassen, sprengt's uns den Schädel. Davor hat Andras ja solche Angst: dass niemand bereit ist, das auszuhalten, dass der Prozess im Sand verläuft, weil die Leute das nicht in ihre kleinen, zerbrechlichen Köpfen lassen wollen.«

Wanda nickte. »Sigi macht deswegen einen Bogen um mich. Ich soll sie nicht verpesten mit meinem Gift aus der Vergangenheit, das ich mir von Andras habe einträufeln lassen. Das ist vorbei, sagt sie, kann nicht rückgängig gemacht werden, weshalb sollen wir uns das aufs Butterbrot schmieren lassen? Die anderen haben auch Dreck am Stecken.«

»Die anderen«, sagte Manne und stellte die Teetasse ab, »sind die anderen. Wir sind wir, und unser Dreck ist unserer.«

»Deiner doch nicht«, schnitt ihm Wanda ins Wort. »Du bist halber Niederländer, deine Eltern sind verfolgt worden, Andras' Familie ist fast ausgelöscht. Es ist irre, so etwas zu sagen, es ist geradezu verboten – aber seit das alles angefangen hat, wünsche ich mir, ich müsste auch keine Deutsche sein. Ich müsste nicht herausfinden, dass meine Eltern etwas Entsetzliches getan haben.«

Sie brach ab. Dass sie empfand, was sie eben ausgesprochen hatte, war ihr nicht bewusst gewesen. Sie hatte Angst vor Matti, Angst vor der Antwort, die auf sie wartete, Angst vor dem, was in Zukunft ein Teil von ihr selbst sein würde und mit dem sie würde leben müssen.

»Woher weißt du, dass es etwas Entsetzliches ist?«, fragte Manne.

»Weil ich mir das Gegenteil so sehr gewünscht habe.« Wanda starrte auf das verschlungene, fremdländische Muster der Tagesdecke. »Dass meine Mutter mich in die Arme nimmt und sagt: Mach dir keine Sorgen, Piroggche, wir waren dagegen. Wir waren auf der Seite der Polen, der Juden, auf der Seite der Opfer, wir haben geholfen und gekämpft. So wie deine Eltern. Aber wenn es so gewesen wäre, wenn sie auf der richtigen Seite gestanden hätten, meine Mutter, meine Tante und mein Vater, von dem selbst der Name ein Tabu ist, dann hätten sie ja nichts zu verschweigen. Dann könnte ich auf das, was sie getan haben, stolz sein.«

Sie atmete in kleinen, scharfen Zügen, die ihr bis in den Rücken wehtaten. Sie blickte nicht auf. Das Licht der Kerze blendete sie, aber sie schloss nicht die Augen.

»Wanda.« Manne tippte ihr auf die Schulter und hielt ihr ein zerdrücktes blaues Päckchen Zigaretten hin. »Es gab nicht nur Opfer und Täter, so teilt sich die Welt nicht ein. Keine Welt.«

Wanda blickte jetzt doch auf. Nur ein wenig. »Ich wusste nicht, dass du rauchst.«

»Ich rauche auch nicht. Aber Andras manchmal, wenn er Hunger hat und nichts runterkriegt. Ich dachte, du vielleicht auch.«
Wanda hatte es noch nie versucht, und sie hatte keinen Hunger, war aber sicher, nichts runterzukriegen. Sie zog eine der krümelnden Zigaretten aus dem Päckchen. »Du hast die hier, falls Andras kommt und rauchen will? Und dann kümmerst du dich auch noch um das Mädchen, das er sich aufgegabelt hat, obwohl er in seinem übervollen Leben eigentlich gar nicht weiß, wo er es hinstecken soll? Du bist wirklich ein Traum von einem Freund.«
»Quatsch.« Manne hob die Kerze und hielt sie Wanda entgegen. »Ich hab Zigaretten da, weil meine Mutter die überall rumliegen lässt. Französische. Pechschwarz, ohne Filter. Sie ist Ärztin, sie weiß, dass sie irgendwann an Lungenkrebs sterben wird, aber auf diese Dinger, für die sie damals in Paris ihre Seele verkauft hätte, kann sie nicht verzichten.« Er wartete, bis Wanda die Zigarette in den Mund geschoben hatte. Dann gab er ihr Feuer. »Und um dich kümmere ich mich, wie du's nennst, weil ich dich gut leiden mag. Das war übrigens schon so, bevor Andras dich aufgegabelt hat. Spätestens seit du Raimund Krankemann gefragt hast, ob die zwei Uhren an seinem Arm zwei verschiedene Zeiten anzeigen.«
»O mein Gott.« Wanda zog eine Grimasse. »Ich dachte, er erwürgt mich dafür.«
»Ausgesehen hat er jedenfalls, als hätte er sich's mühsam verkneifen müssen. Dabei war die Frage schlau. Die eine zeigt die Zeit, in der er noch immer steckt, und hättest du nicht ins Schwarze getroffen, hätte er sich nicht so aufgeregt.«
»Und seitdem magst du mich?« Sie traute sich endlich, an der Zigarette zu ziehen. Zu ihrer Überraschung musste sie nicht einmal husten. Ihr wurde nur übel, aber seltsamerweise gefiel ihr das.

»Sagen wir einfach, ich mag dich. Falls du annimmst, ich hätte mich für Andras auch um Sigi gekümmert, bist du schief gewickelt.«

»Um Sigi?«

Manne setzte zu einer schnellen Antwort an. Dann besann er sich und biss sich auf die Unterlippe. »Ich mag Sigi nicht besonders«, sagte er endlich. »Ich habe mich darüber gewundert, dass du mit ihr befreundet bist.«

»Das hat Andras auch gesagt.« Wanda zog noch einmal an der Zigarette. »Er findet, sie passt nicht zu mir.«

»Und das Mädchen von *Wäsche Meyer* auch nicht. Im Gegensatz zu Sigi finde ich sie ziemlich liebenswert – aber zu dir passt sie nicht.«

»Ich habe mir darüber nie Gedanken gemacht«, erkannte Wanda. »Ich wollte einfach Freunde haben. Immer und überall.«

»Egal, was für welche?«

Sie überlegte und spürte plötzlich, wie allein sie war. »Ich glaub schon.«

Manne löste eines seiner gelenkigen Beine aus dem Schneidersitz, streckte es aus und stieß Wanda mit der bestrumpften großen Zehe an. »He. Ich passe zu dir.«

Sie musste lachen, obwohl sie sich vor der jähen Angst hätte zusammenrollen wollen. »Ja. So kommt es mir auch vor. Obwohl ich im Augenblick nicht einmal weiß, ob ich selbst zu mir passe – und wer das überhaupt ist, ich selbst.«

Sie zog noch einmal an der Zigarette, musste nun doch husten und am Ende auch würgen. Manne nahm ihr den Stummel ab und drückte ihn im Kerzenhalter aus. »Willst du Wasser?«, fragte er.

Wanda schüttelte den Kopf. »Tut mir leid.«

»Keine Ursache. Wie lange musst du noch warten, bis deine Mutter dir das erzählt, was du wissen willst?«

»Sie erzählt es mir heute Abend«, sagte Wanda. »Sie hat mir versprochen, dass sie es nicht noch einmal verschiebt.«
Mit dem letzten Wort begann ihr Herzschlag wie in einem Hohlraum zu hallen. Ein Schmerz schoss ihr den Arm hinauf. Sie zwang sich, die Finger stillzuhalten. Seit Wochen zupfte sie sich die Haut am Handgelenk wund. So als wäre das blaue Band noch dort, das Andras zwar wieder zusammengebunden hatte, das in der Nacht darauf aber abgefallen sein musste. Sie hatte nicht danach gesucht, doch ihre Finger, die an das Band gewöhnt waren, rissen stattdessen an der dünnen, bloßen Haut.
»So einfach ist das nicht, was du vorhin gesagt hast«, sagte Manne. »Das über Opfer und Täter. Meine Eltern waren Kommunisten. Und Andras' Vater war Jude. Sie hatten gar keine Wahl, Hitlers Unrechtsstaat hat sie zu Opfern gemacht. Was sie getan hätten, wenn sie zur Masse derer gehört hätten, die unbehelligt blieben, weiß kein Mensch. Mein Vater hat einmal gesagt, er ist froh, dass er es nie herausfinden musste. Es war ja nicht so, dass ein ganzes Land sich über Nacht in Verbrecher und Verfolgte teilte. Dazwischen gab es Scharen von Leuten, die erst einmal gar nichts mit alldem zu tun hatten.«
Wanda umklammerte ihr Handgelenk. »Andras sagt, man konnte nicht nichts damit zu tun haben«, entgegnete sie. »Es musste sich jeder entscheiden. Er hat mir die Erklärung von Franz Josef Strauß gezeigt, der zwei SPIEGEL-Redakteure verhaften ließ, weil sie zu viel wussten. Dieser Mann hat offen zugegeben: Was die Nazi-Vergangenheit betrifft, hat jeder etwas zu vertuschen, und das macht alle erpressbar.«
»Franz Josef Strauß hat deswegen zurücktreten müssen«, wandte Manne ein.
»Er ja, aber unzählige andere nicht, sagt Andras. Wer nicht dagegen war, war dafür. Wer es nicht bekämpft hat, hat es unterstützt.«

»Es ist schwer, darüber zu reden«, sagte Manne. »Man fühlt sich so schnell erschöpft, und dann wird man ungenau. Andras ist zornig. Ihm tut vor Zorn alles weh, und manchmal kann er dann nicht anders, als um sich zu schlagen. Er hat das Recht dazu, finde ich. Aber er hätte kein Recht, dir zu verbieten, deine Mutter weiter zu lieben, was immer du auch über sie herausfindest. Und das will er im Grunde ja auch nicht. Er ist nur verletzt, weil dieses riesige Volk es scheinbar so einfach findet, weiterzuleben. So als gäbe es in ihren Reihen keine Lücken, als fehle kein ganzer Strang ihrer Kultur, als hätten Leute wie Andras' Familie nie gelebt.«

Wanda fühlte sich auch erschöpft. Sie hätte sich gern auf dieses große Bett, auf die seidige Decke fallen und von Manne umsorgen lassen. Stattdessen würde sie sich demnächst zusammenreißen und nach Hause gehen müssen, um sich anzuhören, worauf sie einen Monat lang gewartet hatte. Wenn Andras nicht bald kam, würde sie aufbrechen, ohne ihn gesehen zu haben.

Etwas fiel ihr ein. Etwas völlig anderes, das belanglos schien. »Warum hast du gesagt, du würdest für Andras nicht auf Sigi aufpassen? Weshalb hätte er dich darum bitten sollen, er reagiert doch wie von einer Hornisse gestochen, wenn ich Sigi nur erwähne?«

Manne kaute auf seiner Lippe. »Ich hatte befürchtet, dass du mich das noch fragen würdest, nachdem ich diesen Mist losgelassen habe. Das war idiotisch von mir – aber ich dachte, du wärst im Bilde.«

»Worüber?«

»Sigi und Andras.«

Wanda war nicht im Bilde gewesen, brauchte jedoch keine Sekunde, um es zu sein. Es erschien ihr merkwürdig: Seit drei Wochen geriet ihre Welt aus den Fugen, und zugleich hatte sie auf einmal die gleichen Probleme, die ihre Freundinnen seit Jahren beschäftigten. Sie war verliebt in einen Mann. Während eine

Hälfte von ihr alles bekannt Geglaubte beiseitefegte und sich fragte, wer sie war und in Zukunft sein würde, fragte die andere: Bin ich gut genug für ihn? Findet er mich schön? Kann er nicht etliche andere haben, die interessanter sind?
Sie wusste alles und nichts von ihm. Er sprach mit ihr von Auschwitz und Paul Celan, von seinen Eltern und seinen Toten, sie waren beide wild nach der Musik von Bob Dylan und teilten sich amerikanisches Bier – aber was für Mädchen hatte er vor ihr in seine Lieblingskneipe mitgenommen, hatte er sie geliebt, hatte er schon aus Liebe gelitten? Was gefiel ihm an einer Frau, und was ging ihm auf die Nerven? Was diese Dinge betraf, war er ein Fremder für sie, und sie selbst war eine Blinde.
Um zu erraten, dass er etwas mit Sigi gehabt hatte, hätte eine, die mehr auf Draht war, gewiss nicht Manne gebraucht. Andras kannte ihre Eltern, wusste über die Vergangenheit ihres Vaters Bescheid und kannte die wunden Punkte, an denen er Sigi verletzen konnte. So, wie die beiden aufeinander gepolt waren, wie sie explodierten, sobald der Name des anderen fiel, war klar, dass mehr zwischen ihnen vorgefallen sein musste als Gezänk im Germanistik-Auditorium.
»Wie kann er denn sagen, sie passt nicht zu mir?«, entfuhr es Wanda, mehr an sich selbst gerichtet als an Manne. »Zu ihm passt sie ja wohl noch weniger.«
»Frag ihn, nicht mich«, erwiderte Manne. »Oder besser noch: Vergiss das Ganze. Es hat nur mit Andras zu tun, weder mit Sigi noch mit dir. Er versteht sich oft selbst nicht, hat es mit sich nicht leicht.«
Das Knarren der Tür unterbrach ihn, und die Erleichterung darüber stand ihm ins Gesicht geschrieben. Andras klopfte nie an.
»Redet ihr über mich?«, fragte er und trat ein.
»Klar«, sagte Manne, »immer. Gibt's auf der Welt noch ein anderes Thema als Andras Goldfarb?«

18

Sein Lachen klang müde. Sein Haar war nass und zerzaust, und die vor Kälte geröteten Wangen wirkten in seinem blassen Gesicht wie entzündet. In der Linken schwenkte er eine fast schwarze Flasche Wein. »Aus Südfrankreich. Hat deine Mutter mir verschrieben, als ich ihr gesagt hab, ich brauch dringend Medizin gegen die Krankheit Leben.« Mit seltsamer Eleganz, die seine abgerissene Erscheinung Lügen strafte, schlängelte er sich durch das Chaos aus Ringordnern, Büchern, Zeitschriftenstapeln und Schallplatten. Er gab Manne die Flasche, die schon entkorkt war.

Manne sah zu ihm hoch. »So schlimm?«

Andras nickte. »Leo Honigmann wird endgültig nicht als Zeuge aussagen. Sein Arzt stellt ihm ein Attest aus. Er sagt, ich soll aufhören, ihn zu bedrängen. Aber wie könnte ich? Wir kennen alle die Wahrheit – nur ist sie ohne Zeugen nichts wert, und die Verbrecher lachen sich ins Fäustchen. Vielleicht ist das unsere letzte Chance, die Schuldigen zur Rechenschaft zu ziehen – und alles, was ich in diesem ganzen Jahr erreicht habe, bricht mir wie ein Kartenhaus zusammen.«

»Was ist mit der Elkeles-Tochter?«

»Die war nicht zu sprechen. Ich versuche es morgen noch mal. Zumindest wenn du jetzt endlich trinkst und die Flasche dann wieder rausrückst, damit ich diesen gottverdammten Abend überlebe.«

»Gläser?« Manne rückte sich die Brille zurecht.

»Wollte deine Mutter mir auch mitgeben. Aber ich hab ja nur zwei Hände.« Er hob sie in die Höhe. Lange Handflächen und schmale Finger. »Sei ein Kumpel, trink aus der Flasche. Auch wenn ich von der ganzen Kumpanei sonst kotzen könnte.«

Er beugte sich über das Bett, und ohne sie zu berühren, küsste er Wanda auf den Mund. Fest und zart. Das erste Mal hatte er sie so geküsst, als er an dem Morgen nach der furchtbaren Nacht vor ihrem Haus auf der Straße gestanden hatte. Der Tag war noch nicht wach gewesen, würde vielleicht auch nicht mehr erwachen, sondern bis zum Einbruch der Dunkelheit in seinem eisgrauen Dämmerzustand gefangen sein. Die Kälte war schmerzhaft. Andras hatte nur seinen Kittel getragen, die Hände in den Taschen.

»Was machst du hier?«

»Ich weiß nicht. Ich konnte nicht schlafen.«

»Warum nicht?«

Er hatte sich, ohne die Hände aus den Taschen zu nehmen, vorgebeugt und sie auf den Mund geküsst. Wie ein Siegel. Wanda hatte gefroren, sie hatte die ganze Nacht hindurch zitternd unter einer Decke gelegen, von der sie sich nicht länger geschützt fühlte, in einem Zimmer, das sie jäh als Falle empfand – oder als Sarg. Wie den Zug in ihrem Traum.

Andras' Lippen auf ihren waren eisig, aber lebendig. Nimm mich in die Arme, wollte sie zu ihm sagen, da tat er es schon, und sie klammerten sich aneinander fest.

»Du bist verrückt«, sagte sie, als sie sich nach einer stummen Ewigkeit lösten. »Du fühlst dich an wie ein Eisklotz. Wie lange hast du hier gewartet?«

»Ja«, sagte er, statt auf die Frage zu antworten. »Ich bin verrückt, und du wärst besser dran, wenn du mit mir nichts zu tun hättest.«

Das begriff Wanda. Selbst an diesem Morgen, an dem sie sonst gar nichts begriff. Er war gefährlich, er zog sie in eine Tiefe, der sie sich nicht gewachsen fühlte. Dennoch griff sie in den Kitteltaschen nach seinen Händen und hielt sie fest. In einer Welt, in der alles fremd geworden war, schien der gefährliche Mann als Einziger zu ihr zu gehören.

Manne hatte von einem Bücherbord einen Keramikbecher geangelt, füllte ihn zur Hälfte mit Wein und reichte ihn Wanda. »Wenn wir zwei schon aus der Pulle saufen, sollten wir wenigstens der Dame gegenüber die Form wahren.«
Wanda musste grinsen, obwohl ihr Herz nicht aufhörte, durch den Hohlraum zu hallen. Der Becher, der die Form wahren sollte, war sichtlich schon lange nicht mehr ausgewischt worden. Auf der schwarzroten Oberfläche des Weins schillerte Staub. Schön, fand sie und trank. Der Geschmack und das Gefühl im Mund hatten mit dem süßlichen Weißwein, den Tante Lore von Herrn Eck zu Weihnachten bekam, nichts gemein.
»Ich müsste eigentlich gehen.«
»Und uneigentlich?« Andras setzte sich zu ihr aufs Bett und zog die Beine hoch. Dieses Bett hatte etwas von einem Floß, fand Wanda. Zu dritt trieben sie darauf durch Stromschnellen, und solange sie das kleine Viereck nicht verließen, waren sie in Sicherheit.
»Uneigentlich muss ich auch gehen«, sagte Wanda und wollte bleiben, wollte nicht hinaus in die Kälte gezwungen werden, in Finsternis und Unsicherheit. Auf Mannes Nachttisch tickte ein Reisewecker, und sosehr sie dagegen ankämpfte, wanderte ihr Blick immer wieder dorthin. Es war halb sieben. Bis nach Tempelhof würde sie mindestens anderthalb Stunden unterwegs sein, und sie hatte am Morgen zu Tante Lore gesagt, sie komme keinesfalls später als acht.
»Eher früher.«
»Wär schön, dich mal wieder zum Essen hierzuhaben«, hatte Tante Lore gesagt. »Auch wenn das, was ich nach Feierabend zusammenstoppele, mit der Kochkunst deiner Mutter nicht zu vergleichen ist.«
Matti hatte mit dem Kochen aufgehört. So wie mit dem Sprechen. Seit der nächtlichen Begegnung in der Diele hatte sie so

gut wie nichts mehr gesagt, weder zu Tante Lore noch zu Vera oder Ari. Wanda hatte sie auf ihr Drängen lediglich das heutige Datum genannt und dabei mit der Stimme der Fremden gesprochen: »Du wirst erfahren, was es zu wissen gibt. Von dem Haus in Zoppot. Dem Haus am Meer.«

Das Einzige, womit sie nicht aufgehört hatte, war ihr Summen. Hatte sie es früher nur am Morgen hören lassen, wenn sie sich unbeobachtet glaubte, und war dabei so leise gewesen, dass Wanda die Ohren spitzen musste, so geisterte sie jetzt mit dem Lied auf den Lippen durch die Wohnung wie eine Art Roboter, der sich nicht ausschalten ließ.

»Ich werde wahnsinnig, wenn sie nicht wenigstens mal etwas anderes summt«, hatte Vera gestöhnt, die erschöpft von der Arbeit kam und für ihre Prüfung in der Berufsschule lernen musste. »Mir läuft's eiskalt den Rücken runter, ich kann diese grauenhafte Melodie nicht mehr hören.«

Es war nicht Veras Art, sich zu beklagen. Aber die Rollen in ihrer Familie, die sich ohne Absprache eingespielt hatten, waren ohnehin aus dem Gleichgewicht geraten wie das Mobile mit den Affen, das Matti vor Jahren mit ihnen gebastelt hatte und das noch immer über Wandas Bett hing. Ein Affe war irgendwann heruntergefallen und zertreten worden. Seither hing das ganze Gebilde schief. Wie ihr Familienleben. Nur dass bei ihnen niemand wusste, welcher Affe heruntergefallen war und was eigentlich fehlte.

In jedem Fall musste sie jetzt gehen. »Ich komm nicht zum Essen«, hatte sie zu Tante Lore gesagt. »Ich komm nur, weil ich wissen muss, wer ich bin.«

»Du bist Wanda!«, hatte Tante Lore, die stets Beherrschte, losgeschrien. »Ihr Nebelkind, ihr Liebling, für den sie dieses ganze Elend durchgestanden hat. Lass ihr doch ihren Frieden. Ich will nicht, dass sie mir zerbricht, Wanda, sie ist mein Leben, mein kleines Schleiserchen, sie und ich, wir sind alles, was von unserer Welt noch übrig ist. Wir haben einander immer beschützt.«

»Und ich beschütze mich«, hatte Wanda zu ihrem eigenen Erschrecken gesagt und war gegangen. »Wir sehen uns heute Abend, spätestens um acht.«

Wenn sie ihr Versprechen – oder ihre Drohung – halten wollte, müsste sie praktisch schon auf dem Weg sein. Sie trank von dem staubigen Wein, in dem das Kerzenlicht glitzerte. Alles in ihr sträubte und fürchtete sich, doch zugleich trieb es sie in die Höhe, zischte ihr in die Ohren: Was, wenn du zu spät kommst, wenn sie mitsamt ihrem Wissen geflüchtet ist und dich mit leeren Händen stehen lässt?

Sie.

Wie konnte sie derart über ihre Mutter denken, über Matti, die sie so sehr geliebt hatte? Kannte sie nicht genug andere – solche wie Helga –, um zu wissen, dass die Bindung zwischen ihr und Matti nichts Selbstverständliches an sich hatte, dass die Liebe, mit der Matti sie umgeben hatte, ihr Schutz und Schild in der Welt gewesen war?

Der Schmerz kam wie eine Strafe. Gleich darauf umfasste Andras ihre Hand und zog sie zu sich, weg von ihrem Handgelenk. Wanda senkte den Blick und sah die Fetzen, die sie sich von der Haut gerissen hatte, die winzigen Blutstropfen, die ihr Gelenk sprenkelten.

»Geh noch nicht«, sagte Andras. »Ich weiß, dass du gehen musst, aber geh noch nicht gleich.«

Er küsste einen ihrer Finger, ließ ihn an seinen Lippen liegen und schloss kurz die Augen. Manne, bei dem die Flasche gelandet war, hangelte damit an Andras vorbei und schenkte ein wenig in Wandas Staubfänger nach.

»Einen Schluck noch?«, fragte er. »Meist ändert sich ja dadurch

nichts an der Neigung der Erdachse. Aber wenn du gehen musst, musst du gehen. Dann lass dich von uns nicht aufhalten.«
»Ich hatte einen Scheißtag«, sagte Andras, formte Wandas Hand zur Faust und wickelte seine darum. »Einen von denen, wo du denkst, du hast seit Monaten gegen Schatten gekämpft, die sich verflüchtigen, sobald du zugreifst und glaubst, du hast endlich was in den Händen. Kannst du noch bleiben, Wanda? Für die paar Tropfen Wein? Ich will mich nur schnell zwischen euch ein bisschen aufwärmen. Mir in Erinnerung rufen, dass ich Beine, Arme, Kopf und all die Organe dazwischen noch habe. Sobald ich wenigstens einen Teil davon wieder spüre, bringe ich dich nach Hause.«
»Warum solltest du mich nach Hause bringen?« Anderthalb Stunden durch die Stadt. Die war sie sonst auch allein gefahren, meist tief in der Nacht mit wechselnden Bahnen und Bussen. Andras dagegen blieb über Nacht meist hier im Haus. Er gehörte zum Kosmos der van Bontjes, dies war sein Platz gewesen, ehe Wanda ihm begegnet war.
»Du hast heute dein Gespräch«, antwortete Andras. »Ich fahre mit dir hin. Helfen kann ich dir nicht, so, wie du mir mit meinen Sachen nicht helfen kannst. Aber bis kurz vorher nicht allein zu sein hilft ein bisschen. Jedenfalls bildet man sich das ein.«
Er ließ ihre Hand los, legte sich auf den Rücken und starrte an die Decke. Als Manne ihm die Flasche gab, schob er sich deren Hals in den Mund und trank. »Mir ist kalt«, sagte er dann.
»Roll dich in die Decke«, schlug Manne vor.
»Nein«, sagte Andras, »das macht mir nicht warm. Könnte sich einer von euch zu mir legen? Oder ihr beide? Nur für einen Moment.«
Manne sah, wie sie zögerte. »Na komm«, sagte er, nahm ihre Hand und zog sie nieder. Zu tun brauchte sie nichts. Sie hielt ihren fast leeren Becher fest, und Andras rutschte an ihre Seite.

An die andere legte sich Manne, nachdem er die Kerze ausgeblasen hatte. Durch das schmale Fenster fiel Licht von der Straßenlaterne in den sonst dunklen Raum. An ihrem Körper, durch Stoffschichten, spürte Wanda den von Andras, ertastete mit ihren Konturen die seinen, fand ihn noch magerer als vermutet. Das Zittern hatte sie nicht erwartet, das immer wieder durch ihn hindurchlief, sich nicht legte, sondern schneller und heftiger wurde, als erhielte er einen Stromstoß nach dem andern.

Es war so gewaltsam, dass es ihm wehtun musste. Irgendwann fing sie an, ihm die Seite zu streicheln, von der Taille aufwärts, über die Rippen, die Schultern und den Hals. Dann wieder von vorn. Ihre Hand fuhr unter den Kittel, streifte ihm das Kleidungsstück, das ohnehin nicht wärmte, ab. Das Ticken des Reiseweckers hörte sie nicht mehr, glaubte nur, nach einer kleinen Ewigkeit zu spüren, wie das Zittern schwächer wurde. Ihre Hand blieb an seinem Hals liegen, sein Haar fiel weich über ihren Handrücken, und mit Verwunderung nahm sie wahr, dass sein Blut so schnell wie ihr eigenes pulsierte. Seine Haut, die eisig gewesen war, erwärmte sich, und auch Wanda wurde warm. Solange sie ihr Floß nicht verließen, waren sie in Sicherheit.

Sie erwachte ganz plötzlich und in Panik, mit dem Wissen um etwas Unausweichliches, wie sie aus dem dunklen Traum mit dem Zug erwacht war. Mehrmals schüttelte sie sich, um das Entsetzen loszuwerden, dann erst bemerkte sie, dass Manne neben ihr saß und ihr über die Schulter strich. »Ich dachte, ich wecke dich lieber. Weil du doch zu deiner Mutter wolltest. Von mir aus musst du nicht gehen, Wanda. Du kannst gern hierbleiben, wenn du dich nicht gut fühlst – dann redest du mit deiner Mutter eben morgen.«

Auf dem Nachttisch brannte eine kleine Lampe. In deren Licht konnte Wanda das Zifferblatt des Reiseweckers erkennen und sah, dass nicht viel mehr als eine halbe Stunde vergangen war. Sie war im Nu hellwach und setzte sich auf. »Und wenn sie mir morgen nichts mehr erzählt?«, fragte sie. »Seit das alles passiert ist, ist das meine größte Angst: dass sie schweigt. Nur noch ihr Lied summt und mir meine Geschichte verweigert. Dass ich keine Chance mehr habe, sie zu finden.«

»So wie Andras' Zeugen«, sagte Manne. »Die Vorstellung, die Hölle ihrer Vergangenheit noch einmal durchleben zu müssen, erfüllt sie mit solchem Grauen, dass sie lieber schweigen. Ihre Peiniger davonkommen lassen. Dieser Mann, den Andras seit Tagen zu überzeugen versucht, ist einmal unter einen Tisch geflohen, hat die Tischdecke mit allem, was darauf stand, über sich gezogen und vor Angst geschrien, sodass er Andras' Stimme nicht mehr hören konnte. Ein Mann von sechzig Jahren. Professor der Ökonomie, geachtet für seinen kühlen Kopf und seine dezidierte Meinung.«

»Dieser Mann war in Auschwitz, ja? Er ist gequält worden, mit dem Tod bedroht?«

Manne nickte. »Seine Frau ist ermordet worden. Seine Kinder auch. Er weiß, wie es geschehen ist, er hat zu Andras gesagt, er erlebt es jede Nacht aufs Neue, aber er kann es nicht aussprechen. Kein Wort davon.«

»Meine Mutter war nicht in Auschwitz«, sagte Wanda. »Sie heißt Gundula Scharneck, geborene Frieböse, und ist eine katholische Deutsche aus Danzig, der kein Mensch ein Haar gekrümmt hat. Sie hat andere Gründe zu schweigen, Manne.«

»Sicher«, erwiderte Manne. »Alle haben ihre Gründe. Jeder Einzelne in dieser ganzen Generation. Und nach fast zwanzig Jahren kollektiven Schweigens stehen auf einmal wir da und verlangen, dass man uns diese Gründe erklärt.« Er stand auf. »Lassen wir Andras schlafen, ja? Ich weiß nicht, seit wie vielen Nächten er kein Auge zugemacht hat. Er sitzt stundenlang wach, blättert durch Papiere, deren Inhalt er längst auswendig kennt, und hört seinen Bob Dylan, immer dieselben Stücke.«

»*A Hard Rain's A-Gonna Fall?*« Wanda kannte das Lied inzwischen auswendig, wie Andras seine Papiere. Sie war süchtig danach, weil sie sich nicht allein fühlte, wenn sie es hörte, weil der Sänger in ihren Kopf sah und ihrer Panik eine Stimme verlieh. Weil er von Warnungen sang, die laut wie Donnerschläge herausgebrüllt wurden, und von Wellen, die die Welt verschlingen konnten.

»Das vor allem«, sagte Manne. »Und dabei sieht er sich Bilder an, die er besser nicht sehen sollte.«

»Bilder von Auschwitz?«

Manne nickte. »Karren, auf denen übereinandergeworfene Tote wie Säcke gestapelt sind. Verschwommene Aufnahmen von völlig unkenntlichen, ausgemergelten Gesichtern, über die er sein Vergrößerungsglas hält, um nach vertrauten Zügen zu suchen. Er weiß, dass er sich kaputtmacht. Aber er kann nicht damit aufhören. Meine Mutter meint, wenn er nicht aufpasst, bricht er zusammen und versäumt die Eröffnung des Prozesses.«

Wanda konnte nur nicken. Sie zwang sich, den Blick nicht auf Andras zu richten, sich nicht zu wünschen, er möge aufwachen und sie begleiten. Wie können wir denn verliebt sein, fragte sie sich, wie können wir auch nur daran denken, uns Zeit dafür zu nehmen? Lieben lernen. Ins Kino gehen, vielleicht auf dem Insulaner rodeln, wenn Schnee fällt. Im *Village* sitzen, uns küssen, während Bob Dylan singt, dass die Welt untergeht. Und während er seine Hand mein Bein hinaufschiebt, ist sein Kopf voller Bilder von nicht mehr identifizierbaren Toten.

»Dann komm«, sagte Manne. »Wenn du nach Hause willst, fahre ich dich.«

»Du fährst mich?«

»Klar.« Er begann bereits, über die Stapel hinweg in Richtung Tür zu steigen. »Was du vor dir hast, ist hart genug, auch ohne dass du in der Kälte ewig auf Busse wartest.«
Wanda kannte keinen Menschen ihres Alters, der Auto fahren konnte. Manne ging vor ihr die Treppe hinauf. Im Flur brannte Licht, aus einem der großen Zimmer mit den offenen Türen drangen Stimmen, die nicht heiter klangen.
»Sie streiten sich«, sagte Manne.
»Worüber?«
»Politik. Sie können nicht anders. Jedes falsche Wort regt sie auf. Für meine Eltern ist es auch nicht zu Ende, Wanda.«
Von einem Bord fischte er einen Schlüssel. »Ich nehme den Wagen«, rief er in den Raum hinein. »Fahre schnell Wanda nach Hause.«
Ohne eine Antwort abzuwarten, entriegelte er die Haustür. Aus der Wärme und der verschwenderisch flutenden Helligkeit trat er mit Wanda hinaus in die Schwärze.

19

In Dahlem hatte die Stadt sich bereits ins Private zurückgezogen, die Rollos heruntergelassen oder mit Vorhängen das Lärmen der Welt ausgesperrt. Hohe Zäune schirmten die von der Straße zurückgesetzten Häuser wohlhabender Bürger ab und schützten ihre Beschaulichkeit. Die Gärten waren ausladend, schufen Abstand zwischen Nachbarn. Tannen ragten über Dächer, und an vielen Toren warnten Schilder vor Hunden.
Dahlem war privilegiert. Es lag von Wald umgeben, und bereits vor Gründung der Freien Universität war es eine Hochburg von

Forschung und Wissenschaft gewesen. Hier war wenig zerstört worden, hatte die alte Bausubstanz Bombenhagel und Feuerstürme überstanden, und die Amerikaner, zu deren Sektor der Bezirk gehörte, waren pfleglich damit umgegangen. Als Wanda zur Immatrikulation hergekommen war, hatte sie Dahlem sofort gemocht. Es sah nach einer Gegend aus, in der es sich sorglos lebte, in der vom Glück begünstigte Familien wonnige Kinder aufzogen, doch das behütete Idyll hielt einem zweiten Blick nicht stand. Was sich hinter den geklinkerten oder honiggelb verputzten Fassaden verbarg, was diese Gärten und Eingangsportale, die hohen Fenster und Dachstühle hinter sich hatten, erriet kein Mensch.

Andras hatte ihr erzählt, wie das eigens zum angenehmen Leben geplante Villenviertel von Dahlem entstanden war: Während der *Belle Époque* – was für ein schöner Name das war! – waren die Grundstücke vergeben worden, jedoch nur an solvente Käufer, die sich verpflichteten, darauf ein stattliches Anwesen zu errichten, einen Familiensitz, der Generationen unter seinem Dach beherbergen würde. Bei namhaften Wissenschaftlern, die in den nahe gelegenen Instituten der Kaiser-Wilhelm-Gesellschaft ihren Forschungen nachgingen, hatte die Gegend sich besonderer Beliebtheit erfreut, und ein Großteil dieser Bürger war jüdischer Herkunft gewesen. Ein Onkel von Andras hatte nicht weit vom Haus der van Bontjes gewohnt, ein Zoologe, der ein Standardwerk über Meeressäuger verfasst hatte.

»Josef, der älteste Bruder meines Vaters, Oma Huldas Lieblingssohn. Er war es, der meinen Vater aus Budapest hergeholt hat. Berlin gefiel ihm und Dahlem umso mehr. Er wollte ein großes Haus, weil er sich ein halbes Dutzend Kinder wünschte, und diese jüdisch-großbürgerliche Welt im Halbschlaf, die war ganz nach seinem Geschmack.«

»Hat er sein halbes Dutzend Kinder bekommen?«

Bei etlichen Fragen, die sie Andras stellte, wünschte sich Wanda noch im Aussprechen, sie hätte sie zurücknehmen können.

»Nur vier. Dann war Schluss.«

Die Elite der Nazi-Partei fand an dem stillen Dahlem ebenfalls Gefallen. Ruhe nach Donnergrollen und Todesschreien. In die Häuser und Gärten der Enteigneten zogen Männer wie Heinrich Himmler und Joachim von Ribbentrop. Die Villa der Kaufhausbesitzer Wertheim war zum Abriss freigegeben worden, und auf dem Grundstück hatte sich Hitlers Filmregisseurin Leni Riefenstahl einen feudalen Wohnsitz errichten lassen. Während Manne den Wagen durch die leeren Straßen lenkte, blickte Wanda aus dem Fenster, sah die Häuser vorbeigleiten und fragte sich, wo die Familien geblieben waren, die sie gebaut hatten, und wie viele von denen, die in einem von ihnen geboren waren, noch lebten. Ihre Stadt würde nie mehr dieselbe sein. Sie war eine Stadt der eilig aufgestellten Fassaden, des hellen Putzes, der das Dunkle übertünchte. Sie war eine Stadt mit Leichen im Keller, mit Mauern, die nicht bröckeln durften, weil sie sonst den Blick auf Abgründe freigaben.

Wanda schlang die Arme um sich. Der Wagen rollte aus der Stille von Dahlem heraus nach Steglitz, ins Beamtenviertel, wo noch Lichter flackerten und Menschen unterwegs waren. Manne nahm eine Hand vom Lenkrad und drehte an einem der Knöpfe auf dem Armaturenbrett. »Wird gleich wärmer«, sagte er.

Tatsächlich dauerte es nur einen Augenblick, ehe einer Düse warme Luft entströmte, die den Innenraum des Autos füllte. Der Geruch nach Leder und dem langhaarigen Hund der van Bontjes verstärkte sich.

»Wanda«, sagte Manne. »Mich lässt das nicht los, was du gesagt hast. Dass du Angst hast, deine Mutter könnte schweigen, und du hättest dann keine Chance mehr, etwas über deine

Geschichte herauszufinden. Ich glaube, das stimmt nicht. Jedenfalls nicht zwangsläufig.«

»Meine Tante schweigt auch«, erwiderte Wanda. »Sie sagt, die Entscheidung liegt bei meiner Mutter, und wenn die nichts preisgibt, will sie an ihr nicht zur Verräterin werden. So hat sie es ausgedrückt. *Zur Verräterin.* Meine Tante, eine ganz bodenständige Frau, die in einem Eckladen Schnittbrot und Bohnerwachs auspreist.«

»Das meinte ich nicht.« Mannes Stimme war leise. Aus den belebten Straßen von Steglitz tauchte das Auto in eine der stillen von Tempelhof. »Du hast vorhin noch etwas gesagt, als du von dem Eisernen Vorhang gesprochen hast: Für Polen bekommt man kein Visum, es sei denn, man hat eine persönliche Einladung. Das war es, was mir durch den Kopf ging. Du weißt ja, meine Eltern kennen überall Leute, die meisten aus der Zeit, in der Hitler die Völker Europas über den Kontinent verspritzt hat wie mein Bruder David seine Sprühfarben. Einer ihrer Bekannten ist Leon Fingerzwajg aus Warschau, dem meine Mutter geholfen hat, aus dem besetzten Paris zu fliehen. Er lebt in Ostberlin, und meine Mutter ist für ihn heller als die Sonne. Wenn du das willst, ließe sich über ihn bestimmt etwas machen.«

»Wenn ich *was* will? Und *was* ließe sich machen?«

Mannes Blick war auf die Fahrbahn gerichtet, auf schwarze Pfützen im unebenen Asphalt. »Wenn deine Mutter dir deine Geschichte verweigert und du auf eigene Faust in deiner Heimat danach suchen willst, könnte Leon dir vermutlich die Einladung besorgen, die du brauchst. Er hat seine Familie und etliche Freunde in Polen.«

Die ganze Fahrt über hatte Wandas Herz weiter hallend wie in einem Hohlraum geklopft. Jetzt beschleunigte sich ihr Herzschlag, doch zum ersten Mal mischte sich in die beklemmende Angst etwas anderes. Ungläubiges Staunen.

In deiner Heimat.
Bis zu diesem Augenblick hatte der Teil von ihr, der ihr verheimlicht worden war, sie mit nichts als dunkler Vorahnung erfüllt. Jetzt bäumte sich eine nie gekannte Erregung auf. Weshalb war sie so sicher, dass das Unbekannte mit nichts als Schrecken aufzuwarten hatte?
»Ich war noch nie irgendwo anders als hier«, platzte sie heraus. »Ich spreche keine Sprachen, es sei denn, Latein zählt, mein Englisch reicht nicht einmal, um Bob Dylan zu verstehen. Es nimmt mir gerade ein bisschen den Atem, dass du glaubst, ich könnte allein in ein wildfremdes Land reisen.«
Er blickte noch immer konzentriert auf die Straße, doch in seinem Mundwinkel zuckte ein Muskel. »Das Erste ist schon mal nicht richtig. Du *bist* anderswo gewesen.«
»Nein, wirklich nicht. Nicht mal auf der Klassenreise in Franken.«
Ehe die Ampel umsprang, warf er ihr ein Lächeln hin. Dann trat er aufs Gaspedal. »Immerhin warst du in Danzig. Oder zumindest in diesem Seebad nahebei. Das ist nicht nirgendwo, oder? Danzig soll eine der schönsten Städte in ganz Europa gewesen sein.«
Wanda begriff. *In deiner Heimat* bedeutete: Sie war dort gewesen! Der Zusammenhang zwischen ihr selbst und der Stadt, von der er sprach, war nichts Abstraktes, sondern etwas, das eine körperlich greifbare Wahrheit besaß. Sie war dort geboren worden. Ihre Geschichte, wie auch immer sie verlaufen sein mochte, hatte dort begonnen.
»Wenn du da tatsächlich hinfährst, werde ich übrigens grün vor Neid«, sagte Manne. »Danzig hat irgendetwas an sich, das die Fantasie beflügelt – sei es die Bucht an der Ostsee, die nonchalante Pracht, die sich um wechselnde Herren wenig scherte, oder das tragische Schicksal als Zankapfel. Außerdem hab ich im Gegensatz zu Andras ja eine Schwäche für die deutsche Roman-

tik. Nicht gerade für Arnim und Brentano, die Krankemann als Beweis für die Überlegenheit deutscher Kultur ansieht. Wohl aber für das hier:

»Dunkle Giebel, hohe Fenster,
Türme tief aus Nebeln sehn.
Bleiche Statuen wie Gespenster
Lautlos an den Türen stehn.«

»Was ist das?« Die Worte wehten wie Musik durchs Dunkel und beschworen Bilder.

»Joseph von Eichendorff über Danzig.«

»Das hat Andras gesagt!«, rief Wanda. »Andras hat gesagt, ich soll Joseph von Eichendorff lesen.«

»Andras ist auch nicht so abgebrüht, wie er gern glauben machen möchte.« Manne lächelte und drosselte das Tempo. »Sagst du mir, wo ich abbiegen muss? Ich kenne mich in der Gegend nicht gut aus.«

Wanda musste sich zusammenreißen, um sich zu orientieren. »Hier links. Dann rechts. Da vorn, wo der kleine Eckladen ist, noch mal rechts.«

Herrn Ecks Schaufenster war dunkel. Kaum bogen sie jedoch in die Alboinstraße ein, schlug ihnen Licht entgegen und blendete sie. Manne trat auf die Bremse.

Das Licht zuckte grell und blau.

Wanda hörte sich schreien.

Manne schrie auch. »Warte!«, schrie er. »Du musst den Hebel nach hinten ziehen!« Wanda rüttelte wie eine Wahnsinnige an der Tür, bekam sie aber nicht auf. Manne griff über sie hinweg, zog am Griff, und die Tür ging auf. Wanda sprang aus dem Wagen und rannte die überfrorene Fahrbahn hinunter auf den Rettungswagen zu, der mit kreisendem Blaulicht vor ihrer Haustür stand. Sie schrie immer weiter, obwohl ihr die Luft wegblieb. »Matti!«, schrie sie. »Matti, Matti, Matti!«

Das Tor stand offen. Im Durchgang, vor dem sie immer solche Angst gehabt hatte, lungerten irgendwelche Leute herum, die rauchten und schwatzten.
»Ist das die Tochter?«, fragte eine Frau.
»Keine Ahnung. Die hatte ja wohl mehrere.«
Wanda rannte weiter. Im Hof brannte die einzelne Birne über der Tür zum Seitenflügel. Auch hier standen Menschen und bildeten Gruppen, die sie im Augenwinkel als Schatten wahrnahm. Aus der Haustür kamen ihr zwei weiß gekleidete Männer entgegen, die ein schweres metallenes Gerät trugen. Wanda drängte an ihnen vorbei, stürmte ins Haus und schrie aus Leibeskräften: »Matti!«
An allen Wohnungen standen die Türen offen, in allen Türrahmen lehnten Leute. »Nicht da rauf, Kleene«, rief Boehme, der Hausmeister. »Nützt ja nüscht mehr.«
Die Witwe Bader trug ihren rosa Frotteebademantel und trat Wanda in den Weg: »Lass die mal ihre Arbeit machen. Dass dir was an deiner Mutter liegt, hättest du dir früher überlegen können.«
Wanda stieß sie beiseite, hörte das Klatschen, als die Frau gegen die Wand prallte, und rannte weiter. Der Treppenabsatz vor ihrer Wohnung war voller Menschen. Ein weiß gekleideter Sanitäter stand dort vor einer Bahre, an der er Riemen löste, zwei weitere kümmerten sich um eine Frau, die sich vornüber gekrümmt den Leib hielt und vor Schmerzen wimmerte.
»Tante Lore!« Wanda erstarrte im Schritt.
Tante Lore richtete sich halb auf und wandte ihr das rote, verwüstete Gesicht zu. »Du geh!«, schrie sie. »Verschwinde! Du hast sie umgebracht, mein kleines Schleiserchen, mein Sonnenscheinchen, mein Einziges, Liebstes hast du mir umgebracht.« Dann warf sie das Gesicht in die Hände und begann haltlos zu heulen, wie man sich Wolfsgeheul vorstellt, auch wenn man es nie gehört hat.

Die beiden Sanitäter hielten sie unter den Achseln und tauschten einen Blick, dann wandte einer den Kopf und rief in Richtung Wohnungstür. »Könnte von der Familie mal jemand rauskommen?« Er klang so hilflos, als wäre das hier nicht sein Beruf, seine tägliche Routine. »Das Mädel, das gefehlt hat – die is' dann wohl jetzt da.«

Schritte schlurften durch die Diele. In der Tür erschien Ariane, das Gesicht kalkweiß, die Haare zerwühlt, auf der Wange eine blutige Schramme. »Der Hängeboden«, sagte sie ausdruckslos. »Als ich nach Hause kam, stand die Klappe offen, und sonst hat die doch nie offen gestanden.« Vielleicht war das die längste ununterbrochene Folge von Worten, die Wanda je von Ariane gehört hatte.

Vera schob sich neben sie. Ihr Kinn zitterte, und ihre Hände verkrampften und lösten sich ohne Unterlass. »Ich war bei Tine Schleicher«, sagte sie. »Zum Lernen. Ich dachte, ich könnte länger bleiben, weil Matti doch heute mit dir reden wollte.«

»Wo ist sie?«, krächzte Wanda.

Vera öffnete den Mund, aber ihr Kinn zitterte so stark, dass sie kein Wort herausbekam.

»Noch drin.« Auch jetzt sprach Ariane völlig ausdruckslos. »Die sind da hoch und haben sie abgeschnitten. Aber sie war schon tot.«

VIERTER TEIL

Gundi

Freie Stadt Danzig, Ostseebad Zoppot

Winter 1932

»Träumerisch der Mond drauf scheinet,
Dem die Stadt gar wohl gefällt,
Als läg' zauberhaft versteinet
Drunten eine Märchenwelt.«

Joseph von Eichendorff: »*In Danzig*«

20

Dezember 1932

Das Leben ist so schön«, rief Gundi, ließ Julius, mit dem sie eingehakt gegangen war, los und hüpfte ein paar Schritte voraus. »So schön, so schön, dass man niemals sterben möchte.« Schnee wirbelte auf, und die hopsende Gundi prallte gegen einen Herrn in Melone und Staubmantel. »Oh, Verzeihung!«, rief sie, schwang herum und sah wie ein zerknirschtes Kind zu ihrem Opfer auf.
»Aber nicht doch. Keine Ursache.« Die strengen Züge des Herrn weichten regelrecht auf. »Na, dann mal ab ins Vergnügen, Marjellchen. Die Riesenschaukel soll ja nicht ohne Sie in den siebten Himmel fliegen.«
Lore musste lachen. Über Gundis unerschütterliche Lebensfreude wie über ihre Wirkung auf Menschen hatte sie lachen müssen, solange sie denken konnte, und selbst dann, wenn ihr nicht danach zumute war. Heute war ihr aber danach zumute. Warum auch nicht? Sie hatten es gut. Der Weihnachts-*Dominik*, der festliche Jahrmarkt, der sich mit seinen Ständen, Buden und Fahrgeschäften vom Grünen Tor bis an die Uferstraße der Mottlau erstreckte, erhellte das winterliche Grau mit dem Glanz von Kerzen und Lichterketten. Von der Feuerstelle, über der ein Mann Äpfel kandierte, wehte ein unwiderstehliches Aroma herüber, und die mit Wasserdampf betriebene Orgel des Karussells spielte in endloser Schleife:
»Fröhliche Weihnacht überall
Tönet durch die Lüfte froher Schall.«
Das Einzige, was Lore daran hinderte, so ausgelassen wie Gundi zu hüpfen, war, dass sie eben Lore war und nicht Gundi. Und dass es ihr noch immer schwerfiel zu glauben, wie gut sie es

hatten, dass sie noch immer fürchtete, der ganze Zauber werde über Nacht verpuffen.

Aber danach sah es ja nicht aus. Ganz und gar nicht. Seit dem Zusammenbruch der Wirtschaft stiegen die Arbeitslosenzahlen in schwindelnde Höhe, der Danziger Gulden hatte erst kürzlich wieder an Wert verloren, und was die Leute in ihren Taschen nach Hause trugen, reichte bei etlichen nicht für die notwendigsten Bedürfnisse. Aber Musik und Tanz, für die doch niemand mehr hätte Geld haben dürfen, waren nach wie vor begehrt. Ja, die Gier darauf schien mit der Not sogar zu wachsen. Auch hier, auf dem *Dominik,* schlenderten Menschenscharen umher, die sich sichtlich nicht einmal wärmende Kleidung leisten konnten und die es dennoch in den Festglanz zog, wo sie sich weltvergessen zu den Klängen der Dampforgel drehten.

Davon profitierten sie. Ensembles wie *Die Piroggen,* die sich auf keine Musikrichtung festlegten, sondern ihren Stil geschmeidig den Wünschen des Publikums anpassen konnten, waren gefragt. Die Leute, die nach Feierabend in die billigen Tanzdielen strömten, waren nicht auf der Suche nach musikalischer Raffinesse und Avantgarde. Sie wollten einen Schwof, ein paar Stunden schnellen Vergessens, dazu den Duft des Verbotenen, der sinnlichen Anzüglichkeit, Schweiß und Nähe und zu kurze Kleider. Gestern Abend hatten sie in Oliva, im *Tanzpalast Maskotte,* gespielt, und das Lokal war bis tief in die Nacht mit Menschen vollgestopft gewesen, sodass kaum erkennbar war, wer mit wem tanzte.

Natürlich wurde man vom Aufspielen in zweitklassigen Lokalen nicht reich. Wer aber Zeiten durchlebt hatte, in denen er abends nicht wusste, wovon er morgens die Straßenbahn zum Arbeitsamt bezahlen sollte, legte für Reichtum einen eigenen Maßstab an. Lore fühlte sich reich. Sie hatten ihr Auskommen. Julius, der so klug war, brauchte sich nicht länger als Laufbursche herumschubsen zu lassen, und der schöne Lex stand allmorgendlich vor einem vollen Fressnapf. Obendrein hatten sie die Trinkgelder der vergangenen Nacht in der Tasche, um sie auf dem *Dominik* zu verjubeln. Lore hätte sie lieber gespart. Aber sie wollte nicht, dass die anderen lachten und sie wieder *Lore den Sparstrumpf* nannten.

»Was ist, Lorchen? Du und ich auf der Riesenschaukel?« Gundi hüpfte jetzt rückwärts, bewegte sich auf das hohe Gestänge mit den bunt bemalten Schiffsschaukeln zu und lockte wie eine Sirene.

»Ich dachte, du wolltest mit Julius schaukeln.«

»Ach was. Der holt uns in der Zwischenzeit Karamellstangen und einen Becher Punsch, nicht wahr, das machst du doch für uns, Ju-Ju?«

Julius lächelte. »Das hört sich nicht so an, als hätte ich eine Wahl.«

»Wo kämen wir denn da hin? Seit wann haben Männer eine Wahl?«

Sie lachten einander in die Augen, und eine Frau, die eine Kiepe über den Langen Markt schleppte, blieb vor Rührung stehen und sah ihnen zu. Wer nicht wusste, dass die Dinge zwischen Gundula Frieböse und Julius Czarnetzki alles andere als eindeutig standen, musste sie für das schönste Paar auf dem *Dominik* halten.

»Warum teilt ihr euch die Schaukel nicht zu dritt?«, fragte Erik. »Süßigkeiten, Gesöff und was die Dame sonst noch wünscht kann ja auch ich besorgen.«

»Kommt nicht infrage.« Julius zwinkerte Gundi zu, ehe er den Blick von ihr löste und sich seinem Freund zuwandte. »Ich setze unsere zwei Grazien jetzt in ihre Gondel, und dann nehmen wir beide erst einmal in Ruhe ein Getränk für Männer zu uns.« Er hakte Lore und Gundi unter, die wiederum Erik unterhakte, und als Einheit – als *Die Piroggen* – machten sie sich auf den Weg zu der neuen, elektrisch betriebenen Riesenschaukel, die in diesem Jahr die Attraktion des *Dominik* darstellte.

Sie hatten sich verändert. Es gab kaum noch Streit zwischen ihnen und wenn doch, dann ging es um Dinge, die sich beheben ließen, das Arrangement eines Stücks oder das Sakko von Eriks Kostüm, das er vergessen hatte, in die Wäsche zu geben. Probleme, die in Gelächter aufgingen. Seit sie das Lied hatten – ihr Lied, *Morgen am Meer* –, war das Leben ein Wollknäuel geworden, bei dem man das richtige Ende erwischt hatte, sodass die Knoten sich von selbst lösten.

Sie setzten es sparsam ein. Es hatte ihnen die Türen geöffnet, aber das bedeutete nicht, dass sie es immerfort vortrugen. In den bald vier Jahren seit ihrem ersten Auftritt hatten sie sich ein Repertoire erarbeitet, das bei Jung und Alt Anklang fand. Ob sie am Ende, nach einer gelungenen Vorstellung, dann noch *Morgen am Meer* spielen würden, blieb offen.

»Das muss so sein wie mit dem kleinen Löffel, versteht ihr?«, hatte Gundi erklärt.

»Mit was für einem kleinen Löffel?«

»Wenn du zum Essen eingeladen bist, schaust du als Erstes, ob neben dem Teller ein kleiner Löffel liegt«, antwortete Gundi. »Liegt er da, fängst du an zu hoffen, dass es Nachtisch geben könnte, dass also das Beste noch kommt. Das hast du die ganze Zeit im Hinterkopf, während du deinen Rübeneintopf löffelst, und umso besser schmeckt er dir. Wenn die Leute in ein Lokal gehen, um uns zu hören, sollen sie die ganze Zeit hoffen, dass am Ende noch *Morgen am Meer* kommen könnte. So schmeckt ihnen auch unsere Hausmannskost, und wir brauchen den Zauber von *Morgen am Meer* nicht mit der Gießkanne auszuschütten.«

Dass *Morgen am Meer* auf die Menschen einen Zauber ausübte, hinter dem andere Lieder verblassten, war nicht zu leugnen. Sogar Lore, die von Musik weit weniger verstand als die Übrigen, hatte sofort begriffen, dass es etwas Besonderes war. Dabei mochte sie es nicht einmal. Lores Ansicht nach musste man ein ausgesprochen sonniges Gemüt haben, um ein Lied wie *Morgen am Meer* zu mögen, die Schwermut, die sich aufs Herz legte und aus der es kein Entrinnen gab. Aber das änderte nichts daran, dass man danach süchtig wurde. Man hörte es sich an, wünschte, man hätte es nie gekannt, doch die Reue kam zu spät, denn das Lied gab das Herz nicht mehr frei.

Morgen am Meer war, als besinne man sich mitten im schönsten Augenblick darauf, dass man sterben musste, dass alles, auch das Süßeste, Geliebteste zerfiel.

Zu dem Zeitpunkt, als Gundi Lore das Lied vorgespielt hatte, war Erik bereits damit vertraut gewesen. »Bei euch beiden, dir und Julius, wusste ich ja, dass ihr begeistert sein würdet«, hatte sie Lore erklärt. »Ich brauchte Eriks Urteil, um zu wissen, ob es wirklich etwas taugt.«

Sie hatte nicht mehr gewagt, Erik unter die Augen zu treten, seit er in Sträflingskleidung Reinhold Ziebuhrs Strandkörbe umherschleifte. »Ich bin daran schuld«, hatte sie bei Lore immer wieder geklagt. Als ihr jedoch die Melodie von *Morgen am Meer* eingefallen war, hatte sie sich auf der Stelle ihr Akkordeon geschnappt und war durch den Regennachmittag hinunter zum Strand gelaufen, um sie Erik vorzuspielen.

Sie hatte es nicht einmal eingeübt. »Ich habe mich in fünf Takten bestimmt sechsmal verspielt«, hatte sie Lore erzählt und gelacht. »Erik wollte mich zuerst gar nicht anhören, aber du weißt ja, wenn ich meine Quetsche ausfahre, kommt niemand dran vorbei.«

Erik hatte seine Gegenwehr schnell aufgegeben, und sobald Gundi ihre paar Takte gespielt hatte, war er zu Reinhold Ziebuhr gegangen, um ihm zu sagen, dass er sich den Nachmittag freinehmen würde. Wäre das Ziebuhr nicht recht, so sähe er, Erik, sich gezwungen zu kündigen. Er hatte seinen Bass vom Boden geholt und noch am selben Abend mit Gundi zu üben begonnen. Eine Woche später hatten sie Lore und Julius einbestellt und noch einmal zwei Wochen später, gerade noch rechtzeitig vor dem Ende der Saison, hatten sie beschlossen, mit dem Lied einen Versuch zu wagen.

»Im *Pudel*«, hatte Gundi vorgeschlagen. »Da sind wir Stammgäste, und Natan Elkeles ist so ein Schatz, der wird uns nicht gleich Hausverbot erteilen, wenn wir wie die Anfänger spielen.«

»Dass der ein Schatz ist, kann ich nicht behaupten, aber er hat Charakter und versteht was von Musik«, hatte Erik ihr zugestimmt, und am folgenden Sonntag waren sie mit klopfenden Herzen losgezogen.

Natürlich war es viel zu früh, um das Lied irgendwo vorzustellen. Sie spielten es tatsächlich wie Anfänger, und von den Feinheiten, die es in einem Stück wie *Morgen am Meer* auszuloten gab, war bei diesem ersten Vortrag keine zu spüren. Aber nach dem Rattenschwanz von geplatzten Hoffnungen, den sie hinter sich hatten, brauchten sie diesmal Gewissheit: Um sich der Vernunft zum Trotz noch einmal mit allem, was sie hatten, auf den Traum von der Musik einzulassen, mussten sie sicher sein, dass ihr Lied etwas taugte.

Nicht nur etwas. Sondern genug.

»Wo kommt das her?«, hatte Natan Elkeles gefragt. »Wer hat das geschrieben?«

»Ich.«

Natan Elkeles hatte dreieckige Verführeraugen, an deren Unterlidern er zupfte, um Zweifel auszudrücken. »Ich dachte, du hättest es in den Beinen, Schätzchen. Dass das Köpfchen zu mehr als zum Plinkern und Frisieren taugt, überrascht mich jetzt.«

Das war seine Tour: Beleidigungen loszulassen, in denen sich ein Kompliment versteckte, und es war Gundis Tour, damit umzugehen. »Ich hab's mit den Beinen geschrieben«, sagte sie. »Deshalb eignet es sich zum Tanzen und zum Füßeln. Zum Denken empfehle ich die Waldoper. Da gibt's wieder Wagner.«
Elkeles grinste mit gefletschten Zähnen, zog den Drehbleistift hinter seinem Ohr hervor und kritzelte etwas auf einen Bestellzettel. Dann rief er den Rest der *Pudel*-Belegschaft zusammen: Helma und Erna, die Serviererinnen, den blinden Ludwik, der die Gläser spülte und bei Bedarf etwas Essbares fabrizierte, und Waldemar Thomschke, dem das Lokal gehörte. Sie setzten sich alle an den Tisch, und dann mussten Gundi, Julius, Erik und Lore *Morgen am Meer* noch einmal spielen. Singen vor allem. Gundi, die völlig aus der Übung und leichtere Kost gewohnt war, traf bei einem Ton so übel daneben, dass Erik am Bass vor Schmerz zischte. Als sie fertig waren, herrschte eine Weile Schweigen, in dem Lore nicht wusste, wo sie hinsehen sollte, Elkeles und Thomschke aber beredte Blicke tauschten.
Aus dem Hinterzimmer drang Kindergeschrei. Vermutlich hatte der Inhaber des Lokals dort seine Familie untergebracht. Gerüchten nach war Erna seine Geliebte, auch wenn sie dem Aussehen nach seine Mutter hätte sein können.
»Na schön«, sagte der kugelbäuchige Thomschke schließlich und wischte sich die Stirn mit einem karierten Taschentuch. »Ich versuche gar nicht erst, was zu verhehlen: Wenn man das einem Ensemble wie *Indigo Moon* zuschanzt, wird der Gassenhauer der nächsten Saison draus. *Indigo Moon* bekomme ich für meine kleine Bude nicht engagiert, aber wir hatten in diesem Sommer ein paar ziemlich ordentliche Musiker hier, mit denen sich das versuchen lässt. Ich kauf's euch ab. Was wollt ihr haben? Dreimal Abendessen für euch alle?«

Im *Pudel* gab es überhaupt kein Abendessen. Nur Piroggen und Hering, was eben der blinde Ludwik so zusammenbastelte.

»Kommt nicht infrage«, sagte Gundi mit einer Härte, die Lore nur einmal an einem Menschen gehört hatte: an ihrem gemeinsamen Vater, dem Kolonialwarenhändler, der sein Geschäft nach dem Grundsatz *Keine Verhandlungen* geführt hatte. »Es gehört uns. Niemand anders spielt es.«

»War ein Spaß«, behauptete Thomschke, stand auf und begab sich hinter den Tresen an die Registrierkasse. »Also – wie viel? Ich zahle heiß und bar aufs kalte Händchen.«

»Kommt nicht infrage«, wiederholte Gundi.

»Hundert Gulden? Na, komm schon. Pop Frieböse macht nicht gerade die rosigste Zeit durch, hab ich mir sagen lassen, und Karls Ernestinchen, das emsige Bienchen, hätte auch nichts gegen einen warmen Regen einzuwenden. Für euch sind hundert Gulden oder meinetwegen hundertfünfzig ja wohl ein Haufen Asche.«

»Du hast das Fräulein Frieböse doch gehört«, unterbrach ihn sein Barmann. »Es kommt nicht infrage. Entweder wir lassen den *Morgen am Meer* von ihrer Jahrmarktstruppe besingen, oder wir müssen ihn uns abschminken.«

»Und was soll ich jetzt bitte schön machen?« Thomschke fuhr sich mit dem Taschentuch über die Glatze. »Du hast mir das Dilemma eingebrockt, Natan, du sagst mir gefälligst, wie ich da rauskomme.«

»Du engagierst für die Saisoneröffnung im Mai eine neue *Band*«, erwiderte Natan und steckte eine Zigarette in seine silberne Spitze. »Die … wie war noch mal der Name?«

»*Die Piroggen*«, kam es wie aus der Pistole geschossen von Gundi, ehe einer der anderen einen Gedanken fassen konnte.

»Ah ja«, sagte Natan Elkeles. »*Die Piroggen.* Je älter man wird, desto weniger Fragen stellt man. Man wundert sich nur noch.«

»Das darf ja wohl nicht dein Ernst sein!«, rief Thomschke. »Die können es doch nicht mal spielen.«

»Aber es ist so schön«, sagte Helma, die seit Jahren hier servierte und noch immer aussah wie höchstens sechzehn. »Ich musste schrecklich weinen.«

»Ich auch«, brummte Thomschke. »Wenn ich mir vorstelle, dass ich diese sogenannte *Band* in der nächsten Saison meinen Gästen anbieten soll, packt mich das heulende Elend.«

»So schlecht war das gar nicht«, behauptete der blinde Ludwik mit seinem rollenden polnischen Akzent. »Der Bass war richtig gut, wenn du den allein spielen lässt, müsste es gehen. Und das Mädchen hat eine Sturmflut von Stimme. Sie darf nur nicht damit singen.«

Das Hin und Her war noch eine Weile weitergegangen, aber es waren nur Lores Nerven gewesen, die sich dabei zum Zerreißen spannten. Wäre es an ihr gewesen, zu entscheiden, sie hätte die hundert Gulden genommen und wäre aus dem Lokal gerannt, ehe Thomschke es sich anders überlegte. Besser den Spatz in der Hand. Die anderen aber hatten längst gewusst, dass ihnen die Taube sicher war.

Am Ende hatte Thomschke sich bereit erklärt, sie probeweise für vier Abende zu engagieren. Im Winter. Wenn nur ein paar Einheimische kamen, um zu viel Pflaumenschnaps zu trinken. Bis dahin sollten sie üben. »Tag und Nacht, wenn ich bitten darf. Ansonsten sehe ich mich im Frühling den Laden dichtmachen und stempeln gehen.«

»Wenn wir Tag und Nacht üben sollen, brauchen wir einen Vorschuss.« Gundi hatte die Hand ausgestreckt. »Von Luft und Liebe können wir schließlich nicht leben.«

Thomschke hatte sie angesehen, wie um zu entscheiden, ob sie sich gefahrlos verspeisen ließe, dann hatte er einen Fluch in seinen Bart genuschelt und ihr die schon der Kasse entnommenen

Guldenscheine in die Hand geknallt. »Frechheit siegt, was? Ich muss entweder den Verstand verloren haben, oder mein Satan von Barmann hat mir was in den Tee getan.«

Lore wusste nicht, wie oft jener Tag im Oktober 1928 seither vor ihrem geistigen Auge abgelaufen war. Er war ihr Wendepunkt gewesen, der Anfang der besseren Zeiten, und Lore würde ihn immer in Erinnerung behalten, auch wenn sie als den Gründungstag einen anderen feierten: den Dezembertag, an dem sie vor vier Jahren ihren ersten Auftritt absolviert hatten.

Er war ein Erfolg gewesen. Sie hatten ihren Weg gefunden, *Morgen am Meer* zu spielen, und am Ende hatte Natan Elkeles einen Sektkorken knallen lassen, und die Gäste hatten nach Zugaben verlangt. Waldemar Thomschke hatte sie engagiert, und inzwischen waren *Die Piroggen* ein fester Bestandteil der Saison in Zoppot.

Hätte jemand Lore gefragt, was daran das Schönste für sie war, so hätte sie über die Antwort nicht lange nachdenken müssen: Das Schönste war, dass sie sich an den Sonntagabenden nicht mehr von Gundi zu trennen brauchte, sondern sich den ganzen langen Sommer über mit ihr ein Zimmer in Ernestine Karls Pension teilte. Noch immer fiel regelmäßig am Sonntag die bittere Schwermut über sie her, mit der sie früher am Bahnhof Zoppot in den Zug gestiegen war. Bahnhöfe würden ihr für immer verhasst bleiben, aber die trübe Stimmung löste sich im Nu auf, sobald ihr Herz begriff: Sie würde heute nicht fahren. Stattdessen zog sie mit ihren Freunden zum *Blauen Pudel,* um den Sonntagsgästen aufzuspielen.

Und im Winter spielten sie in den Tanzdielen von Danzig, den einfachen, die keinen Eintritt verlangten und billige Gedecke anboten. Das *Grandhotel* war es für sie zwar nicht geworden, aber bei den kleinen Leuten hatten sie es zu so etwas wie Berühmtheit gebracht. Ihr Leben hatte sich verändert und sie sich mit ihm. Am meisten Julius.

Mit einer Spur Bewunderung betrachtete Lore seinen breiten Rücken, während er in der Schlange vor dem Kassenhäuschen nach Karten für die Riesenschaukel anstand. Der mitternachtsblaue, auf Taille geschnittene Mantel stand ihm wie keinem Zweiten, betonte seine Männlichkeit, seine aufrechte Haltung. Julius war erwachsen geworden. Von dem ewigen Selbstmitleid, das eher zu einem kleinen Jungen gepasst hatte, war nichts mehr zu spüren. Stattdessen hatte er sich zu einem Mann entwickelt, der seinen Wert kannte und daraus Ruhe und Sicherheit schöpfte, ohne etwas von der Geradlinigkeit zu verlieren, die Lore so sehr an ihm mochte.

Er drehte sich um, schenkte ihnen ein spitzbübisches Lächeln und hielt die beiden Lochkarten hoch, die er ergattert hatte. »Zweimal Schiffsreise, exklusiv für die schönsten Schwestern von der Danziger Bucht. Solange es für ein richtiges Schiff noch nicht reicht, muss eben eine Schiffschaukel auf dem Jahrmarkt herhalten.«

Er streckte die Hand aus, um Gundi in die wie eine Gondel geformte und mit blinkenden Lichtern geschmückte Schaukel zu helfen, aber sie war bereits hinaufgesprungen. »Hab ich da *richtiges Schiff* gehört? Sag bloß, du Heimlichtuer hast Waldi Thomschke eine Sonderzulage aus den Rippen geleiert und schenkst mir zu Weihnachten eine Kreuzfahrt?«

Noch immer lächelnd, wandte Julius sich Lore zu, um stattdessen ihr in die Gondel zu helfen. »Mit Bescheidenheit ist sie nicht gerade reichlich gesegnet, deine Schwester Gundi Frieböse.«

»I wo!«, rief Gundi von oben. »Ich bin die Bescheidenheit in Person! Es brauchte wirklich nur eine klitzeklitzekleine Kreuzfahrt zu sein, nur einmal Venedig und zurück! Ach bitte, Ju-Ju! Wenn du mir eine Kreuzfahrt schenkst, würde ich dich glatt heiraten!«

Wie vorhin musste Lore lachen, ließ sich von Julius hinaufhelfen und oben von Gundi in die Arme reißen. Sie mochten sich alle verändert haben, aber Gundi war dieselbe geblieben. Und das war gut so. Nicht nur ihr Erfolg beruhte darauf, dass Gundi so sehr sie selbst war, sondern auch ihr Zusammenhalt: Es waren ihre Lebenskraft, ihr Schwung, ihr *Schisslaweng*, wie Pop sagte, die die vier wie mit Leim zusammenhielten.

Der Betreiber betätigte den Mechanismus, und die Schaukel sauste in die Höhe. Vor Schreck wäre Lore um ein Haar gestürzt, aber Gundi fing sie auf und half ihr, sich mit ihr auf die Bank zu setzen. »Ist das nicht schön, mein Lorchen? Haben wir es nicht wunderwunderschön?«

»Ja, das haben wir. Ich hab gerade noch einmal an damals denken müssen, an diesen Tag …«

»Das ist mein Lorchen, typischer geht's nicht. Denkt nie an heute, sondern immer an damals.« Gundi, die in einem flauschigen, pelzgefütterten Mantel wie für kleine Mädchen steckte, drückte ihre Schwester an sich und sah hinauf in den Himmel, dem sie in ihrer Gondel entgegenflogen. Tatsächlich hatte Lore nicht bemerkt, wie schnell die Dämmerung hereingebrochen und vorbeigezogen war. Der Himmel war jetzt von einem wie gläsernen Schwarzblau, und die Sterne, die gleich durch die Glaskuppel brechen würden, ließen sich dahinter schon ahnen. Darunter erstreckte sich ihre Stadt mit ihren Türmen, ihren Lichtern, ihren gewundenen Gassen und dem glitzernden Band ihres Flusses. Lore musste den Atem anhalten, weil das Bild so schön war. Über die eigene Stadt dachte man ja kaum je nach, aber in der Schule hatte Lore ein Gedicht lernen müssen, und jetzt glaubte sie, es zu verstehen:

»Träumerisch der Mond drauf scheinet,
Dem die Stadt gar wohl gefällt,
Als läg' zauberhaft versteinet
Drunten eine Märchenwelt.«

Sie hatte die Schule gemocht und hätte sie gern länger besucht. Letzten Endes aber war alles gut, wie es gekommen war.

»Ich bin so glücklich, Lorchen.« Auf der schmalen Bank, auf der sie in den leuchtenden Himmel über Danzig flogen, schmiegte Gundi sich an sie. »So glücklich. Ich möcht' nie sterben.«

»Ich schenk dir zu Weihnachten mein Lebensband.« Lore fühlte sich albern und leicht im Kopf, so kannte sie sich gar nicht. »Das blaue von Pop – dann kannst du immer wieder leben.«

»Machst du das wirklich? Du bist die Beste, Lorchen. Die Allerbeste.«

Lore lachte. »Dem armen Julius verlangst du eine Kreuzfahrt ab, und bei mir tut's ein popeliges Bändchen?«

»Ist nicht popelig.« Der Wind zerrte Gundis Haar unter ihrer Mütze hervor und ließ es wie eine Fahne über dem Festplatz flattern. »Ist von dir, und darum ist es mir mehr wert als Gold.«

»Und was ist mit Julius? Hast du denn den armen Kerl noch immer nicht lieb genug, um dich zu entscheiden?«

»Ju-Ju?«, rief Gundi. Dann wurde sie leiser. »Doch, den hab ich lieb, meinen Gnussel, sogar furchtbar lieb. Aber Entscheiden ist so schwierig. Wenn ich das Leben für mich entscheiden lasse, bin ich besser dran. Es hat Pop und dich und Zoppot für mich ausgesucht.«

Die Schaukel schwang noch einmal hoch in die blaue Schwärze, verlor jedoch schon an Fahrt, war keine himmelstürmende Zaubergondel mehr, sondern besann sich ihrer Erdenschwere.

»Und *Morgen am Meer*«, sagte Lore und war nicht ganz sicher, warum.

Gundi schwieg eine Weile, während der Schwung der Gondel sich weiter verlangsamte. »Und *Morgen am Meer*«, wiederholte sie dann. »Ganz genau. Und *Morgen am Meer.*«

21

Februar 1933

In der Woche nachdem Hitler zum Reichskanzler ernannt worden war, reisten sie allesamt nach Berlin. All die Pappfiguren, die zu diesem Sieg der nationalen Erhebung nichts beigetragen hatten, hefteten ihn sich an die Brust und wollten feiern. Von Hohnfeldt bis Maass. Dass für Danzig noch überhaupt kein Sieg errungen worden war, dass der wahre Kampf erst begann und alle Kräfte brauchte, scherte diese Leute nicht.
Forster zumindest fuhr nicht mit. Für Pfitzners Geschmack reiste der zwar auch zu viel in der Gegend herum, und im Herzen – da machte sich Pfitzner nichts vor – war dem Mann aus dem Fränkischen die Stadt Danzig gleichgültig, aber es gab zwei andere Kräfte, die ihn trieben und nützlich machten: Forster war Hitler hörig, ihm in einer geradezu abartigen Liebe ergeben. Was Hitler sagte, setzte Forster um. Mit den zwölf Sitzen, die er bei den Wahlen von 1930 geholt hatte, verfügte er über Macht, denn die Deutschnationalen, die mit dem Zentrum und den Liberalen eine Koalition bildeten, brauchten zur Regierungsbildung die Tolerierung durch die NSDAP. Mehrmals hätten Forster und Greiser, der die Fraktion führte, den Senat kippen und auf Neuwahlen bestehen können, doch sooft es dazu kam, reiste Forster zu Hitler, und da der befand, die Zeit sei noch nicht reif, pfiff Forster seine Hunde zurück.
Pfitzner, wenn auch jetzt in einem ansehnlichen Büro mit Blick auf die Erhabenheit der Marienkirche untergebracht, war vor lauter Warten kurz davor, dem Wahnsinn zu verfallen.
Forster hatte durchaus viel erreicht, das konnte er ihm nicht absprechen. Das Parteiorgan *Danziger Vorposten*, das als Propagandamittel taugte, war nur der Anfang gewesen. Inzwischen

hatte sich das gesamte Klima in der Stadt geändert. Auf politischen Zusammenkünften, gleich welcher Couleur, kam es jetzt grundsätzlich zu Schlägereien, und auch auf den Straßen ging es hoch her. Juden, Polen, Rote, das ganze Pack und seine Freunde trauten sich nicht mehr ganz so unverblümt, ihre Frechheit zur Schau zu stellen, weil sie wussten, dass es dabei etwas auf die Nase geben konnte.
Die Polizei hatte Forster zumindest im Stadtbereich Danzigs weitgehend hinter sich gebracht. Wenn es darum ging, rote Fahnen von Gebäuden abzureißen, Schaufenster zu beschmieren oder Plakate zu verbrennen, konnte er auf die Hilfe der Uniformierten, die in Scharen in die Partei eintraten, rechnen. Zudem setzte er Männer ein, die nichts zu verlieren hatten und nichts scheuten, weder den eigenen Tod noch eine Vorladung vor Gericht. Einen fast sechzehnjährigen Kretin traf in Kahlbude ein Stich in den Rücken, er verreckte und gab einen prachtvollen Märtyrer ab. In Neufahrwasser wurde ein polnischer Briefkasten demoliert, der Hochkommissar des Völkerbundes legte pompöse Empörung an den Tag, aber nachweisen ließ sich nichts als der berechtigte Zorn eines Volkes auf die verhassten, ihm ins Fleisch gezwungenen Fremdkörper.
Forster verstand sein Geschäft: Wo dieser Zorn, den ein gesunder Volkskörper längst hätte an den Tag legen müssen, sich nicht zeigte, half er nach. Dennoch wurde jeder Tag des Wartens für Pfitzner zur Qual, weil er seine Felle ein weiteres Mal davonschwimmen sah. Dass ihm Forster nicht wohlgesinnt war, war ihm bewusst. Männer von mäßiger Intelligenz waren selten denen wohlgesinnt, in denen sie geistige Überlegenheit spürten. Pfitzner aber hatte Forster nicht hergeholt, weil er von ihm geliebt werden wollte, sondern weil es ihm um Danzig ging. Er war niemandem wohlgesinnt. Er wollte Gerechtigkeit.
Und jetzt, wo Hitler Reichskanzler war, zeigte sich, dass er

diesmal aufs richtige Pferd gesetzt hatte. Jetzt nämlich kam die zweite Kraft zum Tragen, die Forster antrieb: sein persönlicher Ehrgeiz. Er war gewiss nie eines Lehrers Lieblingsschüler gewesen, aber er wollte der Lieblingsschüler seines angebeteten Führers sein. »Ich mach mein Gau judenfrei«, sagte er zu Pfitzner, und viel fehlte nicht, dass ihm die Zunge aus dem Mund gehangen hätte. »Als Erster. Dieses Gau Danzig wird judenfrei, ehe die anderen auch nur daran denken, das sage ich Ihnen, Parteigenosse. Und wenn ich's judenfrei gemacht habe, dann mach ich's polenfrei, mich braucht unser geliebter Führer darum nicht erst zu bitten.«

»Sie machen gar nichts«, sagte Pfitzner. »Sie sind hier nämlich niemand.«

Damit hatte er Forsters wunden Punkt getroffen. Er, der Retter, den der Führer persönlich nach Danzig geschickt hatte, hatte in Danzig nichts zu sagen. Bei offiziellen Anlässen, bei Staatsbesuchen und dem Empfang des britischen Geschwaders interessierte sich niemand für den Gauleiter irgendeiner Partei, die nicht einmal an der Regierung war. Greiser, der immerhin der Fraktion vorstand, kam im Protokoll noch vor ihm an die Reihe. Forster hasste Greiser. Er hasste jeden, der sich ihm vor die Nase stellte, erst recht, wenn es um die Gunst seines geliebten Führers ging. Ihn bei diesem wunden Punkt zu packen war ein sinnvoller Schachzug, denn einen anderen hatte er nicht. Er hatte kein Liebchen, keine verbotene Schwäche, keine weiche Stelle. Er war gar kein Mann, sondern ein Panzer, der, wenn man ihn richtig bediente, das Kommissariat des Völkerbundes niederwalzen würde.

»Sie sind hier niemand«, wiederholte Pfitzner. »Sie glauben, Sie würden endlich jemand werden, weil wir von Stund an in Berlin regieren, aber Sie vergessen dabei, dass Berlin hier nichts zu melden hat. Selbst wenn wir hier regieren würden, hätten wir immer noch vor dem Hochkommissar zu kuschen, der uns ins Handwerk pfuscht, aber wir hätten immerhin eine Handhabe. *Hätten*, Parteigenosse Forster, *hätten*. Vielleicht wäre es ja doch an der Zeit, unseren geliebten Führer daran zu erinnern, dass in Danzig Neuwahlen nottun und dass wir mit der Geduld von Engeln – oder Schafen – seit Jahren darauf warten?«

Es war an der Zeit. Forster war kein idealer Mann, dachte Pfitzner, während er seinen Füllfederhalter aufschraubte, aber doch der beste Mann, den sie bekommen konnten. Solange Pfitzner ihn im Auge behielt, sich Notizen machte und die organisatorische Seite übernahm, würde er funktionieren. Statt mit den Nichtstuern zum Feiern nach Berlin zu fahren, machte der Franke vor Ort seine Hausaufgaben und traf sich anschließend mit Hitler am Tegernsee, um ihm die Wahlen für Danzig ins Gedächtnis zu rufen. Diesmal vertröstete Hitler ihn nicht mit der Phrase, die Zeit sei noch nicht reif. »Ich vertraue Ihnen«, sagte er stattdessen. »Leiten Sie das Nötige in die Wege.«

Das hatte Pfitzner in der Zwischenzeit bereits getan. Der zurückgekehrte Forster brauchte Ziehm, der Jammergestalt von einem Senatspräsidenten, nur noch das fertig vorbereitete Ultimatum vorzulegen: Die Tolerierung wurde aufgekündigt. Wollte Ziehm eine sofortige Auflösung des Volkstags verhindern, musste er sich verpflichten, die NSDAP in seine Regierung aufzunehmen. Zudem wurden für den 28. Mai Neuwahlen angesetzt.

Kaum war die Tinte auf den Beschlüssen getrocknet, stürzte Forster sich kopfüber in den Wahlkampf. Durch die schattigen Gassen der Stadt jagten Motorradfahrer, die Transparente mit der Aufschrift *Das deutsche Danzig wählt Nationalsozialisten* trugen, an ihren hohen Fassaden und von ihren Türmen wehten Standarten mit dem Hakenkreuz. Das Wichtigste war jedoch der Kampf, den Forster von unten führte: Angst und Schrecken unter seinen Gegnern zu verbreiten, indem seine SA Versammlungen sprengte, Kandidaten verprügelte und Wahlprogramme in Fetzen riss. Wer die Verkrustung aufbrechen, wer Unrecht zu Recht machen wollte, der durfte nicht zaghaft sein, nicht weich, sondern hart wie Stahl. Er musste einschüchtern. Seinen Sieg erzwingen.

Pfitzner rieb sich die Hände, die seit geraumer Zeit von einer schmerzhaften Hautkrankheit befallen waren. Es hatte begonnen. Es hatte ohne Zweifel endlich doch noch begonnen.

22

Mai

Es war einer ihrer besten Auftritte gewesen. Saisonauftakt im *Blauen Pudel.* Gundi liebte den Mai, wenn Zoppot noch seinen Bewohnern gehörte, aber auch schon den Stammgästen, die kamen, wenn es dem flatterhaften Volk der Reichen und Schönen noch zu kalt war, zu ruhig, zu wenig Sehen-und-gesehen-Werden, wenn über Strand und Meer ein Grau lag, das im Sonnenaufgang leuchtete, und Gundi sich fragte: Hätte ich die ganze Welt gesehen, wie ich's so gern täte – würde ich dann einen Ort kennen, an dem Grau wie in Zoppot leuchten kann?

Es war alles perfekt gewesen. Ein milder Tag und ein sternklarer Abend, ein bis auf den letzten Platz besetzter *Pudel,* in dem sich bekannte Gesichter mit einer Anzahl von neuen mischten, an der Bar ein Natan in Hochform, dazu Ludwiks Piroggen und der Hintern der kleinen Helma, der im schwarzen Bleistiftrock geschäftstüchtig seines Weges schwenkte. Thomschke, der Geizhals, hatte tatsächlich eines der neuen Mikrofone gekauft, um

Lores schüchternes Spiel zu verstärken, Erik wurde von Auftritt zu Auftritt besser, und Julius, der beim Friseur gewesen war und blendend aussah, verausgabte sich an der Trompete. Gundi selbst wusste, dass an ihrem Vortrag nichts auszusetzen war, und die Gäste, die anfangs abwartend dagesessen hatten, waren von ihren Sitzen gesprungen und hatten zu tanzen begonnen.
Blue Skies und *What Is This Thing Called Love* – und ein Saal, der mit jedem weiteren Stück ekstatischer bebte.
Am schönsten war, dass Pop und Tante Karl gekommen waren, dass sie an ihrem engen Zweiertisch vor dem grünen Lämpchen saßen, der so etwas wie ihr Stammtisch geworden war, und dass sie nicht nur müde wirkten, sondern vor allem glücklich. Mit seinen bald siebzig Jahren arbeitete Pop noch immer bei Schichau in der Tischlerei, und sosehr er es auch zu verbergen suchte, war für Gundi nicht zu übersehen, dass es ihm zunehmend schwerer fiel. Wenn er nach Zoppot kam, saß er oft still in seinem Lieblingssessel in der Küche und sah mit einem Lächeln in den Augen Tante Karl bei ihren Handgriffen zu, bis er im Sitzen einschlief.
Gundi hätte ihn gern unterstützt, ihm Dinge ermöglicht, die er sich nie hatte leisten können – er sollte doch noch etwas von seinem Leben haben. Aber dass sie damit bei Pop auf Granit biss, war zu erwarten gewesen. »Steck du mal dein Geldchen in die Joppe, Marjellchen«, sagte er. »Hast hart genug drum gekämpft und wirst's ja wohl auch noch brauchen. Dem Ollen geht's gut, wie's ist. Um den mach dir keinen Kopp.«
Wenn Gundi einen Blick zu den beiden hinüberwarf, sah sie, dass daran etwas Wahres sein musste. Werde ich in fünfzig Jahren irgendwo so mit Ju-Ju sitzen?, durchzuckte es sie, während sie den Refrain von *Night and Day* ein letztes Mal sang. Jäh wurde ihr flau im Magen.
Es war ein perfekter Auftritt. Und dennoch der erste in mehr als

vier Jahren, den sie nicht genoss. Julius legte sein abschließendes Solo hin, und in Gundis Gliedern kribbelte es. »Keine Zugabe«, zischte sie den anderen zu, noch ehe Julius die Trompete absetzte. Für gewöhnlich ließen sie sich nach dem Auftritt gern noch auf ein paar Gläser einladen und tanzten zu Musik vom Grammofon, aber heute wollte sie nur fort.

Der Grund dafür stand beim Tresen, halb verborgen durch tanzende Paare. Zosia und Roza waren da. Mit ihrem Bruder Jeszek und Rozas Mann, der Henryk Kosciuszko hieß, scharten sie sich um die Bar und alberten mit Natan, dessen zahlreiche Brüder oder Vettern ebenfalls gekommen waren. Zumindest Zosia und die Männer alberten. Roza stand unbewegt, sooft Gundi einen Blick auf sie erhaschte, und starrte sie an.

Sie hatte die beiden in den letzten Jahren nur ab und an flüchtig zu Gesicht bekommen. Seit Roza geheiratet hatte, arbeiteten sie nicht mehr bei Tante Karl. Die Wirtschaftskrise machte für viele Gäste, die alljährlich in die *Pension Sonnenschein* gekommen waren, einen Urlaub unmöglich, Tante Karl hatte zu kämpfen und war daher erleichtert, als die zwei Mädchen anderswo unterkamen. Zudem hatte es in den letzten Jahren immer wieder Leute gegeben, die sich beschwerten, sie würden sich in kein Bett legen, das von einer Polin gemacht war. Tante Karl war kein Mensch, der Streit vertragen konnte. Sie wollte Eintracht mit jedem in ihrem Umfeld, und Jeszek, der Bruder der beiden, hatte ihr einmal hingeworfen, für eine Polin sei es eine Schande, den Dreck von Deutschen aus den Zimmern zu kehren. Das eine schien so haltlos wie das andere, doch in einem solchen Fall mochte es besser für alle sein, wenn man sich trennte.

Henryk Kosciuszko besaß eine Kurzwarenhandlung an der kleinen Unterführung, und statt des Ladenmädchens bedienten dort nun seine Frau und deren Schwester. Das Geschäft ging sogar so gut, dass eine ihrer Tanten, eine Schwester der verstorbenen Felicja, zur Aushilfe kam. Insgeheim war Gundi darüber froh. Sie mochte Zosia gern und hatte auch nichts gegen die verschlossene Roza, aber etwas zwickte sie, sooft sie ihnen begegnete. Sie konnte nicht mehr unbefangen mit ihnen sprechen und ging ihnen wo immer möglich aus dem Weg. Jetzt aber waren sie hier, in ihrer Stammkneipe, wo *Die Piroggen* den ganzen Sommer lang auftreten würden. Zosia trug auf ihrem zu einer schimmernden Glocke geschnittenen Haar einen ihrer hübschen selbst gemachten Hüte.

Julius ließ die Trompete sinken, und die Tanzenden blieben stehen und klatschten Beifall. Nach wenigen Sekunden wurde das Klatschen rhythmisch. Einer rief »Zugabe!«, ein anderer bereits den Namen des Liedes, das er hören wollte, das sie alle hören wollten.

»Verbeugen und einpacken«, blaffte Gundi wie ein Kommandant.

»Jetzt schon?«, fragte Lore, wickelte aber folgsam ein Tuch um das Griffbrett ihrer Gitarre. »Spielen wir heute sonst nichts mehr?«

Erik machte keine Anstalten, sein Instrument einzupacken. »Hast du zu heiß gebadet? Wir haben's doch noch nicht mal zehn.«

»Es ist doch Saisonauftakt.« Julius lächelte Gundi an, und das flaue Gefühl in ihrem Magen wurde stärker. »Eine halbe Stunde werden wir mindestens noch spielen müssen, und am besten fangen wir mit *Morgen am Meer* an, dann haben wir lauter selige Gesichter. Warum hast du's denn überhaupt so eilig?«

»Nicht *Morgen am Meer!*«, stieß Gundi hervor. Dann riss sie sich zusammen. Ihr war übel, aber Julius hatte natürlich recht: Ohne ein paar Zugaben würden sie heute Abend nicht von der Bühne kommen. Alles, was sie versuchen konnte, war, das eine Lied zu vermeiden, auf das alle warteten. »Wir spielen *Auf der*

Schaukel«, bestimmte sie und griff nach der Mappe, um die Noten auszuteilen.

»Du musst wirklich zu heiß gebadet haben«, sagte Erik. »Geht's uns etwa zu gut, müssen wir um jeden Preis was in den Sand setzen?«

Das Stück, das sie erst seit ein paar Wochen einstudierten, war bisher noch nicht öffentlich gespielt worden. Zudem hatte es alle nur erdenklichen Schwächen und Probleme. Natürlich hatte Gundi nicht aufgehört, Lieder für *Die Piroggen* zu schreiben. Anfangs hatte sie sogar zu hoffen gewagt, jetzt, wo der Druck weg war, wo sie *Morgen am Meer* hatten, könnte der Knoten geplatzt sein. Sie schrieb mit Feuereifer und wurde durchaus besser. Manchmal half ihr Erik, der ein überraschendes Gespür für Klangfarben hatte. Was aber am Ende herauskam, genügte im besten Fall als Füllmaterial, nicht als Höhepunkt für einen Abend wie heute. Es war nichts Besonderes, und es befriedigte sie nicht.

Wieder machte das flaue Gefühl sich bemerkbar wie bei einem leerem Magen. Vorsichtig wagte sie aufzublicken. Die polnischen Schwestern standen noch immer beim Tresen, Zosia umringt von Natan Elkeles' Verwandten, Roza reglos, den Blick auf Gundi gerichtet. Sie wollte sich abwenden, den Blick verdrängen, doch da war er ihr schon durch Mark und Bein gefahren.

Warum quälte sie sich noch immer so? Zuweilen hatte sie sich sogar bei dem Wunsch ertappt, sie hätte *Morgen am Meer* ersetzen können. Dabei war das absurd. Selbst wenn es ihr irgendwann gelingen sollte, ein großes Lied zu schreiben – *Morgen am Meer* war *ihr* Lied. Niemand konnte es so singen wie sie, und sie würde kein anderes Lied je so singen können, weil dieses von ihr selbst erzählte, auch wenn sie nicht recht begriff, warum. Dazu war Musik da. In *Morgen am Meer* steckten ihre Zoppoter Sonntage mit Pop – und die Rückfahrt am Abend, die blaue Tasche schwer vor Wehmut zwischen ihnen. Zosia bedeutete es nichts, sie hatte es selbst gesagt. Es war nur ein Zeitvertreib für sie, den sie Gundi gern überlassen hatte. Warum also verbot sie sich nicht diese sinnlosen Gedanken, ging zu den beiden hin und lud sie auf ein Glas Sekt ein?

»Gundi?« Julius berührte ihre Schulter. »Liebes, was ist denn mit dir, du bist ja wie weggetreten. Schau, das *Schaukel*-Lied können wir nicht spielen. Das geht nicht gegen das Stück, es ist wirklich hübsch, aber wir sind noch nicht so weit. Eigentlich weißt du das doch selbst.«

»Mir egal«, sagte Gundi. »Spielen wir halt irgendein anderes.«

»Liebes, wir müssen *Morgen am Meer* spielen, daran gibt's nichts zu rütteln. Die Leute rufen doch danach, sie wollen mit *Morgen am Meer* ihren Sommer beginnen.«

Gundi setzte zu Widerspruch an, ließ es aber gleich darauf bleiben. Sie war keine Anfängerin mehr. Sie war seit vier Jahren im Geschäft, wurde dafür bezahlt, ihr Publikum glücklich zu machen, und hatte jede Sekunde geliebt. Ihr Publikum stand keine zwei Schritte von ihr entfernt und rief ihr den Titel ihres Liedes entgegen. Durch die schummrige Beleuchtung sah sie in erwartungsfrohe Gesichter. Sie hatte keine Wahl. »Also schön. Spielen wir *Morgen am Meer.*«

Das war das Sonderbarste an dem Lied: Jedes Mal, wenn sie glaubte, sie könne es diesmal nicht singen, weil sie sich mit einer Erkältung herumschlug, weil sie sich Sorgen um Lorchen oder das Durcheinander in ihrem Liebesleben machte, sang sie es besser denn je. Heute aber war es wirklich unmöglich: Ihr Magen verkrampfte sich, ihr Herz raste, sie würde nicht singen können.

Julius gab ihr das Mikrofon und nickte ihr aufmunternd zu. Damit sich ihr Blick nicht an Roza verfing, drehte sie sich zu dem kleinen Tisch mit Pop und Tante Karl. Pop hob wie zufällig den Kopf und sah sie mit einem Lächeln in den Augenwinkeln an. Es war wie die Wolldecke, mit der er sie in Winternächten zugedeckt hatte, nur wärmte das Lächeln von innen, und es füllte ihren ganzen Körper. Ihr Pop war stolz auf sie, ihr Pop war ihretwegen glücklich. Dagegen kam nichts an. Mit der Wolldeckenwärme in der Kehle begann sie zu singen. Sie sang besser denn je.

Als sie fertig war, verschwamm der Raum in Tränenschleiern. Das unterschied ein großes Lied von jedem anderen – man konnte es immer noch einmal singen wie zum ersten Mal. Flüchtig waren ihre Sorgen vergessen. Es gab nur sie und ihr Lied, das keinem anderen gehören konnte als ihr. Und sie konnte auch keinem anderen gehören, nur der Musik, nur ihrem *Morgen am Meer.* Beifall umbrandete sie, als befände sie sich nicht in der kleinen, verschlafenen Kaschemme auf Zoppots Seestraße, sondern in der Waldoper oder der Sporthalle von Danzig.

»Gun-di, Gun-di!«, skandierten die Leute. »Gundi Sonnenschein!«

»Unsere *Piroggen* – so was gibt's nur in Zoppot.«

»Noch mal, noch mal!«

»Wir wollen *Morgen am Meer!*«

»Noch mal, noch mal.«

»Na los«, sagte Erik, »spielen wir's noch mal. Und dann von mir aus auch noch mal, und dann machen wir Schluss. Meine Kehle ist das reinste Reibeisen. Ich brauch was zu trinken.«

Julius wischte das Mundstück der Trompete ab, dann gab er Gundi einen raschen Kuss auf die Schläfe. »Du warst wundervoll, Liebes. Heute Abend hast du gezeigt, dass du eine von den Großen bist. Von den ganz Großen.«

Das war übertrieben. Aber so war eben Julius. Immer bemüht, ihr ein Kompliment zu machen, das noch netter war als das letzte. Irgendwann ging man damit durch die Decke und beschwor

Erd- und Seebeben zum Vergleich. Gundi machte mit einem Räuspern die Kehle frei und straffte die Schultern. »Einverstanden! Aber nur, weil ihr's seid«, rief sie ihrem Publikum zu. »Für euch, für einen schönen Sommer, für das einzig wahre Seebad von der Ostsee!«

Die Leute johlten.

Während sie sich beruhigten, nahm Gundi das Mikrofon, und Lore und Erik zupften sachte, geschmeidig die ersten Akkorde des Vorspiels.

»Augenblick bitte. Ich hätte eine Frage.« Köpfe drehten sich, Leiber fuhren herum. Hinter der Tanzfläche hatte sich Roza an ihrem Mann und ihrem Bruder vorbeigeschoben. Sie sprach in ihrem schneidend klaren, beinahe perfekten Deutsch: »Dieses Lied in Zoppot ist richtig berühmt, was? Ich möchte gern wissen: Wo kommt es her? Wer hat es geschrieben? Sie selbst?«

23

Gundi stand wie erstarrt. Nicht einmal wenn jemand sie dafür bezahlt hätte, hätte sie ein Wort herausgebracht.

»Aber natürlich«, antwortete Julius freundlich und höchstens ein bisschen verblüfft. »Text und Musik von *Morgen am Meer* stammen von Gundi Frieböse. Das ist doch allgemein bekannt, dachte ich.«

»Ach, ist es das?« Roza trat einen Schritt vor. »Mir es war nicht bekannt. Ich bitte um Entschuldigung.«

Gundi musste etwas sagen. *Ist alles halb so wild, solange man ein anständiger Kerl bleibt,* hatte Pop ihr beigebracht. *Zu anständig ist langweilig. Wenn man frühmorgens in den Spiegel guckt und denkt: Ich wasch dich noch, genügt's.* Gundi hatte nie daran gezweifelt, dass sie ein solcher Mensch war und immer sein würde. Einer, dem hier und da eine kleine Missetat durchrutschte, der sich aber Morgen für Morgen im Spiegel ertrug. Sie wusste, sie durfte keinesfalls schweigen und über die Sache hinweggehen, doch aus ihrem Mund kam noch immer kein Wort.

»Jeszek, nein, jetzt lass doch!« Das war Zosia, die sich in ihrem hübschen rosa Jackenkleid reckte, um Gundis Blick zu erhaschen. »Tut mir so leid, Gundula, ist alles ein Blödsinn, weiß ich auch nicht, warum!«

Ihr Bruder, in einem Trikot des Rudervereins von Gdingen, das ihm an Brust und Schultern zu eng war, stieß Paare beiseite und trat in die Mitte der Tanzfläche. »Warum Gundi Frieböse spricht nicht für sich selbst?«, rief er und fixierte sie. »Gibst du meiner Schwester keine Antwort? Denkst du, Polin ist keine Antwort wert?«

Mehrere Leute versuchten, ihn abzudrängen. Julius trat vor und rief etwas, das Gundi nicht verstand. Stattdessen sah sie den Mann, der von der Seite auf die Tanzfläche stolperte. Es war der Betrunkene mit dem Ausschlag im Gesicht, der damals Zosia belästigt hatte, er stieß eine Frau so heftig aus dem Weg, dass sie taumelte, und packte Jeszek am Trikot. »Du hältst die Fresse, du Polackendreck. Komm unserer Gundi noch einmal blöd, und du fängst dir 'ne Wucht ein, von der stehste nicht wieder auf.«

Lex, der Schäferhund, der am Heizungsrohr angeleint hinter ihnen geschlafen hatte, erhob sich wie in Zeitlupe, das Nackenfell Haar für Haar gesträubt, das Knurren aus der Kehle dunkel drohend. Erik machte, dass er zu ihm kam und ihn beruhigte. Der Hund war nicht mehr jung, doch er hatte Zähne, die Knochen zermahlen konnten, und ein Ohr für Gefahr.

Ein Tumult entstand. Männer sprangen von ihren Stühlen, und wer wem zu Hilfe eilte, war nicht klar ersichtlich. Jeszek richtete sich so hoch auf, dass der andere, von dem Gundi noch wusste, dass er Bruno hieß, neben ihm zum Zwerg schrumpfte. Er ballte die Faust und holte aus. Die arme Zosia schrie etwas auf Polnisch, drang aber nicht zu ihrem Bruder durch, weil von allen Seiten unter Gepolter Männer dazustürmten.

»Was macht der denn hier?«, fragte Julius. Suchend blickte er sich nach Erik um. »Ich dachte, die Nazis wären nebenan im *Baronsky.* Hast du nicht gesagt, dein Vater und Konsorten lassen sich von Pachmüller freihalten?«

»Besten Dank«, gab Erik zurück. »Ich habe wirklich Wert darauf gelegt, dass das ganz Zoppot erfährt.«

Zu denen, die aufgestanden waren und auf die Tanzfläche drängten, gehörte auch Pop. Ihre Kindheit hindurch war er für Gundi ein Riese gewesen, der das gesamte Weltgefüge des Kolonialwarenhändlers aus den Angeln heben und sie daraus befreien konnte. Jetzt war er ein alter, nicht sonderlich großer Mann. Ein Spickheister, wie es in Danzig hieß, wenn jemand zierlich oder gar zerbrechlich wirkte. Dem zum Trotz stapfte er auf das Knäuel der Raufenden zu. Gundi sah noch, wie jemand einen Stuhl in die Höhe riss, um ihn dort niedersausen zu lassen, wo Pops weißer Haarschopf aufleuchtete.

Sie rannte los: »Pop, nicht, bleib stehen! Hör doch zu!«

Hände packten sie an Armen und Schultern. Während sie vergeblich darum rang, sich zu befreien, sah sie Natan Elkeles, der sich hinter dem Tresen hervorwand, um die Tanzfläche zu überqueren.

»Was hast du davon, wenn du dich einmischst?«, rief ihm einer seiner Brüder oder Vettern hinterher.

Natan wandte sich im Gehen um. »Mir langt es«, sagte er, und nur die, die ihn kannten, hätten wahrnehmen können, wie es unter der gelassenen Oberfläche brodelte. »Ich hole Forster und Konsorten aus dem *Baronsky,* die sollen ihre Giftzwerge

gefälligst einsammeln, wenn sie nicht wollen, dass wir hier aus denen Kleinholz machen.«
Er ging und ließ die Tür ins Schloss knallen. Gundi stieß mit den Ellbogen um sich, Julius schlang die Arme um sie und beschwor sie: »Ist ja gut, Liebes, wir Männer regeln das, reg dich nicht so auf.«
Gundi hätte ihm ins Ohr brüllen wollen, dass sie an dem ganzen Krawall schuld war, aber wie hätte er das verstehen sollen? Wenigstens entdeckte sie Pop im Gewühl, unversehrt, wenn auch ungewohnt erregt. Der Stuhl lag in Trümmern am Boden, daneben rang der Mann namens Bruno mit Jeszek Pajewski, umringt von anderen, die johlend die Kämpfer anfeuerten. Helma, das Serviermädchen, trug einen Hosenmatz in Windeln – vermutlich eines der Thomschke-Kinder – auf der Hüfte und hing weinend einem der Elkeles-Brüder am Arm. Zosia weinte auch, ließ sich aber von Roza nicht trösten, sondern herrschte sie auf Polnisch an und stieß sie weg. Der blinde Ludwik, der hinter dem Tresen Gläser polierte, ließ eines fallen, was Gundi in all den Jahren, die sie schon in den *Pudel* kam, nie erlebt hatte.
Endlich schwang die Tür auf, und der wutschäumende Natan stob mit langen Schritten wieder in den Raum. Eine kleine Abordnung von Männern folgte, alle in der hässlichen Braunhemd-Uniform, die man jetzt ständig zu sehen bekam: ein Blonder, recht Großer, den Gundi nicht kannte, dahinter Eriks Vater Mick, Reinhold Ziebuhr und Frieder Holle, der Eisverkäufer vom Familienbad. Wann waren die alle in diese komische Nazi-Partei eingetreten? War die, seit sie in Deutschland die Wahl gewonnen hatte, zu einer Art Schnupfen geworden, mit dem jeder sich ansteckte?
Daheim in Langfuhr trug Gemüse-Martensius neuerdings das Abzeichen mit der Spinne im Knopfloch, und der Mann von der Olschewski war angeblich ebenfalls Mitglied geworden. Auf

dem Namensschild an ihrer Tür stand jetzt *Olscheck*. »Olschewski klang deren neuen Kumpanen wohl zu polnisch«, hatte Pop vermutet und über die seltsame Anwandlung gestaunt. In Danzig klang jeder dritte Name polnisch, weil sich in der langen Zeit, in der die Stadt einmal Teil des einen und dann wieder Teil des anderen Landes gewesen war, alles miteinander vermischt hatte. Und wie konnte man seinen Namen ändern, als wäre man auf einmal nicht mehr der, der man war?
»Ich bin der Frieböse«, hatte Pop gesagt. »Der war ich als Windelpuper, und der bin ich auch noch auf'm Grabstein. Wär ich auf einmal der Müller, ich würd' mich am Ende selbst nech' mehr kennen.«
Aber er kannte sich. Er war Pop Frieböse, der mit zornrotem Gesicht auf die vier Nazis zupreschte und sich ihnen in den Weg stellte. »Hör mal, Freundchen«, fuhr er den Blonden an, der offenbar als Anführer auftrat. »Was ihr euch in euren Kodderköppen ausdenkt, du und deine Partei, das interessiert mich nech', ich hab für so Kleeterkram keine Zeit. Aber das da«, er wies auf den zerdroschenen Stuhl und die Raufenden am Boden, »dat woll'n wir hier nicht. Dat passt nicht zu uns Danzigern. Seit ihr hier rumkraucht, gibt's ständig irgendwo Kloppereien, und das schleppt ihr uns jetz' nech' noch nach Zoppot, verstanden? Kannst einen nech' verknusen, lässte den eben stehen und pflanzt deinen Dubs nach anderswo.«
Über Natan Elkeles' Gesicht, das ausgesehen hatte, als wäre er drauf und dran, jemanden zu erwürgen, flog ein weicher Zug. Er zupfte an dem Drehbleistift hinter seinem Ohr und klopfte Pop auf die Schulter. »Geht schon in Ordnung, Käpt'n. Der Häuptling hat mir in die Hand versprochen, er sammelt seine Klotzkorken ein und sorgt dafür, dass die sich hier nicht wieder blicken lassen.«
»Vorausgesetzt, es handelt sich überhaupt um unsere Leute.«

Der Blonde zerrte sich das Koppel, das er über der Brust trug, zurecht. »Die verlogene Presse behauptet so manches, aber in Wahrheit werden diese Raufereien von den Roten angezettelt, nicht von uns.«
»Red, was du willst«, versetzte Elkeles und schob sich den Drehbleistift hinter seinem Ohr zurecht. »Solange ihr abzieht und mir nicht länger den Appetit verderbt.«
Mehrere Männer hatten inzwischen die Kämpfenden getrennt. Jeszek Pajewski rappelte sich auf und spuckte auf den Boden. Dem Mann namens Bruno, der aus einer Schramme auf der Stirn blutete, mussten Holle und Mick Tetzlaff auf die Füße helfen. »Das Polackenschwein hat unsere Gundi belästigt!«, empörte er sich. »Das is' doch bekannt, wie das geile Dreckspack nach unseren sauberen blonden Mädeln jiepert.«
»Quatsch!«, rief Gundi. »Mich hat niemand belästigt, nur dieser blöde Krawall.«
Natan drehte sich zu ihr um. »Lasst gut sein, beachtet die nicht weiter. Spielt *Morgen am Meer.*«
»Ha! Sag ich's doch«, trumpfte der Blonde auf. »Bruno Fricke ist keineswegs Mitglied der Nationalsozialistischen Deutschen Arbeiterpartei. Derart asoziale Elemente können sich bei den Roten halten, aber nicht bei uns. Wir haben Fricke schon vor Jahren ausgeschlossen.«
Natan stöhnte und hielt sich den Bauch. »In Gottes Namen, spielt endlich.«
Der Zwischenfall schien ihm tatsächlich auf den Magen zu schlagen. Die kleine Helma, noch immer mit Thomschkes Kind auf der Hüfte, drängelte sich zu ihm durch und schlang von hinten den Arm um ihn. »Komm einen Schnaps trinken, Natek, einen Sliwowitz. Lass dir doch von diesen Schreihälsen nicht so zusetzen, die verschwinden auch wieder.«
Gundi gab den anderen ein Zeichen, und im Nu hatten sie die

Instrumente in Position gebracht. Erik und Lore absolvierten das Vorspiel zu schnell, aber darauf würde niemand achten. Sie begann zu singen, und an der Musik beruhigten sich die Gemüter. Natan und Helma samt Wickelkind gingen umschlungen wie ein Liebespaar zurück zum Tresen, und Zosia klopfte ihrem Bruder den Staub von den Kleidern. Pop holte sich Tante Karl, und auch die anderen fingen wieder an zu tanzen, während Bruno Fricke von seinen Kumpanen aus dem Lokal geführt wurde und die Nazis aus dem *Baronsky* sich anschlossen. Nur einer von ihnen blieb stehen. Das aber sah Gundi erst, als der letzte Ton von *Morgen am Meer* verklungen war.

»Was war das für ein Lied? Spielt das noch mal! Ich muss das noch einmal hören.«

Dass *Morgen am Meer* diese Reaktion auslöste, war nicht neu. Aber der Ton, in dem der Wunsch vorgetragen wurde, war es wohl. »Ich *muss*«, sagte der blonde Nazi noch einmal und klang, als stünde er vorm Verhungern. Er ließ seine Mannen ziehen, drehte um und blieb vor Gundi stehen. »Sing es noch mal.«

»He, ich habe gesagt, ihr sollt verschwinden!«, rief Natan vom Tresen herüber. »Alle. Auch Sie. Sie haben unseren Musikern nichts zu befehlen, und wenn Sie nicht gleich weg sind, rufe ich die Polizei.«

»Ich an Ihrer Stelle würde mir überlegen, ob ich in einem solchen Lokal noch auftrete«, sagte der Blonde zu Gundi. »Ich habe niemandem etwas getan, ich habe mich sogar darum gekümmert, dass Sie diesen Asozialen loswerden, obwohl es mich nichts angeht. Weshalb der Barmann sich mir gegenüber derart flegelhaft benimmt, ist mir nicht klar, aber mit solchen Leuten lege ich mich nicht an.«

Er sah ihr geradewegs in die Augen, und Gundi gelang es nicht, sich abzuwenden. Seine Augen waren hell und unruhig, unter dem rechten zuckte ein Nerv. »Sie sind für dieses Etablissement

zu schade.« Aus der Brusttasche des scheußlichen Hemds zog er eine Karte und hielt sie ihr hin. »Ich bin Albert Forster, Gauleiter von Danzig. Überlegen Sie es sich. Ich kann Ihnen helfen.«
Gundi hatte keine Ahnung, was ein Gauleiter sein sollte, und wollte es auch nicht wissen. Die Karte allerdings hatte sie schon genommen, ehe sie sich eines Besseren besinnen konnte.
»Zurzeit bin ich für ein paar Tage hier in Zoppot im Hotel, um das Terrain zu sondieren. Ich würde mich freuen, wenn Sie sich melden. Warten Sie, ich schreibe Ihnen die Adresse auf.« Er nahm ihr die Karte aus den Fingern, notierte rasch etwas auf der Rückseite und gab sie ihr zurück. Dann schüttelte er ihr unnötig heftig die Hand. »Es war mir eine Ehre. Wir sehen uns.« In seinem komischen Stechschritt machte er kehrt und verließ das Lokal.
Verwirrt blieb Gundi stehen und starrte die Karte an, während um sie das fröhliche Treiben eines Samstagabends im Mai wieder einsetzte. »Was ist denn los mit dir, Liebes?« Julius legte den Arm um sie. »So vom Donner gerührt kennt man dich ja gar nicht.«
Statt einer Antwort gab ihm Gundi die Karte. Er hatte recht. Sie kannte sich selbst nicht so, doch die Gründe wollte sie ihm keineswegs nennen. Die Begegnung mit Forster war lediglich das letzte Glied in einer Kette von Ereignissen, die sie ratlos zurückließen.
»Lass mich auch mal sehen. Was wollte der Kerl denn von dir?« Erik kam mit einem Tablett voller Sektgläser und einem Klaren für sich selbst. Er nahm Julius die Karte weg. »Nicht zu fassen«, platzte er heraus. »Dieser Waldschrat hat sich im *Grandhotel* eingemietet. Und meine Mutter bekommt von meinem Vater seit Jahren zu hören, er könne ihr für Gretchen und Max kein Geld geben, seine Bewegung bezahle ihn nicht, sondern brauche jeden Pfennig für den Kampf.«

»Können wir die nicht vergessen?«, fragte Lore. »Von denen bekomme ich Gänsehaut, und diese Sache hat mir den Abend verdorben.«
»Gute Idee.« Julius nahm sich eines der Gläser und reichte Gundi ein weiteres. »Du siehst aus, als hättest du dringend einen Schluck nötig, Liebes. Auf uns. Auf *Die Piroggen* und alles Wunderbare, was dieser Sommer ihnen bringen mag.«
Sie stießen an. Gundi trank, doch statt sie wie sonst zu beleben, verursachte der spritzige Wein ihr Übelkeit.
»Tut mir so leid«, murmelte eine kleinlaute Stimme in ihrem Rücken. Hinter ihr stand Zosia und hielt ihren entzückenden Hut in beiden Händen. »Ist unsere Schuld, dass ist euer Abend verdorben. Weiß ich nicht, warum meine Schwester sich muss so hässlich betragen. Du warst immer nett zu uns, Frau Karl war immer nett zu uns.« Ihre schwarzen Augen blitzten. »Habe ich Roza geschimpft, sie soll sich was schämen! Und Jeszek gleich mit.«
»Nein, Zosia!«, rief Gundi erschrocken. »Das nicht. Deine Schwester … deine Schwester hat recht. Wir müssen darüber mal in Ruhe reden …«
»Hat sie gar nicht recht!«, rief Zosia. »Ein dummes Ding ist sie. Oder wenigstens sie benimmt sich so. Ist sie furchtbar traurig, meine Roza, wünscht sie sich Kind, und keines kommt. Aber ist das deine Schuld? Gibt ihr das Recht, an anderen Leuten auszulassen?«
»Nein, das nicht, aber …« Gundi wurde schlecht.
»Und dann Jeszek«, plapperte Zosia mit noch immer zornblitzenden Augen weiter. »Ist noch dümmer als dumm. Erst er fliegt von der Universität, weil dauernd fängt Zank an, und jetzt, wo endlich hat schöne Stellung bei polnischer Post, geht schon wieder los. Meine arme Vater weiß nicht mehr, was zu machen. Einmal ich habe zu Jeszek gesagt: Ich glaub, du bist nicht

Mensch, sondern Fahnenmast. Sonst du würdest wissen, dass du hast Kopf zum Denken, nicht um Fahne von Polen dranzuhängen.«

Je mehr sie sich ereiferte, desto stärker verhaspelte sie sich mit ihrem Deutsch. Gundi musste lachen, so mulmig sie sich fühlte.

»Ach, Zosia. Ich hab dich vermisst. Geht es dir gut?«

Zosia zuckte die Schultern. »Ist bisschen langweilig, Leben mit Henryk und Roza und Tante Irena, was wie Ziege meckert. Und dann ganzen Tag Gummiband für Unterhosen verkaufen. Bei Frau Karl, wo hat Studienrat Scholl seine Unterhosen in Bett vergessen, war lustiger.«

Sie lachten beide.

»Und mit dir, Gundula.« Sie nahm Gundis Hand und schob ihr die Krempe des Hutes, der in einem zarten Rosaton gehalten war, zwischen die Finger. »Mit dir war immer lustig.«

»Mit dir auch, Zosi.«

»Und der ist für dich. Hörst du? Geschenk. Genau wie Lied. Lass ich mich nicht immer wie dumme, kleine Schwester behandeln, entscheide ich selbst, wem ich was schenk.«

»Das kann ich nicht annehmen.«

»Doch. Musst du. Findest du nicht, vernünftig ist, wenn man schenkt jedem, was er braucht? Ich hab Lied nicht gebraucht, du hast gebraucht, also was?«

Von der Seite betrachtet, hatte sie recht. Mit ihrer kleinen Akkordzither und ihrem dünnen Stimmchen hätte Zosia das Lied nicht vortragen können. Zudem hätte sie als Polin es noch schwerer gehabt als *Die Piroggen,* sich durchzusetzen. *Ich sollte ihr Geld geben,* schoss es Gundi durch den Kopf. Nur hatte sie selbst kaum welches. Es war nicht so, dass ihre Auftritte ihnen Reichtümer einbrachten. Sie lebten nicht schlecht, Julius und Lore halfen ihren Müttern mit der Miete, und Erik konnte seiner etwas für die kleinen Geschwister geben, aber große Sprünge ließen sich nicht machen. Die Verwirklichung von Gundis Wunsch, Pop und Tante Karl auf eine Urlaubsreise zu schicken, lag noch immer in weiter Ferne.

»Der Hut ist zauberhaft«, sagte sie schließlich. »Lass mich dir wenigstens den bezahlen.«

»Nichts da.« Zosia lachte, zeigte perlweiße Zähne und sprang davon. »Geschenkt ist geschenkt, wiederholen ist gestohlen, und bezahlen ist Beleidigung! War schön, mit dir zu reden, Gundula. Und jetzt ich lasse dich deinen Freunden.«

Dafür war es höchste Zeit, denn Julius wurde ungeduldig. »Wenigstens ein einziges Mal hätte ich heute Abend gern mit dir getanzt. Selbst wenn alles in den Fugen zu knirschen scheint, ist es doch der Auftakt zu unserer Saison in Zoppot, oder nicht?«

Gundi setzte sich Zosias rosa Hütchen auf und ließ sich auf die Tanzfläche führen. Julius hatte Helma gebeten, Dajos Bélas *Wait till Tomorrow Night* aufzulegen, weil sie beide gern Shimmy tanzten. Das Stück war schon ein bisschen angestaubt, aber immer noch schön, und die Kapelle des Russen spielte es so sinnlich und verlockend, dass man sich in einen Ballsaal träumen konnte, an Bord eines großen Schiffes oder an einen Strand unter südlichem Sternenhimmel. So gut wie Julius tanzte kein Mensch. Gundi konnte die Jahre nicht mehr zählen, die sie schon miteinander tanzten.

»Schön müsste das schon sein, was?«, fragte Julius. »Einmal mit einem so großen Orchester zu spielen? Stell dir mal vor, unser *Morgen am Meer* im Berliner *Wintergarten,* begleitet von Dajos Béla. Aber der ist ja gar nicht mehr in Berlin.«

»Wo ist er denn?«

»Ich bin nicht sicher. Soll nach Paris gegangen sein.«

Für gewöhnlich horchte Gundi auf, sobald Worte wie Paris, Venedig, all diese Namen, die nach Sehnsucht klangen, erwähnt wurden, aber heute konnte sie sich auf das ganze Gespräch nicht konzentrieren. Auf den Tanz noch weniger. Stattdessen ging ihr die Unterhaltung mit Zosia im Kopf herum.

Nicht nur des Liedes wegen. Was das betraf, so schien die Gefahr vorerst gebannt, und Zosias Sicht der Dinge hatte Hand und Fuß.

»Mich würde nicht wundern, wenn dieser Forster dich demnächst ins *Grandhotel* einlädt«, wechselte Julius das Thema.

»Meinst du?« Gundi hörte immer noch nicht zu.

»Und ob. Das habe ich sofort gedacht, als er dir seine Karte gegeben hat. Der ist scharf auf dich. Der will dir imponieren, und wie könnte er das besser als mit diesem Hotel, von dem du seit Jahren träumst.«

»Ach was.«

»Weißt du, dass ich nie aufgehört habe, mir das zu wünschen?«, fragte Julius. »Nicht um meinetwillen, sondern weil ich dir deinen Traum so gern erfüllt hätte. Alle deine Träume. Aber mir ist das nie geglückt.«

»Unsinn, Ju-Ju.«

»Nicht wahr, das würdest du nicht tun? Gehen und dich mit diesem Forster treffen, weil er dir das *Grandhotel* bieten kann und ich nicht?«

»Jetzt hör doch mal auf mit diesem Forster«, unterbrach ihn Gundi, die kaum Luft bekam und der alles zu viel wurde. »Der muss doch für seinen Wahlkampf rumkrakeelen, an mich denkt der überhaupt nicht mehr. Und überhaupt, was sollen wir denn im *Grandhotel?* Wir haben's doch gut, so wie's ist.«

Julius schien sich zufriedenzugeben, aber Gundi stieg das flaue Gefühl aus ihrem Magen bis in den Hals. Wir haben's doch gut, dachte sie noch einmal. Wenn nur alles so bleiben könnte, wie's ist, hätten wir's doch gut.

Die Furcht und die Übelkeit entsprangen nicht nur der Sorge

um das Lied. Etwas anderes quälte sie bereits den ganzen Abend, und davon durfte Julius noch weniger erfahren. Wenn sie nicht gewaltiges Glück hatte, würde nichts so bleiben, wie es war. Sie war seit einer Woche überfällig.
Sie bekam ein Kind.

24

Juli

Die Einladung ins *Grandhotel* erfolgte sechs Wochen später. Sie erging nicht an Gundi, wie Julius befürchtet hatte, sondern an *Tanzensemble* Die Piroggen, *c/o Bar* Blauer Pudel, *Seestraße, Ostseebad Zoppot.* Natan Elkeles übergab Julius den Umschlag mit dem eleganten Briefkopf, als er an einem strahlenden Morgen in das Lokal kam, um Dekorationen für ihren abendlichen Auftritt anzubringen. *Südsee* sollte das Motto des Abends heißen, sie würden den Tango *Wenn du mal in Hawaii bist* spielen, und Julius hatte künstliche Palmen und Blumengirlanden besorgt, um das eher düstere Ambiente des *Pudel* stilvoll aufzuhellen.
Er hatte sich an die Bar gesetzt, um letzte Einzelheiten durchzusprechen und einen von Elkeles' *Bronx Cocktails* auf zerstoßenem Eis zu trinken, wie es zwischen ihnen zur Tradition geworden war. Der Mann war der beste Cocktailmixer von Pommerellen, und sich so etwas leisten zu können, ja sogar von Weltmann zu Weltmann eingeladen zu werden, bedeutete Julius noch immer mehr, als er sich eingestehen mochte. Heute aber setzte Elkeles sich nicht zu ihm, sondern blieb hinter der Bar stehen, wo Ludwiks flinke Finger die Gläser ertasteten und

zielsicher in die Hängevorrichtung über seinem Kopf einsortierten. Ihm zerbrach nie auch nur ein einziges Glas. Fast nie.

Elkeles ließ den Umschlag mit spitzen Fingern baumeln und Julius in den Schoß fallen, als ekle es ihn vor der Berührung. Mit seinen mephistophelischen Zügen unter scharfen Geheimratsecken war er ein Zoppoter Original. Jeder fand etwas an ihm, suchte seine Gesellschaft, selbst die, die sich an seinem beißenden Sarkasmus schon Blessuren zugezogen hatten. Seit die Nazis Ende Mai die Wahl gewonnen hatten, übertrieb er es jedoch, fand Julius. Er war nicht länger auf charismatische Weise unverschämt, sondern offen aggressiv.

Julius fing den Umschlag auf. »Hast du was gegen das *Grandhotel?*«

Elkeles spitzte den Mund, als würde er pfeifen. »Wenn ihr da spielen wollt, habt ihr meinen Segen. Reisende soll man nicht aufhalten. Nur passt auf, dass ihr von eurem Zeug hier nichts stehen lasst, denn in diesen Laden kommt ihr nicht wieder rein.«

Julius brannte darauf, den Umschlag zu öffnen, aber das konnte er nicht unwidersprochen lassen. »Was soll denn das Theater, Natan? Wir spielen doch in allen möglichen Lokalen. Wenn ihr uns exklusiv haben wolltet, müsstet ihr uns mehr Gage zahlen, und das könntet ihr euch genauso wenig leisten, wie wir allein von eurem Geld leben könnten. Das *Grandhotel* engagiert uns nicht. Aber wenn es so wäre, könnten wir ja wohl kaum so blöd sein und ablehnen. Außerdem, verzeih mir die Offenheit, benimmst du dich gerade, als gehöre der *Pudel* dir.«

»Verzeih mir die Offenheit«, ahmte Natan ihn ätzend nach. »Ob der *Pudel* mir gehört oder nicht, braucht dich nicht zu kümmern. Deine Entscheidung kannst du getrost treffen, als würde er mir gehören, damit fährst du nicht schlecht. Ach, ich vergaß. Bei den *Piroggen* bist es ja gar nicht du, der Entscheidungen

trifft. Bitte um Vergebung. Ich wende mich also an das illustre Fräulein Frieböse.«
»Bin ich neuerdings dein Feind, oder warum bist du so ekelhaft zu mir?«, fragte Julius.
»Ich bin ekelhaft aus Prinzip«, versetzte Natan. »Und ich habe ausschließlich Feinde.«
»Du könntest es dir mit deinen Freunden verderben, wenn du auf diesem Standpunkt beharrst.«
»Mit Vergnügen.« Elkeles strich sich das Haar von der Schläfe und schob den Drehbleistift hinter seinem Ohr zurecht. »Mit den meisten Freunden, die einem so unterkommen, halten ohnehin die feinsten Feinde nicht mit.«
Julius unterdrückte ein Stöhnen. »Das *Grandhotel* wird uns höchstens irgendwelche Werbung schicken, aber was dich daran so fuchsig macht, wüsste ich trotzdem gern.«
»Nichts.« Natan griff nach seinem silbernen Shaker und begann Zutaten einzufüllen, den zartbitteren französischen Vermouth, den er wie einen Schatz hütete, und die hauchfein geraspelten Schalen spanischer Orangen. »Das *Grandhotel* führt einen ordentlichen Keller. Wenn ich es für nötig halten würde, Freundschaften zu schließen, wäre das mein einziges Kriterium.«
»Und warum dürften wir dann dort nicht spielen?«
»Wo ihr spielt, ist mir Jacke wie Hose.« Tropfenweise ließ Natan seinen aus England eingeführten Gin in den Shaker laufen. »Aber wer sich mit dem Forster-Haufen gemein macht, der bleibt aus diesem Lokal entweder freiwillig weg oder fliegt raus.«
»Und was hat Forster …« Julian brach ab, als Natan das Unterlid des rechten Auges herunterzog. Er hatte ja selbst befürchtet, der Nazi, der aus seiner Bewunderung für Gundi keinen Hehl gemacht hatte, werde seine Trumpfkarten ausspielen. An jenem Abend im Mai hatte er sich damit beruhigt, dass der Gauleiter unmöglich anziehend auf eine Frau wirken konnte. Er hatte

etwas von einem Hanswurst, einer Aufziehpuppe für Kinder, deren Mechanismus überdreht worden war.
Inzwischen aber war er nicht mehr länger ein Gernegroß, den seine Partei auf einen verlorenen Außenposten geschickt hatte, um ihn vom Hals zu haben. Albert Forster hatte einen Wahlkampf aufgeboten, an dem niemand vorbeikam: An jeder Litfaßsäule klebten die reißerisch aufgemachten Plakate, durch jede Straße knatterten die mit Stellwänden behängten Motorräder. Aufmärsche mit Fackeln und Standarten wirkten in Danzigs überschatteten Gassen, als wäre das Mittelalter auferstanden, und allenthalben kam es zu Zwischenfällen. Schlägereien, zerbrochene Schaufensterscheiben, Sprechchöre in Kinos und Theatern. *Heim ins Reich* und *Danzig ist deutsch,* lauteten die Parolen, deren Echo Julius in den Ohren hallte.
Versprachen die Nazis sonst noch etwas? Konkretes fiel ihm nicht ein, nur die beständige Beschwörung, man werde die, die Danzig in Not gebracht hatten, zur Rechenschaft ziehen, und dann werde das Leid ein Ende haben. Auf vielen Plakaten fanden sich scheußlich überzeichnete Darstellungen von Juden mit Hakennasen und hervorquellenden Augen, die Geld zählten oder hinter blonden Mädchen hergeiferten. Auf einem Plakat hatte Julius das Bild eines Mannes gesehen, der leer vor sich hin glotzte und dem Speichel aus dem Mund troff. *Dieser Erbkranke kostet die Volksgemeinschaft hunderttausend Gulden,* hatte darunter gestanden. *Volksgenosse, es geht auch um dein Geld!*
Ließen sich damit Stimmen gewinnen? Gewiss, Leute, die jegliches Unglück den Juden in die Schuhe schoben, hatte es immer gegeben, und ganz von der Hand zu weisen waren solche Gedanken nicht: Den Danzigern ging es elend. Betriebe setzten Männer auf die Straße, Werften gingen pleite, und Unternehmen wie Schichau konnten sich nur durch Zuschüsse aus dem Reich über Wasser halten. Wenn ein Mann, der stempeln ging

und seine Kinder nicht satt bekam, an Glanz und Eleganz in den Schaufenstern des jüdischen Kaufhauses *Sternfeld* vorbeikam, konnte ihn schon die Wut packen. Wenn eine Familie sich den Sonntagsausflug in Zoppots billigste Badeanstalt versagen musste und dabei sah, wie sich jüdische Bankiersgattinnen auf den Sonnenliegen des *Grandhotels* aalten, war das wie ein Zuber voll Öl in loderndes Feuer.

Auch dass die Scharen jüdischer Flüchtlinge aus dem Osten den Leuten Angst einjagten, verstand Julius. Danzig konnte seine eigenen Bürger nicht ernähren – woher sollte da das Geld kommen, um Tausende, die in die Stadt strömten, zu versorgen? Sie waren fremd, sprachen kein Deutsch, konnten es hier zu nichts bringen. Es war besser für alle, wenn sie in ihre Länder zurückkehrten, schließlich musste jedem das Hemd näher sein als die Hose.

Aber Kranke?

Menschen wie Eriks Schwester Gretchen, bei der etwas im Kopf nicht stimmte, die nie lesen, nie richtig sprechen lernen und auch nie eigenes Geld verdienen würde? Es konnte ja wohl niemand ein bedauernswertes Geschöpf wie Gretchen dafür verantwortlich machen, dass es anderen elend ging. Gretchen tat keiner Seele etwas zuleide, und welches Geld sie die Volksgemeinschaft kostete, war Julius ein Rätsel. Ihre Mutter sorgte für sie. Erik gab ihr, was er hatte. Sie bekamen von niemandem einen Pfennig dazu.

Was immer es aber gewesen war – Forster und seine NSDAP hatten die Wahl zum Volkstag gewonnen. Nicht nur gewonnen. Sie hatten die absolute Mehrheit erzielt, wie es keiner Partei zuvor gelungen war. Mit einundfünfzig Prozent der Stimmen hätten sie allein regieren können, gingen jedoch ein Bündnis mit der soliden katholischen Zentrumspartei ein. Das schuf Vertrauen. Zum Senatspräsidenten wählten sie einen Mann namens

Rauschning, einen älteren Gutsbesitzer, der einen vernünftigen, keineswegs radikalen Eindruck machte. Auch Forster selbst schien auf einmal zum Staatsmann avanciert. »Danzig ist ein europäisches Pulverfass«, erklärte er in seiner ersten Ansprache im Sportpalast, die im Radio übertragen wurde. »Unser Ziel ist es, alles Pulver daraus zu entfernen.«
Keine Rede mehr von sofortigen Forderungen an den Völkerbund, die die Polen in Alarm versetzt und das fragile Gleichgewicht in den Beziehungen der beiden Staaten gekippt hätten. Stattdessen wurde ein Besuch der neuen Regierung in Warschau vereinbart, wo ein Übereinkommen über die Rechte der Danziger Polen und die Nutzung des Hafens getroffen werden sollte. All dies wurde dem Volk von Forster präsentiert, als bestünde zwischen der Partei, der er vorstand, und der Regierung eine Einheit, wie es bei Hitler in Berlin der Fall war. Er versprach Verbesserungen auf dem Arbeitsmarkt, rasche Hilfe aus dem Reich, und er wünschte den Danzigern einen sonnigen Sommer. Der Blumenkorso in Zoppot werde spektakulärer denn je, und im Kurpark gebe es künftig wöchentliche Gratiskonzerte.
Der Mann war kein Hanswurst mehr. Er legte ein Format an den Tag, das Julius ihm nicht zugetraut hätte, und es war nicht zu übersehen, dass er bei der Weiblichkeit damit Eindruck machte. Warum also nicht auch bei Gundi? Für Politik interessierte sie sich nicht, wohl aber für all die Träume, die ihr im Kopf herumspukten. Julius kam es vor, als werde der Umschlag in seinen Fingern heiß wie ein Brikett. In diesem Augenblick beschloss er, ihn allein zu öffnen und dem Inhalt nach zu entscheiden, ob er ihn Gundi zeigte oder nicht.
Es hatte etwas von Betrug.
Es war nicht seine Art.
Aber er wusste, er würde es sich nicht verkneifen können.
Hinter seiner kindischen Sehnsucht nach dem ganz großen

Ruhm hatte sich der Wunsch verborgen, es allen zu beweisen – seiner Mutter, der in Hochmut watenden Familie seines Vaters, Leuten wie den Seesens, die sich selbst bis zum Hals in Schulden noch für etwas Besseres hielten, und doch vor allen anderen Gundi. Sie war sein Schmetterling. Ihm zugeflattert auf der Seebrücke an einem grauen Morgen im Juli, an dem er wie so oft nicht gewusst hatte, was er mit sich und seinem Leben anfangen sollte. Von dem Tag an hatte er ein Ziel gekannt: Er wollte etwas aus sich machen, damit der Schmetterling bei ihm blieb. Seine Welt war düster gewesen, und das Licht, das sie darin verbreitet hatte, wollte er niemals wieder verlieren.
Seit sie mit der Musik ihr Geld verdienten, hoffte er manchmal, er hätte sein Ziel erreicht, der Schmetterling flattere nicht mehr so ruhelos umher, sondern sei dabei, sesshaft zu werden. Immerhin galten sie hier in Zoppot als Paar. Dann aber folgten Phasen des Zweifels, in denen er nicht mehr daran glauben konnte, dass sie sich je ganz für ihn entscheiden würde.
Die letzten Monate waren gut gewesen, der Winter so schön, dass er es kaum hatte glauben können, und der Beginn des Frühlings noch schöner. Seit jenem Abend, an dem Forster mit seinen Leuten in den *Pudel* gekommen war, zog Gundi sich jedoch vor ihm zurück. Je länger der Zustand anhielt und je vergeblicher er darum kämpfte, ihr wieder nahe zu kommen, desto sicherer schien es Julius, der Wandel müsse mit Forster zusammenhängen.
Traf sich Gundi ohne sein Wissen mit dem Nazi? Machte er ihr Versprechungen und schickte sich jetzt – verborgen im Umschlag – an, sie einzulösen? Gundi war kein Mädchen ohne Moral, keines der gierigen, haltlosen Dinger, die sich von jedem, der ein paar Scheine aus der Tasche zog, kaufen ließen. Aber es war etwas um sie und ihre Liebe zur Musik, das die Stimme der Moral übertönte. Gundi war nicht glücklich, wenn sie ihre

Musik nicht hatte, und wenn sie sie hatte, war ihr Glück so umfassend, dass sie alles andere, was Menschen noch brauchten, vergaß. Falls Forster ihr anbot, ihr und ihrer Musik dorthin zu verhelfen, wo sie immer hingewollt hatte – woher sollte sie die Stärke nehmen, ihm zu widerstehen?

Sie war zauberhaft, seine Gundi. Wer ihr begegnete, mochte sie, wer sie kannte, wollte sie nie mehr gehen lassen. Aber sie war auch schwach. Verwöhnt von ihrem Großvater und nicht gewohnt zu verzichten. Es war geradezu seine Pflicht, ihr den Brief aus dem *Grandhotel* vorzuenthalten, nicht so sehr um seinetwillen, sondern um sie vor sich selbst zu schützen.

»Was ist?«, fragte Elkeles. »Wird das heute noch was mit *Hawaii*, oder willst du deine Zelte lieber gleich abbrechen? Tu dir keinen Zwang an. Aber sei so gut, mich in Kenntnis zu setzen, damit ich die Ankündigung von der Tür nehmen kann.«

»Ich will meinen *Bronx Cocktail*«, sagte Julius. »Lange genug geschüttelt wirst du den ja inzwischen haben.«

»Habe ich. Aber mit Nazis trinke ich nicht.«

»Verdammt, Elkeles, ich bin kein Nazi, und dieser Tick von dir entwickelt sich allmählich zum Verfolgungswahn. Was sollen die denn hier machen, die Nazis? Und wenn sie hundertmal im Moment den Senat stellen, den gleichen Zauber wie in Berlin können sie in Danzig nicht abziehen, denn der Kommissar vom Völkerbund würde ihnen auf die Finger hauen.«

»Aha. Und wenn sie auf den pfeifen?«

»Dann müssten sie Danzigs Verfassung ändern. Dazu brauchten sie eine Zweidrittelmehrheit, und selbst wenn sie die hätten – meinst du, der Völkerbund ließe das zu? Jetzt schieb meinen Drink rüber, und dann reden wir über *Hawaii*. Wenn es dich beruhigt: Ich werde bestimmt nicht mit meinen *Piroggen* für Forster spielen, ich werde den Brief, der dich so fuchsig macht, nicht mal öffnen.«

»Schön.« Elkeles streckte ihm die bloße Handfläche hin.
»Was soll das?«
»Nichts.« Der Barmann zog die Hand zurück und fuhr fort, den Cocktail zu schütteln, der längst verdorben sein musste. »Nur ein Test, zu meinem privaten Vergnügen. Hättest du den Brief tatsächlich nicht öffnen wollen, hättest du ihn mir ja geben können.«
Julius machte den Brief in der Nacht auf, als er nach dem Auftritt nach Hause kam. Auf einer schweren, cremeweißen Briefkarte fand sich eine handgeschriebene Einladung zum Vorspielen. Ins *Grandhotel.* Dort, wo man ihn vor sechs Jahren hochkant vor die Tür gesetzt hatte. Julius wollte Gundi beschützen. Aber vor jeglicher Versuchung war auch er nicht gefeit. Er beschloss, sich die Sache anzusehen. Allein. Steckte Forster dahinter, würde er ohne Federlesens kehrtmachen, und es wäre kein Schaden entstanden. Hatte das Angebot jedoch mit Forster nichts zu tun, dann konnte dies der Sommer ihres Lebens werden.
Forster steckte natürlich dahinter. Julius, der durch die trügerisch schlichte Eleganz der Rezeption in eines der Direktorenbüros geführt worden war, brauchte in etwa sieben Minuten, um es herauszufinden. »Ich hatte erwartet, ein Ensemble vorzufinden«, erklärte der silbrig gelockte Mann im Glencheck-Anzug, der sich als »Dr. Sirius-Krone, verantwortlich für die Zerstreuung der Gäste« vorgestellt hatte. »Sie treten allein auf? Sind Sie Sänger?«
»Trompeter«, antwortete Julius und fügte dreist hinzu: »*Bandleader.* Ich vertrete *Die Piroggen,* die Ihnen vielleicht nicht bekannt sind. In Zoppot haben wir aber durchaus einen Namen, und zwar keinen mit einem üblen Klang.«
Wie sauer Bier, dachte er. Ich preise uns an wie sauer Bier, mache mich zum Bettler und weiß doch noch nicht einmal, wer dies hier veranlasst hat.

»So ähnlich wurde es mir berichtet«, sagte Sirius-Krone. »*Die Piroggen,* kleines Ensemble, bisschen was zum Tanzen, aber vor allem was fürs Herz. Kommt das hin?«

Julius wusste nicht, warum er sich herabgesetzt fühlte, und nickte schließlich. »Sicher. Wir sind es gewohnt, ein gemischtes Publikum zu unterhalten, und sind uns für nichts zu fein. Standardtänze, Salonmusik, was Sie wollen. Würden Sie nach unserer musikalischen Heimat fragen, so wäre es allerdings der Jazz-Tanz. Eine besondere Spielart, die Sie Ostsee-Swing nennen können, wenn Sie wollen. Die Melancholie, die wir in die flottesten Rhythmen legen, kann gar keiner in Töne fassen, der hier nicht geboren ist, der nie gesehen hat, wie in der gespenstischen Morgenstille Nebel aus dem Wasser tauchen, wer die Schwärme eisgrauer Gänse nicht kennt, die über bleigraue Himmel ins Nirgendwo ziehen.«

»Sehr bemerkenswert.« Sirius-Krone räusperte sich. »Um jedoch auf den Punkt zu kommen: Wir hatten eine Anfrage. Einer unserer Gäste hat ausdrücklich darum gebeten, Sie für den Empfang, den er Ende des Monats hier im Hotel gibt, zu engagieren. Lassen Sie mich offen sprechen: Es handelt sich um keine Kleinigkeit. Unser Haus hat dabei einen Ruf zu verlieren. Der Herr, der um Ihr Engagement gebeten hat, ist von Ihnen angetan, das ist also nicht das Problem. Mir liegt allerdings daran, sicherzustellen, dass die Herrschaften, die auf seine Einladung anreisen, ebenso angetan sind. Deshalb würde ich mir gern vorab anhören, was Sie zu bieten haben, wenn wir uns darauf einigen können.«

Der Herr war Forster. Natürlich war es Forster, und dies war der Moment, für den Julius geplant hatte, aufzustehen und zu gehen. Geplant hatte er es jedoch, bevor er die in schnörkellos strahlendem Weiß und Gold gehaltene Halle des *Grandhotels* betreten hatte, ehe er, begleitet vom Plätschern dezenten Klavierspiels, vorbei an Kübeln mit Palmen und unter Kronleuchtern aus Kristalltropfen in diesen Raum geführt worden war, der duftete wie das Herrenzimmer, das er sich von klein auf ausgemalt hatte. Seines Vaters Herrenzimmer. Teures Leder, teurer Whisky, teure Rasierseife und eine Spur des Stallgeruchs von teuren Pferden. Bis er das in Eiche möblierte Büro betrat, hatte er bei jedem Schritt gedacht: Wenn das Gundi sehen würde, mein Gott, wenn das Gundi sehen würde.

Ihre Musik hier zu präsentieren war ihr Traum. Den konnte er ihr nicht vorenthalten, ohne zumindest zu fragen: »Es geht um Herrn Forster, nicht wahr?«

»Um den Gauleiter der Danziger NSDAP, richtig.«

»Und er hat nach meiner Verlobten gefragt? Gundula Frieböse?«

Krone-Sirius sah auf seine Notizen. »Ich bedaure. Herr Forster hat nach einem Tanzensemble mit Namen *Die Piroggen* gefragt. Und nach einem Lied, das mir allerdings unbekannt ist. Mit Verlaub, mein Interesse an Musik ist ausschließlich professioneller Natur. *Morgen am Meer* soll dieses Lied heißen. Darum vor allem ging es ihm.«

Nicht um Gundi. Nur um die Musik, die schließlich keine Parteien kannte. »Und die Herrschaften, die zu diesem Empfang erwartet werden?«

»Ich habe mich hoffentlich verständlich gemacht«, erwiderte Sirius-Krone. »Es handelt sich nicht um Allerweltsgäste.«

»Sondern um wen?«

»Um Hermann Göring«, sagte Sirius-Krone, ohne dass bei Julius eine Glocke klingelte. »Um Herrn Dr. Goebbels und um Adolf Hitler.«

25
August

»Morgen am Meer.
Gott verdammt mich – unser Morgen am Meer.
In die Stille gehüllt wie in deinen alten Mantel,
Füße schwer vom Treibgut, standen wir in der Gischt.
Ich stehe noch immer und warte,
Auch wenn die Stille kein Echo mehr hat.«

Manchmal, wenn sie beim Singen die Worte spürte, fragte sich Gundi, woher sie gekommen waren. Sie hatte ein paar geradebrechte Fetzen von Zosia aufgesammelt, das würde sie gewiss nicht vergessen. Aber wie daraus dieser Text geworden war, von dem sie spürte, dass er etwas bedeutete, das begriff sie nicht. Heute, an dem Abend, der der schönste ihres Lebens hätte sein sollen, machten die fremd-vertrauten Worte ihr zum ersten Mal Angst.

Sie war im *Grandhotel,* sie, Pop Frieböses Enkelin aus Danzig-Langfuhr, war tatsächlich hier und sang vor den Gästen des luxuriösesten Hotels von der Ostsee ihr Lied. Zwar nicht im großen Saal mit den deckenhohen Fenstern zum Meer hin, wohl aber in der Bar, einem runden Raum in dunklem Holz und weinrotem Samt, der intimer und sinnlicher war. Russische Großfürstensöhne und Erbtöchter englischer Herzöge hatten sich hier ineinander verliebt, während ruinierte Danziger Zuckermagnaten die Überreste ihrer Vermögen an jüdische Bankiers verscherbelten. Immer bei Champagner, bei perlender Musik und mit einem Lächeln mit halb gelüpftem Schnurrbart. Und hier stand jetzt sie mit ihren Freunden, spielte ihre Quetsche und sang *Morgen am Meer.*

Als sie fertig waren, erklang statt des Gejohles, das sie vom *Pudel* und vom *Maskotte* gewohnt waren, vornehm verhaltener Applaus. Gundi aber war keine Anfängerin. Sie war eine Rampensau, ihr genügten die Atemzüge der Zuhörer, um zu erkennen, wie sie angekommen war. Sie war angekommen wie eine Sturmflut. Es hätte der schönste Tag ihres Lebens sein sollen.

Aber der war es nicht, weil dieser ganze Zauber, dieser Traum, aus dem man nicht aufwachen musste, schon zerronnen war, noch ehe sie ihn gewonnen hatte. In ihrem Unterleib, knapp über den Leisten, erinnerte ein ziehender Schmerz sie daran, dass sie alles verpatzt hatte. Sie war schwanger. Sie hatte zum Bemuttern so wenig Talent wie ihre eigene Mutter, die wilde Asta, und wie deren Mutter, Pops Frau, die in grauer Vorzeit irgendwohin entschwunden war. So was lag in der Familie, und wer klug war, ging dem aus dem Weg. Gundi aber war nicht klug. Sie war dumm wie Bohnenstroh, stand unter Beifall im *Grandhotel* und hatte ein Kind im Bauch.

Die Glückwünsche, die Leute, die ihr die Hände schüttelten, das Bukett aus Rosen und Levkojen, das ihr in den Arm gedrückt wurde, nahm sie kaum wahr. Von dem Getränk, das Julius ihr aus dem tulpenförmigen Kelch geradezu einträufelte, wurde ihr übel. »Champagner, Liebes«, flüsterte er an ihrem Ohr. »Unser erster Champagner.« Gundi würgte.

»Aufgeregt?«

Sie konnte nicht einmal nicken.

Zeit rauschte vorbei. Mehr Gratulationen, mehr Gespräche, noch mehr Champagner und Kellner, die auf silbernen Platten winzige, wie für ein Puppenhaus belegte Brote brachten. Endlich löste sich die Gesellschaft auf, die sich zur Blauen Stunde in der Bar versammelt hatte. Wiederholt wurden *Die Piroggen* aufgefordert, sich doch zum Abendessen anzuschließen. »Gibt auch was Feineres als Piroggen, haha. Sagen Sie, servieren Sie dieses klumpige Zeug hier wirklich zum Essen, oder dient das nur dem Lokalkolorit?«

Gundi stand herum und traf keine Entscheidung, obgleich alle sie drängten. »Warum sollen wir nicht feiern?«, fragte Julius. »Wir waren gut, oder nicht? Was immer jetzt kommt – wir haben ja wohl ein Recht, diesen Abend zu genießen.«

»Ich glaube, Gundi legt sich besser hin«, mischte Erik sich ein.

»Warum das denn? Ausgerechnet heute?«

»Vielleicht siehst du sie dir mal an. Braunbier mit Spucke wäre noch geprahlt.«

»Ist dir nicht wohl, Gundi?« Erschrocken legte Julius den Arm um sie. »War es der Champagner? Den bist du nicht gewohnt, vermutlich hast du zu schnell getrunken.«

»Ich habe so gut wie überhaupt nichts getrunken«, erwiderte Gundi, um die sich alles drehte.

Ehe noch jemand etwas sagen konnte, trat einer der livrierten Hoteldiener, die Personal und Gäste ständig mit irgendwelchen Briefchen hin und her schickten, zu ihnen und verbeugte sich. »Verzeihen Sie die Störung. Herr Gauleiter Forster hätte Sie gern kurz gesprochen, wenn es recht ist. Er bittet auf einen Aperitif in den kleinen Lesesaal.«

Der kleine Lesesaal war bis an die zweimal mannshohe Decke mit Regalen voller Bücher gesäumt und hatte Fenster zur Straße, an die nach einem heißen Tag jetzt flüsternd sacht ein wenig Regen fiel. Dazwischen gab es eine Vielzahl kleiner Tische, auf denen Folianten zum Blättern und aufgestellte Mühle-, Schach- und Damebretter zum Spielen einluden. Servierwagen mit allerlei Flaschen, Karaffen und Gläsern standen ebenso bereit wie eine zierliche Kredenz, auf der sich Kisten mit edlen Tabakwaren reihten. Gundi verliebte sich auf der Stelle in den Raum mit seinen in dunklem Grün gemusterten Tapeten und den

samtigen Vorhängen. Er war lächerlich altmodisch und wundervoll erfüllt von Geborgenheit.
Er hätte Pop gefallen. Gundi konnte ihn beinahe vor sich sehen, wie er sich mit seiner Schnupftabakflasche von Gustav Kapahnke behaglich in einem der Sessel zurücklehnte und die Etiketten der Spirituosen nach Machandel absuchte. Jäh sehnte sie sich mit schmerzhafter Heftigkeit nach ihm. Sie hatte erwachsen sein wollen, sich bewähren, ihm einen Salon wie diesen bieten. Jetzt aber wünschte sie sich, sie hätte sich wie als Kind in seine Arme flüchten und sagen können: Ach, Pop. Ich habe aus meinem Leben einen grässlichen Schlamassel gemacht.
Albert Forster hatte im Alkoven zwei Tische zusammenschieben lassen. Wie die Nazis, die aus Berlin angereist waren, trug er nicht die hässliche Uniform, sondern einen dunklen Gesellschaftsanzug, der ihn zivilisierter erscheinen ließ. Das Ritual, das die Nazis auf der Auffahrt vollzogen hatten – Spalierstehen, wildes Armehochreißen und Gebrüll, sobald einer von ihnen aus dem Auto stieg –, hatte etwas Bestürzendes, Archaisches, aber hier drin, mit einem Cognacschwenker in der Hand, wirkte Forster völlig normal und wie ein Mann des zwanzigsten Jahrhunderts. »Bitte setzen Sie sich doch«, forderte er die vier *Piroggen* auf und erkundigte sich, was jeder trinken wollte. Nachdem die Getränke verteilt und Zigaretten herumgereicht worden waren, schickte er den Diener seines Weges. »Vielen Dank, Pfitzner. Wir kommen jetzt selbst zurecht.«
Der Diener – ein mickriges, wie schief zusammengewachsenes Männchen, das offenbar nicht zum Hotel, sondern zu ihm persönlich gehörte – verließ mitnichten das Zimmer, sondern ließ sich ein paar Tische weiter nieder und schlug einen Folianten auf, ohne aber hineinzusehen.
Forster bedachte ihn mit einem Blick, sagte jedoch nichts, sondern wandte sich an die Musiker. »Ich habe Ihnen zu danken«,

sagte er. »Sie haben sich selbst übertroffen. Unsere Gäste aus Berlin, deren Eindruck von den Verhältnissen hier von höchster Wichtigkeit für Danzigs Zukunft ist, waren des Lobes voll. Darf ich übrigens fragen, ob Sie alle vier waschechte Danziger sind?«

»Die Mädchen sind aus Langfuhr und Neufahrwasser«, antwortete Julius. »Herr Tetzlaff und ich sind aus Zoppot.«

»Soweit ich informiert bin, macht das keinen Unterschied.«

Julius lächelte. »Nur einen kleinen. Wir Zoppoter rühmen uns, danzigerischer als die Danziger zu sein.«

Forster erwiderte das Lächeln mit Wohlwollen. »Mit Ihrer Abstammung ist demnach alles lupenrein, ja? Ein weiterer Beweis dafür, dass man Deutschtum mit schändlichen Verträgen nicht auslöschen kann. Eine Stadt, die in ihrem Kern deutscher ist als Danzig, lässt sich ja wohl kaum finden.«

Niemand wusste etwas darauf zu erwidern, und Forster schien es auch nicht zu erwarten. »Ich weiß so etwas zu schätzen«, fuhr er stattdessen fort. »Musik, die, egal in welche Richtung abartige Moden sie drängen, ihre deutschen Wurzeln nicht leugnet. Das Archaische. Kraftvolle. Auch das Schreckliche, ja, denn in der deutschen Seele ist bei all ihrer Leuchtkraft der heilige Schrecken der Götterdämmerung tief verwurzelt. So etwas brauchen wir. Viel mehr davon.«

»Ich weiß nicht, wovon Sie reden«, sagte Gundi, der das Geschwurbel allmählich zu verdreht wurde. »Wir machen Musik, um Leute, die abends todmüde von der Arbeit kommen, ein bisschen aufzuheitern. Über so etwas mit Schrecken und Deutschtum und Dämmerung habe ich mir noch nie Gedanken gemacht.«

In ihren Rippen spürte sie Julius' Ellbogen. Wie es aussah, war sie einmal mehr in einem Fettnapf gelandet, doch um das geradezurücken, fehlte ihr die Kraft.

Forster lachte, indem er die Oberlippe von den Zähnen zog. Es ließ ihn aussehen wie ein Nagetier, fand Gundi. »Keine Sorge, liebes Fräulein Frieböse, das sollen Sie auch gar nicht. Machen Sie nur weiter Ihre erbauliche Musik, für alles andere sind ja wir Politiker zuständig. Und um das, was Sie ausgeführt haben, geht es auch uns: Wir wollen den Menschen, die tagein, tagaus hart für ihr Vaterland arbeiten, eine Freude bereiten. Wer Freude hat, der gewinnt auch wieder Kraft zum Arbeiten, verstehen Sie?«

»Selbstverständlich«, sagte Julius.

»Und wie steht es mit Ihnen? Stimmen Sie mir auch zu?« Forster wandte sich an Erik, der gedankenverloren neben Lore saß und den zu seinen Füßen zusammengerollten Lex kraulte. »Sie haben da übrigens einen ganz prächtigen Schäferhund.«

»Ich weiß«, sagte Erik, ohne die Frage zu beantworten.

»Ist der mal zur Zucht verwendet worden?«

»Er hat keine Papiere«, erwiderte Erik. »Ich habe ihn aus der Ostsee gefischt, nachdem jemand ihn weggeworfen hat. Wer weiß, ob mit seiner Abstammung alles lupenrein ist.«

Forster zog die Lippe von den Zähnen, lachte aber nicht. Sein Diener blickte von dem Folianten auf, den er sich nicht ansah, und ließ den Füllfederhalter sinken, mit dem er sich offenbar Notizen machte.

»Kommen wir zurück zum Thema«, sagte Forster. »Sie und Ihr Lied sollten sich nicht länger an jüdisch verseuchte Halbweltlokale und dekadente Schädlinge vergeuden. Die Leute, von denen Sie sprechen, die kleinen Leute, die eine Freude verdient haben, sollten Sie kennenlernen. Nicht nur hier, sondern auch im Reich. Ich kann Ihnen dazu verhelfen. Gestatten Sie, dass ich ein wenig aushole?«

Von irgendwo zauberte er eine Mappe hervor, entnahm ihr einige Papiere und verteilte sie über den Tisch. Gundis Blick schwirrte über in Hochglanz gedruckte, kolorierte Fotografien. Eine Gruppe lachender blonder Mädchen in Badeanzügen auf einer Art Leiterwagen. Ein älteres Paar, das eingehakt aus dem Portal eines Theaters trat. Männer, Frauen und Kinder in leichter, sommerlicher Kleidung, die an der Reling eines Schiffes standen.

Das Schiff tat es Gundi trotz der Übelkeit an. Von jeher hatten Schiffe es ihr angetan.

Statt über das Schiff und die Leute auf den Bildern sprach Forster über Gewerkschaften: »Mit denen haben wir ja hier auch unsere liebe Not. Mal streikt die eine, mal die andere, dann wieder zanken sie sich, und das Nachsehen hat der einfache Volksgenosse, der nichts als seinen Alltag meistern will. Arbeitskampf, wenn ich das schon höre – im Interesse der Arbeiter ist es ja wohl, dass alle Elemente eines Körpers an einem Strang ziehen, an einem einzigen.«

Pop war auch in der Gewerkschaft. Von den Parteien hielt er nicht viel, aber seine Gewerkschaft, das war für ihn eine Art Großfamilie, in der man nicht jeden verknusen konnte, aber keiner den anderen hängen ließ.

»Im Reich hat man daraus bereits Konsequenzen gezogen«, fuhr Forster fort. »Mit diesen ganzen zersplitterten Gewerkschaften und ihrem ständigen Unruhestiften hat der Führer ein Ende gemacht. Stattdessen besitzt der deutsche Arbeiter jetzt eine Vertretung, die sich für das einsetzt, was ihm wirklich am Herzen liegt. Die Deutsche Arbeitsfront. Und ja, bei der Arbeit dieser nationalsozialistischen Organisation soll es auch um die Dinge gehen, über die wir sprachen: um die Freizeit. Um Kraft durch Freude. Schließlich will ein Mann, der sein Leben lang schuftet, doch wissen, dass er sich für das Geld, das er verdient, auch ein bisschen was leisten kann.«

Es war das erste Mal, dass Gundi in dem Irrgarten von Forsters Gedanken einen ihrer eigenen erkannte. Das war es, was sie Pop und Tante Karl gewünscht hatte: ein bisschen Freude als Gegenwert für all die Arbeit, ein paar leichtere Tage, einen Höhepunkt. Flüchtig vergaß sie die Übelkeit und betrachtete noch einmal die Bilder. Forster, der ihren Überlegungen zu folgen schien, wies mit dem Finger auf eines, auf dem ein Mann im kurzärmeligen Hemd an einem Kaffeetisch unter Palmen saß. Vor ihm erstreckte sich die sonnenglitzernde Fläche des Meeres, gespickt mit weißen Segeln, und am Himmel zeigte sich keine Wolke. *Wollt ihr schwitzen, fahrt auf die Fidschis,* durchfuhr es Gundi. Der Mann strahlte über beide wettergegerbte Wangen und hob ein Likörglas. Er war in Pops Alter.

»Warum sollen nur die Reichen im Automobil herumkutschieren?«, sinnierte Forster vor sich hin. »Und das Theater? Ist das nur für Bonzen da? Haben ausgerechnet Bonzen Erholung nötig?«

Er wartete, bis Gundi ihn wieder ansah. Die schüttelte stumm den Kopf.

»Kraft durch Freude«, sprach Forster weiter. »So soll die Organisation heißen, die wir innerhalb der Deutschen Arbeitsfront ins Leben rufen werden und die einzig und allein dafür zuständig sein wird, dem deutschen Arbeiter das Leben zu erhellen. Sämtliche Planungen sind bereits abgeschlossen, spätestens im Herbst wollen wir die Arbeit aufnehmen. Geht es nach uns, so wird bald jeder deutsche Arbeiter die Möglichkeit haben, sich einen eigens entworfenen Wagen anzusparen. Er wird kulturelle Ereignisse zu verbilligtem Eintritt besuchen können, und vor allem wird es ihm offenstehen, einmal im Jahr mit seiner Familie in den Urlaub zu fahren. Sie hier in Ihrem herrlichen Zoppot wissen ja selbst, wie gut so etwas tut. Ferien an der See. Und dieser Herr hier«, er wies auf den lachenden Mann, der ein wenig aussah wie Pop, »scheint derselben Ansicht zu sein.«

Er nahm seinen Schwenker, in dem sich noch ein Rest von goldenem Cognac befand, lehnte sich zurück und schloss halb die

Augen, ehe er trank. »Wir denken dabei durchaus nicht nur an die schönen Urlaubsziele, die unser eigenes Land bietet«, sprach er weiter. »Warum sollte ein Arbeiter nicht Freude an einer Seereise entlang der Küsten des Mittelmeers oder der norwegischen Fjorde haben? Ja, Sie haben richtig gehört. Unsere Organisation plant Seereisen für Arbeiter, auf Schiffen, auf denen es kein feudales Oberdeck für Reiche, sondern eine einzige Klasse für alle gibt. Wir hoffen, bereits im nächsten Sommer die ersten Glücklichen an Bord nehmen zu können. Zwar wird es noch einige Zeit dauern, bis die *KdF* ihr eigenes Schiff vom Stapel laufen sieht, doch für den Anfang lassen sich geeignete Schiffe chartern.«

Pop, dachte Gundi. Pop und Tante Karl müssen zu diesen Ersten gehören, und wenn es das Einzige ist, was ich nicht vermassele. »Wo kann man sich dafür anmelden?«, fragte sie. »Und was würde das für zwei Personen kosten?«

Forster lächelte. »Ihre Eltern?«

»Großeltern.«

»Wie schön.« Forster lächelte immer noch. »Leider wird die Mitgliedschaft in der *KdF* vorerst Danzigern nicht offenstehen, da ihnen ja schändlicherweise der Status von Reichsdeutschen verwehrt bleibt. Ich bin aber sicher, wir werden für unsere Danziger und allen voran für Ihre Großeltern eine Lösung finden. Wären denn Sie im Gegenzug interessiert, zu unserem Vorhaben beizutragen? Sie wissen, dass Ihre Musik mir gefällt. Ich will Sie und Ihr *Morgen am Meer* auf ein *Kraft durch Freude*-Schiff bringen. Ein Stück Danzig, das Menschen Glück schenkt, auf Reisen durch die Welt.«

Es wurde so still, dass Gundi die Füllfeder des Dieners übers Papier kratzen hörte. »Machen Sie sich Gedanken?«, fragte Forster. »Die Judenclique, von der Sie sich bisher bezahlen ließen, wird von einem solchen Engagement kaum begeistert sein, und das bereitet Ihnen Sorgen? In dem Fall kann ich Sie beruhigen. Bis wir mit der *KdF* so weit sind, wünsche ich, dass Sie hier im *Grandhotel* spielen. Ich habe vor, regelmäßig einen Tag in der Woche in Zoppot zu verbringen, weil mir Präsenz so dicht vor der schmerzlich abgetrennten Herzkammer Pommerellens von unschätzbarer Bedeutung scheint. Nach solchen Tagen brauche ich am Abend Zerstreuung, brauche die Erinnerung daran, dass nicht die ganze Welt verkommen ist. Ich will, dass Sie für mich spielen. Allein für mich.«

Die Heftigkeit der letzten Worte schreckte Lex aus dem Schlaf. Er hob den Kopf, blickte aus dunklen Augen wachsam in die Runde. Erik legte ihm die Hand zwischen die Ohren. »Und was würde uns das kosten?«, fragte er.

Egal, rief es in Gundi, egal, was es kostet, ich muss Pop und Tante Karl dort unterkriegen. Aber wie? Kann dieser verdrehte Mensch mir nicht einfach ein Papier herschieben, das ich unterschreibe und das er unterschreibt, bevor er begreift, was mit mir los ist?

»Was Sie das kostet? Sie meinen, welche Verdiensteinbußen Sie hätten?« Forster versuchte Lex zu streicheln, zog aber die Hand rasch weg, als der Hund vermeintlich schnappte. »Überhaupt keine. Das habe ich bereits zu erläutern versucht. Sie spielen für mich, bis *Kraft durch Freude* Sie auf große Fahrt schickt. Nennen Sie mir den Preis, den Sie vom Juden bekommen, und ich zahle Ihnen die dreifache Summe.«

»Von welchem Juden?« Eriks Hand schloss sich um Lex' Halsband.

»Dem vom *Blauen Pudel.*« Forsters Jovialität, die an Gundis Nerven gezerrt hatte, verschwand mit einem Schlag. »Derartige Kontakte haben künftig zu unterbleiben, wenn Ihnen an einer Einigung mit uns gelegen ist.«

»Und was weiter?«, fragte Erik, an dem Gundis stumme Stoßgebete abprallten. »Müssten wir in Ihre Partei eintreten?«

Der Diener, der mit seiner kratzenden Füllfeder Papier malträtierte, stieß einen Laut zwischen Gelächter und Gewinsel aus.
»Haha«, stimmte Forster gallebitter ein. »Wovon träumen Sie eigentlich nachts? Glauben Sie, die Partei, die es wie Herkules auf sich nimmt, diesen Stall des Augias auszumisten, reißt sich um eine Horde von Trittbrettfahrern? Auf Speichellecker, die auf einen Zug springen wollen, der längst abgefahren ist, legen wir keinen Wert. Ja, es ist richtig, an Bord unserer *Kraft durch Freude*-Schiffe werden wir ausschließlich Parteigenossen beschäftigen, auf die wir uns selbst in kritischster Lage verlassen können. Bei den Künstlern, die wir zur Unterhaltung engagieren, sind jedoch Ausnahmen zugelassen, sofern ein Parteigenosse sich für die Betreffenden verbürgt. Ihr Bürge bin ich. Vorausgesetzt, ich kann mich auf saubere Gesinnung und blutreine Abstammung verlassen.«
»Mein Vater war Offizier der kaiserlich-preußischen Armee«, sagte Julius. »Kriegsversehrt. Lungenschuss vor Verdun. Er fände es sicher mehr als befremdlich, wenn in seiner Vergangenheit nach Makeln gesucht würde.«
»Aber ich bitte Sie.« Forster schnaubte. »Wir reden hier ja wohl kaum von unseren deutschen Kriegsveteranen, deren Tapferkeit bereits einmal schmählich verraten wurde. Wir reden von Verweigerern, Wehrkraftzersetzern, subversiven Elementen. Würde ich Derartiges bei Ihnen vermuten, würde ich nicht einmal mit dem Gedanken spielen, Sie für unsere Reisen anzuheuern.«
»Das heißt, wir müssen überhaupt nichts tun?«, platzte Lore heraus. »Ich meine, wir müssen keine Bedingung erfüllen, damit Sie uns das Dreifache zahlen wie der *Blaue Pudel?* Aber das kann doch nicht sein. So einfach geht es doch in der Welt nicht zu.«
»Da haben Sie nicht unrecht, mein Fräulein.« Forster lüpfte wieder die Lippe von den Zähnen. »Alles im Leben hat seinen Preis, aber was *Kraft durch Freude* betrifft, muss Sie das nicht bange

machen. Wir fordern von Ihnen nichts, das ein gesundes deutsches Mädel nicht selbst von sich fordern würde. Höchstens was Ihren Namen betrifft, könnte ich mir vorstellen, dass es Bedenken gibt.«

»Meinen Namen?«, fuhr Lore auf. »Lore Ilse Lehwald? Was gibt es denn daran für Bedenken?«

»Überhaupt keine, liebes Fräulein Lehwald, nicht die geringsten.« Mit einem Lachen kehrte Forster zu früherer Leutseligkeit zurück. »Auf die guten deutschen Namen, mit denen Ihre Eltern Sie in die Welt geschickt haben, dürfen Sie stolz sein, und daran wollen wir gewiss nicht rütteln. Eher geht es um den Namen Ihrer Kapelle. *Die Piroggen.* Das mag ja neckisch gemeint und ohne finstere Absicht gewählt sein, aber für das Gemüt des schlichten deutschen Arbeiters klingt es doch allzu polnisch.«

»Zu polnisch?«, fragte Julius. »Piroggen isst rund um Danzig jeder, ob Pole oder Deutscher, Danziger oder Tourist. Den Namen haben wir gewählt, um unserer Verbundenheit mit Zoppot Ausdruck zu verleihen. Es geht um die Nähe zum Meer, die Lage im Küstenland Pommerellen. Das hat nichts mit Polen zu tun, und von uns vieren ist ja auch niemand Pole.«

»Ich verstehe«, murmelte Forster hastig. »Pommerellen. Land am Meer. Aber da von Ihnen niemand Pole ist, warum sollten Sie dann einen polnischen Namen tragen? Was hielten Sie also davon, wenn wir für Ihre Gruppe einen neuen Namen fänden? Nichts Aufgebauschtes. Etwas Schlichtes, das Heimatliebe ausdrückt. *Vier aus Zoppot* etwa.«

Vier aus Zoppot. Gundi mochte es sofort. Ein ungutes Gefühl blieb dennoch. Etwas war falsch daran, den Namen *Die Piroggen* ohne jede Gegenwehr aufzugeben. Unter diesem Namen kannte und liebte sie ihr Publikum, er hatte auf dem ersten Plakat an der Tür des *Pudel* gestanden, das sie ungläubig vor Glück bestaunt hatten. Ein bisschen kam es ihr vor, als ließe man einen

Freund einfach hinter sich. Dann aber besann sie sich, dass diese Debatte völlig gleichgültig war, dass sie weder unter dem einen noch unter dem anderen Namen nächstes Jahr auftreten würde und es nur um die Reise für Pop und Tante Karl ging.
Sie starrte auf die Hochglanzaufnahmen, die vor ihren Augen verschwammen. Ihre Finger drehten das blaue Band an ihrem Handgelenk, das Lore ihr zu Weihnachten geschenkt hatte, mit einem Lachen und dem Ausruf: »Als hättest du's nötig!« Natürlich hatte sie recht, Gundi hatte kein albernes Kinderband nötig, das versprach, man werde alles schon irgendwie durchstehen und danach wieder leben. Gerade jetzt aber wünschte sie sich, das Band besitze tatsächlich Zauberkräfte.
»Trinken wir auf die *Vier aus Zoppot.* Pfitzner, geben Sie doch bitte an der Bar Bescheid, dass wir eine Flasche *Veuve Clicquot* benötigen.«
Das krumm gewachsene Männchen erhob sich umständlich und schlurfte davon, den Füllfederhalter noch in der Hand. Während sie warteten, sah Forster auf ein Notizblatt, das er aus der Mappe gezogen hatte. »Ihre eigenen Namen sollten sich natürlich auch angenehm auf einem Programmzettel lesen. *Gundula Frieböse.*« Er lachte. »Danzigerischer geht's nicht, was? *Lore Lehwald.* Das ist klangvoll und einprägsam. *Erik Tetzlaff.* Daraus spricht nordische Festigkeit.«
Er blickte von den Notizen auf, und eine peinliche Pause entstand. Unterbrochen wurde sie von dem Männchen, das – gefolgt von einem Kellner mit Champagnerkübel – in den Raum zurückkehrte. Sobald der Kellner fünf Gläser gefüllt und sich wieder entfernt hatte, hob Forster das seine. »Auf die *Vier aus Zoppot!*«
»Auf die *Vier aus Zoppot*«, echote Lore und hielt erschrocken, mit dem Glas an den Lippen, inne, als sie bemerkte, dass die anderen schwiegen.

»Wie sehen denn Sie die Sache, Herr Tscharn… Scharn…« Forster tat so, als breche er sich beim Aussprechen von Julius' Namen die Zunge. »Verstehen Sie mich nicht falsch. Ich zweifle wie gesagt keineswegs daran, dass Sie einen makellosen Abstammungsnachweis vorzuweisen haben, aber wäre es denn denkbar, dies auch nach außen hin ein wenig deutlicher zu machen? Um Fehlschlüsse zu vermeiden?«

»Sie wollen, dass er seinen Namen ändert?«, fragte Erik. »Das kann er doch nicht machen. Er heißt ja nun einmal so.«

Nein, dachte Gundi, das kann er nicht machen, und diese Nazis sind wohl im Kopf nicht ganz richtig, wenn sie nichts Besseres zu tun haben, als sich über die Namen von Leuten zu ereifern. – Aber er soll bitte sagen, dass er's macht! Bitte, lieber Ju-Ju, sag, dass du's machst, damit der Nazi-Schwurbel Pop und Tante Karl auf seine Reiseliste setzt.

Das war hanebüchen. Der ganze Ballon würde innerhalb von ein paar Wochen platzen, sie selbst war es, die ihn platzen lassen würde, und Forster würde Pop und Tante Karl von seiner Liste eben wieder streichen. Also sollte Julius ihm ruhig sagen, er könne sich seine abstrusen Angebote sonst wohin stecken, und dann würden sie aufstehen und zusammen in den *Pudel* gehen. Am Tresen hocken, Natan Elkeles' bösem Geläster zuhören und sich von ihm einen Drink mixen lassen, der sie diesen ganzen Schlamassel für kurze Zeit vergessen ließ.

»Erik, jetzt warte doch mal«, sagte Julius. Mit seinem Glas in der Hand wandte er sich Forster zu. »Wenn Sie es für notwendig halten, ließe sich darüber durchaus reden. Ich habe selbst schon manches Mal gedacht, dass der Name für einen Musiker ja doch recht schwierig auszusprechen ist.«

»Sie sagen es.« Forster prostete ihm zu. »Wir wollen uns die Dinge doch nicht unnötig erschweren.«

»An was für einen Namen haben Sie denn gedacht?«

»Hm, Czarnetzki, Czarnetzki, lassen Sie mich überlegen«, murmelte Forster, dem Julius' Name nun ohne Schwierigkeiten über die Lippen glitt. »Wie wäre es mit Scharneck? Schlicht und edel, finden Sie nicht auch?«

»Scharneck«, wiederholte Julius und ignorierte den Blick, den Erik ihm zuwarf. »Warum nicht?«

»Also dann – auf die Zukunft, Herr Scharneck.« Die Gläser klirrten gegeneinander. »Damit wäre dann alles in Butter, wie man so schön sagt, und unserem gemeinsamen Erfolg steht nichts mehr im Weg. Um eine saubere Lebensführung brauche ich Sie ja nicht eigens zu bitten. Schließlich werden Sie als Aushängeschild unserer Bewegung auftreten.«

»Was meinen Sie mit sauberer Lebensführung?«, platzte Gundi heraus. Es war, als risse in ihr ein Nerv wie eine überspannte Saite und es gäbe kein Halten mehr. »Ich bin ein uneheliches Kind. Das ist nicht sonderlich sauber, oder? Und im Bauch hab ich auch eins, demnächst für alle Welt sichtbar. Ich glaub, ich eigne mich nicht so gut als Aushängeschild.«

In der Stille hörte sie ihren Atem. Dann wieder das Kratzen der Füllfeder. Wenigstens brauchte sie jetzt keine Angst mehr davor zu haben, alles zu vermasseln, denn das hatte sie bereits getan.

»Gundi! Liebes! Ist das dein Ernst? Du bekommst ein Kind?« Im nächsten Augenblick war Julius neben ihr und legte den Arm um sie. Es war eine zärtliche, schützende Geste, aber Gundi kam es vor, als wäre sein Arm aus Metall und würde ihr den Brustkorb zerquetschen, wenn sie sich nicht befreite. »Warum hast du denn nichts gesagt, du Dummchen?« Sanft strich er ihr das Haar von der Wange, während sich über sein Gesicht ein Ausdruck völliger Verklärung senkte.

Mit sichtlicher Mühe riss er sich von Gundi los und wandte sich Forster zu, souverän und strahlend. »Meine Verlobte wählt für weltbewegende Mitteilungen grundsätzlich eigenartige Mo-

mente. Selbstverständlich werden wir so schnell wie möglich heiraten.«
»Dann haben Sie also heute gleich zwei Gründe, zu feiern?«
Julius nickte. »Und ich bestehe darauf, eine weitere Flasche auf meine Kosten zu bestellen. Ihre Großzügigkeit in allen Ehren, aber den Umtrunk auf meinen Stammhalter bezahle ich selbst, das lasse ich mir nicht nehmen.«
»Nichts dagegen einzuwenden.« Forster schlug in die dargebotene Hand ein. »Trinken wir auf die nächste Generation von Scharnecks. Pfister, wenn Sie noch mal so freundlich wären …«
In Gundis Ohren war ein Rauschen. Zwischen zwei verkrampften Fingern hielt sie ihr Lebensband fest. »Aber ich kann doch kein Kind bekommen!«, rief sie. »Wie sollen wir denn auftreten, wer soll sich denn kümmern, wie soll das alles denn werden?«
»Das bekommen wir schon hin, Liebes.« In Julius' schönen Augen glitzerten Tränen. »Du hast mir gerade den glücklichsten Tag meines Lebens geschenkt. Lass uns den auskosten. Alles andere findet sich.«
Sie konnte ihn nicht länger ansehen, wandte das Gesicht ab, und ihr Blick traf den von Erik. »Ich helf dir, Gundi«, hörte sie Lore mit verlorener Stimme murmeln. »So gut ich kann, helf ich dir.«
Ihr Blick aber hing fest an dem von Erik. Sie zuckte die Schultern, wie um sich zu entschuldigen, und war nicht sicher, wofür. Erik brach den Bann, verzog den Mund zum Grinsen und haute Julius auf die Schulter. »Na dann mal Glückwunsch, alter Junge. Und ich Idiot hab noch immer gedacht, unsere Gundi liebt uns beide.«

26

1934

Ariane Sybille Scharneck kam an einem eisigen Januarmorgen des Jahres 1934 zur Welt. In den Straßen von Danzig-Langfuhr lag der Schnee so hoch, dass die Hebamme, die Julius von ihrem brandneuen Telefonanschluss aus im Storchenhaus angerufen hatte, unterwegs stecken blieb.

Das war jedoch halb so schlimm, denn Lore war ja zur Stelle. Lore übernachtete bereits in der Wohnung im Uphagenweg, seit der Arzt bei Gundis letzter Untersuchung verkündet hatte, es könne jetzt jeden Tag losgehen. Platz genug hatten sie: Stube, Schlafzimmer und Kammer, in der später das Kind schlafen sollte. Jetzt schlief Lore darin. Die Wohnung hatte ihnen Forster besorgt. Sie befand sich im oberen Stock einer Villa, die von ihren Besitzern aufgegeben, von Forsters Partei übernommen und in zwei Wohnungen aufgeteilt worden war. Vom Schlafzimmer, wo Gundi in den Wehen lag, ging der Blick auf den Garten, der weit und leer war, umringt von kahlen, wild wuchernden Bäumen, als hätte nie jemand das Gelände gepflegt. Stundenlang sah Gundi über den Schnee auf dem Fenstersims hinweg dort hinaus, während der Schmerz sie in Wellen zerriss.

»Herr im Himmel!«, entfuhr es ihr. »Lorchen, sag mir, warum ist die Menschheit bloß so blöd und schafft sich Kinder an?«

Lore, die liebe, unentbehrliche Lore, saß an ihrem Bett und rieb ihr die Stirn mit Franzbranntwein ab. »Weil sie sich sonst abschafft, denke ich.«

Obwohl bereits die nächste Wehe anrollte, musste Gundi lachen. »Das war der erste Kalauer, den ich von dir je gehört habe.«

Gründlich, wie sie war, hatte sich Lore ein Buch für werdende Mütter besorgt und alles über die gesunde, natürliche Geburt gelernt. »Ich versuche ja nur, dich ein bisschen aufzuheitern«, sagte sie. »Den zweiten gibt's dann zum nächsten Kind.«

»Gott bewahre! Ehe ich so dätsch bin, noch ein Kind zu kriegen, lass ich mich in Silberhammer einliefern.«

Silberhammer war die staatliche Fürsorgeanstalt, nur ein paar Straßenzüge von hier, am Saum des Langfuhr-Waldes. Das Irrenhaus, wie die Danziger sagten. Gundis Blick schweifte wieder aus dem Fenster. Es hatte von Neuem begonnen zu schneien, und der Himmel war beinahe farblos. Irre, so fühlte sie sich. Sie war ihr ganzes Leben lang nie ernsthaft krank gewesen, und jetzt lag sie hier wie ein dicker Käfer auf dem Rücken und wimmerte vor Schmerz. Vor allem aber konnte sie sich trotz aller Hilfe, die ihnen zuteil wurde, nicht vorstellen, wie es weitergehen, wie sie ihr Leben bewältigen sollten.

Ihre Musik fehlte ihr. Seit Oktober war sie nicht mehr aufgetreten. Forster hatte Julius ein paar Einzelengagements besorgt, doch wie sie es schafften, davon zu leben, war ihr schleierhaft. Vermutlich zahlte Forster einen Zuschuss. Forster war verrückt nach *Morgen am Meer,* nicht nur begeistert, sondern wirklich verrückt. Damit er demnächst wieder *Morgen am Meer* hören konnte, hätte Forster noch ganz andere Dinge getan.

»*Morgen am Meer* können nur Sie allein singen, liebe Frau Scharneck. Niemand sonst.«

Das ist mein Glück, dachte Gundi. Kinder kriegen können selbst Katzen und Karnickel besser als ich, aber ich allein kann *Morgen am Meer* singen. Das Kind tat ihr leid. Julius tat ihr leid. Sie wusste nicht ein noch aus vor Verzweiflung, weil ihr die beiden so leidtaten.

»Wart's mal ab, wenn das Kind erst da ist«, sagten die Leute. Sogar Helma aus dem *Pudel* hatte das gesagt, die doch selbst noch aussah wie ein Kind und von dem, was sie da redete, keine Ahnung haben konnte. »Wenn du's anschaust, hast du's schon lieb,

dann gewöhnst du dich daran, und am Ende weißt du gar nicht mehr, wie du ohne gelebt hast.«
Gundi aber wusste bestens, wie sie ohne gelebt hatte. Sie hatte ihr Leben geliebt, und sie wollte sich an kein anderes gewöhnen. Ihren selbst ernannten Bräutigam, der überzeugt war, es werde alles wundervoll werden, geradezu der Himmel auf Erden, hatte sie beschworen, er solle sich nicht opfern und sie heiraten. »Ich bin die Falsche, Ju-Ju. Andere Mädchen bekommen vom Gedanken an ein Brautkleid feuchte Augen, für mich ist's, als würden sie mich in eine Zwangsjacke stecken. Du bist ein so feiner Kerl, du hast's nicht verdient, dass ich dich unglücklich mach.«
Er hatte sie umarmt. »Du machst mich aber glücklich, Liebes.«
»Lass den Schmus, ich bitte dich. Ich bin zum kleinen Frauchen, das in der Küche brutzelt und um seinen Mann puscheit, nicht geeignet. Ich kann nicht mal Sauerkraut einlegen. Wenn ich eine simple Bullewupp kochen soll, wird mir heiß und kalt.«
Julius lächelte, als wäre etwas daran komisch. »Dann puscheist du eben um deinen Mann. Der ist bescheiden und begnügt sich damit.«
»Ju-Ju, wir können nicht heiraten. Es ist eine völlig unmögliche Idee.«
»Ist es denn nicht schön mit uns?«, fragte er und war jäh wieder so verletzt wie damals, als sie halbe Kinder gewesen waren und Gundi ständig das Falsche gesagt hatte.
»Doch natürlich, Ju-Ju. Es war schön mit uns, neu und furchtbar aufregend, und wenn es das alles nicht gewesen wäre, wäre dieses Kind ja auch gar nicht entstanden. Aber das hat doch mit Heiraten nichts zu tun. Ich kann nicht sein wie eine verheiratete Frau, ich habe keine Ahnung, wie man das anfängt, und der Gedanke, heute schon zu wissen, was im nächsten Jahr sein wird, macht mir Angst.«
»Soll das heißen, dass du mich nicht liebst?«

Nein, dachte sie. Was es heißen soll, habe ich dir erklärt, aber wie es aussieht, hast du nicht zugehört. »Doch«, sagte sie mutig, »ich hab dich lieb, ich weiß nur nicht, ob es morgen auch noch so ist. Vielleicht sagst du jetzt, das ist dann keine richtige Liebe, und vielleicht hast du recht.«

Er hatte sie noch einmal an sich gezogen, hatte sie bestürmt, ihre Art, ihn zu lieben, genüge ihm, und sie hätten doch auch an das Kind zu denken. Gundi dachte an das Kind, aber sie wusste nicht, wie sie dem Kind hätte helfen sollen. Dann führte Julius *Die Piroggen,* die nicht mehr *Die Piroggen* hießen, ins Feld, sprach von *Morgen am Meer* und von den Seereisen, die im Mai beginnen sollten. Forster mit seinen verquasten Vorstellungen vom ordentlichen Leben, die so wenig in die neue, wilde Zeit passten, wäre eher in Ohnmacht gefallen, als auf eines seiner Schiffe eine junge Mutter zu lassen, die sich weigerte, den Kindsvater zu heiraten.

Eine junge Mutter, schrie es in Gundi auf. Damit kann doch nicht ich gemeint sein, jede andere, aber nicht ich!

In jedem Fall hätte sie mit ihrer Verweigerung nicht nur sich selbst jede Chance zerstört, sondern auch Julius, Erik und der armen Lore. Ganz zu schweigen von Tante Karl und Pop. Obwohl er der Einzige war, der sie verstand und ihr keinen Schmu erzählte.

»Hast's nicht haben wollen, was?«, hatte er ihr auf den Kopf zugesagt. »Ist bei dir so wie bei deiner Mutter, hörst keine Glöckchen klingeln, wenn du an so 'n kleines Engelchen denkst?«

»Findest du das schlimm, Pop? Stimmt was nicht mit mir? Frau Olschewski schreit in der Bäckerei herum, Frauen, die sich keine Kinder wünschen, sind wider die Natur, und alle nicken eifrig mit den Köpfen.«

»Dann lass die Ollsche und ihre Scharteken doch mit ihren Glumsköppen wackeln«, sagte Pop. »Das hat die Leute schon gestört, solang's Leute überhaupt gibt: Wenn einer nicht so is' wie sie. Nicht so wie die andern. Und die, die neuerdings bei uns am Ruder sitzen, geben da noch ihr'n Segen dazu. Aber dat hilft ja nu mal nuscht. Is' einer 'n Appel, machste keine Pflaume draus, aber Machandel kannste trotzdem trinken.«

»Ach, Pop.«

»Und nu?«

»Muss ich heiraten«, sagte Gundi, der die Tränen kamen.

»Schietke, sagt Liedtke«, murmelte Pop. »So arg?«

Gundi presste tapfer die Lippen zusammen und schüttelte den Kopf. »I wo. Ju-Ju ist ein netter Kerl, und wir werden zusammen ein wunderschönes Leben haben. Arg ist nur …«

»Na, wat denn, Marjellchen?«

Da war das heulende Elend ausgebrochen, und Gundi landete wieder einmal an Pops Brust. »Arg ist, dass ich dann nicht mehr bei dir wohne«, stieß sie schluchzend heraus. »Dass wir beide nie mehr hier sitzen und Leberwurststullen essen, dass nie mehr Gustav Kapahnke zum Rommé vorbeikommt und dass wir nie, nie, nie mehr mit deiner blauen Tasche zum Bahnhof gehen, um für den ganzen Sonntag nach Zoppot zu fahren.«

Er hatte sie gehalten, und sie hatte unter ihren Fingern gespürt, wie klapprig er geworden war und wie krumm sein Rücken. Ich heirate, dachte sie. Ich scheffle das Geld, das uns Forster verspricht, und Pop hört auf zu arbeiten, zieht zu Tante Karl und macht ein einziges Mal in seinem Leben Urlaub.

»Na, Marjellchen«, hatte er gesagt. »Wenn ich dir zuhör, denk ich, dass dat so schwer doch nech' is', so 'n Vögelchen großzukriegen. Dat mit der Leberwurst, dat kriegst du auch hin. Der olle Kapahnke hängt sicher gern bei dir rum, als hätt' er kein Zuhause, und Zoppot is' Zoppot, dat is' immer da, und keiner nimmt's dir weg. Wer sagt denn, dat du's so machen musst wie die andern? Die Ollsche? Die krakeelt doch bloß so, weil dat, wat die sagt, keinen kratzt.«

Sie hatte geheiratet. In der Herz-Jesu-Kirche am Schwarzen Weg, unter Glockengeläut und Orgelgebrause, das fast so laut war wie in der Marienkirche, weil Julius alles hatte richtig machen wollen. Das war eine Woche nach ihrem ersten Auftritt im Radio gewesen. Kurz zuvor war Julius noch nach Berlin gefahren, um bei der Reichsmusikkammer ihre Arbeitserlaubnis zu beantragen. Berlin. Wie aufregend wäre es gewesen, selbst dorthin zu fahren, in die Hauptstadt mit ihren Nachtclubs, in denen die Musik nicht verstummte, bis morgens die Müllabfuhr mit den Tonnen klapperte.

Stattdessen brachte Julius ihr ein Brautkleid mit, weiß wie Schichtkäse und aus so gewaltig viel Stoff, dass Tante Karl sämtliche Gästebetten damit hätte beziehen können. Gundi passte trotzdem nicht rein. Sie war rund wie ein saurer Klops. Tante Karl musste die Nähte des Kleides am Rücken auslassen und aus einem Bettlaken einen Einsatz einnähen. Julius hatte einen Friseur in den Mirchauer Weg bestellt, und als der mit Gundi fertig war, hatte ihr aus dem Spiegel eine Fremde entgegengeblickt. Eine Frau. Kein Mädchen mehr, das am leeren Strand auf dem Rücken gelegen, dem Zug der Wildgänse zugesehen und sich selbst dazu ein Lied vorgesungen hatte.

Durch die neuen Radiogeräte, die Volksempfänger hießen und die es im Reich für einen Appel und ein Ei zu kaufen gab, waren laut Forster bereits eine Reihe von Musikliebhabern auf die *Vier aus Zoppot* aufmerksam geworden. Die Aufnahme war über den Ostmarken-Sender, dessen Programm der Danziger Rundfunk übernahm, jedoch auch in ihrer Heimatstadt zu empfangen gewesen, und nach *Morgen am Meer* hatte der Sprecher bekannt gegeben, dass die Sängerin – »das bezaubernde Fräulein Gundula Frieböse« – am kommenden Samstag heiraten werde. Die Wirkung hatte Gundi nicht vorausgesehen. Nicht einmal ansatzweise. Ganz Langfuhr musste sich zu ihrer Hochzeit versammelt haben. Die Kirche war voll bis auf den letzten Platz, und auf dem Kopfsteinpflaster vom Schwarzen Weg drängten sich Gratulanten.

»Donnerlittchen«, flüsterte Pop voll Ehrfurcht an der Kirchentür. »Bis jetzt war'n die Frauen in unsern Kreisen froh, wenn sie's aufs Standesamt geschafft haben, bevor unten was rausplumpste.«

Dann schlug er sich die Hand vor den Mund, aber es war zu spät. Hinter dem Ungetüm von Schleier gab Gundi einen prustenden Laut von sich. Lachen war leichter als Weinen. Immer. So hatten sie gelebt, und so würden sie weiterleben. Ihr Pop trug einen richtigen Anzug aus kaum abgeschabtem Cord, und die weiße Mähne hatte er sich mit etwas Krümeligem an den Kopf geklatscht. »Hab dir auch was mitgebracht«, sagte er und stellte die blaue Tasche vor dem Portal ab. Gemeinsam mit Tante Karl hatte er sie bis zum Platzen mit Dingen gefüllt, die ihrer Ansicht nach zu einer Aussteuer gehörten. Laken, Geschirrhandtücher, Tischdecken und das Kantinengeschirr von der Klawitter-Werft. Lachen war leichter als Weinen. Fast immer.

»Packen wir's?« Kurz waren sie beide versucht, die Tasche aufzuheben und sie beim Gang zum Altar zwischen sich zu schlenkern, als läge ihr Sonntag in Zoppot vor ihnen. Dann aber hatte Pop sich einen Ruck gegeben und Gundi den Arm gereicht. Gundi hatte zögernd einen viel zu kleinen Schritt gemacht, und Pop hatte noch einmal innegehalten. »Marjellchen. Eins versprichst mir, hörst? Du machst dat hier nech' wegen mir, denn dat will ich nech'.«

Gundi konnte nichts sagen, sondern schüttelte nur den Kopf, dass der affige Schleier um sie waberte.

»Gut, mein Marjellchen.« Pops Blick umarmte sie. »Dat tät mir nämlich übel aufstoßen. Dat einer für mich wat macht, wat der nech' will, dat wär mir wie der Buckel voller Wackersteine, und damit mag ich mich nech' abschleppen.«

»Geht klar, Pop.« Sie hatte den Brocken in der Kehle geschluckt und war an Pops Arm in die Kirche gegangen, den Gang hinunter bis zum Altar, wo Julius im elegant taillierten Dreiteiler, mit einer Gardenie im Knopfloch, auf sie wartete.

All das zog in vom Schmerz zerstückelten Bildern an ihr vorüber, während sie auf das weiße Viereck des Fensters starrte.

»Du machst es gut, Gundi.« Lore half ihr, sich aufzusetzen, stützte ihr den Rücken und spreizte ihr die Beine. »Ganz großartig machst du es, du hast es gleich geschafft.«

Gundi starrte auf Schneefall vor weißem Himmel und schrie.

Ein paar Augenblicke später war der reißende Schmerz auf einen Schlag vorbei, und Lore legte ihr ein knallrot angelaufenes, in weiße Decken gewickeltes Geschöpf in die Arme, das nun statt ihrer wie am Spieß brüllte. »Ein Mädchen. Du und Julius, ihr habt ein kleines Mädchen.«

Gundi konnte sich nichts darunter vorstellen, ein kleines Mädchen zu *haben.* Sie sah das zerknautschte Gesichtchen an, und es tat ihr aus tiefster Seele leid, dass das arme Ding so schreien musste, aber sie hatte nicht die geringste Ahnung, wie sie ihm hätte helfen sollen. Sie wollte, dass es dem Kind gut ging, dass es alles hatte, was es brauchte, doch bei der Vorstellung, dass sie es war, die dafür würde sorgen müssen, wurde ihr übel vor Angst.

Wie war man eine Mutter?

Gundi hatte nie eine gehabt, und wenn sie an die Mütter dachte, die sie kannte – Lores Mutter, die in der Welt nur Elend sah, Julius' Mutter, die die Schuld an allem Unglück ihrem Sohn gab –, war sie darüber froh.

Was sie sich auszumalen versuchte, misslang: Sie konnte nicht ein kleines Mädchen neben sich zum Bahnhof gehen sehen, die blaue Tasche, die Pop ihr geschenkt hatte, zwischen ihnen. Sooft sie anfing, sich das vorzustellen, sah sie Pop, und das kleine Mädchen war sie selbst.

Wie war man eine Mutter, wenn man selbst noch so viel Zeit brauchte, um erwachsen zu werden?
Letzten Endes fügte sich dann alles, wie es sich in ihrem Leben immer fügte: Es ließ sich bewerkstelligen. Es war nicht das Ende der Welt. Zwei Wochen nach Arianes Geburt zog in die Kammer ein Kindermädchen ein, und *Die Piroggen* – nein, die *Vier aus Zoppot* – begannen wieder zu proben. Gundi hatte eine Heidenangst davor gehabt, dem Kind ihre Brustwarze in den Mund zu schieben, doch das stand schon bald außer Frage, denn ihre Milch schoss nie ein. Die patente Lore besorgte *Paulys Nährspeise* aus der Apotheke und zeigte dem Kindermädchen, wie man das aus Zwieback gewonnene Pulver in Milch einrührte.
Das Kindermädchen, eine stets blau gekleidete, schmallippige Person von etwa fünfzig, gehörte zu den Leuten, die alles besser wussten. Über die moderne Säuglingsnahrung rümpfte sie indigniert die Nase, weil angeblich Kinder davon Durchfall bekamen. Gundi und Lore hatten jedoch keine Zeit mehr, über Kinderdurchfall zu plachandern, denn ein Auftritt zum Faschingsball des *Grandhotels* stand an. Anschließend reisten sie alle nach Königsberg, wo eine Arbeitssitzung mit Friedrich Franke, einem namhaften Schlagerkomponisten, anberaumt war. Franke, der auch für den Film komponierte, war beauftragt, ihnen für ihren Einstand bei der *KdF* neue Stücke zu schreiben, seicht plätschernde Liedchen, die sich mit *Morgen am Meer* nicht messen konnten.
Gundi hätte lieber weiter die amerikanischen Stücke gespielt, die sie mit Hingabe und ihrer speziellen Note arrangiert hatte. Sie hing an ihnen, weil sie schwungvoll waren und weil sie fand, dass amerikanische Frechheit und Jugendlichkeit sich mit Danzigs nostalgischer Nonchalance auf originelle Weise mischten. Das stand jedoch außer Frage. Die *KdF* wollte die amerikani-

schen Lieder nicht haben und hatte sie samt und sonders aus dem Programm gestrichen.
Sie wollte auch nicht, dass die *Vier aus Zoppot* sich weiterhin schick und modern *Band* nannten, sondern dass fortan züchtig und altbacken von einer Tanzkapelle gesprochen wurde.
Der Komponist, der aus Ostpreußen stammte und selbst einen Splitter seines Herzens an Danzig und Zoppot verloren hatte, bewies immerhin Gespür für das, was die vier Musiker auszeichnete. Die Melodien, die er ihnen vorschlug, würden ihr dezimiertes Repertoire zumindest wieder auffüllen und zu ihrem Höhepunkt hinleiten.
»Das ist alles ein bisschen harmlos«, kritisierte Erik.
Franke grinste mit einer Hälfte des Mundes. »Wes Brot ich ess, des Lied ich sing. Bei mir bekommt der Kunde das, was er bestellt.« Nach kurzer Debatte ließ er sich aber darauf ein, den leichten Liedchen einen herben Unterton zu verleihen, jenen Nachhall von Wehmut, der *Morgen am Meer* zu etwas Besonderem machte und von dem Lore behauptete, man ertrüge ihn nur, wenn man vollends glücklich war.
Gundi war begeistert von Königsberg und überhaupt von der Erfahrung des Reisens, auch wenn es sich nur um eine kurze Bahnfahrt handelte. Das Hotel, in das die *KdF*-Leute sie eingemietet hatten, lag direkt am Fluss Pregel, und ihr Zimmer mit seinem Himmelbett war viel zu groß für zwei Personen. Es hatte ein eigenes Bad, in dem man hätte Tango tanzen können, und einen Waschtisch aus Marmor, den Gundi zu vornehm fand, um darauf Seife und Zahncreme zu verspritzen.
Abends in der Bar spielten sie auf Wunsch ihrer Gastgeber *Morgen am Meer* vor einem kleinen Publikum, das sich mit Lob überschlug und sie geradezu hofierte. Getränke flossen in Strömen, Gespräche verliefen spritzig und amüsant, und als sie hinterher in dem mit Spiegeln ausgekleideten Fahrstuhl nach oben

zu ihren Zimmern fuhren, rief Gundi: »Ich kann jetzt unmöglich schon schlafen! Auf unser Zimmer haben sie uns einen von diesen Kübeln mit einer Flasche Champagner gestellt, die müsst ihr noch mit uns teilen!«

So saßen die *Vier aus Zoppot* bis kurz vor dem Morgengrauen auf dem riesigen Bett, tranken Champagner aus Zahnputzgläsern und schwatzten süßen, leeren Unsinn über den Höhenflug, auf dem sie sich befanden, und über all die Höhenflüge und Großtaten, die ihnen noch bevorstanden. Die *Vier aus Zoppot* waren sie jetzt erst wirklich, weil sie zum ersten Mal weit weg von Zoppot waren. Als Lore, Erik und Lex schließlich in ihre eigenen Zimmer gegangen waren, um sich schlafen zu legen, sagte Julius: »Eigentlich schade, dass sie so lange geblieben sind. Ich hatte gehofft, dies könnte so etwas wie unsere nachgeholte Hochzeitsreise werden.«

»Ja, hätte es werden können«, murmelte Gundi, drehte sich unter dem viel zu dicken Federbett zurecht und war schon so gut wie eingeschlafen. Sie wusste, wovon Julius redete, und ja, sie hatte daran im letzten Winter selbst jede Menge Spaß gehabt. Von der Geburt des Kindes fühlte sie sich jedoch noch immer wund, und Musik und Erfolg schenkten ihr Erregung genug. Sie wollte schlafen, um von dem wundervollen Tag zu träumen.

An den möglichen Durchfall des Kindes, das Julius »unsere Kleine« nannte, dachte sie von Zeit zu Zeit beklommen und mit nagendem Gewissen, doch das erwies sich als überflüssig. Daheim stellte sich heraus, dass Ariane überhaupt keinen Durchfall bekommen hatte, sondern von der Zwiebackpampe prächtig gedieh.

Ein Bildreporter aus dem Reich reiste an und schoss Fotos, auf denen Gundi mit ihrem in Königsberg gekauften Muff und Julius mit Ariane auf dem Arm in dem trostlosen Garten beim Haus standen. Sie wirkten glücklich, sogar Ariane, die mit der

Pampe vollgestopft döste, und von der Leere des Gartens sah man auf den Bildern nichts. Der Reporter konnte sich kaum darüber beruhigen, wie fotogen sie waren, er schickte später einen Abzug der schönsten Aufnahme und ein Exemplar der Zeitschrift, in der der Bericht erschienen war. *Die Familie Scharneck von den* Vier aus Zoppot, stand unter dem Bild. *Vor ihrem schmucken Heim in Danzig, Sehnsuchtsstadt der Deutschen.*

So war es mit Sorgen. Die meisten erledigten sich von selbst, und schwierig war nur, die Geduld aufzubringen, um sie auszusitzen. Den Leuten, die sich wegen der Nazis im Senat Sorgen gemacht hatten, erging es nicht anders: Das Säbelrasseln aus dem Reich, das Europa aus dem Schlaf geschreckt hatte, ließ sich nach Danzig, Stadt des Meeres und der seit bald tausend Jahren bewahrten Gelassenheit, nicht einschleppen. *Nec temere, nec timide,* lautete Danzigs Wahlspruch, nicht unbesonnen, aber auch nicht furchtsam, und diese Haltung brachte die gelassene Stadt schließlich auch den Rumpelstilzchen bei, die sie neuerdings regierten.

Senatspräsident Rauschning erzielte in Warschau das angestrebte Abkommen, das die Rechte von Danzigs polnischer Bevölkerung ebenso sicherte wie die gemeinsame Nutzung von Danzigs Hafen. In seiner Rede, die aus Lautsprechern überall dorthin übertragen wurde, wo in Danzig der Puls schlug, erinnerte er an die Verfassung der Stadt, an ihre Unantastbarkeit und an ihren Wunsch, sowohl mit Deutschland als auch mit Polen in freundlicher Nachbarschaft zu leben. Der ewige Streit um das Militärdepot in Westerplatte, von dem Forsters Nazis ja nicht zu Unrecht behaupteten, es verstoße gegen Danzigs Status als entmilitarisierte Zone, versickerte im Sand. Die polnische Regierung erklärte sich bereit, das zusätzlich dorthin verlegte Bataillon wieder abzuziehen, und Rauschning ließ die Sache ruhen.

Als größte Überraschung erwies sich, dass das Reich Danzigs

Beispiel folgte. Adolf Hitler, der Obersäbelrassler, den Gundi im Gegensatz zu Lore eher komisch als beängstigend fand, und Polens Staatschef Josef Pilsudski schlossen einen Nichtangriffspakt, der auf zehn Jahre angelegt war und danach beliebig verlängert werden konnte.

Probleme gab es höchstens mit dem Kindermädchen, das sich über alles und jeden beklagte: Die Kammer sei zu klein, um sie und das Kind zu beherbergen, für ihre Verpflegung werde nicht gesorgt, und es könne nicht ihre Aufgabe sein, obendrein die Familie zu bekochen. Zudem genüge es nicht, die Berge von Säuglingswäsche einmal wöchentlich in die Wäscherei zu geben, und der ganze Haushalt gleiche, »mit Verlaub und gelinde gesagt, einem Saustall«. Sie sei eine ausgebildete deutsche Kinderpflegerin mit besten Referenzen und weder gewohnt noch gewillt, sich auf die Verhältnisse von Künstlern und Bohemiens einzustellen.

Künstler und Bohemiens. Das war die Welt, in die Gundi nun gehörte, nach der sie sich gesehnt hatte, ohne sie zu kennen. Der Tag, an dem sie zum ersten Mal über eine Gangway den weißen Leib eines Kreuzfahrtschiffs betrat, war der 3. Mai 1934. Das Schiff hieß *Monte Olivia,* es war ein zehn Jahre altes, auf der Hamburger Großwerft Blohm & Voss gebautes Passagierschiff, das die *KdF* gechartert hatte. Vor den Künstlern waren bereits nahezu zweitausend Urlauber aus fünf verschiedenen Gauen an Bord gegangen, um eine fünftägige Seereise nach England anzutreten.

Nach England! Sie, Gundi Frieböse aus dem Mirchauer Weg in Langfuhr, reiste tatsächlich in ein so fernes Land! Und noch ein weiteres Versprechen hatte Albert Forster eingelöst: Zu den Gauen, aus denen sich Arbeiter für die Reise hatten bewerben können, gehörte Danzig. Nach Absprache mit ihm hatte Gundi dennoch beschlossen, Pop und Tante Karl für diese erste Reise noch nicht anzumelden, da sie so etwas wie eine Generalprobe darstellte, auf der alles Mögliche schiefgehen konnte. Sie selbst beispielsweise fühlte sich der gewaltigen Aufgabe ja noch gar nicht gewachsen, doch sobald sie an Julius' Seite, gefolgt von Erik und Lore, an Deck trat, wusste sie: Hier gehöre ich hin, und hier werde ich meinen Mann stehen.

Und auf einer der nächsten Reisen würde Pop mit seiner Liebsten dabei sein! Auf einer, die in den Süden führte, sodass er wie der Mann auf der Hochglanzaufnahme in kurzen Ärmeln unter Palmen sitzen, träumerisch über das sonnenglitzernde Meer blicken und wie auf den Fidschi-Inseln schwitzen konnte.

Die Freunde steckten in neuer, eigens entworfener Auftrittskleidung, weißen Hosen oder Röcken und blau abgesetzten Blusen mit Matrosenkragen und dem Schriftzug *Vier aus Zoppot* über der Brusttasche. Sie trugen ihre Instrumente bei sich, und bei den ersten Schritten auf den Planken begann Gundi unwillkürlich, sich im Gehen zu wiegen, wie sie es tat, wenn sie Akkordeon spielte. Sie war ein Kind vom Meer, geboren in der Stadt des Meeres, und ihre Musik war vom Meer geprägt. Applaus brandete auf. Sie hatten in Danzig am Hauptbahnhof in den Zug steigen, im plombierten Waggon Richtung Reich und anschließend bis nach Hamburg fahren müssen, wo die *Monte Olivia* in See stach, doch die Sprechchöre, die sie empfingen, waren wundersamerweise die gleichen wie zu Hause:

»Gun-di, Gun-di, Gundi Sonnenschein!«

Wie sollte sie sich dazu aufraffen, sich bei all dem Herrlichen, das sie wie eine Welle erfasste und auf Schaumkronen mit sich riss, um die Beschwerden eines sauertöpfischen Kindermädchens zu kümmern? Andererseits war sie für das Kind ja nun einmal verantwortlich, und all diese Fragen zu Wäsche und Kinderstube und Säuglingsbrei würde ohne ihr Zutun niemand lösen.

Die applaudierende Menge teilte sich, damit die *Vier aus Zoppot* einem der Stewards zu ihren Kabinen folgen konnten. Julius, der in einer Hand seine Trompete schlenkerte, legte zart den Arm um ihre Schultern. »Glücklich, Liebes?«

Gundi nickte. »Ganz furchtbar glücklich. Das Einzige, was mich wurmt, ist …«

Er blieb stehen, hob ihr Kinn, sah ihr lächelnd in die Augen. »Was ist das denn? So kenne ich meine Frau ja gar nicht. Seit wann lässt du dich von irgendetwas wurmen, wenn du glücklich bist?«

Seit ich deine Frau bin, durchfuhr es Gundi. Und ich wünschte, du würdest den Begriff nicht benutzen, als wäre das neuerdings mein Name. »So sehr wurmt es mich gar nicht«, sagte sie. »Es geht nur um Fräulein Helene, die gesagt hat, wenn wir nicht endlich für einen ordentlich geregelten Haushalt sorgen, kündigt sie. Ich habe mir schon den Kopf zerbrochen, aber ich habe von all diesen Dingen so viel Ahnung wie die Kuh vom Klavierspielen. Könnten wir uns jemanden leisten, der kocht? Es scheinen doch auf einmal Berge von Geld da zu sein, aber selbst wenn, wo bekommen wir so eine Person her, und wo bringen wir sie unter? Fräulein Helene jammert ja jetzt schon, weil die Wohnung zu klein ist, und das Problem mit der Wäsche hätten wir immer noch am Hals.«

Julius hatte recht. Auf dem schwarzblau schillernden Wasser tanzte in weißen Flocken die Gischt, und es war nicht ihre Art, sich einen goldenen Tag von Problemen trüben zu lassen. Im Weitergehen hielt Julius sie an sich gedrückt. »Lass das meine Sorge sein, Liebes. Wozu hast du dir sonst einen Mann angeschafft? Forster hat wegen der Wohnung schon mit mir gesprochen. Es ist ja künftig nicht länger praktikabel, wenn wir alle meilenweit voneinander entfernt wohnen und zu Proben und Auftritten erst zusammenfinden müssen. Er sucht uns etwas. In Zoppot. Nicht weit vom *Grandhotel.*«

»In Zoppot? Wir sollen in Zoppot wohnen? Ganz und gar und für immer?«
Julius strahlte, als spiegle sich in seinen Augen ein kompletter Weihnachtsbaum. »Ganz und gar und für immer. Und genug Platz, um jemanden für den Haushalt einzustellen, werden wir dann auch haben. Von Geld ganz zu schweigen. Du sollst dich völlig auf deine Musik konzentrieren können, nicht mit Sorgen herumschlagen müssen.«
»Und was ist mit Pop, Ju-Ju? Pop müsste ja mit uns kommen, denn ohne Pop gehe ich von Langfuhr nicht fort.«
»Du weißt, dass dein Pop in meinem Haus immer willkommen sein wird«, erwiderte Julius. »Allerdings ging ich davon aus, dass er im Waldgässchen wohnen und endlich aus Fräulein Karl eine ehrbare Frau machen würde.«
»Du meinst *heiraten?* Pop und Tante Karl?« Gundi musste prusten. Dann aber fiel ihr etwas ein. »Sag, Ju-Ju, könnten wir nicht Tante Karl fragen, ob sie uns mit dem Haushalt hilft? Sie hat doch kaum noch Gäste, und Rente bekommt sie nicht. Und wenn Pop und Tante Karl in der Wohnung wären, während wir weg sind, würde ich mir um Ariane keine Sorgen mehr machen. Dann ist's eben ein Saustall für verrückte Künstler, und das blöde Fräulein Helene ärgert sich, aber dem Kind geht's gut. Besser kann's einem Kind gar nicht gehen als bei Pop und Tante Karl.«
Ein tutendes Signal ertönte, so laut, dass Gundi und Julius sich lachend die Hände auf die Ohren pressten. Leute stürmten los, um sich an der Reling um die besten Plätze zu drängeln und mit Hüten und Taschentüchern den Daheimgebliebenen zu winken. Das Schiff lichtete die Anker. *Kraft durch Freude,* stand in großen Lettern auf seinen weißen Leib gepinselt, und genauso fühlte sich Gundi: als ginge ein Kraftstrom durch ihren Körper, der von der Freude herrührte.
Julius küsste sie aufs Haar. »Wenn es das ist, was du möchtest,

dann machen wir es so«, sagte er. »Es soll dir gut gehen, Gundi. So gut, wie es einer Frau nur gehen kann. Und unsere Kleine, die soll wie eine Prinzessin leben. Und sie soll alles bekommen, was sie sich wünscht.«

27

1936

Pfitzner hatte nicht vorgehabt, noch einmal zu reisen. Was sich Leute aus Reisen machten, hatte er ohnehin nie verstanden. Für ihn war das Reisen gleichbedeutend mit Krieg gewesen, und als er aus dem Krieg zurückgekommen war, war sein Danzig nicht mehr die Stadt gewesen, die er gekannt hatte. Da sich aber zeigte, dass er sich auf niemanden, auch nicht auf Forster, bis ins Letzte verlassen konnte, biss er in den sauren Apfel und schleppte seine morschen Knochen durch Bahnhöfe und Hotels, um dem Gauleiter auf den Fersen zu bleiben, nie weiter als bis auf Hörweite von ihm entfernt.

Forster war ein Guter. Daran gab es nichts zu rütteln. Pfitzner hatte sich nicht getäuscht, als er sich damals entschieden hatte, ihn zu unterstützen, sondern klug gewählt. Sobald Forster erkannt hatte, dass der Weichling Rauschning in seiner liebedienerischen Anbiederei beim Feind sich nicht scheute, Danzig zu opfern, hatte er kurzen Prozess gemacht und den Mann vom Tisch gewischt. Hatte die Kröte geschluckt und seinen verhassten Rivalen Greiser in den Stuhl des Senatspräsidenten gehievt, weil ihm klar war, dass er die Einheit von Staat und Partei in Danzig derzeit noch nicht vollziehen konnte. Den darauffolgenden Wahlkampf hatte er dennoch bis zur Erschöpfung geführt.

Das blonde Mädel, das er mit Hitler als Trauzeugen rasch geheiratet hatte, bekam ihn praktisch nie zu sehen, weil er sich Tag und Nacht verausgabte.

Eines Morgens hatte Pfitzner, der die neue Parteigeschäftsstelle in der Jopengasse nie später als um Punkt sieben Uhr betrat, ihn wie tot auf dem Boden neben seinem Schreibtischstuhl gefunden. Er hatte seit bald zwanzig Jahren keinen Menschen mehr außer beim Händeschütteln berührt. Um genau zu sein, war ihm dieses Konzept von Zuneigung, bei dem ein Mensch einen anderen angrabschte und bisweilen besabberte, seit bald zwanzig Jahren zuwider. Ihn schauderte davor, einen anderen anzufassen, und Forster bildete dabei keine Ausnahme. Dennoch hatte er getan, was sein Körper aus dem Kriegsdienst fester verinnerlicht hatte als sein Geist, hatte den Mann unter den Achseln gepackt und ihn in eine sichere Seitenlage gebettet, um sodann zu versuchen, ihn mit kleinen weichen Ohrfeigen, die das Gehirn nicht erschütterten, zu wecken.

Beim letzten Mal, als er das Gleiche versucht hatte, hatte er sich selbst betteln und winseln hören. Daran dachte er nicht mehr. Nicht wenn er es verhindern konnte. Seinen Bruder Viktor hatte er am Ende so fest geohrfeigt, dass dem die Haut auf den Wangen aufgeplatzt war. Aber sein Bruder Viktor war nicht aufgestanden. Stattdessen war hinter ihm der Hauptmann aufgetaucht, der Papier bekrakelnde Jude, den sie Bleistift-Bodo nannten, und hatte ihn an den Schultern zurückgezerrt. »Na, nun komm, Fritze, hier zurücklassen kann ich dich nicht. Kleine Brüder hab ich auch, ich weiß, das sprengt einem die Seele in Stücke, aber wem hilfst du denn, wenn du hier hocken bleibst?«

Ich bring dich um, hatte Pfitzner gedacht, während der Jude ihn wegschleppte, eines Tages bring ich dich und deine Rotte von Brüdern um.

Albert Forster war zu Pfisters Erleichterung rasch zu sich gekommen, hatte sich entschuldigt, nach einer Kanne starkem Kaffee verlangt und dann den Kampf wieder aufgenommen. Kein intelligenter, aber ein disziplinierter und der Sache ergebener Mann. Für die Zweidrittelmehrheit, die erforderlich war, um die Danzig aufgezwungene Verfassung zu ändern, gab er, was er konnte, und sämtliche Voraussagen prophezeiten ihm den Sieg. Dann war der lang erwartete Tag gekommen, und er saß im Dachgeschoss des Telegrafenamtes am Winterplatz, wo der Danziger Rundfunk seine Studios betrieb, und hatte alles für die triumphale Bekanntmachung vorbereitet. Seine über die Maßen protegierten Musiker standen an den Mikrofonen, um nach der Verkündigung des Sieges zu singen.
Dafür, dass er nicht in die Knie ging, sondern Haltung bewahrte, als statt des Sieges eine Niederlage bekannt wurde, gewann er etwas von Pfitzner.
Keine Liebe, die würde er nie wieder einem Mensch entgegenbringen.
Aber eine Art von Respekt.
Forster hatte den ganzen Abend zu dem vermeintlich kolossalen Ergebnis hingeleitet. Als ihm dann durchgegeben wurde, dass er sein Ziel, die benötigte Zweidrittelmehrheit, bei Weitem verfehlt hatte, versagte ihm für Sekunden die Stimme. Gleich darauf hatte er sich wieder in der Gewalt, rang nur kaum hörbar nach Atem. »Und jetzt hören Sie Tanzmusik«, verkündete er. »Die *Vier aus Zoppot*. Ein wenig Harmonie nach der Hetze des Wahlkampfs. Eine willkommene Erinnerung an die Schönheit unserer Heimat.«
Pfitzner zollte ihm beileibe keine Bewunderung dafür, dass er die Mehrheit, mit der er die schändliche Verfassung hätte aushebeln können, nicht eingefahren hatte. Wohl aber dafür, dass er Haltung bewahrte und mit den dreiundfünfzig Prozent, die er erzielt

hatte, sofort zur Tagesordnung überging. Weiterkämpfte. Danzig den Herren im Reich auf den Teller legte, sooft sie sich ein feudales Menü servieren ließen. Forster war einer von den Guten, darin hatte sich Pfitzner nicht getäuscht. Getäuscht hatte er sich allerdings in der Annahme, Forster hätte keine Schwäche.

Männer, die keine Schwäche hatten, gab es nicht. Aber Forster kam auf den ersten Blick dem Ideal recht nahe. Eine Schwäche für seine Frau ließ sich beispielsweise an ihm nicht ausmachen. Hätte man das propere Blondchen über einen Abgrund gehalten und Forster aufgefordert, dem Führer abzuschwören, um ihr Leben zu retten, er hätte sie, ohne mit der Wimper zu zucken, auf den Felsen zerschellen lassen. Umso enttäuschender war es, schließlich doch noch eine Schwäche an ihm festzustellen. Forster ging in die Knie, verkaufte seine Großmutter und vergaß seine Ideale für dieses Lied. *Morgen am Meer.* Vergleichsweise harmlos und handhabbar. Wo jedoch eine Schwäche zu finden war, mochte im Verborgenen eine zweite lauern.

Deshalb hatte sich Pfitzner entschlossen, Forster auf Schritt und Tritt zu begleiten. Er wurde sein persönlicher Sekretär. Forster fand Gefallen daran, einen anderen Mann wie seinen Lakaien zu behandeln, und Pfitzner nahm es hin, solange er am Ball bleiben und sich Notizen machen konnte. Bleistift-Bodo fiel ihm ein. Nach all den Jahren. Wäre es nicht ein Beweis für die Ironie des Schicksals, wenn irgendwer in dieser ständig in Bewegung befindlichen Eskorte ihm den Spitznamen Füllfeder-Fritze verpasste?

Die letzte Reise war nach Berlin gegangen. Zu Hitler, der mit seinen treuesten Gefolgsleuten den Jahrestag der nationalen Erhebung feierte. Zunehmend zerrten solche Veranstaltungen an Pfitzners Nerven. Wann stand endlich Danzig auf dem Programm dieser unentwegt Feiernden? Ein Jahr zuvor war das Saarland mit dem Reich vereinigt worden.

»Endlich, endlich, das Saarland ist frei.
Nun, mein Danzig, bist du an der Reih!«,
hatte auf Säulen und Plakatwänden in der Stadt gestanden, doch das schien jetzt bereits Schnee von gestern. Nur ein einziger Mann hielt es während der zwei Tage dauernden Zusammenkunft für nötig, Danzig überhaupt zu erwähnen. Wilhelm Gustloff, Parteigenosse der ersten Stunde, aus gesundheitlichen Gründen in die Schweiz umgesiedelt und dort für die Verwurzelung des nationalsozialistischen Gedankens tätig, sprach Forster am Buffet an.

»Sie wissen nicht, wie gut ich Sie verstehe«, sagte er zu dem Gauleiter, während Pfitzner sich wie üblich diskret im Hintergrund hielt. »Hier im Reich hat natürlich jedermann Grund, die Tassen hochzureißen und sich feiern zu lassen, aber unsereins? Ich in meinem Davos und Sie in Ihrem Danzig? Wer will davon hören, wie mühselig wir uns plagen?«

Da der Mensch außer Klagen nichts zu bieten hatte, notierte sich Pfitzner nicht mehr als seinen Namen, der auf dem Blatt später bedeutungslos in der Luft zu hängen schien. Sie fuhren nach Hause. Ergebnislos wie so oft. Drei Tage darauf wurde Wilhelm Gustloff in seiner Wohnung in Davos mit fünf Schüssen niedergestreckt und getötet. Der Täter war ein Jude namens David Frankfurter, der erst kürzlich in die Schweiz eingewandert war, Gustloff gar nicht persönlich kannte und sich sofort nach der Tat der Polizei stellte. Er habe Gustloff getötet, um zu zeigen, dass Juden sich nicht kampflos misshandeln ließen, sondern sich gegen das Unrecht der Nationalsozialisten auflehnten.

Flüchtig überkam Pfitzner ein Gefühl der Identifikation mit dem Mann. Die Idee war nicht ohne Reiz: Was, wenn er selbst einen Mord beginge, wenn er beispielsweise den verfluchten Iren umbrächte, Sean Lester, den Hochkommissar des Völkerbundes, der dreist über eine Stadt verfügte, mit der ihn kein

Tropfen seines Blutes, keine Faser seines Herzens verband? Er könnte sich ebenfalls sofort nach der Tat der Polizei stellen und erklären, er habe Lester getötet, um zu zeigen, dass Danziger sich nicht kampflos misshandeln ließen, sondern sich gegen das Unrecht des Völkerbundes auflehnten.

Hätte ein solcher Mord auf das Leiden seiner Stadt endlich aufmerksam gemacht?

Pfitzner bezweifelte es. Auch die Aufregung um den Juden Frankfurter verebbte bald wieder. Zudem kam es natürlich nicht infrage, dass er in Danzigs Namen die Tat eines Juden nachäffte. Zwar wurde aus seiner Sicht um die Judenfrage zu viel Wirbel gemacht, doch das bedeutete nicht, dass er etwas für sie übrighatte. Ihre Bekämpfung nutzte ihm nur nichts. Davon, dass die Juden aus Danzig verschwanden, wurde Danzig nicht frei, weshalb er es vorzog, sich mit der Pflege der Kartei für unerwünschte Polen zu befassen.

Ging es nach Pfitzner, waren alle Polen unerwünscht. Diejenigen, die sich deutschfeindlich betätigten, die als arbeitsscheu, frech und rebellisch auffielen und somit zu einem günstigeren Zeitpunkt verhaftet, deportiert oder vernichtet werden konnten, karteilich zu erfassen verschaffte ihm eine gewisse Befriedigung, ein wenig Ablenkung, wenn wieder einmal gar nichts voranging.

Die Beschäftigung mit den Juden überließ er anderen. Mit einer Ausnahme. Um die Mischpoke von Bleistift-Bodo, von der er vollkommen durch Zufall erfahren hatte, dass sie in der Nähe von Forsters Lieblingshotel hauste, würde er sich persönlich kümmern. Auch diese Planung stellte eine Ablenkung dar, wenn wie so oft nichts sich vorwärtsbewegte. Seinen Feind einfach über den Haufen zu knallen, wie der Jude Frankfurter es getan hatte, kam für Pfitzner nicht infrage. Zum einen taugte sein abgewrackter Körper nicht mehr zur Handhabung von Waffen.

Zum andern war ein solcher Tod eine läppische Strafe gegen das, was er selbst durchmachte. Er war zum Leben verurteilt, zu einer Qual, die kein Ende nahm.
Um den Mann Gustloff tat es ihm leid. Wer wollte so sterben, Lichtjahre von seinem Ziel entfernt? Aber als Märtyrer der Bewegung eignete er sich ausgezeichnet. Im Schaffen von Märtyrern war die Bewegung eine Meisterin. Jüngst war bei der Sprengung einer Versammlung der DNVP ein besoffener Syphilitiker namens Deskowski durch ein Glasdach gebrochen und hatte kurze Zeit später seinen verseuchten Geist ausgehaucht. Forster, darin geradezu ein Naturtalent, machte aus dem elenden Wurm einen Helden, und Hitler verlieh dem SA-Sturm, dem er angehört hatte, Deskowskis Namen. Auch nach Gustloffs Tod rieb sich Forster die Hände: »Sie werden sehen, Pfitzner. Der Führer benennt nach Gustloff auch noch das Schiff.«
»Welches Schiff?«
»Herrgott, Pfitzner! Wie oft fragen Sie mich das noch? Ich rede natürlich von dem Schiff, das Blohm & Voss in Hamburg für die *Kraft durch Freude* bauen. Es soll im Mai auf Kiel gelegt und das größte Kreuzfahrtschiff der Welt werden. Schwimmbad, Turnhalle, alles vorhanden, dazu selbstverständlich eine Festhalle für die Musik. Und das alles in einer einzigen Klasse, ohne Unterschied zwischen Reich und Arm. Durch und durch nationalsozialistisch. Wenn der Führer dieses Prachtschiff nach Wilhelm Gustloff benennt und in Anwesenheit der Witwe taufen lässt, wird das unserer Idee noch einmal Zulauf bescheren.«
»Für die *Kraft durch Freude* ist meines Wissens Robert Ley zuständig, während Sie sich um Danzig zu kümmern haben«, warf Pfitzner ihm hin und schleppte sich zurück an seine Arbeit. Er leugnete ja nicht, dass all diese propagandistischen Überlegungen Danzig am Ende guttun mochten, dass auch diese *Vier aus Zoppot,* die Forster in den Himmel hob, Danzig guttun,

zumindest den Namen der Stadt ins Gespräch bringen mochten, aber an Tagen wie diesem hatte er das Schneckentempo satt. An Tagen wie diesem wünschte er sich, was er sich 1918 im Schützengraben vor einem flandrischen Kaff gewünscht hatte: einen einzigen schnellen Schlag. Eine Bombe, die seine Feinde in Stücke riss.

28

April 1938

Vor einem knappen Jahr war sie in Hamburg vom Stapel gelaufen. Die *Vier aus Zoppot* waren mit einer Barkasse in das Schwimmdock der Werft gefahren worden, wo sich der gigantische Schiffsleib über Gebäude und Gerüste erhob. Vor einer schweigenden Menschenmenge hatten sie vom Boot aus *Morgen am Meer* vorgetragen. Wie Gundi später berichtet wurde, hatte die Witwe des Ermordeten, nach dem das Schiff benannt werden sollte, neben Hitler und Robert Ley, dem Leiter der Arbeitsfront, in der Taufkanzel gestanden und geweint.
Die Frau tat Gundi leid. Julius hatte erzählt, sie habe in der Tür ihres Wohnzimmers hilflos mit ansehen müssen, wie ihr Mann von Schüssen durchsiebt worden war. Bei der Vorstellung schauderte Gundi. Schön, wenn ihr Lied der Frau ein wenig Freude gemacht hatte, schön, wenn es ihr ein gewisser Trost war, dass das herrlichste Kreuzfahrtschiff aller Zeiten den Namen ihres Mannes trug. *Wilhelm Gustloff.* Ein Schiff, das Menschen Freude bringen sollte.
»*Kraft durch Freude* ist wohl der kürzeste Ausdruck für das Wollen des neuen Deutschland«, sagte Robert Ley mit einer

Stimme, die wie ein Blechdeckel schepperte, in seiner Rede. »Wir wollen leben, nicht der Freude wegen, sondern wir wollen aus der Freude schöpfen, um dafür zu sorgen, dass Deutschland ewig ist.«

Wie meist bei diesen Ansprachen, im Reich wie daheim in Danzig, hatte Gundi Mühe, sich das Lachen zu verbeißen. Immer warf sich der Redner dafür in die Brust, dass man Angst um sein Rückgrat bekam, immer schrie er, dass Speicheltropfen sprühten, und immer wurden dabei das Allerbeste, Allergrößte und die Ewigkeit beschworen. Immerhin gefiel ihr aber, dass so oft das Wort »Freude« in der Rede vorkam und dass Ley noch einmal betonte, jedem Deutschen solle die Kraft verliehen werden, seine Sorgen zu meistern. Dafür mochte sie die Idee, und dafür mochte sie das herrliche Schiff, das im folgenden Jahr zur Jungfernreise aufbrechen und tausendfünfhundert Urlaubern eine Freude bereiten sollte, wie sie sie nie zuvor erlebt hatten.

Sie nahm sich vor, an die arme Frau Gustloff zu denken, wenn es so weit war. Und sie nahm sich vor, ihren eigenen Mann mit mehr Wertschätzung zu behandeln. Er gab ihr so viel und verlangte so wenig, hielt ihr den Rücken frei und ebnete ihr Wege, damit sich ihr Leben so, wie sie es sich wünschte, entfalten konnte. Die Chance, ihm dafür zu danken und ihm zu sagen, dass sie ihn liebte, konnte morgen verspielt sein. So wie bei Hedwig Gustloff.

Sie waren beide ständig im Einsatz, ihre Tage verliefen so hektisch, waren so prall gefüllt mit Terminen, dass sie kaum dazu kamen, mehr als das Nötigste auszutauschen: Wann sollte die erste Probe für das neue Stück angesetzt werden, wer kümmerte sich um Studiomusiker für das Neujahrskonzert im Radio, was war mit dem Angebot der Plattenfirma? Der Gärtner hatte gekündigt, wo fand sich bis zum Frühling ein neuer? Hatte Julius daran gedacht, Arianes Kindermädchen wegen der Gräuelmärchen zurechtzuweisen? Und das Shetland-Pony zu ihrem Geburtstag – war das wirklich lammfromm und würde das Kind nicht abwerfen?

Für Gespräche über Liebesseligkeit blieb da wenig Zeit. Aber das war keine Entschuldigung. Wer in seinem Leben derart vom Glück überschüttet wurde, musste ab und an innehalten und sich daran erinnern. Julius fragte sie regelmäßig, ob sie glücklich war, er ließ keine Gelegenheit dazu aus. So auch jetzt, als es endlich so weit war und ihre Barkasse sie an Bord der bereits aus dem Becken geschleppten *Wilhelm Gustloff* brachte. Eine kurze Spritztour in den englischen Kanal hatte das *Kraft durch Freude*-Schiff bereits hinter sich. Es hatte als eine Art schwimmendes Wahllokal für die in Großbritannien ansässigen Deutschen und Österreicher gedient, die über den Anschluss Österreichs abstimmen sollten.

Unter der Hand hörte man darüber beißenden Spott: Der Anschluss hatte stattgefunden, schwer bewaffnete Wehrmachts-Bataillone waren in Österreichs Hauptstadt einmarschiert, wozu dann jetzt noch die Abstimmung? Gundi wusste es nicht, sie hatte für die Politik so wenig Zeit wie für die Liebe. Auf der Rückfahrt von der umstrittenen Mission hatte die *Gustloff* jedoch das Notsignal eines havarierenden britischen Kohledampfers empfangen und hatte ein Motorboot zur Rettung der Besatzung entsandt, ehe das Schiff versank. Alle neunzehn Besatzungsmitglieder wurden lebend geborgen, und seither war selbst die britische Presse über die *Gustloff* des Lobes voll.

Das Ereignis hatte dem Ansehen der Deutschen aufgeholfen wie vor zwei Jahren die Olympischen Spiele. Gundi freute sich darüber. Sie liebte das Reisen, liebte es, Menschen aus fremden Ländern zu begegnen und sich mit Händen, Füßen und Gelächter zu verständigen, fühlte sich aber jedes Mal wie vor den Kopf gestoßen, wenn jemand ihr feindselig begegnete, weil sie

Deutsche war. Auf dieser Reise – dieser ganz besonderen Reise – würde das bestimmt nicht geschehen. Die Aufregung über den Anschluss Österreichs hatte sich gelegt, sagte Julius. Wenn Österreich und Deutschland einen Staat bilden wollten, wie es Julius zufolge bereits nach dem Krieg der Fall gewesen war, warum sollten sie das nicht dürfen?

Die übrigen Länder ginge das wenig an, hatte er ihr erklärt, was im Übrigen auch auf Danzig zutreffe. Dass etwas an dieser Gedankenkette ihr nicht behagte, verdrängte Gundi. Und jetzt, wo die Leiter heruntergelassen wurde, um sie an Bord der *Gustloff* zu nehmen, sprach Julius ohnehin nicht von Politik.

Sie ließen Erik und Lore vorausgehen. Gundi liebte diesen Moment, wenn sie noch von Meer umgeben in der Barkasse saßen, wenn Wellen bis an den Bootsrand leckten, während der Duft nach Salz und Tang und Abenteuer ihr in die Nase stieg und sie sich dennoch rundherum sicher fühlte, geborgen wie in einer Umarmung.

»Bist du glücklich?«, fragte Julius.

Gundi nickte und setzte dazu an, etwas zu sagen.

Julius aber kam ihr zuvor. »Wie solltest du auch nicht«, sagte er. »Heute hast du endlich deinen Pop und deine Tante Karl an Bord, wie du es dir so lange gewünscht hast. Du musst ja regelrecht platzen vor Glück.«

Damit hatte er recht. Wäre es nach ihr gegangen, so hätten Pop und Tante Karl bereits vor knapp vier Jahren, auf der ersten südlichen Reise der *KdF* eine Kabine bezogen, aber sie hatten immer wieder neue Gründe gefunden, um abzulehnen.

»Ich mag das nech' annehmen, Marjellchen«, lautete der, mit dem Pop es zu Anfang versucht hatte. »Schiffsreisen sind wat für reiche Leute, und ich will nech', dat du für mich ollen Zausel so viel Geld ausgibst.«

»Heute ist das anders«, hatte Gundi protestiert. »Schiffsreisen sind für alle Leute – und für die, die ihr Leben lang gearbeitet haben, ganz besonders.«

»Ja, ja«, hatte er sie unterbrochen, ohne die Stimme zu heben. »Heute is' dat anders. Nur zu wat für 'nen Preis dat kommt, dat möcht' man sich lieber nech' fragen.«

»Pop!«, hatte diesmal sie ihn unterbrochen, und zwar laut und heftig. »Ich will nicht plachandern, ich will mit dir eine Seereise machen. Nach Italien, Neapel, wo's so heiß ist, dass du den ganzen Tag im Badeanzug rumlaufen kannst, wenn du lustig bist.«

»Donnerlittchen«, hatte Pop gemurmelt. »Wenn denn ma' bloß nicht den Italienern ihr'm Duce vor Schreck der Kiefer runterfällt.«

Nach Italien war er nicht gefahren. Offiziell, weil er mit seinem Umzug zu viel zu tun hatte, der Lügner, der mit nicht mehr als einem Koffer ein Zimmer im *Sonnenschein* bezogen hatte, ohne seine Wohnung in Langfuhr aufzugeben. »Musste verstehen«, hatte er Gundi zerknirscht erklärt. »Wenn du den Ollen noch brauchen kannst, isser zur Stelle, aber ganz aus Langfuhr weggehen? Nee, Marjellchen. Dat kann ich nech'.«

Genauso war es: Tante Karl und Pop waren zur Stelle, weil Gundi sie brauchte. Sie kamen täglich in die Wohnung, die Forster der jungen Familie in Zoppot besorgt hatte, kümmerten sich um den reibungslosen Ablauf des Haushalts und waren reizend zu Ariane, aber die Wohltaten, mit denen Gundi sie hätte überhäufen wollen, nahmen sie nicht an. Wenigstens hatte Pop aufgehört zu arbeiten. Er bekam sein bisschen Rente, nahm in die Stube in seiner Wohnung einen Untermieter auf, und davon lebte er. Tante Karl vermietete noch immer Zimmer.

Eine zweite geplante Italienreise lehnten sie ab, weil Ariane die Masern hatte. Im kommenden Frühjahr fuhren sie nicht mit zu den norwegischen Fjorden. »Da frier ich mir nachher wat ab, wenn ich den ganzen Tag im Badeanzug rumlauf«, witzelte Pop ohne weitere Begründung.

Im Sommer kaufte Forsters Partei das Haus eines bankrotten Eigentümers auf und bot es Julius zur Miete an. »Es hat Meerblick und einen herrlichen Garten. Schön für Ihre Kleine zum Spielen. Zudem brauchen Sie langsam wirklich ein repräsentatives Heim, Scharneck. Die Leute von den Illustrierten könnten dort wunderschöne Fotos schießen, und die *Wochenschau* würde auch gern etwas über die Scharnecks bringen.«

Es war kein Haus. Es war eine Villa. Gebaut wie ein L, mit einem Türmchen auf jedem Dachschenkel, einem überdachten Hochbalkon, etlichen Erkern und einer verglasten Veranda. Der Garten war ein Park, und gleich hinter dem schmiedeeisernen Zaun lag das Meer.

Julius sah es sich an und kam völlig aufgelöst in die Bar des *Grandhotels,* wo sich die vier vor ihrem Auftritt auf einen Drink trafen. »Gundi, wir müssen es nehmen«, rief er ihr, die es nicht hatte haben wollen, über Gespräche und Gläserklirren hinweg zu. Die Beschreibung kam ihr zu groß, zu bombastisch vor, sie fühlte sich dem nicht gewachsen, und der Mietpreis, den Forster genannt hatte, erschien ihr im Vergleich allzu niedrig. Beunruhigend niedrig. Julius aber sah aus, als wäre er vom anderen Ende des Kurparks bis hierher gerannt und als gäbe es mit ihm keine Diskussion mehr.

»Ist es so schön?«, fragte sie lahm.

»Gundi, es ist in der Ernststraße. Es ist Harro Seesens Haus!«

Zwei Häuser lag es von dem seines Vaters entfernt und war mindestens doppelt so groß. So wenig Gundi sich damit belasten wollte, so sehr verstand sie, dass er es haben musste. Und als sie es sah, weiß aufragend mit seinem rot geschindelten Dach und den verschachtelten Stockwerken, Terrassen und Alkoven, vollführte ihr Herz einen Satz. Sie brauchte kein derart hochherrschaftliches Haus. Aber wenn sie eines hätte, wenn ihr kleines Mädchen in einem solchen Schloss aufwachsen, in einem solchen Garten Verstecken und Puppenpicknick spielen könnte, vielleicht würde sich dann ihr Gewissen beruhigen.

Ihr kleines Mädchen hatte keine blaue Tasche und war nicht das glücklichste Kind von der Ostsee. Aber es würde in der Frühe die Flügeltüren zur hinteren Terrasse aufstoßen und im Nachthemd das kurze Stück durch den Garten laufen können, um ans Meer zu gelangen, an einen Strand, der wie ihr eigener war.

Aus praktischer Sicht waren Erik und Lore noch immer nicht optimal untergebracht, und das Seesen-Haus besaß im Hauptflügel drei und im Seitenflügel zwei Schlafzimmer. »Wir könnten alle zusammen wohnen!« Das gefiel nun auch Gundi. »Ich fürchte, wir werden überhaupt nicht mehr schlafen, sondern die ganze Nacht gneddern.«

Hinzu kamen Kammern unterm Dach, in denen das Kindermädchen und endlich auch eine Köchin untergebracht werden konnten. Tante Karl blieb damit nur noch die Aufsicht, die tägliche Plackerei entfiel. Im Erdgeschoss befand sich eine Flucht weitläufiger Zimmer, die Repräsentationsräume genannt wurden und unglaublich mondäne Namen wie Salon und Boudoir trugen. Die noch vorhandenen Möbel konnten sie übernehmen, sie wären ohnehin zu schwer und wuchtig gewesen, um sie aus dem Haus zu schaffen. Mit dem mannshohen Alabasterkamin im Salon hätte sich gewiss ein Tanzsaal heizen lassen, und dieser Salon ließe sich spielend in einen Tanzsaal verwandeln – das ganze Haus war wie gemacht, um mit all ihren Freunden zu feiern.

Ausgelassen wie Kinder rannten Lore und Gundi durch alle Räume und dachten sich die himmlischsten Feste aus: »Hierher stellen wir das Buffet, und dort drüben muss ein Grammofon hin – ach, überhaupt ein Grammofon in jedes Zimmer! Und dann der Wintergarten! Der ist für alle, die Musik hören und sich aufs Meer träumen wollen, ohne dass der Lärm der anderen sie stört.«

Dieser Wintergarten war auf der Stelle zu Gundis Lieblingsraum geworden. Anders als der Rest des Hauses war er mit leichten Möbeln aus geflochtener Korbweide ausgestattet, zwischen die sie Kübel mit Palmen und Souvenirs von ihren Reisen stellte. Saß man hier an einem hellen Augusttag, wenn die Sonne auf die großen Fenster prallte, konnte man einen bunten Cocktail mit einer Maraschino-Kirsche trinken und vergessen, dass man im nördlichen Teil Europas lebte. Wenn es aber Herbst wurde, wenn der Regen gegen die Scheiben tobte, aber auch wenn das Wetter still und nur das Röhren des Meeres zu hören war, wusste man genau, wo man sich befand: an der Ostsee. In Zoppot. Zu Hause.

Gundi hatte geglaubt, sie könne ein so großes, fremdes Haus niemals füllen, doch es war ihres geworden, ehe sie es sich versah. Wie für sie gemacht. »Villa Gundula«, sagte Julius mit einem Lachen.

Für Ariane, die ein braves, ruhiges Mädchen war, schien das schönste am Haus die Aussicht, Lex, der zu alt war, um noch mit ihnen zu reisen, Tag und Nacht bei sich zu haben. Wenn niemand einschritt, ließ sie ihn in ihr Bett. Julius war entschlossen, ihr ein Pony zu schenken, sobald sie alt genug war, um darauf zu reiten.

Sie waren also in das große Haus in der Ernststraße gezogen, mitten in der Saison, wo ein Auftritt den anderen jagte und sie sich um nichts kümmern konnten. Einmal mehr sprangen Pop und Tante Karl ein, womit sich die Aussicht auf eine Seereise für dieses Jahr erledigt hatte. Im nächsten bekam Ariane Scharlach und gleich hinterher Mumps. Außerdem nahmen die Probleme mit dem Kindermädchen zu, je älter die Kleine wurde. Fräulein

Helene machte ihr Angst. Redete ihr ein, ihr Gesicht würde erstarren, wenn sie Grimassen zog, oder sie würde mit einer Hundeschnauze erwachen, weil sie ihr Bett des Nachts mit dem Schäferhund teilte. Ariane bettelte Pop und Tante Karl an, sie nicht allein zu lassen, und die Reise fiel auch im Folgejahr aus. Zudem scheine es unmöglich, auf Dauer eine Köchin zu finden, und so reihte sich eine Ausrede an die nächste.

Dass sie heute dennoch an Bord gegangen waren und an der Jungfernreise der *Wilhelm Gustloff* in den südlichen Zauber Lissabons und auf die blühende Insel Madeira teilnehmen würden, kam einem mittleren Wunder gleich. Nein, einem großen. Gundi hatte nicht länger daran geglaubt, und jetzt, wo sie an diesem makellos schönen Frühlingstag in der Barkasse saß und Julius es erwähnte, musste sie gegen Tränen ankämpfen.

»Ja, ich bin glücklich, weil ich Pop, diesen sturen Schrat, endlich an Bord gehievt habe«, gestand sie. »Ich will, dass das hier die schönsten zwei Wochen seines Lebens werden. Für den Auftritt nachher beim Begrüßungsabend brauchen wir nicht noch einmal zu proben, nicht wahr, Ju-Ju? Ich möchte ihm nämlich vorher gern alles zeigen. Den Lesesaal, wo er nichts tun muss, als es sich mit einer Zeitung gemütlich zu machen, und seinen Schnupftabak serviert bekommt. Die sieben Bars – ach nein, auf der *Gustloff* heißen sie ja Schänken.« Sie lachte. »Das Sonnendeck, wo er in einem Liegestuhl die Seeluft genießen kann, und dann das Schwimmbad mit den Wandmalereien und natürlich die Musikhalle und das große Restaurant …«

Sie hielt inne. Julius' Blick traf den ihren, und sein Lächeln zeigte ihr, dass er sich mit ihr freute. Es hatte einmal einen Streit gegeben, bei dem er ihr ins Gesicht geworfen hatte: »Ich wünschte, ich wäre auch nur einen Tag lang so lebenswichtig für dich wie dein Pop«, aber das war lange her. Damals hatte sie ihn daran erinnert, dass sie ihn vor der Ehe mit ihr gewarnt hatte, dass

sie keine andere aus sich machen konnte, als die, die sie war. Er hatte sich entschuldigt und nie wieder etwas Ähnliches erwähnt.
»Wunderbar, dich so glücklich zu sehen«, sagte er jetzt. »Weißt du, dass du immer schöner wirst, je mehr du das Mädchen hinter dir lässt und ganz zur Frau erblühst?«
»Ach, Ju-Ju. Du bist so lieb. Aber um ehrlich zu sein, fühle ich mich noch immer wie ein Mädchen. Ich glaub, ich bin einer dieser schrecklichen Menschen, die nie erwachsen werden.«
»Du bist nicht schrecklich.« Er küsste sie auf die Wange. »Alles andere als das. Du bist mein Glück, Gundi. Auch wenn ich nicht deines bin.«
Der Schmerz in seiner Stimme, den er mit seinem Lächeln zu überspielen suchte, tat auch ihr weh. Ihr Glück, das war so vieles – die Musik, in der sie aufging, ihr traumhaftes Leben mit ihren Freunden, ihre Reisen, das Abenteuer, ferne Länder zu sehen, und die Woge von Seligkeit bei der Heimkehr, die Gewissheit: Das ist mein Zuhause – mein Danzig, mein Zoppot, mein Meer und mein Pop. Es lag nicht an Julius. Es lag daran, dass sie allzu reich war, allzu sehr zu beneiden.
Sie musste an den Abend denken, als Tante Karl sie beim Porzeln-Essen in ihrer Küche gefragt hatte, was sie auf der Welt am allerliebsten hätte. Damals hatte sie versucht zu lügen, und Tante Karl hatte es sofort bemerkt. Seither hatte sie eine solche Lüge nie wieder riskiert. Wenn Julius es auch merkte – würde er sich nicht noch verletzter fühlen?
In der Einstiegsluke erschienen zwei Köpfe, und eine Stimme rief etwas zu ihnen hinunter. Julius gab ihr seine Hand, um ihr hinaufzuhelfen. »Wir müssen nach oben. Du wirst ja wohl nicht wollen, dass das Schiff mit deinem Pop an Bord ohne uns ablegt.«
»Nein. Will ich nicht.« Gundi ließ sich von ihm nach oben ziehen, schlang die Arme um ihn und küsste ihn auf sein glatt

rasiertes Kinn. »Ihr seid beide mein Glück – mein Pop und mein Ju-Ju. Meinst du nicht, das geht in Ordnung?«

Über sein Gesicht ging eine Bewegung. »Und ob das in Ordnung ist. Ich glaube, das ist das Schönste, was du je zu mir gesagt hast. Ich liebe dich, Gundi. Du weißt nicht, wie sehr.«

Gundi dachte an die Witwe Gustloff, an Wärme und das Gefühl, in seiner Welt daheim zu sein, die über Nacht in Scherben fallen konnte. »Ich lieb dich auch, Ju-Ju.«

Er küsste sie. Es musste ein flüchtiger Kuss bleiben, weil oben schon wieder der Steward, der die Leiter einziehen wollte, nach ihnen rief, aber es zählte ja nur, dass zwischen ihnen alles in Ordnung war. Julius hatte nichts gemerkt, und sie hatte ihn diesmal nicht verletzt.

»Jetzt aber flott.« Er grinste schelmisch wie ein Junge. »Nicht dass uns Peter Otto Paul Frieböse, der alte Werfttischler, in der Zwischenzeit das Schiff auseinandernimmt.«

»Paul Otto Peter Frieböse.« Sie lachten sich an. Dann betrat Gundi die erste Sprosse der Leiter, und sie stiegen auf ihr Schiff, gerade noch rechtzeitig, ehe es seine Anker lichtete und Kurs Richtung Süden nahm.

29

Daran, dass Pop die Reise genoss, bestand kein Zweifel. Selbst wenn er sich, stur, wie er war, am Anfang dagegen sträubte. Tante Karl jedenfalls genoss sie, und das war bei Pop die halbe Miete. Sie ging zum Bordfriseur, wie Gundi es als Überraschung für sie arrangiert hatte, und kam mit einem Tuff aus seidig-bläulichen Wellen wieder heraus. »Geliebte Ernestine, du siehst ja

aus wie ein Eis mit Sahne«, flötete Pop in schönstem Hochdeutsch, und Tante Karl errötete.
Sie tanzten miteinander zur Musik der *Vier aus Zoppot.* Neugierig wie Kinder probierten sie im Restaurant einen Gang nach dem andern und ließen sich hinterher noch einen Cocktail in der Musikhalle schmecken. Vor allem aber verbrachten sie Stunden auf dem Sonnendeck und sahen staunend zu, wie das Meer sich veränderte und doch immer gleich blieb. In ihren Gesichtern erkannte Gundi, was sie selbst auf ihrer ersten Reise empfunden hatte: Das Meer war ein Sonntag in Zoppot. Es hatte kein Ende. Wirklich keines.
Dass Pop sie wieder mit einer Ausrede würde abwimmeln wollen, hatte Gundi gewusst und dabei beschlossen, dass dies ihr letzter Versuch sein sollte. Wenn er nicht mit ihr auf der *Gustloff* fahren wollte, würde sie ihn nicht noch einmal fragen. Auf Ariane konnte er seine Weigerung diesmal nicht schieben: Sie und der Haushalt waren in den denkbar besten Händen, und die ständigen Probleme wegen des Kindermädchens hatten sich wie so vieles in Gundis Leben auf wundersame Weise gelöst. Falls er also trotzdem Nein sagte, würde sie sich damit abfinden müssen, dass er ihr Geschenk nicht wollte. Der Gedanke sorgte für einen überraschend scharfen Schmerz. Dass ein Mensch ihr so wehtun konnte – und von allen Menschen ihr Pop –, hatte sie nicht vermutet.
Sie sagte es ihm: »Lass es mich wissen, Pop. Ohne Schmu. Du willst nicht mit mir auf Reisen gehen, richtig? Ich hab mich so darauf gefreut. Ich hab's mir seit Jahren ausgemalt, wie ich dir und Tante Karl diese Reise schenken kann, aber wenn du das nicht willst, dann höre ich auf, dich zu bedrängen. Das hilft dann ja nicht.«
»Dat is' doch nech' so, dat ich nech' will, Marjellchen«, begann er, aber Gundi ließ ihn nicht ausreden.

»Verkauf mich nicht für dätsch, Pop. Um Ariane kann's ja wohl nicht gehen, denn die hat's bei Zosia und Roza so gut wie der Mops im Paletot. Also sag mir, dass du nicht willst, und ich halt künftig den Mund.«
Die Sache mit Zosia und Roza war eine weitere jener glücklichen Fügungen gewesen, die sich in ihrem Leben aneinanderreihten. Gundi hatte mit Fräulein Helene die Geduld verloren. Ariane weinte vor Bauchschmerzen, und der Arzt befürchtete eine Blinddarmentzündung, doch als die wahre Schuldige stellte sich das Kindermädchen heraus. Sie hatte der Kleinen eingeredet, von all den Fragen, die sie stellte, bekäme sie Löcher im Bauch. Dabei stellte Ariane nicht halb so viele Fragen, wie Gundi es an ihrer Stelle getan hätte. Wutschnaubend trug sie Fräulein Helene eigenhändig Tasche und Koffer vor das schmiedeeiserne Portal, schnappte sich ihre Tochter und ging mit ihr Torte essen.
In der Seestraße. Kein Tortenliebhaber, der etwas auf sich hielt, ging in Zoppot anderswohin. Vor dem Gegröle bei *Baronsky* graute es Gundi, und in den *Pudel* wagte sie sich nicht, sosehr sie sich danach sehnte. Ein diffuses Gefühl von Treulosigkeit hielt sie ab, obwohl das Unsinn war: Schließlich hätte kein Mensch, kein Künstler bei Verstand, das Angebot, das Forster ihnen gemacht hatte, ausgeschlagen, und es war Natan gewesen, der Julius gezwungen hatte, sich zu entscheiden, nicht umgekehrt. Da sie aber nun einmal seit Jahren einen Bogen um das heimeligste Lokal von Zoppot machte, ging sie mit Ariane in die neue Eisdiele *Venezia* vor dem Eingang zum Kurhaus. Sie bestellte für jede von ihnen ein Stück Schokoladentorte mit einer doppelten Portion Vanilleeis und für sich dazu einen Eierpunsch. Erst als sie von allem reichlich probiert hatte, fühlte sie sich mutig genug, sich der Frage zu stellen, wer ab morgen ihre Tochter hüten sollte, während sie mit den *Vier aus Zoppot* unterwegs war.

Ariane stocherte mit ihrer Gabel Eis und Torte zu einer Trümmerlandschaft. »Fräulein Helene sagt, ich werd' immer krank, weil ich kein echtes deutsches Mädel bin«, erzählte sie in ihren Kinderworten, ohne den Blick von den Trümmern auf ihrem Teller zu wenden. »Ich hab Künstlerblut. Das ist nicht gesund.«

Gundi verschluckte sich am Eierpunsch.

»Die ist ja wohl selber nicht gesund!«, stieß sie hustend hervor, wobei sie Tortenkrümel und Eistropfen versprühte. »Bei der tickt's doch nicht richtig im Kopp.«

Mehr ging nicht, denn der Husten drohte sie zu ersticken. Ohnehin hätte sie nicht gewusst, was sie ihrer Vierjährigen noch hätte sagen können, sondern fühlte sich übermannt. Erinnerungen an den Kolonialwarenhändler Lehwald stiegen auf, an Ängste, die so tief vergraben lagen, dass sie nicht einmal ein Gesicht hatten. Aber ein Bild aus einer schwarzen Nacht war noch da, eine Decke, unter der sie sich zusammengerollt, und eine Wand, die sie gefragt hatte: Warum lässt meine Mutter mich mit dem bösen Mann allein?

Sie war Arianes Mutter. Sie hatte Ariane mit der bösen Frau allein gelassen. Der Husten drohte ihr die Brust zu sprengen, bis jemand neben sie trat und ihr auf den Rücken klopfte. Derselbe Jemand winkte einer schläfrigen Kellnerin, die sich dazu herabließ, ihr ein erlösendes Glas Wasser zu bringen. Es dauerte eine Weile, bis Gundi trinken konnte, und dann noch eine Weile, bis der Husten sich beruhigte. Endlich blickte sie auf. »Ich nicht wollen stören, Gundula. Aber hab ich dich hier reingehen sehen, und brauch ich dringend Hilfe. Nicht für mich. Für Vater und Roza. Und für Jeszek.«

Neben ihr stand Zosia. So dünn, dass das rote Kostüm, das dieses begabte Geschöpf sich gewiss selbst geschneidert hatte, um ihren Körper schlackerte, und sichtlich verzweifelt, aber zu-

gleich so reizend, dass Gundi warm ums Herz wurde. Sie mochte Zosia gern. Sie hatte sie vermisst.
»Komm, setz dich, Zosi, ich freu mich so, dich zu sehen. Wenn ich dir helfen kann, tu ich's gern – du hast mir ja auch geholfen.«
Dass Zosia ihr geholfen hatte, war die Untertreibung des Jahrhunderts. Alles, was sie war, den Traum von Leben, das sie führte, verdankte sie der Polin. Nach einigem Drucksen gestattete ihr diese, ihr ebenfalls Torte und einen Pflaumenlikör zu bestellen. Von der Kellnerin ließ sie sich Papier und einen Bleistift für Ariane bringen, damit sie in Ruhe sprechen konnten.
Zosia war wie Gundi, sie trug ihr Herz auf der Zunge – nach dem ersten Tropfen Likör sprudelte alles heraus. Ihr Schwager hatte sein Geschäft verloren. Schon seit Jahren stellten sich Leute von der Nazi-Partei, halbe Kinder in kurzen Hosen, vor den Laden und hielten Schilder hoch, auf denen *Deutsche, kauft nicht beim Polen* stand. Henryk Kosciuszko hatte durchgehalten, weil er seine Stammkunden hatte, die auf die Qualität, die sie bei ihm bekamen, nicht verzichten wollten. Letzten Endes aber waren die Hetzer zu stark geworden. Sie hatten Kosciuszko die Scheiben eingeworfen, hatten eine Kundin verprügelt, und schließlich hatte sich niemand mehr getraut, bei ihm zu kaufen.
»Das tut mir so leid, Zosia. Ich wünschte, du wärst früher zu mir gekommen. Forster redet komisches Zeug und kann einem mächtig auf die Nerven gehen, aber seine Halbstarken hätte er zurückgepfiffen. Was wird jetzt? Mit dem Geschäft ist nichts mehr zu machen?«
Zosia schüttelte den Kopf, und der schmale Leib schüttelte sich mit. Die dunklen Augen in dem berührend schönen Gesicht wirkten übergroß. »Müssen wir raus aus Laden und raus aus Wohnung. Morgen schon. Stehen Deutsche vor Tür und ziehen ein.«

»Das ist ja wohl nicht wahr!« Gundi winkte der Kellnerin und bestellte Ariane eine Limonade, um sie abzulenken. »Können Sie sie bitte zusehen lassen, wie Sie die Zitronen auspressen? Ich wäre Ihnen wirklich dankbar.«

Die Kellnerin zog mit Ariane davon, Zosia faltete die Hände und sprach mit spitzen Lippen weiter: »Ist wahr, Gundula. Hatte Roza Kind im Bauch, endlich, wo hat so lange gewünscht. So niedliche Mädchen, wie du hast, sie wollte auch haben, oder für Henryk eine kleine Junge. Aber dann, als die Leute uns haben Schaufenster von Geschäft eingeworfen und geschrien: Deutsche nicht kauft bei Polacke, Roza ist hingefallen, alles voll Blut, und Kind kommt raus und ist tot.«

»Nein, Zosia!«

»Sag ich auch zu mir«, erwiderte Zosia. »Sag ich Tag und Nacht zu mir: Nein, nein, nein. Arme, arme Roza. Hat sie Kinder so lieb. Aber mit Neinsagen ich helfe nicht Roza und auch nicht Vater, der nicht kann in kleines Loch bei Tante Irena wohnen. Schon gar nicht Jeszek, dem *nicpoń*, der ist wieder in Gefängnis. Deshalb ich komme zu dir: Du hast große Haus jetzt, vielleicht du brauchst Arbeiterinnen? Wir können alles machen, du weißt, mit Wäsche wir sind nicht schlecht.«

Gundis Verstand arbeitete blitzschnell. Sie nahm Zosias Hände in ihre. »Arme Zosi«, sagte sie. »Arme, liebe Zosi. Weißt du noch, wie du zu mir gesagt hast, es soll doch einer dem anderen schenken, was der gerade braucht? Ich glaub, wir zwei begegnen uns immer genau dann, wenn eine von uns das, was die andere braucht, zu verschenken hat. Ich brauch ganz dringend ein Kindermädchen, eines, das Kinder lieb hat, und auch jemanden, der meiner alten Tante mit dem Haushalt hilft. Platz haben wir genug. Für deinen Vater, der nicht bis ins Dachgeschoss wird steigen können, finden wir etwas anderes. Und dein Bruder? Warum ist der denn schon wieder im Gefängnis?«

»Hat beleidigt einen Deutschen«, antwortete Zosia müde. »Einen Polizisten.«
»Darum kümmere ich mich.« Gundi drückte Zosias Hände. »Mach dir keine Sorgen.«
»Und wir wirklich können zu dir?«
»Und ob ihr könnt. Ich zähle auf euch. Was ist mit deinem Schwager?«
»Der geht zu Armee«, sagte Zosia. »Nach Westerplatte. Darf nicht kommen Krieg, sonst meine Roza geht kaputt.«
»Kommt doch auch keiner«, versprach ihr Gundi und bestellte für sie beide noch einen Likör.
Der Rest von dem, was wie ein Berg von Problemen ausgesehen hatte, war in einem halben Tag gelöst. Zosias invalider Vater kam in einem von Tante Karls Pensionszimmern unter, während Roza und Zosia in die Kammern im Dachgeschoss zogen. Ariane kroch unter Rozas Fittiche, als fühlte sie sich dort vor Fräulein Helenes Drohungen geschützt, und Roza, die sonst allen aus dem Weg ging, schenkte dem kleinen Mädchen ihre Liebe. Sie ließ sich sogar dazu bewegen, Pops Hagebuttentee zu brühen, weil er Ariane beruhigte, wie er einst Gundi beruhigt hatte. Zosia war im Haushalt kein Naturtalent, aber sie wirbelte, wo sie nur konnte. Dabei war sie immer freundlich, geradezu heiter, und Tante Karl hatte sie bereits vor Jahren in ihr Herz geschlossen.
Wegen des Bruders genügte ein kurzes Gespräch mit Werner Schlichert, dem Polizeichef von Langfuhr, der mit Pop und Kapahnke in den *Kroog* ging. Jeszek Pajewski hatte Plakate der Nationalsozialisten von einer Säule vor der polnischen Post abgerissen und einen Beamten, der ihn daran hindern wollte, einen *gnojek*, Drecksack genannt. Es war beileibe nicht das erste Mal, dass er mit einer deutschfeindlichen Aktion auffiel, und dem zuständigen Dienstleiter schmeckte es nicht, ihn unge-

schoren davonkommen zu lassen. Als er jedoch erfuhr, dass es Gundi Sonnenschein von den *Vier aus Zoppot* war, die darum bat, erledigten sich die Formalitäten von selbst. Bei der polnischen Post nahm man den Heißsporn zurück, weil er bei allem Jähzorn ein kluger Kopf war, und bei einem Kollegen fand er Quartier. Es war alles geregelt. Nicht nur provisorisch, mit der heißen Nadel gestrickt, sondern auf Dauer und gut.

»Verkauf mich nicht für dätsch, Pop«, hatte Gundi zu Pop gesagt, so hart es sie auch angekommen war. »Ariane hat's bei Roza und Zosia so gut wie der Mops im Paletot. Also sag mir, dass du nicht willst, und ich halt künftig den Mund.«

»Ach, mein Marjellchen.« Pop war aufgestanden und hatte Gundi an sich gezogen, sodass sie sein Gesicht nicht mehr sehen und nicht in seinen Augen lesen konnte. »Dat dir so viel daran liegt, hab ich doch nech' gewusst. Ich bin ein oller Knurrhahn und hab mir nie von wem wat schenken lassen. Schon gar nicht von wem, den ich nech' verknusen kann.«

»Von mir auch nicht, Pop? Mich kannst du nicht verknusen?«

»Dummes Zeug«, sagte Pop. »Von dir red ich doch nech', sondern von den Heil-Krakeelern. Aber dat vergiss ma' nu. Ehe mein Pischkachelchen so trippstrillig dreinschaut, lässt sich der olle Frieböse in 'ner Riesenbadewanne übern Ozean schaukeln.«

Also hatte Pop im Alter von fünfundsiebzig Jahren für sich und Tante Karl den ersten Reisekoffer ihres Lebens gekauft. Auf der *Wilhelm Gustloff* gab es keine Klassen, alle Kabinen waren gleich ausgestattet, und Gundi wusste, dass Pop keine Vergünstigungen gewollt hätte. Auf ihre Bitte teilte Kapitän Lübbe den beiden jedoch höchstpersönlich eine Kabine am Bug zu, wo sie des Nachts, beim Einschlafen, eine einzigartige Aussicht hatten. Sie hatte ihm zwei Wochen im Paradies gewünscht, und wenn sie ihn jetzt sah, wie er sich auf dem Sonnendeck des Lebens freute, atmete sie tief und befreit auf. Mit dem *Gin Sour,* den der Kellner ihm empfohlen hatte, prostete er Tante Karl von Liegestuhl zu Liegestuhl zu, und Gundi war sicher, das Richtige getan zu haben.

Nur in den Lesesaal wollte er nicht. »Was soll ich da? Meine Zeitung werd' ich ja wohl kaum bei denen finden.« Ihn darauf aufmerksam zu machen, dass es neben der *Danziger Volksstimme*, die vor zwei Jahren verboten worden war, noch etliche andere Zeitungen gab, war vergebliche Liebesmüh. Also las er eben nicht, sondern saß neben Tante Karl in der Sonne, hielt ihr die Wolle und sagte von Zeit zu Zeit: »Du'chen, ach du mein liebes Du'chen. Was einem auf die ollen Tage noch so passiert, das glaubt man ja nech'.«

Am dritten Tag der Reise spielten die *Vier aus Zoppot* mittags ein kurzes Medley auf dem unteren Promenadendeck, und ehe sie zum Essen gingen, wollte sich Gundi, die Kopfschmerzen hatte, rasch ein Mittel aus ihrem Koffer holen. Richard Vollert, der erste Offizier, hielt sie auf. »Sie gehen zu den Kabinen, Frau Scharneck? Wären Sie so freundlich, kurz bei Kapitän Lübbe zu klopfen? Ich erwarte ihn seit Längerem von der Pause zurück, aber es ist nichts von ihm zu sehen. Ich fürchte, er ist eingeschlafen.«

Die Kabinen der Besatzung lagen auf der Kommandobrücke, aber Kapitän Lübbe fand dort nicht genug Ruhe und war im selben Bereich wie die an Bord befindlichen Künstler einquartiert worden. Bei ihm anzuklopfen war somit eine Kleinigkeit. Gundi pochte erst schüchtern mit den Knöcheln, dann lauter, und schließlich nahm sie die Faust. Drinnen rührte sich nichts. Ein Instinkt in ihr wurde zum starken Tier, das sie von der Tür forttreiben wollte. Sollte sich doch Offizier Vollert darum kümmern, was hatte sie mit dem schlafenden Kapitän zu schaffen? Ihre Hand aber lag bereits auf der Klinke und drückte sie nieder. Geräuschlos schwang die Tür auf.

Kapitän Lübbe, ein kleiner, dicklicher Mann mit kurz geschorenem Haar, lag zwischen Schreibtisch und Bett auf dem Rücken. Seine Augen standen weit offen, der Blick zur Decke gerichtet. Gundi hatte noch nie einen Menschen gesehen, der nicht mehr lebte. Sie wollte schreien, damit jemand kam und sie nicht länger mit dem Grauen allein war, doch aus ihrer Kehle drangen nur kleine, spitze Laute. Sie wollte davonlaufen, die Tür zuwerfen, als hätte sie nichts gesehen, aber wie konnte sie das? Er war doch noch immer ein Mensch, er verdiente Respekt, und außerdem vermochte sie keinen Finger zu rühren.

Jemand kam. In ihrem Rücken hörte sie Schritte, dann ein paar erschrockene Worte, die sie nicht verstand. Die Stimme erkannte sie jedoch sofort. Sie erkannte sie mit einer solchen Sicherheit, dass sie ihren Ohren nicht traute. Sie verlor den Verstand. Bildete sich ein, ausgerechnet hier, im größten Schrecken, die schönste Stimme der Welt zu hören.

»Gundi Sonnenschein? Madame Morgen-am-Meer? Kommen Sie. Lassen Sie mich sehen.« Die Stimme war behutsam, voll gezügelter Kraft. Genauso behutsam und kraftvoll nahm der Mann sie bei den Schultern, schob sie ein Stück beiseite und drängte sich in die Kabine. Vor dem Toten ging er auf die Knie, tastete nach dem Puls an seinem Hals, dann nach dem am Handgelenk. An Gundis eigenem Gelenk hing das hellblaue Band. Sie hätte es am liebsten aufgeknotet und Kapitän Lübbe umgelegt, damit er wieder lebte.

»Armer Kapitän Lübbe, arme Madame Morgen-am-Meer. Wie müssen Sie sich erschrocken haben.« Er rollte sein R kräftiger, als die deutschen Danziger es taten, sprach aber fehlerfreies Deutsch. Noch auf den Knien, wandte er ihr das Gesicht zu. Eine Strähne seines dichten Haars fiel ihm über die Stirn bis auf die Wurzel der zu großen Nase. »Kapitän Lübbe, denke ich, ist

friedlich gestorben. Er hatte Probleme mit dem Herzen, gestern Abend nach dem Dinner hat er davon erzählt.«
»Es sieht nicht friedlich aus«, hörte Gundi sich sagen.
»Das Sterben?«, fragte der Mann. »Nein. Das tut es nie. Solche Floskeln, glaube ich, benutzen wir, um uns einzureden, wir könnten uns daran gewöhnen.« Er zog einen Überwurf vom Bett und breitete ihn dem Toten übers Gesicht. »Kommen Sie hier weg, Gundi Sonnenschein, kommen Sie mit mir. Ich muss dem Schiffsarzt Bescheid geben und jemandem, der die Brücke übernehmen kann. Und dass Sie sich hier weiter quälen, hilft ja keinem. Einen Albtraum bekommen Sie so oder so.«
Er stand auf. Gundi ließ zu, dass er sie um die Schultern fasste und den Gang hinunterführte. Ihr Herz raste zum Zerspringen, als wollte es ihr beweisen, dass es am Leben war.
»Arme Gundi Sonnenschein«, sagte er noch einmal. »Dabei habe ich mich so auf Sie gefreut.«
»Warum nennen Sie mich so?«
»Gundi Sonnenschein? Aber jeder nennt Sie doch so.«
Er kannte sie. Er wusste, wer sie war.
»Ich hatte keine Ahnung, dass Sie auf dem Schiff sind«, stammelte sie. Für gewöhnlich kannte jeder Künstler auf den *KdF*-Schiffen die Namen der übrigen, die ebenfalls auftraten.
»Ich hatte auch keine Ahnung«, sagte der Mann. »Bis vor drei Tagen nicht. Ich war zu einem Konzert in Hamburg, und als ich gehört habe, auf diesem Schiff singt Gundi Sonnenschein, bin ich ins Büro der Gesellschaft gelaufen und habe gebettelt: Bitte lassen Sie mich einen einzigen Abend auf der *Wilhelm Gustloff* singen.«
»Warum denn das?« Er hatte es nicht nötig zu betteln. Er war einer von den Großen, sang beim Film, ging auf Tourneen bis nach Übersee.
»Warum? Weil ich mit Ihnen singen will. Seit drei Jahren schon.

Sie entwischen mir nur immer. Ich bitte Sie, Gundi – nur dieses eine, einzige Mal.«

»Ich will auch mit Ihnen singen«, platzte Gundi heraus. »Und zwar schon seit weit mehr als nur drei Jahren.«

»Sage ich doch.« Der Mann lachte. »Sie sind der Sonnenschein aus Zoppot, und ich bin die goldene Stimme der Kaschubei. So etwas gehört einfach zusammen.«

Der Mann war Tadeusz Radun. Er bewegte sich leibhaftig vor ihr und blieb in dem schmalen Gang mit ihr stehen. Ihr Herz raste. Sie sagten beide nichts mehr.

FÜNFTER TEIL

Wanda

Gdańsk, Sopot

Winter 1964

»Löwenzahn, so grün ist die Ukraine.
Meine blonde Mutter kam nicht heim.«

Paul Celan: *»Espenbaum«*

30

Potrebuje kogoś kto pamieta.
Ich brauche jemanden, der sich erinnert.
Wanda hatte Leon gebeten, ihr eine Reihe von Begriffen zu nennen, die ihr vage nützlich erschienen, und hatte sie sich in ein halb leeres Heft für Lateinvokabeln geschrieben:

Prosze – bitte
Dziekuje – danke
Dzień dobry – guten Morgen
Jak dotrzek na dworzec kolejowy? – Wie komme ich zum Bahnhof?

Schnell war ihr nichts mehr eingefallen, denn sie konnte sich eine Wanda, die durch eine Stadt in Polen wanderte und fremde Leute ansprach, nicht vor ihr geistiges Auge rufen. Es entstand kein Bild. Keine mögliche Wirklichkeit. Demzufolge wusste sie auch nicht, was für Begriffe sie brauchen würde. Sie hatte weiter überlegt, weil ihre Gedanken Schlangen waren, die sie in kreisförmiger Bewegung halten musste, damit sie sich nicht konzentrierten und zubissen. Schließlich hatte sie diesen einen Satz noch zustande gebracht, und Wanda hatte ihn Leon genannt: »Ich brauche jemanden, der sich erinnert.«
Er hatte sich auf die Straße konzentriert. Sie waren in die Stadt Görlitz eingefahren, von der sie in Berlin gesprochen hatten. Es hatte zu schneien begonnen, doch der Schnee blieb nicht liegen. Görlitz schien aus der Zeit gefallen, wie eine Filmkulisse: die Häuser hoch und alt, nicht zerstört, aber verfallen, wie von einem Riesentier angenagt. Leer wirkte sie, obwohl über breite Fahrbahnen ein paar sehr kleine Autos und eine Straßenbahn

fuhren. Es gab ein Kaufhaus, das ähnlich gigantisch wie der *Hertie* wirkte, ein graubrauner Palastbau, dessen Fenster aber dunkel waren und aus dem keine Menschen strömten.

Vielleicht bildete sie sich das alles auch nur ein. Vielleicht wirkte die fremde Stadt wie eine Wüste auf sie, weil in ihr eine Wüste war. Weil sie mit einer Wüste keinen Kontakt aufnehmen, in keine Beziehung treten musste.

Sie ertrug keine Beziehungen mehr. Keine Nähe von Menschen. Mit dem, was von ihrer Familie übrig war, hatte sie nicht sprechen wollen. Weder mit Ari noch mit Lore. Wenn sich alles, was man mit jemandem gesprochen hatte, als Lüge entpuppte, verkam die Sprache zum Geräusch, dem kein Gehalt innewohnte. Sie brauchte die Wahrheit. Noch mehr gehaltlose Worte verkraftete sie nicht.

Mit Vera hätte sie sprechen können. Sie waren zwei in einem Boot: Schwestern, Zwillinge, Betrogene. Aber Vera hatte nicht mit ihr sprechen wollen. »Du hast die Familie zerstört«, hatte sie geschrien. Wanda, die in der Alboinstraße nicht länger hatte wohnen können, hatte sie vor der Drogerie, in der sie als Lehrmädchen arbeitete, abgefangen. Sie hatte ihre Zwillingsschwester noch nie schreien hören, schon gar nicht auf offener Straße, ausgerechnet Vera, die immer so ängstlich darauf bedacht war, niemanden zu stören. Das Schlimmste war, dass sie dabei weinte. »Und warum? Was ist denn dran an der verdammten Vergangenheit? Wozu musstest du unbedingt wissen, was irgendwann gewesen ist in einer Stadt, die kein Mensch mehr kennt? Dafür hast du Matti umgebracht. Sie hat dich so geliebt, Ariane und mich hat sie nie auch nur halb so sehr geliebt, und du hast sie umgebracht. Es ist so, als hättest du sie mit deinen eigenen Händen erhängt.«

Erhängt auf dem Hängeboden. Wie unpassend komisch.

Nur war es nicht so. In dem niedrigen Raum hätte selbst ein

kleiner Mensch nicht aufrecht stehen können. Matti hatte sich mit ihrer Handarbeitsschere, die sie stets scharf und spitz schliff, die Pulsadern geöffnet. Sie hatte es so ordentlich gemacht, wie sie gelebt hatte: Vorher den Karton mit dem Weihnachtsschmuck beiseitegeräumt, damit er von der Schweinerei nichts abbekam. Sich selbst in eine Ecke gequetscht und Mulltücher bereitgelegt, damit das Blut nicht auf Arianes Bett hinabtropfte.

Es hatte eine polizeiliche Untersuchung gegeben, und deren Ergebnis zufolge hatte Matti die Tat verübt, kaum dass die Letzte von ihnen die Wohnung verlassen hatte. Sie musste berechnet haben, dass ihr auf diese Weise genug Stunden zum Verbluten blieben. Wanda wurde schlecht, als sie diese Teile des Berichts las, aber sie wollte es trotzdem wissen. Jede Einzelheit. Sie hatte gehofft, dass Vera es auch wissen wollte, alles aufdecken, aus seinem Versteck reißen, wo immer es vergraben lag, aber sie musste an jenem Abend vor der Drogerie begreifen, dass Vera das nicht wollte. Dass sie damit allein war.

Allein.

Mit Andras wollte sie auch nicht sprechen. Sie war vor ihm gewarnt worden. »Was will er denn erreichen?«, hatte Sigis Stimme in ihrem Ohr geschrillt. »Dass Kinder sich gegen ihre Eltern stellen, ich mich gegen meinen Vater, weil der in einer Zeit, die wir gar nicht beurteilen können, seine Pflicht erfüllt hat? Dass Familien zerbrechen? Warum geht er denn nicht nach drüben in den Osten, da kann er das haben, dass Eltern und Kinder sich bespitzeln. In unserer Gesellschaft ist die Familie die Keimzelle des Staates. Wo die krank ist, geht der gesamte Organismus zugrunde.«

Was Andras wollte, wusste Wanda nicht. Er hatte sie auch belogen, hatte kein Wort davon erwähnt, dass er im letzten Semester mit Sigi liiert gewesen war. Daran jetzt zu denken schien lächerlich, aber Wanda hatte es satt, belogen zu werden. Was er wollte, durfte Andras getrost für sich behalten, aber was er erreicht hatte, wusste auch Wanda. Es stimmte, was Sigi gesagt hatte: Er hatte ihre Familie zerstört.

Meine Fassade von einer Familie, sagte sie sich. Ihre Familie war so gewesen, wie ihr die Häuser von Görlitz vorkamen: eine Kulisse. Ohne Dimension und Tiefe. Andras hatte dagegengeklopft, wie Matti auf Früchte klopfte, um ihre Reife zu prüfen, und die Pappkonstruktion war zusammengebrochen. Ein russischer Gouverneur aus dem achtzehnten Jahrhundert sollte ganze Siedlungen aus solchen Kulissen entlang von Eisenbahngleisen errichtet haben, um vorzutäuschen, dass dort blühendes Leben herrschte.

Potemkinsche Dörfer.

Dass er die niedermähte, konnte sie Andras im Grunde nicht vorwerfen. Aber das änderte nichts. Sie wollte mit Andras nicht sprechen. Seine Kontaktversuche wehrte sie ab, und sonderlich viele unternahm er nicht. Er hatte seinen Prozess, auf den er sich konzentrieren musste, seine Welt in Trümmern. Um die Trümmer, die er selbst hinter sich zurückgelassen hatte, konnte er sich nicht kümmern.

Blieb Manne.

Er hatte Wanda an dem eisigen Morgen nach der Nacht, die kein Ende fand, mit zu sich nach Hause genommen. Ohne Fragen zu stellen. Hatte später einen Koffer mit ein paar Sachen geholt und sie in einem von seiner Schwester rasch geräumten Zimmer einquartiert. »Bleib, solange du willst. Klara schläft so lange bei Miriam. Das ist kein Problem.«

Innerhalb von Tagen lernte Wanda, wie viel es bedeutete, um dieses Grundlegende nicht kämpfen zu müssen, wenn man ohnehin keine Kraft hatte: Ein Dach über dem Kopf. Saubere Wäsche. Tee, Wein und Teller mit eigenartigen Nudelgerichten.

Manne war ihre Rettung. Aber sprechen wollte sie auch mit ihm nicht. Es war unerträglich, in völligem Schweigen zu sitzen, Tag und Nacht auf eine Antwort zu warten, zu der man nicht einmal die Frage gestellt hatte, doch sie war außerstande, sich zu öffnen. Sie konnte sich nicht mit Manne hinsetzen und dort weitermachen, wo Mattis Tod ihr Leben in zwei Hälften zerschnitten hatte. Zudem konnte er sie bei all seiner Menschenfreundlichkeit unmöglich verstehen. Niemand konnte das. Sie selbst auch nicht. Die Art, wie Matti gestorben war, hatte Wanda außerhalb der menschlichen Gesellschaft gestellt: Sie war die Tochter, die ihre Mutter auf dem Gewissen hatte. Die das Flehen der Mutter eiskalt ignoriert hatte, bis diese keinen anderen Ausweg mehr gewusst hatte, als sich das Leben zu nehmen.

Das Leben zu nehmen.

In den Nächten hämmerten diese Worte auf Wanda ein, wie um ihr den Schädel zu zertrümmern.

Manne zeigte ihr, wo sie sich in Küche und Weinkeller nach Belieben bedienen konnte, er sorgte dafür, dass sie regelmäßig ein Tablett mit einer warmen Mahlzeit bekam, und brachte ihr ab und zu eine Zeitung oder ein Buch. »Wenn dir nach Reden ist – ich bin da. Wenn nicht, lasse ich dir deine Ruhe.«

Ihr war nach Reden. Aber sie war eine Ausgestoßene, der das, was Menschen verband, ihre Sprache, nicht zur Verfügung stand. Nach drei Tagen kam Manne nicht mehr. Stattdessen kam seine Mutter.

Rieke van Bontjes.

Als Erstes fiel Wanda auf, dass sie noch nie einen Menschen gesehen hatte, der ein Weinglas dermaßen vollschenkte. »Wasser gießt man sich ja auch nicht dauernd nach«, erklärte Mannes Mutter. Das Wissen, dass zumindest der Wein so schnell nicht ausgehen würde, wirkte auf Wanda seltsam beruhigend.

»Ich halte es für meine Pflicht, Ihnen das zu sagen, Wanda: Ihre

Mutter wird Anfang nächster Woche begraben. Wenn Sie hingehen wollen, kann jemand von uns Sie fahren.«
»Und wenn ich nicht hingehen will?«, entfuhr es Wanda. »Dann bin ich ein Unmensch, oder?«
»Über Unmenschen wird ab dem zwanzigsten Dezember vor Gericht in Frankfurt geurteilt«, sagte sie. »Da ich auf dem Gebiet über einige Erfahrung verfüge, rate ich Ihnen zu einem einfachen Test: Versuchen Sie, das Richtige zu tun, und scheitern daran? Dann sind Sie kein Unmensch, sondern ein ziemlich typischer Mensch.«
»Ist es wirklich so einfach?«, fragte Wanda.
»Nein«, antwortete Rieke van Bontjes. »Aber irgendwie muss man weitermachen, wenn man sich nicht auf eine einsame Insel zurückziehen will. Ich bin Ärztin. Ich muss jemandem die Hand in die Arschspalte schieben, um eine lebensrettende Untersuchung durchzuführen, und kann ihn nicht vorher fragen, ob er vor zwanzig Jahren meine Freunde totgefoltert hat.«
Mit Rieke van Bontjes zu reden war möglich, weil sie sich nicht schockieren ließ und ihr nicht daran gelegen war, die Entscheidungen anderer Menschen moralisch zu beurteilen. »Damit bin ich bereits bei mir selbst überfordert«, sagte sie. Einmal allerdings gab sie so etwas wie ein Urteil ab, und es war das Gegenteil von dem, was Wanda erwartet hatte: »Ich gebe zu, dass mir das, was Ihre Mutter Ihnen aufgebürdet hat, den Atem nimmt«, bekannte sie. Dass Wanda sich nicht in der Lage sah, an dem Begräbnis teilzunehmen, fand sie nicht verwunderlich.
Wanda war krank, und die van Bontjes pflegten sie, ohne von ihr zu verlangen, gesund zu werden. Sie konnte kaum essen. Schlafen noch weniger. »Das ist der Nutzen von Notzeiten«, sagte Rieke van Bontjes. »Hinterher sieht man es als empirisch erwiesen an, dass man nicht stirbt, wenn man sich eine Weile lang von Alkohol, Zigaretten und einem Zwieback pro Tag ernährt.«

Sie hatte noch etwas gesagt. Schon in ihrem zweiten Gespräch. »Vermutlich ist Ihnen im Moment nicht danach, auch nur daran zu denken. Aber wenn das, was Manne erwähnt hat, stimmt und Sie sich überlegen, nach Polen zu fahren, besuche ich meinen Freund Leon in Pankow, der Ihnen behilflich sein kann.«
Wanda hatte nichts erwidert, aber vielleicht verriet ihr Schweigen das, was mit ihrem Körper geschah. Ihr Herz schlug. Ihr Blut pulsierte. Als hätte sie bis hundert gezählt und ihr verlorenes Lebensband zurückerhalten.
»Um welche Gegend ginge es denn?«, fragte Rieke van Bontjes.
»Danzig«, sagte Wanda. »Zoppot.«
Es war wie mit Bob Dylans *A Hard Rain's A-Gonna Fall:* Es tat weh, und sie wollte es immer wieder hören. Schmerz, der half, weil er ihr bewies, dass sie lebte, dass ihre Gefühle erstarrt, aber nicht abgestorben waren.
»Sie werden sich darauf einrichten müssen, dass es ziemlich lange dauert«, sagte Rieke van Bontjes. »Aber wenn Leon einen Weg finden will, dann findet er einen, verlassen Sie sich drauf.«
Er fand einen. Auch wenn es beinahe sechs Wochen dauerte. Bereits in der folgenden Nacht hatte Wanda gewusst, dass sie nach Polen fahren wollte. Nach Polen fahren *musste.* Rieke van Bontjes hatte recht: Das, was ihre Mutter ihr aufgebürdet hatte, nahm ihr den Atem, und sie würde nicht Luft holen, geschweige denn ihr Leben wieder aufnehmen können, ehe sie wusste, was dazu geführt hatte. Warum wäre es so entsetzlich gewesen, ihr von der Vergangenheit zu erzählen, dass Matti – ihre friedliche, liebevolle Matti, die um diese Zeit Rumplätzchen gebacken und Kerzen mit Tannenzweigen in die Fenster gestellt hätte – es vorgezogen hatte, aus ihrem Zuhause eine Schlachtbank zu machen und sich zu vernichten?
Was Matti getan hatte, war bodenlos. Es ließ Wanda keine Planke, um sich daran festzuhalten. Ihre Schlangengedanken

verbissen sich in den Ort, an dem das bodenlose Dunkel seine Wurzel hatte. Halbherzig redete sie sich ein, es würde sich ein Weg aus der Finsternis finden, wenn sie dort suchte, wo sie hineingeraten waren.

Nicht bedacht hatte sie, wie kompliziert es war, in einer geteilten Stadt, in einem geteilten Erdteil zu leben. Um ein Visum zur Einreise nach Polen zu beantragen, brauchte sie die Einladung eines polnischen Bürgers. Um wiederum diese zu erhalten, brauchte Rieke van Bontjes ein Visum zur Einreise in den Ostteil Berlins, wo sie ihren Freund Leon Fingerzwajg darum bitten konnte. »Man könnte das natürlich am Telefon besprechen«, sagte Rieke. »Aber sicher ist sicher. Wer weiß, welche Leitungen abgehört werden.«

Es war nicht nur Matti, die aus der Vergangenheit heraus eine Angst verfolgt hatte, die sie auf Dauer nicht hatte überleben können. Ganze Länder mauerten sich ein, spionierten sich aus, befragten junge Mädchen auf Herz und Nieren, ehe sie wagten, sie über ihre Grenzen zu lassen. Das Visumsformular enthielt drei Fragebögen, auf denen Wanda ein Lichtbild befestigen und den Grund für ihren Reisewunsch in allen Einzelheiten darlegen musste.

»Sagen Sie denen die Wahrheit«, riet ihr Rieke. »Schreiben Sie, Ihre Mutter ist gerade gestorben, und um sich ihr nahe zu fühlen, wollen Sie Freunde von ihr im schönen Gdańsk besuchen, das sie so geliebt hat. Gdańsk, Wanda. Sopot. Danzig und Zoppot gibt es nicht mehr.«

»Warum sagen Sie, das ist die Wahrheit?«, fragte Wanda.

»Sie haben recht«, erwiderte Rieke. »Mir ist selbst nicht ganz klar, warum ich das gesagt habe.«

Aber es stimmte. Wanda spürte, dass es ein Teil der Wahrheit war. In den Augenblicken, in denen ihre Gedanken sich mit der Planung der Reise beschäftigten, sprang manchmal für

Sekunden eine andere Erinnerung an Matti auf. Keine aus Blut, Geschrei und Blaulicht in der Nacht. Sondern eine, die nach Hagebuttentee und der Füllung von Piroggen duftete. Dieser Hauch von Erinnerung war stets im Nu wieder verflogen, aber er schenkte Wanda für den einen Atemzug das Gefühl, mit Menschen verbunden zu sein.

Nicht allein zwischen Trümmern zu stehen.

Sie war nicht volljährig und brauchte daher eine Vollmacht.

»Darum kümmere ich mich«, versprach Rieke.

»Meine Tante Lore wird sie mir nicht geben. Sie will noch weniger, dass ich an der Vergangenheit rühre, als meine Mutter es wollte.«

Zögernd, weil Rieke nachfragte, erzählte Wanda ihr von dem Traum mit dem Zug und Lores Reaktion. »Es kommt mir jetzt vor, als wäre es kein Traum, sondern eine Erinnerung gewesen, von der sie nicht wollte, dass ich sie habe«, sagte sie.

»Das ist gut möglich«, erwiderte Rieke. »Nur versteifen Sie sich nicht auf den Zug. Ich habe auch solche Träume. Es geht darin nicht zwingend um Züge und Bahnhöfe, sondern um eine Situation, aus der es kein Entrinnen gibt.«

Die Vollmacht werde sie bekommen, versprach sie Wanda. »Zur Not fälsche ich sie.«

Dass Weihnachten kam, war wie Barfußgehen auf zerstoßenem Glas: Keine Bewegung war möglich, ohne am Schmerz ein Stück Verstand zu verlieren. Wo es Matti nicht mehr gab, konnte es auch kein Weihnachten mehr geben. Matti war Weihnachten. *Wigili.* Wie waren sie auf diesen Namen gekommen? Am Morgen von Wigili hatte Matti statt ihrer gewöhnlichen Schürze eine gestärkte weiße umgelegt, und auch alle Tücher im Haus – auf Tischen, Betten und vor den Fenstern – waren gestärkt und weiß. Wenn sie aufwachten, stand Matti bereits seit Stunden in der Küche, um alle zwölf Gerichte zuzubereiten, und am Abend

holten sie den sechsten weißen Teller mit der blauen Schrift heraus und stellten ihn zu den anderen auf den Tisch. *Für die, die auf Besuch da sein sollten, aber nicht mehr kommen.*
Für die, die da sein sollten, aber nicht mehr kamen, gab es auch immer ein Geschenk, doch es wurde nie ausgepackt.
»Dass wir Sie an Weihnachten gern dabeihätten, wissen Sie hoffentlich«, sagte Rieke van Bontjes. »Aber wir drängen Sie nicht. Bei uns sind ja immer Leute, wir sind weder Christen noch gute Hausfrauen, also ist es eine ziemlich zwanglose Angelegenheit. Aber Claas brät traditionell auf dem Wintergrill seine Wachteln, die ein Gedicht sind. Kommen Sie nach unten, wenn Ihnen danach ist.«
Wanda war nicht danach, aber sie hörte die Familie und ihre Freunde aus dem verschneiten Garten lachen. Später hörte sie im Haus jemanden weinen, und dann wurden Platten mit einem Saxofon und weichem Jazz gespielt. Vier Tage zuvor war im Frankfurter Römer der Auschwitz-Prozess eröffnet worden, der größte deutsche Prozess seit Kriegsende. Claas van Bontjes hatte Zeitungsseiten mit der Berichterstattung über die Treppe seines Hauses geheftet, dorthin, wo andere Leute Girlanden aus Tannenzweigen und Adventskalender aufhängten.
Eine Familie und ihre Geschichte zu erleben, wenn einem selbst beides zerbrochen war, kostete mehr Kraft, als Wanda zu besitzen geglaubt hatte. Sie würde den Weihnachtsabend nie mehr Wigili nennen, aber gleich nach den Feiertagen kam ein Geschenk für sie an. Ihr Visum war bewilligt worden, es war hinterlegt, und sie konnte es abholen. Es kostete ein Vermögen, das die van Bontjes bezahlten. Und die van Bontjes würden ihr auch das Geld für die Reise geben.
»Geliehen«, sagte Rieke.
Es war entsetzlich peinlich.
»Glauben Sie mir, Wanda, gegen das Geld, das ich mir 1938 in

Frankreich habe leihen müssen, ist das hier gar nichts. Aber Sie können auch sicher sein, dass ich es bis heute zurückzahle. Mit meiner Freundschaft. Damit, dass ich jemandem aushelfe, der es jetzt so nötig braucht wie ich vor fünfundzwanzig Jahren.«

Mit dem Geld und dem gestempelten Einreisepapier war es nicht getan. Darüber hinaus brauchte Wanda ein Transitvisum, das sie in der Konsularabteilung der DDR beantragen musste und das sie zur Reise durch die verbotene Hälfte von Deutschland berechtigte.

Als auch das erledigt war, war der Januar fast vorüber. Es lag kein Schnee mehr, war aber ungewöhnlich kalt. Von der Beweisaufnahme in Frankfurt sickerten nur spärlich Nachrichten durch. Von Zeugen, die zusammenbrachen und ärztlich behandelt werden mussten, war die Rede, von einem Überlebenden, der eine Aussage machen wollte, aber nur Laute, kein Wort herausbekam. Nach Beratung mit dem polnischen Bekannten, die diesmal telefonisch erfolgte, wurde beschlossen, dass Wanda am ersten Februar reisen sollte.

»Leon nimmt Sie am Bahnhof Friedrichstraße in Empfang und fährt Sie nach Görlitz, wo Sie in den Zug steigen«, sagte Rieke.

»Und warum sollte er das tun? Er kennt mich doch gar nicht.«

»*Nom de Dieu,* wir haben ihn auch kaum gekannt«, antwortete Rieke. »Wir wussten nur, er muss über eine Grenze, und er hat niemanden als uns, um ihn heil hinüberzubringen.«

Das beendete die Debatte. Claas van Bontjes borgte Wanda den Koffer, in dem Manne ihre Sachen aus der Alboinstraße geholt hatte und der aussah, als hätte er nicht nur den letzten, sondern auch den vorletzten Krieg überlebt. Wanda packte. Manne schob sich auf Zehenspitzen ins Zimmer und legte obenauf einen senfgelben Pullover, der dicker als jeder Mantel war. In der Schwärze des Wintermorgens fuhr Rieke sie zur U-Bahnstation Hallesches Tor. »Sie fahren durch die dunklen Bahnhöfe, in denen der

Zug nicht hält. Sobald wieder Licht kommt, steigen Sie aus. Das ist dann der Bahnhof Friedrichstraße, im Osten der einzige Halt. Können Sie gar nicht verfehlen.«

Es war der Zug aus Wandas Traum: schwarze Bahnhöfe, die an den Fenstern vorübersausten, und dann jähes Licht und die Silhouetten von Männern, die vor den Zugtüren warteten. Wanda hatte Mühe auszusteigen, ihre Beine zitterten, doch fast zeitgleich begriff sie, dass Rieke recht hatte: Es ging nicht um Züge, und die Leute in den dunklen Mänteln waren nichts als Reisende, die es eilig hatten. Mit der Angst, die sie im Traum gequält hatte, würde sie umgehen müssen, wenn sie ihr begegnete.

Am Bahnhof Friedrichstraße hatten ihr Beamte den SPIEGEL abgenommen, den Manne ihr geschenkt hatte, einen Beutel Watte aus ihrem Koffer zerpflückt und sie gefragt, ob sie Waffen, Munition oder Sprengstoff bei sich trüge. Als man sie endlich gehen ließ, hatte hinter der Sperre Leon Fingerzwajg auf sie gewartet. »Sie sind Wanda Scharneck? Ich würde gern sagen: Willkommen in meinem Heimatland. Aber leider begleite ich Sie nur durch die DDR.«

Er war nett. Ruhig. Sprach gut Deutsch und fuhr ein kleines Auto. Während sie aus Berlin herausrollten, schlug er vor, praktische Fragen zu erörtern. »Ich bin nicht mehr oft in Polen. Aber ich hoffe, mit den meisten Sachen kann ich Ihnen weiterhelfen.« Sie würde an der Grenze in Görlitz kontrolliert werden und dann den Zug besteigen, erklärte er ihr. Görlitz war wie Berlin eine geteilte Stadt. Hinter der Grenze hieß sie Zgorzelec. »Vergessen Sie das nicht. Sagen Sie, Sie steigen in Poznań um, nicht in Posen, Sie fahren nach Gdańsk, nicht nach Danzig, Sie nehmen die Regionalbahn nach Sopot. Die deutschen Namen klingen für viele Leute, als kämen Sie, um ihnen das Land wegzunehmen.«

In Poznań, beim Umsteigen, würde sie allein zurechtkommen

müssen, aber in Gdańsk Glowny, dem Hauptbahnhof von Danzig, würde sein Bruder, der die Einladung geschrieben hatte, ihr helfen, den Bahnsteig nach Sopot zu finden. »Er heißt Witold. Sein Deutsch ist schlecht. Er mag weder die Deutschen noch dass ich bei ihnen lebe. Wenn Sie in Sopot aussteigen, müssen Sie nur durch die Unterführung und gleich dahinter die breite Straße geradeaus. Sie heißt Bohaterow Monte Cassino. Sopots Hauptstraße. Da war einmal viel Leben. Wo sie zu Ende ist, beginnt der Strand, und dort finden Sie auch Ihr Hotel. Es ist nicht schwierig. Wenn Sie sich dennoch verlaufen, fragen Sie nach dem *Grandhotel.* Jeder kennt es. Hat es immer gekannt.«
Weiter hatten sie nichts zu besprechen, also waren sie auf die Idee mit den Vokabeln verfallen. Dass Wanda kein Wort Polnisch konnte, verblüffte ihn. »So sind wir damals geflohen. Nur irgendwohin, wo niemand im Morgengrauen an unsere Tür hämmerte, um uns die Treppe hinunter und aus der Stadt zu zerren. Fremde Länder, ohne einen Fetzen von deren Sprache.« Er kramte im Handschuhfach nach Zigaretten. »Sie sind auch auf der Flucht.« Es war keine Frage.
Als sie Görlitz durchquerten, war es längst Tag, aber das graue Licht sah nicht danach aus. Zu dünner Schnee schmolz auf leeren Gehsteigen. Der letzte Satz, der Wanda einfiel, schien der einzige, der mit ihr zu tun hatte, und sie nannte ihn Leon: »Ich brauche jemanden, der sich erinnert.«
Er nickte endlich. »*Potrebuje kogoś kto pamieta.* Probieren Sie gar nicht erst, das zu buchstabieren. Ich schreibe es Ihnen auf, wenn wir halten.«
Wenig später wies er nach vorn auf ein silbrig blitzendes Band unter Nebelbänken. »Das ist sie.«
»Wer?«
»Die Oder-Neiße-Grenze. Die, die uns nicht zusammenkommen lässt. Der einen Seite raubt sie die Heimat, das, was niemand

ersetzen kann. Der anderen bedeutet sie einen Funken Gerechtigkeit, die es bei Millionen Toten niemals geben kann.«
Er bog nach links ab, fuhr die Auffahrt zum durch Schranken abgesperrten Bahnhofsgelände hinauf und davor auf einen leeren Parkplatz.
»Und wer hat recht?«, fragte Wanda.
Leon parkte den Wagen und hielt ihr die zerknautschte Zigarettenpackung hin. »Das ist bei denen, die Unrecht erben, nicht so leicht, oder? Es hat sich ja keiner von uns ausgesucht, und Schmerz ist kein besonnener Ratgeber.«
Zu rauchen tat Wanda gut, seit sie so oft Hunger hatte, aber nichts runterkriegte. So wie Andras. Doch an den wollte sie nicht denken. Leon sah auf seine Uhr. »Es wird Zeit, Wanda. Nur noch zwei Dinge. Solange Sie im Zug sitzen, dürfen Sie Ihr Abteil nicht verlassen. An den Gleisen, hinter der Kontrolle, gibt es einen Kiosk. Kaufen Sie sich Wasser und ein bisschen Gebäck. Bis Sie im Hotel sind, werden Sie vermutlich nichts zu essen bekommen.«
»Und wenn ich mal muss?«, rutschte es Wanda heraus.
Leon lächelte unfroh. »Besser wäre, Sie müssten nicht.« Er nahm ihr das Vokabelheft und den Bleistift von den Knien. »*Potrebuje kogoś kto pamieta.* Sie brauchen jemanden, der sich erinnert. Aber vergessen Sie nicht: Von den Leuten, die jetzt in Gdańsk und Sopot leben, kann niemand Ihre Familie gekannt haben. Die sind erst nach dem Krieg gekommen, so wie Sie selbst nach Berlin.«
»Aber die Leute, die dort gewohnt haben …«, begann Wanda und brach ab, weil sie sich unglaublich töricht vorkam. Wie konnte sie sich anmaßen, in ein Land zu reisen, von dem sie nicht das Mindeste wusste, dessen offene Wunden sie nicht kannte und in dem sie nicht willkommen war? Sie hatte ihren Gedanken ein Ziel geben wollen, um nach Mattis Tod nicht

zusammenzubrechen. Jetzt aber sah sie, wie brüchig das Eis war, auf dem sie ahnungslos herumtappte.

Und ihren einzigen Halt würde sie in wenigen Minuten verlieren. »Die Deutschen, die dort gewohnt haben, mussten gehen«, sagte Leon hart. »Und von der *Polonia Gdańska,* der polnischen Bevölkerung, die seit Generationen nach Danzig gehörte, hat kaum jemand überlebt. Es ist eine neue Stadt. Eine, die neunzig Prozent ihrer Bausubstanz im Krieg verloren hat und die von Menschen aufgebaut worden ist, die ebenfalls ihre Heimat verloren haben. Von Vertriebenen aus den ostpolnischen Gebieten, die heute zur Sowjetunion gehören.«

»Von Vertriebenen?«, wiederholte Wanda.

Leon nickte. »Hitler hat getan, was er vorhatte: Er hat Europas Landkarte ausgewischt und übermalt.«

31

Das Schild konnte unmöglich neu sein. Es war ein schmales, verbeultes Schild mit abgeplatzter Emailleschicht, auf die jemand *Sopot* gepinselt hatte. Auf dem Bahnhof gab es sonst nichts als dieses Schild. Keinen Kiosk, keinen Schalter, keine Anzeigetafel. Es stieg außer Wanda auch kein Mensch aus, und bis auf das funzelige Licht aus einer Reihe Laternen war alles dunkel.

Dennoch geschah etwas mit Wanda, als sie dieses Schild sah. Sie hatte die Zugfahrt beinahe reglos vor Angst verbracht, begreifend, dass Einsamkeit eine neue Dimension annahm, wenn man von Sprache umgeben war, die man als Einziger nicht verstand. Im Gewimmel des Danziger Hauptbahnhofs hatte sie von der

Stadt, auf deren Anblick sie mit so viel Spannung gewartet hatte, nichts mitbekommen, und Leons Bruder hatte sie behandelt wie ein Stück Frachtgut, das man am besten schnellstmöglich wieder loswurde. Von den Grenzpolizisten in Zgorzelec bis zu den Kontrolleuren am Gleis des Regionalzugs machte jeder ihr deutlich, dass hier niemand auf sie wartete. Dass sie hier nicht hergehörte, nichts zu schaffen hatte.

Jetzt, als ihr Waggon vor dem verbeulten Schild zum Stehen kam und sie ihren Koffer hinaus auf den verschneiten Bahnsteig hievte, empfand sie etwas anderes. Sie war angekommen. Das Gefühl schmeckte nach Hagebuttentee, und sie hätte es keinem Menschen erklären können.

Umso heftiger kehrten die übrigen Gefühle zurück: Fremdheit, Hunger, bleierne Müdigkeit und schneidende Kälte. Es gab niemanden, den sie hätte fragen können, nicht einmal mit Händen und Füßen und ihrem Vokabelheft. Also schleppte sie den Koffer die eiserne Treppe hinunter und versuchte, sich an Leons Wegbeschreibung zu erinnern. Als sie die Straße erreichte, fuhr ihr ein eisiger Wind ins Gesicht, riss an ihrem Haar und trug einen Geruch mit sich, den man unmöglich verwechseln konnte, selbst wenn man ihn nie zuvor in der Nase gehabt hatte.

Salz. Tang. Fisch. Sie war am Meer.

Die kleine Stadt schlief. Sie schien nicht seit Stunden zu schlafen wie andere kleine Städte, sondern seit Jahrzehnten. Dornröschenstadt. Als hätte ein Stich mit der Spindel ihr Leben zum Stillstand gebracht und so, wie es gewesen war, bewahrt. Die Unterführung fand sich von selbst, und gleich darauf erstreckte sich vor Wanda eine breite, von Lokalen gesäumte Straße. An der Biegung entdeckte sie das Schild: Bohaterow Monte Cassino. Sie war also auf dem richtigen Weg, hatte sich auf Anhieb zurechtgefunden, obwohl sie sich den fremden Namen nur mühsam merken konnte.

Die Lokale hatten alle geschlossen, gewiss nicht seit Stunden, sondern seit Jahrzehnten. Die Häuser, die darüber aufragten, schmückten Türme, Erker und Veranden. Putz blätterte. Von einer in Lindgrün gestrichenen und mit Stuck verzierten Fassade hing schief ein Ladenschild auf die Auslage hinunter. Die Auslage war leer bis auf eine verstaubte Flasche und eine einsame Etagere. *Café Sopot,* stand auf dem Ladenschild, aber dort, wo es verrutscht war, enthüllte es ein paar verblichene oder schlampig übermalte Buchstaben. *Baro-*. In verschnörkelter Schrift. Wie hatte das Café früher geheißen, und wo waren die, denen es gehört hatte?
Bei dem Lokal daneben war das Schaufenster mit Brettern vernagelt. Darüber aber, an der graugelben Wand, entdeckte Wanda erneut übermalte Buchstaben, die wieder zum Vorschein kamen, als kröchen sie durch den allzu dünnen Anstrich. *Seestraße,* entzifferte sie. *Familienbad 100 Meter.* Unter der Stadt, die schlief, lag eine zweite und war tot.
Der Wind fuhr Wanda unter den Mantel und rief ihr in Erinnerung, wie erbärmlich sie fror. Wie weit mochte es bis zu ihrem Hotel noch sein? Sie blickte auf und sah, dass sie das Ende der Straße fast erreicht hatte, dass sich zur Rechten ein Leuchtturm erhob, während sich zur Linken eine Reihe von wuchtigen Gebäuden erstreckte. Vor ihr, in ein paar Schritten Entfernung, mischte der Wind jedoch Sand und Schnee und verwehte beide. Er pfiff, weil er Platz hatte, sich über die Weite ins Zeug legen durfte, und die Fläche, die dunkler als die Nacht und endloser als alle Furcht war, bäumte und senkte sich und gab dabei ein Rauschen von sich, ein wildes, Gedanken überrollendes Begrüßungslied.
Willkommen, Wanda. Willkommen zurück.
Ich bin hier geboren, schrie es in ihren Ohren, ich bin hier, ganz genau hier schon einmal gewesen, das hier hat mit mir zu tun!

War Matti hier gewesen, an diesem Strand, mit ihr und Vera in einem altmodischen Kinderwagen für Zwillinge?
Willkommen, Wanda. Willkommen zu Hause.
Als sie sich vom Meer losriss, waren ihre Glieder so steif gefroren, dass sie sich kaum noch in Bewegung zwingen ließen. Wanda bog nach links in die Promenade ein, die an einer Kette niedriger Dünen entlangführte. Sand und Dunkelheit schlugen ihr entgegen. Schmiedeeiserne Laternen säumten den Fußweg, doch hatte niemand sich die Mühe gemacht, sie einzuschalten. Wozu auch? Wie es aussah, kam hier im Winter kein Mensch hierher, zumindest keiner, der in eisiger Nacht am Strand umherirrte. Irgendwo in ihrem Koffer befand sich eine schriftliche Buchungsbestätigung mit der Adresse des Hotels, ohne die sie das Visum nicht erhalten hätte, aber in der Finsternis danach zu suchen wäre ein sinnloses Unterfangen.
Das Gebäude mit den beiden Kuppeldächern und hohen Spitzen, das in nicht mehr als fünfzig Metern Entfernung die übrigen überragte, war das einzige, in dem ein paar Fenster erleuchtet waren. Es war verblüffend, wie wohl das Licht tat, wie es ihren Schritt beschleunigte. Dort vorn musste ihr Ziel sein, denn sie hatte keine Kraft mehr, um weiterzusuchen, und es gab doch hier weit und breit keine Menschenseele. Je näher sie sich aber an das Bauwerk herankämpfte, desto lauter erhoben sich Zweifel: Wie konnte dieser Palast aus einer versunkenen Zeit das Hotel sein, in dem Wanda Scharneck übernachten würde? Es lag hinter einem Garten, der wie unberührt wirkte, die ausgedehnten Flächen, ein Springbrunnen und ein Pavillon schneebedeckt. Skulpturen dazwischen blitzten auf wie tanzende Geister.
Hinter dem gespenstischen Garten begann eine breite Treppe, die hinauf zum Portal führte. Durch dessen gläserne Türen fiel schwaches Licht, versprach Wärme und lockte Wanda zu sich. Aber die geschmiedeten Flügel des Gartentors waren verriegelt

und mit einer Kette gesichert. Wanda schrie: »Hallo, ist da jemand?«, und rüttelte daran, doch die Kette, die die Streben zusammenhielt, ließ sich nicht bewegen.
Jemand in dem schweigenden Palast musste ihr Stoßgebet gehört haben. Eine der Glastüren schwang auf, und in der Dunkelheit zeichnete sich eine Gestalt ab. Ein Mann in blasser Livree, in der er sich zu Tode frieren musste, lief leichtfüßig die Treppe hinunter und über den verschneiten Gartenweg Wanda entgegen. Was er ihr auf Polnisch zurief, verstand sie nicht.
»Ich bin Wanda Scharneck«, rief sie verzweifelt zurück, ihre Stimme von der Kälte brüchig und rau. »Aus Deutschland! Berlin! Herr Fingerzwajg hat für mich ein Zimmer reserviert.«
Ihre Lungen schmerzten. Außer Atem versuchte sie es anders: »Do you speak English? My name is Wanda Scharneck, I have just arrived from Berlin …«
Der Mann, von dem sie nicht einmal erkennen konnte, ob er jung oder alt war, erreichte mit knirschenden Schritten das Tor. Er hob eine Hand, um ihr zu bedeuten, dass ihr Reden nutzlos war, und benutzte die andere, um das Kettenschloss zu entriegeln. Ohne ein Wort in irgendeiner Sprache zu sprechen, zog er einen Flügel auf, riss ihr den Koffer förmlich aus der Hand und stapfte durch den Schnee zum Haus. Wanda folgte ihm.
Die Wärme war überwältigend. In ihrem ganzen Leben, dessen war sich Wanda sicher, würde sie diese Wärme nie mehr vergessen. Sie stand in einer Art Filmszene, in einem abgedunkelten Restaurant mit weißen Tafeldecken, funkelnden Gläsern auf den Tischen und Kronleuchtern an der goldverzierten Decke, schmolz dabei wie ein Eiszapfen und tropfte auf den samtigen Teppich. Das Licht, das sie von draußen gesehen hatte, kam aus dem Raum dahinter, der durch weitere Glastüren von diesem getrennt war. Wanda glaubte, eine Art runden Bartresen zu erkennen, hinter dem noch Leute beschäftigt waren.

Der Mann, der ihren Koffer trug, öffnete eine Zwischentür und rief etwas hinüber. Wenig später traten zwei Männer hinter dem Tresen hervor, und ein dritter, der einen dunklen Abendanzug trug, schloss sich ihnen von irgendwoher an. Der Mann mit dem Koffer redete auf die drei anderen ein. Wanda glaubte ihren Namen zu verstehen und mehrere Male das Wort *niemiecka* – deutsch.

Wenn sie versuchen, mich wieder rauszuschmeißen, weigere ich mich, dachte Wanda. Wärme und Erschöpfung hüllten sie ein, sodass es ihr schwerfiel, die Augen offen zu halten. Sie hätte sich am liebsten auf den Teppich fallen lassen und wäre eingeschlafen.

Endlich war das Palaver beendet, und einer der Männer, die von der Bar gekommen waren, sprach sie radebrechend und ohne Freundlichkeit an: »Von Strand in Winter kein Eingang. Sie hätten kommen sollen von Straße. Wir haben Sie erwartet früher. Gäste sonst nicht kommen so spät.«

Wenigstens verstand er Deutsch, wenigstens schien er ihren Namen zu erkennen, wenigstens würde sie wohl bleiben dürfen. Alles andere war nicht so wichtig und würde sich morgen klären lassen. »Es tut mir furchtbar leid«, entschuldigte sie sich. »Ich reise zum ersten Mal nach Polen, und aus Danzig gab es nur einen Zug. Aus Gdańsk, meine ich. Ich kenne mich nicht aus.«

Sie war im Begriff, nach ihrem Koffer zu greifen, um ihre Papiere herauszusuchen, als der Mann im Anzug heftig zusammenzuckte und sich ihr zuwandte. »Gundi?«, fragte er fassungslos, starrte Wanda ins Gesicht und blinzelte fortwährend, als hätte er sie zuvor nicht bemerkt. »Gundi Frieböse von den *Piroggen?* Ja, ist das denn die Möglichkeit?«

32

Er hieß Ludwik Brzezno, war der Empfangschef des Hotels und zudem einer von denen, die es laut Leon Fingerzwajg so gut wie nicht mehr gab: ein Angehöriger der *Polonia Gdańska,* der überlebt hatte. Er war so gut wie blind, deshalb hatte er sie für ihre Mutter gehalten – er hatte sie an der Stimme erkannt. »Eine Naturgewalt. Jeder Ton ein Ostseebrecher. Dass es das zweimal geben könnte, hätte ich nie gedacht. Anfangs sang sie wie eine verrostete Gießkanne, aber als sie den Bogen erst einmal raus hatte, gab es nichts Besseres. Die Leute waren süchtig nach ihr. Singen Sie auch? Es geht mich nichts an, aber wenn Sie es nicht tun, verschenken Sie ein Vermögen.«
Wanda wäre nie darauf gekommen, dass ihre Stimme der von Matti ähnelte. Auch hätte sie Mattis leise, sanfte Stimme nicht als Naturgewalt beschrieben. Sie musste geschrumpft sein, seit sie von Danzig fortgegangen war, sich auf der Flucht klein gemacht und nie wieder aufgerichtet haben. Aber dass sie, Wanda, singen sollte, hatte auch Andras ihr gesagt: »Deine Stimme ist der Wahnsinn. Bei jedem zweiten Satz, den du von dir gibst, denke ich, *heaven,* das hätte eigentlich ein Song werden sollen.«
Dass der Empfangschef Matti gekannt hatte, bedeutete nicht, dass er gewillt war, Wanda zu helfen.
»Meine Mutter ist tot«, hatte sie gesagt, nachdem sich der Irrtum aufgeklärt hatte. »Ich bin hergekommen, um nach ihren Spuren zu suchen. Was für ein Glück, jemanden zu treffen, der sie kannte.«
Ludwik Brzezno, der zumindest zugänglicher gewesen war als die Übrigen, verschloss sich. »Ich habe Ihre Mutter nicht gekannt. Sie war Deutsche, ich Pole, sie gastierte als Star hier im Hotel, und ich stand als Zwangsarbeiter bei Schichau auf der

Werft. Wie soll ich sie da gekannt haben? Und hat sie überhaupt jemand gekannt?«

»Das frage ich mich auch«, entfuhr es Wanda. »Aber Sie haben sie doch singen gehört. Sie müssen mir doch von ihr erzählen können …«

Brzezno ließ ihren Satz in der Luft hängen und sagte etwas zu dem Mann mit dem Koffer, ehe er sich Wanda wieder zuwandte. »Tomasz zeigt Ihnen Ihr Zimmer. Die Küche ist schon geschlossen. Wir können Ihnen aber etwas Salat und Aufschnitt nach oben schicken lassen, wenn Sie noch Hunger haben.«

»Das ist sehr freundlich.« Wanda kannte sich mit Hotels nicht aus. Bezahlte man das Essen, das man bestellte, sofort? Gab man irgendwem Trinkgeld? Auch bezweifelte sie, dass sie mit dem fremden Geld, den *Zloty*, die Claas van Bontjes für sie eingetauscht hatte, zurechtkommen würde. Wichtiger aber war, den schon fast aufgeriebenen Faden des Gesprächs nicht abreißen zu lassen. »Bitte, Herr Brzezno, ich wäre Ihnen für jeden Hinweis dankbar.«

»Sie werden nach der Reise müde sein, und wir würden das Restaurant gern abschließen. Hinweise gibt es nicht. Ich bedaure. Die Zeiten sind vorbei.«

Es war nichts zu machen. Sooft sie es in den nächsten Tagen versuchte, biss sie auf Granit. Panik erfasste sie. Ihr Visum galt nur für vierzehn Tage. Wenn sie in der Zeit nichts herausfand, musste sie unverrichteter Dinge zurückfahren und hatte nicht die geringste Ahnung, wie sie mit dem Geschehenen weiterleben sollte. Allein lief sie durch Sopot und suchte nach einem Punkt, an dem sie beginnen konnte. Allein starrte sie an den Fassaden hoch, spürte, sie hatten eine Geschichte zu erzählen, und verstand noch weniger als bei den Worten in der fremden Sprache.

Eine Geschichte erzählte auch das Hotel. Ihre Mutter war dort gewesen – nicht nur als Gast, sondern als Sängerin, die von ihrem Publikum vergöttert worden war. So viel immerhin hatte Ludwik Brzezno preisgegeben. Es erschien unglaublich. Matti, die in ihrer Schürze am Herd stand und im Sauerkraut rührte, die nie ausging, sich in ihrer Wohnung wie in einem Nest verkroch, ein Star? Sie musste zwei völlig voneinander getrennte Leben geführt haben. Die Frage, die Brzezno gestellt hatte, war berechtigt: Gab es jemanden, der sie kannte?

Wanda fand niemanden. Sie irrte durch leere Straßen, stellte manchmal in einem Geschäft eine Frage, die nicht verstanden wurde, und kehrte abends fluchtartig in ihr Hotelzimmer zurück, das ebenso abweisend war wie die Stadt vor seiner Tür. Vielleicht noch abweisender. So als mache es Wanda zum Vorwurf, dass seine Glanzzeit vorüber und von all den Festen, Freuden und Triumphen nur eine nutzlose Hülse übrig war.

Die vergangene Größe war überall spürbar. Das ganze Gebäude war in seiner verschwenderischen Pracht erhalten, ein Prunksaal reihte sich an den anderen, und zwischen verschlissenen Samttapeten, angelaufenen Kandelabern und abgeplatztem Stuck glaubte man noch, das Rascheln der Ballkleider zu hören, das Lachen der Gäste, das Knirschen der Räder von Kutschen und Automobilen, die über den Kiesweg bis vor das Portal rollten.

Ihr Zimmer war ebenso: Alt, abgenutzt, nicht genügend geliebt und gepflegt, aber seine Schönheit konnte es nicht leugnen. Hier war einst zu Höchstpreisen verkauft worden, wonach Menschen sich sehnten: Luxus. Unbeschwertheit. Eine Pause vom Alltag. Über dem breiten, mit Messinggestänge verzierten Bett lag eine Tagesdecke aus grüner Seide, und an dem zierlichen Sekretär aus Rosenholz konnte man sich eine Dichterin vorstellen, ein ephebisches Wesen, das mit Feder und Tinte schrieb. Das Bad war in Marmor gehalten und so groß, dass man zwischen Wanne und Waschtisch hätte tanzen können. Französische Fenster führten auf einen schmalen Balkon mit kunstvoll geschmiedetem Gitter und einem Blick über Strand und Meer. Es war ein Zimmer aus einer Glamourwelt, die nichts Wirkliches hatte. Ein verblichenes Paradies. Und es passte nicht im Mindesten zu Matti.

Das Restaurant, in das sie am Abend ihrer Ankunft geraten war und in dem das Frühstück serviert wurde, war rundherum verglast und ausgestattet wie für irgendeine Adelshochzeit. Wanda hatte von der schlechten Versorgungslage in Polen gelesen, sie sah in den Straßen die kümmerlich bestückten Auslagen, doch in der Hotelküche schien man keinen Mangel zu kennen. Es wurde geprasst. Der Kaffee war köstlich, es gab Etageren voller Feingebäck und körbeweise Brotsorten. Von den Wurst- und Fischspezialitäten, die Wanda auf silbernen Servierwagen an den Tisch gefahren wurden, hatte sie die meisten noch nie probiert.

Da das Hotel so gut wie leer war, schien sich ein Minimum von drei Kellnern um jeden einzelnen Gast zu kümmern. Wer nichts zu tun hatte, lehnte an Wänden und Anrichten, kreuzte die Beine, sah den Essenden auf eine Weise zu, die Wanda beklemmend, ja sogar feindselig fand.

Ihr war nicht nach Essen. Sie hatte im Ort Zigaretten gekauft und ging damit in den Rauchsalon am Ende des Westflügels. Die Atmosphäre des in Grün und Braun gehaltenen Raumes ließ keinen Zweifel daran, dass er von Männern frequentiert wurde. Ein einzelner Mann saß in einem Sessel und las Zeitung. Wanda steckte sich eine der Zigaretten an. Sie schmeckte, wie sie sich den Geschmack von verbranntem Stroh vorstellte. Aber sie hatte sie ja nicht angesteckt, um sie zu genießen, sondern um das Flattern ihrer Nerven in den Griff zu bekommen.

An den Wänden hingen in Gruppen goldgerahmte Fotografien.

Wanda erkannte Charles de Gaulle, der ihr von den Zeitungsfotos mit Adenauer vertraut war, und den polnischen Parteichef Wladyslaw Gomulka. Offenbar war dies die Gruppe der Staatsoberhäupter. An der Längsseite hingen andere Bilder, die zum Teil mit Autogrammen verziert waren. Künstler. Musiker und Schauspieler.

Ein paar Gesichter kamen Wanda vage bekannt vor, doch die meisten hatte sie nie zuvor gesehen. An einem Männergesicht blieb ihr Blick hängen, weil die schwarzen Augen auf fast gewaltsame Weise eindringlich waren. Die Masse von Haar, die dem Mann bis über die zu große Nase fiel, erinnerte Wanda an ihre Schwester Vera. Die ließ sich ihre Haare von einer Friseuse ausdünnen, weil ihnen anders nicht beizukommen war.

Ganz sicher hing hier kein Bild von Matti. Wie auch? Matti konnte keine Musikerin sein. Sie hatte ein Instrument auf der Kredenz in der Küche stehen, aber soweit Wanda wusste, hatte sie es nie auch nur angerührt. Sie hatte nie gesungen, nie mehr als ein einziges Lied vor sich hin gesummt.

Wanda starrte auf die Bilder. Musik ließ man nicht hinter sich wie ein Land, aus dem man fliehen musste. Musik saß im Blut und floh überallhin mit. Wanda spürte es am eigenen Leib. Sie konnte alles verdrängen, aber nicht die Lieder, die in ihr sangen. *A Hard Rain's A-Gonna Fall,* halb geschriene Zeilen von einem Mann, der vor Liebe wund war, und von einem zweiten, der wund war vom Hass.

Wo immer sie hinging, Dylans Lied sang in ihr weiter. Musik legte man nicht ab wie eine zu eng gewordene Jacke. Etwas an der Geschichte von Matti als Musikerin konnte nicht stimmen.

»Do you look for someone special?« Die Stimme des Mannes ließ sie zusammenfahren. »Alle, die hier logiert haben, hängen sie sich ja nicht an die Wand«, fuhr er auf Englisch fort. »Hitler

und Goebbels würden wohl kaum dem Ruf dieses alten Kastens auf die Sprünge helfen. Aber Stammgäste waren die beiden trotzdem, würden noch eher in die illustre Galerie gehören als Monsieur de Gaulle.«
»I see«, stammelte Wanda, suchte ihr Englisch zusammen, das sie mit Bob Dylan aufpoliert hatte, ehe Matti gestorben war. Hitler und Goebbels waren hier gewesen. Zu selben Zeit wie Matti? Das Ganze wurde absurd, sprengte den Rahmen ihres Fassungsvermögens. »I was rather looking for an artist … a musician …«
Der Mann, der einen Nadelstreifenanzug und im Hemdkragen eine goldene Nadel trug, stand auf und reichte ihr die Hand. »Graham McGovern, London, Innenausstattungen«, stellte er sich vor. »Zweimal im Jahr geschäftlich hier.«
»Wanda Scharneck.« Sehr leise fügte sie hinzu: »Aus Berlin.«
Der Mann sah an ihr hinauf und hinunter. »Berlin East?« Seine Stimme klang mitfühlend.
Wanda schüttelte den Kopf. »West.«
Eine Weile zögerte er, dann gab er einen Laut wie ein Pfeifen durch die Zähne von sich. »Faszinierend. Jemand aus der Bundesrepublik begegnet mir hier zum ersten Mal. Ich nehme nicht an, Sie sind in der polnischen Gottverlassenheit, um Ihren Winterurlaub zu verbringen?«
Wiederum schüttelte Wanda den Kopf und biss sich auf die Lippen. Sie hatte seit bald drei Tagen mit keinem Menschen mehr gesprochen. Wenn sie nicht aufpasste, würde sie die Beherrschung verlieren und diesem Wildfremden ihre Geschichte erzählen.
»Und wen erhofften Sie, hier abgebildet zu sehen?«, fragte der Brite mit unverhohlener Neugier. »Mit den Künstlern verhält es sich nicht anders als mit den Politikern. Sehen Sie, die Garbo darf bleiben, die erhöht das Renommee und ist politisch sauber. Aber diesen Menschen namens Rühmann zum Beispiel haben

sie abgehängt.« Er wies auf ein Rechteck, in dem die grünen Streifen der Tapete weniger ausgeblichen waren. »Bei uns kennt man den nicht. War Hitlers Lieblingsschauspieler, habe ich mir sagen lassen, und da soll auch etwas mit einer Jüdin gewesen sein, die er im Stich gelassen hat. Von so etwas wollen sie heute hier nichts mehr hören. Das Hotel mit seinem Casino war ja so etwas wie die Amüsierhölle von Danzigs Nazi-Größen.«
Das Rechteck war nicht das einzige.
Um Wandas Kehle legte sich ein Ring aus Eisen. »Ich suche nach meiner Mutter«, brach es aus ihr heraus, ehe der Ring sich zuzog.
»*Good Lord*«, murmelte der Brite. Dann sah er in Wandas Gesicht. »Ist Ihnen nicht gut? Soll ich Ihnen ein Glas Wasser bringen lassen?«
Zum dritten Mal schüttelte Wanda den Kopf.
Der Brite schien zu begreifen. »*Good Lord*«, wiederholte er. »Kann nicht einfach sein.«
»Nein.«
»Und Ihre Mutter war Musikerin? Sie ist hier aufgetreten?«
»Ich bin nicht sicher. Ich bin hergekommen, um es herauszufinden.«
»Wie hieß Ihre Mutter denn?«
»Gundula Scharneck«, sagte Wanda. »Oder Gundula Frieböse.«
Kurz herrschte Schweigen. Dann brach der Brite unvermittelt in Gelächter aus. »Gundula Frieböse«, stotterte er, ohne dass man den Namen noch hätte erkennen können. »*You are unbelievable, you Germans.* Wenn sich bei uns jemand mit einem solchen Ungetüm von Namen bei einem Künstleragenten vorstellen würde, hätte der ihn im Handumdrehen umgetauft.«
Daran hatte Wanda überhaupt nicht gedacht. Bob Dylan war als Robert Zimmerman geboren, Greta Garbo hatte, ehe der Ruhm kam, Lovisa Gustaffsson oder so ähnlich geheißen. Konnte Mat-

ti einen Künstlernamen verwendet haben? Wie sollte sie dann ihre Spur finden? Ludwik Brzezno am Empfang noch einmal deswegen anzugehen war sinnlos. Bei ihrem letzten Versuch hatte er vorgegeben, kein Deutsch zu verstehen.

»*Listen, Miss.*« Der Brite machte sich offenbar Sorgen. »Sind Sie sicher, dass Sie sich nicht ein wenig hinlegen sollten? Sie sehen nicht gut aus. Und was Ihre Mutter betrifft – warum gehen Sie nicht durch den Ort und zeigen den Leuten ein Bild von ihr? Womöglich machen Sie sich damit unbeliebt, aber solange Sie nicht übertreiben, wird sich das auch wieder legen.«

Was für eine Idiotin war sie eigentlich? War es möglich, auf eine so naheliegende Idee nicht selbst zu kommen? »Mir ist gesagt worden, es leben kaum noch Einwohner von damals in Sopot«, versuchte sie, sich zu rechtfertigen. »Auch in Gdańsk nicht. Es wird sie also niemand mehr kennen.«

»Ausnahmen gibt es immer«, erwiderte der Brite. »In Sopot mehr als in Gdańsk, weil sich die einrückende Rote Armee um irgendein Badenest weniger scherte als um den schönen Zankapfel an der Mottlau. Hier ist ja auch wenig zerstört worden, während Sie das Trümmerfeld, das Gdańsk war, lieber nicht gesehen haben wollen. Na und wenn Ihre Mutter berühmt war, wird sie ja wohl auch jemand kennen, der erst nach dem Krieg hergezogen ist. Vielleicht kenne sogar ich sie? Wollen Sie mir ein Bild zeigen?«

Er musste etwa in Mattis Alter sein, aber der Gedanke, dass dieser Mann, der aussah wie dem Schaufenster eines Herrenschneiders entsprungen, sie gekannt haben könnte, war absurd.

»Ich bitte Sie«, drängte er. »Machen Sie mir die Freude – man langweilt sich im Winter hier spielend zu Tode. Und außerdem müssen Sie eine von meinen Zigaretten annehmen. Von dem Kraut, mit dem Sie sich da quälen, muss Ihnen ja übel werden.«

Wanda ging wie im Taumel nach oben, um das Bild zu holen. In ihrem Zimmer fragte sie sich jedoch, was sie so sicher machte, eines dabeizuhaben? Vera fotografierte gern. Zu einem lange zurückliegenden Geburtstag hatte sie eine einfache *Kodak*-Kamera bekommen und verschenkte manchmal ein paar von ihren Bildern. Auf Wandas Nachttisch in der Alboinstraße hatten von allen Familienmitgliedern welche gestanden, aber was brachte sie auf die Idee, Manne hätte ihr eins davon in den Koffer gepackt und obendrein hätte sie es mit nach Polen genommen?

Sie fand tatsächlich eines. In ihrer Brieftasche steckte ein zerknicktes uraltes Foto, das Vera vor Jahren an einem Wigili, einem Weihnachtsabend, geschossen hatte. Es zeigte eine höchstens zwölfjährige Wanda, Ariane, die eine neue Wollmütze aufprobierte, Tante Lore, Matti und den Weihnachtsbaum mit dem Lametta, das Matti jedes Jahr, ordentlich glatt gepresst, wieder verstaut hatte. Leider war Mattis Gesicht verwackelt und zur Hälfte von dem lamettabehangenen Baum verdeckt.

Sie nahm es trotzdem mit, weil sie mit dem Schmerz, den es auslöste, nicht allein sein wollte, zeigte es Graham McGovern und rauchte eine seiner Zigaretten. Bedauernd wiegte er den Kopf. »Auf dem Bild wäre Ihre Mutter nicht einmal zu erkennen, wenn sie die Garbo wäre«, befand er zutreffend. »Klar auszumachen ist lediglich diese Dame.« Er tippte auf Tante Lore. »Verrückterweise bilde ich mir ein, das Gesicht schon einmal gesehen zu haben, aber Sie wissen ja – wenn man nur lange genug im Kreis denkt, bildet man sich alles Mögliche ein.«

Wanda hatte nichts, an das sie sich halten, keine Strategie, nach der sie vorgehen konnte, und der Vorrat an Tagen, den die polnische Regierung ihr für ihre Suche nach ihrer Geschichte gewährt hatte, schmolz schneller als Schnee. Anderntags machte sie sich unter einem schweren, gelbgrauen Himmel auf, um jedem Ladeninhaber und Cafébetreiber in Sopot das Bild von ihrer Familie am Weihnachtsbaum zu zeigen. Was »Kennen Sie

diese Frau?« auf Polnisch hieß, wusste sie nicht. Stattdessen hatte sie die Seite aus ihrem Vokabelheft gerissen, auf die Leon Fingerzwajg ihr den letzten Satz geschrieben hatte:
Potrebuje kogoś kto pamieta.
Ich brauche jemanden, der sich erinnert.
Den Vormittag über verlief ihre Suche ergebnislos. Die meisten Leute, denen sie Bild und Zettel vorlegte, warfen kaum einen Blick darauf, ehe sie Wanda regelrecht aus ihrem Geschäft scheuchten. Da sie sich gegen Mittag restlos erledigt fühlte und eine Pause von den unverständlichen Anfeindungen brauchte, fuhr sie mit einem Taxifahrer, den Graham McGovern ihr empfohlen hatte, nach Westerplatte, um sich anzusehen, wo der Krieg begonnen hatte.
Sie fuhren durch Birkenwälder mit silbrigen Stämmen, die wirkten, als hätte sie nie ein Mensch durchschritten. Wanda hätte eine Gedenkstätte oder ein Museum erwartet, aber das Gelände, auf dem das polnische Militärdepot sich befunden hatte, lag allein in der Landschaft, die seine Ruinen überwucherte. Es gab keinen Kiosk, keinen Andenkenladen, keine Touristenführer, die Erklärungen lieferten. Ausgehöhlt ragten die steinernen Leichen der Gebäude aus einem Dickicht aus Mosen, sich krümmenden Wacholdersträuchern, kahlen Birken, Erlen und Weiden. Wie Totenschädel mit leeren Augen starrten die ausgebrannten Häuser Wanda an.
Hier also waren am 1. September 1939 die ersten Schüsse gefallen – in der Frühe, um 4 Uhr 45, von einem Schiff namens *Schleswig Holstein,* das angeblich zu Besuch vor Danzigs Hafenbecken lag.
Wanda hatte ein schmales Buch über den Überfall auf Polen bei sich, das Rieke van Bontjes ihr gegeben hatte. Sie hatte nicht mehr als ein paar Abschnitte davon gelesen, weil sie das Gefühl hatte, es nur in winzigen Dosen zu verkraften. Hinter den

Ruinen, wo auf ein paar Gräbern verblichene Bänder aus vertrockneten Gestecken wehten, fand sie schließlich doch noch einen Schaukasten, der eine Zeittafel und ein paar Einzelheiten auf Englisch enthielt.

Die Nazis hatten die Lüge verbreitet, polnische Freischärler hätten einen deutschen Radiosender in der Grenzstadt Gleiwitz angegriffen. In Wahrheit hatte ein SS-Sturmbannführer diesen Überfall fingiert, nachdem er mit der Parole »Großmutter gestorben« den Befehl dazu erhalten hatte.

Warum quälten sie diese zynischen Details? Wo waren ihre Mutter und Tante Lore gewesen, als an jenem Morgen im Sommer hier, an ihrem Meer, der Krieg ausbrach? Wo war Ariane, die fünf Jahre alt gewesen sein musste? Hatten die Menschen, die in Zoppot oder im näher gelegenen Danzig schliefen, die Schüsse gehört? Was wussten sie, mit welchen Gedanken wachten sie auf? War jemand von ihnen an diesem Tag seinem Alltag nachgegangen, hatte sich zum Friseur angemeldet, Brühe aus Knochen gekocht oder sich ein Paar Strümpfe gekauft?

Polen war auf den Überfall nicht vorbereitet gewesen, seine Armee nicht bereit. Halb mochten Militär und Regierung auf den Nichtangriffspakt mit Deutschland gehofft haben, halb auf das Abkommen mit Frankreich, auf die erklärte Garantie der Briten. Den Pakt kündigte Hitler im April 1939 einseitig auf und schloss stattdessen im Sommer einen Freundschaftsvertrag mit Stalins Sowjetunion. Frankreich und Großbritannien standen formal zu ihrem Wort und erklärten Deutschland den Krieg. Aber sie schickten keine Truppen nach Polen, das mit veralteten Waffen einem Angreifer ausgeliefert war, der fünf Jahre lang alle Kräfte in die Rüstung gesteckt hatte.

Die zweihundert auf dem Depot stationierten polnischen Soldaten hatten den dreitausendfünfhundert stürmenden Deutschen eine Woche lang Widerstand geleistet. Dann ergaben sie sich.

Von der Aussichtslosigkeit ihres Kampfes kündeten die zerschossenen Ruinen, dafür brauchte Wanda keinen Schaukasten. Die Überlebenden wurden gefangen genommen, vermutlich zur Zwangsarbeit verschickt wie Ludwik Brzezno. Es war der Anfang vom Ende für Polen gewesen.

Der Anfang vom Ende dessen, was die Menschheit bis dahin von sich gehalten haben mochte.

Als Wanda die Westerplatte verließ, kam sie sich vor wie mit einer Leuchtfarbe übergossen, sodass jeder sie bemerken und mit dem Finger auf sie zeigen musste. Mit der Leuchtfarbe der Scham. Sich zu beschwören, dass das, was geschehen war, mit ihr nichts zu tun hatte, nützte nichts. Es hatte mit ihr zu tun. Mit Matti, mit dem Leben im Kokon, das sie geführt hatte, der Ignoranz der drei Affen, die sich Augen, Ohren und Mund zuhielten. Es klebte an ihr. Und es würde sich nicht abschütteln lassen.

Von dem Taxifahrer ließ sie sich am Bahnhof absetzen, um das letzte Stück durch die Kälte zu laufen. Als sie aus der Unterführung trat, fiel ihr der kleine Laden auf, der wie zerdrückt am Rand der Bohaterow Monte Cassino klemmte, die einmal Seestraße geheißen hatte. *Pasmanteria Kosciuszko,* stand in einer Schrift, die kaum noch lesbar war, auf dem Ladenschild. Zwei Kräfte fochten in Wanda einen Kampf aus. Die eine wollte fort, sich im Hotelzimmer vergraben und am nächsten Morgen abreisen, wollte nie wieder einem Polen vor die Augen treten und sich als Deutsche zu erkennen geben. Die andere wusste, dass das sinnlos war, dass sie ihre Antwort jetzt noch mehr als zuvor brauchte. Wenn sie nicht sofort noch einen Versuch unternahm, würde sie morgen nicht mehr den Mut dazu finden.

Sie drückte die Klinke nieder und schob die Tür auf. Eine Ladenglocke schellte. Im Innern des Geschäfts war es so finster, dass sie den Verkaufstisch und die Frau, die dahinterstand, kaum ausmachen konnte. Was bedeutete *Pasmanteria?* Kramladen? Auf den Regalen standen ein paar Kisten und Körbe mit unbestimmtem Inhalt, und auf dem Tisch lag ein kleiner Berg Knöpfe. Die Frau wirkte alt. Sie war schwarz gekleidet und trug ihr Haar am Hinterkopf festgesteckt. Das Haar war weiß wie Staub, so wie Mattis Haar an Stirn und Schläfen gewesen war.

»*Przepraszam*«, sagte Wanda. »Entschuldigung.« Dann legte sie das Bild ihrer Familie und den Zettel mit dem einzelnen Satz vor die Frau auf den Tisch. »Ich brauche jemanden, der sich erinnert«, sagte sie sinnlos auf Deutsch.

Die Frau starrte auf das Bild. Wanda holte ihr Feuerzeug aus der Manteltasche und ließ die Flamme hochschnappen, weil in der Finsternis sonst unmöglich etwas zu erkennen war. Der Frau entfuhr ein kicksender Laut. Ihr Blick traf Wanda. »Du – deutsch?«

Wanda nickte. »Kennen Sie die Frau auf dem Bild?«

»Wer du bist?«, fragte die Frau, ihr Mund stand offen, und die Zunge schnellte wie ein erschrockenes Tier über die Lippen. »Ich kenne alle die Leute auf Bild.«

»Alle?«

Zwei Finger fuhren wie streichelnd oder tastend über die Stelle, an der sich Matti befand. »Die Frau Lehwald vom großen Haus …«, begann sie.

»Lore Lehwald?«

»Lore Lehwald«, wiederholte die Frau, »vom großen Haus. Ist die rausgekommen? Die anderen sind tot, auch die Kinder.« Sie sprach es wie *tott* aus. »Auf das große Schiff wollten die, von Gdynia. Das ist nie angekommen. Sind jetzt alle tott.«

SECHSTER TEIL

Gundi

Freie Stadt Danzig, Ostseebad Zoppot

Mai 1938

»Ringsher durch das tiefe Lauschen,
Über alle Häuser weit,
Nur des Meeres fernes Rauschen –
Wunderbare Einsamkeit!«

Joseph von Eichendorff: *»In Danzig«*

33

Ich will ein Lied für dich schreiben, Gundi.«
»Ich für dich auch.«
Er schloss die Augen, hielt sie umschlungen, summte vor sich hin, wie er es immer tat, wenn er in vollen Zügen genoss. »Eines wie *Morgen am Meer*, Gundi? Für mich?«
Sie schüttelte den Kopf. »Ich hab *Morgen am Meer* nicht geschrieben. Ich hab nie ein Lied geschrieben. Ich wollt's mein Leben lang tun – aber ich kann es nicht.« Wegen des Liedes hatte sie alle belogen. Sie lebte schon so lange mit der Lüge, dass sie sie die meiste Zeit für die Wahrheit hielt, doch jetzt, wo sie bei ihm lag, hatte sie das Lügen satt. Er sollte sie ganz kennen, ganz bei ihr sein. Nackt. Ohne Wenn und Aber. Und er sollte sie immer noch lieben.
Er zögerte kurz. Aber er fragte sie nicht nach *Morgen am Meer*. »Ich auch«, sagte er und spielte wieder mit ihrem Haar, flocht Strähnen umeinander und lachte leise auf, wenn er sich an den Lichtreflexen der Kerze freute, die auf ihren Locken tanzten. »Ich wollte auch mein Leben lang ein Lied schreiben und hab's nicht gekonnt. Jetzt will ich es können.«
»Ich auch. So sehr. Sag mir, wovon dein Lied erzählen soll.«
Von dir, hätte er sagen sollen, so, wie sie es gesagt hätte: *Von dir, von dir, von dir.* Aber er sagte etwas, das noch schöner war.
»Von der Uhrzeit«, sagte er. »Dieser Uhrzeit, in der wir zusammenkommen, kurz bevor der Tag anbricht und die Welt wieder wirklich ist.«
»Ach, Tadek. Tadzio.« Sie liebte die Verzärtelungen, die das Polnische mit seinem Namen anstellte. »Es ist meine Lieblingszeit, und ich wünschte, die Welt müsste morgen früh nicht wieder wirklich sein.«

Er senkte das Gesicht in ihr Haar und küsste sie. Als er auftauchte, flüsterte er. »Weißt du, wie man die Zeit auf Englisch nennt?« Er sprach fließend Englisch, sprach alle möglichen Sprachen, weil er ständig in der Welt unterwegs war. »*The small hours.* Die kleinen Stunden der Nacht.«

Das war ihre Zeit. Die kleinen Stunden der Nacht, von denen die Welt nichts wusste. Das Innehalten zwischen Tag und Nacht, das Tadek und Gundi gehörte. Sonst keinem. Sie hatte sich angewöhnt, zu Bett zu gehen, sobald ihr letzter Auftritt vorüber war, auch wenn die anderen begannen, sich Sorgen zu machen. Dann versuchte sie zu schlafen, bis Mitternacht vorüber war und das Leben auf dem Schiff erstarb. Sie wachte immer auf. Als riefe die Stille sie wach. Ohne ein Geräusch streifte sie sich ihren Morgenmantel über und schlich auf bloßen Sohlen durch den Gang. Tadeks Kabine war unter eine der Notfalltreppen gequetscht und viel kleiner als die übrigen. Sie enthielt nicht mehr als einen Schrank und ein Bett. Er ließ die Tür für Gundi offen. Wenn sie kam, lag er auf dem Rücken, hatte die Kerze angezündet und verzog sein dunkles Gesicht.

Kerzen waren in den Kabinen verboten. Ein Feuer hätte ausbrechen können, aber was sollte das zwei Menschen scheren, die längst lichterloh brannten? Bevor sie reden konnten, liebten sie sich. Dass Lieben so sein konnte, dass man es tun musste, bis man in keinem Glied mehr über einen Funken Kraft verfügte, hatte Gundi nicht gewusst. Sie erinnerte sich, wie verzweifelt sie darauf gehofft hatte, sie werde ein Lied schreiben können, wenn sie sich endlich verliebte, wie sie es zu erzwingen versucht hatte und wie doch kein Lied daraus geworden war.

Jetzt war das Lied einfach da. Es war in ihrem Lieben, in dem Takt, in dem ihre Körper sich miteinander bewegten, in ihrem Flüstern, ihrem Lachen, in den Geräuschen, die das schlafende Schiff dazu machte, und das Meer, das nie schlafen ging. Es war

in jedem ihrer Gedanken, und jeder Gedanke hieß Tadek. Ob sie es aufschrieb, spielte keine Rolle. Ihr Lied war da.
Lore fiel ihr ein, die sie gefragt hatte, ob es ihr nicht wichtiger sei, mit Julius zusammen zu sein, als irgendein Lied zu schreiben. Gundi hatte sie nicht verstanden. Wie konnte etwas wichtiger sein als ein Lied?
Sie verstand jetzt. Nichts war wichtiger, als mit Tadek zusammen zu sein, und nichts war grauenhafter als der Gedanke, dass sie morgen von Madeira ablegen würden, dass die Zeit der kleinen Stunden ein Ende haben würde.
Sonntage in Zoppot waren ihr endlos vorgekommen, aber damals war sie ein Kind gewesen. Jetzt war sie erwachsen, und Nächte mit Tadek waren nie länger als ein Augenblick.
»Du musst bei mir bleiben«, sagte sie und biss ihn in die Brust. »Ich halte es nicht aus, wenn du nicht mehr da bist, wenn ich in der Nacht durch mein Haus schleiche und du bist nirgendwo.«
Tadek warf den Kopf zurück und stöhnte. »Lass uns davon nicht sprechen, bitte. Lieber von dem Lied, das wir uns schreiben.«
Sie zwang sich, ihn loszulassen, und rollte von ihm herunter. »Tadek, ich will dich. Wenn ich dich nicht mehr habe, sind mir sämtliche Lieder egal.«
Er lachte, umarmte sie, zog sie wieder zu sich. »Na komm schon her zu mir, Derwisch, sei nicht auf einmal so schrecklich ernst.«
Sie wehrte sich mit halbem Herzen, und sie rangen, bis er sie wieder in seine Umarmung eingesponnen hatte und sie einander den Atem wegküssten. Es wäre so schön gewesen, sich einfach hinzugeben, nicht an morgen zu denken, es war achtundzwanzig Jahre lang ihre Art zu leben gewesen. Aber seit Tadek da war, kam ihr die Fähigkeit dazu abhanden. Sie wollte wissen, dass er auch morgen noch da war und übermorgen und alle Tage, bis sie irgendwann beide zusammen, eine blaue Tasche

zwischen sich schwenkend, am Bahnhof in einen Zug stiegen und aus ihrem Traum vom Leben davonfuhren.
Sie schob ihn zurück, setzte sich auf seine Hüften und drückte ihn an den Schultern nieder. »Es ist mir aber ernst«, sagte sie. »Ich will nicht, dass wir uns ab Montag nicht mehr sehen, Tadek. Willst du das denn? Ist es dir mit mir nicht ernst?«
»Natürlich will ich das nicht. Aber muss es mir deshalb ernst sein?«
Sie mochte das. Mit ihm brauchte sie sich nie schuldig zu fühlen, weil sie zu albern, zu wenig erwachsen, zu verletzend war. Er war schlimmer, und sie genoss es. Jetzt aber, in diesen paar letzten Minuten, ehe die kleinen Stunden ihnen wiederum unter den Händen zerronnen waren, wollte sie, dass er dies so wichtig nahm wie sie. »Wenn wir von Bord gehen, fahren wir für zehn Tage nach Hause«, sagte sie. »Kannst du da nichts machen? Du wärst in unserem Haus ein gern gesehener Gast.«
»Vergiss es«, sagte er. »Vergiss es so schnell, wie du es dir ausgedacht hast. Ich bin ein böser Mann, der anderen Männern die Frauen stiehlt. Aber ich niste mich nicht obendrein in ihrem Haus ein. Das ist nicht böse, das ist stillos, Gundi.«
Sie wollte ihn küssen, hielt aber inne, weil es zu wenig war. Warum verschwatzte man so viele Worte um Liebe, und wenn sie im Raum stand, waren keine mehr übrig? Mit einem Finger folgte sie der Sehne seiner Hand. »Danke, dass du das gesagt hast. Ich bin ein Trampeltier. Julius hat das nicht verdient.«
Es war, als haute jemand mit der Faust in eine Sahnetorte, und alles war kaputt. Jedes Mal, wenn in den kleinen Stunden Julius' Name fiel. Frauen, die ihre Männer betrogen, gab es wie Muscheln an der Ostsee. Unter den Gästen des *Grandhotels* wurde damit geprahlt, als ginge es um einen Wettbewerb. Wie machten es diese Frauen? Hörten sie auf, ihre Männer lieb zu haben, wenn sie andere fanden, die sie mit Seele, Geist und Körper liebten?

Dann hatten diese Frauen keine so liebenswerten Männer wie Julius!

»Er hat, denke ich, das alles hier nicht verdient«, sagte Tadek.

Sie waren gemeinsam aufgetreten, am Abend nach Kapitän Lübbes Tod. Hatten *Morgen am Meer* zusammen gesungen, und Julius hatte sein Trompetensolo aufs Leiseste gedämpft, damit Tadeks betörende Stimme ihn mit den letzten Zeilen des Refrains genauso leise begleiten konnte. Der Applaus war ein Rausch gewesen, ein Triumph. Am folgenden Abend hatte Tadek nach Jahren noch einmal sein *Vergebliches Verlangen* angestimmt. Mit einer Geste hatte er Julius aufgefordert, mit seiner Trompete in das Nachspiel einzustimmen. Gundi hatte zu hören geglaubt, wie das Publikum den Atem anhielt, und sie hatte dasselbe getan.

Die beiden Männer verstanden sich. Nicht nur musikalisch. So verschieden sie waren, gab es etwas zwischen ihnen, von dem Gundi sicher war, dass es Respekt war. Es berührte sie. Ich respektiere dich auch, Ju-Ju, dachte sie, und ich will dir nicht wehtun. Ich hatte nur keine Ahnung, wie es ist, wenn eine Frau sich in einen Mann verliebt.

»Das war eine dämliche Idee«, sagte sie zu Tadek. »Vergessen wir's. Du kannst im *Grandhotel* wohnen.«

»Das vergessen wir besser auch«, sagte er.

»Warum? Wir waren doch grandios, wir haben den Festsaal zum Schmelzen gebracht. Ich bin sicher, im *Grandhotel* küssen sie dir die Füße, wenn du ihnen anbietest, mit uns zu singen.«

Tadek verbog seinen Körper mit einer Geschmeidigkeit, die an dem stämmigen Mann verblüffte. Vor Gundis Gesicht tauchte seine Fußsohle auf. »Wenn du küssen willst – sei mein Gast. Vom Mund bis zum Hintern ließe sich alles einrichten. Für dich, Madame Morgen-am-Meer. Aber nicht für die Herrschaften von deinem *Grandhotel.*«

Sie packte den Fuß beim Knöchel und verteilte Küsse über die

Sohle. »Und warum nicht? Überhaupt, warum singst du schon so lange nicht mehr dort? Es ist mein Lieblingshotel, ich habe dich dort schon angehimmelt, als ich ein pummeliges Ding von siebzehn war. Du kannst mir glauben, kein Ton, der deinen Lippen entwich, ist meinen lüsternen Blicken entgangen.«
Er zog seinen Fuß weg und umarmte sie. Etwas an seinem schönen Lachen klang falsch. »Das war eine gute Zeit damals. Vor der Wirtschaftskrise, bevor die halbe Welt den Verstand verloren hat. Die pummelige Siebzehnjährige mit den lüsternen Blicken hätte ich gern gekannt.«
Sie presste sich an ihn, grub das Gesicht in die Vertiefung zwischen Hals und Schulter. »Die kennst du ja jetzt. Auch wenn sie inzwischen eine alte Schachtel ist. Bitte sing mit mir, Tadzio. Nach unserer Landung muss ich die nächsten zehn Abende in Zoppot auftreten. Für unsere kleine Tochter ist es schön, uns mal bei sich zu haben, deshalb nehmen wir solche Engagements gern an. Und du bist doch ungebunden. Wann bist du denn auf die blödsinnige Idee verfallen, dass du in unserem *Grandhotel* nicht mehr auftreten willst?«
»Vor zwei Jahren im Sommer«, sagte Tadek. »Als gleich hinter den hübschen Liegestühlen und plätschernden Springbrunnen dieses Schild aufgestellt wurde: *Die Benutzung des Strandes ist für Juden verboten.*«
Gundi musste überlegen. Dann lachte sie. »Ach das. Das ist von Reinhold Ziebuhr mit den Strandkörben, einem verdrehten Kauz, auf den kein Mensch was gibt. Das Schild hat er vor Jahren ausgerissen, damals stand darauf: *Die Benutzung des Strandes ist für Hunde verboten.* Er ist verrückt nach Hunden. Nach allen Tieren. Er hat es jetzt einfach übermalt.«
»Nach Menschen ist er nicht verrückt, nein?«
Sie war verwirrt. Hielt inne. »Tadek, es schert sich doch keiner um Ziebuhrs dämliches Schild.«

»Und hast du in letzter Zeit Juden an eurem Strand gesehen? In deinem *Grandhotel,* das du so liebst? Auf eurem Blumenkorso, auf der Rennbahn, in der Waldoper, die nur noch Wagner spielt?«
»Lieber Himmel, ich seh doch den Leuten nicht an, ob sie Juden sind oder nicht.«
»Tust du nicht? Adolf Hitler sagt, man könne sie am Geruch erkennen.«
»Adolf Hitler ist als Hosenmatz zu heiß gebadet worden. Lass den doch reden. Außerdem bist du überhaupt kein Jude.«
»Nein, ich bin, denke ich, keiner. Aber wer weiß. Wenn es uns alle nicht kratzt, was dein verdrehter Kauz mit seinem Schild macht, schreibt er vielleicht demnächst drauf: *Die Benutzung des Strandes ist für Polen verboten.*«
Gundi vergaß, dass die kleinen Stunden Stille brauchten, dass Geschrei ihre Schönheit störte. »Willst du nun mit mir zusammen sein, oder willst du es nicht?«, herrschte sie ihn an. »Wenn du es nicht willst, kannst du es mir sagen und brauchst dich nicht auf Ziebuhr, Hitler und was weiß ich noch für welchen Unsinn rauszureden.«
Er hielt ihr den Mund zu. Setzte Küsse auf die Teile ihres Gesichts, die seine Hand frei ließ. »Dumme, süße Gundi. Wäre ich noch hier, wenn ich mit dir nicht zusammen sein wollte? Geplant hatte ich, bereits in Lissabon von Bord zu gehen. Deine schwimmende Nazi-Zentrale *Wilhelm Gustloff* gefällt mir nämlich genauso wenig wie das Schild von deinem Strandkorbvermieter.«
Sie befreite sich. »Warum gefällt dir denn nun schon wieder die *Gustloff* nicht?«
Er zog die Lippen von den Zähnen. »Ich bin Pole.«
»Ich denke, du bist Kaschube.«
»Das haben sie im Büro von eurer Gesellschaft auch gesagt:

›Aber Sie sind doch Kaschube, Herr Radun, eine edle, uns verwandte Rasse, selbstverständlich sind Sie uns wärmstens willkommen.‹ Ich habe die polnische Staatsbürgerschaft, Polnisch ist meine Muttersprache, und ganz sicher war ich mir nie, was ich bin. Mir fiel auch nie ein, warum das wichtig sein könnte, schöne Musik und schöne Frauen gibt es überall. Aber wenn jemand so etwas zu mir sagt, weiß ich auf einmal ohne jeden Zweifel, dass ich Pole bin und sonst nichts.«

»Du redest dummes Zeug, weil du dir darin gefällst.« Gundi, die im *Grandhotel* etliche Szenen miterlebt hatte und weinerliche Frauen verabscheute, spürte, wie ihre Augen sich mit Tränen füllten. »Kein Mensch hat in Deutschland etwas gegen Polen. Die beiden Länder haben einen Vertrag miteinander, und in Berlin war im letzten Jahr eine Ausstellung polnischer Künstler, die Hitler persönlich eröffnet hat. Wir sind dort aufgetreten. Die Hallen waren voll.«

»Aber natürlich hat Hitler nichts gegen Polen. Er hat ja auch nichts gegen die Tschechoslowakei. Im Gegenteil. Er hat die beiden so lieb, dass er von ihnen gern ein Stück hätte. Ein großes Stück. Und wie es aussieht, haben unsere Freunde im Westen von Europa nichts dagegen, dass er sich eines abschneidet.«

»Wenn aber in dem Gebiet nun einmal Deutsche leben?«, fuhr Gundi auf. »Und wenn es historisch zu Deutschland gehört? In Danzig zum Beispiel …« Ohne den Satz zu beenden, setzte sie sich in den Winkel der Kabine. Sie weinte nun endgültig und hasste Tadek, weil er sie dazu gebracht hatte. Er hatte sie auch dazu gebracht, das Zeug nachzuschwatzen, das Forster und seine Leute von sich gaben, obwohl sie nichts davon verstand und es sie im Augenblick auch herzlich wenig interessierte.

»Ach, meine Gundi. Mein Meermädchen.« Tadek lachte. »Weißt du, dass du nicht älter aussiehst als fünf, wie du da in der Ecke sitzt und schmollst?«

Er war ein unglaublicher Mann. Vor lauter Hässlichkeit schön. Alles an ihm war zu schwer, der Leib, das Haar, die Lider und die wie mit Wein getränkte Stimme. Er hatte nichts an sich, auf das sie nicht wild war. »Du bist ein Idiot, Tadek. Auf dein Gesäusel von Hitler pfeif ich, und erwürgen könnt' ich dich, weil du gesagt hast, dass es überall schöne Frauen gibt.«

»Sehr schöne«, säuselte er und stahl sich näher.

Sie schlug nach ihm, ohne die Absicht zu treffen, ließ sich wieder umarmen und in seine schwere, warme Gegenwart einhüllen. Vielleicht konnte ich nie erwachsen werden, weil Erwachsene nicht von ihren Großvätern beschützt werden, dachte sie. Ich habe mich ohne Pop nie sicher gefühlt, aber ich fühle mich sicher, wenn Tadek mich hält.

»Als ich klein war, hat ein Mann mir Angst gemacht«, sagte sie. Sie hatte es nie jemandem erzählt, nicht einmal Pop, der es wohl irgendwie von selbst wusste. Sie würde auch Tadek nicht mehr erzählen, sich selbst nicht mehr in Erinnerung rufen, schon gar nicht, dass der Mann ihr Vater gewesen war. Nur diesen einen Satz wollte sie mit ihm teilen: »Wenn du bei mir bist, ist die Angst vorbei.«

Er streichelte sie. Hielt sie eng an seinen nackten, pulsierenden Körper gedrückt. Er war stark. Auf Julius musste sie Rücksicht nehmen, denn in seiner bösen Kindheit hatte es keinen Pop gegeben, und er hatte mit so vielem zu kämpfen. Tadek aber konnte den Satz spielend aushalten. »Hier sind ja keine Männer, die Angst machen, mein Süßchen. Nur Kaschuben. Die sind harmlos.«

»Ich hasse dich, Tadek.« Sie küsste seinen Hals. »Ich liebe dich.«

»Ist das dein Ernst? Alles beides?«

»Nein. Das Erste nur manchmal.«

Er streifte ihr den Morgenmantel ab und küsste sie lange und

innig. Hinterher wischte er ihr mit einem Finger die Tränen fort.
»Danke, meine liebste Madame Meer. Solange ich dich schon verfolge, dachte ich, du könntest nur deine Musik lieben, und jetzt sagst du so etwas zu mir. Danke, danke. Das ist, als hättest du für mich ein Lied geschrieben.«
»Ich sage es nicht nur.«
»Aber Herzchen! Du kennst mich doch gar nicht. Nur zwei Wochen lang in den kleinen Stunden.«
»Ich kenn dich. Ich kenn sonst keinen. Ich wünschte, ich hätte dich immer gekannt, dann hätte ich den armen Julius nicht geheiratet.«
»Oh-oh.« Er nahm ihr Gesicht in die Hände und sah sie unter seinen schweren Lidern an. Seine Augen waren goldgesprenkelt und glänzten. »Du hast ihn aber geheiratet. Und jetzt, fürchte ich, können wir zwei ihn ja nicht einfach von der Landkarte wischen, wie Hitler es gern mit Polen täte.«
»Tadek, tu mir einen Gefallen«, sagte Gundi. »Hör endlich mit diesem blöden Hitler auf. Ich weiß, dass wir Julius nicht wegwischen können, und ich will es auch nicht. Julius ist mein Freund, solange ich denken kann, wir haben unsere *Band* zusammen, unser Kind, unser Haus.«
»Das ist Gundi Sonnenschein. Erst die *Band,* die man jetzt übrigens Quartett oder Kapelle nennen sollte, dann das Kind.«
»So bin ich eben.«
»Und so mag ich dich eben.«
»Ich bin nicht zur Mutter geboren, aber ich hab Ariane lieb. Ich will Julius bitten, sich von mir scheiden zu lassen. Unsere Ehe ist nicht so, wie eine Ehe sein soll – bevor du mir passiert bist, hab ich das nicht gewusst. Julius verpasst genauso sein Glück, wie ich es um ein Haar verpasst hätte. Damit ist keinem geholfen.«
»Gundinka«, sagte Tadek, »Glück ist keine ins Meer gepflanzte

Boje, sondern hat viele Wellen. Du warst auch glücklich, bevor du mich gekannt hast, rede dir das nicht aus, nur weil das Glück jetzt wuchtiger ist.«
Sie überlegte. Küsste ihn auf den Mundwinkel. »Du bist ein himmlischer Liebhaber, und du singst wie ein Cherub in der Marienkirche«, sagte sie. »Klug brauchst du nicht auch noch zu sein.«
»Ja, ja, wir Kaschuben. Eine edle, euch verwandte Rasse.«
»Eines Tages erwürge ich dich. Aber ganz langsam, und vorher rede ich mit Julius. Ja, du hast recht, wir haben zusammen viel Glück erlebt, und davon braucht doch auch nichts zerschlagen zu werden. Unser Haus ist riesig. Und unsere Freundschaft bringt so schnell nichts um.«
»Und da wohnen wir dann alle zusammen?« Tadek zog die Stirn in Falten. »Du und dein Harem von glücklichen Freunden, dein Kind und dein Großvater, und dein Genosse Forster kommt zum Tee und freut sich an unserer gutrassigen Menagerie?«
»Forster ist nicht *mein Genosse.* Er kommt nie zu uns, und wir trinken keinen Tee. Nur Hagebutte. Mich verhohnepiepeln darfst du erst wieder, wenn du mir versprichst, dass du nicht in drei Tagen aus meinem Leben verschwindest. Dass wir zusammenbleiben. Alle Tage, alle kleinen Stunden.«
»Du bist sehr süß«, sagte er. »Wie du losstürmst, als wären alle Leinen los, wie du keine halben Sachen machst, nur ganze.« Er küsste ihr die Hände. »Ich fühle mich geschmeichelt und geehrt, und ich bedanke mich. Aber ich möchte das Geschenk nicht annehmen. Nicht so schnell, nicht ohne dass du in Ruhe überlegst. Vermutlich wird es so einfach, wie du es dir jetzt ausmalst, nicht ablaufen, es werden Dinge zu Bruch gehen, und du musst wissen, ob du das willst. Ich auch, Gundi. Bisher habe ich, um ehrlich zu sein, noch nie mit dem Gedanken gespielt, allen schönen Frauen auf der Welt die kalte Schulter zu zeigen.«

»Das musst du, Tadek.«

Er lächelte. »Ich gelobe, mein Bestes zu tun. Und ich verschwinde auch höchstens vorübergehend aus deinem Leben. Ich kann dir nur noch nicht sagen, wann und wo ich wieder auftauche. Mit dem schwimmenden Nazi-Palast kann ich mich vermutlich ab und zu abfinden.«

»Mit der *Gustloff*? Du kommst wieder auf die *Gustloff*, wenn wir im Mai nach Neapel fahren?«

»Sieh Neapel und stirb.« Er küsste sie zwischen die Brüste. »Ich mag nicht festgenagelt werden, aber das ließe sich, denke ich, einrichten.«

»Ich will dich nicht festnageln. Nur nicht ohne dich sein. Die zehn Tage werden die Hölle, Tadek.«

»Da gehören wir zwei ja auch hin. Und jetzt musst du gehen, mein Liebchen. Die kleinen Stunden der Nacht sind vorbei.«

34

Der Sommer des Jahres 1938, der erste auf der *Wilhelm Gustloff*, war der glücklichste in Gundis Leben. Dass er zugleich der schwierigste war, dass sie ständig vor Müdigkeit im Sitzen einschlief und dunkle Schatten um die Augen hatte, weil sie Musik und Verpflichtungen, das Leben mit ihren Freunden und die kleinen Stunden für die Liebe wie Jonglierbälle in der Luft halten musste, tat dem keinen Abbruch. Sie fuhr mit Tadek nach Italien, nach Norwegen und noch einmal nach Portugal. Nach der Rückkehr von dieser letzten Reise begann der September, und sie musste vier Wochen ohne ihn überstehen, weil er auf Tournee nach Amerika ging.

Vier Wochen oder länger. Tadek legte sich nie fest, sondern tauchte wie damals, als Kapitän Lübbe gestorben war, einfach hinter ihr auf und war wieder da. Auf Madeira hatte er ihr einen Ring gekauft, eine portugiesische Filigranarbeit aus Silber, den sie an einer Kette unter ihrem Kleid tragen konnte. Wie die halbe Besatzung des Schiffes hatte sich Julius eine Magenverstimmung zugezogen, sodass er auf den Landgang nicht mitgekommen war. Es war das erste Mal, dass sie bei Tag zusammen unterwegs sein durften, durch die sich windenden Gassen eines Fischerdorfs streiften, sich an den Händen hielten, auf dem Markt ein paar stark duftende Kuriositäten kauften und sie sich gegenseitig in den Mund steckten.

Wie konnte etwas so einfach sein und ein solcher Glücksrausch zugleich? An diesem Abend aber stritt Gundi zum ersten Mal mit Lore. Es war kein heftiger Streit. Vielleicht nur eine Reihe von Missverständnissen. Lore fragte, ob Gundi der Meinung sei, sie habe sich Julius gegenüber richtig verhalten, und Gundi, in jäher Angst, ihr Geheimnis sei aufgedeckt worden, hatte sie angeblafft: »Wann hörst du endlich auf, mich auf Schritt und Schritt zu belauern, und schaffst dir ein eigenes Leben an, um das du dich kümmern kannst?«

Hinterher hatten sie sich beide über ihren plötzlichen Ausbruch gewundert. »Du und Julius und das alles – ihr seid mein Leben«, hatte Lore entschuldigend gesagt und erklärt, Julius habe ihr nur leidgetan, weil er krank war und allein auf dem Schiff hatte bleiben müssen. Gundi hatte sich ebenfalls entschuldigt. Sie sei müde und deshalb wahrscheinlich überreizt.

»Du bist in letzter Zeit andauernd müde«, sagte Lore. »Vielleicht solltet ihr einmal ausspannen, in Urlaub fahren, nur Julius, Ariane und du.«

»Wir sind doch ständig in Urlaub«, hatte Gundi mit einem Armschwenk über die Gustloff und einem erzwungenen Lachen

erwidert. »Und du kennst mich – ohne euch und meine Musik halte ich es nicht aus.«
Vor allem hielt sie es ohne Tadek nicht aus. Es muss etwas geschehen, beschloss sie. Doch es geschah nichts. Tadek war wieder fort, ehe sie mit ihm gemeinsam einen Beschluss fassen konnte, er musste sich auf seine Tournee konzentrieren, und Gundi fürchtete, ihr Glückssommer wäre zu Ende. Nach drei Wochen aber kam ein Brief für sie aus New York. In dem Umschlag lag nichts als sein Lied, der Text, den er für sie geschrieben hatte:

»Die kleinen Stunden der Nacht
Bewahren ein Geheimnis.
Schwärze, die sich auftut,
Nur einen Spalt, in dem wir uns verstecken.
Zeit, die es nicht gibt.
Zeit für uns …«

Gundi setzte sich an den Flügel, den sie inzwischen in ihrem Musikzimmer stehen hatten, obwohl keiner von ihnen darauf spielen konnte. Sie klimperte auf den Tasten herum, holte ihr Akkordeon dazu und schrieb in nicht mehr als zwei Stunden die Melodie. Dann ging sie in den Wintergarten, wo sie Erik hatte verschwinden sehen. Julius war irgendetwas Amtliches mit Forster erledigen, und Lore war mit Roza nach Danzig zum Einkaufen gefahren, aber Erik war ohnehin derjenige, den Gundi sprechen wollte.
Erik stand an seinem Bass und zupfte ein Kinderlied, das zauberhaft war und das Gundi nicht kannte. Zosia saß am Tisch und begleitete ihn auf ihrer kleinen Zither, und Ariane hämmerte fröhlich krähend auf ein Glockenspiel ein, das jemand ihr besorgt haben musste. Alle drei wirkten beinahe erschrocken, als hätte Gundi sie gestört.

»Ich möchte, dass du dir das ansiehst«, sagte Gundi. »Ich glaube, ich habe ein neues Lied.«
Es war ein Liebesbrief, das Intimste, was sie besaß. Aber es war auch Musik, die hinaus und gespielt werden wollte, und Gundi wusste, Tadek war darin wie sie. Sie hatten das eine Lied, das sie hatten schreiben können, nicht verfasst, um es mit einer rosa Schleife in einer Schublade aufzubewahren. Sie hatten es verfasst, um damit zusammen vor die Welt zu treten.
Sie ließ Erik mit dem Lied allein. Nach einer knappen Viertelstunde kam er zu ihr und sagte: »Du hast recht. Du hast eines. Wer hätte das gedacht? Nach all den Jahren haben die vier Schlafmützen aus Zoppot tatsächlich eine neue große Nummer.«
»Es gefällt dir also?«
»Mach dich nicht lächerlich. Die Antwort kennst du selbst.«
»Ich will es mit Tadeusz Radun singen.«
»Ach? Willst du das? Und weshalb wundert mich das nicht?«
»Was ist los, Erik?«, fragte Gundi. »Warum bist du so zynisch? Manchmal habe ich das Gefühl, unsere Musik macht dir keine Freude mehr. Anfang der Woche bist du nicht einmal zur Probe erschienen, das ist in fünf Jahren nicht vorgekommen.«
»Mein Hund ist gestorben«, sagte Erik und deutete die spöttische kleine Verbeugung an, von der sie geglaubt hatte, er hätte sie sich abgewöhnt. »Ich bitte untertänigst um Entschuldigung.«
»O nein, Erik, nicht Lex! Lex darf doch nicht gestorben sein!«
»Er war dreizehn Jahre alt und offenbar der Meinung, er dürfe. Ist das übrigens dein Ernst, Gundi? Ist dir überhaupt nicht aufgefallen, dass er hier nicht mehr herumläuft?«
Von sich selbst erschrocken, rang Gundi nach Worten. Er hatte recht. Seit sie sich mit so viel qualvoller Kraft nach Tadek sehnte, vernachlässigte sie alles andere. Ihre Freunde. Ariane. Pop, den sie höchstens im Vorbeischlurfen zu sehen bekam und dem sie

nicht in die Augen sehen konnte. »Es tut mir leid, Erik. Ich wünschte, ich wäre für dich da gewesen.«

»Ist schon gut«, sagte er. »Zosia war da. Darüber wollte ich mit dir sprechen.«

»Über Zosia?«, fragte Gundi verwundert.

Erik zog sich einen Stuhl ans Klavier und steckte sich eine Zigarette an. »Ich habe Zosia geraten, von hier wegzugehen. Nach Warschau. Ihre Tante Irena will auch gehen, sie haben dort noch Verwandte.«

»Aber Zosia kann doch nicht weggehen!«, rief Gundi. »Wir brauchen sie doch hier.«

»Aha«, gab Erik zurück. »Du brauchst sie also. Das Gleiche sagt sie mir auch: Du hast ihr geholfen, du brauchst sie, also kann sie nicht weg. Ich hatte gehofft, du könntest deswegen auf sie einwirken, aber das war wohl vergebliches Wunschdenken. Die Bedürfnisse der Herrschaft sind natürlich wichtiger als das bisschen Bedrängnis, in die das kleine Dienstmädchen geraten könnte.« Er stand auf und wollte den Stuhl wieder wegschieben.

»Erik, jetzt lass doch den Unsinn.« Gundi packte ihn am Arm. »Ich bin keine Herrschaft, und Zosia ist kein Dienstmädchen, aber was soll sie denn überhaupt in Warschau? Sie kann diese Tante Irena nicht leiden, sie sagt, die meckert wie eine Ziege. Und wovon sollen sie da leben? Hier hat sie ihr Auskommen, ihr Zuhause – ich dachte, es gefällt ihr bei uns.«

»Es gefällt ihr«, sagte Erik.

»Dann soll sie die Ziegentante allein ziehen lassen, Reisende soll man nicht aufhalten. Zosia gehört hierher. Sie ist genauso Danzigerin wie wir.«

»Nein, ist sie nicht«, sagte Erik. »Sie ist *polnische* Danzigerin. Und der Unterschied, den das macht, wird mir allmählich zu gefährlich.«

»Wieso denn gefährlich? Ich habe dieses Gemunkel allmählich

satt. Das hier ist Zoppot, Teil der Freien Stadt Danzig. Ja, es gibt ein paar Randalierer, die Scheiben einwerfen und hässliches Zeug auf Schilder schmieren, aber solche gibt es immer, und warum sollten wir damit nicht fertigwerden? In Danzig sitzt der Hohe Kommissar des Völkerbundes …«

»Der freundliche Schweizer Burckhardt, der stillhält und sich mit Hitler zur Beratung trifft«, erwiderte Erik. »Der kämpferische Ire ist letztes Jahr zurückgetreten. Hast du dich mal gefragt, warum?«

»Nein, habe ich nicht«, fuhr sie ihn an. »Ich bin nämlich Musikerin und nicht mit der Personalpolitik des Völkerbundes beauftragt. Außerdem wüsste ich jetzt langsam gern, was das alles mit Zosia zu tun hat.«

»Vergiss es, Gundi«, sagte Erik. »Und sprich um Gottes willen nicht mit Julius darüber, falls du überhaupt noch irgendwann mit ihm sprichst.«

»Und was soll das jetzt schon wieder heißen? Macht dir das Spaß, in Rätseln zu sprechen, bis ich dätsch im Glumskopp werde?«

»Die habe ich lange nicht mehr gehört«, sagte Erik. »Deine Kodderschnauze aus Danzig-Langfuhr. Ich dachte schon, die vornehme Welt hätte dir die völlig aberzogen. Keine Sorge, was ich so von mir gebe, soll gar nichts heißen, und um meine Angelegenheiten kümmere ich mich selbst. Setz du dich an die Arrangements für deine *Kleinen Stunden,* damit wir anfangen können zu proben. Ich nehme doch an, du willst das Stück mit nach Tripolitanien nehmen.«

Also war Gundis Sommer noch nicht zu Ende. Jetzt, wo die Zeit der endlosen Tage vorbei war, wurde ihr eine Verlängerung geschenkt. Im Oktober verließ die *Gustloff* Europa und fuhr für zwanzig Tage nach Tripolitanien, in den Norden Afrikas. Sie legten von Genua ab, wo das Schiff künftig den Winter über vor

Anker liegen sollte, und schon dort kam Tadek an Bord. Die *Vier aus Zoppot* spielten *Die kleinen Stunden der Nacht* am Eröffnungsabend, und nach dem ersten Refrain stellte sich Tadek neben Gundi ans Mikrofon und sang mit ihr, als hätte er ihre Melodie erahnt.

Das Publikum tobte. Noch in der selben Nacht, noch auf der *Gustloff*, unterschrieben sie einen Plattenvertrag. Flüchtig fuhr es Gundi durch den Kopf, dass sie nun ihr eigenes Lied hatte und Zosia *Morgen am Meer* hätte zurückgeben können. Sie wünschte, das wäre möglich gewesen, es hätte ihr eine Last erleichtert. Da es aber nun einmal nicht zu machen war, schob sie die Last beiseite. Sie wollte die geschenkte Zeit mit Tadek genießen.

Es war das Schönste. Der Höhepunkt. Die Glückskirsche auf dem Sahneeis. Drei Wochen mit Tadek in einem Märchenland aus Palmen, roten Blüten, Ritten auf schaukelnden Kamelen und Palästen mit leuchtenden Kuppeln. Julius hatte seit der Erkrankung auf Madeira Probleme mit dem Magen und ging des Öfteren nicht mit an Land. Gundi quälte ihr Gewissen, aber die kleinen wie die großen Stunden waren so selig, dass das Gewissen warten musste – ebenso wie alles andere, über das sie eigentlich hatte nachdenken wollen: über Zosia und Erik, über ihr Leben und das seltsame Gerede von Gefahr.

Sie kostete es aus und beschloss, Tadek in der letzten Nacht, ehe sie in Genua von Bord gingen, zu sagen, dass die Heimlichkeiten ein Ende haben mussten. Er liebte sie zärtlicher als sonst, inniger und mit einem seltsamen Sehnen, als hätten sie bereits Abschied genommen. Als sie sich voneinander lösten, sah Gundi, dass er geweint hatte. »Was ist dir denn, Tadzio?« Sie küsste ihm die Augen.

»Nichts, Süßchen. Es ist nur so schön mit dir, unser Lied ist so schön, und jetzt kommt der Winter.«

Sie sagte ihm, was sie sich zurechtgelegt hatte: Er sollte von

Genua mit ihr nach Zoppot fahren und dort warten, bis sie mit Julius gesprochen hatte. Wenn Auftritte anstanden, so würden sie sie dieses eine Mal absagen müssen. »Wir werden es regeln, sodass niemandem wehgetan wird. Es wird sich alles finden, das tut es in meinem Leben immer.«

»Aber es geht doch nicht nur um dein Leben, Gundi. Es geht um so viele, ich habe gar nicht genug Finger, um die zu zählen: um deinen Mann, deine Tochter, deine Schwester und den Herrn am Bass, die mich beide gern mit Blicken töten würden, die zwei Polinnen, die du aufgenommen hast, deinen Großvater und seine Bratkartoffel, einen uralten Hund …«

»Der uralte Hund ist gestorben«, unterbrach ihn Gundi. »Ihn betrifft das genauso wenig wie Lore, Erik, Zosia und Roza. Und Pop und Tante Karl. Ja, mit Pop muss ich sprechen, dafür, dass ich das nicht längst gemacht habe, schäme ich mich, und es fühlt sich falsch an, vor ihm ein Geheimnis zu haben, aber …«

»Ich kann das nicht.« Tadek legte ihr einen Finger auf die Lippen. »Dass du all diesen offenbar reizenden Menschen eine Bombe in ihr hübsches Haus wirfst und ihr Leben aus den Angeln schleuderst, gerade jetzt, wo ein Mensch sein Haus besonders nötig hat, daran kann ich nicht schuld sein.«

»Du kannst nicht?« Sie wurde laut, packte ihn bei den Schultern und schüttelte ihn. »Du kannst über Monate mit mir ein Verhältnis haben, betrügen und lügen, ohne mit der Wimper zu zucken – aber wenn ich reinen Tisch machen und für einen geraden Weg sorgen will, dann meldet sich auf einmal dein Gewissen?«

»So habe ich ja immer gelebt.« Seine Stimme war ungewohnt kleinlaut. »Darin bin ich geübt. Die kleinen Stunden. Ohne Konsequenzen, sobald der Spalt in der Zeit sich wieder schließt. Das hier überfordert mich. Und jetzt, wo die Weltachse schwankt, ist kein guter Moment dafür.«

»Kein guter Moment? Du hältst mich hin seit April!«

»Gib mir noch Zeit«, bat er. »Lass es uns den Winter über ruhiger angehen. Ich möchte nicht, dass du deine Familie verlierst, ich möchte nicht, dass deine Familie dich verliert, wenn es am Ende nicht das ist, was du willst. Und dass du dir dieses Märchen von uns allen im großen Haus – ich auf dem Schoß von deinem Großvater – ausdenkst, zeigt mir, dass du das, was du willst, gar nicht weißt.«

»Heißt das – du verlangst, dass ich mich entscheide?«

»Es heißt, dass du dich entscheiden *musst*«, sagte er. »Ein großes Haus mit einem Harem gehört in den Orient, den wir jüngst verlassen haben. Zudem sind es Männer, die sich so etwas halten, und heutzutage ist es, glaube ich, verboten. Wenn du Ernst machst mit dem, was du gesagt hast, gibt es nur dich und mich. Wie das mit deinem Kind geregelt werden kann, weiß ich nicht, und dein Großvater wird dir sicher irgendwann vergeben, aber fürs Erste wären wir auf uns gestellt. In allen Stunden. Wollen wir das, Gundi? Am Ende verlierst du auch noch deine *Vier aus Zoppot* und stehst als *Eine aus Zoppot* mit einem Kaschuben da.«

Gundi lag da wie gelähmt. Was er beschrieb, war eine Welle, die alles niederwalzte und nach der sie sich unmöglich erheben und weitergehen konnte. Aber ihn verlieren? Sie krallte die Hände in seine Schultern. »Tadek, das geht alles nicht. Ich kann doch nicht in das Leben ohne dich zurück!«

Er schlang die Arme um sie und beschützte sie vor den schrecklichen Gedanken. »Lass uns Zeit. Du hast doch gesagt, alles in deinem Leben findet sich. Vielleicht ist das so, vielleicht brauchen wir ein bisschen mehr Geduld, und wenn es wieder Frühling ist, wissen wir, was zu tun ist.«

»Und wie leben wir bis dahin?«, rief sie. »Wie sollen wir denn das aushalten?«

Er strich ihr das Haar aus dem Gesicht und lächelte. »Die kleinen Stunden, Gundi. Die kleinen Stunden.«

35

Pfitzner ging in kein Kino. Nur dieses eine Mal hatte er sich eine Karte für die UT-Lichtspiele am Hauptbahnhof gekauft. Der Film *Fünf Millionen suchen einen Erben* mit einem vom Plakat grinsenden Menschen namens Rühmann interessierte ihn nicht. Selbst wenn er fünf Millionen gehabt hätte, wäre die Suche nach einem Erben sinnlos gewesen. Er ging, um sich die Wochenschau anzusehen.

Gleich nach dem Vorspann sah er die Panzer und Truppentransporter der Wehrmacht, die in stetiger, ordentlicher Reihe in das befreite Sudetenland einrollten, und verspürte ein tief vergrabenes Glück. Niemand hielt sie auf. Die Herren aus Frankreich und Britannien, die weit die Mäuler aufgerissen hatten, waren beiseitegetreten und schwiegen, während Deutschland sich nahm, was Deutschland gehörte.

Bei den Bildern der deutschen Menschen, die auf die Grenze des zerplatzten Wahngebildes Tschechoslowakei zurannten, den hohen Grenzpfahl mit der Fahne packten und ihn wie ein Hölzchen umknickten, musste er gegen eine Erregung kämpfen, die ihm um ein Haar die Sicht und auch den Atem raubte.

Noch vor einem Jahr hätte er sich dies nicht ansehen können, weil es den Stachel in seiner Brust herumgedreht hätte: Warum diese, und mein Danzig wird wieder vergessen?, hätte es in ihm aufgeschrien. Heute aber blieb in ihm alles ruhig, denn heute wusste er: Wir sind auf dem Weg. Unsere Zeit ist nah.

Und bis dahin würde er sich mit Bleistift-Bodos Sippe das Warten verkürzen.

Als das letzte, weniger interessante Bild – das eines lachenden Mädchens, das einen Wehrmachtssoldaten umarmte – verlosch, stand er auf und verließ den Saal. Vor dem Portal des Kinos scharten sich enttäuschte Danziger, die keine Karte für das Zeug mit dem Erben für fünf Millionen mehr ergattert hatten. Pfitzner entdeckte einen einzelnen Mann, blond, frische Gesichtsfarbe, vielleicht zwanzig Jahre alt. Er trat zu ihm und reichte ihm das kleine Stück Karton, das noch nicht abgeknipst worden war.

»Nehmen Sie meine. Ich habe den Film schon gesehen.«

»Sind Sie sicher?« Der Junge strahlte.

»Todsicher.«

Im Weiterhumpeln war ihm nach Pfeifen. In zwanzig Jahren hatte Fritz Pfitzner vergessen, was für ein Hochgefühl es sein konnte, einem Menschen eine Freude zu bereiten.

36

Seit sie das letzte Mal in Tadeks Armen gelegen hatte, waren drei Wochen vergangen. An die Wärme erinnerte sie sich. Die Hitze von der Liebe und das Glühen unter der Haut, als hätte sich die Sonne des Orients dort verfangen. Jetzt war es November. Der Himmel war schwefelgrau, und in ihrem Haus schaltete Gundi das elektrische Licht in allen Räumen ein, sodass Julius »Ach, wieder mal Festbeleuchtung« knurrte, weil sie sich so sehr nach Helligkeit sehnte.

Sie war nie ein Mensch gewesen, der gut allein sein konnte, aber im Moment fühlte sie sich am freisten, wenn sie das Haus für sich hatte, am Kamin über einem Arrangement saß und ihren Gedanken nachhängen konnte. Julius, der neuerdings ein Automobil besaß, hatte ständig Formalitäten zu erledigen, was ihr zupass kam. Pop hustete. Wenn es nicht unbedingt notwendig war, ließ Tante Karl ihn bei dem üblen Wetter nicht auf die

Straße. Gundi vermisste ihn, er war der Einzige, mit dem sie hätte sprechen wollen, aber den Mut, ihn zu besuchen, fand sie nicht. Eriks Schwester war krank, er sah häufig nach ihr und mied auch sonst das Haus, seit Lex nicht mehr darin umhertappte.

Auch Gundi fehlte der Hund. Er war ein Teil von Erik und ein Teil ihres Freundschaftsbundes gewesen.

Lex war lateinisch und bedeutete »Gesetz«. Tadek hatte ihr das erzählt und angemerkt, es sei ein seltsamer Name für einen Hund. Gundi hatte sich daran erinnert, dass Erik ein paar Jahre lang Latein gelernt hatte, ehe er die Schule hatte verlassen müssen. Sie hatte ihn nach Lex' Namen gefragt, und er hatte ihr erzählt, dass sein Vater darauf bestanden hatte: Der Hund müsse Rex heißen, oder er würde ihn zurück ins Meer schmeißen. *Rex*, König, wie alle Schäferhunde. »Bis auf den von Hitler«, sagte Erik, als wäre es neuerdings Pflicht, in jedem Zusammenhang Hitler zu erwähnen. »Bei dem hätte man einen Rex vermutet, aber er hat eine Blondie. Ich wollte nicht, dass mein Hund Rex heißt, also habe ich ihn Lex getauft. So besoffen, wie mein Vater war, hat er den Unterschied gar nicht bemerkt.«

Wo Lore war, wusste Gundi selten. Oft hielt sie sich im Haus auf, aber das Haus war so groß, dass die zwei Schwestern einander nicht zu Gesicht bekamen. Es tat weh. Sie waren einander immer nah gewesen, doch seit dem Streit, der gar keiner gewesen war, mieden sie sich. Gundi lernte, dass Geheimnisse trennten. Hätte sie das Geheimnis nicht so sehr geliebt, sie hätte es gehasst.

Um Ariane kümmerte sich immer noch Roza, und die so viel fröhlichere und lebhaftere Zosia half ihr. An diesem Nachmittag war das kleine Mädchen zu einem Kindergeburtstag bei Renate Temp, der Tochter des Zoppoter Bürgermeisters, eingeladen. Roza und Zosia hatten sie hinbegleitet, würden den Nachmittag

bei ihrem Vater verbringen und die Kleine am Abend wieder abholen.
Gundi hatte ein paar Stunden für sich, musste sich aber um sechs Uhr im *Grandhotel* zu einem Presseempfang sehen lassen. Zuvor erschien Remo, ihr Friseur, um ihr die wilde Haarkrause in etwas zu legen, das er »elegante Wellen« nannte. Remo war eine Klatschbase vor dem Herrn und berichtete beim Wellenlegen am liebsten darüber, wer auf den Höhen von Europas Fürstenhäusern die Ehe schloss und wer sie in den Niederungen von Zoppots Wohnstuben brach. Heute allerdings war er ungewohnt still, und Gundi war auch still, sodass das Wellenlegen in einem langen Schweigen vor sich ging. Zum Schluss führte er wie üblich den Spiegel rund um ihren Kopf und fragte ebenfalls wie üblich: »Zufrieden? Zufrieden?« Er klang wie die Puppe des Bauchredners auf dem *Dominik,* fand Gundi, als spreche ein anderer durch seinen leblosen Mund.
»Ist alles in Ordnung, Remo?«, fühlte sie sich bemüßigt zu fragen, während sie gemeinsam das Haus verließen. Sie hätte früher fragen sollen, nicht erst jetzt, wo der Fahrer vom Hotel schon vor dem Gartentor wartete, damit die kostbare Frisur auf den paar hundert Metern Fußweg nicht zerschmolz. Der Friseur war nett. Sie hatten seit Jahren Spaß miteinander, was viel wert war, da Gundi die endlose Prozedur mit ihren Haaren ansonsten zu Tode langweilte. Den Wunsch, schön zu sein, so schön wie nur irgend möglich, hatte sie erst bei Tadek verspürt, und der fand sie schön, wie sie war, und liebte ihr Haar auch als Gestrüpp.
»Aber sicher doch, Frau Scharneck«, antwortete Remo. »Alles in Butter, sagt Mutter.«
»Oder Schietke, sagt Liedtke«, rutschte es Gundi heraus.
Sie waren beide kurz still. Der Chauffeur in der dunklen Limousine winkte hinter dem Fenster, würde aber nicht sterben, wenn er fünf Minuten warten musste.

»Es sind nur die Nachrichten aus Deutschland«, sagte Remo schließlich. »Die sind nicht gut, und das, was bei uns geschieht, gleicht dem in den letzten Jahren wie ein Spiegelbild. Aber ich bitte Sie. Lassen Sie sich nicht den Abend verderben. Mit Verlaub, Sie sehen aus wie die junge Charlotte von Monaco.«
»Die ist brünett. Haben Sie mir selbst erzählt. Sie lügen, Remo.«
»Das gehört zu den Anforderungen meines Berufs.«
»Auch was die Geschehnisse im Deutschen Reich betrifft? Ich muss da runter, sonst winkt sich der arme Mensch in der Limousine noch zu Tode. Sagen Sie mir, was los ist.«
»Niemand scheint das genau zu wissen. Die Zeitungen schon gar nicht. Wie es sich mir erschließt, hat irgendein junger, dummer, verzweifelter Mensch in Paris ein Attentat auf einen Mitarbeiter der deutschen Botschaft begangen. Das ist betrüblich. Dass der Mitarbeiter gestorben ist, ist umso betrüblicher. Es tut mir leid, Frau Scharneck, bitte glauben Sie mir, es tut mir leid.«
»Aber was haben denn der junge, dumme, verzweifelte Mensch und sein Opfer mit uns zu tun?«
»Ich hoffe weniger, als man von Bangemachern hört, Frau Scharneck. Ihr Chauffeur wartet. Ich möchte Sie nicht noch länger aufhalten.«
Sie gingen zusammen die Stufen hinunter und den Gartenweg entlang. Gundi entriegelte das Tor und schaltete die Laterne aus.
»Er ist polnischer Jude«, sagte Remo.
»Der Attentäter?«
In der Dunkelheit ließ sich Remos Nicken nur vermuten. »Das Deutsche Reich hat in Massen polnische Juden ausgewiesen, und Polen will sie nicht aufnehmen. Die Eltern des jungen Menschen gehören dazu. Sie liegen im Niemandsland in der Kälte. Er dachte wohl, er sei seinen Eltern etwas schuldig, müsse jemanden bestrafen, und jetzt bestraft das Reich sein Volk.«

Durch Gundis Kopf schossen Gedanken wie gebündelte Blitze.
»Sind Sie Jude, Remo?«
Keine Antwort.
Sie gab ihm den Schlüssel. »Gehen Sie in mein Haus zurück. Nehmen Sie sich einen Drink, ruhen Sie sich aus. Wenn ich wiederkomme, sorge ich dafür, dass Sie sicher nach Hause kommen.«
Während sie in das Auto stieg und sich bei dem Fahrer entschuldigte, fragte sie sich, ob sie dabei war, der sich ausbreitenden Panik zu verfallen. Sie hatte seit Tagen keinen Blick in eine Zeitung geworfen. »Gibt es eigentlich etwas Neues?«, fragte sie mit gespielter Unbefangenheit. »Man lebt ja ein wenig wie hinter dem Mond, wenn man so in seine Proben vergraben ist.«
»Nuscht Neues, Frau Gundi«, verkündete der Chauffeur vergnügt. »Nur dat Sie dieses Jahr auf dem Weihnachtsmarkt singen. Dat ist dat Größte! Ich komm mit Frau und allen fünf Enkeln.«
Beruhigender ging es kaum noch, und der langweilige Empfang tat ein Übriges. Das Einzige, was die einschläfernde Ruhe störte, war ein neues Bild, das in den Rauchsalon des *Grandhotels* gehängt werden sollte und für das der Hoteldirektor Gundi um ihr Autogramm bat. Das Bild war in Tripolis aufgenommen worden, auf einem Podium im Hafen, wo sie mit dem funkelnden Meer im Rücken *Kleine Stunden* gesungen hatten. Es zeigte sie und Tadek. *Gundi Scharneck mit allen guten Wünschen,* schrieb Gundi auf das Bild, und ihr Herz war ein eisiger Klumpen. Sie ließ sich ein Glas Champagner bringen.
»Frau Scharneck?« Neben dem Kellner tauchte ein Bote vom Empfang auf. »Ein Anruf für Sie, aus dem Haus von Bürgermeister Temp. Es ist dringend. Ich bitte um Entschuldigung.«
Gundi folgte ihm eilig in eines der kleinen Zimmer, die eigens für private Telefonate eingerichtet waren. Ehe sie zwei und zwei zusammenzählen konnte, hatte sie die Frau des Bürgermeisters

schon am Apparat. »Gundula? Hermine hier.« Dass sie sich mit den Bürgermeisters beim Vornamen nannten, war Gundi entfallen. »Ich belästige Sie wirklich ungern, aber Ihr Kindermädchen, diese Polin, die Ariane wieder abholen sollte, ist nicht gekommen. Sie sollten sich wirklich gut überlegen, ob Sie das Kind derart unzuverlässigen Personen weiterhin anvertrauen wollen. Entschuldigen Sie, wenn ich Ihnen das in aller Deutlichkeit sage, aber in unseren Kreisen ist das nicht üblich.«
»Ich verstehe«, murmelte Gundi. »Was ist mit Ariane?«
»Die brüllt wie am Spieß«, versetzte die Bürgermeistersgattin. »Ich hätte mich aus Kulanz bereitgefunden, sie Ihnen mit unserem Fahrer nach Hause bringen zu lassen, aber sie weigert sich, auch nur einen Schritt zu tun. Unsere Renate wird sie nicht wieder einladen wollen. Erst Polen im Haus, dann das Geschrei – ihr ist der Geburtstag verdorben.«
»Ich komme«, sagte Gundi und fühlte sich wie der Jongleur, dem alle Bälle gleichzeitig zu Boden fielen.
Der Fahrer, der sie hergebracht hatte, fuhr sie auch zu den Temps, die in einer Villa am anderen Ende des Kurparks wohnten. Er bot an zu warten, aber Gundi zog es vor, ihr heulendes Kind allein aus dem Tempel des wohlgeordneten Lebens zu klauben und zu Fuß nach Hause zu gehen. Allzu weit war es nicht, auch wenn sie Ariane, die greinte, sie wolle ihre Roza, den ganzen Weg würde schleppen müssen. Nur ein paar Straßenzüge, dann über die Seestraße und den langen Küstenweg hinunter, der angeblich in Adolf-Hitler-Straße umbenannt werden sollte. Aber so weit kam sie gar nicht. Jäh war der verhangene Abend grell erleuchtet, und vom Stadtzentrum her hallten Schreie, Schritte und das Krachen von Balken. Dicht an Gundis Ohr schrie Ariane lauter als der Lärm. Gundi fiel in Laufschritt, schlug instinktiv einen Bogen, hoffte, in der nächsten Querstraße sicherer zu sein.

Rauchschwaden quollen ihr entgegen, gruben sich ihr wie mit Widerhaken in Nase und Kehle. Arianes Schreie erstickten, gingen in keuchenden Husten über. Gundi presste das Gesicht des Kindes gegen ihre Schulter. »Nicht hier lang!«, brüllte ein Schupo. »Da vorn brennt's.«
Mit der schweren Last und erlahmenden Armen rannte Gundi weiter, bog in eine Gasse, die dunkler schien, weniger rauchgefüllt, und kämpfte sich bis zur Seestraße vor. Dort blieb sie stehen wie erstarrt. Durch Zoppots Flaniermeile, durch die im Sommer die Nachtschwärmer tanzten, marschierten Jungen in Viererreihen im Stechschritt, dass ihre Sohlen auf das Pflaster knallten. Alle paar Schritte rissen sie den rechten Arm hoch. Komisch wäre gewesen, dass sie bei der Eiseskälte Uniformen mit kurzen Hosen und Hemdsärmeln trugen. Aber es war nicht komisch. Weil sie dabei sangen.

»Wenn der Sturmsoldat ins Feuer geht,
Dann hat er frohen Mut,
Und wenn's Judenblut vom Messer spritzt,
Dann geht's noch mal so gut.«

Das, was da brannte und lichterloh über den Dächern der Häuser loderte, war Zoppots Synagoge. Vor dem *Blauen Pudel* drängte sich eine Horde Uniformierter und schlug mit Hacken die Schaufenster ein. Andere bildeten einen Ring und johlten Beifall. Männer in Wintermänteln, Frauen mit Einkaufstaschen, Schlachter Seipoldt mit seinem Enkel auf den Schultern.
Ariane schrie und wand sich. Gundis Hirn sprang an wie ein Automat. Unter keinen Umständen würde sie es mit dem Kind auf den Armen bis nach Hause schaffen. Zudem hatte sie Angst, was sie auf dem Weg noch erwartete. Kurz entschlossen rannte sie los, um den Zug der Uniformierten zu durchbrechen und die

Straße zu überqueren. »He, Jungs, benehmt euch, lasst die Frau mit der Kleinen durch!«, rief einer der Gaffer vor dem *Pudel.* Eine Lücke tat sich auf, durch die Gundi flüchtete.

Das Waldgässchen lag in dunkler Stille. Vollkommen erschöpft traf sie vor der *Pension Sonnenschein* ein. Die niedrige Gartenpforte stand offen, vor den Fenstern lag bis auf halber Höhe Schnee. Aus den unteren Fenstern, denen von Küche und Frühstücksraum, fiel Licht. »Pop!«, schrie Gundi mit letzter Kraft. »Tante Karl!«

Pop kam ihr in Schlorren und Hausjacke entgegen, ein ausgemergeltes, altes Männchen, das jetzt wieder ein Riese war. Immer ein Riese sein würde. Er nahm ihr Ariane ab, die ihr Gesicht an seinem Hals vergrub und aufhörte zu schreien. »Bloß rin, Marjellchen. Bloß rin und nie wieder raus.« Er spuckte in den Schnee. »Pfui Deibel.« Als Gundi klein gewesen war, hatte er ihr beigebracht, dass vor andern Leuten nur spuckte, wer sich nicht benehmen konnte.

In der Küche bollerte der Kachelofen. Auf dem Tisch dampfte Tante Karls Teekanne, und drumherum saßen Leute. Pop platzierte Ariane auf dem letzten freien Stuhl, zog seine Hausjacke aus und legte sie ihr um, obwohl sie ihr Wintermäntelchen aus blauem Popeline mit weißen Pelzbesätzen trug. Sie rollte sich zusammen. »Draußen sind alle böse«, sagte sie. »Sie haben mir meine Roza weggenommen.«

»Nein, nein!«, sagte Roza. »Ich bin doch hier.«

Tante Karl brachte einen Stuhl für Gundi. Ihnen gegenüber saßen Roza, Zosia und ein Mädchen, das ein in eine Decke gewickeltes Kind auf dem Schoß hielt und Gundi bekannt vorkam. Das Mädchen weinte leise und unaufhörlich. Tante Karl brachte mehr Decken, die sie um Gundi und Ariane breitete, dicke nussbraune Wolldecken, die Gundi in unzähligen Sommern über sich gezogen hatte, wenn die Nächte kalt waren. Pop goss ihr

Hagebuttentee in eine Tasse. Seine Hand zitterte so stark, dass er die Hälfte verschüttete.

»Es tut uns leid, Gundula«, sagte Zosia. »Ging alles so schnell, wir nicht konnten Bescheid sagen.«

Roza sagte nichts, breitete nur die Arme aus. Ariane samt Decken lief los und warf sich hinein.

Das Mädchen mit dem Kind rieb sich über die Augen. »Roza und Zosia haben uns geholfen«, sagte sie. »Mir und Gaia. Wenn Zosia nicht dazwischengesprungen wäre, wenn die beiden uns nicht hierhergebracht hätten, ich weiß nicht, was die mit uns gemacht hätten.« Sie weinte auf. »Sie haben Natan! Sie haben meinen Michel!«

In dem Augenblick erkannte sie Gundi. Es war Helma, die Serviererin aus dem *Pudel.* Die mit dem geschäftstüchtigen Hintern. Sie sah noch immer aus wie sechzehn, nur verschwollen und verheult.

»Was um Gottes willen ist denn passiert?«

Da Helma nicht in der Lage war zu sprechen, erzählten es ihr die übrigen abwechselnd. Remo, der Friseur, hatte recht behalten: Vor zwei Tagen hatte es überall im Reich sogenannte Vergeltungsakte für den getöteten Botschaftsmitarbeiter gegeben. Synagogen brannten. Jüdische Geschäfte und Wohnungen wurden geplündert und kurz und klein geschlagen, Menschen aus ihren Häusern gezerrt, verprügelt, auf Wagen geworfen und verschleppt.

Auf Danzig – den Spiegel des Reiches – war der Funke übergesprungen. Wer die Synagoge, den prächtigen Vorkriegsbau mit den zwei Türmen, angezündet hatte, wusste kein Mensch. Durch die Straßen strömten die Jungen von der Hitlerjugend, die Bewaffneten von der SA und in Scharen gewöhnliche Einwohner von Zoppot, die sich an der Barbarei beteiligten. »Den Ziebuhr und den Tetzlaff hab ich gesehen«, sagte Pop. »Die tun sich da groß. Bei manch einem wünscht man sich doch, er hätt' das Geld gehabt, um sich über'n Jordan zu saufen.«

»Aber warum haben sie denn den *Blauen Pudel* überfallen?«, fragte Gundi. »Thomschke ist doch kein Jude, oder?«

»Wer bei denen alles Jude is', dat glaubst du nech'«, sagte Pop. »Irgendwat, wat denen nech' passt, sind wir sicher alle. Denen fällt schon wat ein.«

»Thomschke ist katholisch und arisch.« Helma weinte. »Aber das Lokal gehört zu gleichen Teilen ihm und Natan. Ludwik ist Pole. Bei uns mischt sich zu viel, was nicht mehr gemischt werden soll, und außerdem spielen wir Musik von Negern.«

Ihre Stimme brach wieder. Sie beugte sich über das Kind und weinte. »Mein Michel, mein Michel. Großer Gott, was soll denn nur werden!«

Aus den paar Brocken, die von ihr und von Zosia kamen, reimte Gundi sich den Rest zusammen: Helma war kein Mädchen. Sie war eine Frau von sechsunddreißig und hatte mit Natan Elkeles zwei Kinder. Verheiratet waren sie nicht. »Ich hab ihn immer heiraten wollen, ich dachte, dann ist er geschützt, aber der Schluri wollte ja nicht. Der wollt' nicht mal, dass in der Kneipe jemand von uns weiß. Ist schlecht fürs Geschäft, hat er immer gesagt, wir sind Bohemiens, unsere Liebe ist frei.«

SA-Männer hatten Natan aus dem Lokal gezerrt und auf einem Lastwagen fortgeschafft. Als wäre das nicht schlimm genug, hatten sie seinen kleinen Sohn, der hinter dem Tresen gespielt hatte, ebenfalls verschleppt. »Sie haben sie unter die Plane geworfen wie Vieh! Michel hat geschrien! Er ist doch erst sechs Jahre alt!«

Jetzt weinte auch das Mädchen Gaia. Sie und ihre Mutter waren vom Einkaufen gekommen und hatten Natan und Michel zu Hilfe eilen wollen. Ehe die Männer auch sie ergreifen konnten, war Zosia dazwischengesprungen und mit ihnen geflüchtet. Pop war bereits vor Stunden auf dem Postamt gewesen, um all seine Verbindungen abzutelefonieren, aber er hatte nichts erreicht. Die Polizei in Zoppot wollte mit der Sache nichts zu tun haben, wusste angeblich von keinerlei Verhaftungen, nur von toten Botschaftern und gesundem Volkszorn. Nach Langfuhr, zu seinem Kumpan Werner Schlichert, kam er nicht durch, sämtliche Leitungen lagen lahm. Pop zitterte vor Wut und brachte seinen Tee nicht herunter. Gundi hatte ihn noch nie so erlebt.

»Augenblick«, sagte sie. »Dein Natan ist verhaftet worden, ohne dass er etwas getan hat, richtig? Das funktioniert nicht. Wir sind nicht in der Wildnis, in Danzig gelten Gesetze, und die verbieten es, Unschuldige zu verhaften. Und Kinder sowieso. Ich bin sicher, die beiden sind im Nu wieder auf freiem Fuß.«

»Juden werden immerzu verhaftet.« Helma schluchzte trocken, als hätte sie all ihre Tränen verbraucht. »Manche verschwinden, und niemand weiß, wohin. Andere werden wegen unglaublicher Dinge vor Gericht gestellt, von denen man nicht mal weiß, was das ist. *Rassenschande.*« Das letzte Wort schrie sie. »Rassenschande, das ist, wenn zwei sich lieben und Kinder haben – so wie Natan und ich! Der Kommissar vom Völkerbund hat versucht zu verhindern, dass diese Gesetze aus dem Reich hier übernommen werden, aber über den lachen die sich doch kaputt.«

Gundi war nicht sicher, ob sie alles begriffen hatte. Aber sie begriff, dass sie handeln musste und dass es keine Zeit mehr zu verlieren gab. »Ich kümmere mich darum«, versprach sie Helma. »Morgen früh hast du Natan und deinen kleinen Jungen wieder.«

Der Gedanke, sie in dem Haus bei den beiden Alten zu wissen, so nahe bei der Seestraße und nachdem in der aufgepeitschten Menschenmenge womöglich jemand gesehen hatte, wohin die Frauen geflohen waren, bereitete ihr Unbehagen. Sie wollte nach

Hause laufen und Julius verständigen, ihn bitten, alle mit dem Automobil abzuholen, auch Zosias Vater, der bereits schlief und geweckt werden musste. »Ihr kommt zu uns. Dort belästigt euch niemand. Ihr bleibt so lange, bis in dieser Stadt wieder Ruhe herrscht.«

»Wer weiß, wie lang dat is'«, murmelte Pop. »Vielleicht hast du uns die nächsten hundert Jahre auf'm Hals.«

»Von mir aus auch tausend Jahre«, sagte Gundi und drehte an ihrem Lebensband. »Das schaffen wir schon. Wir schaffen alles, Pop.«

Er wollte sie zuerst nicht gehen lassen, sah schließlich aber ein, dass ihnen, vernünftig betrachtet, keine andere Wahl blieb. Gundi versuchte zu lachen. »Die Zeiten, in denen du nachts durch die Straßen getigert bist, um für mich Kastanien aus dem Feuer zu holen, sind vorbei.«

Er lachte nicht mit. »Wenn du den ollen Dussel lässt, macht der dat auch jetzt noch für dich. Aber wer nuscht von dir weiß, Marjellchen, der kann dir auch nech' helfen.«

Sie drückte ihn an sich, ehe sie ging. Haut und Knochen und Stoff. Mut und Menschenliebe, die sich länger hielten als Muskulatur. Während sie durch die Nacht, die noch immer von Schreien widerhallte, zu ihrem Haus rannte, liefen ihr Tränen übers Gesicht.

37

April 1939

Gib uns Zeit«, hatte Tadek gesagt. »Wenn es wieder Frühling ist, wissen wir, was zu tun ist.«

Im April brach die *Gustloff*, die jetzt wieder vor Hamburg lag, zu einer zehntägigen Reise rund um Italien auf. Die Route gehörte zu den beliebtesten der *KdF*-Reisen, und das Schiff war bis auf den letzten Platz ausgebucht. Es war seit Tripolitanien die erste Fahrt, auf der Tadek von Anfang an mit an Bord sein würde. Wie üblich hatte er sich nicht festnageln lassen, sondern Gundi überraschen wollen, aber dieses eine Mal hatte sie sich durchgesetzt. »Das Jahr, das du als Wartezeit haben wolltest, ist vorbei«, hatte sie ihm geschrieben. »Der Winter war hart. Ich brauche dich.«

Im Zug nach Hamburg hatten Gundi, Lore, Julius und Erik ein Sonderabteil, an dessen Tür ein buntes Schild mit der Aufschrift *Vier aus Zoppot* hing. Während sie sich auf den gepolsterten Sitzen gegenübersaßen und vor dem Fenster die endlich wieder frühlingshafte Welt vorüberflog, musste Gundi an ihre erste Reise nach Königsberg denken. Wie begeistert waren sie damals gewesen, waren vor Aufregung übergesprudelt. Heute schwiegen sie, ein jeder in seine eigenen Gedanken versunken. Julius wirkte so angespannt wie schon den gesamten Winter hindurch. Erik war geistesabwesend und einsilbig. Gundi wusste, dass er noch immer versuchte, Zosia zur Umsiedlung nach Warschau zu bewegen. Zosia aber wollte nicht fort. »Roza würde nicht aushalten, wenn ich gehe von ihr weg«, hatte sie Gundi erzählt. »Ich weiß, klingt komisch, aber sie wollte so gern eine *Matka* sein, und nun hat sich auf mich gestürzt wie auf Ersatz für Kind.«

Rozas Mann war in Westerplatte, ihr Vater in Zoppot und ihr

Bruder in der Post in Danzig. Überdies liebte sie auf ihre stille, treue Weise die kleine Ariane. Sie würde nicht fortgehen, also blieb auch Zosia. Gundi war nicht klar, warum sich Erik in diese Sache so verbiss.

Genauso wenig klar war ihr, womit Lore sich beschäftigte. Die Eintracht zwischen ihnen hatte sich nie wieder eingestellt, obwohl sie liebevoll miteinander umgingen. Einmal hatte Gundi sich ein Herz gefasst und Lore darauf angesprochen: »Ich vermiss dich, Lorchen. Unsere Gnedder-Nächte. Das Gefühl, dass zwischen uns nichts kommen kann.«

Lore hatte ihre Hand genommen und sie gedrückt. »Ich dich auch. Manchmal wünschte ich, man könnte sich die Gefühle und Gedanken, die in einem so fuhrwerken, von einem Arzt rausschneiden lassen wie einen Furunkel. Und dann neue einsetzen, die besser passen. Aber auch wenn das nicht geht, eines kannst du mir glauben: Du bist für mich das Wichtigste auf der Welt, Gundi, und daran wird sich nie etwas ändern.«

Jetzt saß Lore ihr schräg gegenüber und warf ihr von Zeit zu Zeit einen Blick zu, als versuche sie, ihre Gedanken zu lesen. Vielleicht wird es anders, wenn ich endlich reinen Tisch machen und wieder offen mit ihr sprechen kann, dachte Gundi. Ein Schauder lief ihr über den Rücken, weil sie begriff, dass diese Reise ihr Leben verändern würde, dass sie noch mehr von dem, was ihr lieb geworden war, würde aufgeben müssen und dass das am Boden unter ihren Füßen rüttelte, sosehr sie sich nach dem Neuen sehnte.

»Ich frage mich, ob ihr wohl unsere Instrumente die Gangway mit hochnehmen könntet«, fuhr Julius' Stimme in ihre Gedanken. »Ich würde heute gern noch einmal mit Gundi in der Barkasse fahren, wenn die *Gustloff* bereits bis vor die Fahrrinne geschleppt ist.«

»Warum denn das?«, platzte Gundi heraus.

»Weil es mich an unsere erste Reise mit diesem Schiff erinnert«, antwortete Julius. »Weil das damals ein besonders schöner Tag für mich war. Weil ich mir so viel davon versprochen habe, das dann nicht eingetreten ist, und weil ich heute versuchen möchte, noch einmal an der gleichen Stelle anzufangen.«

Gundi stockte der Atem. Während sie fieberhaft nach Gründen suchte, ihn von seinem Ansinnen abzubringen, sagte Erik: »Klar. Warum nicht? Es sind ja nicht gerade Klaviere, die ihr mit euch rumschleppt.«

»Ich finde das schön«, sagte Lore. »Ihr habt so wenig Zeit füreinander, ihr solltet euch viel öfter mal ein bisschen davonstehlen.«

Es gab keine Möglichkeit mehr, dieses haarsträubende Unternehmen abzuwenden. Eine Viertelstunde später erreichten sie Hamburg, und während die anderen zur Einschiffung gingen, saßen Julius und Gundi vor einem Kaffeehaus, das bereits Tische und Stühle in die Frühlingssonne hinausgestellt hatte, und warteten auf ihre Barkasse. Gegen den zartblauen Himmel erhob sich die *Gustloff* in ihrem strahlenden Weiß wie ein Versprechen: *Kraft durch Freude.* Wer an Bord ging, den erwarteten Tage in völliger Sorglosigkeit.

Julius hatte ihnen zwei Gläser Champagner bestellen wollen, als gäbe es etwas zu feiern. Der Kellner bedauerte – sie würden in diesem Jahr keinen mehr servieren. Stattdessen empfahl er ihnen einen sogenannten Piccolo der Marke *Henkell Trocken.* »Es ist ja durchaus nicht so, als könnten unsere deutschen Kellereien keinen hochklassigen Schaumwein herstellen, mein Herr.«

Da sie keine Zeit mit Debatten über Getränke zu vergeuden hatten, erklärte Julius sich einverstanden, und der Sekt wurde ihnen in zwei Miniaturflaschen an den Tisch gebracht.

»Wie lustig.« Gundi drehte ihre Flasche. »Man könnte sie in seine Handtasche stecken und hätte immer eine bei sich, wenn man sie braucht.«

»Gundi«, sagte Julius, »ich wollte nicht mit dir allein sein, um über Flaschengrößen von Schaumwein zu diskutieren.«

»Ich weiß.« Sie stellte die Flasche zurück auf den Tisch.

»Erinnerst du dich an das, was du mir gesagt hast? Vor einem Jahr, als wir auch hier waren und mit diesem Schiff auf die Jungfernfahrt gingen?«

Gundi erinnerte sich, doch statt zu antworten, presste sie die Lippen zusammen.

»Ich liebe dich. Das hast du mir gesagt. Nicht mehr lange, dann kennen wir uns seit beinahe zwanzig Jahren und sind bald sechs davon verheiratet, aber das war das einzige Mal, dass ich diesen Satz von dir gehört habe.«

Gundi griff nach ihrem Sektglas, doch ihre Kehle war so trocken, dass sie nichts herunterbrachte.

»Das Leben wird anders«, sagte Julius. »Härter. Vielleicht so hart, wie du es dir nicht vorstellen kannst. Ich will, dass wir einander haben, Gundi, dass wir wissen, wofür wir das alles machen.«

»Was meinst du damit – *das alles?*«

Diesmal war er es, der sich auf die Lippe biss und keine Antwort gab.

Sie wusste es ja selbst. In jener Nacht im November, als sie völlig aufgelöst nach Hause gekommen war und von ihm verlangt hatte, dass er Helma und ihre Tochter aus Tante Karls Pension holte, dass er zu Forster ging und die Herausgabe von Natan und seinem Sohn Michel forderte, hatte er es ihr entgegengeschrien. Zuvor hatte er das brennende Zoppot durchquert wie sie und hatte daheim den verstörten Friseur Remo vorgefunden.

»Bist du von allen guten Geistern verlassen? Was wäre gewesen, wenn ich jemanden mit nach Hause gebracht hätte, Forster, seinen Pfitzner mit dem ewigen Gekritzel oder einen von den anderen? Willst du, dass wir als Judenfreunde registriert sind, meinst du, du darfst dann noch auftreten?«

»Ich bin ein Judenfreund«, hatte Gundi zurückgeschrien. »Natan Elkeles war unser aller Freund – er war der Erste, bei dem wir überhaupt auftreten durften.«
Das Geschrei hatte sich rasch gelegt. Das Entsetzen nicht. Hatte sie ihrem Mann in der ersten Erregung die Frage an den Kopf geworfen, ob er an der Schweinerei in der Stadt beteiligt sei, so begriff sie kurz darauf, dass es so einfach nicht war. Forster liebte *Morgen am Meer,* die *Vier aus Zoppot* waren so etwas wie seine Schöpfung, aber er würde nicht davor zurückschrecken, sie zu zerschmettern, wenn sie nicht mehr in seine Pläne passten.
»Wir haben etwas zu verlieren, Gundi«, sagte Julius todmüde. »Nicht länger nur unseren Traum. Sondern dieses Haus, dieses Leben, unsere Familie, die von uns abhängig ist. Forster will, dass wir sauber bleiben. Seine Vorzeigekapelle, die zwar Musik macht, wie sie die Anbeter des wilden Swing lieben, aber auf deutsche, solide Weise. Die Polinnen zum Beispiel – die will er hier weghaben.«
»Zosia und Roza? Bist du verrückt?«
»Beruhige dich. Ich habe ihm gesagt, es ist ein wenig problematisch wegen unserer Ariane, die an den beiden hängt, und zum Glück hat er den Kopf voll mit anderen Dingen. Aber wenn du uns jetzt noch das Haus mit Juden füllst, wird er nicht länger die Augen verschließen.«
Er hatte schon seit Längerem mit Forster und dessen Leuten Gespräche dieser Art geführt. Das waren die Termine, zu denen er fortwährend in seinem Automobil unterwegs war. Mal ging es darum, aus einem Liedertext eine Strophe zu streichen, mal darum, von einem jüdischen Lieferanten keine Wäsche mehr zu kaufen, und schließlich darum, dass Julius in die Partei eintreten sollte.
»Ich denke, die haben Aufnahmestopp, weil sie keine Trittbrettfahrer wollen.«

»Den heben sie schrittweise auf – natürlich musste ich sie überzeugen, dass ich kein Trittbrettfahrer bin.«
»Und darauf hast du dich eingelassen?« Wieder hatte Gundi geschrien.
»Ich wollte uns den Rücken freihalten«, sagte Julius.
»Du meinst, du hast dich erpressen lassen.«
Wie man es nannte, spielte keine Rolle. Tatsache war, dass Forster und seine Leute Julius nicht viel Wahl gelassen hatten. Die *Vier aus Zoppot* konnten sich vor Engagements nicht retten, aber wenn ihr Leiter aus der Reihe tanzte, würde sich das ändern. Ihnen konnte sogar die Arbeitserlaubnis von der Reichsmusikkammer entzogen werden, was zur Folge gehabt hätte, dass sie weder auf der *Gustloff* noch irgendwo sonst im Reich hätten auftreten dürfen. Sie hätten in Danzig spielen können, aber Forster hatte recht, wenn er Julius die Frage vorlegte: »Und was meinen Sie: Wie viele Veranstalter in Danzig werden Ihren Namen noch auf ihren Plakaten haben wollen, nachdem Sie bei uns in Ungnade gefallen sind?«
Das Haus gehörte ebenfalls Forsters Partei. Auf ein Fingerschnippen von ihm konnte die Familie ihr Zuhause verlieren.
»Also gehe ich eben auf diese Dinge ein, die er von mir verlangt«, hatte Julius erklärt. »Es ist ja nichts Weltbewegendes. Nichts, das gegen meine Prinzipien verstößt. Und wie gesagt, eine Wahl lässt man uns ohnehin nicht.«
»Einen Moment mal«, unterbrach ihn Erik, der den Wintergarten betreten haben musste, ohne dass jemand ihn bemerkt hatte. »Wenn wir über die Wahl nachdenken, die wir haben oder nicht, sollte meiner Ansicht nach zumindest einmal zur Debatte stehen, mit alldem hier aufzuhören.«
»Mit alldem hier?«, fragten Julius und Gundi nahezu gleichzeitig. »Meinst du, mit unserer Musik?«, setzte Gundi nach.
»Ich habe mir selbst oft genug gesagt, es ist doch nichts dabei,

das bisschen Heil-Hitler-Geschrei auf dem Schiff und dergleichen mitzumachen«, sagte Erik. »Wenn aber der Preis zu hoch wird, sollten wir darüber nachdenken, findet ihr nicht?«
Lore saß dabei und sagte nichts.
»Und was wird dann?«, fragte Julius zurück.
»Wir könnten von hier weggehen. Nach Frankreich zum Beispiel.«
»Sprichst du Französisch? Ich nicht.«
»Ich habe angefangen, es zu lernen«, sagte Erik.
»Das ist deine fixe Idee!«, brach es aus Julius heraus. »Das mit diesem Weggehen, um die polnischen Mädchen außer Landes zu bringen, als würden demnächst hier alle Polen abgeschlachtet. Das ist blanker Unsinn. Wir haben immer noch ein Abkommen. Und wenn du mit deinem bisschen Französisch in Frankreich hockst – wovon willst du da leben? In Paris. Meinst du, die haben da auf uns gewartet?«
»Erik«, sagte Gundi mit klopfendem Herzen, sobald Julius verstummte. »Ich kann hier nicht weg. Nicht von Pop und Tante Karl. Egal, was passiert.«
Julius hatte hörbar aufgeatmet. »Wir müssen doch auch nicht weg. Es gilt ein paar Regeln einzuhalten, das ist alles, und ich bemühe mich ja, euch so weit wie möglich abzuschirmen. Wegen der Polinnen sage ich Forster, wir sind auf der Suche nach jemand anders, und damit ist die Sache erledigt. Und dieser Irrsinn da draußen wird sich wieder beruhigen. Man darf nicht vergessen, dass die Leute ein Recht haben, wütend zu sein: Sie haben keine Arbeit oder werden elend schlecht bezahlt, sie dürfen zu ihrem Land nicht gehören, und der Hafen in Gdingen nimmt ihnen die Kunden. Unsere Musik hat dabei eine wichtige Aufgabe: Wir schenken diesen Leuten unendlich viel, ist euch das nicht bewusst? Die *Vier aus Zoppot* liebt jeder, wir sind wie ein Danziger Wahrzeichen und können einiges dazu beitragen, dass die Wogen sich glätten.«

Gundis Gedanken hatten wie im Fieber rotiert. Was Julius sagte, klang so schön, so richtig – es war doch das, was sie immer gewollt hatte: von der Freude, die die Musik ihr schenkte, etwas weitergeben, Glück verteilen, weil sie das glücklichste Kind von der Ostsee war und weil glückliche Menschen nicht ständig zankten. Wo also lag der Fehler – und was machte sie so sicher, dass es einen gab?

»Wir haben geradezu eine Verpflichtung, hierzubleiben«, fuhr Julius fort. »Das ist wie in einer Ehe: Wer die guten Zeiten genießt, sollte auch die schwierigen durchstehen.«

»Bitte, Julius«, meldete sich Lore endlich zu Wort, »können wir jetzt aufhören, über das, was wir vielleicht tun oder nicht tun sollten, zu reden und erst Ariane, Pop und die anderen aus der Pension holen? Es macht mich schrecklich nervös, dass sie noch dort sind. Da draußen tobt immer noch der Krawall, so laut, dass man das Meer nicht mehr hört.«

Gundi war heilfroh gewesen. Julius hatte nicht noch einmal protestiert, sondern war losgefahren und hatte die acht Menschen aus der Pension in die Villa gebracht. Sie blieben dort, bis der Aufruhr nach ein paar Tagen abflaute. Remo, der Friseur, verließ Zoppot. Er hatte einen Kollegen in der Schweiz, der ihn fürs Erste aufnehmen würde.

»Vielleicht wäre das auch für dich eine Überlegung wert«, sagte Julius zu Helma. »Dir anderswo einen neuen Lebensmittelpunkt zu suchen. Es muss ja nicht für immer sein, und ich möchte auch nicht die Pferde scheu machen, aber im Augenblick ist die Lage hier offenbar etwas angespannt.«

Er hatte noch am Morgen nach der Schreckensnacht mit Forster geredet. Der behauptete, von einer Verhaftung von Kindern wisse er nichts, das sei eine lächerliche Verleumdung. Am Abend kam er aber ins *Grandhotel,* schien nicht ganz nüchtern, und als Gundi *Kleine Stunden* anstimmen wollte, herrschte er sie an, das neue Lied gefalle ihm nicht, es habe etwas Undeutsches. Sie solle *Morgen am Meer* singen.

Gundi sang *Morgen am Meer,* und anschließend war Forster weicher gestimmt. Er ließ Julius wissen, dass Zoppoter Schutzpolizisten ein herrenloses Kind aufgegriffen und zu seiner Sicherheit im Stadtgefängnis untergebracht hatten. Die Mutter müsse eine Gebühr zahlen und werde über ihre Aufsichtspflicht belehrt, aber dann dürfe sie den Jungen mitnehmen.

Für Natan hatte niemand etwas tun können. Erst Tage später hatte Pop über Werner Schlichert herausgefunden, dass er in die Danziger Strafanstalt Schießstange überstellt worden war. Darüber, was man ihm zur Last legte, herrschte Uneinigkeit: Ruhestörung, Widerstand gegen die Staatsgewalt, unerlaubte Beziehungen mit einer deutschen Danzigerin. Des Letzteren wegen hätte man ihn eigentlich nicht belangen können, denn das entsprechende Gesetz war in Danzig erst Ende November in Kraft getreten, als Natan sich bereits in Haft befunden hatte und keine Beziehungen – erlaubt oder unerlaubt – mehr hatte unterhalten können.

»Etwas spitzfindig, meinen Sie nicht?«, hatte Pop auf diesen Einwand von einem Vollzugsbeamten als Antwort erhalten. »Er würde diese Beziehungen ja weiter unterhalten, wenn wir dem keinen Riegel vorgeschoben hätten. Damit liegt eine Straftat vor.«

Helma wies Julius' Vorschlag von sich: »Wie kannst du glauben, ich ginge ohne Natan irgendwohin? Ich hätte längst sonst wohin gehen können. Seit Jahren. Ich hätte reich werden können. Aber ich will nur Natan.«

»In diesem Fall rate ich dir dringend, deinen Pass erneuern und deine beiden Kinder darin eintragen zu lassen. Wenn möglich würde ich auf eine Angabe zur Vaterschaft verzichten.«

Ob Helma das getan hatte, wusste Gundi nicht. Nach ein paar

Tagen war sie mit Michel und Gaia zurück zu Thomschke und Ludwik gezogen. Sie hatten den *Pudel* notdürftig aufgeräumt und wieder eröffnet. Natan war im Januar 1939 zu drei Jahren Haft verurteilt worden. »Das ist nicht das Ende der Welt«, behauptete Julius. »Du weißt, wie starrsinnig er ist, er geht über keine goldene Brücke. Gemessen an den Umständen, ist er glimpflich davongekommen.«
Vielleicht war er das. Auch wenn es übel aufstieß, dass man drei Jahre eingesperrt werden konnte, ohne ein Verbrechen begangen zu haben, und dafür noch dankbar sein sollte. Julius aber trug daran keine Schuld, er hatte sein Möglichstes getan. So, wie er ihr jetzt gegenübersaß und sie ansah, begriff Gundi, wie viel es ihn kostete. Was Zosia und Roza betraf, hatte er sein Versprechen gehalten: Sie waren weiterhin im Haus, und niemand hatte sie belästigt. Ein Teil von ihr wünschte sich, sie hätte ihm geben können, wonach er sich so sehr sehnte und was er verdiente. Der andere Teil wusste, dass an Bord der *Gustloff* Tadek auf sie wartete.
»Hast du in den letzten Tagen Zeitung gelesen?«, fragte Julius unvermittelt.
»Nein, hab ich nicht. Pop sagt, in Danzig gibt es keine Zeitungen mehr.«
»Manchmal geht mir das, was dein Pop sagt, auf die Nerven«, erwiderte Julius. »Wenn ich knapp achtzig und für niemanden mehr verantwortlich wäre, fiele es mir auch leichter, erhabene Töne zu spucken.«
»Pop spuckt nie erhabene Töne«, sagte Gundi. »Das ist nicht seine Art. Er hat sein Leben auf einer Werft verbracht, Julius. Da ist es immer laut, man versteht sein eigenes Wort nicht, und jeder lässt raus, was ihm in den Sinn kommt.«
»Männer wie Pfitzner hören jedes Wort, und wenn nebenan die Welt in Scherben fällt«, sagte Julius. »Und wie gesagt: Schwatzen,

was ihm in den Sinn kommt, kann einer, der niemanden mehr schützen muss.«
»Wer ist denn Pfitzner?«
»Dieser widerliche Kriegsversehrte, den Forster mit sich herumschleppt und dessen ewig kratzende Füllfeder mich eines Tages in den Wahnsinn treiben wird.«
Gundi legte ihre Hand über seine. Es entsprang keiner Überlegung, sondern geschah einfach, genauso selbstverständlich wie vor zehn Jahren im Strandkorb. »Schau, da ist unsere Barkasse, Ju-Ju. Bestimmt tut es dir gut, wieder auf dem Meer zu sein.«
»Du tust mir gut«, sagte er und warf achtlos Geld für den Sekt aufs Tablett. »Ich will, dass wir aus unserer Ehe etwas machen, Gundi. Nicht nur nebeneinanderher leben, sondern füreinander da sind. Ich habe mit Lore gesprochen. Sie hat vorgeschlagen, wir sollen ein paar Wochen Pause machen und mit Ariane irgendwohin fahren. Ich fände das schön. Würde es dir auch gefallen?«
»Wir müssen uns beeilen.« Sie zog ihn mit sich den Pier entlang in der Hoffnung, ihn abzulenken. »Die *Gustloff* soll schließlich nicht auf uns warten müssen. Ich bin sicher, du fühlst dich an Bord gleich besser. Mir geht es auch immer so. Das Meer ist mein Tonikum.«
»Gegen manche Dinge ist auch das Meer machtlos«, sagte Julius im Laufen.
»Unsinn. Das Meer ist doch nicht machtlos.«
Sie stiegen in die Barkasse, und der Schiffer startete den Motor. Scharf schnitt der Bug des kleinen Bootes durchs Wasser und teilte es in zwei brodelnde Schaumketten. »Danzig hat Hitler zum Ehrenbürger erklärt«, sagte Julius.
»Ist das schlimm?«
»Es heißt, dass Danzig nicht aufhören wird, sich von Hitler etwas zu versprechen. Und dass Hitler gewillt ist, diese Erwartung

zu erfüllen, denn sonst hätte er eine derart provokante Ehrung wohl kaum angenommen.«

»Du meinst, er besteht darauf, dass Danzig zu Deutschland kommt? Aber vielleicht geben Polen und der Völkerbund es ja freiwillig auf. Sagst du nicht selbst, zu Deutschland gehört es sowieso?«

»Ohne Frage. Nur wird sich Polen vom Meer nicht so einfach abtrennen lassen.«

»Polen hat doch in Gdingen jetzt seinen eigenen Hafen. Es braucht den von Danzig nicht mehr – zu Pops Leidwesen.«

»Gundi«, sagte Julius. »Gdingen liegt im sogenannten polnischen Korridor. Der war vor dem Krieg genauso deutsch wie Danzig.«

»Aber da wohnen doch Polen.«

»Ob die da wohnen, ist Hitler egal.« Er hob die Hand, um sie am Sprechen zu hindern. »Ich weiß, was du sagen willst: Sonderlich große Sorgen brauchen wir uns nicht zu machen, denn wir haben mit Polen ja ein Abkommen. Das habe ich mir selbst von morgens bis abends gesagt. Die Sache ist nur: Wir haben dieses Abkommen nicht mehr. Hitler hat es vor einer Woche aufgekündigt.«

Sein Gesicht war aschfahl, seine Stimme so erloschen, wie man sprach, wenn man kurz vorm Einschlafen stand. Er musste sich nächtelang mit diesen Sorgen gequält haben. Er durfte damit nicht länger allein sein. Gundi scheute sich, nachzufragen, worauf das alles hinauslief, aber sie konnte ihm anbieten, für ihn da zu sein. »Wir sind Freunde, Ju-Ju«, sagte sie. »Wir waren immer Freunde. Wenn du darüber reden willst, höre ich dir zu.«

»Nein«, schnitt er ihr hart das Wort ab. »Ich will nicht mit dir über Hitler reden und auch nicht über die Probleme von Zosia und Roza Pajewska, Helma Determann und dem Bruder von deinem Friseur. Wir sind keine Freunde. Wir sind Mann und Frau. Ich will mit dir schlafen, Gundi.«

Erst erschrak sie. Dann war sie erleichtert. Das sachte frühlingshafte Meer trieb sie auf kleinen Wellen vorwärts, und es war so gekommen, wie sie und Tadek es sich erhofft hatten: In ihrem Leben fand sich alles zur rechten Zeit. Sie hatte eine Weile gebraucht, wusste aber jetzt, was zu tun war. Vielleicht hätte sie den Mut nie aufgebracht, weil die Erinnerung an sein verletztes Gesicht, wenn sie ihn wieder einmal gekränkt hatte, ihr allzu sehr zusetzte. Jetzt jedoch, wo er etwas von ihr verlangte, das sie ihm nicht geben konnte, blieb ihr keine Wahl mehr.

Es war gut und richtig so. Er hatte keine halbherzige Frau verdient, die wie ein Schmetterling mal zu ihm hin-, mal wieder davonflatterte, sondern eine, die ihn liebte, wie sie und Tadek sich liebten. Es würde ihm besser gehen, sobald er eine solche Frau gefunden hatte. Alles würde sich lösen.

»Ju-Ju«, sagte sie, »ich mag dich schrecklich gern und werde immer dein Freund sein. Aber deine Frau, die kann ich nicht mehr sein. Ich konnte es eigentlich nie, denn das zwischen uns ist nicht so, wie es zwischen Mann und Frau sein soll. Ich habe das nicht gewusst, aber ich weiß es jetzt. Ich will, dass wir uns scheiden lassen.«

38

Er hatte für sie seine Mutter bestohlen.

Er hatte für sie jede Hoffnung aufgegeben, je eine bürgerliche Laufbahn einzuschlagen oder ein gewöhnliches Familienleben zu führen, seiner Tochter ein Vater zu sein und noch weitere Kinder zu bekommen.

Er hatte für sie seinen eigenen Namen aufgegeben und hatte sich

für sie verkauft. Er verkaufte sich jeden Tag aufs Neue und war sich nicht einmal sicher, für wen und um welchen Preis.
Sie hatte das alles mit beiden Händen angenommen, sie machte sich einen lustigen Lenz damit und lebte den Traum, der immer der ihre gewesen war, nicht der seine. Nur für ihn hatte sie keine Verwendung mehr. Ihn warf sie weg.
Er packte das Geländer der Leiter und sprang aus der Barkasse, ohne sich noch einmal nach ihr umzudrehen. Mochte sie dort unten verkommen, diese Meerjungfrau mit dem Fischschwanz, dieses Wasserwesen, das menschliche Gefühle nicht kannte.
Mit jedem Schritt, den er der Einstiegsluke des Schiffs näher kam, klärte sich jedoch der Nebel, den der Schmerz in seinem Kopf aufgewirbelt hatte. Es hatte keinen Sinn, sich etwas vorzumachen: Er liebte sie. Wenn er sie verlor, war alles umsonst gewesen. Hatte er sich eine Sekunde lang gewünscht, den Kampf aufzugeben und seinen Stolz wahren zu dürfen, so begriff er jetzt, dass er zurück in den Ring musste, von Neuem all seine Kraft darauf verwenden, Gundula Frieböse zu verschaffen, was sie brauchte.
In der Nacht vor der Hochzeit hatte der Mann, den sie anbetete, mit ihm gesprochen: Pop Frieböse. War Julius der einzige Mann, der das Rennen um die Liebe seiner Frau gegen einen knapp achtzigjährigen Großvater verlor?
»Ich werde Gundi geben, was immer sie sich wünscht«, hatte er Pop in jener Nacht bei dessen ewigem Machandel versprochen. »Alles, wovon sie träumt. Ich werde sie zur glücklichsten Frau von ganz Danzig machen.«
»Die Gundi«, hatte Pop erwidert, ohne sich von Julius' feuriger Rede beeindrucken zu lassen, »die ist eigentlich schon glücklich auf die Welt gekommen. So furchtbar viel wirst du da gar nicht machen müssen, denn wat soll eine mit Kaviar, die sich am liebsten Ernestines Bullewupp reinschaufelt?«

»Sie wünscht sich aber, Reisen zu machen, sie wünscht sich, die Welt zu sehen und im *Grandhotel* zu tanzen«, hatte Julius dagegengehalten, weil es ihn wurmte, wie der Alte sich aufspielte, als würde er Gundi als Einziger kennen.
»Sicher«, war es gemächlich von Pop gekommen, ehe er die verschrumpelte Pflaume aus seinem Glas gefischt hatte. »Aber glücklich macht uns ja nech', wat wir uns wünschen, oder?«
»Was denn sonst?«
»Zur Not Machandel«, sagte Pop. »Sonst dat, wat jeder so braucht.«
Seither war Julius auf der Jagd. Als sie in das herrliche Haus gezogen waren, als sie die erste Platte aufgenommen hatten, als sie im Ballsaal des *Grandhotels* und hinaus auf den Strand tanzten, als sie im Hafen von Neapel standen und über den schillernden Golf blickten – jedes Mal hatte er geglaubt: Das muss es sein. Jetzt habe ich das, was sie braucht, gefunden, es kann ja ein Mensch nicht noch mehr brauchen, und wir werden endlos glücklich sein.
Gundi aber war glücklich, wenn sie *Morgen am Meer* sang. An dem Tag, als sie das neue Lied – *Kleine Stunden* – geschrieben hatte, war sie vor Glück fast geplatzt. Mit ihm jedoch war sie nie glücklich gewesen, und jetzt wollte sie ihm nicht einmal mehr das wenige lassen, das er von ihr besaß: Er war der Mann, dessen Namen sie trug, selbst wenn es nur ein Ersatz für seinen Namen war. Er war der Mann, den andere um sie beneideten, und er war der Mann, der hoffen durfte, sie vorzufinden, wenn er abends müde in sein Haus kam.
Wie sollte er leben, wenn sie ihm das nahm?
Aber das hatte sie gar nicht gesagt, oder doch? Sie wollte, dass sie Freunde blieben, sie wollte da sein, wenn er sie brauchte, und dann war da ja auch noch Ariane, die sie allein gar nicht versorgen konnte. Wenn sie aber alles so belassen wollte, wie es

seit Jahren war – weshalb verfiel sie dann überhaupt auf diesen Wahn mit der Scheidung?
»Bitte beeilen Sie sich, Herr Scharneck! Wir wollen Anker lichten, bevor's irgendwem einfällt, es uns zu verbieten.« Der Maat, der den Kopf aus der Luke steckte, strahlte. Dabei hatte das, was er sagte, etwas Düster-Prophetisches und war Julius selbst schon etliche Male durch den Kopf gegangen: Würde die *Gustloff* mit ihren feiernden Urlaubern an Bord noch lange die Meere befahren können, wie es ihr gefiel? Und wenn sie es nicht mehr konnte – in welche fatale Lage würde ihn das bringen?
Er hatte das heute zu Gundi sagen wollen: Bitte liebe mich, denn ich habe Angst, dass uns die Zeit davonläuft. Wenn alles, was wir kennen, in Stücke fällt – gib mir etwas, woran ich mich festhalten kann.
»Ich komme!«, rief er dem Maat zu und blickte nach oben. Gundis Schritte hörte er hinter sich schneller werden, fast glaubte er, ihren Atem im Nacken zu spüren, doch er drehte sich nicht um. Stattdessen blickte er an der weißen Bordwand empor, dass ihn der Nacken schmerzte. An der Reling stand Kapitän Petersen, der die *Gustloff* seit Lübbes Tod fuhr. Er hätte bereits auf der Brücke sein müssen, doch er war noch in ein Gespräch mit einem Mann im hellen Anzug vertieft. Der Mann wandte sich dem Meer zu, und Julius erkannte ihn.
Auf der Sprosse vor dem Einstieg blieb er stehen und begriff.
Tadeusz Radun.
Seit der Jungfernfahrt der *Gustloff* tauchte er auf einmal überall auf, wo die *Vier aus Zoppot* waren. Und seit er überall auftauchte, konnte Gundi, die seit Jahren nichts mehr schrieb, auf einmal ein großes Lied schreiben. Jäh fiel ihm ein, wie sie ihm erzählt hatte, sie hoffte, eines schreiben zu können, wenn sie sich verliebte.
Tadeusz Radun.

Den sie angehimmelt hatte, als er den großen Star des *Grandhotels* gegeben hatte, während Julius mit Hohn und Spott vor die Tür gesetzt wurde. Damals waren sie Kinder gewesen. Jetzt waren sie keine mehr.

Julius bestieg das Schiff und schob den Maat beiseite, ohne ihm die Hand zu schütteln. Es war nicht seine Art. Er legte auf Höflichkeit Wert. »Was'n los, Herr Scharneck?«, fragte der verdatterte Mann. »Wieder Magen verdorben?«

Julius stürmte durch den Gang, ohne sich nach ihm umzudrehen.

»Ju-Ju! Bleib stehen, wir müssen darüber doch reden!« Gundi rannte hinter ihm her. An der Treppe zum Aussichtsdeck holte sie ihn ein und zog ihn zu sich herum. Sie standen sich gegenüber, ihre Gesichter kaum eine Handbreit voneinander entfernt, und das Tuten, das die Abfahrt der *Gustloff* ankündigte, dröhnte ihnen in den Ohren.

»Deshalb willst du dich von mir scheiden lassen, ja? Wegen dieser kindischen Schwärmerei für einen knödelnden, schmalzgelockten polnischen Tenor?«

»Tadek knödelt nicht«, sagte Gundi. »Du hast mit ihm gespielt, du musst doch wissen, dass jeder seiner Töne klar ist wie ein frisch geputztes Fenster.«

Julius holte aus. Er sah Gundis Gesicht, die seltsam verträumten Augen, die das Kindliche verloren hatten, aber nicht das Unerreichbare, und beherrschte sich. Es war nicht Gundi, die er schlagen wollte. Es würde nie Gundi sein. Er ließ sie stehen und rannte die Treppe hinauf. Gundi folgte ihm auf dem Fuß und versuchte, ihn festzuhalten. Wie Steinschlag polterten ihre Schritte.

An Deck tummelten sich alle möglichen Leute, die das milde Wetter genossen, einander staunend darauf hinwiesen, wie rasch der Küstenstreifen sich verkleinerte, oder irgendwem

winkten. Kapitän Petersen hatte sich verabschiedet, aber der Pole war noch da und gab ein paar Mädchen, die Schlange standen, mit falschem Grinsen Autogramme.
Julius schob die Mädchen beiseite, ohne ihren empörten Protest zu beachten. Seine Faust ballte sich von allein und krachte dem Polen ins Gesicht. Der war sogar hässlich. Er sah älter aus, als er sein konnte, und hatte etwas Verlebtes, die Falten zu tief gekerbt, die Farben fast weibisch intensiv. Was fand sie an ihm? Was hatte dieser Kerl, was er, Julius, nicht hundertfach aufgeboten hätte, um sie zu gewinnen?
Gundi schrie auf, und der Pole kippte hintüber. Es war wie in einem albernen Film, in einem von den Drehbüchern, die die UFA ihnen anbot, weil es Zeit wurde, dass die *Vier aus Zoppot* auf die Kinoleinwand gelangten. Zu melodramatisch, hatte Julius gedacht, wobei ihm klar war, dass das bei einem Kassenschlager kein Nachteil war.
Der Mann fing sich, ehe er stürzte, und hielt sich das Gesicht. Unter dem Auge war die Haut aufgeplatzt, aber heraus quollen nur ein paar Tropfen Blut. »Nein«, sagte Julius zu ihm. »Was immer Sie sich in Ihrem kranken Hirn zurechtgezimmert haben, meine Antwort ist: nein. Ich trete Ihnen meine Frau nicht ab. Ich werde nicht in eine schnelle, einfache Scheidung einwilligen und mir für die Presse irgendeinen herzigen Grund einfallen lassen, damit Sie beide unbeschädigt als das neue Traumpaar der deutschen Unterhaltungsmusik von dannen ziehen können.«
»Ich bin Pole«, sagte der Mann und betrachtete geradezu fasziniert den Tropfen Blut an seiner Fingerspitze.
»Das spielt keine Rolle«, erwiderte Julius. »Meine Frau wird nämlich ohnehin nicht mit Ihnen auftreten können, sondern alles verlieren. Zuerst ihre Arbeitserlaubnis von der Reichsmusikkammer. Ich bin Offizierssohn. Meinen Sie, die Reichs-

musikkammer hegt Sympathien für eine Frau, die den Sohn eines deutschen Helden und ihr blondes Töchterchen stehen lässt, um mit einem Polen durchzubrennen?«

»Nein«, sagte der Pole. »Die Reichsmusikkammer, denke ich, hegt dafür nicht viele Sympathien.«

»Und was machen Sie dann? Gehen Sie mit ihr nach Amerika? Da haben Sie sich verrechnet, denn meine Frau wird Ihnen nie verzeihen, wenn Sie sie von Zoppot wegholen. Sie hat hier nämlich ihren alten Großvater, der Missingsch spricht, dass Ihnen die Ohren abfallen, und den sie so sehr vergöttert, dass selbst Sie nicht dagegen anstinken können.«

»Ich bitte Sie, Herr Scharneck«, sagte der Pole. »Sie sollten das nicht durch den Kakao ziehen. Sie tun weder sich noch Ihrer Frau einen Gefallen, und Sie würden das später gern zurücknehmen wollen.«

»Woher wollen Sie wissen, was ich später gern will? Was ich will, geht Sie nichts an. Gar nichts von mir geht Sie etwas an, bis auf das eine: Meine Frau gebe ich nicht frei. Wenn Sie sie mir trotzdem wegnehmen, sorge ich dafür, dass sie alles verliert, was ihr jemals lieb war. Ihre Musik, sogar ihr Lied. Ja, sie mag *Morgen am Meer* allein geschrieben haben, aber die Rechte daran gehören uns allen zusammen. Und ohne *Morgen am Meer* ist sie nicht mehr Gundi Sonnenschein aus Zoppot, die die Leute angebetet haben, weil sie ihnen das Gefühl gab, das ganze Leben sei Urlaub. Sie wird ihre Freunde verlieren, ihr Zuhause, die Personen, die sie darin beherbergt, ohne sich um die Konsequenzen für uns alle zu scheren. Und dann ihr Kind. Sie mag nicht viel Wirbel darum machen, aber irgendwo in ihr muss sich ja ein mütterliches Gefühl verstecken. Oder ein Gewissen. Eines Tages wird sie damit leben müssen, dass ihr Kind sie hasst.«

Dass Gundi versucht hatte, ihn von dem Polen wegzuzerren, dass Leute einen Kreis um sie bildeten und wild auf ihn einrede-

ten, das alles hatte er nur wie ein Rauschen im Hintergrund wahrgenommen. Jetzt rief eine neue Stimme über das Rauschen hinweg: »Hör damit auf, Julius! Was tust du dir denn an?«
Lore. Sie kämpfte sich zu ihm durch, schob Gundi weg und nahm seinen Arm. »Das hier hat keinen Sinn, armer Julius. Es hat nie und für niemanden Sinn, weil man Gefühle ja nicht rausschneiden kann. Komm mit mir. Ich bringe dich in deine Kabine.«
Julius spürte im Rücken, wie er in sich zusammensackte. Was Lore gesagt hatte, war banal wie aus einem Dienstmädchenroman, aber es war das Einzige, was es dazu zu sagen gab. Er konnte Gundi alles Böse der Welt antun, aber er konnte kein Gefühl aus ihr herausschneiden. Er hatte sie verloren.

39

August

Willste schwitzen, fahr bloß nech' auf die Fidschis. Bei uns isses heißer.«
Pop hatte gegrinst und Gundi den Korb mit Tante Karls Teewurststullen durchs Zugfenster gereicht. Gundi fuhr nach Stettin, den Übrigen, die bereits am Morgen in einem Zug mit dem üblichen Sonderabteil aufgebrochen waren, hinterher, um von dort mit der *Gustloff* in Richtung Stockholm in See zu stechen. Gelacht hatten sie beide nicht, und Pop war nur unter Ächzen die Treppe zum Gleis hochgekommen, aber sie hatten sich noch einmal auf diesem Bahnhof mit den Augen umarmt. »Zurück kommst erst im Herbst, wat, Marjellchen?«
Gundi hatte genickt. Im Anschluss an Stockholm, wo das Schiff

mit viel Trara eine Gruppe Sportler von einem Turnerfest abholen sollte, ging es weiter mit einer Reihe von Norwegen-Reisen, bis im September die Hauptsaison ausklang.
»Pass auf dich auf«, hatte Pop gesagt. Das sagte er sonst nie, weil es ihn ärgerte, dass einem zu dieser Floskel nie einer die Erklärung lieferte, wie man das anstellen sollte.
»Du auch.«
»Ich bin ja nech' trippstrillig«, sagte Pop.
Dann war der Zug abgefahren, um sie für die Dauer des Sommers von Zoppot fortzubringen. Es war der heißeste Sommer des Jahrhunderts. Und der erste, der tatsächlich endlos war. Jeder Tag zog und dehnte sich wie reißfestes Gummi, jede Reise war ein Mosaik aus ungezählten Stunden. Großen. Keinen kleinen. Grünlich glasiges Licht, das bei Tag wie bei Nacht über dem eisklaren Blau der Fjorde stand, stumme Felsen, die nackt aufragten, als gehörten sie in eine Welt ohne Menschen – die Landschaft sah aus, als hätte eine Riesenhand ein Gemälde von Gundis Innerem gemalt. Sie war trippstrillig. Nicht einen Tag lang oder zwei, wobei man am zweiten Tag schon spürte, dass das Gemüt sich sortierte und wieder ins Lot fand, sondern so wie in *Morgen am Meer:*
»Du kommst nicht wieder,
Und niemand findet mich mehr
In der Frühe am Strand.«
Einer der Gäste, ein Stahlarbeiter aus Ulm, der mit seiner Frau nach dreißig Jahren Ehe zum ersten Mal eine Reise unternahm, sagte nach einem Konzert zur Cocktailstunde zu ihr: »Sie haben so eine Ausstrahlung, Frau Gundi – als wenn Traurigkeit lächeln könnte. Man möchte Ihnen immer zuhören, aber dann fühlt man sich ganz schuldig, weil Sie ja dafür immer traurig sein müssen.«
Früher, dachte Gundi, fanden die Leute mich wie Sonnenschein, der manchmal weint.

Am Abend des 22. August, einem Dienstag, brach die *Gustloff* aus Hamburg zu ihrer Jubiläumsreise – der fünfzigsten – auf. Wie war es möglich, dass sie in den knapp anderthalb Jahren all diese Reisen gemacht hatte? In dieser Zeitspanne war in ihrem Leben kein Stein auf dem anderen geblieben. Und der Sommer, der sich wie Gummi zog und selbst in Norwegen mit gleißender Sonne und drückender Hitze aufwartete, nahm noch immer kein Ende.

Julius ließ ihr Raum. Sie ließen sich gegenseitig Raum, reisten in unterschiedlichen Zügen und hatten auf dem Schiff jeder eine eigene Kabine. »Ich schnarche zu laut«, behauptete Gundi, und der Treppenwitz machte an Bord die Runde. »Ich weiß, dass du dich nicht für mich entschieden hast«, sagte Julius. »Sondern für die Musik, die Freunde – und vor allem für Pop. Aber ich bin trotzdem dankbar, dass du noch bei mir bist.«

Nein, dachte Gundi. Nicht einmal für all die, die du genannt hast, hätte ich mich gegen Tadek entscheiden können. Ich hätte es gewollt, weil ja wohl jeder sich wünscht, ein anständiger Mensch zu sein, der das Richtige tut. Aber ich wäre ein selbstsüchtiger Mensch gewesen, der das Falsche tut, weil meine Hände und mein Mund, meine Scheide und mein Herz sich geweigert hätten, Tadek loszulassen. *Er* hat an meiner Stelle entschieden. Ich bin noch bei dir, weil mein Geliebter mich verlassen hat.

»Das kann ich nicht, Gundinka«, hatte er gesagt, mit ihr in seinen Armen, ihr Gesicht auf dem warmen Fleisch seiner Brust, ihr Ohr an seinem Herzen. »Ich kann es wirklich nicht. Mir haben schon gehörnte Ehemänner Szenen gemacht, und ich habe auch nicht zum ersten Mal Prügel bezogen. Aber ich habe noch nie erlebt, wie ein blonder Schrank von einem Germanen sich vor versammelter Mannschaft hinstellt und sein gebrochenes Herz vorzeigt. Egal, was wir täten, meine Süße, egal, wie be-

soffen vor Glück wir wären, ich würde jedes Mal, wenn ich mich an dir gütlich tun will, diesen Mann vor mir sehen, der die Schultern fallen lässt und sich nie wieder aufrichten wird. Und hinter ihm die ganze Schar von Leuten – Kinder, Alte, obdachlose Mädchen –, die weinen. Es käme mir vor, als würde ganz Zoppot weinen und als würde es dort jetzt immer regnen, weil ich ihm seine Gundi Sonnenschein weggenommen habe.«
Gundi hatte sich an ihn gepresst, hatte sich mit ihm zur Kugel gerollt, zu einem verpuppten Tier, das man nur töten, nicht teilen konnte, und hatte die kleinen Stunden, ihre letzten kleinen Stunden hindurch geweint. Ehe er in Lissabon von Bord ging, sagte er zu ihr: »Das hier ist nicht der Anfang vom Ende. Bitte lach auch manchmal. Sing unser Lied und freu dich, dass wir uns hatten.«
Es war nicht der Anfang vom Ende. Es war der Anfang der Endlosigkeit.
Sie wollte sich darüber freuen, wollte nicht, dass irgendeine namenlose Schicksalsmacht annahm, sie hätte mit einer anderen getauscht und Tadek nicht gekannt. Aber Freude funktionierte nicht wie die elektrischen Tonabnehmer, bei denen man neuerdings auf Knopfdruck eine Nadel bewegen konnte, um eine neue Platte abzuspielen. Gundis Platte hatte einen Kratzer quer über sämtliche Rillen und geriet ins Stocken, spielte wieder und wieder denselben Takt ab: *Tadek, Tadek, Tadek.* So verdreht war das Leben, dass man der glücklichste Mensch von der Ostsee sein und sich trotzdem nicht freuen konnte.
Sie hatte Julius gesagt, dass sie den Gedanken an eine Scheidung aufgegeben hätte und bei ihm bleiben würde, wenn er es so wollte. Dass er es wollte, stand außer Frage. Er sah sie an wie von den Toten auferstanden. »Ich werde dich nicht bedrängen, Gundi, ich weiß, dass du Zeit brauchst.«
Zeit, die kein Ende haben mochte.

Sie sagte ihm auch das: »Ich glaube das nicht, Julius. Ich glaube nicht, dass irgendwann, wenn ich nur genug Zeit hatte, ein Tag kommt, an dem ich dich so liebe wie Tadek. Ich bleibe mit dir zusammen, um nicht unser aller Leben zu zerstören, und ich hoffe, dass wir es irgendwann miteinander wieder gut haben werden. Wir hatten es ja jahrelang gut. Wenn du dich aber nach dieser anderen Art von Liebe sehnst, dann such danach bei einer anderen Frau. Mir macht es nichts aus.«

Sein Gesicht zuckte wie geohrfeigt, und Gundi hatte die Schärfe des letzten Satzes selbst gespürt. Dennoch ließ sie ihn stehen. Sie war nicht zornig auf ihn, sie hatte nicht vor, ihm etwas heimzuzahlen, sie wollte nur, dass er dieses Mal Bescheid wusste.

Die fünfzigste Reise der *Gustloff* sollte etwas Besonderes werden. Die *Vier aus Zoppot* waren für noch mehr Auftritte gebucht als sonst und spielten nach dem Abendessen abwechselnd in den verschiedenen Sälen und Schänken zum Tanz auf. Es war eine besonders ausgelassene, feierfreudige Gesellschaft, die sich auf dem Schiff zusammengefunden hatte, die meisten von ihnen auf ihrer ersten Reise und ganz aus dem Häuschen über ihr Glück mit dem Wetter. Ständig bat einer der stolzen Amateurfotografen Gundi, sie mit seiner Frau, seinen Töchtern oder der ganzen Familie ablichten zu dürfen – strahlend an der Reling, das Haar im Sommerwind, von einem blau gepunkteten Band zurückgebunden. »Wie fotogen Sie sind, Frau Gundi! Um das Bild wird uns jeder beneiden, wenn wir erst wieder in Radevormwald sind, wir stellen es auf die Kommode, es wird uns ein Leben lang an diese Reise erinnern.«

Gundi brauchte kein Foto, um sich an diese Reise zu erinnern, denn die war endlos. Sie würde sie ein Leben lang begleiten. Auf der Norwegen-Route gab es aufgrund von Devisen-Bestimmungen keine Landgänge, aber die *Gustloff* fuhr so nah wie möglich an die zerklüfteten Felsen, die schmalen Inseln und Landzungen heran, damit die Reisenden die majestätische Landschaft von den Decks aus genießen konnten. Mit ihren Ferngläsern hingen sie über der Reling, ergingen sich in begeisterten Ausrufen und schrieben anschließend bei Kaffee und Streuselkuchen Postkarten.

Am Abend des Donnerstags erreichten sie den Sognefjord, der als der schönste der Strecke galt. Mit Blick auf das Naturschauspiel des über dem Bergrücken zerfließenden feuerfarbenen Sonnenballs gab es Tanz an Deck. Als die Sonne nicht mehr zu sehen war, zogen die von Schönheit, Schnaps und Sommer berauschten Tänzer in den Festsaal um, und die *Vier aus Zoppot* spielten weiter. Eine halbe Stunde vor Mitternacht gab es ein letztes Mal *Morgen am Meer,* dann packten sie, wie es Vorschrift war, die Instrumente ein. Punkt zwölf würde wie immer die Ansage *Ruhe im Schiff* durch die Gänge der *Gustloff* hallen, und jeder hatte sich in seine Kabine zurückzuziehen.

Die kleinen Stunden begannen.

Gundi konnte zu dieser Nachtzeit noch immer nicht schlafen. Oft strich sie geräuschlos durch das Schiff, als wäre sie auf der Suche nach Tadek. Sie war auf der Suche nach Tadek. Nach dem, was von ihrer Liebe übrig war. Wo anders sollte sie es finden als auf der *Wilhelm Gustloff?* Das Schiff war ihr Paradies gewesen, Tadeks zu kleine Kabine ihr Nest darin. Sie kam Gundi wie ein Freund vor, ihre *Gustloff,* ein Vertrauter, der ihr Geheimnis teilte. Längst gab es andere *KdF*-Schiffe, eines von ihnen – die *Robert Ley* – sogar noch größer, aber mit dem Charme der *Gustloff* konnte sich keines messen. Wer seine Seereise mit der *KdF* buchte, der fragte nach einem Platz auf ihr: »Haben Sie auf der *Wilhelm Gustloff* noch was frei? Egal wohin. Hauptsache, die *Vier aus Zoppot* spielen.«

Gelegentlich kam es vor, dass jemand die Saalaufsicht bat, noch eine Schallplatte aufzulegen, ehe es zu Bett ging. Heute war es

Julius. Er hatte eigens eine aus seinem Fundus mitgebracht, obwohl die *Gustloff* über mehr als dreihundert Platten verfügte. »Bitte, Gundi«, sagte er. »Tanz diesen einen Tanz mit mir. Wir haben doch immer gern miteinander getanzt und sind dafür viel bewundert worden.«

Sie hatten sogar Preise gewonnen, eine Medaille im Kurpark und eine Flasche von Natans *Châteauneuf-du-Pape* im *Blauen Pudel.* Vor Madeira hatte Gundi mit Tadek getanzt, der es nicht halb so gut konnte wie Julius, und hatte jedes Stolpern, jede Rempelei geliebt. Es würde wehtun. Sie willigte trotzdem ein. Die Musik begann.

»*Blue Skies?* Ist das auf *Kraft durch Freude*-Schiffen nicht verboten?«

»Das ist mir egal. Es war unser Lied, bevor wir von *Kraft durch Freude* und alldem überhaupt eine Ahnung hatten. Ich wollte heute Nacht noch ein einziges Mal mit dir dazu tanzen.«

Es tat noch mehr weh, als Gundi befürchtet hatte. Die Trauer, die ihr tanzender Körper empfand, galt nicht nur ihrer Seligkeit mit Tadek, sondern auch ihrer Verbundenheit mit Julius, die beide unwiderruflich verloren waren. Als das Lied, nach dem sie damals in den Zoppot-Sommern verrückt gewesen waren, zu Ende ging, verbeugte er sich höflich und sagte: »Danke, dass du es wenigstens versucht hast.«

Er hatte seinen weißen Panamahut bei den Instrumenten auf einen Stuhl gelegt, und ein Gast, der mit seiner silbern lachenden, leicht schwankenden Frau den Saal verließ, legte einen Zehn-Mark-Schein hinein.

»Nicht doch, ich bitte Sie!«, rief Julius eilig. »Das ist nett gemeint, aber wir werden von der Reisegesellschaft bestens bezahlt.«

»Dann heben Sie's auf«, rief die beschwipste Frau. »Uns geht's heut so gut, Sie haben uns einen Traum erfüllt, und wer weiß, was für Zeiten kommen.«

Die Leute gingen, und Julius berührte Gundi wie fragend an der Schulter. Sie ließ ihn die Frage nicht stellen. »Gute Nacht«, sagte sie. »Ich vertrete mir noch ein wenig die Beine.«
Auf seinem Gesicht erlosch diesmal keine Hoffnung. Es hatte gar keine darin gestanden, die hätte erlöschen können. »Gute Nacht, liebste Gundi«, sagte er zärtlich und ließ seinen Blick über ihr Gesicht streichen. »Gute Nacht und danke für jeden Moment.«
Gundi ging auf das Sonnendeck. Um die Reling brannte noch eine Reihe bunter Lämpchen, die jedoch eins nach dem andern erloschen. In vielen Nächten dieses Norwegensommers war der Himmel weißlich hell geblieben, als verweigere der Tag ihr tatsächlich ein Ende. Heute aber war eine transparente Dunkelheit aufgezogen, das Firmament eine Kuppel aus blauem Glas. Die Welt war berückend schön. Wer hier draußen unter dem hohen Himmel stand und auf die spiegelglatte, vollkommen unbewegte Wasserfläche sah, musste Liebe und Ehrfurcht empfinden, was immer in seinem kleinen Leben auch umstürzte und zerbrach.
Ich sollte einmal Ariane mitnehmen, durchfuhr es Gundi. Im vergangenen Jahr, als die *Gustloff* in Danzig haltgemacht hatte, hatte sie sich ihre Tochter von Roza und Zosia an Bord bringen lassen, um ihr das Schiff zu zeigen. Andächtig still hatte das Mädchen die Kabine, die Säle, das Schwimmbad bewundert. Am besten hatten ihr die vielen Aufzüge gefallen, über die Tadek gewitzelt hatte, die *Gustloff* müsse ursprünglich als schwimmendes Altersheim geplant worden sein.
Vielleicht würde ihr ja eine Seereise Spaß machen? Plötzlich wünschte sich Gundi, sie fände die Kraft, sich mehr um die Kleine zu kümmern. Wäre Ariane nicht Julius', sondern Tadeks Tochter – hätte sie sich ihr näher gefühlt?
Sie hatte mit Tadek nie an ein Kind gedacht. Ihre Träume und Vorstellungen von der Zukunft hatten nie weiter gereicht als bis

zu ihnen beiden. Zurückgeblieben war sie allein. Ihre Liebe und deren Verlust hatten in ihr eine Tür aufgerissen und die Einsamkeit eingelassen, vor der sie ihr Leben lang geflohen war. Sie sehnte sich danach, die Hand nach Menschen auszustrecken, kam jedoch über ein mattes Heben des Arms nicht hinweg. Wie in einem gläsernen Gefängnis fühlte sie sich, und hinter den schalldichten Scheiben tanzte und wirbelte, schlich und hüpfte das Leben vorbei.

Ein Geräusch ließ sie zusammenzucken. Auf rasche Schritte folgte eine gedämpfte Stimme. Wie so oft konnte sie nicht verhindern, dass sie einen Herzschlag lang hoffte, Tadek wäre zurückgekommen. Aber Tadeks Stimme war unter Tausenden unverkennbar, und diese hier hätte einem beliebigen Mann gehören können. Gleich darauf erhielt sie Antwort von einer zweiten. Gundi blickte hinauf zur Kommandobrücke und sah, dass Kapitän Petersen und sein Erster Offizier – Rudolph Schmidt, mit dem Julius sich in letzter Zeit anzufreunden schien – vor dem Ruderhaus ein leises Gespräch führten. Über die Treppe, zu der nur die Besatzung Zugang hatte, eilte einer der Funkoffiziere nach oben. Er übergab Kapitän Petersen eins der gelben Papiere, auf denen die eingegangenen Funksprüche übermittelt wurden, sowie einen verschlossenen Umschlag.

Der Kapitän überflog die Nachricht auf dem gelben Zettel, dann riss er den Umschlag so hastig auf, dass das Papier zerfetzte. Der Erste Offizier schaltete eine Lampe ein und hielt sie ihm über den Bogen.

Petersen schien das Papier mehrmals in Gänze durchzulesen, ehe er es sinken ließ. »Wir müssen die Reise abbrechen, Schmidt«, sagte er, ohne länger auf seine Lautstärke zu achten. »Sofort. Morgen früh laufen wir mit äußerster Kraft Hamburg an.«

Der Offizier gab keine Antwort. Da er auch nicht fragte, was die Anordnung zu bedeuten hatte, wusste er es offenbar.

Kurz standen sie noch unter der glasblauen Kuppel des Himmels beieinander und teilten ein beredtes, belastetes Schweigen. Dann gingen die beiden Offiziere in verschiedene Richtungen davon, und Kapitän Petersen kehrte ins Ruderhaus zurück.

40

Die Passagiere, die unbekümmert zu einem weiteren sonnigen Urlaubstag erwachten, erhielten noch eine Gnadenfrist, um ihr Frühstück einzunehmen. Sobald die Kaffeekannen und Marmeladengläser abgeräumt waren, ertönte über die Bordlautsprecher, die auf sämtlichen Decks und Gängen angebracht waren, die Bekanntmachung: »Meine Damen und Herren, hier spricht Ihr Kapitän. Leider ist es meine bedauerliche Pflicht, Ihnen mitzuteilen, dass ich Befehl erhalten habe, die Reise abzubrechen und sofort auf Heimatkurs zu gehen. Wir werden vermutlich morgen gegen Nachmittag Hamburg erreichen.«

Ein Sturm brach los. Fassungslosigkeit und Enttäuschung machten sich in einem Gewitter aus Stimmen Luft. Passagiere liefen durcheinander, jeder fragte einen anderen in der Hoffnung, der wisse mehr.

»Was ist denn passiert? Ist etwa das Schiff leck?«

»Was für ein Quatsch. Dann würden die uns ja wohl kaum auf dem kaputten Kahn noch bis nach Hamburg schleppen.«

»Eine Vorsichtsmaßnahme«, erwiderten die mit Fragen bestürmten Stewards und Deckoffiziere. Was alles oder nichts bedeuten konnte.

Ein kleiner Junge, der von den Aufzügen sichtlich so hingerissen war wie Ariane und allmorgendlich an der Hand seiner Mutter

mindestens zehnmal hinauf- und wieder hinunterfuhr, zeigte als einziger Begeisterung. »Vielleicht wird ja die *Wilhelm Gustloff* ein Kriegsschiff!«, gellte sein helles Stimmchen durch den Frühstückssaal. »Mit dem Fahrstuhl kann man ganz schnell runter zu den Torpedos flitzen.«
Die Mutter, die bisher durch den geduldigen, ausnehmend liebevollen Umgang mit ihrem Sohn aufgefallen war, verpasste ihm eine Ohrfeige.
»Das ist doch Unsinn, oder?«, fragte die Frau, deren Mann gestern Julius die zehn Mark geschenkt hatte, für alle hörbar am Nebentisch. Gundi hatte mit Lore und Erik gefrühstückt, ohne zu wissen, warum Julius nicht erschienen war. Ihr Blick traf den von Erik und wiederholte die Frage der Frau.
»Ja«, sagte Erik gedehnt. »Das ist Unsinn. Die *Gustloff* hat keine Torpedos.«
Lore fuhr zusammen und sah ebenfalls Erik an.
»Falls sich allerdings eine von euch mal gefragt hat, wozu wir hier dermaßen gigantische Aufzüge brauchen, kann ich euch weiterhelfen«, sprach er weiter. »Die sind für den Transport von Krankenbahren bemessen. Wer mir nicht glaubt, dem rate ich, sich in seiner Kabine genau umzusehen. Da ist alles vom Feinsten, nicht mal die Anschlüsse für Sauerstoffzufuhr fehlen.«
»Ich hab die gesehen«, murmelte Lore. »Ich dachte, die wären für den Fall, dass das Schiff sinkt.«
»Wenn das Schiff sinkt, kannst du dir die Mühe mit dem Sauerstoff sparen«, erwiderte Erik. »Die Anschlüsse sind für die Pulmotoren, die vermutlich irgendwo im Unterdeck gelagert sind.«
»Was ist ein Pulmotor?«, fragte Gundi, ohne sicher zu sein, dass sie es überhaupt wissen wollte.
»Ein Beatmungsgerät. Angeblich besonders segensreich bei Gasvergiftungen.«
Als die Frauen ihn weiter verständnislos anstarrten, platzte er

los: »Was habt ihr denn gedacht? Dass der Menschenfreund Adolf Hitler sich eine komplette Flotte von Riesenkähnen hinstellt, die keine andere Funktion haben, als urlaubsreife Arbeiter zu beglücken? Das hier wird ein Lazarettschiff. Ich bin alles andere als ein Experte, aber nach meinem Dafürhalten ließe es sich außerdem als Truppentransporter verwenden.«
Lazarettschiff, Truppentransporter, hallte es durch Gundis Schädel, anfangs ohne dass ihr Hirn die doch naheliegenden Schlüsse zog. Sekundenlang konnte sie nichts anderes denken als: Aber wenn die *Gustloff* kein Kreuzfahrtschiff mehr ist, werden ja wir nicht mehr auf ihr fahren können! Sie würde den Ort verlieren, der ihre Erinnerung an die Nächte mit Tadek barg. Es würde sein, als hätte es ihre Liebe nie gegeben.
Dann wachte sie auf.
»Du meinst, es gibt Krieg?«, fragte Lore. »Diesmal wirklich? Vor einem Jahr haben wir uns davor doch auch gefürchtet, und dann kam diese Konferenz in München, und das Schlimmste hat sich noch einmal abwenden lassen.«
»Ich bin kein Hellseher«, sagte Erik. »Und ich denke nicht, dass dies hier ein geeigneter Ort ist, um darüber zu diskutieren.«
Gundis Hirn, das wie eine Platte mit Sprung seit Wochen denselben Takt abgespielt hatte, sprang in die nächste Rille weiter. Die plötzliche Sorge, die sie erfasste, hätte sie in Worten nicht begründen können. »Ich gehe nachsehen, wo Julius bleibt«, sagte sie und stand auf. »Zu verschlafen ist so gar nicht seine Art.«
»Er hat nicht verschlafen«, erwiderte Erik. »Jedenfalls nehme ich das an. Da er seit Tagen Winkelgespräche mit Offizier Schmidt führt, wird er wohl besser Bescheid wissen als wir.«
»Die Nachricht ist doch erst gestern Nacht über Funk gekommen!«, rief Gundi. »Ich konnte nicht schlafen und habe zufällig miterlebt, wie sie Kapitän Petersen überbracht wurde.«

»Schon richtig«, sagte Erik. »Nur bist du nicht die Einzige, die in diesen Nächten schlecht schläft. So, wie die Nachricht von gestern Nacht nicht die einzige, geschweige denn die erste war.«

»Wieso, was für Nachrichten kamen denn noch?«, rief Gundi. »Und weshalb sollte Julius darüber Bescheid wissen und wir nicht?«

»Das fragst du ihn besser selbst.« Erik zündete sich eine Zigarette an. »Die wilden Gerüchte, Hitler habe seinen Außenminister nach Moskau geschickt, um einen Nichtangriffspakt mit Stalin zu schließen, waren am Tag nach der Abreise kaum zu überhören, aber ansonsten ist mein Name Hase. Schließlich wird Julius nicht ausgerechnet mich in militärische Geheimnisse einweihen, da er davon ausgehen muss, dass wir in verschiedenen Lagern stehen.«

»In verschiedenen Lagern?«

»Du hast recht«, sagte Erik in dem gedehnten Tonfall, den Gundi beinahe so sehr hasste wie seinen Hang, in Rätseln zu sprechen. »Solche Schönfärberei ist wohl kaum mehr passend. In feindlichen Lagern also. Geh und such ihn, wenn dir danach ist, aber mach dir nicht allzu viel Hoffnung, ihn anzutreffen.«

Gundis Blick fiel auf Lore. Die saß stumm da und kämpfte gegen Tränen. Vor ihr Gesicht schien sich das von Julius zu schieben, die zärtliche Miene, mit der er gestern Nacht von ihr Abschied genommen hatte. *Abschied genommen.* Fetzen seiner Worte schossen ihr durch den Kopf, und eine Art von Panik ergriff von ihr Besitz. *Ich wollte noch ein einziges Mal mit dir dazu tanzen,* und: *Gute Nacht, liebste Gundi. Gute Nacht und danke für jeden Moment.*

»Was wisst ihr beiden, das ich nicht weiß?«, fuhr sie die anderen an. »Und was soll der Unsinn mit den feindlichen Lagern heißen?«

»Nichts«, quetschte Lore heraus. »Erik hat es nicht so gemeint.

Was immer in der Welt vor sich geht, kann doch uns nicht entzweien.«
»Ich fürchte, das kann es doch«, sagte Erik. »Die Welt ist nämlich kein entlegener Ort, an dem die *Vier aus Zoppot* in ahnungsloser Seligkeit vorbeisegeln und mit Taschentüchern winken. So dicht, wie sie uns jetzt auf den Pelz rückt, hat die Welt leider durchaus die Macht, Familien und Freundeskreise, Nachbarschaften und selbst den angeblich unzertrennlichen Zoppot-Vierer in der Mitte zu spalten.«
Ehe eine der Frauen noch eine Frage stellen konnte, trat Bertram, einer der Offiziere, ein leutseliger Kerl, der für die Unterhaltung zuständig war, an ihren Tisch. »Seid so lieb und sprecht ein bisschen leiser, ja? Von den Passagieren soll niemand unnötig beunruhigt werden.«
»Natürlich nicht«, erwiderte Erik ätzend. »Wegen etwas so Unnötigem wie Krieg verderben wir doch unseren Passagieren nicht die letzten Stunden ihres Urlaubsvergnügens.«
»Von Krieg ist keine Rede.« Aus der Stimme des Offiziers war jede Freundlichkeit verschwunden. »Und du reißt dich besser zusammen, bevor jemand auf die Idee kommt, mal zu überprüfen, was bei euch Wunderkindern so alles im Argen liegt. Im Übrigen lässt Kapitän Petersen ausrichten, dass ihr auf dem Sonnendeck spielen sollt. Nichts Getragenes. Heitere Wander- und Fahrtenlieder.«
»Für heitere Wander- und Fahrtenlieder sind wir nicht zuständig«, sagte Erik, klang aber weit weniger forsch als zuvor. »Wie du außerdem siehst, sind wir nicht vollzählig.«
»Ist bekannt«, sagte Bertram. »Ein paar aufmunternde Liedchen werdet ihr ja wohl auch zu dritt zustande bekommen. Also, in einer halben Stunde oben. Heil Hitler.«
Damit ging er, während Erik, Lore und Gundi sich auf den Weg zu ihren Kabinen machten, um sich umzuziehen und die

Instrumente zu holen. Julius' Kabine lag zuvorderst. Als sie daran vorbeikamen, konnte Gundi nicht anders, als die Klinke herunterzudrücken. Die Tür war verschlossen. Auf ihr Klopfen und Rufen erfolgte keine Antwort.

»Komm weiter, Gundi, es hat doch keinen Sinn mehr.« Lore wischte sich über die Augen. »Seit im Frühling das alles passiert ist, hatte ich Angst, dass er mit dem Gedanken spielt. Jahrelang hat er nicht mehr von seinem Vater geredet, und dann fing er plötzlich wieder damit an. Dass es doch sein Land ist, hat er immer wieder gesagt. Dass man doch eine Pflicht hat.«

»Was für ein Land? Was für eine Pflicht?«

»*Good night, Sweetheart*«, sagte Erik zynisch. »Falls uns eine Bombe in den Vorgarten fällt, dreht Gundula Frieböse sich um und schläft noch eine Runde weiter. Julius dagegen war mehr oder weniger klar, dass sich der Krieg nicht länger vermeiden lassen würde. Er wird mit Schmidt besprochen haben, dass er beabsichtigt, sich freiwillig zu melden. Zur Kriegsmarine, nehme ich an. Wie der Vater, so der Sohn.«

»Zu welcher Kriegsmarine denn?«, rief Gundi. »Sag mal, gibt es hier eigentlich noch jemanden, bei dem es richtig tickt? Danzig ist entmilitarisierte Zone, bei uns gibt's doch höchstens ein paar Regimenter zur Überwachung von Bahnübergängen und eine Kriegsmarine schon mal gar nicht. Und außerdem ist dieser Krieg, von dem noch gar niemand weiß, ja wohl Hitlers Krieg und nicht unserer.«

»Grüß mir den Mond, hinter dem du lebst«, versetzte Erik. »Was meinst du denn, worum sich dieser Krieg dreht? Parole *Heim ins Reich* – schon mal gehört? Wenn ich die Zeichen der letzten sechs Jahre nicht völlig falsch deute, sind Julius und ich binnen kürzester Zeit ebenso deutsche Staatsbürger wie Hitler und Forster persönlich. Ich bin fein raus. Mich wollen sie nicht haben.« Er klopfte sich auf sein durch den Reitunfall versehrtes

Bein. »Und unser Julius, der kommt den Ereignissen eben zuvor.«
»Die werden ihn nicht nehmen«, sprach Gundi hilflos gegen den Sturm in ihrem Innern an. »Er ist Danziger, er ist immer noch Danziger …«
»Ich denke nicht, dass das allzu eng gesehen wird.« Eriks Mundwinkel zuckten. »Schon gar nicht unter Verwandten.«
»Unter was für Verwandten?«
»Unter denen von Julius natürlich. Die Schmidts sind eine Marine-Familie. Unser Erster Offizier ist ein Cousin von Julius' Vater, der wird sicher imstande sein, ihm ein paar Formalitäten entsprechend zu erleichtern. Umso mehr, als sein Führer jetzt ja dringend Männer braucht, die darauf brennen, fürs Vaterland zu sterben. Sieh mich nicht an, als wäre das eine weltbewegende Neuigkeit, Gundi. Du willst mir nicht erzählen, du hast nicht gewusst, dass der Vater deines Mannes Schmidt heißt, oder doch? Herrgott, der Mensch ist praktisch unser Nachbar. Und Julius ist, solange ich ihn kenne, davon besessen, sich doch noch eines Tages als würdiger Sohn seine Gunst zu verdienen.«
»Ich wusste nicht mal, dass sein Vater noch lebt«, murmelte Gundi.
»Ich verstehe.«
»Aber Julius ist doch kein Soldat!«, rief sie verzweifelt. »Er ist Musiker, er ist …« Sie brach ab, weil sie nicht wusste, wie sie den Satz beenden sollte. Hatte sie Julius in letzter Zeit je zugehört, wenn er mit ihr gesprochen hatte? Hatte es sie interessiert, wie es ihm ging, hatte es sie interessiert, wie es irgendwem anders ging als ihr selbst?
Ihr wurde schwindlig. Flüchtig schloss sie die Augen, dann spürte sie Lores Arme um sich. »Er liebt dich so sehr«, murmelte die Schwester dicht an ihrem Ohr. »Alles, was er wollte, war, dich zurückzugewinnen. Ich bin sicher, du kannst ihn aufhalten.

Sag ihm, dass du ihn brauchst, dass das mit Radun vorbei ist, dass du mit ihm noch einmal von vorn beginnen willst. Das ist es doch, was er sich am meisten wünscht. Du bist der wichtigste Mensch auf der Welt für ihn, Gundi, wichtiger als wir alle zusammen und sogar wichtiger als sein Vater. Wenn jemand ihn halten kann, dann du.«

Wie im Zeitraffer jagten die Tage des endlosen Sommers in Gundis Erinnerung vorbei. Auf einmal schien sich jedes Gespräch, das Julius mit ihr zu führen versucht hatte, jede scheue Annäherung bis hin zu dem Tanz von gestern Nacht in eine einzige Richtung deuten zu lassen: Er hatte gewollt, dass sie ihn aufhielt, dass sie ihm sagte: Geh nicht. Der, den ich brauche, bist du.

Was Krieg war, was er für ihr Leben bedeuten würde, wusste sie nicht. Nur dass Männer darin starben. Der Kolonialwarenhändler war gestorben. Bei Klawitter auf der Werft hatten Frauen aushelfen müssen, weil keine Männer mehr verfügbar waren. In Tante Karls Familie hatte es nach dem Krieg keine Männer mehr gegeben. Sie hatte einmal erzählt, wie an der Tafel neben dem Portal des Kurhauses, wo jetzt die Termine der Mittagskonzerte und die Öffnungszeiten der Bäder angeschlagen standen, Listen mit den Namen der Gefallenen ausgehängt worden waren, wie sich die Frauen jeden Freitag davor gedrängt hatten, die einen stumm vor Schmerz, die andern vor Erleichterung weinend, und wie sie selbst Woche für Woche einen Namen darauf entdeckt hatte. Den eines Bruders, eines Vetters, eines Neffen – so lange, bis es keinen Namen mehr gab, nach dem sie hätte suchen können, und sie nicht länger hingegangen war.

Von Neuem schloss Gundi die Augen, sah sich vor der Tafel stehen und einen einzigen Namen darauf lesen. Das war nicht möglich. Julius war ihr Freund, er war immer ihr Freund gewesen, er konnte nicht freiwillig in den Tod rennen, weil sie ihm nicht die Frau gewesen war, die er gebraucht hätte. Warum habe ich nicht gelogen?, durchfuhr es sie. Hatte Pop nicht gesagt, Männer waren in diesen Dingen nicht halb so auf Draht, wie Frauen meinten? Hätte sie ihm eingeredet, die Sache mit Tadek wäre nicht mehr als ein Ausrutscher gewesen, eine kleine Affäre, wie sie unter Künstlern eben vorkam, wäre er jetzt noch bei ihnen, würde seine Trompete auspacken und mit ihnen auf dem Sonnendeck lustige Fahrtenliedchen spielen.

Lores Arme um ihren Körper schienen sie auf einmal zu erdrücken. Sie konnte nicht länger tatenlos herumstehen, während die *Gustloff* mit voller Maschinenkraft durchs Wasser schnitt und sich unaufhaltsam dem Deutschen Reich näherte. Sie musste es ihm jetzt sagen, oder sie würde sich morgen früh nicht mehr im Spiegel ansehen können.

»Ich gehe ihn suchen«, sagte sie mit starrer, steifer Stimme und befreite sich. »Baut oben schon einmal auf. Wenn ich nicht wiederkomme, erzählt Bertram, mir wäre schlecht geworden.«

Lore lächelte. »Du tust das Richtige. Danke, Gundi.«

Erik sagte nichts, und Gundi lief durch den Gang zurück zu den Kabinen. Wie seltsam es war, dass Lore sich für ihren Entschluss, nach Julius zu suchen, bedankte, kam ihr im Laufen flüchtig in den Sinn. Um darüber nachzudenken, fehlte ihr die Zeit. Stattdessen musste sie sich überlegen, wie sie auf die Kommandobrücke gelangen konnte, zu der nur Besatzungsmitglieder Zutritt hatten. Dem erstbesten Maat, der ihr begegnete, vertrat sie den Weg. »Ich muss zu Offizier Schmidt. Es ist dringend. Es geht um meinen Mann.«

Das war geradezu töricht und konnte unmöglich zum Erfolg führen. Den Leuten war es verboten, irgendwen nach oben durchzulassen, und Gundis Begründung hätte dünner kaum ausfallen können.

»Ja. Gewiss«, sagte der Mann, als wäre ihm jede Silbe zu schwer.

»Kommen Sie mit mir. Dass Offizier Schmidt zu sprechen ist, bezweifle ich, aber ich werde mein Bestes versuchen.«

Mit Gundi im Schlepptau erklomm er die drei Treppen zur Kommandobrücke. Oben bat er sie, vor dem Ausstieg zu warten, während er sich bemühen würde, jemanden zu finden, der ihr behilflich sein konnte. »Wenn es überhaupt jemand kann«, hatte er mit einer Grabesschwere in der Stimme hinzugefügt, die sie kaum erträglich fand.

Gundi wünschte sich nichts so sehr, wie Julius selbst zu sehen. Während sie wartete, feuerte sie Stoßgebete im Sekundentakt ab und bot dem Himmel ein Geschäft nach dem anderen an: Wenn Julius jetzt gleich leibhaftig vor ihr auftauchen würde, würde sie ihr Widerstreben überwinden und ihn in die Arme nehmen, wie sie es in all diesen Wochen hätte tun sollen. Sie würde ihm versprechen, was immer er sich wünschte, und wenn es ihr gelänge, ihn umzustimmen und ihn heil und sicher nach Hause zu bringen, würde sie sich mit dem, was sie hatte, zufriedengeben. Nie mehr nach anderem streben. Nie mehr ihr Glück gering schätzen. Nie mehr versuchen, Tadek wiederzusehen, nie mehr von ihm träumen, nie mehr in den kleinen Stunden umherstreifen und sich nach einem anderen Leben sehnen.

Ein Uniformierter eilte mit langen Schritten auf den Ausstieg zu. Nicht Schmidt, der Erste Offizier, sondern Gehrcke, der Zweite.

»Ich bedaure, Frau Scharneck. Ich bedaure außerordentlich.«

»Was bedauern Sie?«

»Nun, Sie haben doch darum gebeten, Ihren Mann sprechen zu dürfen, oder habe ich Bootsmann Mehring missverstanden?«

»Nein, nein!«, rief Gundi. »Sie haben ihn richtig verstanden. Ich muss meinen Mann unbedingt sprechen. Es ist wirklich dringend.«

Ein schwaches Lächeln spielte um die Lippen des Offiziers, und sein Blick wanderte an Gundis Körper hinunter. »Wenn Sie ihm eine freudige Nachricht zu überbringen haben, richte ich ihm die gern aus.«

Gundi begriff. Wäre das die Lösung? Ein zweites Kind? Wünschte Julius sich eines, würde die Aussicht auf ein Kind ihn halten? Gundi hatte es gehasst, schwanger zu sein und die Geburt durchzustehen, doch sie brauchte keine Sekunde lang zu überlegen: Wenn es Julius rettete, wäre sie auch dazu bereit. Schon wollte sie nicken, den Mund öffnen, um Offizier Gehrckes Vermutung zu bestätigen, da fiel ihr ein, wie albern und sinnlos der Versuch wäre. Wenn sie Julius ausrichten ließe, sie bekäme ein Kind, würde er annehmen müssen, sie hätte es von einem anderen Mann.

Sie hatte nicht mehr mit ihm geschlafen, seit sie damals, in einem neugierig-verspielten Winter Ariane gezeugt hatten.

»Ich muss es meinem Mann selbst sagen«, brachte sie lahm heraus. »Bitte – können Sie mich rasch zu ihm bringen? Es wird nicht länger als höchstens zehn Minuten dauern.«

Der Offizier hob die Hände: »Wie ich schon sagte – ich bedaure.«

»Ich flehe Sie an!« Gundi hatte Mühe, ihn nicht zu packen und zu schütteln. »Vergessen Sie dieses eine Mal Ihre Vorschriften und helfen Sie mir.«

»Um meine Vorschriften geht es nicht«, erwiderte der Offizier nicht ohne Wärme. »Glauben Sie mir, ich habe selbst Familie, und ich vermag mir vorzustellen, welche Sorgen unzählige Frauen im Reich in den kommenden Tagen quälen werden. Mir bleibt jedoch nur, Ihnen zur Ruhe und zum Vertrauen auf unseren Führer zu raten. Wir sind vorbereitet, es ist für alles gesorgt, und alles wird sich zum Besten wenden.«

»Sie wussten, dass das geschehen würde? Sie wussten es schon länger?«

»Dazu darf ich Ihnen leider keine Auskunft geben.«

»Ich will meinen Mann sprechen!« Gundi griff nun doch nach ihm, doch er wich ihr rechtzeitig aus.
»Ihr Mann möchte aber Sie nicht sprechen«, erwiderte Gehrcke und zog sich die Uniformjacke zurecht. »Wie ich bereits zu erklären versuchte, um die Vorschriften würden wir uns in diesem Sonderfall nicht scheren, ansonsten wären Sie gar nicht nach hier oben vorgelassen worden. Es ist Ihr Mann, der darum gebeten hat, bis zu seiner Überstellung abgeschirmt zu werden. Ein solcher Entschluss, selbst wenn er beherzt und freudig getroffen wird, ist nie leicht. Sie sollten Ihrem Mann jetzt Zeit lassen, sich auf seine große Aufgabe vorzubereiten. Und Sie sollten stolz auf ihn sein. Das ist es, was wir in dem Gewaltigen, Schweren, das uns bevorsteht, von unseren Frauen benötigen.«

41

Lores erster Instinkt nach der Landung in Hamburg gebot ihr, in Danzig aus dem Zug zu steigen und ihre Mutter zu besuchen. Die Mutter hatte sonst niemanden. Es war ihr Motto, ihr Leitspruch, den sie bei jeder Gelegenheit vor sich hertrug: »Ich hab doch sonst niemanden als dich.«
Aus der Wohnung in Neufahrwasser war sie ausgezogen, weil sie behauptete, der Lärm, die Feuchtigkeit und die Erinnerungen machten sie krank. Lore hatte ihr eine überteuerte Beletage in einer großbürgerlichen Seitenstraße hinter dem Helvetiusplatz angemietet und sie für eine Unsumme nach den Wünschen der Mutter ausstatten lassen. Ihr war nie wohl dabei, große Summen des Geldes auszugeben, das die *Vier aus Zoppot* einnahmen und das auf einem gemeinsamen Konto allen zur Verfügung

stand. Ihr war bewusst, dass der Beitrag, den sie mit ihrem leisen Gitarrenspiel und ihrem Allerweltsgesicht zum Erfolg leistete, der eines Füllsels war, das jederzeit hätte ausgetauscht werden können.

Gundi war das Herz der Gruppe, sang auf unverkennbare Weise, und ihre beiden Schlager hätte kein anderer schreiben können. Julius war ein Frauenschwarm und kümmerte sich zudem um die Organisation, und Erik war von ihnen allen der Musikalischste. Lore dagegen gehörte dazu, weil Gundi ihre Schwester war und sie dabeihaben wollte. Es machte ihr nichts aus, sie hatte sich kaum je etwas anderes gewünscht, als nah bei Gundi und in ihrem Schatten zu stehen, doch die Frage mit dem Geld war heikel. Wäre es nicht um ihre Mutter gegangen, der sie sich verpflichtet fühlte, hätte sie es nicht genommen.

Die dankte es ihr nicht. »Mit Geld kaufst du dich frei, meinst du. Die Tochter von dem Flittchen umsorgst du von vorn bis hinten, aber für mich hast du nicht einmal eine Viertelstunde. Dabei habe ich doch sonst niemanden als dich.«

Also ließ Lore die anderen wissen, dass sie in Danzig aussteigen und vermutlich ein paar Tage bei ihrer Mutter bleiben würde. Sie merkte Gundi an, dass diese an der Nachricht zu schlucken hatte und Lore lieber an ihrer Seite gewusst hätte. Lore konnte es ihr nicht verdenken. Niemand wusste ja, was werden würde und wie künftig ihr Leben zu organisieren wäre. Im Grunde wusste auch niemand, ob es überhaupt Krieg gab. Vielleicht verlief alles im Sand. Der Zug war voller Reisender, die unbesorgt schienen, höchstens erschöpft von allzu drückender Hitze.

Nach allem, was geschehen war, gelang es Lore jedoch nicht, sich auf einen solchen Ausgang Hoffnungen zu machen. Erik saß vornübergebeugt und angespannt wie eine Bogensehne in seinem Sitz. Er sprach kaum ein Wort, doch es war nicht zu übersehen, wie die Gedanken hinter seiner Stirn rotierten. Seit

Monaten hatte er mit allen Mitteln versucht, Zosia außer Landes zu schaffen. Er wäre selbst mit ihr gegangen, hätte die *Vier aus Zoppot* verlassen und anderswo neu angefangen. Zwar hatte er dergleichen nie ausgesprochen, aber Lore wusste es. Sie konnte es ihm nicht verdenken. Er hatte so viele Jahre in unerwiderter Liebe zu Gundi verbracht, dass sie sich für ihn gefreut hatte, als sie mitbekam, wie die behutsame Romanze mit der reizenden Polin aufblühte.

Zosia war so etwas wie eine bescheidenere, leichter handhabbare Ausgabe von Gundi, sie liebte Musik, und Erik verbrachte jede freie Minute mit ihr. Aber auswandern wollte Zosia nicht. »Es würde meine Schwester umbringen«, hatte sie Erik ein ums andere Mal erklärt.

Also hatte Erik sich darauf verlegt, Roza zu bestürmen, rannte jedoch gegen eine Wand aus Einsilbigkeit. Roza wohnte nicht bei Deutschen, um sich mit ihnen zu verbrüdern oder auch nur auf längere Gespräche einzulassen, sondern weil sie hoffte, auf diese Weise ihre Familie zu schützen. In der Tat wurde das Leben in der Freien Stadt für die Polen immer prekärer. Hausbesitzer kündigten ihren polnischen Mietern die Wohnungen, polnische Kunden wurden in den Geschäften nicht mehr bedient, und am Strand war zu Saisonbeginn das verwitterte Schild des Strandkorbvermieters durch ein neues ersetzt worden: *Die Benutzung des Strandes ist für Juden, Polen und Hunde verboten.*

Aber auch Deutsche, die Polen beschäftigten oder beherbergten, waren Anfeindungen ausgesetzt. Gauleiter Forster hatte Julius sogar eine Lüge erzählen müssen: Die Polinnen seien entlassen worden und nach Gdingen umgezogen, um Ariane kümmere sich künftig Ernestine Karl. So wenig sie Erik verlieren wollte, so sehr hatte Lore gehofft, er würde letztendlich Erfolg haben und die Schwestern zum Umzug bewegen können. Nach Polen am besten. Es wäre für sie alle der sicherste Weg gewesen, und irgendwann, wenn dieser Flächenbrand, der sich ausgebreitet hatte, gelöscht war, konnten sie wieder zusammen sein.

Erik aber erreichte sein Ziel nicht. Im Gegenteil. Er hatte begonnen, sich immer häufiger mit Zosia zu streiten. Als sie zu Beginn des Sommers aufgebrochen waren, um eine Folge von Reisen auf der *Gustloff* zu absolvieren, war er Lore beinahe so verzweifelt vorgekommen wie Julius. Nur äußerte sich die innere Not bei dem einen in tiefer Schwermut und bei dem anderen in bissigem Grimm.

Und jetzt gab es womöglich Krieg zwischen Deutschen und Polen, und der Zankapfel Danzig lag zwischen den Fronten – und mittendrin ihr Haus, wo Angehörige beider Völker unter einem Dach wohnten. Ein wenig war Lore froh, auf dem Hauptbahnhof aussteigen zu können, sosehr sie sich um die verstörte Gundi sorgte und sosehr sie das Wissen quälte, dass sie es nicht sofort erfahren würde, falls Nachricht von Julius eintraf. In dem Pulverfass daheim wäre sie wie auf Eiern umhergeschlichen oder reglos sitzen geblieben, um nicht durch eine falsche Bewegung versehentlich eine Lunte zu zünden.

Sie ging zu Fuß zum Helvetiusplatz und dachte an Julius und Gundi. Danzig schien wie immer. Zeitungsjungen verhökerten die Morgenausgaben, Geschäftsleute genossen ihre Pause vor den Cafés, wo hohe Häuser Schatten spendeten, an zu Ständen umfunktionierten Hockern priesen Frauen frische Flundern an. Auch Lores Mutter war wie immer: »Dass du dich auch mal wieder blicken lässt«, knurrte sie und stellte den Korb voller Geschenke, den Lore ihr mitgebracht hatte, achtlos beiseite. »Ich dachte schon, meine Tochter wäre verstorben, ohne dass man mich benachrichtigt hätte.«

Die Mutter hatte Probleme mit ihren Zähnen, um die Lore sich kümmern sollte, und sie bestand darauf, dass ein Kaminkehrer

nach den Abzügen sah, damit sie im Winter nicht in der Kälte hockte.
»Mutter, es ist August.«
»So bist du immer gewesen. Für dich ist noch August, wenn deine Mutter erfroren in der Wohnung liegt.«
Lore versprach zu bleiben, bis alles geregelt war. Da sie laut Plan noch mit der *Gustloff* unterwegs gewesen wären, stand kein Auftritt an. Zaghaft verspürte Lore Erleichterung. Die große Aufregung schien verpufft, und Julius mochte in ein paar Tagen nach Hause kommen. Vielleicht hatte das alles dann sogar sein Gutes gehabt, weil Gundi sich darauf besonnen hatte, zu wem sie gehörte und wem ihre Liebe galt.
Welche Frau, die von Julius geliebt wurde, hätte denn diese Liebe zurückweisen können? Noch immer konnte Lore nicht wirklich fassen, dass Gundi für den zwielichtigen polnischen Tenor, dem ein übler Ruf als Weiberheld vorauseilte, ihre Ehe aufs Spiel gesetzt und Julius im Innersten verletzt hatte. Sie verurteilte ihre Schwester nicht. Das hatte sie nie getan. Gundi war Gundi, und für das, was sie tat, würde sie ihren Grund haben. Manchmal aber wünschte Lore, sie hätte den Grund verstehen können. Gundi und Julius galten als Traumpaar, sie hatten alles besessen, was andere ersehnten – warum hatte es Gundi nicht genügt, um glücklich zu sein?
Julius' Liebe war innig und absolut, für ihn gab es ohne Gundi kein Leben und kein höheres Ziel, als ihr jeden Wunsch von den Augen abzulesen. Seine Treue hatte etwas von den alten Rittersagen, und Julius selbst glich ja einem Ritter: Er war stark und tapfer, erfüllt von dem Wunsch, zu beschützen, seiner Familie zu geben, was sein Vater ihm niemals gegeben hatte.
Aber er sollte kein Ritter sein. Kein Kämpfer. Er sollte nach Hause kommen, der polnische Tenor würde vergessen sein, und in ein paar Monaten würden sie alle über den Schrecken dieser

Tage lachen. Das Leben ging ja viel zu normal seinen Gang, um in einen Krieg zu münden. Frauen setzten sich zum Kartoffelschälen an die Fenster, tauschten Klatsch aus, auf einem Balkon pfiff ein Kanarienvogel in seinem schaukelnden Käfig, und auf der Straße zankten sich Kinder. Eine Nachbarin ging mit Ohrenschmerzen zum Arzt, und ein zu stürmischer Lieferwagen holte sich an einem Laternenpfosten eine Beule. Es war heiß. Da es selbst abends noch nicht richtig abkühlte, war es schwierig, einzuschlafen.

In der letzten Nacht des August erwachte Lore von einem Geräusch, das sie im Nachhinein für Geschützfeuer hielt. Vermutlich tat das jeder, der in dieser Nacht von einem Geräusch erwacht war. Ob das Geschützfeuer aus Westerplatte tatsächlich in den Häusern hinter dem Helvetiusplatz noch hörbar gewesen war, ließ sich später nicht mehr klären. Tatsache war jedoch: Es wurde geschossen.

»Seit fünf Uhr fünfundvierzig«, erklärte Adolf Hitler in einer Rede, die über Lautsprecher auf die Plätze Danzigs übertragen wurde. Die deutsche Wehrmacht habe auf den Überfall eines Radiosenders in Gleiwitz – den letzten in einer Kette von Grenzzwischenfällen – reagiert, und »von jetzt ab wird Bombe mit Bombe vergolten. Wer mit Gift kämpft, der wird mit Giftgas bekämpft.«

Er nannte sich den Ersten Soldaten des Reiches und sagte noch allerlei über deutschen Willen und deutschen Stahl, die den Kampf gewinnen und jede Not meistern würden, auch wenn Opfer unumgänglich waren. Dann wurde *Deutschland, Deutschland über alles* und das Lied von der hohen Fahne und der marschierenden SA gesungen. Die Danziger sangen mit, von allen Seiten drang der Gesang ins Fenster. Lore aber konnte bei alledem an nichts anderes denken als daran, dass sie um fünf Uhr fünfundvierzig längst in der Küche gestanden und ihrer

Mutter, die Magenschmerzen hatte, Kamillentee gekocht hatte. Die Schüsse, die sie geweckt hatten, waren früher gefallen. Mindestens eine Stunde früher.

Dann, als sie mit ihrer Mutter in deren Loggia beim Frühstück saß, polterten Schritte die kurze Treppe hinauf, und Fäuste hämmerten an die Tür. »Himmel hilf!«, wimmerte Lores Mutter und krümmte sich. Lore ging öffnen. Das Treppenhaus war schwarz vor Polizisten: »Raus, raus, raus, alle Mann hier raus. Sie werden evakuiert.«

Falls noch mehr gesagt wurde, war es nicht mehr zu verstehen, denn ein Hagel von Schüssen brach los, als werde die Welt gesprengt. Die Wände des Hauses bebten, und mit einem Klirren stürzte der Kaffeetisch um. Lores Mutter heulte auf. Lore eilte zu ihr und war froh, dass sie in den folgenden Minuten alle Hände voll damit zu tun hatte, die Mutter samt ihrer Medikamente und den nötigsten Papieren aus dem Haus zu bugsieren. Auf der Straße waren bereits sämtliche Nachbarn versammelt, manche trugen Koffer bei sich, und andere waren noch in Pantoffeln. Von Schutzpolizisten wurden sie in einer Reihe die Straße hinuntergeleitet, fort vom Helvetiusplatz. Die Luft in ihrem Rücken war dick vom Rauch, der Himmel verdunkelt, während vorn noch die Sonne schien.

»Die machen die Post platt«, hörte Lore zwischen zwei Einschüssen eine Frau zur anderen sagen.

»Wurde auch Zeit. Was brauchen die Polacken ihre eigene Post in einer deutschen Stadt?«

Danach war wieder kein Wort mehr zu verstehen. Vor dem Friseursalon Schott, wo Lores Mutter sich Dauerwellen legen ließ, standen sechs Männer mit erhobenen Händen und dem Rücken zur Wand. Einen davon erkannte Lore. Er hieß Feliks Muzyk und leitete einen polnischen Chor, mit dem sie vor Jahren auf einem Volksfest aufgetreten waren – damals, als sie noch *Die*

Piroggen gewesen waren, nicht die *Vier aus Zoppot.* Schwarz uniformierte SS-Leute mit Maschinengewehren hatten die Männer umstellt, jeweils zwei für jeden Gefangenen, ein Lauf auf die Brust, der andere auf den Kopf gerichtet.

Lore entfuhr ein Schrei. »Herr Muzyk!«

Der Chorleiter drehte sich um, und ihre Blicke trafen sich. Er öffnete den Mund. Im nächsten Augenblick versetzte ihm einer der SS-Männer mit seinem Gewehrlauf einen Schlag, der ihn zu Boden streckte. Lore schrie immer weiter, sie konnte nicht aufhören. Einer der Schutzpolizisten aus ihrem Geleit trat hinzu. »Was ist denn mit der los?«

»Meine Tochter ist krank, wir sind beide krank, lassen Sie uns kranken Leuten doch unseren Frieden.« Lores Mutter heulte.

Die beiden Frauen, die vor ihnen gegangen waren, drehten sich um, packten Lore und ihre Mutter bei den Armen und zerrten sie weiter. »Nichts, nichts – ist nur der Lärm, wissen Se? Kann ja nech' jede vertragen.«

Der Schupo lachte. »Wird noch ganz anderes zu verkraften kriegen, die gute Frau. Da hilft 'n Schnaps, und gut is'.«

Niemand erkennt mich, stellte Lore fest, während die Frauen sie weiterzogen. Die *Vier aus Zoppot* sind die bekannteste Kapelle Danzigs, aber ich könnte genauso gut noch immer ein Ladenmädchen aus irgendeinem Geschäft sein. Hinter ihr fiel ein Schuss, gefolgt von einem leisen Schrei.

»Nicht umdrehen«, sagte eine der Frauen zu Lore, »und nicht wieder mit dem Gebrüll anfangen. Sie bringen sich doch in Teufels Küche, dumme Liese. Die Polacken kommen jetzt hier weg, das war doch klar. Und wer mit denen dicke Tinte macht, der kommt genauso weg. Mein Mann ist bei der SA, der sagt, da wird nicht mehr lang gefackelt.«

Gundi, dachte Lore, der das Herz raste. Ich muss irgendwie Gundi erreichen, sie muss Zosia und Roza aus dem Haus schaffen. Und deren Vater aus der Pension holen – um Gottes willen, was war mit Pop und Ernestine Karl? Waren sie in der Villa in Sicherheit oder auf sich gestellt in der Pension?

»Wo kommen die Polen denn hin?«, fragte sie mit dem letzten Rest von Beherrschung.

Die Frau zuckte die Schultern und wies mit einem Schwenk ihres Kopfes ins Nirgendwo.

Die Evakuierten wurden in die Turnhalle der örtlichen Volksschule gebracht, wo Kaffee und Blechkuchen bereitstanden. Mehrere Radioempfänger übertrugen die ganze Zeit halb gebrüllte Reden, auf die frenetischer Applaus folgte, düster dröhnende Musik und geschmetterte Marschlieder:

»Wir werden noch weitermarschieren,
Bis alles in Scherben fällt.
Denn heute gehört uns Deutschland,
Und morgen die ganze Welt.«

Lore appellierte an einen der Schupos, der freundlich wirkte und Kuchen an Kinder verteilte: »Bitte helfen Sie mir, ich muss dringend telefonieren. Meine Schwester in Zoppot weiß nicht, wo ich bin, und wird sich Sorgen machen.«

»Telefonieren geht nicht«, erwiderte der Schupo und lächelte über sein freundliches Mondgesicht. »Die Leitungen sind alle lahm. Aber keine Bange. Lange brauchen die Unsern nech', um mit dem Pack, das da in der Post noch um sich ballert, Schluss zu machen. Paar Stunden, dann kriegt Ihr Schwesterchen Sie wohlbehalten wieder.«

Gundi, Gundi, Gundi, hämmerte es in Lores Kopf, während Panzerwagen und Artilleriegeschütze donnernd, wie um alles niederzuwalzen, durch die Straße rollten. Gleich darauf brach ohrenbetäubendes Gejohle unter den Kuchenessern in der Halle aus. Eine Zeitung – natürlich der *Vorposten* – war hereingereicht worden und flog von Hand zu Hand. *Extrablatt,* prangte dick

unterstrichen über dem Namenszug. Darunter verkündete die Schlagzeile:
Die Freie Stadt Danzig ab heute Teil des Reiches!
Abends gegen sieben Uhr wurde Entwarnung gegeben. Die Lage um die polnische Post sei »beruhigt«, der Polizei sei es, unterstützt von den beherzten Hilfspolizisten der SS-Heimwehr, gelungen, die fanatisch Widerstand leistenden Besetzer des Postamts festzunehmen. Die Evakuierten durften nach Hause, sollten zu ihrer eigenen Sicherheit jedoch vorerst in ihren Wohnungen bleiben und erst am nächsten Morgen ihren gewohnten Alltag wieder aufnehmen.
Lore hatte ihre Mutter zu versorgen, die wimmernd und gekrümmt die Straße entlangstolperte. Über dem Helvetiusplatz stand eine himmelhohe schwarze Wolke. Ein Panzerwagen kam ihnen entgegen, aus der Nähe einschüchternd groß. Dahinter folgten Polizisten mit Helmen, die eine Gruppe Verhafteter mit im Nacken verschränkten Händen vor sich hertrieb. Mehrere Männer bluteten, einer hinkte und kam kaum vorwärts. Vor Lore und ihrer Mutter ging eine Frau, die ihre Tochter an der Hand führte und deren Schulranzen trug. Sie warf den Kopf auf und spuckte einem der Gefangenen, einem kleinen Mann mit verbogener Brille, ins Gesicht.
Lore musste den Kopf zur Seite drehen. Die Sekunde, in der sie gesehen hatte, wie der Spuckefetzen die aufgeschürfte Wange des Mannes hinunterlief, hatte jedoch genügt, um ihr das Bild ins Gedächtnis zu brennen.
Daheim in der Wohnung erholte sich ihre Mutter im Handumdrehen und verlangte nach geröstetem Brot mit geschmolzener Butter.
Zu Lores Glück legte sie sich recht bald schlafen. Ihre Hoffnung, endlich das Telefon benutzen zu können, das sie der Mutter hatte einrichten lassen, erfüllte sich jedoch nicht. Wie der freund-

liche Schupo gesagt hatte, war die Leitung tot. Aber sie musste Gundi erreichen, notfalls würde sie in dieser Nacht noch nach Zoppot fahren. Alle Gesprächsfetzen, die sie an diesem Tag auf der Straße, aus Radiodurchsagen und den Bekanntmachungen der Polizei aufgeschnappt hatte, besagten, dass Danzig bereits der Kontrolle des Völkerbundes entzogen und zur Stadt des Reiches erklärt worden war. Die polnischen »Stützpunkte«, zu denen aus schwer verständlichen Gründen die Post zählte, waren gestürmt worden, Polen in Massen verhaftet, in Gefängnisse verbracht oder aus der Stadt geschafft.
Natürlich konnten nicht alle weggeschafft werden, versuchte Lore sich zu beruhigen. Es sollte irgendeine Liste unerwünschter Personen geben – Straftäter, Randalierer, politische Aktivisten. Die meisten der Leute hatten ja aber mit dergleichen nichts zu tun. Sie waren lediglich hier zu Hause, waren ordentlich gemeldet, gingen ihren Geschäften nach.
Aber Zosia und Roza waren nicht ordentlich gemeldet!
Julius hatte Forster belogen. Wenn man die Frauen in der Villa fand, würde man davon ausgehen, dass sie etwas zu verbergen hatten – und die, die sie aufgenommen hatten, ebenso. Gundi war mit Ariane, den alten Leuten und den Polinnen in dem großen Haus, sie hatte niemanden als Erik zu ihrem Schutz, und der würde womöglich anfangen, die Männer zu beschimpfen, und sie alle in noch größere Gefahr bringen.
Lore hielt es in der stickigen Wohnung nicht mehr aus. Ohne Plan, ganz anders, als es sonst ihre Art war, lief sie hinaus auf die Straße, wo der Qualm noch immer das Atmen erschwerte. Wie von unsichtbaren Schnüren gezogen, rannte sie in Richtung Helvetiusplatz. Weit würde sie nicht kommen, am Ende der Straße lehnten mehrere Schupos rauchend an einer gestreiften Absperrung, und dahinter ragte ein Geschützrohr in die beginnende Nacht. Hustend, mit schmerzenden Lungen blieb Lore

stehen und starrte auf das vierstöckige Gebäude aus rotem Backstein, das das polnische Postamt gewesen war. Leere Höhlen gähnten ihr entgegen. Die Fassade war übersät von Einschusslöchern, aus Fenstern und Türen quollen Schwaden von schwarzem Rauch und vereinzelte Flammen. Über den Platz verteilt standen mehrere Panzer und ein Granatenwerfer, wie Lore ihn in einem Schulbuch über den Krieg gesehen hatte.

Nicht über *den Krieg*, durchfuhr es sie. Über den letzten Krieg. Dem Krieg vor diesem.

Sie lief weiter, obwohl ein Schutzmann warnend die Hand hob. Zwischen den Fahrzeugen verstreut lagen Tote, einer nur ein paar Schritte hinter der Absperrung. Lore erkannte ihn, wie sie vorhin unter den Lebenden Feliks Muzyk erkannt hatte. So war eben Danzig: Polen und Deutsche hatten eng beieinandergelebt, und jeder kannte jeden. Die Kleidung des Toten war schwarz verkohlt und wehte ihm mit dem ersten Luftzug dieses Tages in Flocken vom Leib. Darüber, dass sie von ihrem Platz nicht sehen konnte, in welchem Zustand seine Beine und sein Unterleib waren, war Lore froh. Sein Gesicht war zerschlagen, aber nicht verbrannt. Es war Jeszek. Der Bruder von Zosia und Roza.

»Madamchen, wat haben wir denn da zu suchen?« Geradezu amüsiert vertrat ihr einer der Schupos den Weg. »Nech' gehört? Die ganze Gegend hat Ausgangssperre.«

»Ich bitte Sie«, rief Lore. »Ich muss dringend telefonieren, und in meiner Wohnung funktioniert die Leitung nicht. Es geht um meine Schwester.« Sie schluckte, holte Luft, versuchte, den Rücken zu straffen. »Gundi Scharneck. Von den *Vier von Zoppot.*«

»*Morgen am Meer?*« Der Schupo legte die Arme um sich selbst, als umschlinge er eine Partnerin, und imitierte ein paar Tanzschritte. »Die is' Ihre Schwester?« Ungläubig musterte er Lore von Kopf bis Fuß. Dann nickte er. »Hab Sie schon mal gesehen.

In der *Rosendiele.* Paar Jahre her, aber so was vergisst man nech'. Und wenn ich versprech, dat ich der Schwester was ausrichten lass? Krieg ich dann ein Autogramm?«

»Ich muss sie selbst sprechen, bitte! Sie kriegen alles, was Sie wollen.«

Seine Kollegen, die sich hinzugesellt hatten, lachten. »Mensch, Mäxchen, du Glückspilz.«

Im selben Augenblick war Lore klar geworden, dass sie Gundi, statt ihr zu helfen, in noch größere Gefahr brachte. Wenn diese Männer sich erweichen ließen und ihr erlaubten, von einem ihrer eigenen Apparate zu telefonieren, würden sie das Gespräch mit anhören. Ihr Schrecken war nicht gespielt. »Nein, das genügt nicht!«, rief sie. »Ich bin so sehr in Sorge, ich nehme besser den letzten Zug nach Zoppot und fahre selbst zu ihr.«

»Züge nach Zoppot gibt's doch heute keine«, erwiderte der Schutzmann gutmütig. »Und wer weiß, ob morgen wieder. Wir sind im Krieg, Marjellchen.«

»Aber ich muss doch …«, begann Lore, aber der Schutzmann winkte ab.

»Dat hab ich ja verstanden. Ich lass Sie da flink mit dem Wagen rüberfahren. Is' ja nech' weit. Aber die Sache mit meinem Autogramm, die steht doch, richtig?«

Über die Sperre hinweg sah Lore auf das Gesicht des toten Jeszek, und ihr wurde schlecht. »Ja doch, ja«, sagte sie und kniff die Augen zu. »Was immer Sie wollen.«

42

August 1940

Wer nach Zoppot kam und Zoppot vor dem Krieg nicht gekannt hatte, mochte annehmen, hier fände der Krieg nicht statt. Es gab Kinovorführungen und Konzerte im Kurhaus, Strandkörbe, die die Urlauber mit Flaggen und muschelbesetzten Sandwällen zu Festungen umgestalteten, ein Windhunderennen, bei dem mit höchstem Einsatz gewettet wurde, allmorgendlich gemeinsames Turnen am Strand und allabendlich Tanz und Musik in den Hotels entlang der Strandpromenade und den Cafés und Bars an der Seestraße. Es war wie immer, mochte man glauben, wenn man nicht wusste, wie es hier immer gewesen war.

Sofern es nicht regnete, ging Gundi jeden Vormittag mit Ariane zum Strand. Nur für ein paar Stunden, in denen Gundi manchmal die Minuten zählte, weil das Gebuddel mit Schäufelchen, Förmchen und Eimer und das endlose Probieren von Sandkuchen ihren Geist nicht beschäftigte und sie von ihren Sorgen nicht ablenkte. Sie selbst hatte nie gern im Sand gebuddelt, sondern war lieber ins Meer hinausgelaufen, um zu hören, wie die Wellen rauschten. Ariane hingegen war ein ängstliches Kind, das am liebsten still für sich spielte. Ihre Ration Seeluft und Strandsommer sollte jedoch auch sie bekommen, das war nur gerecht, und es gab ja sonst niemanden, der mit ihr hingehen konnte.

Erik, der sich viel mit Ariane beschäftigt hatte, kümmerte sich jetzt um die geschäftlichen Angelegenheiten der *Vier aus Zoppot.* Er legte ihre Gagen an, organisierte die Auftritte und vor allem die Termine beim Radio, wo Gundi immer wieder *Morgen am Meer* singen musste. Es machte den Menschen Mut, erklärten ihr die Rundfunkleiter. Den Soldaten an der Front wie ihren Familien daheim, die voll Furcht auf Nachricht warteten. Das Lied aus glücklichen Jahren, das jetzt auf einmal eine völlig andere Bedeutung annahm, sprach ihnen aus dem Herzen, es nahm sie ernst und hielt die Hoffnung lebendig, dass diese Jahre irgendwann zurückkehren würden.

Wenn wir wieder leben.

Gundi kam es vor, als denke jetzt jeder so, halte den Atem an und schiebe sein wahres Leben auf. Robert Ley schwärmte in Ansprachen von den herrlichen Reisen, die die *KdF* Deutschlands Arbeitern anbieten würde, sobald erst die Waffen schwiegen. Zwar müssten derzeit Löhne und Freizeit verknappt werden, um die gemeinsame Anstrengung des Abwehrkampfes zu bestehen, doch hinterher würde auf jeden, der zu diesem Kampf das Seine beigetragen hatte, ein herrliches Leben warten.

Eltern am Strand erklärten ihren heulenden, bettelnden Kindern im Grunde das Gleiche: »Nein, Hagen, mit dem Ruderboot fahren wir in diesem Jahr nicht, darauf musst du verzichten, wir müssen alle verzichten, damit es Deutschland besser geht. Aber hinterher, wenn der Krieg vorbei ist, haben wir vielleicht sogar unser eigenes Boot.«

Ariane hätte es gewiss auch gern gehabt, dass ihre Mutter ihr etwas für die Zeit nach dem Krieg versprach, aber sooft sie zu dieser – oder irgendeiner – Frage den Mund aufmachte, hielt Gundi ihn ihr zu. Einmal, als eine Horde Frauen und Kinder allzu dicht an ihrem Platz vorbeigetrottet war, hatte sie ihr sogar einen Klaps gegeben und sie ausgeschimpft: »Du böses Mädchen! Ich habe dir doch verboten, solche hässlichen Worte zu benutzen.«

Es tat ihr in der Seele weh. Die Furcht einflößenden, Schweigen gebietenden Blicke, mit denen sie das ohnehin scheue Kind einschüchtern musste, mehr als alles andere. Ariane war kein böses

Mädchen und benutzte keine hässlichen Worte. Im Gegenteil, sie war viel zu brav und konnte nicht begreifen, warum sie das, was ihr auf der Zunge lag, nicht laut aussprechen durfte. Um es wiedergutzumachen, kaufte Gundi ihr ein Eis. Und noch eines. Viel mehr Eis, als der aufs Rudern versessene Hagen, der verzichten musste, bekam. Gundi wollte nicht, dass Ariane auf etwas verzichten musste, sie hätte ihr alles kaufen wollen, was ihr Herz begehrte.

Nur das, was sie sich von Herzen wünschte, konnte sie ihr nicht ermöglichen. Gundi sammelte Schaufel, Eimer und Förmchen ein, nahm Ariane an der Hand und machte sich mit ihr auf den Heimweg. »Du siehst erschöpft aus«, sagte Lore, als sie in der Villa ankam. »Und jetzt musst du auch noch Arrangements machen. Warum lässt du nicht mich mit Ariane zum Strand gehen, du weißt, dass ich dir das liebend gern abnehmen würde.«

Und ich würde es dir liebend gern überlassen, dachte Gundi, aber die andere Variante ist das kleinere von zwei Übeln. Immer wieder aufs Neue quälte sie sich mit der Frage: War es gefährlicher, Lore stundenlang mit dem Haus oder stundenlang mit dem Kind allein zu lassen? Letzten Endes entschied sie sich immer dafür, sich selbst um Ariane zu kümmern und das Risiko mit dem Haus einzugehen. Gundi musste einfach darauf vertrauen, dass sie gut genug vorgesorgt hatte, sodass Lore keinen Hinweis fand und keinen Verdacht schöpfte. Das war alles andere als leicht. Längst war sie ein Nervenbündel. Die Gefahr, dass Ariane sich verplapperte, war jedoch entschieden größer. Gundi entwickelte sich zu einer Mutter, die vor anderen als Vorbild hingestellt wurde, weil sie all ihre Auftritte so legte, dass ihre Tochter bereits im Bett war, und Proben in ihrem Haus ansetzte, um bei ihrer Tochter zu sein.

Es gab nur einen, dem sie ihr Kind über längere Zeit anvertraute:

Pop. Wenn Ariane zu Pop durfte, verschaffte dies Gundi eine kleine Pause. Zwar war auch er in ihr gefährliches Geheimnis nicht eingeweiht, aber sie wusste, selbst wenn er es erriete, würde er ihr nicht seine Entscheidung aufzwingen, sondern die ihre akzeptieren. So hatte er es damals, in der Zeit der kleinen Stunden gehalten, als er durchaus geahnt hatte, was vorging, und so würde er auch diesmal mit der Lage umgehen.

Aber Pop war alt und furchtbar schwach. Er war den Winter über krank gewesen, sein Herz und seine Lunge plagten ihn, und dann war im März, als die Tage gerade wieder heller zu werden begannen und sich im Vorgarten der Pension die Krokusse aus der Erde kämpften, Tante Karl gestorben. Seither kam es Gundi vor, als bewege sich Pop mit jedem Schritt näher zum Boden hin. Er ließ die Schultern hängen, den Kopf sinken, und beim Gehen beugte er immer stärker die Knie. »Er lebt nur noch für dich«, sagte Lore.

Aber dem war nicht so. »Ich leb, weil ich eben leb«, sagte Pop. Ganz zu ihnen übersiedeln wollte er nicht. Er verwaltete Tante Karls kleines Erbe – das Häuschen, wo sie zu dritt ihre glücklichen Sonntage verbracht hatten –, so gut er es vermochte. Gundi war froh um das Geld und die Hilfe, die sie zur Verfügung hatte, um ihn zu unterstützen, für gutes Essen und warme Kleidung zu sorgen, die sonst überall knapp waren. Im Kern aber war Pop so frei und selbstbestimmt, wie er es immer gewesen war, und es gab jetzt Augenblicke, in denen Gundi ihn um die Kraft dazu beneidete.

»Hast du von Julius gehört?«, fragte Lore, während Elke, das Mädchen, das in ihrem Haushalt das neuerdings vorgeschriebene Pflichtjahr ableistete, Ariane ihr Mittagessen gab und Lore und Gundi Zeit für eine Zigarette im Wintergarten hatten. Diese Elke dankte wahrscheinlich täglich ihrem Schöpfer, weil sie an eine Stelle geraten war, in der sie kaum etwas zu tun hatte.

Gundi ließ auch sie mit Ariane nur allein, wenn die Kleine schlief oder, wie jetzt, in Hörweite war.
»Nein, seit dem letzten Brief nicht«, antwortete Gundi, steckte ihre Zigarette an und schenkte ihnen beiden einen Likör ein. Goldwasser. Ihr eigenes Glas füllte sie bis zum Rand. In letzter Zeit rauchte sie zu viel und trank zu häufig Alkohol, was ihrer Stimme nicht guttat. Wohl aber ihren Nerven. Bereits der erste Schluck verschaffte ihr eine Spur Erleichterung. »Er ist immer noch in Pillau. Was soll er mir von da auch groß schreiben?«
In Pillau, gut vier Stunden von hier vor Königsberg gelegen, war die Unterseeboot-Schulflottille stationiert, der Julius angehörte. Wie Erik vermutet hatte, war er in der Marine mit offenen Armen aufgenommen worden. Zu Kriegsbeginn waren die fünfzehntausend Marineangehörigen auf achtundsiebzigtausend aufgestockt geworden, und das sollte erst der Anfang sein. Warum sich Julius, der zunächst auf einem Schulschiff in Kiel gewesen war, schließlich für die U-Boote entschieden hatte, wusste Gundi nicht. Sie hätte ihn sich eher als eine Art Fliegenden Holländer vorgestellt – mit wehendem Blondhaar an der Reling, offenen Auges dem Tod entgegenblickend. Er schrieb ihr nichts darüber. Militärische Einzelheiten durfte er nicht preisgeben, und vermutlich war ihm klar, dass Gundi ohnehin nicht viel davon verstanden hätte. Sie tauschten belanglose, liebenswürdige Pflichtbriefchen.
»Ich bin froh, dass er noch in Pillau ist«, sagte Lore, die ebenfalls rauchte. »Solange die Schulung andauert, kann ihm wenigstens nichts passieren.«
Gundi war sich über dieses wie über manch anderes weniger sicher. Wenn Julius nicht länger bei der Schulflottille, sondern inzwischen im aktiven Einsatz war, würde er ihr das sicher nicht mitteilen. Es lag nahe. Zeit zu ausgiebigen Schulungen konnte es nicht einmal für Offiziersanwärter geben, schon gar nicht bei all den Fronten, die sich in diesem Krieg auftaten.

Die Niederlande, Belgien und Luxemburg waren überrannt worden, und im Juni hatten deutsche Truppen Paris besetzt. Vielleicht hatten bis hierher Frankreich und Großbritannien noch gehofft, sich aus dem Krieg heraushalten zu können, den sie zwar erklärt hatten, aber offenbar nicht führen wollten. Die Kriegserklärung war aus Protest auf den Überfall in Polen erfolgt – doch keine der beiden Mächte hatte Streitkräfte geschickt, um dem in knapp fünf Wochen in Grund und Boden gestampften Land zur Seite zu stehen. Stattdessen war auf der anderen Seite, von Osten her, Stalin ebenfalls einmarschiert und hatte sich sein Stück vom Kuchen abgeschnitten. Die Franzosen erhielten eine Schonfrist, doch die war vorüber. Und seit diesem Sommer wurde England bombardiert, während deutsche U-Boote britische Handelsschiffe aufrieben.

Polen, das Land, in dem der Krieg begonnen hatte, schien längst Schnee von gestern. Es existierte nicht mehr. Seine Hauptstadt Warschau war dem Erdboden gleichgemacht, seine Landschaften zwischen dem Deutschen Reich und der Sowjetunion aufgeteilt. Seine Menschen, wenn sie nicht verhaftet oder längst tot waren, wurden durch die Gegend geschickt wie Waren, die niemand bestellt hatte. Allein aus Gdingen, das die Polen Gdynia genannt und wo sie sich stolz den modernsten aller Ostseehäfen gebaut hatten, war die gesamte Bevölkerung innerhalb von Tagen deportiert worden. Ihr Gdynia hieß seither Gotenhafen, und in ihren Häusern, ihren Schulen, ihren Geschäften, Kirchen und Straßen lebten Deutsche – vornehmlich Aussiedler aus dem Baltikum, das sowjetisch besetzt worden war.

Europa war ein Rommé-Spiel, das neu gemischt wurde. Und die Polen, von denen kaum einer wusste, wo er nach dem Verlust der Heimat hinsollte, besaßen in diesem Spiel keine Trümpfe. Ihr Land hatte keinen Namen mehr, sondern nur noch eine

Bezeichnung: Generalgouvernement. Zeigte ein Pole sein Blatt – seine Kennkarte – vor, so fand sich in der Spalte Staatsbürgerschaft vermerkt: *ehemals Polen.*
Sie waren ein Nicht-Volk geworden. Dass Polen nicht verloren war, hörte Gundi Pop nie wieder sagen.
Hitler aber war wie ein Kind, das sein Spielzeug in Minuten kaputt machte und sich dann damit langweilte. Die Schar der Gegner war nicht länger unterhaltsam, also hatte er Truppen nach Dänemark und Norwegen gesandt und diese Länder ebenfalls im Sturm besetzt. Manchmal wunderte sich Gundi: Wie viele Menschen gab es in Deutschland, dass er sie überallhin aussenden konnte, um Länder und Städte einzusacken? Er musste doch jeden einzelnen Mann brauchen und konnte es sich gewiss nicht leisten, einen Julius Scharneck, der in die Offizierslaufbahn eingetaucht war wie eine Ente ins Wasser, ein Jahr lang in einer Schulungseinheit zu belassen. Gundi bemühte sich, nicht darüber nachzudenken. Sie hatte genug anderes, das ihr den Schlaf raubte, indem es real und körperlich vorhanden war, sie brauchte sich nicht noch zusätzlich in beklemmenden Spekulationen zu ergehen.
»Gundi?«
Sie erschrak. Offenbar hatte Lore schon eine Weile mit ihr gesprochen, doch die Worte waren an ihr vorbeigerauscht. »Entschuldige«, murmelte sie. »Ich glaube, ich bin im Sitzen eingeschlafen.«
»Du brauchst dich nicht zu entschuldigen«, sagte Lore. »Ich mache mir Sorgen um dich. Wollen wir den Auftritt auf der Seebrücke nächste Woche nicht lieber absagen?«
»Bist du verrückt? Wie stellst du dir das denn, bitte schön, vor? Die Veranstaltung wird vom *Grandhotel* organisiert, und Erik hat eine exorbitante Gage ausgehandelt.«
»Vielleicht sollten wir weniger ausgeben«, murmelte Lore. »Ich

habe ohnehin keine Ahnung, wo das ganze Geld bleibt. Entweder prassen wir unentwegt, oder Trude betrügt uns.«
Trude war die Köchin, auf die sie nun, wo es keine Tante Karl mehr gab, nicht verzichten konnten. In Gundis Körper spannte sich jeder Muskel. Sie betraten brüchiges Eis, gefährliches Terrain. »Ich habe an Ariane zu denken«, erwiderte sie gekünstelt. »Du wirst wohl nicht von mir erwarten, dass ich am Essen für mein Kind spare. Wenn es Dinge, die Ariane gern isst und die ihrer Gesundheit zuträglich sind, auf Karte nicht gibt, erlaube ich mir, mich anderswo umzutun. Auch wenn die Preise gesalzen sind.«
Ihre Lüge war lachhaft, einschließlich des gestelzten Tons. Sie und Lore und Erik erhielten Lebensmittelkarten für Schwerstarbeiter, dazu sämtliche Sonderzuteilungen, und obendrein ließ Forster ihnen nach so gut wie jedem Auftritt Präsentkörbe schicken. Erlesene Früchte, Süßigkeiten, feine Liköre. In dem Haus in der Ernststraße herrschte alles andere als Mangel.
»Weißt du, wie schön ich es finde, dass du dich um Ariane so sorgst?«, fragte Lore, die zu Gundis Glück der vertrauensseligste Mensch auf der Welt war. »Es würde Julius sicher sehr freuen, wenn er wüsste, dass du sein Kind mit so viel Liebe umsorgst, und wenn ich darf, werde ich es ihm schreiben. Mich freut es nämlich auch. Ich habe mir das immer gewünscht, dass eine von uns eine gute Mutter wird. Aber ich habe mich auch gefragt, ob das wohl möglich ist, wo doch keine von uns so eine fürsorgliche Mutter hatte und von ihr lernen konnte, wie man das macht. Und jetzt machst du es so wundervoll, Gundi.«
Gundi wand sich innerlich vor Verlegenheit. Glücklicherweise brauchte sie auf keine Antwort zu sinnen, weil Lore schon weitersprach: »Ich habe von Geld nur angefangen, weil es mir wehtut, dass du dich so abrackern musst. Bei den Arrangements für die Seebrücke kann ich dir auch nicht helfen. Und obendrein

wollte ich dich fragen, ob es dir etwas ausmachte, wenn ich heute Abend ausginge.«

»Heute Abend?«, fragte Gundi scheinheilig und schöpfte einen Funken Hoffnung. »Nein, warum denn? Ich bin doch sowieso bis in die Puppen mit den Arrangements beschäftigt. Geh aus, amüsier dich, das machst du viel zu selten. Willst du das Auto? Oder soll ich dich später abholen?«

Julius' *Maybach Zeppelin* war eines der wenigen privat gehaltenen Automobile dieser Größe, die nicht für kriegsnotwendige Zwecke beschlagnahmt worden waren. Gundi hatte sich selbst damit überrascht, dass sie den Wagen gern fuhr. Sie genoss die Freiheit, die er ihr bot, jetzt, wo sie Freiheit nicht länger gewohnt war. Und selten, ganz selten, genoss sie auch die Erinnerung an die *Gustloff* – an Tagen, an denen sie das Verdeck herunterlassen und sich erlauben durfte, sekundenlang an nichts zu denken, nur an den Wind im Gesicht, Geschwindigkeit, Weite und das Rauschen in den Ohren. Für ihre *Gustloff* war die Freiheit auch zu Ende. Sie pendelte als Lazarettschiff zwischen Danzig, Hamburg und Oslo.

»Das ist so nett von dir«, sagte Lore. »Aber ich treffe mich nur für eine Stunde mit Helma. Ich wollte es nicht, bitte glaub mir das. Ihr seid meine Familie, und das Letzte, was ich will, wäre, einen von euch in Gefahr zu bringen. Ich habe Helma das auch gesagt, aber sie tut mir so leid. Sie hat niemanden, an den sie sich wenden kann, und sie hat mir versprochen, es geht ihr um nicht mehr als ein kurzes Gespräch.«

»Was braucht sie? Geld?«, fragte Gundi und kam sich schäbig vor. »Wenn wir helfen können, helfen wir natürlich.«

Sie konnten nicht helfen. Helma war seit Monaten von Pontius zu Pilatus gerannt, um herauszufinden, wo Natan sich befand. Im Gefängnis Schießstange war er höchstens noch bis Kriegsausbruch gewesen, jetzt aber wollte niemand mehr von ihm gehört haben. Bereits zuvor hatte sie jegliche Vorsicht über den Haufen geworfen, war selbst zweimal verhaftet worden und hatte sich sogar eine Überprüfung der Abstammung ihrer Kinder eingehandelt.

Sie war wahnsinnig. Ihre Raserei war mitleiderregend, und doch hatte sich Gundi einmal bei einem Funken von Neid erwischt: *Sie liebt ihn so sehr,* hatte sie gedacht. *Er ist ihr Paradies, sie gäbe alles für ihn. Ist nicht etwas unglaublich Erfüllendes an einer Liebe, die vor nichts zurückschreckt?*

Bedacht werden mussten jedoch die kleinen Kinder, die bei alledem nicht selbst entscheiden konnten. Damals hatten Zosia und Roza noch in der Villa gearbeitet, und mit Hilfe einer Bekannten hatten die beiden für das Mädchen Gaia und den Jungen Michel Plätze in einem Kindertransport aufgetan, der jüdische Kinder nach England schaffte. In Sicherheit. Pflegeeltern würden sich dort um die Kleinen kümmern, bis die eigenen Eltern dazu wieder in der Lage wären.

Auf dem Bahnhof in Danzig hatte Gundi geglaubt, es zerreiße Helma nicht nur das Herz, sondern den ganzen Körper. Drei Monate später war der Krieg ausgebrochen. Was Helma jetzt noch aufrecht hielt, war die Suche nach Natan, die Hoffnung, mit ihm fliehen und sich ihre Kinder zurückholen zu können.

»Sie vermutet, er ist in Stutthof«, erzählte Lore. »Die Leute, die sie in den ersten Kriegstagen in Danzig zusammengetrieben haben – Lehrer, Anwälte, Ärzte, praktisch Danzigs komplette Akademikerschicht –, haben sie dorthin verschleppt.«

»Du bist mindestens die Dritte, die den Namen erwähnt«, erwiderte Gundi. »Stutthof – was ist das überhaupt?«

»Eine Art großes Gefängnis«, erklärte Lore. »Häftlinge werden dort wohl zur Erweiterung der Anlage eingesetzt. Ich habe Helma versprochen, dass ich versuche, etwas herauszufinden. Und dir verspreche ich, vorsichtig zu sein.«

»Das weiß ich doch«, versicherte ihr Gundi. Sie wusste es in der Tat – und das war Teil ihres Problems.
Sie selbst nämlich war überhaupt nicht vorsichtig gewesen. Sie war es, die ihrer aller Leben riskierte – einschließlich das ihres Kindes und das von Pop. Und warum? Sie wusste es selbst nicht. Sie hatte eine Entscheidung treffen müssen, damals in der ersten Nacht des Krieges, als Lore plötzlich vor der Tür gestanden hatte, und sie hatte sie getroffen, ohne nachzudenken, so, als sei nur eine möglich:
»Weck Zosia und Roza, Gundi. Sie müssen hier weg. Und wir müssen ihren Vater aus der Pension abholen.«
»Aber wo sollen sie denn hin?«
»Ich weiß es nicht!«, schrie Lore außer sich. »Ihr Bruder ist tot, sie treiben überall die Polen zusammen und verschleppen sie aus der Stadt, oder sie bringen sie noch an der nächsten Straßenecke um. Und wer sie beherbergt, muss mit dran glauben! Ach, Gundi, wir hätten etwas tun müssen, wir hätten diese Leute nicht wählen dürfen, und jetzt ist es zu spät.«
»Hast du die denn gewählt?«, fragte Gundi.
Lore gab keine Antwort, und Gundi murmelte mehr an sich selbst als an die Schwester gerichtet: »Ich war zu faul, zu diesen Wahlen überhaupt hinzugehen.«
»Ich auch«, sagte Lore. »Politik, davon versteh ich nichts, dachte ich, was soll ich also da ankreuzen? Und jetzt stehen wir hier und können Zosia und Roza nicht helfen.«
Es hatte eine Weile gedauert, bis Gundi ihre Lage einschätzen konnte. Die beiden Polinnen wohnten ohne Genehmigung in ihrem Haus. Julius hatte Forster deswegen belogen. Stammelnd und konfus hatte Lore ihr erzählt, was mit dem polnischen Postamt geschehen war, und sie beide kannten Jeszek: Er hatte aus seinem Hass auf die Deutschen nie einen Hehl gemacht, stand zweifellos auf dieser Liste unerwünschter Personen und war

beim Kampf um das Gebäude getötet worden. Die Nazis waren ordentlich. Leute wie dieser Pfitzner schrieben alles auf. Sie würden feststellen, dass Jeszeks Verwandte nirgendwo gemeldet waren, sie würden nach ihnen suchen, und wenn sie sie fanden, würden sie von Gundi eine Erklärung verlangen.

Lore hatte recht. Sie durften sie nicht finden. Nicht in ihrem Haus.

»Ich kümmere mich darum«, hatte sie zu Lore gesagt. »Leg dich schlafen und sieh zu, dass du morgen früh zurück zu deiner Mutter kommst, die ruft am Ende sonst die Polizei. Das mit Zosia und Roza lass meine Sorge sein.«

Tage später, als die Stadt allmählich zu begreifen begann, dass der Krieg nicht wieder verschwinden würde, hatte sie Lore erzählt, sie habe Zosia und Roza in ein Dorf in der Umgebung gebracht, wo sie Verwandte hatten.

Lore hatte aufgeatmet. »Gott sei Dank. Sie scheinen überall Verwandte zu haben.«

Roza und Zosia aber hatten nirgendwo mehr Verwandte. Ihr Bruder war erschossen worden, und ihr Vater hatte sich bereits tags zuvor aus Tante Karls Haus aufgemacht, um herauszufinden, was geschehen war und ob seine Kinder in Sicherheit waren. Er war mit seinem lahmen Bein durch die Straßen gehumpelt und dabei zu Tode gekommen, niemand wusste, wie. Ob die Tante, die wie eine Ziege meckerte, noch lebte, wusste ebenfalls niemand. Sie hatte nach Warschau gewollt, und Warschau stand unter Beschuss.

Die beiden Frauen waren auf sich allein gestellt.

In der Frühe hatte sich Lore zu Fuß auf den Weg nach Danzig gemacht. Kurz darauf kamen zwei Männer in Zivil, die angaben, von der Polizei zu sein, von der Geheimen Staatspolizei. Sie suchten nach Hinweisen zum Verbleib der Schwestern Pajewska, die verdächtigt wurden, einer deutschfeindlichen

Terrororganisation anzugehören. Noch vor einem Jahr hätte Gundi die beiden Frauen womöglich zur Tür gerufen in der festen Überzeugung, wer nichts getan hatte, könne auch nicht bestraft werden. Nach dem, was mit Natan geschehen war und was Lore von Danzig erzählt hatte, kam das jedoch nicht infrage. Stattdessen behauptete sie, sie habe die beiden seit Monaten nicht gesehen. Sie drohte, sich bei Gauleiter Forster zu beschweren, ließ die Männer ihr Haus durchsuchen und spielte den beleidigten Liebling der Massen, während das Herz ihr zum Zerspringen raste.

Die Männer suchten bis unter den Dachboden, aber dort, wo Zosia und Roza sich befanden, suchten sie nicht: Hinter dem Weinkeller, abgeschirmt von Regalen, gab es einen kühlen, dunklen Raum, in dem zu Zeiten der Seesens Käselaibe gelagert worden waren. Es stank. Es war eng wie in einem Sarg. Aber es rettete die beiden vor der Deportation.

So hatte sie damals gedacht. Sie würde Zosia und Roza ein paar Tage in der Käsekammer verstecken, bis sich eine Lösung fand oder die Lage sich beruhigte. Aber eine Lösung fand sich nicht, und statt dass die Lage sich beruhigte, tauchten immer mehr Gerüchte über Scharen von Polen auf, die in die Wälder um den Ort Piasnitz verschleppt und nie wieder gesehen worden waren. Forster sprach auf einem Empfang im *Grandhotel* offen darüber, er wolle sein Gau, »seine herrliche deutsche Stadt«, frei von Juden und Polen haben, ehe das Jahr zu Ende war. Er konnte seinem Ziel nicht fern sein. Von Stasiek Kurowsky, dem besten Piroggenmacher von Langfuhr, bis zum blinden Ludwik – in den Straßen von Danzig und Zoppot traf man keine Polen mehr.

Von Danzigs *Polonia,* ohne die dem Bild der Stadt eine Note fehlte, schienen nicht mehr als zwei Menschen übrig zu sein. Wie hätte Gundi diese beiden ausliefern können?

Sie hatte einen Tischler kommen und die Rückwände der Weinregale verstärken lassen. »Ich bin trinkfest«, hatte sie mit dem Mann gealbert. »Die Bretter müssen was aushalten.« Nach Beendigung der Bauarbeiten gab es zur Käsekammer nur noch einen schmalen, seitlich aufschiebbaren Zugang, den niemand fand, der nicht von ihm wusste.
Fast niemand.
Ariane fand ihn.

43

Dieses Kind, das niemals auf Abenteuersuche ging und sich vor der Dunkelheit und allem Fremden fürchtete, war eines Tages dort unten herumgestromert, hatte zielsicher den Zugang aufgeschoben, so schwer dieser sich bewegen ließ, und in höchster Seligkeit ausgerufen: »Meine Roza, meine liebste Roza!« Roza hatte das kleine Mädchen an sich gedrückt und geräuschlos geweint.
Seither war Gundis Leben noch prekärer geworden. Am Strand fragte Ariane, warum sie nicht mit Roza zum Buddeln gehen dürfe, und daheim nutzte sie jede Gelegenheit, sich in den Keller zu stehlen. Gundi hatte alles versucht, um ihr zu erklären, dass das Versteck der Polinnen ihr Geheimnis sein müsse, jedoch ohne Erfolg. Liebten Kinder nicht Geheimnisse? Ariane hatte sichtlich nichts dafür übrig, und sie besaß ein solches Talent dafür, sich begriffsstutzig zu stellen, dass Gundi sich manchmal fragte, ob sie es am Ende vielleicht war.
Gundi erlaubte ihr manchmal, sie nach unten zu begleiten, wenn sie allein im Haus waren. Sie tat es nicht nur um Arianes,

sondern auch um der Polinnen willen. Das Leben in der Käsekammer war grauenvoll. Gundi hatte alles Erdenkliche nach unten geschleppt, um es den beiden so angenehm wie möglich zu machen – Matratzen, Decken, eine Lampe, mit Lavendel gefüllte Kissen, die den stechenden Geruch mildern sollten. Sie versorgte sie mit Wasser, auf dem Schwarzmarkt erworbenen Speisen, frischer Wäsche, Büchern, Spielkarten, Nähzeug und der kleinen Akkordzither, damit Zosia eine Beschäftigung hatte.
Aber dort unten war es trotz der Lampe zu finster. Es war ein fensterloses Loch, da fertigte niemand Handarbeiten an, spielte sich ein Liedchen oder machte es sich zum Lesen gemütlich. Schon gar nicht, während er nicht wusste, was über ihm vor sich ging – nur dass das eigene Volk zu Tode gehetzt wurde, dass es vernichtet, nicht mehr vorhanden sein mochte, wenn er in die Welt zurückkehrte.
Das alles war unvorstellbar. Und dann gab es Tage, an denen Erik stundenlang Arrangements durchproben wollte, Lore krank war oder Besuch sich anmeldete, sodass sich für Gundi keine Gelegenheit ergab, die Schwestern zu besuchen. An diesen Tagen lief sie mit dem Wissen umher, dass die beiden von morgens bis abends keinen Menschen zu Gesicht bekamen, dass sie kein Wasser haben würden, um sich zu waschen, dass der Topf mit ihrer Notdurft nicht geleert wurde und niemand ihnen Essen brachte.
Sooft sie für zwei oder drei Tage verreisten, weil sie auswärts einen Auftritt hatten, nahm Gundi alle mit, Ariane, die Köchin und das Mädchen Elke, damit Roza und Zosia das Haus für sich hatten und sich darin wie Menschen bewegen konnten. Kam sie nach Hause, fand sie Spuren von ihnen in jedem Raum, als hätten die Schwestern in diesen Tagen unentwegt vom Keller bis zum Boden getanzt.
Aber solche Tage waren selten. Es war Krieg, die Züge wurden für Soldatentransporte benötigt, und zudem war Reisen zu einer

gefährlichen Angelegenheit geworden. Immer wieder geschah es, dass ein Zug entgleiste oder in einem Wagen ein Sprengsatz explodierte. Im Waldland von Pommerellen verbargen sich Partisanen, über die halb Zoppot sich ereiferte. »Daran sieht man, dass Hitler recht hat«, schimpfte eine Kundin, die vor dem Kiosk beim Familienbad in der Schlange stand. »Der Slawe wie der Jude ist nicht unseresgleichen, er hat nichts Aufrechtes, kann nur feige aus dem Hinterhalt kämpfen.«

»Und dass er Unschuldige auf dem Gewissen hat, schert ihn nicht«, stimmte Eisverkäufer Holle ihr zu. »Weil sein tumbes Wesen zu keinem Mitleid fähig ist.«

Ein Wehrmachtssoldat, wohl auf Urlaub, stand ebenfalls nach einem Eis an. »Das Mitleid ist Bestandteil der deutschen Seele«, sagte er mit einer jungen, frischen Stimme, die zu dem schwermütigen Ton nicht passen wollte. »Das macht es uns so hart, in diesen Fällen unsere Pflicht zu tun und Vergeltung zu üben – das Mitleid mit der Kreatur.«

Über diese Vergeltungsakte wusste Gundi nichts Genaues. Erik hatte erzählt, es würden in den Dörfern, bei denen Terrorakte geschehen seien, wahllos Menschen aus Häusern gezerrt und über den Haufen geschossen – für jeden deutschen Toten zehn Polen.

Gundi versuchte, die Bilder abzuschütteln. Sie wollte heiter und zuversichtlich wirken, wenn sie zu Zosia und Roza hinunterging, ihnen von Dingen erzählen, die ihnen Mut machten. Schwierig genug war es, sich so etwas einfallen zu lassen, und dann war es heute auch wieder so spät geworden, weil Lore ewig nicht aufgebrochen war. Zum Ausgleich hatte Erik angerufen und Bescheid gegeben, dass er erst morgen heimkam, weil heute kein Zug mehr nach Zoppot fuhr. Hinter Oliva hatte es wieder eine Explosion gegeben, ein Wagen mit Müttern und Kindern von einer Landverschickung.

Gundi füllte einen Korb mit den ersten, noch ein wenig harten, aber tiefblauen Zwetschgen aus ihrem Garten. Geschmack vom Sommer. Einmal hatte sie für Roza und Zosia in Arianes Eimerchen Ostseewasser mitgebracht, auch ein wenig Sand und eine Handvoll Muscheln. »Damit ihr wieder einmal das Meer spüren könnt«, hatte sie gesagt.
Roza hatte ihr den Eimer so heftig aus der Hand geschlagen, dass das Wasser sich über ihre Matratze ergoss. Es würde tagelang muffig stinken, denn hier unten konnte man nicht lüften. »Was sollen wir damit?«, hatte sie Gundi angefahren. »Uns nach der Welt kaputtsehnen?«
»Sie es nicht so meint, Gundula!«, hatte Zosia ausgerufen und ihr den Arm um die Schultern gelegt. »Sie nicht wollte undankbar sein.«
»Doch, das wollte ich«, sagte Roza, klang aber nicht mehr zornig, sondern traurig und setzte sich auf der nassen Matratze nieder. »Ihr nehmt uns das Leben weg und speist uns mit Eimern als Ersatz ab. Habt ihr eigentlich keine Angst vor dem, was die Welt mit euch machen wird, wenn sie erfährt, was ihr mit uns gemacht habt?«
Es war schwer, mit ihr umzugehen. Manchmal kaum erträglich. Dennoch verstand Gundi zuweilen Roza besser als Zosia, die immer freundlich blieb. Über die Zwetschgen freute sie sich wie ein Kind und saugte an den Kernen, bis sie blank waren.
Sie saßen nie lange hier beisammen, weil es beim besten Willen nichts gab, worüber sich unverfänglich reden ließ. Wenn aber Gundi allzu schnell wieder aufbrach, machte ihr Gewissen ihr die Hölle heiß. Also erzählte sie ein wenig von Ariane, vom Wetter, von den Lebensmitteln, die die Köchin auf dem Markt nicht hatte bekommen können. »Eier sind jetzt rationiert. Trude hat vorgeschlagen, wir sollten Hühner anschaffen, aber Erik meint, das lohnt nicht, es würde sowieso alles beschlagnahmt.«

»Warum bringst du deine Hühner nicht bei uns unter?«, fragte Roza. »Da findet sie niemand und kann sie auch nicht beschlagnahmen. So, wie uns keiner beschlagnahmen kann.« Ihre Augen verengten sich zu Schlitzen, ein schmales Glitzern im Dunkeln. Zwischen den beiden Matratzen klopfte sie auf den Boden. »Hier ist doch noch Platz. Warum bringst du nicht auch noch eine Ziege her, dann bist du die Sorge um die Milch los.«

»Sie meint nicht so«, behauptete Zosia einmal mehr. »Sie hat nur Sorge. Tag und Nacht. Alle sind tot, alle unsere Lieben. Jeszek war ein kluger Junge, er wollte werden Ingenieur, und wenn er kam zu Besuch, er hat uns hochgehoben und herumgewirbelt wie Federgewichte. Jetzt wir wissen nicht mal, wo er ist begraben, und Rozika betet und betet, dass ist nicht auch ihr Henryk tot.«

Als sie die Schwester streicheln wollte, stieß diese sie weg. Aber sie widersprach nicht. Ihre Augen wurden glasig vor Tränen. Sie tat Gundi leid, auch wenn sie sie nicht ertrug. »Vertretet euch im Keller die Beine«, sagte sie. »Ich geb euch ein Zeichen, wenn ich Lores Schlüssel höre. Köpft eine Flasche Wein. Eine gute. Ich wünschte, ich könnte mehr tun.«

»Gute Nacht, Gundula.« Zosia umarmte sie und schlang ihr ein Band ins Haar, das sie umsäumt hatte. Sie war eine Heldin. Nahm alles hin und blieb mit einem Lächeln sie selbst. Wenn Gundi *Morgen am Meer* sang und die Leute jubelten, es als den »tiefsten Ausdruck deutscher Danziger Seele« feierten, als das Forster es deklariert hatte, hätte sie sich manchmal den Mut gewünscht, aufzuschreien: Eine Polin hat es geschrieben! Eine heldenhafte kleine Polin, die rosa Hüte bastelt und in einem Loch haust, das nach Käse stinkt.

Müde und mit schwerem Herzen ging Gundi nach oben und setzte sich in den Wintergarten, um zumindest zu versuchen, sich mit den Arrangements für ihren Auftritt abzulenken.

Es war ihr Lieblingsort in ihrem Haus. Ihr Palmenzimmer, ihr Klein-Tripolitanien, das den Duft ihrer glücklichen Tage in einer gläsernen Kapsel bewahrte. Eine Tischlampe mit einem Schirm aus grünem Porzellan verbreitete gedämpftes Licht. In der in Lissabon erworbenen Truhe aus Akazienholz hatte Gundi das Geschirr von der Klawitter-Werft verstaut, daneben stand die blaue Tasche und obenauf ein Bild von Tante Karl. In den Wedeln einer Palme hing ein Lampion von einer italienischen Nacht auf der *Gustloff*, und im Kübel war der silberne Ring vergraben, den sie in Madeira gekauft hatten. Sie und der Mann, dessen Namen sie nicht einmal in Gedanken auszusprechen wagte, weil er ihr einen Stachel ins Herz setzte.
Auch ihr Akkordeon bewahrte sie hier auf. Ihre Quetsche, die Tante Karl ihr bei Max Böhm in der Röpergasse auf Abzahlung gekauft hatte. Längst hatte sie für Auftritte ein anderes, ein in Siegburg gefertigtes *Cantulia*-Modell, das fast wie von selbst spielte, aber wenn sie einen Augenblick Zeit fand, mit ihrer Musik allein zu sein, nahm sie die alte Quetsche und fühlte sich, als kröche sie in die Musik hinein und wäre dort noch einmal geborgen.
Hinter der gläsernen Wand erstreckte sich der Garten. Wenn es still war wie in dieser verhangenen Nacht, konnte man hier das Meer hören, seinen wilden Atem, der nie erlosch. Dem Meer kann all das, was geschieht, nichts anhaben, hatte Gundi sich einzureden versucht, aber das war süßliches Geschabber für Backfische: Das Meer war unterwühlt von U-Booten, die darauf lauerten, Torpedos in Schiffsleiber zu jagen. Durchs Meer schossen Geschwader, die sich Gefechte lieferten, bis die Wasseroberfläche sie alle geschluckt hatte, über das Meer glitten riesige Flächen von Flugzeugträgern, von denen Maschinen fast senkrecht in die Luft sausten, um Bomben auf schlafende Städte zu werfen. Aber hinterher, dachte sie, wenn wir uns gegenseitig kaputt

geschlagen haben, schluckt das Meer die Reste und ist wieder das Meer. Sie wollte so nicht denken. Sie war Gundi Sonnenschein, ein bisschen frivol, nicht sonderlich helle, aber sexy und vergnügt. So wurde sie gebraucht.

Ein Geräusch unterbrach das Meeresrauschen und ließ sie aufschrecken. Ein Knacken, das Bersten kleiner Zweige. Es konnte ein Tier sein, das im Dunkeln auf Beutefang umherstrich, aber dann hätte es ein schweres Tier sein müssen, das wuchtig auftrat und torkelte, nicht sicher auf den Beinen war. Ein Mensch also. Ein Betrunkener, der sich aus einer der Bars auf der Promenade in die stille Villenstraße verirrt hatte. Hinten an der Meerseite war der Zaun nicht so hoch wie vorn und ließ sich recht leicht überwinden.

Gundi stand auf und nahm den Schürhaken vom Kaminsims. Sie war nie schreckhaft gewesen, doch seit sie mit der Verantwortung für die zwei Polinnen allein war, bekam sie beim kleinsten Anlass Herzjagen. Das Geräusch kam näher. Der, der es verursachte, kämpfte sich die kurze Treppe hoch zur Tür des Wintergartens. Gundi erstarrte. Jeden Augenblick konnte klirrend das Glas bersten und der Eindringling vor ihr stehen. Statt des Klirrens erfolgte ein Poltern, das die Palmenkübel zum Hüpfen brachte. Der Mann musste auf dem Absatz direkt vor der Tür zusammengebrochen sein.

Kurz war es so still, dass sie wieder das Meer hörte. Dann glaubte sie, einen winzigen Laut zu vernehmen – eine streunende Katze, die nach einer Nacht auf der Pirsch am Morgen kaum Stimme hatte?

»Gundi.«

Es musste ein Irrtum sein. Ihr Körper löste sich aus der Erstarrung. Schritt um Schritt bewegte sie sich durch den Raum. Ihr Herzschlag wurde zur Trommel, die ihr den Rippenbogen sprengen wollte, doch sie hatte keine Wahl, als die Tür zu öffnen.

Noch einmal vernahm sie den kleinen Laut, der jedoch zerbrach, ehe er ihren Namen aussprechen konnte. Sie schob den Riegel zurück, drückte die Klinke nieder, zog die Tür wie einen Schild vor sich.

Der Mann war groß, lag zusammengerollt und füllte den Treppenabsatz aus. Gundi fiel auf die Knie, ergriff mit beiden Händen seinen Kopf und fasste in die Nässe von Blut. »O mein Gott, großer Gott, bitte sei nicht tot!«

Er war nicht tot. Er stöhnte und spuckte Blut in ihren Schoß. Es war Tadek. Sie musste ihn ins Haus schaffen.

SIEBTER TEIL

Wanda

Gdańsk, Sopot

Tiefster Winter 1964

»Eichne Tür, wer hob dich aus den Angeln?
Meine sanfte Mutter kann nicht kommen.«

Paul Celan: *»Espenbaum«*

44

Februar

Meine Tante ist nicht zurechnungsfähig«, hatte die Frau in scharfem, überperfektem Deutsch gesagt. »Sie ist alt, sie hört schlecht und sieht noch schlechter, und sie ist verrückt vor Schmerzen. Mit solchen Leuten können Sie hier bei uns einen Handel eröffnen. Wir sollten uns das zur Volkskrankheit erklären lassen: Schmerzverrücktheit. Lassen Sie sie in Ruhe. Sie hat Ihnen gesagt, wo das Haus liegt, das vor einem halben Leben Ihrer Familie gehört hat, damit muss es genug sein. Von außen ist es ein imposantes Haus, aber innen ist es völlig heruntergekommen, und die Restaurierung würde mehr kosten, als es am Ende wert ist. Andernfalls würde die Gemeinde es wohl kaum brachliegen lassen. Aber selbst wenn es anders wäre, es gehört Ihrer Familie nicht mehr, und Sie bekommen es nicht zurück. Es gehört uns Polen. So wie die ganze Geschichte. Sie haben uns den Tod hiergelassen, und wir leben damit. Zum Ausgleich machen wir daraus, was wir wollen.«

Eines von Celans Gedichten fiel Wanda ein, das Andras ihr am letzten Tag aufgeschrieben hatte. »*Todesfuge*«. Am letzten Tag, ehe es keinen Andras mehr gegeben hatte, sondern nur noch Matti.

»*Der Tod ist ein Meister aus Deutschland sein Auge ist blau.*«

Die Augen der Frau waren auch blau, aber sie war Polin, in Warschau geboren. »In Warschau gibt es kein Haus, das nicht wieder aufgebaut werden musste. Warschau ist eigentlich keine Stadt, sondern ein Modell fürs Museum: europäische Großstadt des frühen zwanzigsten Jahrhunderts. Ausgestorben um 1939, Nachbau erstellt ohne Mittel aus deutschen Reparationszahlungen.«

»Warum sprechen Sie Deutsch? Und so gut?«
»Feindbeobachtung.« Die Frau verzog ihre schmalen Lippen. »Der einzige Weg, Angst zu ertragen, ist, ihren Grund zu erforschen. Ich bin Historikerin.«
Sie war in den Kurzwarenladen getreten, als Wanda die Inhaberin bei Tag erneut besucht hatte. Es war unendlich mühsam, aus der alten Dame etwas herauszubekommen, weil sie das Deutsch, das sie einmal gekonnt haben musste, so gut wie vergessen hatte. Es fiel ihr in Brocken zu und verschwand gleich wieder. Zudem sah sie wirklich schlecht. Sie zeigte auf das Foto von Wandas Familie, verwechselte aber die Gesichter. Nur Matti, die kaum erkennbare Matti, verwechselte sie nie, sondern streichelte wieder und wieder mit einem Finger über ihr Abbild, wobei ihr Tränen über das Gesicht liefen. Wandas bange Frage, ob sie helfen könne, hörte sie nicht.
Auch Wandas inzwischen zerknitterten Stadtplan konnte sie erkennen. Mit dem Daumen zeigte sie ihr, wo das Haus gestanden hatte.
»Das Haus von Frau Lehwald? Von Frau Scharneck?«
»Gundula«, sagte die alte Frau. »Gundula Sloneczko.«
»Was bedeutet das?«
Die andere hatte sie nicht verstanden, hatte eine Salve polnischer Worte hinterhergeschickt und war erneut in Tränen ausgebrochen.
»Sonnenschein.« Eine Frauenstimme sagte es beim Läuten der Ladenglocke. Wanda war herumgefahren und hatte eine Frau, etwa in Mattis Alter, in der Tür stehen sehen. Sie ähnelte der Alten und trug eine rosa Strickmütze, auf der Schnee schmolz. »*Sloneczko* heißt Sonnenschein. Und jetzt hören Sie auf. Sie tun ihr weh.«
Die alte Frau war ihre Tante. Nach dem Krieg, nach der Vertreibung der deutschen Eigentümer, war ermittelt worden, dass der

kleine Laden bis 1937 einer polnischen Familie gehört hatte, und an diese sollte er zurückgegeben werden. Irena Bojarska – die Tante – war die letzte Überlebende. »Wenn man uns nicht mitzählt«, fügte die Frau hinzu. »Mich und meinen Vater, der inzwischen aber an Spätfolgen gestorben ist.«

»Spätfolgen?«

»Zwangsarbeiter im Außenlager Bobrek, bei Auschwitz. Sie ziehen doch hier herum und stellen Fragen, dann wissen Sie ja wohl, was das heißt. Irena ist keine richtige Tante, mein Vater war nur irgendein Cousin von ihr. Aber wenn nichts mehr übrig ist, klammert man sich am Fast-Nichts fest. Ich habe meine Stellung an der Warschauer Universität aufgegeben, um in diesen Friedhof am Meer zu ziehen, weil Irena unbedingt diesen gottverdammten Laden übernehmen wollte. Dies nur, damit Sie wissen, wozu ich für sie bereit bin. Sie tun ihr besser nicht noch einmal weh.«

Wanda hatte sie angefleht: »Bitte schicken Sie mich nicht weg, Ihre Tante ist die Einzige, die mir helfen kann«, aber die Frau hatte sie regelrecht aus dem Laden geworfen. Draußen schneite es, und über die Wiese am Straßenrand trieben Nebel. Allein, schon wieder allein, hatte Wanda im Gewirr der Gassen nach dem Haus gesucht. Als sie davorstand, war sie sicher, sie müsse sich täuschen. Es war etwa doppelt so groß wie das Haus der van Bontjes, es hatte Türme, überall Balkone – es war ein Haus, in dem unmöglich jemand gewohnt haben konnte, der mit ihr zu tun hatte. Am wenigsten Matti. Die bescheidene Matti, die gestärkte Schürzen trug und Margarine mit dem Messer auf Brotschreiben kratzte.

Oder Tante Lore, die nichts wegwarf.

Oder Ariane. Dass auch Ariane, ihre Schwester, die zu schüchtern war, um über die Lektüre von Liebesromanen hinauszukommen, hier gewohnt haben musste, wurde ihr jetzt erst bewusst. In alldem steckte ein Fehler. Mehrere Fehler. Und die Einzige, die ihr helfen konnte, die Fehler zu finden, war eine alte Frau, die nicht mit ihr sprechen durfte.

Aber bei allen Fehlern war sie dennoch sicher, dass sie vor dem richtigen Haus stand. Nicht weil sie halluzinierte, sich einbildete, sie könnte sich erinnern, sondern weil sie durch den in Nebel gehüllten Garten glasklar Mattis Stimme hörte:

»In Zoppot war's, in unserm berühmten Ostseebad mit seiner endlosen Seebrücke und seinem Casino, der Spielhölle, auf die wir Danziger so stolz waren, in dem herrlichen Haus in der Ernststraße mit all den Türmen und Erkern und der verglasten Veranda. In dem Zimmer war Schwärze, weil wir ja das Fenster zugehängt hatten, aber das Meer war nur einen Katzensprung weit weg, und durch Glas und Wände und Decken hörte man es immer noch.«

Wanda hatte nicht bemerkt, dass sie die Streben des schmiedeeisernen Gartentors umklammert hielt. An der Veranda, von deren trüben Glasscheiben eine zerbrochen war, öffnete sich eine Tür. Ein vergilbter Spitzenvorhang wehte nach draußen wie der Schleier einer Gespensterbraut. Ein Mann fragte sie etwas auf Polnisch. Wanda, der noch immer Mattis Stimme in Wellen durch Mark und Bein ging, hatte Mühe, aufrecht zu stehen.

Der Mann, der bemerkte, dass sie nichts verstand, wiederholte die Frage auf Englisch: »Sie wünschen?«

»Das Haus …«, stammelte Wanda hastig, um ihn nicht gleich wieder entwischen zu lassen. »Ist es möglich, das Haus zu besichtigen?«

Der Mann überlegte. Er war jung, nicht viel älter als sie. »Warum nicht? Es soll eine Touristeninformation werden. Im Sommer. Oder vielleicht im nächsten. Oder nie.«

Es gab keinen elektrischen Türöffner. Er lief die Treppe herunter, schlotterte in seinem dünnen Pullover und entriegelte das Tor. »Filip Skowski«, sagte er und gab ihr, ohne zu lächeln, die

Hand. »Ich bin der Kurator. Kurator von nichts. Sehen Sie sich von mir aus um, aber fragen Sie mich nichts, denn ich kann Ihnen sowieso nicht helfen.«

Es war ein Gespensterhaus. Leer geräumt. Nur die zu Fetzen verschlissenen Vorhänge hingen noch vor blinden Fenstern, und an den ausgebleichten Tapeten zeichneten sich die Umrisse von Möbeln ab. In der Veranda standen ein Schreibtisch aus billigem Resopal und ein tragbarer Heizlüfter, der auf vollen Touren lief. Der Kurator Skowski saß in eine Decke gehüllt. Auf der Tischplatte lag kein Arbeitsmaterial, nur ein Heft mit Kreuzworträtseln, in das er sich sofort wieder vertiefte, offenbar entschlossen, Wanda von nun an zu behandeln, als wäre sie nicht vorhanden.

Bald werde ich selbst glauben, ich wäre nicht vorhanden, dachte Wanda. Aber in dem Haus *war* sie vorhanden. Sie begriff nicht, warum, doch in den leeren Räumen, in denen es so kalt war, dass man erwartete, Eiszapfen von den Stuckdecken hängen zu sehen, spürte sie etwas von sich selbst. Es machte ihr das Herz schwer.

Das hier ist das Haus, in dem ich zur Welt gekommen bin.

Es war das Haus, in dem Matti ihr das Leben geschenkt hatte, aber Matti gab es nicht mehr. Sie würde in diesem Haus nie mit Matti stehen. Manne hatte in seinem unordentlichen Kellerzimmer einen alten Korb, der mit einem mit Teddybären bedruckten Stoff ausgefüttert war. Der Stoff war so verblichen wie die Vorhänge in diesem Haus, und Manne hatte darüber gelacht: »Das war mein erstes Bett, damals noch in Frankreich, vier Wochen vor der Befreiung von Paris. Meine Mutter gibt's nicht zu, aber sie ist schrecklich sentimental. Sie hat es quer durch Europa mitgeschleppt und mir zum Abitur geschenkt.«

In einem der oberen Zimmer, das einen sechseckigen Erker besaß und aufs Meer hinausging, stand ebenfalls ein Korb. Nichts weiter als dieser zerbeulte Korb, unter dessen Rand noch ein Stoffrest hing. Rosa. Für ein Mädchen. Für Vera oder sie selbst. Wanda wollte ihn mitnehmen, sie fand, er gehörte ihr. Aber Matti würde ihn nie in die Hand nehmen, um ihn Wanda zu irgendeinem Ereignis in ihrem Leben zu schenken. »Das ist dein erstes Bettchen, Piroggche.«

Matti gab es nicht mehr.

Ohne Vorwarnung brach das Weinen über sie herein und erschütterte ihren ganzen Körper. In dem Erkerzimmer, in dem sie aller Wahrscheinlichkeit nach geboren worden war, rollte sie sich in einem Winkel zusammen wie als Kind unter ihrer Decke und weinte zum ersten Mal um ihre Mutter.

»Eichne Tür, wer hob dich aus den Angeln?
Meine sanfte Mutter kann nicht kommen.«

Wir haben uns doch geliebt, Matti! Helga Landschulze hat gesagt, wir lieben uns viel mehr, als normale Mütter und Töchter sich lieben. Warum hast du mich denn nicht genug geliebt, um zu bleiben, um mir das hier zu zeigen, warum hast du mich allein hier zurückgelassen, allein, allein, allein?

Filip Skowski, Kurator von nichts, kam die Treppe herauf. »Sie gehen jetzt besser«, sagte er. »Ich habe keine Ahnung, was hier los ist, ich kann das nicht verantworten.«

Wanda rappelte sich auf. »Nur eins noch. Bitte.«

Im ganzen Haus mussten Bilder gehangen haben, wie die blassen Flecken an den Wänden verrieten. Sie waren alle fort, nur unten in der Veranda waren zwei hängen geblieben. Eine große Schwarz-Weiß-Fotografie von einem Schiff und eine kleine Schwarz-Weiß-Aufnahme von einem Mann. »Können Sie mir über die beiden Bilder etwas sagen?«, fragte sie Skowski.

»Was wollen Sie denn wissen? Ich weiß selbst nichts.«

»Was das für ein Schiff ist. Und wer der Mann ist.«

»Das Schiff? Das kennen Sie nicht?«

Wanda schüttelte den Kopf.
»Ich dachte, das kennt jeder«, sagte Skowski. »Die *Wilhelm Gustloff* ist das. Die ist doch untergegangen, gab mehr Tote als auf der *Titanic.*«
Wie zuvor die von Matti, so hörte sie jetzt die Stimme der alten Frau aus dem Kurzwarenladen: *»Auf das große Schiff wollten die, von Gdynia. Das ist nie angekommen.«*
»Und warum hängt das Bild hier?«
»Woher soll ich das wissen?«
Wanda trat vor das andere Bild. Es zeigte jemanden, den sie gekannt haben musste, dessen war sie sicher. Und wenn nicht, dann hätte sie sich gewünscht, ihn gekannt zu haben. Es war eine ausgezeichnete Aufnahme, der Mann lachte, und in seinem Lachen, seinen Zügen lag etwas so Vertrautes, dass sie ihn hier und jetzt vor sich haben wollte. Sein Lachen hätte ihre Nerven beruhigt, und er hätte sie nicht abgewiesen, sondern ihr geholfen, den Weg aus diesem Labyrinth zu finden.
»Wer ist der Mann?«, fragte sie.
»Bin ich Jesus?«, fragte Skowski zurück. »Weiß ich alles? Wär's der Hitler, hätte ich den erkannt, aber den konnte man ja wohl nicht hängen lassen.«
»Hat das hier gehangen? Ein Bild von – Hitler?«
»Was weiß denn ich.«
»Na schön.« Wanda hatte sich wieder in der Gewalt. »Ich würde gern noch den Keller sehen.«
»Den Keller? Ich weiß nicht, ob der gesichert ist, nicht mal, ob da jemand unten war, seit …«
»Seit wann?«
»Solche Häuser kann's gar nicht geben, ohne dass sich einer Spukgeschichten darüber ausdenkt«, erwiderte er. »Aber im Fall der Ulica Jozefa Poniatowskiego Nummer 11 ist die Schauergeschichte wohl wahr. Die haben da unten drei Tote gefunden.

Nach dem Krieg. Ich meine, so bemerkenswert ist das ja nicht, nach dem Krieg werden wohl überall Tote gewesen sein.«
Er blieb dabei, dass er es nicht verantworten könne, sie in den Keller hinunter zu lassen, zumal es dort unten kein Licht gab. Aber er erlaubte ihr, mit einer Taschenlampe die Treppe hinunterzuspähen. Natürlich war kaum etwas zu sehen. Es roch muffig, nach uraltem Staub. Der Raum war groß, aber höchstens halb so groß wie der Grundriss des Hauses. Ein massives Regal, wohl zur Lagerung von Weinflaschen, begrenzte ihn an der Rückwand. In der Mitte des staubgrauen Bodens prangte ein riesiger Fleck. Auf den Dielen des Hängebodens in der Alboinstraße war auch ein solcher Fleck gewesen. War das möglich? Blut, das in zwanzig Jahren nicht aufgewischt worden war?
»Was ist dahinter?«, fragte sie Skowski.
»Wohinter?«
»Hinter dem Regal.«
»Was soll dahinter sein? Nichts. Ich muss hier jetzt abschließen.«
Draußen war es inzwischen dunkel und noch kälter, und die Straßen waren wieder leer. In der Hoffnung, die alte Frau ohne ihre Nichte anzutreffen, machte Wanda einen Umweg am Kurzwarenladen vorbei, aber das Geschäft war bereits geschlossen, das Rollo heruntergelassen. Durch die Seestraße, vorüber an dem verrammelten Lokal ging sie zurück zum Hotel, sehnte sich nach Wärme, blendendem Licht, doch vor allem nach menschlichen Stimmen.
Im Hotel gab es zwar Stimmen, aber keine, die mit ihr sprach. In ihrer Not, ihrem heftigen Wunsch, ein paar Worte mit jemandem zu wechseln, mit dem Erlebten nicht völlig allein zu bleiben, versuchte sie es mit Graham McGovern, der mit einem Cocktail an der Bar saß. Der Brite winkte jedoch ab, ehe sie sich den Hocker neben seinem heranziehen konnte. »*No offence*

meant. Aber man hat mir heute zugetragen, dass Sie hier ein bisschen zu viel herumschnüffeln. Den Rat habe ich Ihnen ja selbst gegeben, aber ich habe Ihnen auch gesagt, Sie sollen nicht übertreiben. Das ist nicht gut fürs Geschäft. Für meines so wenig wie für den polnischen Ostseetourismus. Ich bin sicher, Sie verstehen, dass ich ein wenig auf Abstand gehen muss.«

Ich halte das nicht mehr aus, dachte Wanda, als sie die Treppe hinaufging, um allein in ihrem Zimmer am Fenster zu sitzen und den Schneewehen zuzusehen, die der Wind übers Meer trieb. Ihre Hände spielten sinnlos mit dem Telefonapparat. Die Leere und Stille in ihr waren so endlos, dass sie einen Wildfremden hätte anrufen wollen, wenn er nur ihre Sprache sprach und sich ein paar Minuten Zeit für sie nahm. Wie man aber von Polen nach Deutschland telefonierte, wusste sie nicht. In dieser Nacht träumte sie wieder den Traum von dem Zug, und als sie konfus vor Angst erwachte und nicht einmal wagte, das Licht einzuschalten, wusste sie, dass Rieke van Bontjes recht hatte: Der Traum hatte nichts mit Zügen zu tun. Sie war allein auf einem sinkenden Schiff namens *Wilhelm Gustloff*, und sie hatte nie schwimmen gelernt.

45

Anderntags ging sie noch einmal in den Kurzwarenladen. Die Nichte war da und drohte ihr mit der Polizei, doch mit dem Mut der Verzweiflung stand Wanda tags darauf wieder vor der Tür. Diesmal war Irena Bojarska allein. »Sie müssen mir helfen!«, flehte sie in leisen, hastigen Worten wie eine Spionin, deren Verfolger jeden Augenblick den Raum stürmen konnten.

»Das große Schiff, von dem Sie gesprochen haben – war das die *Wilhelm Gustloff?*«

Die Frau überlegte und nickte. »Von Gdynia. Da wollten doch alle hin.« Offenbar hatte ihr Deutsch heute einen guten Tag.

»Meine Mutter war auf diesem Schiff? Die Leute auf dem Bild?«

Wanda zog das Bild aus der Tasche und legte es der Frau hin. Die sah es kurz an, streichelte wieder Matti und weinte. »Hat mir Zosi doch geschrieben: Wir kommen raus. Sie wird nehmen uns mit. Für Zosi war heller als Sonne ihre Gundula.«

»Und hat sie sie mitgenommen?«, fragte Wanda, ohne zu wissen, wer Zosi war.

»Hat bestimmt«, sagte Irena Bojarska. »Aber ob so war oder anders – sind alle jetzt tott. Nur die Frau Lehwald – die ist früher weg, hat geschrieben Zosi.«

»Ich bitte Sie, Frau Bojarska.« Wanda umschloss die Hände der Frau mit den ihren, die vor Kälte zitterten. »Sie müssen mir mehr erzählen, es ist unendlich wichtig für mich. Wie hängen unsere Familien zusammen, woher kennen sie sich? Haben Sie diesen Brief noch, den Zosi Ihnen geschrieben hat? War Zosi eine Freundin von Ihnen? Könnten Sie mir den Brief zeigen und übersetzen, wenn etwas über meine Familie darin steht?«

Irena Bojarska befreite eine Hand, um wieder Matti auf dem Bild zu streicheln, und weinte.

»Diesen Brief gibt es überhaupt nicht.« In der Tür stand die Nichte. Ihre schneidende Stimme verlieh ihrem Äußeren mit der rosa Strickmütze etwas von einer Karikatur. »Was glauben Sie denn? Dass polizeilich gesuchte Polinnen 1943 fröhlich Briefe durch die Gegend schicken konnten, in denen sie von ihren Fluchtplänen auf Hitlers U-Boot-Schulschiff berichteten? Dass Nazi-Bräute irgendwelche verfolgten Polen aufsammelten und heim ins Reich mitschleppten? Haben Sie überhaupt eine Ahnung, wie es hier zugegangen ist? Haben Sie über irgendetwas nachgedacht, ehe Sie hier aufgekreuzt sind, um eine alte Frau, die alles verloren hat, völlig durcheinanderzubringen?«

»Nein!«, rief Wanda, jetzt genauso heftig wie die Frau. »Ich weiß nichts, ich habe über nichts nachgedacht, denn mit mir redet ja niemand. Ich stelle Fragen und bekomme Türen ins Gesicht geschlagen. Und warum? Weil meine Mutter eine Nazi-Braut war, wofür ich nichts kann und wovon ich nichts weiß, weil sie nämlich auch nicht mit mir geredet hat.«

Aber du kannst etwas dafür, wenn du sie weiter liebst, hallte es in Wandas Ohren. Wenn du dich auf den Boden wirfst und wie ein Schlosshund um sie heulst. Ihr Hirn setzte zusammen, was die Frau gesagt hatte: Ihre Mutter war eine Nazi-Braut. Eine von denen, die Andras jagte und nicht dingfest machen konnte. »Wir stellen nur Männer vor Gericht«, hatte er Wanda erzählt. »Und das ist schwierig genug. Von den Frauen laufen womöglich die meisten bis an ihr Lebensende frei herum, weil unsere Köpfe dieses Bild nicht zulassen: Frauen tun so etwas nicht. Frauen denunzieren keine Freunde, Frauen schlagen keinen Säuglingen die Köpfe ein, Frauen stoßen keine Großmütter in Gaskammern.« Aber Frauen hatten sich freiwillig zur Aufsicht in KZs gemeldet, hatten ganze Familien ans Messer geliefert, hatten als Lockvögel fungiert, um versteckte Juden aufzuspüren. In Buchenwald hatte sich die Frau eines Kommandanten aus der Haut von Häftlingen Lampenschirme anfertigen lassen.

»Es gibt nichts, das einem Menschen nicht zuzutrauen ist«, hatte Andras gesagt. »Männern wie Frauen. Und wie man unter Menschen weiterlebt, wenn man das weiß, kann ich dir auch nicht sagen.«

»Ich habe jetzt genug von Ihnen«, sagte die Frau. »Sie wollen in der Vergangenheit wühlen? Dann kommen Sie mit. Ich fahre mit Ihnen zum Wühlen, sofern Sie mir versprechen, dass Sie danach meine Tante nicht noch einmal quälen.«

Ohne Wandas Antwort abzuwarten, zog sie einen Autoschlüssel aus der Jackentasche, ließ ihn um ihren Finger kreisen und verließ das Geschäft.

Ihr Auto war puderblau, klein wie in einer Presse zusammengequetscht und schlecht gefedert. Wäre Wanda eine halbe Handbreit größer gewesen, hätte sie beim Sitzen den Kopf einziehen müssen. Die Heizung schien verbrauchte Luft im Wageninnern herumzuwirbeln, aber zumindest wurde es recht schnell warm. Sie fuhren aus Sopot hinaus und über lange, leere Straßen, vorbei an Feldern, die unter Schnee und Nebel begraben lagen, und an wenigen windschiefen Häusern. Dann durch ein Stück Birkenwald und entlang einer Kette spiegelnd zugefrorener Seen. Bestimmt eine halbe Stunde lang hatten sie schweigend nebeneinandergesessen, während die Landschaft waldiger und hügeliger wurde.

»Das ist so schön hier«, entfuhr es Wanda.

Die andere schwieg noch eine Weile weiter, wie um mit sich einen Kampf auszufechten. »Ja«, sagte sie dann, »Pommerellen ist wohl schön. Jedenfalls behaupten das all jene, die von hier sind und von diesem verfluchten Land nicht loskommen. Meine Tante sagt, es sind die sehr hohen, sehr hellen Himmel. Was weiß ich.«

Sie fuhren weiter. »Ich bin übrigens Wanda«, sagte Wanda. »Und ich wollte Ihre Tante nicht quälen.«

»Das tun Sie aber«, erwiderte die andere. »Wer Sie sind, interessiert mich nicht. Ihre Mutter ist Gundula Scharneck, das genügt mir.«

»Dafür kann ich nichts«, versuchte Wanda es noch einmal.

»Ich auch nicht«, sagte die Frau. »Und meine Tante erst recht nicht. Zosia und Roza haben auch nichts dafürgekonnt.«

Unter dem hohen Himmel zog sich die Landschaft zusammen. Der Wald wurde dichter, dunkler, das Silbrige der Birken wich den fast schwarzen Stämmen hoher Kiefern.

»Wer sind die beiden?«

»Ihre Nichten«, antwortete die Frau. »*Echte* Nichten. Nicht nur Ersatz wie ich. Die Töchter ihrer früh verstorbenen Schwester und ihre Patenkinder. Und das war zu diesem Thema Ihre letzte Frage.«

»Wohin fahren wir?«

Der Wagen rollte auf einen kleinen, von Wald umgebenen Parkplatz. »Nach Piaśnica«, sagte die Frau und öffnete die Autotür. »Piasnitz hieß es damals bei den Deutschen. Das Dorf, meine ich. Aber das ist für Sie nicht von Interesse. Wir gehen ins Grüne.«

Schweigend gingen sie nebeneinander den Waldweg entlang. Die Kälte schmerzte auf den bloßen Wangen, aber das Dickicht hielt wenigstens den Wind ab. Nach vielleicht einer Viertelstunde begann die Frau zu sprechen, tonlos, die Augen auf den Boden gerichtet, ohne einen Blick für Wanda.

»Von hier, wo wir gehen, bis dort vorn zur Lichtung sind schätzungsweise dreizehntausend Menschen gestorben. Polen. Und Kaschuben, die sich nicht in die Volksliste haben eintragen lassen, um Deutsche zu werden. Danzigs Gauleiter, ein Monstrum namens Albert Forster, war fanatisch entschlossen, vor jedem anderen sein Gau als frei von Polen und Juden melden zu können. Das Sonderfahndungsbuch Polen leistete ihm dabei gute Dienste, aber es war ihm nicht genug.«

»Was bedeutet das – Sonderfahndungsbuch Polen?«

»Eine Zusammenstellung von Namen, die beim Reichssicherheitsdienst seit Mai 1939 geführt wurde. Wer sich darauf wiederfand, etwa weil er einer polnischen Organisation angehörte oder öffentlich Unmut gegen Deutsche geäußert hatte, sollte sofort nach dem Einmarsch verhaftet und erschossen werden. Forster ließ seinen Sekretär bereits lange vorher ebenfalls Namen unliebsamer Personen sammeln. Schwer war das nicht, da die deutschen Nachbarn nur allzu bereitwillig alles meldeten, was der Sekretär sich wünschte: jeden Witz, der sich als deutschfeindlich auslegen ließ, jeden kleinsten Verstoß gegen immer absurdere Gesetze. *Volksdeutscher Selbstschutz* nannte sich dieser freundlich-nachbarschaftliche Zusammenschluss. Meine Tante wusste darüber Bescheid. Sie war nicht immer ein geistiges Wrack. Ihren Nichten hat sie eingeschärft: Trau keinem Deutschen.«

Mit jedem Schritt, jedem Wort spürte Wanda die Last ihres Körpers. Sie erreichten die Lichtung. In den dunklen Schatten der Bäume erhob sich ein hohes hölzernes Kreuz. Die anderen, kleineren Kreuze, die davor in unregelmäßigen Reihen standen, waren aus Stein und trugen weiße Namensplaketten.

»Forster ließ Leute auf Straßen und Plätzen zusammentreiben, aus Versammlungslokalen, Schulen und Kirchen herauszerren und in sein Sammellager in einer Schule für höhere Töchter pferchen, bis sie auf Lastwagen hierhergekarrt und in Massen erschossen wurden. Auf die Intellektuellen, Polens geistigen Reichtum, war er besonders scharf. Manche mussten ihr eigenes Grab schaufeln und sich zur Erschießung an den Rand stellen, um übereinander in die Grube zu fallen.«

Nicht weiter, wollte Wanda rufen, biss sich jedoch auf die Lippen. Sie hatte gewollt, dass jemand mit ihr sprach.

»Das bedeutete aber nicht, dass geistig weniger Bemittelte verschont wurden«, fuhr die Frau fort. »Aus den Heilanstalten der Umgebung hat er die Geisteskranken, die seinem Führer ja auch ein Dorn im Auge waren, anliefern lassen, um sie gesammelt zu beseitigen. Etwa zweitausend von ihnen dürften hier ermordet worden sein. Grob betrachtet kann man sagen: Wer nicht beizeiten geflohen ist und nicht zur Deportation als Arbeitssklave taugte, der landete hier. Zumindest, bis Forster in Stutthof so weit war.«

»Und Stutthof war …?« Wanda hörte ihre Stimme selbst kaum.
»Forsters Konzentrationslager«, antwortete die Frau. »Das erste außerhalb des Deutschen Reiches. Einen Grundbetrieb hatte er bereits einen Monat vor Kriegsbeginn am Laufen, und den Rest ließ er sich von der ersten Fuhre von Häftlingen erledigen. Insgesamt gehen wir davon aus, dass in Stutthof und seinen Außenlagern an die achtzigtausend Menschen ermordet worden sind, die, die später in andere Lager weitertransportiert wurden, nicht mitgezählt. Dort ließ sich also ein bisschen effizienter töten als hier. Piaśnica kam aus der Mode, wurde nur noch ab und zu bestückt.«
Ohne es zu wollen, presste sich Wanda die Hände auf die Ohren. Sekundenlang glaubte sie, ein triumphierendes Lächeln über das Gesicht der Frau blitzen zu sehen. Sie gab ihre Ohren wieder frei. »Es tut mir leid.«
»Keine Ursache. Ich darf also davon ausgehen, dass Ihr Interesse an der Vergangenheit damit befriedigt ist?«
Wanda schluckte zweimal und ballte in ihren Manteltaschen die Fäuste. »Nein. Bitte sprechen Sie weiter. Ich will wissen, was hier geschehen ist und was meine Familie damit zu tun hat. Deshalb bin ich hier. Es war nur Ihr Zynismus, mit dem ich nicht zurechtgekommen bin.«
»Wenn's weiter nichts ist.« Die Frau lachte kehlig auf. »An Zynismus stirbt keiner. Zynismus zerstört keine Städte und löscht keine Familien aus, also können Sie mir den ruhig gönnen. Meinen Sie nicht, man sollte den Umgang mit den Folgen von Völkermord den Opfern überlassen, nicht den Tätern?«
Der Satz *Ich bin kein Täter* kam Wanda nicht über die Lippen. »Bitte sprechen Sie weiter«, wiederholte sie deshalb nur.
»Viel gibt es nicht mehr. Für die Familien der Leute, die hier vernichtet wurden, hatte jeder von ihnen eine lange Lebensgeschichte. Aber Geschichten vom Tod sind immer kurz. Wie

schon gesagt, kam Piaśnica aus der Mode. Erst 1944 entstand noch einmal Wirbel darum, weil die Rote Armee näher rückte, um nach fünf Jahren Mord und Weltenbrand die Quittung zu präsentieren. Die Herrenrasse bekam es mit der Angst zu tun. Mit einem Wald voller flacher Massengräber wollten sie sich nicht erwischen lassen. Also wurden aus Stutthof Häftlinge hergekarrt, die die verwesten Leichen wieder ausgraben und verbrennen mussten. Ziehen Sie so ein Gesicht, weil Sie das grausam finden? Es war aber eine gute Vorbereitung auf das, was ihnen selbst bevorstand. Aufgrund dieser Vorfälle haben wir Schwierigkeiten, die Zahl der hier zu Tode Gekommenen genau zu schätzen. Geschweige denn, sie zu identifizieren. Sie dürften also nicht die Einzige sein, die rund um Piaśnica herumirrt, um ihre Mutter zu suchen.«

Wanda erwiderte nichts, und die Frau sagte nichts mehr. Eine Zeit lang standen sie still vor den steinernen Kreuzen, während die Dunkelheit aus dem Boden zu kriechen schien und die Kälte Wandas Glieder taub machte. Bob Dylan sang dazu. Er sang von tiefschwarzen Wäldern, in denen Menschen ohne Zahl mit leeren Händen standen.

Irgendwann traten sie ohne Absprache den Rückweg an, stiegen wieder in das kleine Auto und fuhren aus dem Wald von Piaśnica hinaus in die beginnende Nacht.

»Wollen Sie nach Stutthof auch noch?«, fragte die Frau. »Mir macht es nichts aus. Wer sucht, soll finden.«

»Nicht mehr heute«, entschied Wanda, der auch in der herumwirbelnden verbrauchten Luft nicht warm wurde. Das mochte feige sein, aber mehr hielt sie nicht aus. Sie wollte sich unter Bergen von Decken verkriechen und etwas trinken, das Alkohol enthielt. Mehr als alles hätte sie sich einen Menschen gewünscht, der es mit ihr aushielt.

»Zwei Fragen hätte ich noch«, sagte sie, als die erste Häuserreihe von Sopot in Sicht kam. »Diese Volksliste, die Sie vorhin erwähnt haben, mit der sich Menschen vor der Ermordung retten konnten – was hatte es damit auf sich?«

»Ha«, machte die Frau. »Ich bin nicht sicher, ob Ihnen das gefällt, wo Sie doch ein solches Problem mit Zynismus haben. Die Deutsche Volksliste war ein Gemeinschaftswerk von Forster, Greiser und ihren Spießgesellen. Eintragen lassen konnte man sich, wenn man von der Herrenrasse als ›brauchbar als Deutscher‹ eingestuft wurde. Gute Chancen hatten die, die blond und wehrfähig waren, die Hitler schon öffentlich ihr Herz geweiht hatten und eine wünschenswerte Abstammung vorweisen konnten. Nichts Jüdisches natürlich. Möglichst wenig Polnisches. Mit deutschen Großeltern stand man gut da. Oder man erklärte sich zum Kaschuben, für die Hitler eine Schwäche hatte. Wer mit seinem Antrag durchkam, wurden in eine von vier Stufen eingeteilt, von Bekenntnisdeutscher bis Renegat, und erhielt Vergünstigungen. Im besten Fall die deutsche Staatsbürgerschaft. Forster rieb sich die Hände, weil einer weniger ihm seine Polen-Statistik beschmutzte. Und Hitler bekam frisches Kanonenfutter.«

Sie lenkte den Wagen in die Unterführung. Wanda machte sich bereit, dahinter auszusteigen, aber die Frau fuhr weiter. »Ich bringe Sie zu Ihrem Hotel«, sagte sie. »Nicht weil ich nett bin, sondern weil ich verhindern will, dass Sie sofort wieder wie ein Blutegel meiner Tante im Nacken sitzen.«

Wanda entschied, sich dafür nicht zu bedanken.

»Sie hatten noch eine Frage«, erinnerte sie die Frau. »Ich wäre anschließend gern mit Ihnen fertig und würde Sie aus meinem Gedächtnis streichen.«

Wanda schauderte, doch sie fasste sich ein Herz. »Ihre Tante hat ihren Nichten eingetrichtert, sie sollen keinem Deutschen vertrauen«, sagte sie. »Aber sie haben es trotzdem getan, nicht wahr?«

»Davon ist leider auszugehen. Statt mit Irena nach Warschau zu gehen, wo sie eine Überlebenschance gehabt hätten, ließen sie sich von der Deutschen einlullen, bis sie am Ende verraten wurden und mit dem Leben bezahlten.«

Sie lenkte den Wagen auf den Parkplatz des Hotels und hielt direkt vorm Portal. Ein Page kam ein paar Stufen weit herunter, sah, dass sich im Auto kein Gepäck befand, und zog sich wieder zurück. Wanda öffnete die Wagentür und drehte sich noch einmal um. »Und die Deutsche – das war meine Mutter?«

»Gundula Sonnenschein. Von den *Vier aus Zoppot.* In der Tat. Meine Tante weiß das. Nur wenn sich ihr Geist verwirrt, will sie glauben, Zosia hätte mit ihrem Vertrauen richtiggelegen, und die Deutsche hätte die beiden Schwestern mit auf die *Wilhelm Gustloff* genommen, damit die einrückenden Sowjets sie nicht als Kollaborateure verhafteten. Dass sie jämmerlich ertrunken sind, sei lediglich der Schlag eines tückischen Schicksals gewesen. Kein Verrat. Kein Menschenwerk.«

»Die *Gustloff* ist gesunken?«

»Die *Gustloff* war ein Truppentransporter, daran gibt es nichts wegzudiskutieren. Sie lag schon seit Ende 1940 vor Gdynia und diente als Wohnschiff für die U-Boot-Ausbildung. Zwischendurch hat sie immer wieder Truppen verschifft und trug auch den entsprechenden grauen Tarnanstrich. Ein sowjetischer Torpedo hat sie abgeschossen. Dass sich Flüchtlinge auf dem Schiff befanden, konnten die Männer nicht wissen. Und selbst wenn …«

»Selbst wenn?«

»Ich kann mich nicht erinnern, dass Hitler sonderlich zimperlich mit sowjetischen oder polnischen Flüchtlingen umgegangen ist«, versetzte die Frau.

»Und dass Ihre beiden Verwandten nicht auf dem Schiff waren«, wagte Wanda einen letzten verzweifelten Versuch, »dass sie

verraten wurden und in Zoppot umgekommen sind, das steht fest? Ist es nicht doch möglich, dass sie mit meiner Mutter gefahren und bei dem Schiffsunglück gestorben sind?«
»Nein«, sagte die Frau.
»Warum nicht?«
»Weil man ihre Leichen gefunden hat. Erschossen von der Gestapo im Haus Ulica Jozefa Poniatowskiego Nummer 11. Vormals Ernststraße. Blick aufs Meer.«

46

Wanda stieg aus, vergaß, sich zu bedanken, und taumelte die Treppe zum Hotel hinauf.
Diesmal verfehlten die Wärme und das goldene Licht der Halle ihre Wirkung. Wanda unternahm auch keinen Versuch mehr, mit Ludwik Brzezno ein paar freundliche Worte zu wechseln. Sie bestellte sich nichts zu essen aufs Zimmer, sondern holte sich nur wortlos an der Rezeption ihren Schlüssel.
»Fräulein Schranteck?«, fragte der Mann, der hinter dem Tresen Dienst tat.
»Scharneck«, verbesserte Wanda automatisch.
»Es ist ein Gast für Sie da. Wir machen eine Ausnahme, weil Sie fremd in unserem Land sind. In Zukunft wären wir aber dankbar, wenn Sie Besuch vorher ankündigten. Ich muss Sie auch darauf hinweisen, dass es lediglich Gästen unseres Hauses gestattet ist, anderen Gästen auf deren Zimmern Besuche abzustatten.«
»Meine Güte!«, rief Wanda, die dem Geschwafel nicht länger zuhören konnte, weil alles an ihr zitterte. »Wo ist denn nun dieser

Gast? Ich kenne hier ja niemanden, vermutlich handelt es sich um eine Verwechslung.« Insgeheim aber dachte ihr von Erschöpfung, Einsamkeit und Grauen wirres Hirn: Es ist der Mann auf dem Bild, das in dem Haus hängt. Er kommt zu mir, um mich festzuhalten und um mir zu erklären, was geschehen ist.
Natürlich war das Unsinn. Der lachende Mann auf der Fotografie, die sie in Mattis Haus gesehen hatte, war steinalt. Wenn er nicht über ewiges Leben verfügte, musste er seit Langem tot sein.
Um eine Verwechslung handelte es sich dennoch nicht. Hinter dem Tresen gestikulierte jemand hinüber zur Bar, wo sich ein Mann erhob. Es war ein großer Mann in einem uralten Mantel, der in heftigen Wind geraten sein musste.
»Andras.«
Es war alles vergessen. Der Zorn auf ihn, der Wunsch, ihn nicht wiederzusehen, sein Anteil an Mattis Tod. Übrig blieb nur Erleichterung. Sie war nicht länger allein.
Er kam zu ihr und schloss die Arme um sie, lehnte schwer seine Wange auf ihr Haar.
»Du fühlst dich an wie aus Eis.«
»Ich bin aus Eis«, sagte Wanda. »Was geschieht, wenn ich auftaue, weiß ich nicht.«
»Ich könnte versuchen, dich aufzufangen«, sagte er. »Ich borge mir einen Eimer.«
War es das erste Mal, dass er versuchte, einen Witz zu machen? Sie war sich nicht einmal sicher, ob es ein Witz war. Sie war wirklich aus Eis. Die Hände taten ihr weh, als würden sie beim Tauen knacken.
»Darf ich bleiben, Wanda?«
»Nein«, sagte Wanda. »Die an der Rezeption machen einen Riesenzirkus darum, wer wen und warum in welchem Zimmer nicht besuchen darf.«

Als sie aufblickte, lächelte er aus todmüden Augen. »Ich setze dich in die Bar und bestelle dir das heißeste Getränk, das sie haben. Dann nehme ich mir ein Zimmer, ja?«
Sie brauchte keine Antwort zu geben. Sie brauchte gar nichts zu tun. Er führte sie an den Ecktisch, an dem er gesessen hatte, ging zum Tresen und kam mit etwas zurück, das wie zu dünner Tee in einem dicken Stielglas aussah.
»Ich wollte dir noch hinterherrufen: Ich brauche etwas mit Alkohol.«
»Nicht nötig«, erwiderte Andras. »Getränke ohne Alkohol kenne ich nicht.«
Es war ein Grog. Nach dem ersten Nippen brannten ihre Lippen, und sie fühlte sich ein wenig mehr wie ein Mensch. Andras verhandelte mit den Leuten an der Rezeption und war in kürzester Zeit zurück. »Alles erledigt.«
»Du sprichst Polnisch?«
»Ich habe mich bemüht, es zu lernen. Um ohne Dolmetscher mit Zeugen zu sprechen, um Dokumente lesen zu können. Aber es geht sehr langsam. Ich finde es schwierig.«
Wanda stöhnte. »Ich finde es unmöglich. Ich wünschte, alle Leute würden sich in Musik unterhalten.«
»Warum nicht? Schlimmer missverstehen als mit Worten könnten wir uns dabei auch nicht.«
»Du bleibst über Nacht?«
Er nickte, und eine neue Welle der Erleichterung erfasste sie.
»Ich hole mir rasch etwas zu trinken, ja? Hast du zu Abend gegessen?«
»Nein.«
»Hast du Hunger?«
»Nein.«
Er zögerte. »Wo bist du gewesen?«
»Piaśnica«, sagte Wanda.

»Ich verstehe«, sagte er. »Ist dort etwas zu sehen?«

Sie schüttelte den Kopf. »Nur Kreuze mit Namen.«

»Mehr als fünfhundert haben sie gar nicht identifizieren können.«

»Das macht es noch schlimmer«, sagte sie. »Dass sie nicht nur tot sind, sondern ausgelöscht.«

»Ja.« Er nahm ihre Hand, drückte sie, dann ging er wieder zum Tresen. Jemand setzte sich an den Flügel und begann weichen, traurigen Jazz zu spielen. Gleich darauf kam Andras mit etwas zurück, das wie ein doppelter Whisky aussah. In der Zwischenzeit hatte Wanda bemerkt, dass neben seinem Stuhl ein kleiner Koffer und eine Kameratasche standen.

»Wie kommst du überhaupt hierher?«, fragte sie, obwohl sie noch immer gern gar nichts gefragt, sondern sich nur an dem Grog betrunken hätte, während er sie in den Armen hielt. »Die Visa sind doch so schwierig zu bekommen, und ich dachte, du bist mit dem Prozess beschäftigt.«

Er trank, sah ins Glas, trank wieder. Dann hob er den Kopf. »Wanda, du fehlst mir«, sagte er mit seltsam kleiner Stimme. »Ich wollte so etwas nicht sagen, und noch weniger wollte ich es fühlen, denn in der Welt, in der ich lebe, ist dafür kein Raum. Aber du fehlst mir. Ich will mit dir zusammen sein, und ich habe mir Sorgen um dich gemacht. Das, was mit deiner Mutter passiert ist, haut mich um.«

»Es ist nicht *mit ihr* passiert«, sagte Wanda. »Es war nicht wie bei den Toten von Piaśnica, die von hinten erschossen wurden und in eine Grube stürzten. Sie hat es selbst getan. Und du fehlst mir auch.«

»Wollen wir das hier austrinken und nach oben gehen? Wir können eine Flasche Wein mitnehmen und die ganze Nacht reden, wenn du willst. Hier sitzt es sich gut, verfallene Dekadenz hat einen seltsamen Charme, und ich mag die Musik, die dieser

Typ spielt. Aber ich kann nicht aufhören, mir vorzustellen, dass hier, wo ich meinen Hintern hingepflanzt habe, Hitler gesessen hat.«

»Und ich kann nicht aufhören, mich zu fragen, ob meine Mutter ihm vielleicht gegenübersaß.«

»Scheiße.« Er nahm wieder ihre Hand. »Erzähl's mir.«

»Du hast mir noch nicht gesagt, warum du hier bist«, wich Wanda aus. »Du hast mir nur erzählt, dass ich dir fehle, was schön war, aber keine Antwort.«

Andras sah wieder in sein Glas. »Es war eine Liebeserklärung«, sagte er. »Ich bin darin nicht besonders geübt. Ach, Quatsch. Ich bin darin die letzte Niete, die rumläuft.«

»Aha«, hörte Wanda sich sagen. »Findet Sigi das auch? Oder hattest du bei ihr einen Geistesblitz?«

Er sah von dem Whiskyglas auf, und ihre Blicke trafen sich. Als er etwas sagen wollte, schüttelte Wanda den Kopf und sprach selbst weiter. »Meine Mutter ist gestorben, und ich sitze hier in einem fremden Land, weil ich annehmen muss, dass sie zwei Polinnen an die Gestapo verraten hat, dass sie auf der falschen Seite stand, auf der der Täter. Ich komme gerade aus Piaśnica, wo dreizehntausend Menschen spurlos verschwunden sind, ihr ganzes Leben, ihre Wünsche ausradiert. Mir ist egal, was du mit Sigi Witthuhn hast, oder zumindest steht es auf der Liste meiner Probleme nicht sehr weit oben. Ich will nur nicht mehr belogen werden. Von niemandem. Mein Leben ist aus den Fugen geraten, und unter meinen Füßen ist kein Boden. Ich kann mir nicht erlauben, mich auf einen Menschen einzulassen, auf den ich mich nicht verlassen kann.«

Über sein kantiges, mageres Gesicht ging eine Bewegung, die die müden Augen einschloss. Er lächelte. Nicht verhalten, sondern beinahe frei. »Donnerwetter. Darf ich das mit der Liebeserklärung bitte noch einmal von vorn versuchen?«

»Du kannst es dir auch schenken. Oder aufschieben. Sag mir, woran ich bin, das ist im Augenblick gut genug für mich.«

»Ich habe mit Sigi geschlafen«, sagte er brüsk. »Ich habe mich durch die gesamte Universität geschlafen, durch den Sozialistischen Studentenbund, meine Arbeitsgemeinschaft und noch einiges mehr. Es ist wie eine Sucht. Als müsste ich mir damit beweisen, dass ich lebe, dass mein Körper nicht nur eine Hülle ist, und innen ist alles vergiftet vom Tod.«

»Hättest du gern, dass ich dich bemitleide?«

»Nein«, sagte Andras. »Ich hätte gern, dass du mir glaubst. Ich habe das, was über schnellen Sex hinausgeht, nicht gewollt. Das, was weich macht, verletzlich, das, wo man etwas von sich selbst riskieren muss. Ich fand, meine gesamte Existenz ist von Geburt an ein so gigantisches Risiko, dass ich mir kein weiteres leisten kann. Meine Gefühle, meine Energie, alles, was ich aufbringen konnte, habe ich auf den Prozess konzentriert. Jetzt, wo er im Gang ist, wo ich begreifen muss, dass wir auch verlieren können, Urteile hören, von denen wir uns verhöhnt fühlen, und dass wir so oder so unseren Teil getan haben und das Leben, das wir aufgeschoben haben, wieder aufnehmen müssen, bin ich so müde, dass ich manchmal glaube, ich kann keinen Fuß mehr vor den anderen setzen.«

»So geht es mir jetzt«, sagte Wanda. Sie wollte mit ihm auf ihr Zimmer, allein sein, weg von der grün gepolsterten Bank, auf der Hitler und ihre Mutter gesessen hatten, weg von Graham McGovern, der sie vom Tresen aus beobachtete, weg sogar von der Musik, die ihr zu nahe ging. Sie hätte nur aufstehen müssen, es Andras überlassen, sich um Getränke zu kümmern, doch ihre Beine waren schlaff. Ihr fehlte jede Energie.

Statt ihrer stand Andras auf, schulterte die Kameratasche, griff mit der Linken nach dem Koffer und streckte ihr die Rechte hin. »Komm. Du musst dich ausruhen. Ich war sicher, ich könnte zu dem Risiko nie den Mut aufbringen, Wanda, aber jetzt merke ich, dass ich so nicht weiterkomme. Immer allein. Immer unterwegs mit dem Tod. Mir geht die Kraft aus. Ich bin fünfundzwanzig und fühle mich wie ein steinalter Mann.«

Sie sah es ihm an. Als trüge er die Jahre seiner Eltern und Großeltern auf den Schultern. In seinem Gesicht stand etwas, das für die Last zu zart war. »Nein, ich will dich nicht belügen«, sagte er. »Dir nichts vormachen. Ich bin nicht nur hergekommen, weil du hier bist. Die polnische Regierung hat die Erlaubnis erteilt, Delegationen zu entsenden, um bestimmte Dinge vor Ort anzusehen, und ich habe eine Woche lang Material zu einem Bericht sammeln und auch ein paar Fotos machen dürfen.«

»Du warst in Auschwitz?«

Er nickte.

»Hält man das aus?«

Er schüttelte den Kopf.

Sie stand ebenfalls auf, nahm seine Hand, und sie gingen zusammen zum Tresen, wo Andras auf Polnisch etwas bestellte. »Wein und eine kalte Platte«, erklärte er auf dem Weg zu den Zimmern. »Falls du später etwas essen willst. Damit wir nicht noch einmal nach draußen müssen.«

Die Vorstellung gefiel ihr. Sich einigeln. Den Wind an die Scheibe toben lassen und bis zum Morgen geborgen sein. Er hatte das Zimmer neben ihrem genommen, doch auf seine Frage schüttelte Wanda den Kopf und zog ihn samt Gepäck in ihres. Wer wo schlief, konnten sie später regeln. Falls sie überhaupt schlafen würden.

Ein Kellner kam mit einem Servierwagen. Andras schenkte Wein in zwei Gläser, dann löschten sie alle Lampen bis auf die kleine auf dem Nachttisch, legten sich nebeneinander auf das Bett und wickelten sich in die Decken. Das Meer war zu hören. Von weit draußen, aus der Kälte der Nacht, sandte ein Schiff

Leuchtsignale. Andras und Wanda lagen still, bis Wanda spürte, dass die eisige Starre sich löste.
»Ich kann dir nichts versprechen«, sagte sie. »Ich weiß nicht, was aus mir wird.«
»Ich dir auch nicht«, erwiderte er. »Nur dass ich es gern versuchen würde. Musik mit dir hören. Ich finde dich unglaublich schön, wenn sich dein ganzes Gesicht auf Musik konzentriert, und ich denke, du solltest singen. Mit dir reden. Es mit dir aushalten, wenn uns die Worte ausgehen. Ich bin in dich verliebt, Wanda, und es verblüfft mich jeden Tag aufs Neue, dass nichts daran etwas ändert.«
Sein schwerer Atem in der Stille verriet, wie hart es ihn angekommen war.
»Und wenn ich das jetzt nicht kann?«, fragte sie, ohne sicher zu sein, ob sie nicht konnte.
»Dann zählen wir bis hundert«, antwortete er, zog etwas aus der Hosentasche und band es ihr ums Gelenk. »Oder noch weiter. Bis es wärmer wird. Bis wir wieder leben.«
Sie spürte die Seide auf der Haut und begriff, dass es so sein würde: dass sie weiterleben würden, einen Weg finden, dass aus einem Abgrund ein Tal werden würde, egal wie, egal wann.
»Ich habe hier auch etwas zu erledigen«, sagte er. »Ich habe einer Frau, deren Aussage wir für den Prozess brauchten, versprochen, Fotos zu machen und ein, zwei Leute zu befragen. Gaia Elkeles. Ihr Vater war von hier, und sie wünscht sich ein paar Erinnerungen, damit ihr von ihm nicht nur Auschwitz bleibt. Sie ist eine wie ich. Kind einer Mischehe. Nur hat ihr Vater nicht überlebt.«
»Hast du mit ihr geschlafen?«, entfuhr es Wanda. Dann besann sie sich und drehte sich zu ihm. Er sah über sie hinweg.
»Ich nehme die Frage zurück. Es ist mir nicht wichtig, Andras.«
»Sie ist schwer krank«, sagte er. »Ansonsten hätte ich es vermutlich getan.«

Wanda legte die Hand an seine Wange. Strich über weiche Bartstoppeln und sich erwärmende Haut. »Das mit meiner Mutter … Wenn sie wirklich dazugehört hat, wenn sie Menschen wie deine Verwandten und Gaia Elkeles' Vater ausgeliefert hat und Schuld an ihrem Tod trägt – macht dir das nichts aus?«

»Ich habe daran auch gedacht«, sagte er. »Hättest du mich vor einem halben Jahr gefragt, hätte ich vermutlich gesagt, das ist nicht möglich. Nicht mit mir. Ich käme mir vor, als würde ich sie alle verraten, meine Großmutter, die kleinen Kinder, mein Volk. Inzwischen frage ich mich aber immer öfter, ob ich eigentlich weiß, was ich damit meine: mein Volk. Oder ob das nur ein Begriff ist, an dem ich mich gern festklammern würde, damit mein Leben nicht so haltlos ist. Und wenn ich an dich denke, denke ich nicht an deine Mutter. Nur an dich. Nein, ich glaube nicht, dass es *nichts* ausmacht, es ist zu viel und es hat mit dem zu tun, was wir sind. Aber ich wünsche mir, dass wir einen Ort finden, der nur uns gehört. Nicht unseren Familien, nicht meiner Arbeit, sondern nur dir und mir.«

»Und wenn ich …«

Er wartete ab, gab ihr Zeit, sah sie unverwandt an. Sein Blick ließ nicht von ihr ab. »Und wenn ich sie weiter lieben würde? Wenn ich nicht damit aufhören könnte? Sie scheint aus drei verschiedenen Frauen bestanden zu haben, die überhaupt nicht zusammenpassen: die Musikerin, die ich so gern gekannt hätte und von der ich vielleicht etwas geerbt habe. Die Verräterin, die mit Mördern am Tisch saß und von der ich wünschte, es hätte sie nicht gegeben. Und meine Mutter. Die jede Nacht nachgesehen hat, ob ich es warm habe, und die mir entsetzlich fehlt.«

Er zog sie an sich, küsste sie, begann sie aus den Schichten von Kleidern zu schälen, sodass sie einander spürten. »Lass uns das abwarten, Wanda. Lass es uns versuchen. Wenn ich in diesen Wochen etwas lerne, dann, dass nicht alles so eindeutig ist, wie ich es gern hätte. Und dass man auch Schreckliches tun kann, ohne Böses zu wollen.«

»So etwas Ähnliches hat Manne auch gesagt.«

»Mit Manne befreundet zu sein ist nicht immer einfach, weil er so verdammt clever ist.«

»Heißt das, du könntest verzeihen?«

Er überlegte. »Ich glaube nicht«, sagte er dann. »Ich glaube auch nicht, dass ich das will. Ich wäre nicht derjenige, der deiner Mutter verzeihen müsste. Aber begreifen – begreifen würde ich gern.«

»Ich auch«, sagte Wanda. »Aber mit jedem Schritt, den ich mich vorankämpfe, verirre ich mich tiefer. Ich bin so müde, Andras. Ich habe noch nichts herausgefunden und schon keine Kraft mehr.«

Er öffnete die Knöpfe der Wolljacke, die sie über der Bluse trug, und küsste kaum spürbar ihren Hals. »Ich dachte, wir könnten uns einen Tag freinehmen«, sagte er. »Du könntest mir deine Stadt zeigen – oder du zeigst sie uns beiden, wenn du sie selbst noch nicht gesehen hast.«

»Meine Stadt?«

»Gdańsk«, sagte er und wirkte auf einmal verlegen. »Ich versuche ja immer, solchen bürgerlichen Kram weit von mir zu weisen, aber es soll eine der schönsten Städte Europas sein. Ich glaube, in den letzten acht Wochen habe ich jeden, der mir nicht schnell genug entwischt ist, gelöchert, ob er mir was von Gdańsk erzählen kann.«

Wanda dachte an den großen Bahnhof, wo sie außer Ströme fremder Menschen nichts gesehen hatte, und verspürte Sehnsucht und Angst zugleich. »Und hat dir jemand von Gdańsk erzählt?«

Andras nickte. »Wenn man bedenkt, dass es keine halbe Million Einwohner hat und lediglich Polens sechstgrößte Stadt ist, ist es schon erstaunlich, dass es kaum jemanden gibt, der *nichts* über sie zu sagen hat. Manne, dieser Sentimentaliker, hat mir ein Gedicht gegeben.«

»*Träumerisch der Mond drauf scheinet*«, rezitierte Wanda. »*Dem die Stadt gar wohl gefällt.*«

»Genau das«, sagte Andras. »Und in Krakau hat ein Journalist, mit dem ich mich getroffen habe, zu mir gesagt: ›Sie werden Gdańsk mögen. Auch wenn das wehtut. Es war einmal ein Symbol für das, was Europa hätte werden können, aber nicht hat werden dürfen.‹«

47

Wanda kannte keine Städte Europas. Aber Gdańsk war die schönste. Daran bestand kein Zweifel.

Als wäre Gdańsk daran gelegen, Andras und Wanda für sich einzunehmen, war am nächsten Tag das Wetter schön, der Himmel nicht düster verhangen, sondern fast klar, zart grau, und es ging kein Wind. Um den Bahnhof herum war die Stadt groß und laut, dreckig und nass, und zwischen lieblos hochgezogenen Nutzgebäuden ragten wie hohle Zähne Ruinen auf. Keine zehn Minuten Fußweg entfernt aber durchschritten Andras und Wanda ein Tor in eine andere Zeit.

Der Krieg, der Völkermord, die Katastrophe, die ihre Welt in zwei Hälften schnitt, hatte hinter dem Tor noch nicht stattgefunden, konnte noch verhindert werden, wenn man nur die Vernunft bewahrte, sich bei den Händen nahm und einen schützenden Ring um das Herz der Stadt bildete, um alles Schützenswerte, Liebenswerte, um ein Menschenwerk, das zum Leben da

war. Glocken läuteten, am Rand der für den Verkehr gesperrten Straße spielte ein einbeiniger Mann auf einer Geige, und es begann die Märchenwelt aus Eichendorffs Gedicht: »zauberhaft versteinet«.
Hohe Bürgerhäuser aus der Blüte einer reichen Handelsstadt trugen ihre pastellfarbenen Fassaden, ihre Dachfirste, Bildsäulen, ihre stuckverzierten Fenster und ihre weit auf die Straße ragenden Veranden mit gelassenem Stolz. Über sich wölbendes Kopfsteinpflaster rumpelten die Wagen der Bernsteinverkäufer und fahrbare Öfen, aus denen Frauen heiße Maronen in Papiertüten füllten. Hier schmückte eine tanzende Statuette einen Brunnen, dort verstellten Butzenscheiben den Blick in ein verschnörkeltes Kaffee. Ein Platz tat sich auf, auf dem sich Menschentrauben um Schausteller scharten. Keine zwei Häuser trugen den gleichen Anstrich, und viele waren mit Bildern von Tieren und Fabelwesen geschmückt. Nein, Gdańsk versuchte nicht, Andras und Wanda für sich einzunehmen. Die Stadt scherte sich nicht, ließ die beiden Hand in Hand durch die Schatten ihrer Gassen schlendern und wusste, sie hatte sie längst gewonnen.
Wetterfahnen, Türme mit Glockenspielen, um die Figuren sich im Kreis drehten, Laubengänge, Skulpturen an Giebeln, Schänken in Kellergewölben, Tore und Bögen. Was immer Wanda über die Pracht des Mittelalters gelernt und sich ausgemalt hatte, erwachte hier zum Leben. Nur war ihr beigebracht worden, die Ehrfurcht gebietenden Bauten – die Dome und Kastelle – seien zum Lob Gottes und zum Ruhm der Herrschenden errichtet worden. Die Danziger hingegen feierten darin nichts als sich selbst. Ihren Reichtum, ihre Unbeschwertheit, ihren Handschlag mit der Welt.
Als Andras und Wanda von dem Platz, der einmal Langer Markt geheißen hatte, in eine Seitengasse bogen, tat sich nach wenigen

Wendungen plötzlich die Breite des Flusses samt Brücke, Insel und Schiff auf und verriet, woher all das stammte – der Reichtum, das Selbstbewusstsein, die Gelassenheit: vom Wasser. Danzig – Gdańsk – war die Stadt des Meeres. Ihr Wahrzeichen, das Krantor mit seinem wuchtigen Rumpf aus Backsteintürmen und der hölzernen Hebevorrichtung, hatte hier bereits vor sechshundert Jahren der Entladung von Schiffen gedient, die aus aller Herren Länder in die Perle der Ostsee strebten.
Um das Krantor hatte sich eine kleine Traube Menschen gebildet, die ehrfürchtig an der dunklen Ladevorrichtung hochblickten. Das Tor stellte offenbar ein Objekt besonderen Stolzes dar. Es war in sorgfältigster Arbeit rekonstruiert und erst vor wenigen Jahren fertiggestellt worden. Zu seinen Seiten schmiegte sich wiederum Patrizierhaus an Patrizierhaus, luden Cafés und Restaurants in ausgebaute Veranden ein, während kunstvolle polnische Schriftzüge von dem kündeten, was das Haus beherbergte.
Alles war blitzsauber, wie geleckt, wie unangetastet. Wanda hatte die Bilder der zerstörten Speicherstadt und der Uferstraße in Rieke van Bontjes' Buch gesehen und Angst gehabt, sie wusste nicht, wovor mehr: davor, die Wüste der Zerstörung ertragen zu müssen, die zu neunzig Prozent vernichtete Stadt, oder davor, dem Modell einer toten Stadt gegenüberzustehen, wie Irena Bojarskas Nichte es von Warschau beschrieben hatte. Jetzt hätte sie sich an eine der Häuserwände lehnen, die Fassade streicheln und um Danzig weinen wollen. Mit Gdańsk um Danzig weinen. Und lächeln. Gdańsk, Gdańsk. Du hast die Schminke über Tränen und Narben ein bisschen dick aufgetragen, aber schön bist du doch. Dass du wieder schön bist, dass deine Bewohner darum gekämpft haben, dir deine Schönheit wiederzugeben, ist heute mein Lieblingsgedanke. Und dass es Danzigs Schönheit ist. Mitten in Gdańsk.

Zeig mir deine Stadt, hatte Andras gesagt, und sie hatte sie ihm und sich zugleich gezeigt. Gdańsk war ihre Stadt, und sie würde sie sich nicht nehmen lassen, weder von Irena Bojarskas Nichte noch von dem, was Matti getan hatte. Es hatte mit Matti nichts zu tun. Nur mit ihr und Danzig.

Andras zog sie zum Ufer der Mottlau, und sie küssten sich beim Blick auf die Speicherstadt. Sie sahen aus wie gewöhnliche Touristen, und ein Mann, der sie für Franzosen hielt, ließ sich Andras' Kamera geben und machte ein Foto von ihnen. Sie liefen den ganzen Tag umher und kehrten an die Mottlau zurück, als es zu dämmern begann und kalt wurde. »Ich habe Gdańsk in meinen Füßen«, sagte Wanda lachend. »Und hast du keinen Hunger?«

»Das Wort ›Hunger‹ kenne ich nicht«, erwiderte Andras. »Aber ich stehe kurz vorm Verdursten. Schau dir das an. Wollen wir da reingehen?«

Das Gebäude, auf das er wies, wurde von einer schmiedeeisernen Laterne angestrahlt und besaß eine rosa gestrichene, prächtig dekorierte Fassade. Zwischen den weiß gerahmten Fenstern tummelten sich Fische in Wellen, und über der Tür prangte die Aufschrift *Pod Łososiem.*

»Was heißt das?«

»*Zum Lachs*«, sagte Andras. »Das Restaurant ist weltberühmt. Vor allem der Schnaps, in dem echtes Gold schwimmt. Sogar in einem Stück von Lessing wird es erwähnt.«

»Woher weißt du denn so was?« Andras hörte Bob Dylan und las Gedichte von Celan. Keine bürgerlichen Dramen.

Er grinste. »Ich hab mir heute Morgen an der Rezeption einen Tipp geben lassen. Damit du nicht denkst, bei mir bekommst du nur finstere Kneipen geboten. Es soll Sitzplätze auf einem Hängeboden geben, der in die Gaststube im Parterre eingelassen ist – eine Gaststube mit Blick auf die Gaststube.«

»Da will ich nicht rein!«, rief Wanda und spürte, wie ihr Magen sich verkrampfte. »Nicht auf einen Hängeboden. Nie wieder.«
»Was bin ich für ein Idiot«, zischte Andras, streckte die Hand nach ihr aus und ließ sie wieder fallen. »Verdammt, Wanda, es tut mir leid.«
»Muss es nicht. Du hast es nett gemeint.« Flüchtig strich sie ihm über die Wange. Er hatte sich heute Morgen rasiert und sich beim Kämmen büschelweise Haare ausgerissen. »Suchen wir uns eine andere Kneipe? Eine von deinen finsteren?«
Sie spielte Forschheit, nahm seine Hand, und wenige Häuser weiter fanden sie ein Gasthaus mit niedrigen Decken und dunklen Winkeln, das im Obergeschoss eine kleine Auswahl Speisen servierte. Den Schnaps mit den Goldflocken, den Andras wollte, bekamen sie auch hier, und Wanda mochte den Geruch nach Holz und so etwas wie Teer, was vom Wacholder stammte. Als sie es Andras sagte, bestellte er ihr einen rötlichen Likör, der *Krambambula* hieß, aus Wacholder gebrannt wurde und eine Wohltat war.
Dennoch wusste sie, dass ihr gestohlener Tag der Sorglosigkeit vorüber war. Ihr Leben war wieder ein Minenfeld, auf dem ein falsches Wort eine Explosion auslösen konnte, und als das Essen gebracht wurde, setzten sich die Toten mit ihnen zu Tisch. Vor dem kleinen Fenster senkte sich über Gdańsk die Nacht, und Wanda war es, als dringe von der schwarzen Mottlau die letzte Strophe von Eichendorffs Gedicht herüber:
»Und der Türmer wie vor Jahren
Singet ein uraltes Lied:
Wolle Gott den Schiffer wahren,
Der bei Nacht vorüberzieht.«
Sie hatte Andras die Auswahl der Speisen überlassen, da sie die handgeschriebene polnische Karte nicht lesen konnte. Vor sie hingestellt wurde eine Schüssel Piroggen, umringt von kleineren

Schalen mit gebratenem Speck, Sauerkraut, Pilzen, Schmand und eingelegter Roter Bete. Die Düfte erstickten das Aroma des Wacholders. Wanda saß wieder in der Alboinstraße in der Küche. Am Herd stand Matti.

Wanda hatte Hunger gehabt. Jetzt aber schnürte sich ihr Magen zu.

Andras, der in diesem und jenem gestochert hatte, ließ die Gabel sinken und suchte ihren Blick.

»Tut mir leid«, murmelte sie. »Ich glaube, ich kann das nicht essen. Genauso hat meine Mutter gekocht.«

»Dir muss nichts leidtun«, sagte er. »Ich bin es schließlich, der einen Fauxpas nach dem anderen begeht. Dabei habe ich den Kellner extra gefragt und dachte, ich wäre auf der sicheren Seite, weil die Küche rein polnisch ist. Aber vermutlich mischt sich das stärker, als man denkt. Wir lassen es abräumen. Viel Auswahl haben sie nicht, aber auf der Karte stand noch eine Salzgurkensuppe – die hat dir zu Hause bestimmt keiner vorgesetzt.«

»Doch«, murmelte Wanda und starrte auf die Schrunden in der Tischplatte. »Matti. Immer freitags. Bitte bestell nichts Neues. Rieke van Bontjes hat gesagt, es ist erwiesen, dass man nicht stirbt, wenn man sich eine Weile lang von Alkohol, Zigaretten und einem Zwieback pro Tag ernährt.«

»Rieke van Bontjes ist noch cleverer als ihr Sohn«, sagte Andras. »Und für ihre These bin ich ein weiterer Lebendbeweis. Um den Zwieback kümmere ich mich.«

Ihr Lächeln geriet gequält. »Und um mehr Wacholderschnaps?«

Er ging nach unten an die Bar und kam mit der angebrochenen Flasche zurück. »Jetzt erzähl's mir.«

»Was?«

»Das, was du herausgefunden hast. Über deine Mutter, zwei Polinnen und Verrat.«

»Es ist so wenig. Und trotzdem habe ich Angst, dass du es nicht aushältst und gehst.«
»Wenn ich es nicht aushalte, trinke ich mehr Schnaps«, sagte er. »Oder ich schreie, wüte, beleidige jemanden und schlage etwas kaputt. Aber ich gehe nicht weg. Dazu habe ich kein Talent.«
Sie erzählte es ihm. Ließ nichts aus. Von der Begegnung mit Ludwik Brzezno bis zu dem Moment, als sie bei Irena Bojarskas Nichte aus dem Auto gestiegen war, breitete sie ihre vergebliche Jagd nach Spuren, das Rennen gegen verschlossene Türen vor ihm aus. Andras unterbrach sie nur ein einziges Mal, nämlich als sie Brzeznos Namen erwähnte. »Ludwik Brzezno? Und den finde ich bei uns im Hotel? Was für ein Zufall. Ihn muss ich nämlich auch sprechen. Er war ein Freund von Gaia Elkeles' Vater, ist sogar in Haft genommen und gefoltert worden, weil er sich für Elkeles eingesetzt hat.«
Einer, der gefoltert worden war, hatte das Recht, der Tochter einer Täterin ein Gespräch zu verweigern. Vielleicht würde Brzezno mit Andras reden. Mit dem Sohn eines Opfers.
Sie erzählte von Irena Bojarska, die nicht mit ihr reden durfte, die vielleicht wirklich von zu viel Schmerz verwirrt war und die unentwegt Mattis Bild streichelte. An der Stelle stockte sie. »Das Foto! Um Gottes willen, Andras, Irena Bojarska hat das Foto behalten, und ich habe vergessen, es ihr wieder abzunehmen. Es ist das einzige Foto, auf dem außer Vera wir alle zu sehen sind, und selbst wenn Vera den Film noch hat, wird sie mir keinen neuen Abzug geben.«
»Und warum sollte sie das nicht tun?«
»Weil ich für sie kein Mensch mehr bin. Für sie alle. Ich bin das Monster, das Matti auf dem Gewissen hat. Außer den van Bontjes gibt es in Berlin niemanden mehr, der noch mit mir spricht.«
»Das stimmt nicht«, sagte Andras. »Ich habe es gestern ver-

gessen, aber ich soll dich von deiner Schulze-Helga grüßen. Sie ist deswegen extra in die Uni gekommen und wollte nicht einmal in die Mensa. Ich soll dir ausrichten, dass alle reden können, was sie wollen, aber sie glaubt das nicht.«
»Was glaubt sie nicht?«
»Dass du deine Mutter auf dem Gewissen hast. Du und deine Mutter, hat sie gesagt, ihr wart so eng, da hätte nicht mal ein Lebensband dazwischen gepasst. Und deine Mutter hätte allen, die schlecht über dich reden, die Hölle heiß gemacht. Wenn einer mich fragt, ist das für ein Mädchen, das Helga heißen muss, eine verdammt tapfere Deklaration.«
Wenn einer Wanda fragte, war es eine grandiose Deklaration. Und Helga hieß eben Helga. Dass ihr Vater sie Hitler hatte schenken wollen, spielte keine Rolle, denn sie war Wandas Helga, nicht die von Hitler.
Andras legte seine Hand über ihre. »Mach dir keine Sorgen. Dein Foto bekommen wir wieder. Erzähl erst zu Ende.«
Wanda erzählte ihm von Mattis Haus mit dem Keller, in dem niemand das Blut aufgewischt hatte, und ein paar Worte von Piaśnica. Dann gab es nichts mehr zu sagen.
»Ich muss das Bild wiederhaben. Ich weiß, es ist albern, aber ich muss.«
Andras griff unter seinen Mantelaufschlag, nestelte eine Weile herum und zog dann eine zerknitterte Schwarz-Weiß-Aufnahme in Passfotogröße hervor. Gerade noch erkennbar waren ein dünner, dunkelhaariger Mann, eine Frau mit einer Hochsteckfrisur und ein dickes Baby. »Das bin ich«, sagte er. »Erzähl mir nicht, du hast schon einmal ein blöderes Baby gesehen. Aber es ist das einzige Bild, das übrig ist. Wir holen dir deines wieder. Heute ist es zu spät, aber gleich morgen gehen wir in den Laden. Mit der alten Frau müssen wir ja sowieso noch einmal sprechen. Sie muss uns sagen, was sie weiß.«

»Das geht nicht. Ich habe ihrer Nichte versprochen, sie nicht mehr zu quälen.«

»Du quälst sie ja auch nicht«, sagte Andras. »Im Gegenteil. Glaub mir, Wanda, ich habe mit Menschen zu tun gehabt, die nicht sprechen wollten und die ich trotzdem weiter gequält habe, weil ich ihre Aussage so dringend brauchte. Ich habe Menschen gesehen, die schrien, um sich schlugen, sich zu Boden warfen oder schmale Lippen bekamen und mit ihrem Rechtsanwalt drohten. Deine Irena dagegen will mit dir sprechen. Es fällt ihr schwer, und das Sprachproblem macht es nicht leichter, aber sprechen will sie. Es ist ihre Nichte, die es nicht will.«

»Aber das ergibt doch keinen Sinn! Wenn es ihr gar nicht um den Schmerz der Tante geht, warum will sie uns dann um jeden Preis voneinander fernhalten?«

»Weil sie das nicht glaubt, was ihre Tante weiß«, sagte Andras.

Wanda spürte, wie ihr im Nacken kalter Schweiß ausbrach. »Und was soll das sein?«

»Dass deine Mutter, die wie eine Polin kochen konnte, keine Verräterin ist. Wenn sie die beiden Mädchen auf dem Gewissen hätte, die Irena so sehr liebte – warum sollte die alte Frau dann weinend ihr Bild streicheln? Wenn du mich fragst, hat sie das Bild behalten, weil es das einzige Bild von deiner Mutter ist. Und weil sie deine Mutter liebt.«

ACHTER TEIL

Gundi

Zoppot, Danzig

Januar 1944

»Und der Türmer wie vor Jahren
Singet ein uraltes Lied:
Wolle Gott den Schiffer wahren,
Der bei Nacht vorüberzieht.«

Joseph von Eichendorff: *»In Danzig«*

48

Euer Krieg«, sagte er, und es klang beinahe zärtlich, »euer Krieg wendet sich. Es fängt jetzt an, dass er verloren geht.«

»Hör damit auf«, sagte Gundi. »Es ist nicht mein Krieg, und das weißt du. Wir haben ihn so wenig gewollt wie ihr.« Und am wenigsten will ich *ihr* und *wir* sagen, wenn ich *dich* und *mich* meine, dachte sie, dich, mit dem ich mich als Einheit fühle, unmöglich, uns in zwei Lager zu spalten. »Und wie soll er denn verloren gehen? Hitler hat halb Europa eingenommen, ohne dass jemand ihn aufhalten konnte. Als die Amerikaner in den Krieg eingetreten sind, haben auch alle gebrüllt, jetzt wendet sich das Blatt. Aber es hat sich nicht gewendet. Die Amerikaner kämpfen schon über ein Jahr, aber es ist noch immer derselbe Krieg, den Hitler gewinnt.«

»Ich nicht. Ich habe das nicht gebrüllt.« Es gab noch immer Momente, in denen sein Lächeln die Härte in ihr zum Schmelzen brachte, aber dieser gehörte nicht dazu. Die schartige Narbe vom Mundwinkel über die Wange, die er von der Verletzung zurückbehalten hatte, machte sein Lächeln schief, und die Verletzung, die er im Inneren zurückbehalten hatte, machte es bitter. Gundi verstand ihn. Es gab kaum etwas, das sie sich mehr wünschte, als ihn zu trösten, ihm Mut zu machen, aber wenn sich die Bitterkeit gegen sie selbst richtete, kam sie nicht damit zurecht.

»Ich habe an die Amerikaner nicht geglaubt«, sagte der Mann, den sie liebte, mit seinem schiefen, bitteren Lächeln, das sie und ihn in feindliche Lager teilte. »Aber an Stalin. Und weißt du auch, warum? Weil der Amerikaner ein höflicher Mensch ist, der beim Platzieren von Bomben Rücksicht auf Mütter mit weinenden Kindern nimmt. Und weil Stalin ein Teufel ist, der seine

Mutter verkaufen würde. Meine Mutter hat gesagt – als sie noch etwas sagen konnte –: Es braucht den Teufel, um den Teufel auszutreiben.«

Seine Mutter hatte ihn allein aufgezogen, so, wie Pop Gundi aufgezogen hatte, und sie war auch schon alt gewesen, fast im Großmutteralter, als sie Tadek zur Welt gebracht hatte. In einem Dorf, das er Porąb nannte und das jetzt den Namen Mielkenhof trug, hatten sie gelebt, dort war seine Mutter Lehrerin gewesen.

»Es war ein Dorf von Kartoffelbauern. Aber sie war Lehrerin. Ein kluges Kaschubenmädchen war sie und wollte, dass alle klugen Kaschubenmädchen unterrichtet werden. Sie hieß Wanda. Hätte ich eine Tochter gehabt, hätte sie auch klug sein und Wanda heißen sollen.«

Als die Wehrmacht in das Dorf von kaschubischen Kartoffelbauern und klugen Mädchen einmarschiert war, war Tadeks Mutter auf die Straße gelaufen und hatte gerufen: »Halt, halt, halt, hier sind nur Frauen und Kinder, die Männer sind alle auf den Feldern.« Aus einem Panzerwagen hatte ein Soldat mit seiner Ordonanzwaffe auf ihren Kopf gezielt. Vielleicht weil ihm langweilig war. Vielleicht weil sie ein rot-weißes Kopftuch trug. Vielleicht weil ein Generalfeldmarschall namens Kesselring von der Luftwaffe an seine Leute Weisungen verteilte, auf denen stand: *»Die Wesen, die ihr seht, sind nicht menschlich. Nur die kämpfenden deutschen Soldaten sind menschlich.«*

Mehr wusste Tadek nicht, und ob das, was er wusste, stimmte, konnte er im Grunde auch nicht wissen, denn er war nicht dabei gewesen, sondern in Frankeich auf Tournee. Sein französischer Agent hatte ihn gedrängt, in Frankreich zu bleiben, Tadek aber war sofort, als die Nachricht vom Ausbruch des Krieges eintraf, auf abenteuerlichsten Wegen nach Polen zurückgekehrt. Er hatte seine Mutter dort. »Also schön«, hatte der Agent eingewilligt. »Versuchen Sie, die Dame aus dem Hexenkessel herauszuholen, aber wenn Sie sie haben, kommen Sie wieder zu uns nach Paris, bleiben Sie nicht in Polen. Wir helfen Ihnen. Es gibt Mittel und Wege.«

Tadek aber war nicht wieder nach Paris gekommen. Anstehende Konzerte hatten abgesagt werden müssen, und der beliebte Tenor galt als verschollen. Aufgetaucht war er erst Monate später: auf einer Liste gemeingefährlicher polnischer Terroristen, die die Nazis führten, vervielfältigten und an Anschlagtafeln klebten. Wer auf der Liste stand und geschnappt wurde, starb. Wenn er Glück hatte, schnell. Wenn er kein Glück hatte, hielt er sehr lange durch.

Aber Tadek ließ sich nicht schnappen. Er war wendig und zäh, und er war tödlich entschlossen. Seine Organisation, die im Untergrund ein Netz schloss, hatte *Służba Zwycięstwu Polski* geheißen, Dienst für Polens Sieg. Inzwischen hieß sie *Armia Krajowa,* Armee des Landes. Partisanen. Saboteure. Militärangehörige, die sich in den Untergrund gerettet hatten, statt sich zur Zwangsarbeit verschleppen zu lassen. Sie erbeuteten Waffen aus Transporten und erhielten weitere, die die Briten mit Flugzeugen ins Land schmuggelten. Sie bauten Sprengsätze, um Züge, Straßen und Brücken in die Luft zu jagen.

Hinter Oliva flog der falsche Waggon in die Luft, nicht der, der eine Infanterie-Kompanie nach Gdynia brachte, sondern einer mit Frauen und Kindern. Die Infanteristen eröffneten das Feuer, und Tadek, der übermüdet war, glitt am Hang aus, überschlug sich im Fall und fing sich drei Kugeln ein: einen Streifschuss, der ihm das Gesicht aufriss, eine ins Muskelfleisch der rechten Schulter und eine in den linken Oberschenkel, die gefährlichste Verletzung. Im nassen Gras verborgen lag er still, bis die Verfolger abgezogen waren. Wie er sich bis nach Zoppot, bis vor ihre Tür geschleppt hatte, würde Gundi ein Rätsel bleiben.

Sehnsucht, dachte sie manchmal, wenn sie solche Gedanken

nötig hatte. Gewissheit, dass er überleben würde, wenn er es bis in ihre Arme schaffte. Auf ihrer Schwelle brach er zusammen und verlor das Bewusstsein. Er fieberte, röchelte, und aus den zwei Wunden am Körper sickerte rasch und pulsierend sein Blut.

Gundi hätte den Schwerverletzten beim besten Willen nicht allein in die Sicherheit ihres Hauses schaffen können. Sie hatte keine Wahl gehabt, als die Polinnen zu Hilfe zu holen. In die Käsekammer hatten sie ihn nicht bringen können, dort war kein Platz, nicht einmal für ein Huhn, von einem groß gewachsenen Mann ganz zu schweigen. Also brachten sie ihn auf den Hängeboden, der zwischen der Decke im zweiten Stock und dem Dachgeschoss eingezogen war. Eine Zwischendecke als Stauraum. Man konnte dort nicht aufrecht stehen, und wenn sich jemand im Zimmer darunter – in Gundis ehelichem Schlafzimmer – aufhielt, würde er jedes Husten von Tadek hören. Da sie eine andere Möglichkeit jedoch nicht hatte, war die Entscheidung leicht.

»Was du tust, ist sehr leichtsinnig«, warnte Roza. »Du hast ein Kind, du hast uns im Haus. Was geschieht, wenn dieser Mann bei dir gefunden wird?«

»Was soll ich denn machen?« Zum ersten Mal hatte Gundi sie angeschrien. »Euch hierbehalten und ihn ausliefern? Oder umgekehrt? Das könnt ihr nicht wollen! Ihr müsst mir helfen – wir müssen uns gegenseitig helfen.«

»Nein«, hatte Roza bestimmt, ohne sich durch ihr Geschrei einschüchtern zu lassen. »*Ich* helfe dir. Zosia nicht. Ich will nicht, dass sie mehr in Gefahr gerät als unbedingt nötig.«

Ganz einsichtig war das nicht, aber Gundi war es egal. Sie sorgte selbst für Tadek, wann immer es möglich war, sie wollte nur, dass eine der Polinnen für ihn da wäre, wenn sie nicht dazu in der Lage war. Am schlimmsten war es, wenn Lore und Erik sich im Haus aufhielten und ihr ständig bewusst war, dass Tadek unversorgt über ihren Köpfen lag und Schmerzen hatte, dass ihm das Wasser ausging und sie nicht zu ihm konnte. Sie erfand alle möglichen Gründe, um die beiden aus dem Haus zu schicken. Zu ihrem Glück machten sie sich Sorgen um sie, weil sie elend und abgespannt aussah, und überschlugen sich geradezu darin, ihr einen Gefallen zu tun.

Und dann gab es Ariane zu bedenken. Gundi hatte keine Wahl mehr, sie musste sie mit Lore oder Erik allein lassen. »Du musst still sein, hörst du?«, beschwor sie das Mädchen. »Von den Leuten in unserem Haus darfst du keinem ein Wort sagen, oder deine Roza stirbt.«

Sie jagte ihrer Tochter furchtbare Angst ein, und die Grausamkeit darin nahm ihr den Atem, doch sie wusste sich keinen Rat. Ariane schwieg. Bald schwieg sie fast nur noch. Beim Saisonabschluss im *Grandhotel* erkundigte sich Hermine Temp, ob Gundi erwogen hatte, sie untersuchen zu lassen, da ja nicht auszuschließen wäre, dass sie schwachsinnig sei.

Irgendwann platze ich, dachte Gundi. Irgendwann schreie ich los und schlage einem von ihnen in sein feistes, selbstzufriedenes Gesicht. Aber daran durfte sie nicht einmal denken. Je prekärer die Lage in ihrem Haus sich entwickelte, desto gefälliger musste sie sich in der Öffentlichkeit verhalten. Nur keinen Verdacht erregen. *Heil Hitler!* und *Auf unseren Endsieg!* Jede Gelegenheit nutzen, um Forster sein geliebtes *Morgen am Meer* darzubieten, weil es den Mann noch immer weich stimmte. Plappern, albern, flirten, Gundi Sonnenschein sein – »eine Offiziersfrau, der Mann bei der Marine im Atlantik, und dann so tapfer. Sie stärkt uns hier allen die Moral.«

Dabei starb sie tausend Tode, so töricht die Redensart auch war. Hinterher ging sie bei Pop vorbei, vorgeblich, um nach dem alten Mann zu sehen, in Wahrheit aber, weil sie eine Minute zum Umschalten brauchte, eine Minute, in der die Welt noch gerade und klar schien, so als käme sie einmal wieder ins Lot.

»Mein Marjellchen«, sagte Pop, der nur noch an seinem Fenster saß und in Tante Karls Garten schaute, wo sie jedes Jahr im Frühling die Schwarzäugige Susanne ausgesät hatte. »Dat wünsch ich dir bei den vielen Reisen, die du machst – dat du irgendwann bei dir selbst ankommst.«

Das wünsche ich mir auch, dachte Gundi, fuhr heim, sah vor Müdigkeit taumelnd nach dem Rechten, und wenn ihr Haus endlich still war, schlich sie sich auf den Hängeboden. Sie kniete sich neben den vor Schmerzen keuchenden Tadek, wusch ihm den Schweiß ab, flößte ihm Wasser ein und legte sich schließlich an seine Seite. Ihr Bauch ruhte an seinem Rücken, der sich mit seinen Atemzügen hob und senkte, ein wenig kräftiger als noch am Tag zuvor, obwohl sie ohne Arzt und Medikamente auf seine starke Natur vertrauen musste, und für eine ganz kleine Weile war sie überzeugt: Ich bin ja angekommen. Ich warte nur noch auf den Tag, an dem ich bleiben darf.

Wenn Tadek gesund war.

Wenn der Krieg vorbei war.

Wenn sie Hand in Hand vom Hängeboden steigen, ins Licht hinauslaufen und ihr Leben neu beginnen konnten.

Tadek wurde gesund. Es dauerte volle sechs Monate, den Herbst und den kompletten Winter. Er litt dabei wie ein Tier in der Falle, weil draußen sein Land zermalmt wurde und er keine Hand rühren konnte, um ihm zu helfen. Sobald sein Bein es ihm erlaubte, begann er, Gehen zu üben, stieg hinunter, sooft die Luft rein war, und quälte seinen Körper ohne Schonung, um die durchtrennten, kaum verheilten Muskeln beweglich zu machen.

»Ich muss wieder nach draußen. Muss meine Leute suchen. Die, die noch da sind.«

»Du musst damit aufhören, Tadzio, *das* musst du. Ihr seid nur eine Handvoll, und die Übermacht, gegen die ihr kämpft, haben die versammelten Armeen von Großmächten nicht besiegen können. Gib auf, bevor du dabei draufgehst. Du bist Kaschube, wenn sich die Lage beruhigt, wird man vielleicht diese alte Sache zu den Akten legen. Dann kannst du dich in die Volksliste eintragen lassen und als freier Mann leben. Wieder auftreten. Reisen …«

»Warum nennst du die Dinge eigentlich nicht mehr beim Namen, Gundi?«, versetzte er in dem neuen, bitteren Ton. »Früher warst du weniger zimperlich. Die *alte Sache,* die man vielleicht zu den Akten legt, ist die Tatsache, dass ich einen Zug in die Luft gesprengt habe, richtig? Und mit der *Lage, die sich beruhigt,* meinst du wohl den Tag, an dem Hitler die Welt beherrscht.«

Es war darüber kein Reden mit ihm. Er wollte wieder hinaus und für sein Land kämpfen. Im Grunde nicht anders als Julius, dachte Gundi. Es musste etwas im Mann sein, ein Trieb, den sie bei aller Liebe nicht verstand. Ein einziges Mal sprach sie ihn darauf an, dass in dem Waggon Frauen und Kinder gesessen hatten, Frauen wie sie und Kinder wie Ariane, die mit dem Tod seiner Mutter nichts zu tun hatten. Darauf verweigerte er ihr das Gespräch und begann die Welt in *ihr* und *wir* einzuteilen: »Ihr seid die Sieger. Wir sind die Besiegten. Vielleicht sollte man, wo man nichts verstehen kann, auch nichts reden, Gundi.«

Sie verzieh ihm. Sein Leben unter der Zimmerdecke war die Hölle wie das der Polinnen in der Käsekammer. Er entschuldigte sich. »Du hast mich gerettet und riskierst für mich dein Leben. Ich sollte wenigstens höflich zu dir sein.«

»Ach Gottchen, Tadzio, du Dussel, du brauchst zu mir doch nicht höflich zu sein.« Sie warf die Arme um ihn und hielt ihn so fest, wie es möglich war, ohne ihm wehzutun. »Ich liebe dich. Und es ist ja kein Wunder, dass deine Nerven kurz vorm Zerreißen sind. Ich wünschte nur, du würdest manchmal an deine

Sicherheit denken. Ich brauch dich lebend. Wir sind doch noch jung, wir haben doch den größten Teil vom Glück noch vor uns.«

»Den größten Teil vom Glück.« Er lachte und war wieder der Alte, streifte mit den Lippen ihre Schläfe, ehe er sich sanft befreite. »Mein kleiner Glückspilz Gundi. Mach dir nicht allzu viele Sorgen, denn das steht dir nicht, und du wirst, denke ich, schon auf die Füße fallen. Nur vom Lieben lass uns nicht sprechen. Nicht bis wir einander wieder auf gleicher Höhe gegenüberstehen können.«

»Wir werden immer auf gleicher Höhe sein, Tadek.«

»Nein, werden wir nicht. Du hast mich gerettet, und ich muss dir dankbar sein. Ein Wort von dir, und die Gestapo holt mich ab. Wenn du mich aber gehen lässt, weißt du, dass ich weiterhin Leute aus deinem Volk töte, die mit alldem nichts zu tun haben. Das ist keine Grundlage, Gundi. Darauf kann Liebe nicht stehen, nur schwanken.«

Wenn man zu viel dachte, biss sich jeder Gedanke in den Schwanz. »Tu, was du tun musst, aber komm wieder zu mir, wenn du Schutz brauchst«, sagte sie. »Ich bin Forsters Lieblingssängerin, bei mir bist du so sicher, wie man es in dieser durchgedrehten Zeit überhaupt sein kann. Komm immer wieder. Versprich mir wenigstens das.«

Er war nicht ihre einzige Sorge: Lore stellte ständig bohrende Fragen und schien geradezu besessen von Julius, der auf seinem U-Boot mit dem Namen *U172* im Atlantik im Einsatz war. Hatte Gundi denn noch immer nichts von Julius gehört, würde Julius noch immer nicht auf Urlaub kommen, war die arme Gundi nicht längst krank vor Sorge um ihn? Und zu allem Überfluss begann Zosia, die zuversichtliche, immer freundliche Zosia, die Nerven zu verlieren. Über Kleinigkeiten brach sie in Tränen aus und war nicht zu beruhigen. Sie sprach von Jeszek, von ihrem

Vater, von all den Toten und davon, dass sie selbst bald tot sein würde, dass es besser wäre, sie würde gehen und sich der Gestapo stellen, statt Gundis Familie noch länger zu bedrängen.
»Es ist die ständige Dunkelheit«, sagte Roza. »Sie ist dafür nicht gemacht, es trübt ihr Gemüt, und ich habe solche Angst, es bringt sie um.«
In ihrem Wunsch, sie zu trösten, knotete Gundi sich das blaue Band, das Lore ihr geschenkt hatte, vom Handgelenk und band es Zosia um. »Hier, Zosi. Das ist dein Lebensband. Solange du das am Arm hast, kann dir keiner erzählen, du musst tot sein.«
»Das gibst du mir?« Zosia hörte auf zu weinen, und ihre Augen wurden groß. »Aber du brauchst es doch selbst.«
»Du brauchst es dringender«, sagte Gundi und zwinkerte ihr zu.
In dieser Nacht ging es Zosia besser, aber Gundi war klar, dass der nächste Zusammenbruch nicht lange auf sich warten lassen würde.
Die Versorgung des Haushalts wurde schwieriger, weil mit jedem Kriegsmonat eine weitere Verknappung von Waren einherging. Betroffen waren nicht nur Lebensmittel, sondern ebenso Kleidung, Medikamente, Brennstoffe. Noch musste niemand erfrieren, doch im zweiten Kriegswinter saßen die offiziellen Bewohner der Ernststraßen-Villa oft alle gemeinsam im Salon, dem einzigen beheizten Raum. Es zehrte an Gundis Kräften, nahe bei ihren vertrautesten Freunden zu sitzen und als Einzige die trennende Wand zu sehen, die ihr Geheimnis zwischen ihnen aufbaute.
Und dennoch, trotz allem Schwierigen, Harten, Unlösbaren, dachte sie manchmal mit Sehnsucht an diese Zeit. Sie hatte ihren Liebsten bei sich gehabt, zwar gefährdet, aber unter ihrer Obhut, sie hatte ihm Gutes tun können, und seine Verletzung hatte ihn daran gehindert, aus ihrem Leben wieder zu verschwinden.

Im März dann, als er sein Bein wieder halbwegs sicher benutzen konnte, hatte ihn nichts mehr gehalten. Seither kam und ging er, wie sein Kampf es von ihm forderte. Dass in diesem Kampf sein Volk gegen ihres stand, kam Gundi absurd vor, viel zu weit weg von ihrer Wirklichkeit. Sie war hier aufgewachsen. Hier hatten immer Deutsche und Polen gelebt, waren an den Strand zum Baden gegangen und abends in den *Pudel* zum Tanzen. Sie hatten sich gestritten, waren wohl auch ausfällig geworden, aber sie waren ausgekommen, hatten ihre Händel unter sich ausmachen können. »Pack schlägt sich, Pack verträgt sich«, hatte Pop gesagt.

Ihre Namen waren kaum zu unterscheiden, so miteinander verquirlt, dass neue erfunden werden mussten, wenn man sie ordentlich trennen wollte. Würde es nicht eines Tages wieder so sein, und ob sie dann Deutschland oder Polen oder einem freien Staat angehörten – bewegte das denn wirklich die Welt? Wenn man zu essen hatte, wenn man es warm hatte, wenn man Menschen zum Lieben hatte und in jeder Woche einen Sonntag, um sich darauf zu freuen, weshalb hätte man dann in seinen Pass schauen sollen und sich darüber ereifern, von welcher Nation er gestempelt war?

In den Wochen und Monaten, in denen sie kein Wort von Tadek hörte, war Gundi vor Sorge krank. Als ihr Fels in der Brandung erwies sich Erik, der verlässlich für den reibungslosen Ablauf des Haushalts sorgte, ohne viel zu fragen. Als der dritte Kriegswinter anbrach, wurden die Lebensmittelrationen erneut verknappt, und sie hatten zwei – wenn nicht drei – zusätzliche Esser im Haus. Erik wusste, wie er das, was Gundi ihm auf Einkaufslisten notierte, beschaffen konnte, und zu ihrem Glück äußerte er nie Verwunderung über den rasanten Verbrauch ihrer Vorräte.

Von Erik stammte auch die Idee, wieder auf der *Gustloff* aufzutreten. Ausgerechnet hier, in Pommerellen, war sie nämlich gelandet, ihre *Gustloff*, sie lag in Gdingen, an dessen affigen neuen Namen Gotenhafen sich Gundi nicht gewöhnen konnte. Statt als Lazarett diente sie nun als Wohnschiff für Auszubildende, die an einem Lehrgang der U-Boot-Divisionen teilnahmen. Grau war er geworden, ihr strahlend weißer, schwimmender Palast, trug einen Tarnanstrich wie ein Kriegsschiff und wirkte ohne seine Wimpel und Lichterketten nackt. Wenig erinnerte an die Ausgelassenheit, die auf diesem Schiff gang und gäbe gewesen war, an die Menschen, die aufgeregt, wie mit blauen Taschen zwischen sich, ihrem Urlaub entgegengeblickt hatten. Aber es war noch immer ihre *Gustloff*. Und das Grau würde sich eines Tages abwaschen lassen.

War Julius seinerzeit ein Jahr lang für seine Aufgaben auf der *U127* ausgebildet worden, so dauerte ein solcher Lehrgang inzwischen nur noch drei Monate. Die Männer, die sich dazu meldeten, waren jung, oft zum ersten Mal von zu Hause fort. Für sie war der Krieg ein Abenteuer, das noch nicht richtig begonnen hatte, und hier, in der Danziger Bucht, die zwar als erster Kriegsschauplatz hatte herhalten müssen, seither aber verschont blieb, waren sie sicherer als in ihren Heimatstädten, wo Bomben niedergingen. Sie gierten nach Unterhaltung. Erich Goering, ein Offizier der Handelsmarine, der für die Freizeitgestaltung der Teilnehmer verantwortlich war, nahm Eriks Angebot daher begeistert an.

»Die *Vier aus Zoppot!* Unsere Jungs werden ja von den Socken sein, wenn die hören, dass Sie bei uns aufspielen.«

»Leider können wir aus naheliegenden Gründen derzeit nur mit *Dreien aus Zoppot* dienen«, erwiderte Erik.

»Das macht nichts«, winkte Offizier Goering ab. »Solange die Gundi Sonnenschein dabei ist, wird's nichts als zufriedene Gesichter geben.«

Genauso kam es. Die jungen Männer gerieten bei jedem Auftritt aus dem Häuschen, und das ließ Gundi selbst jetzt noch für kurze Zeit alles vergessen: Mit ihrer Musik konnte sie diesen Jungen, die nicht ahnten, was ihnen bevorstand, etwas geben. Sie hielt ihr Programm absichtlich kurz und erfüllte den Rest des Abends Wünsche. Viele wünschten sich Stücke, zu denen sie daheim mit ihren Verlobten getanzt hatten, und einer, ein dicklicher Bursche namens Mitting, bat um *La Paloma,* »weil's das Lieblingslied von meiner Mutter is'.« Das am häufigsten gewünschte Lied blieb jedoch *Morgen am Meer.* »Das müsste man mitnehmen können. Dann hätte man immer was dabei, was an zu Hause erinnert.«

Es waren Auftritte, die stärkten und beim Durchhalten halfen. Zudem kamen sie in den Genuss der ausgezeichneten Verpflegung, wodurch sie Vorräte sparten. Als im Sommer 1942 die Rationen erneut verknappt wurden, weil alles Verfügbare für die Kriegsanstrengung im Osten gebraucht wurde, erwies sich das umso mehr als Segen.

»Und außerdem beugen wir damit Gerüchten vor«, sagte Erik. »Wer für unsere heldenhaften Jungs Musik macht, wird nicht verdächtigt, daheim krumme Dinger zu drehen.«

»Was denn für krumme Dinger?«, fragte Gundi erschrocken.

»Ach Gott, irgendeinen Dreck hat doch jeder am Stecken«, erwiderte Erik. »Meine Beziehungen zum Schwarzmarkt zum Beispiel. Ich habe nichts Bestimmtes gemeint.«

Wie so oft wünschte sie sich, sie hätte ihm einfach die Wahrheit sagen können, die Last des Geheimnisses teilen, statt aus Furcht vor Entdeckung bei jeder kleinsten Bemerkung zusammenzuzucken. Was aber hätte sie tun sollen, wenn er von ihr verlangte, die Polinnen auszuliefern? Man glaubte, seine Freunde zu kennen, aber Erik war von ihnen immer der am schwersten Durchschaubare gewesen, und das Gesicht, das er in einer solchen

Notlage zeigen würde, kannte man von niemandem. Man kannte es nicht einmal von sich selbst.

Was Tadek betraf, so hätte sie Erik ohnehin nicht einweihen können. Zwei unschuldig verfolgte Mädchen zu verbergen, die in Friedenszeiten zum Haushalt gehört hatten, war etwas anderes als der Schutz eines steckbrieflich gesuchten Terroristen. Erik mochte kein Freund der Nazis sein, aber er war Deutscher. Der Tod von Zivilisten, damals in Oliva, der um ein Haar auch ihn selbst getroffen hätte, hatte ihn erschüttert und aufgebracht. Und Erik war Julius' Freund. Einmal – damals in glücklichen Zeiten, als ihnen nicht klar gewesen war, dass sie noch immer glücklich waren – hatte er zu Gundi gesagt: »Wenn du deinen Mann schon betrügen musst, hätte es sich wenigstens gehört, es mit mir zu tun.«

Es hatte scherzhaft geklungen. Aber bei Erik konnte man sich dessen nie sicher sein.

Noch weniger eignete sich Lore als Vertrauensperson. Sie war ein Nervenbündel. Ihre Mutter hatte völlig den Verstand verloren und floh Nacht für Nacht in den Luftschutzkeller, obwohl Danzig nach wie vor nicht beschossen wurde. Lore rieb sich auf zwischen ständig erforderlichen Besuchen, ihrer Arbeit mit den *Vier aus Zoppot* und den Hilfsaktionen für Bedürftige, zu denen sie sich verpflichtet sah. Der vierte Kriegswinter nahte, die Gefechte im Osten, die die Ressourcen des Reiches aufzehrten, wurden heftiger und die Listen der Gefallenen, die der *Vorposten* »in stolzer Trauer« beklagte, wöchentlich länger.

Der Traum, in dem sie auf dem Anschlag vor dem Kurhaus Julius' Namen hatte lesen müssen, hatte Gundi nie wieder ereilt. Sie vertraute einfach darauf, dass Julius durchkommen würde, weil sie auf irgendetwas vertrauen musste. Zudem hieß es, in einem U-Boot im Atlantik sei ein Mann bei Weitem sicherer als an einem Minenwerfer vor Stalingrad, was in Anbetracht der

einsetzenden Kälte nicht verwunderte. Lore aber suchte diese Listen wie eine Besessene ab. Sie bestand darauf, dass an Julius' Bild auf dem Kaminsims täglich frische Blumen gestellt wurden, und geriet in bald hysterische Erregung, wenn es vergessen worden war. Statt sich auszuruhen, wie Gundi und Erik es ihr rieten, verteilte sie an der Seebrücke Strickwaren an die frierenden Bewohner von Zoppot und fuhr ohne Pause weiter nach Danzig, um ihre Mutter aus einem Winkel des Bunkers zu befreien.
Ihre Bitte, die Mutter zu ihnen nach Zoppot holen zu dürfen, musste Gundi ihr unter allerlei Ausreden abschlagen, so grausam sie sich dabei vorkam. Die Mutter war nicht mehr bei Verstand. Mit ihr im Haus hätte sie keine ruhige Minute gehabt, und es wäre nur eine Frage der Zeit gewesen, bis Zosia und Rosa entdeckt worden wären. Von Tadek ganz zu schweigen. Nach Weihnachten war er wieder zu ihr gekommen, mitten in der Nacht, diesmal durch einen Sturz verletzt und dem Erfrieren nahe. Eine schwere Lungenentzündung war die Folge, die fünf Wochen brauchte, um annähernd auszuheilen.
Gundi schämte sich in Grund und Boden, doch sosehr die überlastete Lore ihr auch leidtat, war sie doch klammheimlich froh, dass ihre Pflichten die Schwester so oft aus dem Haus zwangen. Es verschaffte ihr die Freiheit, Tadek sein Los zu erleichtern. Mit niemandem als Ariane im Haus, die inzwischen gut für sich selbst sorgte, konnte sie ihm erlauben, sein Gefängnis zu verlassen und sich zumindest in den Grenzen ihres Schlafzimmers frei zu bewegen. Sich wie ein Mensch zu fühlen. Auf seine Bitte hatte sie das Radio nach oben gebracht, wo er sich so lange daran zu schaffen machte, bis er empfangen konnte, worauf er brannte: Kriegsberichte der Feindsender.
Dafür, dass er solche Nachrichten abgehört hatte, war ein Milchhändler aus der Seestraße in das berüchtigte Gefängnis nach Stutthof geschafft worden. Hermine Temp tönte sogar, man

sollte Verräter, »die sich diese abscheuliche Hetze anhören, während unsere Jugend in Russland zur Schlachtbank geht«, zum Tode verurteilen. Mit dem Radio brachte Tadek sie in noch größere Gefahr, aber die Verbindung zur Außenwelt war so wichtig für ihn, sein Strohhalm, an den er sich klammerte. Er fieberte bereits wieder darauf, sich dem Kampf anzuschließen, doch noch verlor er allzu schnell die Kraft. Waren Erik und Lore aus dem Haus, beschwor Gundi ihn, sich auf ihr duftendes, behagliches Bett zu legen, um auszuruhen, legte sich neben ihn und fand endlich selbst ein wenig Ruhe.

So auch jetzt. Sie wollte nicht, dass er diese kostbaren Momente mit Hitler, Stalin und Bitterkeit verdarb. Mit *ihr* und *wir.* Noch immer, nach bald zweieinhalb Jahren, in denen sie sein Leben, seinen Kampf, seine Not geteilt hatte, erlaubte er ihr nicht, von Liebe zu sprechen oder gar auf das zu drängen, wonach sie sich mit jeder Faser sehnte: Sie begehrte ihn.

Sein geschundener, erschöpfter, abgemagerter Körper war noch immer so schön für sie wie der des blühenden Mannes, dem sie fünf Jahre zuvor auf dem Schiff begegnet war. Sie wollte seine Haut an ihrer spüren, um sich zu erinnern, dass sie jung, lebendig und noch immer stark genug waren, um dies hier durchzustehen, um es zu überwinden, es eines Tages hinter sich zu lassen. Sie wollte ihn mit allen Gliedern festhalten, eins mit ihm werden, um ihn *ihr* und *wir* vergessen zu machen. Sie wollte ihn wieder ganz, und sie dachte manchmal sogar, wirr von Liebe und Furcht, dass sie sein Kind hätte haben wollen. In ihrem Bauch neues Leben, um ihn vom Tod zu heilen. Eine neue Wanda für eine neue Zeit, ein kluges Kaschubenmädchen, das, wenn ihr nichts Besseres einfiel, sogar Lehrerin werden durfte.

Eine kleine Lehrerin mit einem Akkordeon.

Aber er machte ihr kein Kind. Er erlaubte ihr nicht einmal, sein Hemd zu öffnen und ihm die Brust zur Stärkung der kranken

Lunge mit Franzbranntwein einzureiben, sondern streifte sich das Hemd vom Körper und tat es selbst. Stattdessen verletzte er sie, lachte gallig auf: »Das ist degoutant, Gundi. Draußen wälzt sich der Feind, dem ich eine Bombe unterm Hintern gezündet habe, und drinnen wälze ich mich mit ihm im Bett. Selbst in solch einem Dreckskrieg, denke ich, gehört es sich, ein Minimum an Stil zu wahren.«
»Ich bin nicht dein Feind!«, schrie sie ihn an, und er lachte noch einmal, schenkte ihr eine kurze Umarmung und entschuldigte sich. Sie war dankbar dafür, dass sie wenigstens das durfte: neben ihm liegen, seine Nähe genießen und ihn hin und wieder berühren. Sie füllte ihnen die Weingläser, und sie stießen miteinander an. »Auf uns. In großen und kleinen Stunden, Tadzio.«
Mit dem nächsten Satz sprach er schon wieder vom Krieg, von den Berichten, die er von feindlichen Sendern abgefangen hatte und die eine Wende verhießen. Das hatten diese Sender jedoch schon häufig getan, ohne dass irgendetwas geschehen war.
Da war es um Mächte des Westens gegangen, behauptete Tadek, die, die sich durch Mitleid, Menschlichkeit und Rücksicht schwächten. Nicht um Stalin. Nicht um den russischen Winter.
»Warst du schon einmal in Russland, mein Sonnenscheinchen? Im Winter? Hast du schon einmal einen Mann gesehen, der vor lauter Eiszapfen im Bart den Kopf nicht heben kann? Da erfriert dir dein Mitleid. Es braucht den Teufel, um den Teufel auszutreiben, und das hat der Teufel gemacht. Eure Helden aus Kruppstahl haben vor dem russischen Teufel das große Zittern gelernt. Sie haben kapituliert, Süßchen. Die erfrorenen Schwänzchen eingeklemmt.«
»Ich will nicht davon sprechen.« Gundi schüttelte sich, als müsse sie das Eis um den eigenen Körper brechen. Sie beugte sich zu ihm und küsste seine Stirn, die verriet, dass er noch immer Fieber hatte. »Es ist so lange her, dass wir einen Abend für uns

hatten. Ariane schläft, Erik ist zu Verhandlungen bei Forster, und Lore ist bei einer ihrer Hilfsorganisationen und fährt über Nacht zu ihrer Mutter. Wir haben Frieden. Ich hab das nötig, Tadek. Solange ich lebe, habe ich mich nicht so kaputt gefühlt.«

»Darf ich dich, bitte schön, korrigieren? Wir haben keinen Frieden. Das, fürchte ich, ist die Krux.«

»Ich bin müde, Tadek, hast du das nicht gehört? Kannst du deine Spitzfindigkeiten für ein andermal aufsparen?«

»Aber gern doch. Es wird ja jetzt viele andere Male geben. Kapitulationen, meine ich. Grund für mich zum Feiern.« Er trank von seinem Wein.

Jedem anderen hätte sie erklärt, er sollte sie küssen, wo sie schön war, wäre in den Wintergarten gegangen und hätte ihren Zorn an ihrer Quetsche abreagiert. Bei Tadek aber war sie noch immer in der Lage, ihm von den Augen abzulesen, wie sehr er litt. Es war Schmerz, der ihn um sich schlagen ließ, nicht Hass auf sie. Hätte jemand meinem Pop in den Kopf geschossen, dachte sie und verspürte Übelkeit, hätte jemand meinem Pop wehgetan, während ich weit weg gewesen wäre und ihm nicht hätte helfen können, ich wäre vor Schmerz und Hass kein Mensch mehr. Ich wäre so wie Stalin und der russische Winter. Ein Teufel.

»Ach, Tadek.« Sie legte ihm die Hände auf die Brust. »Dich schüttelt's vom Fieber. Ich mach dir warm.«

Er ließ sie gewähren. »Euer Erik«, sagte er, »wieso verhandelt der eigentlich mit dem Forster? Ich dachte, der wäre nur zuständig für Massenmord, nicht für die passende Musik dazu.«

»Er ist für uns zuständig, weil er *Morgen am Meer* liebt«, versetzte Gundi und musste sich auf die Lippen beißen, um das, was er gesagt hatte, zu verdrängen.

»Ah, *Morgen am Meer.*« Tadek lächelte. »Jeder liebt doch *Morgen am Meer,* da könntet ihr mit der halben Welt verhandeln.«

»Aber Forster macht es weich. Ich kann's dir auch nicht erklären. Einmal, vor Jahren, haben wir ihn angebettelt, uns ein jüdisches Kind herauszugeben, und er hat behauptet, er wisse von nichts. Dann haben wir *Morgen am Meer* gespielt, und keine zwölf Stunden später war der Junge wieder bei seiner Mutter.«

»Ich verstehe. *Morgen am Meer* kocht den Teufel weich. Welch ein Glück, dass es in Russland zu kalt es, um es Stalin vorzuspielen.«

Unten im Haus ertönte ein Knall. So laut wie ein Schuss. Jemand schrie, dann heulte Ariane auf, und schnelle Schritte polterten auf der Treppe. Gundi kannte das Haus mit seinen hallenden Räumen, sie wusste, dass eine Reihe unbedeutender Vorfälle es in ein Chaos aus Geräuschen verwandeln konnten, ohne dass ein Grund zur Sorge vorlag. Dann aber flog die Tür ihres Schlafzimmers auf und krachte donnernd gegen die Wand.

»Gundi, Helma ist tot!«, schrie Lore. »Ich hätt' ihr helfen müssen, ich hab gewusst, sie braucht Hilfe, aber ich hab's nicht gewagt. Ich dachte, ich darf nicht uns alle in Gefahr bringen, und jetzt ist sie tot!«

Vor Entsetzen brauchte Gundi tatsächlich einen Augenblick, um sich zu erinnern, wer Helma war. Diesen Augenblick brauchte auch Lore, um zu begreifen, was sie vor sich sah. Dann begann sie von Neuem zu schreien, diesmal gellend und ohne Worte.

49

Helma Determann, Natan Elkeles' Geliebte, hatte offenbar mit wachsender Verzweiflung nach Menschen gesucht, die ihr halfen, oder wenigstens nach welchen, die ihr zuhörten. Nachdem sie zweimal von der Gestapo verhaftet und vernommen worden war, war sie durch Zoppot gelaufen wie mit der Spanischen Grippe infiziert: Jeder, der sie sah, wechselte die Straßenseite. Die Frau, die ihren Mann und ihre Kinder verloren hatte, verlor auch jeden Halt. Sie sah aus wie ein Gespenst. Ein in Schwarz gehülltes Gespenst, das die Stadt verfluchte. Zum Schluss hatte sie versucht, in das Gefangenenlager Stutthof einzudringen, um Natan zu befreien, und war dabei erschossen worden.

»Es heißt nicht Gefangenenlager«, sagte Erik. »Stutthof ist ein Konzentrationslager, Gundi.«

»Spielt das eine Rolle, wie das Ding heißt?«

»Das entscheidet jeder für sich.«

»Ich habe mich sowieso gefragt, warum Natan noch immer dort einsitzen muss. Die drei Jahre, zu denen er verurteilt wurde, sind doch längst vorbei.«

Erik war zu ihrer aller Glück in jener Nacht nach Hause gekommen, als Roza die vor Angst kopflose Zosia bereits wieder beruhigt und in die Käsekammer zurückgeholt hatte. Tadek war aus dem Haus geflohen, und Lore saß auf dem Frisierstuhl, auf den Gundi sie niedergedrückt hatte, und hatte geschrien. Gundi hatte sie auf Knien angefleht, zu schweigen, die Versteckten um alles in der Welt nicht zu verraten. Dem eintreffenden Erik erzählte sie hastig und konfus von Helma, von deren Tod er auf dem Heimweg bereits erfahren hatte. Nachrichten reisten schnell in Zoppot. »Ich hatte Lore verboten, Helma zu uns zu

holen«, stammelte Gundi. »Ich fand es zu gefährlich, und jetzt ist sie tot. Lore gibt mir die Schuld daran, und sie hat recht.«
Lores Geschrei war verstummt, und Gundi war sicher gewesen, in der Stille müsse Erik ihren Herzschlag hören. »Du hast das schon richtig eingeschätzt«, sagte Erik gedehnt. »Es wäre zu gefährlich gewesen.«
»Nein, Erik, ich war im Unrecht. Helma war Lores Freundin, und unsere Freunde müssen in diesem Haus willkommen sein. Lore, bitte verzeih mir und bring wenigstens deine Mutter her. Ich kann nicht glauben, dass ich dir sogar das verboten hab.«
Lore blickte auf, das Gesicht gerötet und verzerrt. »Ich hab keine Freundin«, sagte sie. »Meine Freunde wart immer nur ihr. Und nein, ich kann auch nicht glauben, was du getan hast.«
Über alles andere – Roza, Zosia, Tadek – schwieg sie jedoch, und dafür würde Gundi ihr immer dankbar sein. Sie hatte Gundis Spiel mitgespielt, sich von Erik einen Schnaps einflößen und schließlich ins Bett bringen lassen. Ihre Mutter holte sie nicht in die Ernststraße. »Es stimmt ja«, sagte sie anderntags zu Gundi. »Wenn meine Mutter spitzkriegt, was hier los ist, läuft sie zum Blockwart.«
Wie hoch der Preis dafür war, wollte Gundi nicht wahrhaben: Sie hatte ihre Schwester verloren. Lore, die sie mehr geliebt hatte als jeden anderen Menschen und die sicher gewesen war, daran könne nichts etwas ändern. Sie sprach mit ihr höflich wie eine langjährige Angestellte. Sie half sogar bei der Versorgung der Polinnen, was besonders im Fall von Zosia für Gundi eine enorme Erleichterung war. Auch um Ariane, die aus jener Nacht einen Todesschrecken davongetragen hatte, kümmerte sie sich. Ansonsten aber wahrte sie Distanz. Sie sprach über jedes Thema, das Gundi anschnitt, aber nicht über sich selbst. Nicht über das, was sie verbunden hatte.
Ihre Gefühle ließ sie nur ein einziges Mal erkennen, als sie drei

Tage nach den Geschehnissen zu Gundi sagte: »Was den Menschen betrifft, mit dem du deinen unter Lebensgefahr kämpfenden Mann betrügst, so brauchst du dich nicht zu sorgen. Ich werde auch ihn nicht verraten, sollte es nötig werden, ihn hier noch einmal zu verbergen. Das bedeutet nicht, dass ich gutheiße, was du Julius antust und wofür du Arianes Sicherheit aufs Spiel setzt. Sondern nur, dass ich zu diesem Verrat nicht in der Lage bin. Nicht nach dem, was mit Helma passiert ist.«

Gundi, die das Gefühl hatte, die Angst um Tadek zerrütte ihr den Verstand, war ihr auch dafür zutiefst dankbar. Es war nur nicht leicht, mit jemandem zu leben, in dessen Schuld man bis zum Hals stand. Ihr war klar: Wenn das Schicksal ihr gnädig war, wenn es ihr Tadek bewahrte und er noch einmal zu ihr fand, würde sie ihn nicht lieben dürfen, ehe all dies vorbei war und sie gemeinsam den Haushalt in der Ernststraße hinter sich ließen. Schmerzhaft ironisch daran war, dass sie sich ohnehin seit ihrem Abschied auf der *Gustloff* nicht geliebt hatten, auch wenn Gundi mit jedem Tag mehr zu der Überzeugung gelangte, dass sie es in jener Nacht getan hätten.

Künftig durfte es jedoch auch keine Situation mehr geben, die für die unerfahrene Lore nach Intimität aussah. Keine Umarmung. Keine kurze Sekunde des Friedens, aneinandergedrängt auf dem duftenden Bett.

Erst wenn wir wieder leben, dachte sie und starrte auf ihr Handgelenk, das ohne Lores Geschenk nackt wirkte.

Lore hatte sich an dem Tag noch einmal in der Tür umgewandt. »Bei mir ist wirklich eine Schraube locker«, hatte sie gesagt. »Weißt du, was mir bei alldem am meisten wehtut? Dass du mir nicht vertraut hast. Dass ich wie immer für dich nicht wichtig war.«

Erik hatte sich mittlerweile darum bemüht, herauszufinden, was mit Helma geschehen war, da Lore sich weigerte, darüber zu sprechen. Er war eine Woche lang unterwegs gewesen, und als er wiederkam, erstattete er Gundi Bericht. Auf ihren Einwand, Natan müsse aus Stutthof längst entlassen worden sein, erwiderte er: »Natan war gar nicht in Stutthof.«

»Wo denn dann?«

»Auschwitz. Von dort wird keiner entlassen. Natan ist tot, Gundi.«

Nein, wollte sie schreien und sich die Ohren zuhalten, ich will es nicht hören! Nicht noch mehr Tod – wie soll ich mir denn heute Abend ein Lächeln aufmalen und für einen Haufen Jungen in Matrosenanzügen heitere Lieder singen.

»Herzversagen«, fuhr Erik fort. »Er war noch keine fünfzig. Muss aber in der Familie liegen, denn zwei seiner Brüder, sein Neffe und sein Cousin sind ebenfalls innerhalb der letzten zwei Jahre daran gestorben. Nur der älteste Bruder, der, von dem Natan den Drehbleistift hatte, ist schon länger tot. Der, den er immer Christbaum genannt hat. Sicher auch Herzversagen.«

»Woher weißt du denn das alles?«, platzte Gundi heraus. »Ich meine, woran Natans gesammelte Verwandte gestorben sind und dass er seinen Bruder Christbaum genannt hat – weshalb überhaupt Christbaum?«

»Weil der so viele Orden aus dem Weltkrieg hatte. Dem Ersten Weltkrieg. Natan konnte ja damit nichts anfangen, für militärische Ehren hatte er nur Hohn und Spott übrig. Vor allem für Juden, die sich damit Honig ums Maul schmieren ließen. Aber den Bleistift von seinem Bruder hatte er trotzdem immer bei sich. Muss er den also doch gemocht haben.«

»Erik, sag mir, woher du das alles weißt! Ich hatte keine Ahnung, dass du mit Natan so eng befreundet warst.«

»Ich war mit ihm nicht eng befreundet«, entgegnete Erik. »Bei mir ist es ein bisschen wie bei Lore: Außer euch habe ich keine Freunde. Fast keine.« Ein Lächeln wischte über sein Gesicht.

»Und ich bin im Gespräch nicht sonderlich interessant, mir stellt niemand Fragen. Also höre ich zu. So wie Forsters Sekretär. Wer nicht redet, bekommt einiges mit. Nur schreibe ich mir nichts auf, vielleicht weil ich keinen großen Bruder hatte, der mir irgendwelche Schreibgeräte hinterlassen hat.«
Gundi gab sich keine Mühe, die verdrehten Einzelheiten zu verstehen, sie war zu müde, zu verängstigt und zu traurig dazu. »Die armen Kinder«, sagte sie. »Michel und Gaia. Meinst du, es geht ihnen in England gut? Und meinst du, sie haben ein Bild von Natan und Helma? Wie sollen sie sich denn sonst als Erwachsene daran erinnern, wer ihre Eltern waren?«
»Natan hat den Kleinen auf den Tresen gesetzt und ihm beigebracht, wie man *Whisky Sour* mixt«, murmelte Erik. »Man kann ihnen nur wünschen, dass sie sich nicht erinnern. Wenn es sie nicht auch erwischt hat. London soll ja eine von Bomben zerfetzte Trümmerwüste sein.«
Das Jahr ging weiter, wie es begonnen hatte. Es war Gundis traurigstes Jahr. Was Tadek von Stalingrad berichtet hatte, traf zu. Die deutsche Armee war eingekesselt und vernichtend geschlagen worden. Die genaue Zahl der deutschen Toten wurde nicht bekannt gegeben, doch vom *größten Opfer des deutschen Volkes* war die Rede, vom *totalen Krieg*, den die arische Rasse ausfocht, um die Gefahr, die aus dem Osten die Welt bedrohte, zu brechen.
»Hunderttausend von unseren Jungs«, schätzte Eisverkäufer Holle am Kiosk und hatte Tränen in den Augen. »Aber die Bolschewisten-Schweine, die haben dat Dreifache abgekriegt, und dat sag ich euch, die kriegen's noch viel dicker.«
Die Listen mit den Namen der Toten waren allein für Danzig und Zoppot so lang, dass Bürgermeister Temp einen neuen Schaukasten aufstellen ließ. Gundi wollte nicht hinsehen, tat es aber doch und fand den Namen *Max Tetzlaff*. Eriks kleiner

Bruder. Seine Schwester, die nie ganz gesund gewesen war, war schon ein Jahr zuvor in der Anstalt Silberhammer gestorben. Gundi sprach Erik ihr Beileid aus, doch er erklärte, er zöge es vor, darüber nicht zu sprechen. »Schließlich hätte man sonst kein anderes Thema mehr. In Zoppot kann es ja keine Familie geben, die nicht betroffen ist.«

Eine Woche später packte Gundi den hustenden, klapprigen Pop warm ein, um mit ihm zum Begräbnis von Gustav Kapahnke nach Langfuhr zu fahren. Anschließend, beim Leichenschmaus im *Kroog,* sagte Werner Schlichert: »Der olle Kapahnke, der is' ja zu beneiden. Muss doch schön sein, wenn man heutzutage friedlich im Bette den Löffel abgeben kann.«

»Ach, dat weiß man ja nu nech'«, erwiderte Pop. »Dat kinnt man nur wissen, wenn einer, der totgeblieben is', tät wiederkommen. Bloß es kommt ja keiner wieder. Mein Freund Kapahnke nech' und keiner sonst.«

Tod, Tod, Tod, wohin immer sie blickte. Von Julius erhielt sie seit März keinen der belanglosen Briefe mehr, doch meldete ihr Forster, wann immer sie einander begegneten, dass die Besatzung der *U172* dem Vaterland beste Dienste erweise und sich guter Gesundheit erfreue. Gesunken war im März hingegen ein britisches Passagierschiff namens *Pretoria,* das Julius' U-Boot mit Torpedos beschossen hatte. Von den hundertfünfzig Menschen an Bord überlebte keiner.

Lores Mutter starb am Ende des Sommers, in dem die meisten Hotels geschlossen geblieben waren und selbst das *Grandhotel* Gerichte von der Speisekarte hatte streichen müssen. Sie war auf einer ihrer Fluchten in den Luftschutzkeller gestolpert und hatte sich den Hals gebrochen.

Nur für Zosia und Roza wurde das Leben ein wenig leichter, nun da Lore Bescheid wusste. War Erik für mehrere Tage fort, setzten sie sich manchmal zu viert in den Wintergarten und spielten

Rommé, das die Polinnen Remik nannten. Es war ein angespanntes, wortkarges Kartenspiel, bei dem Zosia ihre kleine Zither auf dem Schoß hielt und ab und an eine Melodie anstimmte, aber es war immerhin ein wenig Abwechslung für die eingesperrten Frauen. Was Zosia spielte, war häufig so süß, so berührend, dass Gundis Geist es weiterspinnen und ein Lied daraus hätte machen wollen, doch sie gestattete sich nie wieder, der Versuchung nachzugeben.

An einem Abend im Dezember saßen sie wieder beisammen und tranken mehr Wein, als dass sie sich auf die Karten konzentrierten. Roza drängte Zosia, sie sollten zu Bett gehen, doch Zosia blühte an diesen Kartenabenden ein wenig auf und begann, sich gegen Rozas Gängelei zu wehren. »Weißt du, wie ich komme mir vor, Roza? Als wenn ich wäre erst vierzehn Jahre alt, keine Frau von Anfang dreißig. Du hast mich nie lassen erwachsen werden.«

»Sprich polnisch!«, forderte Roza auf Polnisch. »Das war nicht ich, das war der Krieg.«

»Ich spreche deutsch, denn sonst ist unhöflich für Gundula und Lore. Und vor dem Krieg war mit dir schon genauso. Warum du gehst nicht allein in Bett, wenn du bist müd' und schlapp?«

»Ohne dich gehe ich nicht«, entgegnete Roza nun ebenfalls auf Deutsch. »Nimm die Zither und komm.«

»Und was soll ich machen da unten? Du stundenlang sitzt und schreibst Briefe an deinen Henryk, die er sowieso nicht wird lesen. Aber ich? Ich habe keinen Henryk, hatte nie einen, nicht einmal einen toten.«

Die Ohrfeige, die Roza ihr gab, warf ihr den Kopf zur Seite. »Henryk ist nicht tot! Sag das nicht noch einmal, oder ich …« Dann begriff sie, was sie getan hatte, und aus dem Entsetzen in Zosias Blick zu schließen, war es ihr nie zuvor geschehen. »O großer Gott, Zosika, verzeih mir, wie konnte ich nur?« Sie zog

Zosias Hand, mit der diese sich die gerötete Wange hielt, fort und legte ihre eigene Hand auf die getroffene Stelle. Ein Singsang zärtlichster polnischer Worte flutete auf Zosia nieder, unter etlichen Koseworten auch solche, die dem Danziger Missingsch entstammten, und bei alldem streichelte Rozas Hand unaufhörlich Zosias misshandeltes Gesicht.
Irgendwann hielt Zosia die Hand ihrer Schwester fest und stand auf. »Ist jetzt genug, Rozika, wirklich«, sagte sie auf Deutsch. »War hässlich, was ich gesagt habe, und nun ist wieder gut und wir uns bedanken und gehen schlafen.«
Warum ist es für uns nicht auch so einfach?, dachte Gundi. Lore fehlte ihr mehr, als sie erwartet hatte. Muss denn erst alles kaputt sein, ehe der Krieg vorbei ist?, fragte sie sich. Das wäre, als hätte man bis hundert gezählt, stünde auf und bekäme sein Lebensband wieder, aber es wäre niemand mehr da, der noch weiterspielte.
Das Schellen an der Gartentür hallte durch den Gang. Alle vier Frauen fuhren herum und blickten auf die Standuhr, die noch von den Seesens stammte. Schon nach zehn. Wer, der keinen eigenen Schlüssel hatte, kam jetzt noch zu Besuch?
»Rasch, in den Keller!« Lore half Roza und Zosia, während Gundi so langsam wie möglich nach vorn ging, den Summer betätigte und die Tür öffnete. Im Lichtschein der Laterne, die über dem Tor angebracht war, erkannte sie Forsters schwarze Limousine. Der Mann selbst schob das Tor auf und kam in seinem abgehackten Schritt ihren Gartenweg herauf. Gundis Linke krampfte sich um das Gelenk der Rechten. »Oh, guten Abend, Herr Gauleiter!« Ihre Stimme war ein Krächzen.
Er sprang die Treppe hoch, blieb vor ihr stehen und schloss seine Hände um ihre verkrampften. »Gnädige Frau, ich wollte nicht, dass Sie es durch eine offizielle Mitteilung erfahren. Sie haben mein innig empfundenes Mitgefühl, wo Sie nun das

Schicksal so vieler Frauen unseres Volkes teilen. Zu meinem tiefen Bedauern haben wir Nachricht erhalten, dass die *U172* am 13. Dezember im Mittelatlantik durch einen feindlichen Hinterhalt versenkt worden ist.«

50

März 1944

Als das neue Jahr begann, war Tadek zurückgekehrt. Dieses Mal war er nicht schwer verwundet, nur ausgelaugt und hatte den Befehl, sich nach mehreren Verhaftungswellen in Westpreußen eine Weile versteckt zu halten. Eine Verlegung in den Süden, nach Krakau, hatte er abgelehnt. Er wollte in seiner Kaschubei sein, wenn es zu Ende ging, wenn »euer Krieg endlich verloren ist«.

Er fing sich sofort, bat für seinen Ausfall um Verzeihung und bedankte sich, dass Gundi ihm noch einmal Unterschlupf gewährte. Auch bestand er darauf, sich nicht noch einmal im Haus zu verstecken, sondern im Schuppen am Ende des Gartens, auch wenn es dort keine Heizung gab. »Glaub mir, ich weiß, was ich dir schuldig bin. Ich werde es dir zurückzahlen, Gundi. Wenn der Krieg vorbei ist, setze ich mich für dich und deine Familie ein. Ich werde aussagen, was du für mich und die zwei Schwestern getan hast, damit ihr hierbleiben dürft, wenn ihr das wollt.«

»Wieso sollten wir nicht hierbleiben dürfen? Wir sind doch hier zu Hause.«

Schnaufend lachte er auf. »Erklärst du das mal den Leuten, deren Zuhause jetzt Gotenhafen heißt und in deren Betten eingeschiffte Baltendeutsche schlafen? Erklärst du das den beiden

Frauen, die sich in deinem Käsekeller verstecken müssen, weil sie in ihrem Heimatort kein Heim mehr haben dürfen?«
Gundi wurde kalt. Lore hatte vor Wochen, ehe die Nachricht von Julius' Tod sich als falsch erwiesen hatte, Ähnliches gemunkelt: Die Rote Armee rücke unaufhörlich nach Westen vor, sie könne bis nach Danzig gelangen, und wenn das bevorstünde, wäre man besser nicht mehr hier. »Eine halbe Million soll allein in Stalingrad gestorben sein. Wollen wir mit Ariane hier warten, bis die Männer, die das zu rächen haben, uns hier finden?«
Tage später sprach jedoch Forster erneut vor, diesmal mit einer Flasche *Henkell Trocken* als Geschenk und der Mitteilung, es hätten siebenundvierzig Besatzungsmitglieder der *U172* lebend geborgen werden können. Einer von ihnen sei Julius. Er werde wegen Erfrierungen behandelt, sei jedoch auf dem Weg der Genesung. Danach hörte das Gerede vom Weggehen auf. Stattdessen bat Lore, Julius schreiben zu dürfen. »Nur einen Gruß. Von uns allen. Damit er sich nach dem, was er durchgemacht hat, nicht so mutterseelenallein fühlt, sondern weiß, er hat ein Heim, das auf ihn wartet.«
»Du kannst doch Julius schreiben, was du willst.«
Immer häufiger kam es vor, dass Lore nicht mit ihnen auf der *Gustloff* auftreten wollte. Sie schob gesundheitliche Gründe vor, Erschöpfung oder Sorge um Ariane. Schließlich studierten Erik und Gundi eine Reihe von Stücken ein, die sie zu zweit bewältigen konnten, und rechneten nicht länger mit Lore.
So zynisch das klang – rein musikalisch war dies womöglich ihre beste Zeit. Sie absolvierten so viele Auftritte, wie sie ihren Kräften abverlangen konnten. Gundi war froh, wenn sie nicht zu Hause sein musste, nicht gegen den Wunsch ankämpfen, zu Tadek in den Schuppen zu laufen und sich ihm in die Arme zu werfen. Er war so sanft jetzt, kaum je bitter und aggressiv. Sie

wollte ihn bei sich haben, ihn lieben und ihm vorschlagen, den Versuch zu wagen und wieder zusammen zu singen. Liebe und Musik – musste nicht beides zusammen die Kraft besitzen, zu heilen? Da aber weder das eine noch das andere möglich war, da beides warten musste, zog sie es vor, aus dem Haus zu fliehen und mit Erik Musik zu machen.
Offizier Goering wusste es zu schätzen: »Wenn ich etwas zu sagen hätte, würden Sie einen Orden bekommen für das, was Sie diesen armen Teufeln schenken.«
Eines Abends sang sie *Morgen am Meer,* einzig begleitet von ihrem Akkordeon und Eriks Bass, und als nach dem letzten Takt der Applaus aufbrandete und sie aufblickte, sah sie im Publikum ihren Mann. Ihr wurde so übel, dass sie schwankte und sich an Erik festhalten musste. »Julius.«
Er war groß, kantig, blond. Das schien alles, was noch an den Mann, den sie fast fünf Jahre lang nicht gesehen hatte, erinnerte. Er stand von seinem Stuhl auf und kam auf sie zu, setzte jeden Schritt langsam wie jemand, der sich von einer Verletzung erholt, und im Gehen verzog sich sein Mund zu einem Lächeln, das zitterte. »Gundi.«
Ebenso langsam legte er die Arme um sie, schloss sie dann aber plötzlich so fest um ihre Rippen, als wollte er sie ihr brechen. Der Applaus schwoll an. Ein paar der jungen Männer johlten und pfiffen durch die Zähne.
In Gundis Kopf jagten sich die Gedanken: Die Polinnen. Tadek. Würde sie irgendwie Lore erreichen können, sie bitten, jede Spur zu tilgen? »Warum …«, begann Gundi zu stammeln, »warum hast du mir nicht geschrieben, dass du Urlaub hast?«
»Ich habe keinen Urlaub«, sagte Julius mit einem Lächeln, das auf seinem Gesicht festgefroren schien. »Das heißt, ein paar Tage, die ich nur mit dir, mit meiner Familie, verbringen will, habe ich schon, aber danach gehe ich nicht wieder fort. Nicht

weit jedenfalls. Ich bin jetzt hier stationiert. Auf der *Gustloff*. Als Schulungsoffizier.«

Als sie vor Schreck keine Antwort herausbrachte, fuhr er fort: »Ich habe mich so nach dir gesehnt, Gundi, ich habe gedacht, ich gehe daran zugrunde. Dann geschah das Unglück, und danach hat man mir angeboten, mich zu versetzen. Du kannst dir nicht vorstellen, wie glücklich ich bin.« Er zögerte. »Bist du auch glücklich, Gundi? Gibst du nach allem, was war, dir und mir noch einmal eine Chance? Ich bitte dich darum. Ich muss einfach wissen, dass es auf der Welt noch etwas anderes gibt als die Schreie von Sterbenden und die Gesichter von denen, die nicht mehr schreien können.«

Auf einen Schlag sah er aus wie ein alter Mann. Gundis Hirn arbeitete blitzschnell: Sie musste ihn um jeden Preis vom Haus fernhalten, musste den drei Versteckten Zeit geben, Vorbereitungen zu treffen. »Ja, Julius, ich bin glücklich«, zwang sie sich ab. Es war keine Lüge, redete sie sich mit aller Kraft ein, keine richtige jedenfalls – sie war glücklich, dass er lebte, dass er heil und in Sicherheit war. »Meinst du, wir könnten diese Nacht zusammen auf dem Schiff verbringen? Auf unserer *Gustloff*? So wie damals, vor dem Krieg …«

Vor dem Krieg war die *Gustloff* das Schiff ihrer Liebe zu Tadek gewesen, das wusste Julius so gut wie sie. Er musste ihr Spiel durchschauen. Aber er war zu erschöpft dazu, zu einsam, zu ausgehungert, er hörte nur, was er wollte. »Das willst du, Liebes? Ich weiß nicht, ob es erlaubt ist, aber ich rede mit Kapitän Petersen.«

»Kapitän Petersen ist wieder auf der *Gustloff*?«

Julius nickte. »Es gibt einem ein ziemlich merkwürdiges und nicht sehr logisches Gefühl von Sicherheit, oder?«

Es war nicht erlaubt, aber Julius war ein Kriegsheld, und dass von denen einer gesund zurückkehrte, kam nicht allzu häufig vor. Zudem war er eine Art Relikt aus einer anderen Zeit, in der der Kapitän der Handelsmarine eine Aufgabe versehen hatte, der er sich gewachsen fühlte. Petersen machte eine Ausnahme. Sie durften die Nacht in Julius' Kabine verbringen.

Gundi bestand darauf, mit Erik noch ein Glas auf Julius' Heimkehr zu trinken, weil sie Mut brauchte, viel mehr Mut, als sie glaubte, in ihrem Leib sammeln zu können. Erik hatte es eilig. Er wisse, Gundi und Julius könnten es nicht erwarten, allein zu sein, erklärte er, und er wolle sie nicht aufhalten. Gundi schärfte ihm ein, sofort Lore Bescheid zu geben, dass Julius daheim war. »Sie soll sich doch auch freuen.«

Dann blieb ihr nichts mehr, um es hinauszuzögern.

Es war nicht so schlimm, wie sie befürchtet hatte, auch wenn es sich wie Verrat anfühlte, wie Betrug an Tadek, der allein in dem eisigen Schuppen schlafen musste. Julius weinte in ihren Armen wie ein kleines Kind. Er brauchte sie, und das half ihr. Sie hatte angenommen, er hätte in der Laufbahn als Offizier gefunden, wonach er immer gesucht hatte, aber sie hatte sich geirrt. Er war dafür nicht gemacht. »Was haben wir der Welt angetan?«, weinte er auf und hielt sich an ihr fest, grub seine Finger in ihr Fleisch. »Sie wird uns zermalmen, um uns dafür zu bestrafen, uns vernichten, sodass keine Spur von uns bleibt.«

Es wäre grausam gewesen, einen derart verzweifelten Mann abzuweisen. Er war noch immer ihr Freund, und das Mitleid, das sie empfand, war echt. Sie schlief mit ihm. Mehr als einmal war es nicht nötig, weil er entkräftet in ihren Armen einschlief. Gundi lag wach, bis der Morgen graute. Dann schrieb sie ihm auf die Rückseite eines Programmzettels, sie sei schon auf dem Weg nach Hause, um alles für seine Ankunft vorzubereiten, und stahl sich an Deck. Dem Wachmann erklärte sie ihr Dilemma: Sie müsse dringend nach Zoppot, um ihrem Mann einen festlichen Empfang zu bereiten, und er besorgte jemanden, der sie fuhr.

Als sie von der Meerseite in ihren Garten trat, machte sie im Morgennebel eine Gestalt aus, die durch eine der Kellertüren das Haus verließ. Ihr Herz vollführte einen Satz. »Tadek! Um Gottes willen! Wenn jemand dich sieht!«

Tierhaft, fast lautlos huschte er über das nasse Gras. »Du bist es, die schreit, nicht ich«, flüsterte er, verschloss ihr sacht mit der Hand den Mund, und sie glaubte, das traurige, zärtliche Lachen zu vernehmen, zu dem sie die Musik zu *Kleine Stunden* geschrieben hatte. »Sollen die Nachbarn dich hören? Frauen, die sich mit Polen einlassen, landen im KZ.«

»Mir egal. Solange ich mit dir zusammen bin.«

»Bist du nicht, Dummchen. Ich werde aufgehängt.« Seine Lippen berührten ihr Haar. »Sei vorsichtig, ja? Die Nazis wissen, dass ihr Spiel verloren ist. Alles, was ihnen zu tun bleibt, ist, so viele wie möglich mit sich ins Verderben zu reißen.«

»Was hast du im Haus gemacht? Hat Lore mit dir gesprochen? Darüber, dass Julius da ist?«

Hastig nickte er. »Sei mir nicht böse.«

»Ich könnte das gar nicht«, sagte Gundi. »Dir böse sein. Tadek, ich weiß nicht, wie wir diese Tage überstehen sollen. Es wird nicht leicht sein, dir etwas zu essen in den Schuppen zu bringen, aber ich finde einen Weg, und es dauert ja nicht lange. Ich wünschte, es wäre endlich vorbei und ich könnte der ganzen Welt reinen Wein einschenken.«

»Noch nicht, Gundi, noch nicht. Sei vernünftig, ja? Um mich mach dir keine Sorgen. Ich muss noch einmal fort.«

»Nein, Tadek!«, fuhr sie auf. Sie wollte die Angst um ihn nicht noch einmal ertragen müssen, sie war im Innern zermürbt davon.

»Nur noch einmal.« Er legte ihr die Hand auf den Mund. »Es kann lange dauern, aber dann ist es vorbei.«

Sie musste ihn freigeben, auch wenn es sich anfühlte, als risse sie sich einen Teil von ihr heraus. Jeden Augenblick konnte jemand kommen – Erik aus dem Haus oder gar Julius von der Straße. »Küss mich«, bat sie. »So als wäre das nicht schon wieder unser Abschied, sondern unser Wiedersehen. So als dürften wir wieder leben.«

Im Zwielicht sah sie seine Zähne blitzen. Er neigte den Kopf und küsste sie auf die Lippen, aber flüchtig und zart, nicht innig, wie sie es sich verzweifelt wünschte. »Bitte pass auf euch auf. Euch darf nicht jetzt, zum Schluss, noch etwas geschehen. Wenn du aus irgendeinem Grund hier fortmusst, nimm Zosia und Roza mit. Sie sind allein und ohne Schutz.«

»Du bist es, dem nichts geschehen darf! Tadek, es ist mir egal, ob du es mir verboten hast, ich kann es nicht länger zurückhalten: Ich liebe dich.«

Er sah sie noch einmal an, schenkte ihr einen langen Blick, dann ließ er sie los und verschwand in den Nebeln, in Richtung Meer. Mit einem Herz, das so schwer wie Blei wog, ging Gundi ins Haus. Kurz darauf erwachte es zum Leben, und drei Stunden später traf Julius ein, der zwei Tage blieb.

Danach spielte sich zu ihrem Erstaunen eine Art von Alltag wieder ein. Sie mussten noch mehr Vorsicht walten lassen als bisher, konnten nicht mehr in der Veranda Karten spielen, aber durch ihre Auftritte auf der *Gustloff* hatte Gundi immerhin Einblick in Julius' Dienstpläne und konnte zumindest halbwegs einschätzen, wann Gefahr bestand. Manchmal, wenn auch Erik außer Haus war, übernachtete Gundi bei Julius auf dem Schiff, um Roza und Zosia ein paar Stunden in Freiheit zu verschaffen.

Ihre Liebe – oder das, was er dafür hielt – beruhigte Julius, lullte ihn ein. Zudem war er abgelenkt, weil die Nachrichten von der Ostfront und schon bald von allen Fronten immer dramatischer wurden. Selbst wenn man keinen Feindsender hörte, sondern mit der unveränderten Propaganda vom Endsieg berieselt wurde, konnte man sich nicht länger darüber hinwegtäuschen, dass Hitlers gigantisches Bauwerk an sämtlichen Ecken bröckelte. Die Rote Armee trieb die deutschen Truppen aus der Ukraine. Britische Bomben zerstörten die Stadt Frankfurt, und als der Sommer begann, mussten die Einheiten der Wehrmacht Rom aufgeben. Zwei Tage später landeten die Alliierten in der Normandie.

»Ich wünschte, sie würden bei uns landen«, rutschte es Julius in einem unbedachten Augenblick heraus, nachdem er mit Gundi geschlafen hatte.

»Warum das denn?«

»Weil wir in Russland barbarischer gewütet haben als irgendwo sonst«, erwiderte er. »Und weil Stalin keine Gnade kennt.«

Gundi musste an den Teufel denken, den es brauchte, um einen Teufel auszutreiben.

»Die Polen hassen uns wie die Hölle«, fuhr Julius fort. »Dabei sollten sie sich mit uns zusammentun, denn wenn der Russe kommt, wird in diesem verwüsteten Land alles niedergemäht, was noch steht. Und wer immer der Kollaboration mit uns verdächtig ist, dürfte standrechtlich erschossen werden.«

»Das kann doch nicht dein Ernst sein!« Gundi dachte an Tadek, immer nur an Tadek. Er vertraute auf Stalin als seinen Befreier – würden sie womöglich vom Regen in die Traufe geraten, wäre ihre Liebe beim einen so verboten, wie sie beim andern gewesen war?

»Leider ist es mein Ernst«, erwiderte Julius. »Ich habe Kameraden, die ihre Familien zu Verwandten ins Reich schicken, weil sie dort sicherer sind, und wenn ich eine Möglichkeit wüsste, würde ich mir für euch dasselbe überlegen. Ich habe nur leider keine Beziehungen. Das bisschen Familie, das ich hatte, hat immer nur rund um Danzig gelebt, und es gäbe niemanden, der euch helfen würde.«

»Julius, das kommt nicht infrage!«, rief Gundi. »Pop ist zu schwach, er kann nicht mehr reisen.« Und was war mit Tadek? Wenn sie im Reich war – wie sollte Tadek sie finden?

Außerdem war das Unsinn. Sie war hier zu Hause, sie hatte bis jetzt alles überstanden und würde auch den Rest überstehen, bis endlich Frieden einkehrte und ein neues Leben begann.

Gleich darauf wechselte auch Julius den Ton, versuchte zu lachen und bat sie: »Vergiss den Unsinn, den ich da von mir gegeben habe. Meine Nerven sind nach dem Unglück noch nicht wieder völlig stabil, und ja, es gibt Kriegsschauplätze, an denen es derzeit nicht zum Besten steht. Aber das ist ja kein Grund, hysterisch zu werden.« Er sandte ihr ein Lächeln, eins von den Julius-Lächeln aus den frühen Sommern. »Eigentlich darf ich nicht darüber sprechen, aber du sagst es ja niemandem weiter: Wir verfügen über eine neue Waffe, deren Entwicklung kurz vor dem Abschluss steht. Sobald sie zum Einsatz bereit ist, wird sie den Krieg mit einem deutschen Sieg beenden.«

Von dieser Wunderwaffe hörte Gundi nicht zum ersten Mal. Es schien, als würde jeder jemanden kennen, der eigentlich nicht darüber sprechen durfte.

Wenig später verbreiteten sich Gerüchte über eine groß angelegte Offensive der Roten Armee, die Truppen bis über die einstige Grenze Polens führen sollte, noch ehe der Sommer zu Ende war.

Im Haus bereitete wieder einmal Zosia Probleme, der es elend ging und die fast nichts aß. Roza vergaß zuweilen alle Vorsicht, stahl sich in die Küche und beschaffte sich Speisen, die ihre Schwester liebte, um ihr wenigstens ein paar Bissen einzuflößen. Gundi musste sie scharf zurechtweisen, sosehr die schwesterliche Fürsorge sie berührte. »Verhalte dich vernünftig, oder du bringst uns alle in Teufels Küche. Ich muss mich darauf verlassen können, dass ihr euch an Absprachen haltet.«

»Meine Schwester ist alles, was mir geblieben ist«, erwiderte

Roza ausdruckslos. »Ich werde sie nicht vor meinen Augen verhungern lassen.«
»Ach i wo«, versuchte Gundi einzulenken. »Zosia wird schon essen, wenn sie Hunger hat.«
»Lass nicht Wut an ihr aus, bitte, Gundula.« Niemand hatte bemerkt, dass Zosia die Küche betreten hatte. Sie sah zum Fürchten aus: das Gesicht aufgequollen, das sonst selbst in bedrängter Lage hübsch frisierte Haar zerrauft. Was, wenn sie ernsthaft krank wurde, wenn sie gar einen Arzt brauchte? »Sie hat schlimme Nachricht erhalten. Allerschlimmste. Henryk ist tot. Er ist gestorben, schon als Krieg hat angefangen. In Westerplatte.«
»Und woher wisst ihr davon?«, rief Gundi. Sie betrachtete Zosia und spürte Übelkeit in sich aufsteigen. Daran, dass Henryk Kosciuszko tot war, hatte sie nie einen Zweifel gehegt. Wenn sie ehrlich war, hatte sie zuweilen sogar vergessen, dass Roza, die ganz in der Sorge für ihre Schwester aufging, überhaupt je verheiratet gewesen war.
»Tadek hat uns gesagt«, antwortete Zosia.
»Tadek?« Gundis Herz vollführte mehrere harte Schläge, und ihre Hände wurden kalt.
»Im März«, rief Roza, die gerade noch ausgesehen hatte, als wollte sie weinen. »Er hat es uns gesagt, als er im März noch hier war. Er hat es für mich herausgefunden.«
»Tadek hat auf sein eigenes Leben zu achten«, sagte Gundi. »Wie ihr wisst, fahndet die Gestapo nach ihm. Wenn er wieder herkommt, dürft ihr ihn nicht noch einmal um so etwas bitten.«
»Keine Sorge.« Roza sah sie mit großen Augen an, und zu Gundis Verwunderung lag in ihrem Blick kein Spott. »Ich habe ja keinen zweiten Mann, nach dessen Verbleib ich mich erkundigen kann.«
Es wird alles zu viel, dachte Gundi, während sie in den Winter-

garten ging, um ein wenig Ruhe bei ihrem Instrument zu suchen. Alles geht durcheinander, Fäden verstricken sich, und ich finde den Überblick nicht mehr.
Akkordeon zu spielen gelang ihr heute auch nicht. Die Übelkeit kehrte zurück, und sie musste das Instrument zur Seite legen. Während sie gegen den Würgereiz ankämpfte, betrat Lore den Raum. »Hast du Zeit, Gundi? Ich muss mit dir sprechen.«
»Sicher.« Gundi bemühte sich, so gelassen wie möglich zu klingen.
»Ich will, dass wir von hier weggehen«, sagte Lore und setzte sich ihr gegenüber, dorthin, wo neben dem Palmenkübel mit Tadeks Ring die blaue Tasche stand. »Eine Frau von der Winterhilfe geht mit ihren Kindern nach Berlin. Wir könnten uns ihnen anschließen. Noch gibt es Züge, noch gibt es befahrbare Straßen und Wagen, die Frauen und Kinder ein Stück mitnehmen. Noch ist das Wetter gut zum Reisen. Wir könnten versuchen, eine Unterkunft zu finden, und hoffen, dass Julius nachkommt, wenn das hier überstanden ist.«
»Zum Teufel, ich kann das nicht mehr hören!«, brach es aus Gundi heraus. »Ich weiß nicht, warum jeder so wild darauf ist, mich aus meinem Zuhause zu vertreiben, aber selbst wenn ich es wollte: Ich kann hier nicht weg! Es geht nicht um Julius, Lore, es geht um Pop. Ist dir das nicht klar?«
»Pop würde wollen, dass du gehst, und du weißt das«, erwiderte Lore ruhig. »Er würde wollen, dass du dich und deine Kinder in Sicherheit bringst.«
»Meine Kinder?«
»Versuch nicht, mir einzureden, du wüsstest nicht, dass du schwanger bist«, sagte Lore. »Ich bin die Letzte, die davon Ahnung hat, aber hier im Haus weiß jeder davon. Du hast ja sogar schon einen Bauch.«

51

Oktober

Königsberg war bombardiert worden. Königsberg war angeblich eine schöne Stadt. Pfitzner wusste es nicht. Er war nie dort gewesen und hatte andere Sorgen.

Die Tür des Büros schwang auf, und Forster trat ein, eine Mappe mit Papieren unter dem Arm, die er Pfitzner auf den Tisch klatschte. In letzter Zeit fanden ihre Zusammenkünfte immer häufiger hier, in der Zentrale in der Jopengasse, statt. Die Tage der großen Empfänge in Forsters Lieblingshotel waren vorbei. Pfitzner machte es nichts aus. Er war gern hier, sah aus dem Fenster auf die Hakenkreuzfahnen, die sich über einer der herrlichsten Straßen seiner Stadt wiegten, und dachte an ein altes Gedicht.

Er war kein Mann, der etwas für Gedichte übrig hatte, aber diese Zeilen schlugen eine Saite in ihm an:

»Und der Türmer wie vor Jahren
Singet ein uraltes Lied …«

Ach. Vor Jahren. Er hatte geglaubt, er müsste die Qual kein zweites Mal durchleben, das neue Glück seiner Stadt würde noch einmal tausend Jahre währen. Es war ihm nicht vergönnt gewesen, er würde gezwungen sein, alles noch einmal zu durchleben, aber es würde das Letzte sein, was er durchlebte. Und zuvor würde er noch eine offene Rechnung begleichen, das Mädchen mit in die Tiefe stoßen, das ihm den siebenten Elkeles entrissen hatte. Bleistift-Bodo hatte einen Neffen, der auf der verdammten Briteninsel im sicheren Nest saß, während der Name Pfitzner von der Erde getilgt war, und Schuld war ein albernes Weibsbild, das ein albernes Lied geschrieben hatte. Ein Lied, dem dieser Forster, der letztlich auch nur ein

Schwächling wie die Übrigen war, nicht hatte widerstehen können.
Etwas würde er dem Weibsbild anhängen können. Ihm fielen ein paar Leute ein, die er diesbezüglich befragen könnte, die womöglich in nicht allzu ferner Zukunft von selbst bei ihm vorsprechen würden.
»In Warschau haben wir einen großartigen Sieg erzielt.« Forster klang außer Atem und wies auf die Papiere. »Wenn in diesem Rattenloch von Stadt vorher noch ein Stein auf dem andern stand, dann ist da jetzt Steinschlag. Haha.«
Gab es etwas Peinlicheres als Männer, die so taten, als müssten sie über ihre eigenen Witze lachen?
»Und bei dieser gottverfluchten polnischen Landesarmee steht auch kein Stein mehr auf dem andern. Ich meine, kein Kopf mehr auf dem Hals. Haha. Das Material der Dreckskerle, die wir mit Sicherheit erwischt haben, finden Sie hier, das können Sie mit der Fahndungsliste abgleichen. Bei der Identifizierung sind natürlich Fehler möglich, wenn unsere Granaten rangehen, bleibt von so einer Fratze nun mal nicht viel übrig. Dass von den verdammten Terroristen noch einer krauchen kann, bezweifle ich jedenfalls.«
Pfitzner schob den Stapel Akten beiseite. Als Forster bemerkte, dass Pfitzner seine Selbstbeweihräucherung wegen der Niederschlagung des Warschauer Terroristenaufstands nicht beachtete, hörte er auf, hektisch von einem Bein aufs andere zu zappeln und hüstelnd vor sich hin zu lachen. Stattdessen tat er etwas, das er schlecht konnte: Er schwieg. Sie schwiegen beide eine ganze Weile zusammen, ehe Forster in verändertem Tonfall neu anhob: »Die Nachrichten von der Ostfront sind bekanntlich weniger erfreulicher Natur.«
Pfitzner machte sich nicht die Mühe, diese vollkommen überflüssige Bemerkung mit einer Erwiderung zu belohnen.

»Und Sie, Pfitzner«, setzte Forster wiederum an, »Sie waren doch immer so etwas wie mein Gewissen. Sie haben mich hierhergeholt. Denken Sie nicht, ich wüsste das nicht. Man trägt auch mir einiges zu. Nicht nur Ihnen.«

Auch dazu sagte Pfitzner nichts. Falls der Mann sich mit ihm verbrüdern wollte, weil er dem letzten großen Grauen, der Götterdämmerung, nicht allein ins Auge blicken konnte, war er an den Falschen geraten. Pfitzner hatte Brüder gehabt, er legte keinen Wert darauf. Vor dem Fenster bettete sich zum Lied des Türmers seine einzige Liebe zum Schlaf.

»Sagen Sie mir eines, Pfitzner. Nur eines.«

Gute Nacht, Danzig. Schlaf ruhig, meine Stadt.

In Pfitzners Kehle bildete sich ein Klumpen, der Atmen, Schlucken, Sprechen, alles erschwerte.

»Man rät mir, mein Gau zu evakuieren«, sagte Forster. »Ich sehe mich nicht in der Lage, deutlicher zu werden, doch man rät es mir von höchster Stelle. Ich soll den Leuten die Flucht nach Westen nahelegen, solange auf dem Landweg so etwas noch möglich ist. Dasselbe rät man Gauleiter Koch in Ostpreußen. Wenn erst aus beiden Gauen unüberschaubare Menschenmassen über Gotenhafen verschifft werden müssten, hätte man unweigerlich mit Verlusten zu rechnen.«

Pfitzner schluckte an dem Klumpen. Dieser Mensch, der Danzig nicht bewahrt hatte, besaß nicht einmal den Mumm, die Stadt beim Namen zu nennen. Es war nicht *sein Gau.* Es war seit tausend Jahren Danzig. Pfitzner beschloss, dass dies der letzte Rat sein sollte, den er ihm geben würde. »Wir haben mit Verlusten zu rechnen. Mit Verlusten, die in tausend Jahren nicht gutgemacht werden können. Wenn man aus anderer Zeit auf uns schaut, wird man sagen: Diese da sind es, die das Kleinod in den Händen hielten, die es sich entgleiten ließen und erlaubten, dass es auf nackten Felsen zerschellte. Wollen Sie, dass obendrein über uns gesagt wird: Diese da waren Ratten, nicht Manns genug, stillzustehen und sich mit dem Unersetzlichen auch ihre lächerlichen Schädel zu zerschmettern?«

»Pfitzner, ich verstehe Sie nicht. Sie reden wirr, Sie machen mir ja glatt Angst.«

»Tue ich das? Dann lassen Sie mich Ihnen eine unmissverständliche Antwort geben: keine Evakuierung. Wir bleiben hier bis zum letzten Atemzug. Bis zum letzten Tropfen Blut.«

Forster schien zu überlegen. »Haben Sie mich richtig verstanden?«, fragte er dann. »Um uns ging es nicht, da wird anders Vorsorge getroffen werden müssen. Meine Frage bezog sich auf die Evakuierung von Zivilisten. Um all die da unten.« Sein Ellbogen zuckte in Richtung Fenster, als belästige ihn ein Insekt.

Noch einmal schluckte Pfitzner, aber der Klumpen in seiner Kehle bewegte sich nicht. »Wenn wir diese Stadt nicht retten«, presste er heraus, »dann ist keiner von denen, die in ihr herumkrauchen, es wert, gerettet zu werden.«

Forster wischte sich die Stirn. Dann straffte er sich. »Ich verstehe. Und ich gebe das so bekannt: keine Evakuierung. Das deutsche Danzig steht aufrecht bis zum letzten Mann.«

Pfitzner sagte nichts mehr, sondern sah aus dem Fenster. Seine Stadt hatte sich schlafen gelegt, und das Lied des Türmers war verklungen.

52

November

Sanne Gründlich, Tante Karls alte Nachbarin, die in Pops Haushalt, so gut sie konnte, nach dem Rechten sah, kam am frühen Nachmittag. Gundi hatte gewusst, dass sie an einem dieser Tage kommen würde, aber als sie vor der Tür stand, entzog es ihr das letzte Stück Boden unter den Füßen.

»Se missen schnell kommen, Freilein Sonnenschein.« Die alte Frau Gründlich hatte nie begriffen, dass das nicht Gundis wirklicher Name war. »Wenn Se ihn noch sehen wollen, und das wollen Se ja wohl. War'n ja wie Bollermann und Welutzke, Se beide, wenn Se am Samstagabend mit Ihrer Tasche vom Bahnhof herspaziert sind.«

Gundi holte ihren Mantel. Im Gehen patschte ihr Frau Gründlich auf den Bauch. »Dat hätt' er ja gern noch kennengelernt, dat arme Seiserchen, dat in solche böse Welt geboren wird.«

Dass es regnete, war nur recht und billig. Zoppot hatte allen Grund zu weinen. Wenn ich Zoppot wäre, würde ich nie mehr mit dem Weinen aufhören, dachte Gundi. In der Seestraße mussten sie sich an Einheiten des Volkssturms vorbeischieben, die unbeholfen versuchten, sich zu formieren. Alle Männer von Zoppot, die noch übrig waren. Fast alle. Männer von sechzehn bis sechzig. Einige hatten ihre Hackbeile und Schürhaken mitgebracht. Gundi erkannte Reinhold Ziebuhr, der sich bei allen erdenklichen Verbänden vergeblich beworben hatte, um für Deutschland sterben zu dürfen, und der nun endlich hatte, was er wollte.

Zwei Häuser weiter hämmerten zwei Männer in schwarzen Mänteln an eine Tür. Von der Gestapo hieß es, sie käme im Morgengrauen, um Menschen aus ihrer friedlichsten Stunde zu reißen, doch inzwischen kam sie zu jeder Tages- und Nachtzeit, es gab immerzu Razzien und jäh peitschende Schüsse. Es war, wie Tadek gesagt hatte: Die Nazis würden jeden, den sie noch zu fassen bekamen, mit sich ins Verderben reißen. In ihrem Haus aber waren Roza und Zosia noch immer in relativer Sicherheit, und sie wünschte, sie hätte auch Tadek dort halten können. Gundi war noch immer der Engel, der den blutjungen U-Boot-Lehrlingen vor dem Ausrücken ein paar schöne Stunden bereitete. Sie verdächtigte niemand. An ihre Tür hämmerte keine Faust.

Dafür drohte andere Gefahr: Auf Neufahrwasser waren Bomben gefallen. An die Bevölkerung der Dreistadt Danzig-Zoppot-Gotenhafen waren Anweisungen zur Verdunkelung ausgegeben worden, obwohl Julius Gundi erklärt hatte, dass Verdunkelung kaum etwas nützte. Zu hoffen blieb nur, dass die Piloten der Alliierten an einem Seebad mit ein paar Hotels und Kuranlagen kein Interesse haben würden. Dass auch die Rote Armee keines hatte. Dass alles glimpflich abging.

Davon, dass die Wunderwaffe die Wende bringen würde, sprach niemand mehr. Die Rote Armee stand in Ostpreußen. Zwanzigtausend Menschen waren aus dem Gebiet um die Memel in Danzigs Bucht evakuiert worden, und unaufhörlich strömten weitere über Land hinüber nach Westpreußen. Frauen, Kinder und Alte, die auf Bündeln saßen und deren erloschene, sterbensmüde Gesichter Gundi an die Ostjuden erinnerte, die vor Jahren das Futter von Herrn Martensius' Schwein nicht hatten teilen dürfen. Von der *Gustloff* hieß es abwechselnd, sie würde zur Evakuierung von Truppenteilen verwendet werden oder sie würde den Flüchtlingen zur Verfügung gestellt. Wenn jemand die *Gustloff* kannte, dann war es Gundi. Mit ihren großen Räumen, dem ausgezeichneten Heizungssystem und der noch immer recht guten Proviantlage war sie als Flüchtlingsschiff wie

kein anderes geeignet. Mit ein wenig Planung mochten an die viertausend Menschen darauf Platz finden.
Gundi selbst würde nicht fortgehen. Auch jetzt nicht, dachte sie und weinte für Zoppot mit. Jetzt erst recht nicht. Im Oktober war in Warschau ein von langer Hand geplanter Aufstand der Landesarmee niedergeschlagen und die Widerstandsorganisation dabei praktisch ausgelöscht worden. Berichten nach hatte es keine Überlebenden gegeben, aber Gundi konnte die Hoffnung nicht aufgeben. Tadek würde wiederkommen. Tadek *musste* wiederkommen, weil es ohne ihn kein neues Leben geben konnte. Sie hielt ihren Bauch mit den Händen, da er sie sonst beim Gehen behinderte. Wie sie Tadek erklären sollte, dass sie ein Kind von Julius bekam, wusste sie nicht. Auch nicht, ob er ihr verzeihen würde. Nur dass er leben musste, wusste sie. Wieder leben. Nicht tot bleiben.
An Tante Karls Häuschen mit der verwitterten himmelblauen Balkonbalustrade ringelte sich die absterbende Ranke einer Schwarzäugigen Susanne, an der noch zwei oder drei orangefarbene Blüten hingen. Wer hatte die im Frühjahr ausgesät? Sanne Gründlich? Pop, der behauptete, er verstünde vom Gärtnern so viel wie die Kuh vom Klavierspiel? Oder säte die Pflanze sich Jahr für Jahr, ehe sie abstarb, selbst aus, um im Frühjahr wieder aus dem Boden zu sprießen?
Wenn sie im nächsten Frühjahr wieder wächst, komme ich und gieße sie, dachte Gundi, die blind vor Tränen war.
Sanne Gründlich schloss die Tür auf. »Wir sind denn da, Herr Frieböse!«, rief sie. »Ihr Marjellchen. Die ist denn noch mal da.«
Pop lag nicht im Bett. Sanne Gründlich hatte zwei Sessel aneinandergerückt, sodass er in Kissen gebettet an seinem Fenster liegen konnte. Er war dünn wie ein Gerippe mit ganz zerknitterter Haut, auf seinem Kopf ein letzter fedriger Bausch weißen Haars. Gundi lief zu ihm und nahm seine Hand, die von der

Lehne herunterhing. Sie wollte ihm ein Lebensband umlegen, damit er bis hundert zählen konnte, bis tausend oder bis eine Million, ganz egal, wenn er nur irgendwann wieder leben würde. Aber sie hatte das Lebensband an Zosia verschenkt.

Sie hatte ihm so viel sagen wollen. Dass er das Beste gewesen war, das Allerbeste, was einem kleinen Menschen passieren konnte, dass er ihr beigebracht hatte, dass die Welt gut war, die Menschen freundlich und das Leben schön, dass sie nie hatte aufhören können, daran zu glauben, solange zu der Welt, den Menschen und dem Leben Pop gehörte. Das alles konnte sie aber nicht herausbringen, weil sie sich die Seele aus dem Leib weinte. Und dann hätte so ein Gerede ja auch nicht zu ihr und Pop gepasst.

»Nu, Marjellchen«, sagte Pop, die Stimme schon klein, wie fertig eingepackt, um sich davonzumachen. »Jetz' aber flott, der Zug wartet nech'«, hatte er gesagt, wenn sie noch einmal in die Stube zurückgerannt war, weil sie etwas, das in die blaue Tasche gehörte, vergessen hatte.

Gundi schluckte und schniefte, um Luft zu holen. »Was kann ich denn sagen, Pop, was kann ich dir denn nur sagen?«

Pops verschrumpelte, kraftlose Hand drückte ihre. »Schietke, sagt Liedtke«, sagte er.

53

Gundi blieb bei Pop sitzen, bis Sanne Gründlich kam und sagte, es tue ihr leid, aber sie müsse »sich jetzt kümmern«. Dann war sie aufgestanden und in eine Welt hinausgetaumelt, die keine Wände mehr besaß. Vor ihrem Haus, auf dem Absatz der Treppe stand Lore, die gertenschlank war, jetzt aber rund wie ein Fass wirkte, als hätte sie Mäntel in drei Schichten übereinandergezogen. Über einer Schulter trug sie eine Art Rucksack und in der freien Hand die blaue Tasche.

Als sie Gundi kommen sah, stellte sie beides ab. »Pop?«, fragte Lore.

Gundi konnte nur nicken.

Lore ließ ihr Gepäck stehen, kam auf Gundi zu und schloss sie in die Arme. »Mein Beileid, Gundi. Wenn man sich Menschen backen könnte, wie sie sein sollten, hätte man Pop als Modell benutzen müssen.«

Dankbarkeit durchflutete Gundi. Dankbarkeit dafür, dass Lore da war, dass sie einander noch hatten, dass jemand bei ihr bleiben würde, der Pop gekannt hatte.

Lore ließ sie eine Zeit lang weinen, dann richtete sie sich auf und nahm Gundis Gesicht in ihre Hände. »Hör zu, dein liebster Pop hat auch dieses Letzte noch genau richtig gemacht, denn wir müssen hier weg, solange wir noch können. Julius sagt es auch. Es machen sich wieder Bekannte von mir auf den Weg, sie wollen Richtung Berlin und haben versprochen, uns behilflich zu sein, falls unterwegs etwas geschieht. Wenn wir gut vorankommen, sollten wir es aber ins Reich geschafft haben, ehe das Kind geboren wird. Wir müssen uns nur beeilen – diese Leute wollen los, ehe es dämmert, um heute noch ein Stück Weg zu schaffen. Ich habe Ariane die Lage erklärt, sie ist vernünftig wie immer, und ich habe eine Nachricht für Erik geschrieben. Er hat sich zum Volkssturm melden müssen. Ich denke, wenn er sich irgendwie davon befreien kann, wird er uns einholen. Männer kommen ja schneller voran als schwangere Frauen und Kinder.«

Lore redete wie ein Maschinengewehr – keine Chance, ein Wort dazwischenzuwerfen. »Schau, ich habe schon alles gepackt, du brauchst nur noch deinen Mantel zu holen – alles Warme, was du um deine Wampe herumwickeln kannst. In deiner blauen Lieblingstasche habe ich dein altes Geschirr, das von Pops Werft. Damit du eine Erinnerung hast, an Pop, an Zoppot, an die schönen Jahre.«

Da sie noch immer nicht Atem holte, sondern gleich weiterreden wollte, presste Gundi ihr kurzerhand die Hand auf den Mund. »Tust du mir einen Gefallen und hörst mit diesem Quatsch auf? Nimm's mir nicht krumm, aber es geht mir nicht besonders gut. Ich kann dieses eine Mal nicht Gundi Sonnenschein sein, die um alle herumscharwenzelt, sondern brauche ein bisschen Zeit für mich. Mit deiner fixen Idee vom Weggehen kannst du mich von mir aus morgen wieder beschabbern, aber heut möcht' ich meine Ruhe davon. Falls du's vergessen hast: Mein Großvater ist gestorben.«

Lore befreite sich. »Ich hab's nicht vergessen!« Sie schien außer sich, beinahe schrie sie. »Ich weiß doch, was Pop dir bedeutet hat, und ich würde dir liebend gern Zeit zum Trauern lassen, aber diese Leute sind unsere letzte Chance, halbwegs sicher von hier wegzukommen, ehe die Hölle losbricht. Du musst an die Kinder denken, Gundi, an deine und Julius' Kinder.«

Das Letzte war wie eine Ohrfeige. Etwas in Gundi wusste, dass sie völlig falsch reagierte, aber sie konnte nicht denken, weil durch ihren ganzen Schädel ein Refrain hämmerte: *Pop ist tot. Pop kommt nicht wieder. Es gibt keinen Pop mehr auf der Welt.*

Weil das alles ihre Kraft überstieg, stieß sie Lore beiseite und stürmte ins Haus. Viel zu schnell für den schweren Bauch, der sie mit einem stechenden Schmerz dafür strafte.
Lore rannte ihr hinterher, sammelte auf dem Weg den Rucksack und die blaue Tasche auf. »Gundi, ich kann dich nicht hierlassen. Und Ariane auch nicht. Ich weiß nicht, wozu ich in der Lage wäre, wenn du nicht Vernunft annimmst und freiwillig mit mir kommst.«
»Ariane ist meine Tochter und bleibt genauso hier wie ich«, erwiderte Gundi und bemerkte, dass Arianes kleines Gesicht im Türspalt des Wintergartens aufgetaucht war. Wie immer schwieg sie. Wie immer würde sie die Turbulenzen ihrer Welt über sich ergehen lassen müssen, ohne geschont zu werden.
»Denk doch an Julius!«, bettelte Lore. »Er war hier, er hat Geld gebracht, er hat gesagt, es ist das Einzige, was ihn beruhigen und trösten könnte – wenn er dich und seine Kinder in Sicherheit wüsste.«
»Verdammt, das ist mir egal!«, schrie Gundi. »Ich habe dieses ewige Geschwätz von Julius satt, ich habe die Heuchelei und die Verstellung satt, ich habe das alles bis zum Erbrechen satt! Du weißt doch, dass es nicht Julius ist, zu dem ich gehöre, sondern Tadek. Es gefällt dir nicht, es passt nicht in dein niedliches Weltbild, aber du wirst es hinnehmen müssen. Da draußen fällt alles in Stücke, Menschen sterben wie Fliegen, was spielt es da noch für eine Rolle, dass ich in deinen Augen den falschen Mann liebe, dass ich inmitten von all dem Tod mein Stück Glück nicht hergeben will? Ja, ich liebe Tadek, das hab ich getan, seit ich ihn kenne, und ich hab nie damit aufgehört. Es tut mir leid für Julius. Aber ich kann es genauso wenig ändern, wie ich Pop wieder lebendig machen kann, und ich werde hierbleiben, bis Tadek zurückkommt. Ich weiß, dass er kommt, und ich werde auf ihn warten. Ich weiß, dass er lebt.«

»Aber das Kind …«, stammelte Lore, »das Kind ist doch von Julius?«
»Nein, ist es nicht!«, schrie Gundi und wünschte sich mit aller Kraft, die Lüge wäre wahr. »Es ist von Tadek, mein liebster Tadek hat es mir in den kleinen Stunden unter einer Decke im Schuppen gemacht.«
Lore wurde bleich. Ihre Lippen bebten so heftig, dass sie den Mund kaum aufbekam. »Ihr seid ja alle irre«, stammelte sie. »Dieser Tadek ist irre! Draußen sucht die Gestapo nach ihm sämtliche Häuser ab, und hier drin macht er zwei Frauen gleichzeitig ein Kind.«
Vor Gundi verschwamm der Raum, verschwamm Lores Gesicht hinter Nebelschwaden, die geradewegs aus ihrem Hirn quollen. Aus ihrer Kehle löste sich ein Laut, der weder menschlich noch tierisch war, und quer durch ihren Leib hieb ein Messer. Nein, ein Schürhaken. Ein Hackbeil. Der Volkssturm.
»Du kannst mir doch nicht erzählen, du hast das nicht gewusst!«, kreischte Lore, deren verschwommenes Gesicht sich zur Fratze verzog. »Dass dieser Tadek zu Zosia in den Keller steigt, dass er seit Wochen hier wieder herumstreicht, dass sie vom Heiraten redet, wenn erst die Russen hier sind, das alles hast du nicht gewusst? Die Russen werden ihr was husten. Die machen mit ihr vermutlich so kurzen Prozess wie mit uns, wenn sie erfahren, dass sie sich seit fünf Jahren gemütlich ein Häuschen mit Gauleiter Forsters Lieblingssängerin teilt.«
Etwas knirschte, dann polterte es. In diesem Haus hallte jedes Geräusch wie im Zuschauerrund der Waldoper, wie im Festsaal des *Grandhotels,* wie in der Musikhalle der *Gustloff,* wo jetzt die U-Boot-Lehrlinge bei Musik zu Abend aßen. Im Windfang war die Kellerklappe hochgeschlagen, und aus der Öffnung tauchte Zosia auf. Ihr Bauch war riesig. Ungeheuerlich. Kein Menschen-, sondern ein Elefantenbauch, den unmöglich jemand übersehen

haben konnte. Aber Zosia war ja kaum noch nach oben gekommen. Ihre Angelegenheiten hatte ihre verdammte Schwester erledigt, die für sie Arianes Essen stahl, log und ohne Zweifel auch getötet hätte.

Auch jetzt folgte sie ihr auf dem Fuß und versuchte, ihr herzliebstes Schwesterchen zurück in den Keller zu zerren. »Zosi, Zosika, komm doch zu dir, willst du, dass sie dich ausliefert? Denk an dein Kleines, du hast es vom Gärtner, von dem blonden Spund, der nicht mehr kommt …«

Zosia beachtete sie nicht. »Ich hab von Tadek«, sagte sie, allein an Gundi gewandt. »Mir tut leid, Gundula. Du warst zu uns gut, schon damals, bevor kam Krieg, und ich gern hab dir mein Lied geschenkt, denn du wolltest so gern haben und ich nicht mal wusste, dass ist etwas wert. Aber Tadek ich kann dir nicht schenken. Tadek ich brauche selbst. Ich und mein Kind. Du hast deine Mann, Gundula. Ihr seid Deutsche. Tadek und ich sind Polen.«

Gundi starrte sie an. Den weißen, gedunsenen Fleck, der ihr Gesicht war und sich wie eine Boje auf der Ostsee hin und her bewegte.

»Ihr widert mich an«, sagte Lore. »Ihr alle. Mir tun die Kinder leid, Ariane am meisten, aber ich weiß nicht, wie ich denen helfen sollte.«

Gundi sah, wie sie den Rucksack und die blaue Tasche, die sie mit Pop zum Bahnhof in Langfuhr getragen hatte, aufnahm, sich umdrehte und das Haus verließ. Dann schlug das Hackbeil von Neuem in ihren Bauch, und ihr wurde schwarz vor Augen.

54

Der Schmerz war da und die Schwärze. Der Schmerz würde sie töten, und es machte ihr nichts aus. Es war gerecht, fand sie in dem halben Atemzug, in dem sie klar denken konnte. Durch die Schwärze tanzten die Gesichter von Natan Elkeles, Helma Determann, Ludwik Brzezno, Stasiek Kurowski, Jeszek Pajewski, Henryk Kosciuszko und all den anderen, die verschwunden waren und nicht wiederkommen würden. Dann schlug wieder der Schmerz zu, und es tanzte nichts mehr.

Die Schwärze war auch noch da, wenn sie versuchte, die Augen zu öffnen. Jemand musste die Scheiben in ihrem Zimmer mit Verdunkelungspapier abgeklebt haben, wie es neuerdings Vorschrift war, obwohl es nichts mehr nützte. In ihrem Schlafzimmer. Wo sie mit Tadek gelegen und davon geträumt hatte, dass sie eines Tages wieder leben würden.

Der Schmerz kam zurück. Erst schlug das eine zu, dann das andere, im fliegenden Wechsel: der Schmerz und der Tanz der Gesichter. Der Schmerz hatte nichts mit den Wehen vor Arianes Geburt zu tun, damals in der Wohnung in Langfuhr, als sie sich geschworen hatte, nie wieder ein Kind zu bekommen. Damals war der Schmerz in Wellen gekommen wie ihre Ostsee. Dieser hier kam mit dem Beil. Er hatte überhaupt nichts mit dem Kind zu tun. Nur mit dem Tod.

Sie konnte nicht einmal schreien. Nur sterben.

Etwas Kühles, Belebendes glitt über ihre Stirn, verlieh ihr unverhofft ein wenig Kraft. Der Geruch biss ihr in die Nase. Franzbranntwein. Den sie für Tadeks Lunge verwendet hatte und den Lore damals benutzt hatte, um ihr die Geburt zu erleichtern. War etwa Lore zurückgekehrt, war sie doch nicht mutterseelenallein?

»Ist ja gut«, hörte sie ihr Lorchen murmeln, »du machst es gut, du hast es bald geschafft.«
Gundi stöhnte, hielt sich an Lores Unterarm fest, krallte die Nägel in ihr Fleisch. Als der Beilhieb abklang, zwang sie sich, die Augen zu öffnen. Durch das verdunkelte Fenster glaubte sie Schwaden zu sehen. »Brennt's?«, presste sie heraus.
»Nicht doch. Das ist nur Nebel. Es ist ein so nebliger Tag.«
»Ist nicht schon Nacht?«
»Nacht und Nebel. Ja, ja. Inzwischen ist's Nacht.«
Gundi stöhnte. Das Beil machte keine Pause mehr, sondern hackte in wilden Hieben auf sie ein.
»Sei ganz still«, murmelte Lorchen. »Dann hörst du das Meer. Du liebst doch das Meer. Das gibt dir Kraft.«
Sie legte ihr ihre kräftigen Arme um den Rücken, fasste sie unter den Achseln und hievte ihren Leib ein Stück weit in die Höhe. »Jetzt pressen«, rief sie. »Press es heraus, du schaffst es.«
Das Beil hieb zu, und durch die Schwärze tanzten Gesichter. Natan Elkeles, die kleinen Kinder von Helma Determann, die keine Eltern mehr hatten, eine Lehrerin, die aus einem Dorf herauslief und rief: »Halt, halt, halt, hier sind nur Frauen und Kinder!«
Und dann Pop. Wieder jung, wieder lebendig, Hände wie Schaufeln, ein Kreuz, um die Sorgen der Welt dranzuhängen, und blaue Augen, die seine Haltung kundtaten, ehe er den Mund aufmachte. »Hab 'ne frühe Schicht erwischt, Marjellchen«, sagte Pop und grinste. »Was meinste – Samstagabend bei Tante Karl?«
Das Beil fiel zu Boden. In der Schwärze war der Umriss von Lore erkennbar, die ihr die Beine spreizte, und dann wimmerte ganz leise das Kind. Lore hob es hoch, betrachtete es von allen Seiten und wusch es notdürftig in einer Schüssel auf dem Boden. Das Kind schrie nicht. Es fuhr nur fort, geradezu freundlich ein wenig zu wimmern. Lore wickelte es in ein weißes Handtuch und legte es Gundi, die auf das Bett zurückgesunken war, in den

Arm. Es war viel kleiner, als Ariane gewesen war. Es war am Leben, es hatte ein altes, weises, zerknittertes Gesicht, und es war wunderschön.
Gundi hörte das Wimmern des Kindes und weit weg das Rauschen des Meeres und hätte ein Lied schreiben wollen.
»Ein bisschen früh ist's gekommen, ein bisschen klein, aber ganz gesund. Wie soll's heißen?«
Das hatte Lore damals auch gefragt, und Gundi hatte ihr die Namen genannt, die Julius ausgesucht hatte: Ariane, weil er das elegant fand, und Sybille nach seiner Mutter.
»Wie soll's heißen?«
»Paul Otto Peter.«
Ein Laut war die Antwort, der fast wie ein Lachen klang. »Paul Otto Peter geht nicht. Nicht für ein Mädchen.«
»Wanda Ernestine«, sagte Gundi und sah das Kind an, das Wanda hieß. Wanda Tante Karl.
»Wanda.« Die Frau, die nicht Lore war, stand auf, ging in eine Ecke des Zimmers und kam mit einem Korb zurück, den sie neben Gundi und Wanda aufs Bett stellte. »Du musst es an die Brust legen. Saugen lassen. Dann kommt Milch. Den Korb hab ich für meine Schwester gemacht. Rosa ist ihre Lieblingsfarbe. Du kannst Wanda darin schlafen legen, ich finde für meine Schwester etwas anderes.«
Auf dem Nachttisch schob sie ein paar Gegenstände zurecht. »Hier ist ein Krug mit Wasser. Brot und etwas Wurst. Viel war nicht da, aber essen musst du. Du brauchst Kraft für die Milch.« Dann wandte sie sich zum Gehen.
»Bleibst du nicht hier?«
Die andere schüttelte den Kopf. »Ich kann nicht. Du schaffst es allein. Bei meiner Schwester kommt das Kind jetzt auch.«

55

Januar 1945

Sie hatte ihre Schwester nie in einer Not allein gelassen, wie sie ihr Kind in keiner Not allein gelassen hätte. Jetzt aber war nichts anderes möglich. Ihre Schwester war nicht mehr sie selbst. Sie rannte in den Straßen herum, um nach dem Mann zu suchen, der sie betrogen hatte, um nach der Deutschen zu suchen, um sich mit der Deutschen und dem Mann zu streiten – warum auch immer. Die lange Gefangenschaft, die Verfolgung, der Tod hatten ihr Gemüt vernebelt. In ihrer Rocktasche spürte sie das alberne blaue Band von der Deutschen, das ihrer Schwester bei der Geburt abgefallen war. Sie hatte ihr versprechen müssen, dass sie es aufbewahrte. Sie hätte es wegwerfen sollen, aber bisher hatte sie sich nicht dazu durchringen können.

Das alles war belanglos. Was zählte, war nur eines: Ihre Schwester und die Deutsche waren nicht hier, um sich um ihre Kinder zu kümmern, und ihre Kinder waren schwer krank. Wenn niemand sicherstellte, dass sie behandelt wurden, würden sie an der Krankheit sterben.

Sie waren zu früh geboren worden, beide. Vielleicht drei oder vier Wochen zu früh, was ein gesunder Säugling überstehen sollte. Anfangs waren sie auch gediehen, doch seit dem vergangenen Abend waren die beiden kleinen Gesichter gelb angelaufen, und auch das Weiße in den Augen verfärbte sich gelb. Was ihnen fehlte, wusste sie. Sie wusste so gut wie alles über Kinder, denn sie hatte eine Zeit lang kaum etwas anderes getan, als alles, was sie an Büchern und Broschüren über Kinder ergattern konnte, zu lesen. Sie waren an Gelbsucht erkrankt, wie es vielen Neugeborenen geschah, besonders Frühgeborenen und Säuglingen, die nicht regelmäßig gestillt wurden.

Kinder wie diese beiden, deren Mütter sich um einen Mann stritten, statt das Glück, das ihnen inmitten des Zusammenbruchs geschenkt worden war, auszukosten.
Das neue Leben.
Wenn sie keine ärztliche Hilfe auftrieb, würden diese zwei süßen, vollkommenen Geschöpfe sterben, wie ihr eigenes Kind gestorben war, wie alles ringsum starb. Sie hatte keine Wahl. Dass sie ihrer Schwester versprochen hatte, auf sie zu warten und ihr das Kind zu hüten, war hinfällig, weil eines dem anderen widersprach. Wenn sie das Kind hüten wollte, stand Warten außer Frage.
Wo die Papiere aufbewahrt wurden, wusste sie. In einem Sekretär im Boudoir, den in diesem schlampigen Haushalt nie jemand abschloss. Sie nahm, was sie brauchte, auch eine Brille, eine Kette, einen eleganten Schal. Der Korb, den sie ausgepolstert hatte, war nicht groß genug für beide Kinder. Also knotete sie sich die Kleinen in einem Tuch vor die Brust. Sie mussten es warm haben – draußen herrschte eine Kälte, gegen die selbst das Feuer im großen Kamin vergeblich anknisterte. Sie legte ihnen noch eine Decke um und schob sie dicht zueinander, damit sie sich gegenseitig wärmten.
Als sie gehen wollte, fiel ihr das große Mädchen ein. Ariane. Sie hatte sich um sie gekümmert, als sie klein gewesen war, und das Mädchen hatte sie lieb gehabt. Lieber als jeden anderen, so, wie ein Kind für gewöhnlich seine Mutter liebte, seine *Matka*. Manchmal hatte das kleine Mädchen sie sogar so genannt: *Matka*. »Ich kann doch eine deutsche Mutti und eine polnische *Matka* haben«, hatte Ariane gesagt, als sie es ihr hatte verbieten wollen, um ihre Mutter nicht aufzubringen. »Mutti und Matti.«
Jetzt sagte das Mädchen nicht mehr *Matka* oder Matti und auch nicht, dass es sie lieb hatte. Es sagte gar nichts mehr. Aber sie konnte es nicht hierlassen. Wenn die Gestapo kam, weil die

Deutsche um des Mannes willen alles verraten hatte, mochten sie das Mädchen, das nichts sagte, für ein Polenkind halten und es erschießen.

Sie holte Ariane aus ihrem Zimmer. »Hör mir zu«, sagte sie zu ihr. »Ich bin deine Mutter. Die Kleinen sind deine Schwestern. Du heißt Ariane Scharneck. Sonst weißt du nichts, in Ordnung?«

Das schweigende Mädchen nickte. Hastig suchte sie nach einer Beschäftigung, die sie für es mitnehmen konnte, fand die Zither ihrer Schwester und steckte sie in einen Beutel. Ihrer Schwester hinterließ sie eine Nachricht, in der sie erklärte, warum sie aufbrechen musste, und es ihr überließ, was sie der Deutschen sagen würde. Dann machten sie sich auf den Weg.

In Sopot gab es kein Krankenhaus. Und nach Langfuhr, wo es eines gab, das eigens für kleine Kinder eingerichtet war, fuhr kein Zug. Es fuhr überhaupt kein Zug mehr. Das gesamte Versorgungssystem brach zusammen. Durch die Straßen zogen Scharen von Flüchtlingen wie stumme Gespenster. Sie wollten nach Gdynia. Dorthin, wo die großen Schiffe lagen. Ihre Regierung hatte ihnen verboten, ihre Städte und Dörfer zu verlassen. Sie hatten sie zum Sterben verurteilt, wie sie ganze Völker zum Sterben verurteilt hatten.

Aber die Menschen ließen sich nicht mehr aufhalten. Sie wussten, vor ihren Grenzen standen mehr als hundert sowjetische Divisionen, bereit, das Land zu überrennen, sie hörten bei Tag und Nacht den Geschützdonner, die Sturmgassen, die die Russen schossen, die Tiefflieger, die über ihre Dächer hinwegzischten. Statt zu sterben, packten sie Decken und Kochtöpfe und machten sich in einer Kälte, in der ihnen Zehen und Finger abfroren, auf den Weg. »Hafen der Hoffnung«, nannten sie Gdynia. Sie waren entschlossen, sich den Weg auf die Schiffe zu erzwingen, die Reise in die Sicherheit, obwohl im Radio

wieder und wieder bekannt gegeben wurde, dass keines der Schiffe für den Transport von Flüchtlingen bereitgestellt werden würde.
Das einst weiße Schiff würde besonders begehrt sein. Es war das größte von allen. Sie kannte es, war einmal an Bord beordert worden, damit das kleine Mädchen sich ansehen konnte, wohin seine Mutter fortwährend verschwand. Sie hatte dort gesungen, die Deutsche, das gestohlene Lied, mit dem sie berühmt geworden war, und jetzt war ihr Mann auf dem Schiff stationiert.
Er hatte zu der Schwester der Deutschen gesagt: »Früher oder später wird man die *Gustloff* für Flüchtlinge freigeben müssen. Dann kann ich natürlich dafür sorgen, dass ihr als Erste Passierscheine erhaltet. Aber bis dahin kann es zu spät sein. Geht jetzt. Über Land. Zumindest gibt es da keine Torpedos.«
Sie waren nicht gegangen. Nur die Schwester allein. Nachdem die Kinder geboren worden waren, war der Mann noch einmal nach Hause gekommen und hatte begreifen müssen, dass er in jeder Hinsicht betrogen worden war. Er war aus dem Haus gestürmt, ohne die Passierscheine noch einmal zu erwähnen. Gewiss würde die Deutsche aber Wege finden, sich andere zu beschaffen.
Sie machte sich nichts vor. Sobald die Kinder gesund waren, würden sie und ihre Schwester ebenfalls fliehen müssen. Selbst wenn sie der Gestapo entgingen – für die Russen waren sie Kollaborateurinnen, Deutschenfreundinnen, womöglich sogar Huren, und es war Krieg, niemand hörte sich lange Geschichten an, wenn er stattdessen eine Waffe aus dem Holster ziehen konnte. Wohin und auf welchen Wegen sie fortgehen sollten, war ihr allerdings ein Rätsel, wenn sie die Massen der Flüchtlinge mit ihren vor Kälte triefenden Nasen sah. Ihre Schwester hatte ständig aufgetrumpft, sie müssten sich keine Sorgen machen, die Deutsche, ihre Gundula, würde sie im Notfall mitnehmen. Sogar

der Tante hatte sie es geschrieben und ihren Geliebten den Brief nach Warschau bringen lassen.
Ob die Tante noch lebte? Ob sie zu ihr würden fliehen können? Die Deutsche würde sie nicht mitnehmen. Vielleicht hatte ihre Schwester sogar recht gehabt und sie hätte es tatsächlich getan, wäre die Schwester bei der Geschichte vom Gärtner als Kindsvater geblieben, aber all das Wenn und Aber nützte ihnen nun nichts mehr.
Ohnehin mussten all diese Überlegungen warten, bis die Kinder gerettet waren. Als eine dunkle Limousine sich den Weg durch die Menschenmassen bahnte, sprang sie kurzerhand hinzu und hämmerte ans Fenster. Der Fahrer kurbelte die Scheibe herunter.
»Mein Name ist Gundula Scharneck«, sagte sie. »Die Frau von Kapitänleutnant Scharneck.«
»Gundi Sonnenschein?«
Sie nickte.
»Hätte Sie gar nicht erkannt.«
»Das sind die Anstrengungen der Geburt«, erwiderte sie. »Zwillinge. Und obendrein die Aufregung. Meine Töchter sind schwer erkrankt, ich muss sie ins Krankenhaus nach Langfuhr bringen, aber es fährt kein Zug. Wären Sie wohl so freundlich, mir behilflich zu sein?«
Es war ein wenig seltsam, nach so langer Zeit so viel zu sprechen, aber die Sätze gingen ihr vollkommen glatt über die Lippen. Die Sprache dieser Leute war lange genug tagein, tagaus auf sie herabgeregnet, sie konnte sie nahezu perfekt nachahmen. Selbst ihr Missingsch. Dafür hatte sie Talent. Es saß ihr geradezu im Blut.
Die beiden Männer berieten sich. Dann griff der Fahrer über die Lehne und öffnete ihr den Schlag. »Steigen Se ein, meine Gute. Mit uns sind Se im Handumdrehen in Langfuhr.«

Im Storchenhaus, das als bestes Kinderkrankenhaus der Gegend galt, war es das Gleiche: Wo Scharen verzweifelter, kranker, sogar verletzter Flüchtlinge abgewiesen wurden, öffnete der Name Gundula Scharneck die Türen. Auf der vollgestopften Station wurde sie geradezu hofiert: »Ruhen Sie sich aus, Frau Scharneck, Sie müssen ja fix und fertig mit den Nerven sein. Wir schieben Ihnen für Sie und Ihre Große ein Bett ins Zimmer. Und um Ihre Kleinen machen Sie sich mal keine Sorgen. Wir werden alles tun, was in unserer Macht steht. Zwillinge! Glück im Duett. Und so allerliebst. Wie heißen denn die beiden Schätzchen?«

»Wanda und Vera«, antwortete sie, denn eine Vera hatten sie und ihr Mann sich gewünscht.

»Wie hübsch!«, lobte die Krankenschwester, und dann entschwand sie, um Wanda und Vera zu versorgen und Ariane aus der Kantine ein Frühstück zu holen.

Medikamente waren Mangelware. Glücklicherweise fehlten den Kindern jedoch vor allem Flüssigkeit, wie sie vermutet hatte, und die streichelnden Strahlen im Wärmebettchen. Die Milchbank war ebenfalls schlecht bestückt, doch die Töchter von Gundula Scharneck wurden bevorzugt behandelt. Nach drei Tagen ging es beiden besser, doch sie sollten zur Beobachtung noch zwei weitere Tage bleiben. Auch weil in Gdańsk jetzt Bomben abgeworfen wurden. Sie saß am Fenster, hörte das Pfeifen und Brüllen des Geschützdonners und stellte sich vor, wie die prachtvollen Gebäude der Stadt eins nach dem anderen in Schutt und Asche fielen.

Am Ende der Woche wurden sie entlassen. Als sie erklärte, sie könne ihre Kinder nicht stillen, gab man ihr eine Nährspeise mit, die sie mit Milch anmischen sollte, um Wanda und Vera aufzupäppeln. Außerdem erhielt sie Bezugsscheine für Milch, die so gut wie gar nicht mehr erhältlich war, und einen ausführlichen Arztbericht, aus dem hervorging, dass Frau Gundula

Scharneck mit ihren Zwillingstöchtern Wanda und Vera im Januar 1945 vorgesprochen hatte und dass die beiden an *Ikterus* erkrankten Säuglinge erfolgreich im Storchenhaus behandelt worden waren. Dann durften sie gehen. Um nicht leichtfertig ihre Enttarnung zu riskieren, hielt sie nicht noch einmal ein Auto an, sondern ging den langen Weg nach Sopot zu Fuß.

Die Ereignisse, die sich zutrugen, als sie das Haus in der Ernststraße am frühen Abend erreichte, erfolgten in einer solchen Geschwindigkeit, dass ihr keine Zeit blieb, Entscheidungen zu treffen. Alles geschah, wie es ihr der Augenblick eingab, ohne Plan, einzig mit einem Instinkt, der jede andere Regung niederzwang. Es war der Instinkt einer Mutter, den sie besaß, weil sie eine Mutter war, auch wenn ihr Kindchen nicht hatte leben dürfen.

Sie sah es sofort, als sie mit ihrer schweren, süßen Last vor der Brust und der müden Ariane an der Hand in die Straße einbog: Das Haus war umstellt. Gestapo. Dass der Grund dafür das Verschwinden der Kinder war, glaubte sie keine Sekunde lang, denn sie hatte ja ihrer Schwester eine Nachricht hinterlassen. Ihre Schwester war nach fünf Jahren in einem nach Käse stinkenden Keller nicht mehr sie selbst, sie glaubte an nichts mehr, wusste nichts mehr und hielt sich an nichts mehr fest als an dem Mann. Und die Deutsche hatte sich schon um ihr erstes Kind nicht geschert. Sie würden sich beide nicht sorgen, sondern froh sein, dass sie ihnen die Pflege der kranken Kinder abgenommen hatte.

Nein, um die Kinder ging es nicht. Jemand musste sie so kurz vor dem Ende verraten haben, entweder die Deutsche selbst oder deren Schwester, die vielleicht gar nicht abgereist war.

Sie erstarrte im Schritt. »Sei still«, zischte sie Ariane zu, die ohnehin still war. In Windeseile überschlug sie die Fakten: Sie besaß den Pass der Deutschen, in den Ariane eingetragen war, und den Arztbericht, der sie als Mutter von Zwillingen auswies. Sie hatte sich umgedreht, ohne sich zu fragen, ob das genügen konnte, um sich mit den Kindern irgendwohin in Sicherheit zu bringen. Es musste genügen. In dem Haus befand sich mit großer Wahrscheinlichkeit ihre Schwester, ihr Ein und Alles, das Vögelchen, das zu schützen sie sich geschworen hatte. Sie würde von der Gestapo zermalmt werden, ausgelöscht wie ihr Bruder, ihr Vater – ohne Grab. Das durfte sie nicht zulassen. Sie musste in dieses Haus!

Der Instinkt einer Mutter aber zwang sie, weiterzugehen. Sie umklammerte das Lebensband in der Manteltasche, das sie der Schwester nicht zurückgegeben hatte, und setzte einen Fuß vor den anderen. Mit all ihrer Willenskraft hätte sie ihren Körper nicht zwingen können, sich noch einmal umzudrehen.

Sie war vielleicht zehn Schritte weit gegangen, hatte die Straßenbiegung fast erreicht, als die Deutsche um die Ecke bog. Mit kaum einem Schritt Entfernung blieben sie voreinander stehen. Die Deutsche blickte über ihre Schulter hinweg zum Haus, und wenn sie nicht längst wusste, was vor sich ging, so begriff sie es jetzt. Dann sahen sie einander an.

»Ich habe deinen Pass«, stammelte sie. »Du kannst nicht beweisen, wer du bist.«

Natürlich war das vollkommen sinnlos. Idiotisch geradezu. Die Deutsche war bekannt. Sie brauchte nur um Hilfe zu rufen, und die Gestapo-Leute, die am Zaun Wache standen, würden mit gezückten Waffen heraneilen. Sie hatte die Kinder bei sich, die kostbare Last, der nichts geschehen durfte. Es war zu Ende. Sie musste sich ergeben.

Müde zog sie Pass und Arztbericht aus der Manteltasche. Dabei spürte sie die Tränen, die ihr aus den Augen liefen und sich in der eisigen Kälte warm anfühlten. Sie hatte nicht angenommen, noch am Leben zu hängen, nachdem so viele, die sie geliebt hatte, nicht mehr da waren. Allein für ihre Schwester hatte sie noch zu leben geglaubt, aber jetzt, wo sie die Körper der drei Kinder an ihrem spürte – Ariane, die sich an sie schmiegte, Wanda, die im Schlaf kleine Knurrlaute von sich gab, und Vera, die ihre frierende winzige Seesternhand zur Faust ballte –, hätte sie sich am Leben festklammern wollen.

Der Instinkt einer Mutter verbot es ihr. Sie hielt der Deutschen die Papiere hin.

Die Deutsche starrte darauf, als sähe sie ihren eigenen Pass zum ersten Mal. Es dauerte lange. Sie zog ihre Mütze zurecht und stopfte sich Haarsträhnen, die sie störten, darunter. Dann schob sie selbst eine Hand in die Manteltasche und sagte: »Nein. Geh du.«

Mit zitternden Fingern zog sie ihren Ehering ab und reichte ihn ihr zusammen mit den bedruckten Karten, die sie aus ihrem Mantel gezogen hatte. Passierscheine. Für die *Wilhelm Gustloff*.

»Schlag dich nach Gdingen durch. Nach Gotenhafen. Du bist Gundula Scharneck. Dass du ein Kind zu viel hast, wird in dem Durcheinander, das dort herrscht, niemandem auffallen. Halte dich nur von meinem Mann fern, sonst wird dich niemand behelligen. Roza Pajewska bin ich.«

»Roza Kosciuszka.«

»Natürlich. Roza Kosciuszka.«

Warum?, hätte sie fragen wollen, aber der Instinkt einer Mutter gebot ihr, es nicht zu tun. Der Instinkt gebot ihr auch, sofort weiterzugehen, nicht abzuwarten, bis die Gestapo-Leute auf die zwei Frauen an der Straßenecke aufmerksam wurden. Außerdem hatte sie sich um anderes zu kümmern: Nicht mehr lange, und die Nacht würde hereinbrechen, es herrschten mindestens zehn Grad Kälte, und sie hatte mit den drei Kindern einen Fußmarsch von mehreren Stunden vor sich.

Dieses eine, letzte Mal kämpfte Roza den Instinkt jedoch nieder.

Sie blieben beide stehen und sahen einander mehrere Atemzüge lang in die Augen. Gundulas Augen waren von einem seltenen, schönen Blau, sie sagten etwas, das man mit dem Mund nicht hätte sagen können. Dann gingen sie weiter, die eine auf das umstellte Haus zu, die andere aus dem Ort hinaus.

56

30. Januar

Nicht nur der Kai der *Gustloff,* sondern das gesamte Hafengelände, soweit Julius es von der Reling des Brückendecks aus hatte überblicken können, war schwarz von Menschen gewesen. Frauen, Kinder, Alte. Manche hatten ihre Toten mitgeschleppt, andere würden nicht lebend wieder vom Boden aufstehen, weil ihnen die Kraft ausgegangen und der Lebensfunke längst erloschen war.

»Es kommen immer mehr«, hatte der Oberzahlmeister gesagt. Ein netter Mann, der Kapitän hatte werden wollen, aber zu kurzsichtig gewesen war. Ein Versager wie ich, dachte Julius. Das macht uns beinahe zu Brüdern, nur ist er nicht obendrein ein Mörder. Oder sind wir es alle? Ist jeder von uns es millionenfach?

Hätten sie die Zehntausende im Hafen ihrem Millionenmord hinzufügen und ohne Wimpernzucken ablegen sollen? Das Boot ist voll. Nach uns die Sintflut. Sie hatten schließlich ihre Weisungen ausgeführt.

Aber ans Morden gewöhnte man sich nicht. Ein Toter auf dem Gewissen blieb immer ein Toter, egal, wie viele dort bereits ohne Grabsteine aufgehäuft lagen.

Oberzahlmeister Jensen hatte dafür zu sorgen, dass die in Massenquartiere umgewandelten Festsäle, das Schwimmbad und die Kabinen der *Gustloff* so raumsparend wie möglich mit Menschen belegt wurden. Mehr als viertausend Passierscheine waren ausgegeben worden, und Jensen hatte verkündet, was sie alle gewusst hatten: Das Schiff war damit ausgelastet. Aber das Hafengelände war noch immer schwarz von Menschen, die ihnen bei achtzehn Grad unter null vor den Augen erfroren, und unaufhörlich strömten weitere nach.

Eine Flut, die nicht abriss. Eine Völkerwanderung in den Tod.

Einem Teil von ihnen – einem viel zu kleinen – vermochte die *Gustloff* einen rettenden Strohhalm zu bieten. Von den vor Gotenhafen liegenden Schiffen sollte sie als Erste auslaufen. Kurs auf Kiel. In Sicherheit. Die *Gustloff* war das am besten geheizte, am besten ausgestattete und verproviantierte Schiff, das sie besaßen. Es waren nicht genug Rettungsmittel an Bord, aber Jensen hatte dafür gesorgt, dass zusätzlich Kutter und Flöße auf das Oberdeck gezogen worden waren. Im Küstenbereich war mit Seeminen zu rechnen, und die Torpedogefahr ließ sich nicht leugnen, zudem würde der *Gustloff* nicht mehr als ein einziges Torpedoboot als Geleit zur Verfügung stehen.

Zur Verheizung unserer Generation waren wir bei Weitem üppiger ausgestattet als zur Rettung der Reste, die uns von ihr bleiben.

Aber gerade deshalb: War es besser, Menschen im Hafen erfrieren zu lassen, als zumindest zu versuchen, ihr Leben zu retten, ihnen zumindest zu beweisen, dass dieses Leben nicht wertlos war? Die Männer der *Gustloff* hatten entschieden, die Gangway wieder zu öffnen und die Menschen hereinströmen zu lassen, auch solche, die keine Passierscheine hatten.

»Wir müssen sie registrieren, wer soll sich denn sonst auskennen, wenn etwas passiert?«, hatte der gewissenhafte Jensen gefordert, dafür aber nicht mehr als ein müdes Lächeln geerntet. Sie wussten nicht einmal, wie viele sich letztendlich in den Schiffsrumpf hineingestopft hatten, und konnten von Glück sagen, dass niemand zu Tode getrampelt wurde. Etwas über zehntausend mochten es sein, die sich auf dem Boden der Säle aneinanderdrängten, froh, eine warme Ecke zum Ausruhen gefunden zu haben und von Marinehelferinnen mit Tee und Decken versorgt zu werden. Erleichterung breitete sich aus, füllte das Schiff und wurde auf der Brücke kurzzeitig begleitet von der so selten errungenen Befriedigung, das Richtige getan zu haben. Wenn man jung war, glaubte man, das sei leicht, man müsse es nur wollen. Wenn man mit vierzig ein steinalter, lebensmüder Mann war, hatte man gelernt: Es war nicht nur schwierig. Es war nahezu unmöglich.

Julius hatte Jensen noch etwas fragen wollen, hatte es aber nicht gewagt, weil er ihm wegen der Registrierungen nicht zur Seite gesprungen war. Jensen aber spürte auch ohne Frage, was seinen Offizierskameraden quälte. »Ihre Frau ist mit Ihren Mädeln an Bord«, hatte er gesagt und Julius auf die Schulter geklopft. »Ich habe sie selbst eingeschifft, ihre Namen auf der Liste abgehakt und sie aufs Promenadendeck geschickt, wo sie es warm haben und unsere mollige Maria sie ein bisschen verwöhnen wird.«

Julius atmete auf. Nicht wegen der molligen Maria, einer der Marinehelferinnen, die ein Talent dafür hatte, Bedürftige unter ihre Fittiche zu nehmen. Sondern weil Gundi tatsächlich gekommen war. Bis zum Schluss hatte er nicht daran geglaubt, dass sie die Passierscheine, die er für sie hatte hinterlegen lassen, benutzen und sich und die Kinder retten würde. Sie würde bei dem Kaschuben bleiben. Bis in den Tod. Sie war immer bei ihm geblieben. Selbst ein Kind hatte sie jetzt von ihm und würde es lieben, während seines, das sonderbare, stille, ihr gleichgültig war.

Warum ihn der Gedanke trotz allem beruhigte, dass Gundi, Ariane und das Neugeborene, das er eine wahnwitzige Glückssekunde lang für seine Tochter gehalten hatte, gerettet werden würden, war schwierig zu erklären. Er brauchte es ja auch nicht zu erklären, es würde nie jemand wissen wollen. Er war sicher gewesen, er würde die drei nicht wiedersehen, so, wie er die Küste, von der sie am Abend schließlich tatsächlich abgelegt hatten, nicht wiedersehen würde. Aber wenn man keine Heimat und keinen Halt mehr hatte, half es auf seltsame Weise, zu wissen, dass diese Heimat und dieser Halt noch in der Welt waren, dass sich beweisen ließ: Wir können nicht wieder leben. Aber wir haben gelebt.
Gundi war in seinem Leben die eine Liebe gewesen. Gundi Sonnenschein vom Zoppoter Strand, der er als siebzehnjähriger Bengel auf den ersten Blick verfallen war, versank mit jeder Seemeile in einer zerschmetterten Vergangenheit. Aber das, was aus ihr geworden war, die andere Frau, die mit ihm nichts mehr zu tun hatte, sollte die Chance haben, weiterzuleben, das hatte er sich gewünscht. Vielleicht weil auf diese Weise doch ein Stück von ihm weiterlebte, ein Stück von Zoppot, von ihrer gemeinsamen Zeit. Er wünschte es sich auch jetzt noch. Jetzt mehr, jetzt verzweifelter und ausschließlicher denn je.
Er hatte sich die Treppe vom Oberdeck hinunter zur Promenade drängen wollen, wo Gundi und die Kinder vergeblich darum kämpfen würden, nach oben zu gelangen. Allein mit einer linkischen Zehnjährigen und einem Säugling hatte sie keine Chance. Zuvor hatte er einen Maat neben das Rettungsboot C gestellt und den Jungen angebrüllt: »Sie lassen niemanden auf die zwei vorderen Plätze, haben Sie verstanden? Niemanden, egal wen! Und Sie lassen das Boot nicht zu Wasser, bis ich zurück bin. Meine Familie kommt noch.«
Wer nicht das unverschämte Glück hatte, einen Platz im Rettungsboot zu ergattern, war verloren.

Sie hatten nicht das Richtige getan. Auf der Höhe von Stolpmünde war die geleitlose, durch ihren Tarnanstrich als Kriegsschiff erkennbare *Wilhelm Gustloff* von einem russischen Torpedoboot erspäht und beschossen worden. Drei Treffer hatte sie abbekommen, die *Wilhelm Gustloff,* schönstes Urlaubsschiff der *Kraft durch Freude.* Jetzt sank sie, es herrschten achtzehn Grad Kälte, und die mehr als zehntausend Menschen, die sie sich so selbstgefällig aufgeladen hatten, würden qualvoll sterben. Hitlers neueste Großtat, durch seine emsigen Helfershelfer wiederum glanzvoll in Szene gesetzt.

Ich habe mich damit freikaufen wollen, erkannte Julius. Ein einziges Richtiges gegen so viel Falsches. Gerettete deutsche Frauen und Kinder als Wiedergutmachung für britische, die auf einem versenkten Passagierschiff jämmerlich ersoffen waren. So ein Handel funktionierte nicht, und der Preis dafür war Gundis Tod. Der Tod der Kinder. Dort unten im Zwischendeck, in das eisiges Wasser drang. Julius spähte in die Tiefe und gab auf. An den Massen, die in rasender Todesangst nach oben strebten, würde er sich mit allem Gebrüll und aller Befehlsgewalt nicht vorbeistemmen können. Und dann sah er Jensen. Mitten im Gewimmel. Und Jensen sah ihn.

»Ich finde sie!«, brüllte er nach oben. »Ihre Frau, die drei Mädel! Ich hab sie doch selbst vorhin eingeschifft, ich finde sie und bringe sie zu Ihnen rauf.«

Ein Wunder. Um ein Haar hätte Julius, umgeben von Entsetzensschreien, laut gelacht. Womit hatte denn ausgerechnet er ein Wunder und den wackeren Jensen verdient? Der war so aufgeregt in seiner Hilfsbereitschaft, dass er aus zwei Mädeln, von denen das eine nicht mal seines war, glatt drei machte. Julius wurde irre, er musste tatsächlich lachen: Verdammt, Gundi. Wenn ich's einer zutraue, dass sie sich in den Minuten, in denen ein Schiff untergeht, noch schnell ein Kind anlacht, dann bist es du.

Die *Gustloff* neigte sich weiter. Stühle, Kisten, Seile rutschten über Deck. »Rettungsboot C muss zu Wasser gelassen werden!«, schrie jemand herüber. »Sonst können wir's uns schenken.«
Das war richtig. Wenn der Neigungswinkel des Schiffes sich noch weiter vergrößerte, würde es nicht mehr möglich sein, das Rettungsboot auf die Meeresoberfläche hinunterzulassen.
»Fertig machen!«, kommandierte Julius. »Bis zur letzten Sekunde in der Winde belassen, Zahlmeister Jensen bringt noch Passagiere!«
Wahrhaftig keinen Atemzug später brüllte Jensen die Treppe herauf: »Hab sie gefunden, Scharneck! Ihre Damen kriegen wir sicher von Bord!«
Julius versuchte, über die vielen Leiber hinweg etwas zu erkennen. Da war Jensen, der aus Hamburg stammte und im letzten Sommer Vater eines Sohnes geworden war. Unaufhaltsam, als kämpfe er für seine eigene Familie, schob er Gundi durch den Menschenstrom dem Ausstieg entgegen. Sie trug ein Bündel vor der Brust, ohne Zweifel die Tochter des Kaschuben. Seine eigene Tochter, seine Ariane, die schon zehn Jahre alt war, hing wie ein Klammeräffchen auf Jensens Hüfte.
Menschen sind Helden, dachte Julius. Manche. Selten. Immerhin.
Sie schafften es. Keuchend und strauchelnd kämpften sie sich durch die Luke ins Freie. »Da haben Sie sie!« Der weinende Jensen strahlte. »Ihr vierblättriges Kleeblatt. Glück im Quartett, das geht jetzt Richtung Reich, da kommt nichts mehr dazwischen!«
»Arianchen!«, rief Julius. Er pflückte das Mädchen von Jensen ab, und das nächste Wort blieb ihm im Hals stecken.
Er starrte Gundi an, die gegen Wind und Kälte ein wollenes Tuch um den Kopf trug. »Sie spricht nicht«, sagte Gundi, starrte ihn ebenfalls an und war nicht Gundi. »Wird nichts verraten.«
Aus dem Bündel vor ihrer Brust lugten tatsächlich zwei Köpfe.

Ihr Blick lieferte sich ihm aus. Auf Gedeih und Verderben, aufs Richtige oder aufs Falsche. Die Zeche können wir nicht zahlen, dachte er. Die bürden wir der nächsten Generation auf. Wir mörderischen Zecher können höchstens noch Pfennige abtragen. Nur uns daran erinnern, dass wir einmal Menschen waren. »Komm, Gundi«, sagte er, »wir müssen uns beeilen, wenn wir euch noch sicher nach unten bringen wollen.«

Er führte sie hinüber zum Boot und schob dem Maat Ariane hin, der sie über die Reling hievte. »Gute Fahrt, Kleine«, murmelte er. »Meine hübsche Ariane. Mein Mädchen.« Zu der Frau, die Roza hieß und die die ganze Zeit unverwandt seinen Blick hielt, sagte er: »Passen Sie gut auf die Kinder auf. Lassen Sie sie immer wissen, dass sie das Teuerste sind.«

Sie nickte. Von dem Bündel mit den zwei Köpfen wollte sie sich nicht trennen, sondern ließ sich von Julius über die Reling helfen, während sie es mit dem freien Arm umklammerte. Ehe sie seine Hand losließ, strich ihr Zeigefinger über seinen Handrücken.

Es war einfach, das Richtige zu tun.

»Wie heißen die beiden?«, fragte er leise.

»Wanda und Vera.«

»Gute Fahrt, Wanda, gute Fahrt, Vera. Gute Fahrt, meine liebste Gundi. Ihr kommt durch. Mehrere Schiffe haben unseren Notruf empfangen und sind unterwegs, um die Rettungsboote aufzulesen. Habt keine Angst.«

Die Frau schüttelte den Kopf. »Wie heißen Sie?«

»Julius.«

»Danke, Julius«, sagte die Frau nur ein wenig lauter als das Knirschen der Winden, die das Boot an Seilen zu Wasser ließen. »Unser Lied, *Świt na morzu* – Sie haben es schön gespielt.«

ZULETZT

Gdańsk, Berlin

1964

Der Winter geht zu Ende

»Regenwolke, säumst du an den Brunnen?
Meine leise Mutter weint für alle.«

Paul Celan: »*Espenbaum*«

57

Es war zu viel. Zu viel auf einmal. Und es war zu wenig. Hatte Lücken, Krater, in die ein halbes Leben gepasst hätte. Würde immer zu wenig sein.

Sie hatten mit Ludwik Brzezno gesprochen, mit Filip Skowski, dem Kurator von nichts, mit dem Enkel eines Feinkosthändlers in Wrzeszcz, das einmal Langfuhr geheißen hatte, der Direktorin des Muzeum Pomorskie in Oliva, einem Polizeikommissar in Sopot, einem Musikredakteur in Gdynia, mit Irena Bojarska und mit deren Nichte. Wie Wanda vermutet hatte, hatten sie alle zu sprechen begonnen, sobald der Sohn eines Opfers an ihrer Seite aufgetaucht war. Zusätzlich half, dass Andras Polnisch sprach. »Ich bin übrigens auch Wanda«, hatte Irena Bojarskas Nichte zum Abschied gesagt.

Wanda war ein in Polen verbreiteter Name. Er bedeutete »die Vandalin«, und niemand, der Hitler ein Kind schenken wollte, wäre auf die Idee gekommen, es Wanda zu nennen.

Sie hatten in den letzten Tagen die Teile gesammelt und die Nächte hindurch versucht, sie zusammenzusetzen. Sooft Wandas Blick sich in das Ergebnis verbiss, sah sie nichts als Lücken. Sooft aber Andras sie in die Arme nahm und ein Stück weit zurückzog, erkannte sie, dass sie bereits ein Bild hatte.

»Wenn es nicht das ist, was wir erwartet haben, wenn sich keine klare Einordnung in Gut und Böse ergibt, nach der wir urteilen und weiterleben können, ist es nicht so leicht, es anzunehmen«, hatte er gesagt, und an seinem Ton, der sich regelrecht duckte, hatte sie erkannt, dass er von sich selbst nicht weniger sprach als von ihr.

Sie hatte ihn gebeten, ihr davon zu erzählen – von der Vorbereitung des Prozesses, der Sisyphusarbeit, Tausende in Trümmer geschlagene Lebensläufe wieder zusammenzusetzen und in schuldig und schuldlos aufzuteilen. »Die Täter zur Rechenschaft zu ziehen war unser Ziel«, sagte er. »Und das wird es auch bleiben, über den ersten Prozess hinaus und vermutlich noch, wenn keiner von denen mehr lebt. Was es so schwierig macht, ist die Masse von Leuten, die nichts Böses wollten, die es nur als ihr Recht betrachteten, ihr kleines Leben weiterzuleben und nicht allzu scharf hinzusehen. Die, die beteuern: Ich war doch nur ein Schneider – und Häftlingskleidung tut ja auch niemandem weh. Ich war doch nur ein Buchhalter – davon, dass Einnahmen und Ausgaben eines KZs in Spalten eingetragen werden, stirbt schließlich keiner.«

»Ich war doch nur eine Musikerin«, war Wanda wie gezwungen fortgefahren. »Dass ich mich an Hitlers Propaganda-Flaggschiff *Kraft durch Freude* verkauft habe, hat doch harmlose Arbeiter glücklich gemacht.«

Andras hatte sie wieder umarmt, und sie hatten sich aneinandergeklammert, bis die Erschütterung nachließ. Sie hatten sich oft geliebt in diesen vor Kälte erstarrten Schneenächten hinter dem Fenster zum Meer, so oft, als müssten sie sich für all die, die es nicht mehr konnten, mitlieben.

Zosia Pajewska und Tadeusz Radun.

Helma Determann und Natan Elkeles.

Roza Pajewska und Henryk Kosciuszko.

Namenslisten, die kein Ende hatten, auf denen aber jeder wiedergefundene Name wichtig war.

»Weißt du, was das Vertrackteste ist?«, hatte Andras gefragt und sie weiter festgehalten. »Dass das per se ja nicht falsch ist. Die Musik von deinen Eltern hat harmlose Arbeiter glücklich gemacht, nette Leute, die noch nie auf einer Seereise waren, um die sich noch nie irgendwer bemüht hatte. Wenn wir nicht wüssten, was wir wissen, vielleicht hätten wir es auch nicht so schlimm gefunden, uns dafür auf ein paar zwielichtige Schreihälse mit unappetitlichen Ansichten einzulassen – ist doch alles für einen guten Zweck.«

»Heißt das, dass wir all denen, die mitgelaufen sind und nur ein bisschen getrommelt haben, verzeihen müssen, Andras? Das kannst du doch nicht. Dass Leute wie Sigi das von dir verlangen, ist doch das, was dich quält.«

»Nein, das heißt es nicht«, sagte er und schloss kurz die Augen. »Nicht mit Auschwitz im Kopf. Rieke van Bontjes sagt, wir können kaum etwas anderes versuchen, als uns diesen Satz von Adorno einzuhämmern, bis wir ihn ganz und gar in uns haben: Es gibt kein richtiges Leben im falschen. Wenn Menschenfeinde aufmarschieren, müssen wir eine Zeit lang aufhören, Schneider, Buchhalter und Musiker zu sein, und zusammen zur Mauer werden, an der Verbrecher abprallen. Darum kämpfen, wieder zu leben. Unser richtiges Leben.«

Wanda hatte ihn geküsst. »Uns zu verlieben – damit müssen wir aber nicht aufhören, oder?«

»Ich dachte, ich müsste es. Ich wäre es meinen Toten schuldig. Das ist Unsinn. Seit du da bist, tut es bei Weitem mehr weh, und ich bin ständig an irgendwelchen Wassern gebaut. Aber es ist leichter, weiterzuatmen, statt zu ersaufen.«

»Ersauf nicht«, sagte Wanda. »Ich bin in dich verliebt. Und auch ein bisschen in Rieke van Bontjes.«

»Wer nicht?«, hatte er gefragt, sie geküsst und geliebt, und als sie am frühesten Morgen, zu der Zeit, die ihre Mutter in ihrem Lied *die kleinen Stunden* genannt hatte, wieder weinen musste, hatte er gesagt: »Was deine Mutter unterscheidet, ist, dass sie dafür bezahlen wollte, Wanda. Weißt du, wie wenig Menschen bereit sind, ihre Verantwortung zu schultern, welche Scharen uns stattdessen in unserer Arbeit behindern, indem sie beteuern: *Ich hab doch nur …* oder: *Wir haben ja nichts gewusst …?* Deine

Mutter hat das, was sie mitgetragen hat, bereut. Deshalb hat sie Roza Pajewska ihren Platz überlassen und ist an ihrer Stelle mit Tadek und Zosia gestorben. Sie fand, die Chance auf ein neues Leben stünde der Polin zu, nicht ihr.«

Und das war das Erstaunlichste an dem Bild, das sich aller Lücken zum Trotz ergeben hatte. Die dürren Ermittlungen der Polizei, die wenigen verbliebenen Dokumente ließen keinen anderen Schluss zu: Die Frau auf dem Foto, die Irena Bojarska nicht aufhören wollte zu streicheln, die sie beweint und tot geglaubt hatte, die aber weitergelebt und drei Kinder aufgezogen hatte, war nicht Wandas Mutter. Die war in das von der Gestapo umstellte Haus, in dem sich Tadek und Zosia befanden, hineingelaufen und mit ihnen im Keller erschossen worden. Damit Roza Kosciuszka als tot galt. Damit niemand mehr nach ihr fahndete. Der Plan schien töricht. Sie sprach nicht einmal Polnisch, und ihr Gesicht war in ganz Zoppot bekannt. Um Details zu bedenken, war sie aber wohl kaum in der Lage gewesen, und zumindest hatte sie Roza Zeit verschafft. Deren Flucht war geglückt. Unterm Strich zählte nur das.

»Glaubst du wirklich, sie hat es deshalb getan?«, fragte Wanda. »War es nicht eher so, dass sie einfach nicht mehr leben wollte, weil sie einsehen musste, dass sie Tadek endgültig verloren hatte?«

Andras hatte hilflos die Schultern gezuckt. »Das ist auch so eine Vertracktheit: Menschen haben höchst selten nur ein einziges, glasklares Motiv. Ich schätze deine Mutter aber so nicht ein. Sie war eine, die hätte leben wollen.«

»Und Tadek, Andras? Ich kann nicht fassen, dass Veras Vater einem Volk entstammt, von dem ich vor zwei Wochen noch nicht einmal wusste, dass es existiert. Dass wir Zwillinge sind – und überhaupt nicht verwandt. Hat er mit meiner Mutter nur gespielt, hat er sie nie geliebt?«

»Für das Thema bin ich nicht eben der passende Experte.«
»Doch«, sagte sie.
Es war kalt in all diesen Zügen, die durch Schneeverwehungen und auf Schienen gestürzte Bäume auch noch ständig stillstanden oder zu einem weiteren Umweg gewechselt werden mussten. Sie hatten die Decke, die sie in Gdańsk gekauft hatten, aus dem Koffer geholt und sich zusammen darin eingewickelt. Jetzt setzte Andras sich auf und streifte die Decke ab. Es gab sie immer wieder, diese Momente, in denen einer von ihnen allein in seinem Kerker aus Gedanken gefangen saß. Es würde vermutlich nie aufhören, solche Momente zu geben.
»Ich denke schon, dass er sie geliebt hat«, sagte Andras zum Fenster. »Aber der Mann, der sich in einer Kriegsnacht verletzt in ihrem Haus versteckt hat, war ja nicht mehr derselbe, der mit ihr durch die Weltgeschichte gegondelt ist, um hübsche Lieder zu trällern. Und sie war für ihn auch nicht mehr dieselbe. Er war zum Singen in Paris gewesen. Und die Leute, für die sie arbeitete, hatten in der Zwischenzeit seiner Mutter das Gehirn weggeschossen.«
Im Schweigen ratterten die Räder des Zuges weiter. Wie Trommler, die mit ihnen zogen.

»Runder Stern, du schlingst die goldne Schleife,
Meiner Mutter Herz ward wund von Blei.
Eichne Tür, wer hob dich aus den Angeln?
Meine sanfte Mutter kann nicht kommen.«

Wanda trug Celans Gedicht im Kopf mit sich herum. So wie Dylans Lied vom harten Regen. Wenn ihre eigenen Worte nicht die Kraft aufbrachten, dem Geschehenen eine Fassung zu geben, sprachen die beiden für sie.
Sie nahm Andras' Hand. Er zog sie weg, und sie ließ ihre auf der

Sitzbank liegen. »Ich habe mir gewünscht, es hätte sich herausgestellt, dass er mein Vater war, nicht der von Vera«, sagte sie. »Tadeusz Radun. Ein kaschubischer Widerstandskämpfer. Kein deutscher Offizier.«

Andras schreckte aus seiner Versunkenheit. »Warum?«

»Weil es dann für dich leichter wäre. Wenn ich nicht nur das Blut von Tätern in mir hätte.«

Er kam wieder zu ihr. Langsam, noch ohne sie zu berühren. »Blut«, rang er sich ab. »Wenn ich so denken würde, hätte ich etwas von Hitler gelernt, oder nicht?«

Sie legte die Arme um ihn, ohne ihn zu sich zu ziehen. Ließ ihm Zeit. Noch einmal wechselten sie den Zug, mussten ein Stück durch Schneegestöber laufen und bis zum nächsten Bahnhof in einem Bus fahren, der aussah, als hätte er den Krieg überstanden. Als sie endlich wieder in einem Abteil saßen und sich in ihre Decke wickeln konnten, wurde Wanda klar, dass sie gleich nicht mehr in Polen sein würde, von Gdańsk nicht nur durch Zugkilometer, sondern durch eine eiserne Grenze getrennt.

»Ich will es nicht verlieren«, entfuhr es ihr. »Gdańsk. Sopot. Ich kann Leon Fingerzwajg nicht noch einmal bitten, sich für mich um ein Visum zu bemühen. Selbst wenn, ist es unwahrscheinlich, dass ich ein zweites bekomme, und auch dann wäre ich nach vierzehn Tagen in einem Hotel wieder weg. Mir kommt das so falsch vor. Meine Mutter war Polin, und ich bin in ihrer Stadt nur ein unwillkommener Gast. Ich gehe durch ihre Straßen und kann mit niemandem sprechen.« Wanda hielt inne, als ihr bewusst wurde, dass sie nicht ihre Mutter meinte, sondern die Frau, die sie Matti genannt hatte. Die Frau, die das Lebensband um ihr Handgelenk geknotet hatte. Die sie in auswegloser Schwärze in ein Rettungsboot getragen hatte und seitdem immer für sie da gewesen war.

Andras schien ihren Fehler nicht zu bemerken. »In meinem

Polnisch-Seminar sind mehr freie Plätze als Schüler. Kryspyn würde sich sicher freuen, jemanden dazuzubekommen. Du könntest auch daran arbeiten, dass wir alle Polen nicht verlieren. Es gibt ein paar Organisationen, die auf kultureller Ebene versuchen, an zerfetzte Verbindungen anzuknüpfen. Oder du könntest in eine Partei eintreten. In eine, die es wagt, auszusprechen, dass wir die Oder-Neiße-Grenze anerkennen müssen, die Folgen der Verbrechen akzeptieren, damit unsere Länder eine Linie haben, über die sie sich nähern können. Diesmal Danzig endgültig aufgeben, um Gdańsk nicht endgültig zu verlieren.«

Wanda lächelte, weil ihr der Gedanke gefiel. »Noch ist Polen nicht verloren?«

Er lächelte zurück.

»Ich glaube, ich würde das gern machen. Alles, was du gesagt hast. Und im nächsten Augenblick denke ich: Wie kann ich denn erwarten, dass mir in Polen jemand traut? Meine Tante, die ich mein Leben lang geliebt habe, hat zwei Polen an die Gestapo verraten, nur weil sie eifersüchtig oder verletzt in ihrem Moralempfinden war.«

»Glaubst du das?«, fragte Andras ehrlich erstaunt. »Ich halte es für extrem unwahrscheinlich. Warum hätte sie das tun sollen? Dass sie deinen Vater geliebt hat, hat sie nie daran gehindert, deine Mutter in unverbrüchlicher Treue noch viel mehr zu lieben. Sie hätte ihr nichts Böses gewollt. Außerdem hätte sie diese Meldung ja machen müssen, bevor sie nach Berlin aufbrach – bald zwei Monate ehe das Haus gestürmt und die drei erschossen wurden. So ging die Gestapo nicht vor. Aus meiner Sicht gibt es keinen Grund, anzunehmen, dass deine Tante etwas damit zu tun hatte.«

»Wirklich nicht?« Wanda sah Tante Lore in der Tür von Herrn Ecks kleinem Laden stehen, um ihr und Vera auf dem Schulweg nachzuwinken, und eine Zentnerlast löste sich von ihrem Herzen.

»Auf keinen Fall«, sagte Andras. »Als sie hörte, dass ihre Schwester mit drei Töchtern auf der Liste der Überlebenden der *Gustloff* stand, ist sie trotz strikten Reiseverbots durch das Chaos eines sich auflösenden Landes gefahren, um sie aus dem Lager in Kiel zu sich nach Hause zu holen. Hätte sie Tadek verraten, wäre sie ja wohl froh gewesen, ihrer Schwester nie wieder unter die Augen zu treten, meinst du nicht?«

»Aber wer ist es dann gewesen?«, fragte Wanda. »Außerdem fällt mir gerade auf, dass die Gestapo meine Mutter doch auch hätte verfolgen müssen. Sie hat die Polen versteckt.«

»Ich weiß es nicht«, erwiderte Andras. »Ich denke, sie stand bis zum Schluss unter dem Schutz des Massenmörders Forster. Der war nicht fähig, etwas für Menschen zu empfinden. Aber aus irgendwelchen Gründen war er süchtig nach diesem Lied.«

Dieses Lied. *Morgen am Meer.* Der Musikredakteur in Gdynia hatte ihnen eine leiernde, uralte Schallplatte vorgespielt, und Wanda war zumute gewesen wie im *Greenwich Village,* als sie *A Hard Rain* zum ersten Mal gehört hatte. Das Lied hatte etwas mit ihr zu tun. Es drückte etwas aus, das in ihr war, ohne dass sie es benennen konnte. Irena Bojarskas Nichte hatte behauptet, das Lied kursiere seit ewigen Zeiten in ihrer Familie, und ihr aufgeschrieben, was sie von dem Text kannte. Wanda hatte ihn Zeile für Zeile auswendig gelernt.

»Dieser Sekretär dagegen hat offenbar jahrelang versucht, deiner Mutter etwas anzuhängen«, fuhr Andras fort. »Warum auch immer. Vielleicht brauchte er am Ende gar keinen Verräter mehr. Wenn aber doch, denke ich, es ist Erik Tetzlaff gewesen. Der Mann am Bass, der im Volkssturm umgekommen ist.«

»Tetzlaff? Ich dachte, der wäre mehrfach wegen Äußerungen gegen Hitler aufgefallen.«

»Pfitzner könnte ihn unter Druck gesetzt haben. Er dürfte ziemlich zermürbt gewesen sein, mit den Nerven fertig. Den Briefen zufolge, die Skowski uns gezeigt hat, hat er erst deine Mutter, dann Zosia Pajewska geliebt, die beide in den Armen von Tadeusz Radun landeten. Vielleicht ist meine These auch falsch. Es kann jeder Nachbar gewesen sein, Wanda. Hitler und seine Leute hatten zwölf Jahre Zeit, sich ein Volk von Denunzianten heranzuziehen.«

»Genau wissen werden wir es nie, oder?«

»Meiner Erfahrung nach nicht. Aber wir können es versuchen. Ist es wichtig für dich?«

Wanda schüttelte den Kopf. »Mir genügt, zu wissen, dass Tante Lore es nicht war. Aber vielleicht wird es einmal wichtig für Vera.«

Sie würde es Vera erklären müssen. Irgendwann, wenn sie einen Weg gefunden hatten, miteinander zu sprechen. Damit konnte sie sich jetzt noch nicht befassen, sie würde noch lange ihre Kraft für sich selbst brauchen. Einen Ort finden müssen, aus dem sie ein neues Zuhause machen konnte. Wenn sie daran dachte, sah sie Tante Lore vor sich, die nach Kiel gekommen war und statt ihrer Schwester Roza Pajewska vorgefunden hatte – aus dem eisigen Meer gerettet, mit zwei Säuglingen und einer Zehnjährigen, die zu Tode erschrocken gewesen sein musste.

Auf unerfindliche Weise hatten diese zwei Frauen, die ihre Heimat, ihre Geschichte und vor allem ihr Liebstes – ihre Schwestern – verloren hatten, beschlossen, dass fortan eine der andern all das sein würde: Heimat, Geschichte und Schwester. Sie hatten sich geliebt, die deutsche und die polnische Danzigerin, daran bestand kein Zweifel, und sie hatten das Erbe der Schwestern – drei Kinder – in Liebe behütet. Etwas daran war in einem Ozean von Traurigkeit schöner, als sich sagen ließ.

Sie hatten den letzten Bahnhof – die Grenze – fast erreicht.

Wanda erkannte die Häuser, die grauen Vororte der Stadt mit den zwei Namen.

»Warum war sie mir so nah?«, fragte sie Andras. »Roza, meine ich. Ich war das Kind der Deutschen. Es hätte doch Vera sein müssen, die ihr am nächsten stand.«

»Anfangs hat sie es vielleicht als Begleichen einer Schuld empfunden, sich um dich besonders zu kümmern«, sagte Andras. »Und dann hast du es ihr vermutlich leicht gemacht, weil du bist, wie du bist.« Er zog sie dichter zu sich. »Du machst es Leuten leicht, Wanda Sonnenschein. Ihr so wie mir. Sie hat dich einfach geliebt.«

Sie verkroch sich in seinen Arm. Sogar unter der Decke war es kalt. »Ich wünschte, sie hätte den Mut gehabt, weiterzuleben. Mit mir zu sprechen. Gemeinsam mit mir zu lernen, mit der Vergangenheit umzugehen.«

»Ich wünsche mir das von meiner Mutter auch«, sagte Andras. »Sie hat jegliche Behandlung verweigert, hat einfach sterben wollen, sich von der Krankheit auffressen lassen. In der Prozessvorbereitung sind wir immer wieder auf Zeugen gestoßen, die sich noch fünfzehn Jahre nach Kriegsende umgebracht haben. Opfer. Nie Täter. Letzten Endes haben sie das Weiterleben nicht ausgehalten. Das Erlebte war zu zerstörerisch, der Sog der Ermordeten stärker als das bisschen Halt, das die Überlebenden aufbringen konnten.«

»Das macht alles so sinnlos.«

Andras nickte. Sein unrasiertes Kinn zerschrammte Wandas Schläfe. »Ich versuche, mich daran festzuhalten, dass sie noch Jahre gelebt hat. Es klappt nicht immer. Aber manchmal. Ich denke an Augenblicke, in denen ich mit ihr glücklich war, und zwinge mich, zu denken, dass sie es auch war.«

Wanda dachte an Weihnachten, an Matti in ihrer weißen Schürze, die vor allen anderen wach war und durch die Wohnung

wirbelte, an ihre von der Wärme des Backofens und von Vorfreude geröteten Wangen. Mit einem Ruck, der ihre Koffer auf der Ablage hüpfen ließ, hielt der Zug.
»Um Gottes willen, Andras. Ich habe mich um nichts gekümmert. Ich hätte Rieke anrufen sollen, aber ich habe es vergessen, und jetzt habe ich keine Ahnung, wie wir weiterkommen.«
»Ich habe angerufen«, sagte Andras. »Mach dir keine Sorgen. Wir werden abgeholt.«
Er stand auf, um das Gepäck von der Ablage zu angeln, und Wanda begriff, dass ihre Reise zu Ende war. In ein paar Minuten würden sie nicht länger in Polen und nicht länger allein sein. Sie holte ihn sich zurück und küsste ihn hastig irgendwohin. »Sag mir noch eins, bitte. Wie nennt man in Polen den Weihnachtsabend – ich meine das Fest, das die Familie zusammen feiert?«
Ihre Blicke fanden sich. »*Wigilia*«, sagte er.

58

Auf dem betonierten Plateau hinter dem Grenzübergang schmolz schmutziger Schnee. Es gab nur ein graugelb gestrichenes Gebäude mit einem Dach aus Wellblech, in dem Abholer auf die Ankommenden aus Polen warten konnten. Es wartete fast niemand. Es kam auch fast niemand an.
Durch die trüben Scheiben in der Tür waren die beiden Gestalten nur als eine große Frau und ein noch größerer Mann auszumachen.
»Rieke holt uns selbst ab?«, fragte Wanda. »Das ist so nett von ihr, ich weiß nicht, wie ich das wiedergutmachen soll. Und ist das ihr Mann? Oder ist etwa Manne mitgekommen?« Un-

gläubig, zaghaft verspürte sie einen Anflug von Freude. Sie würde ihr Leben auf eigene Füße stellen müssen, sich um Geld und Unterkunft kümmern, aber die Aussicht, noch eine kleine Weile, bis wirklich Tauwetter einsetzte, im Haus der van Bontjes unterkriechen zu dürfen, Freunde um sich zu haben, wenn das Erlebte über sie herfiel, erleichterte ihr den Weg zurück.

»Manne ist in der Vordiplomprüfung«, sagte Andras. »Und Rieke und Claas sind nach Frankreich gefahren. Sie lassen dich grüßen. Klara weiß Bescheid, dass du kommst, und gibt dir die Schlüssel.«

Klara war Mannes Schwester, die Wanda vorübergehend ihr Zimmer abgetreten hatte. Aber die war erst siebzehn und konnte kaum quer durch die DDR gefahren sein, um sie abzuholen.

Die wartende Frau zog die Tür auf. Sie war in einen grünen Mantel gehüllt, in den sie sich in dem ungeheizten Wartehäuschen regelrecht verkroch. Der Mann, der hinter ihr stand, trug einen altmodischen Hut.

»Ariane.«

»Wanda.«

Kurze Zeit wusste keine von beiden etwas zu sagen.

»Das ist Martin«, sagte Ariane endlich. »Können wir schnell ins Auto steigen? Es ist beheizt. Und hier ist es so fürchterlich kalt.«

Der Mann zog den Hut. »Martin Steinke. Sehr erfreut.« Er war nicht alt, konnte höchstens fünf Jahre älter sein als Ariane, aber sein Auftreten wie seine Kleidung wirkten wie einer anderen Zeit entsprungen. Linkisch nahm er Andras einen der Koffer ab und hielt Ariane seinen Arm zum Einhaken hin, ehe sie um das Wartehaus herum vorausgingen. Wanda mochte ihn auf Anhieb. Sie ist frei, dachte sie, Ariane, unser schweigendes Bindeglied, an dem wir uns festgeklammert haben, kann aus der Alboinstraße ausziehen und ihr eigenes Leben beginnen.

Auf dem Parkplatz stand nur ein einziger Wagen, ein schwarzer Kleintransporter. Die Aufschrift *Steinke – Bestattungen* leuchtete weiß durch die beginnende Dämmerung. Entschuldigend drehte Martin Steinke sich um. »Ich weiß, es wirkt pietätlos. Aber einen Privatwagen besitze ich leider nicht, und es ist wirklich bequem.«
Er öffnete die Türen des Laderaums. Dampfend schlug ihnen Wärme entgegen. Zwischen den Schienen, auf denen sonst die Särge in den Wagen hinein- und wieder herausbefördert wurden, hatten Ariane und ihr Liebster Sitzkissen, eine karierte Decke, eine Thermosflasche und einen Korb mit Stullenpaketen aufgebaut. »Ein Kunde hat mir erzählt, aufgrund der Versorgungsnotlage in Polen seien die Züge schlecht beheizt, und es gebe keine Speisewagen.«
Ariane war beiseitegetreten, um Wanda und Andras ins Innere des Leichenwagens spähen zu lassen. Jetzt schob sie sich zögernd wieder hinzu. »Weil ich das doch alles regeln musste, das mit der Beerdigung, meine ich, dadurch haben Martin und ich uns kennengelernt.«
Wanda ließ ihre Tasche fallen, fuhr herum und warf Ariane die Arme um den Hals wie als Kind, wenn die große Schwester sie von der Schule abgeholt hatte. »Das ist umwerfend, Ari. Das freut mich so sehr.«
»Freut es dich wirklich?«
Wanda nickte. Die Schwestern sahen sich an.
Andras zog Martin Steinke den Koffer, den der hatte einladen wollen, wieder weg, klappte ihn auf und entnahm ihm eine Flasche Goldwasser. »Für Sie beide. Um uns zu bedanken. Wenn wir uns unterwegs was davon in den Tee schütten dürften, wären wir allerdings nicht böse.«
Sie stiegen alle ein. Ari und Martin in die Fahrerkabine und Wanda und Andras in die bequeme Höhle für Särge. Im Anfahren

wurde der Innenraum noch wärmer. Martin Steinke drehte am Radio herum, fand aber nur Rauschen, keinen klar zu empfangenden Sender.
»Macht nichts«, sagte Wanda. »Ich werde singen.«
Sie begann mit dem Refrain von *Świt na morzu.* Es funktionierte noch nicht, sie kam weder mit der unbekannten Sprache noch mit der Melodie zurecht und brach wieder ab. Aber das machte nichts aus. Sie hatte sich das nur einmal vorsprechen müssen, um selbst daran zu glauben: *Ich werde singen.*
In gleichförmigem Tempo fuhren sie in Richtung Berlin. Andras teilte Wurststullen aus und schenkte Tee mit Goldwasser in Plastiktassen. Wanda wickelte sich in die Decken und lehnte sich an ihn. »Ari«, rief sie über die Lehne hinweg, als der Alkohol zu wirken begann. »Mir tut so vieles leid. Dass du nicht sprechen durftest, tut mir leid. Ich wünschte, du hättest mit mir sprechen können.«
»Du warst ja ganz klein«, sagte Ariane verloren.
»Mir tut's trotzdem leid. All die Jahre.«
»In Berlin«, sagte Ariane, »in Berlin war's manchmal schlimm. Aber zu Hause nicht. Da hab ich reden können, wenn ich zu Pop gekommen bin.«
»Du hast ihn gekannt?«, platzte Wanda heraus. Sooft er erwähnt worden war – von einem Befragten, in einem Brief, einem Zeitungsartikel –, hatte sie sich gewünscht, diesen Paul Otto Peter Frieböse, von dem ein Foto in ihrem Geburtshaus hing, gekannt zu haben.
»Natürlich«, erwiderte Ariane. »Wenn keiner Zeit hatte, hab ich zu Pop gehen dürfen. Der hat gesagt: Schabber mal, Marjellchen, schabber mal. Irgendwo muss es ja hin, und bei so 'm Ollen isset sicher, denn der vergisst dat eh gleich wieder.«
Sie sprach Missingsch. So wie Gundi. Nein – wie Roza. Wie Roza als Gundi.

»Eins noch«, rief sie hinüber zu Ariane. »Auf dem Grab – habt ihr da einen Stein?«
»Ich hab Ratenzahlung vereinbart«, antwortete Ariane stolz. »Martin hat mir geholfen. Der Boden vom Grab muss sich erst senken, und mit dem langen Frost und jetzt dem Tauwetter ist das schwierig, deshalb ist der Stein noch nicht gesetzt.«
Sie sprach wie die künftige Gattin eines Bestatters.
»Es ist aber alles fertig«, ergänzte ihr Martin nicht minder stolz. »Sobald das Wetter sich stabilisiert, kann gesetzt werden.«
»Und was hast du draufschreiben lassen?«, fragte Wanda. »Welchen Namen?« Ihr Herzschlag verhärtete sich, und sie wusste beim besten Willen nicht, was sie sich wünschte.
Ariane lehnte sich an Martin, der den Wagen in die beginnende Nacht lenkte. »Matti«, sagte sie.

Noch ist Polen nicht verloren

Meine in Gdańsk – in Pops Wohnung in Langfuhr! – geborene Großmutter, bei der ich als Kind das (nach Hagebuttentee duftende) Paradies vermutete, hat das so oft zu mir gesagt, dass ich es bis heute ebenfalls sage. Wie ernst es ihr war, habe ich nicht gewusst. Aber mir ist es auch ernst. Bis heute.

Noch ist bitte Polen nicht verloren. Heute besonders. Nicht noch einmal.

Von den unzähligen Tagen, die ich in der Berliner Wohnung meiner Großmutter verbracht habe (da ich ihre Wohnung in Langfuhr nicht kannte, habe ich die meiner Kindheit dorthin verlegt und Pop übereignet), erinnere ich mich an so manchen, an dem Sätze wie »Du musst jetzt ins Bett« oder »Salzstangen sind kein Abendbrot« nicht fielen. Ich war dort so gern, dass sich ein Teil von mir bis heute weigert auszuziehen (und nicht ins Bett geht und Salzstangen zum Abendbrot erklärt). An einen, an dem das Wort »Gdańsk« nicht fiel, erinnere ich mich nicht.

Berlinern hat sie nie gelernt. Zum Ausgleich benutzte sie etliche Worte auf Missingsch, die ich bis zum Beginn dieser Recherche für gewöhnliche Bestandteile der deutschen Sprache hielt – gneddern, schlorren, schabbern. Lediglich »Schietke, sagt Liedtke« habe ich mir vom Großvater einer Interviewpartnerin für meinen Pop ausgeborgt.

Polnisch sprach sie nur, wenn sie einen Schnaps getrunken hatte, was sie in meiner Gegenwart nie tat, ohne zuvor einen seltsamen Trinkspruch gen Himmel zu senden. Ich wünschte, ich hätte sie einmal gefragt, wen sie da grüßte, damit ich ihn heute an ihrer Stelle hätte grüßen können. Auch wenn ich keinen Schnaps trinken kann. Nicht mal Machandel oder Goldwasser, zu meiner Schande. Nur Wein. Mit dem grüße ich manchmal sie.

Gelernt habe ich als Kind, ohne dass sie es meiner Erinnerung nach je aussprach: Darüber, welche von den Städten der Welt, von denen sie nicht viele kannte, die schönste ist, kann man streiten. Eine aber ist über Streit erhaben. Gdańsk. Und was an Gdańsk noch schöner ist als Gdańsk, ist Sopot.
Drei ihrer vier Kinder sind in Gdańsk geboren worden.
Sie hatte so viele Enkel und Urenkel, dass ich mir die Mühe nicht mache, die durchzuzählen. Da sie bis ins hohe Alter rüstig war, wurde sie von uns Riesenhaufen oft durch die Gegend kutschiert. Von Mailand bis Mainau, Oma sollte auf ihre alten Tage noch ein bisschen rumkommen, und die Nachkommenschaft agierte zwischen Tokio und Toronto, Washington und Wien. Als ich in Neapel studierte, setzte sie sich mit über achtzig in einen Reisebus und kreuzte wohlbehalten dort auf, Salzstangen und Hagebuttentee in ihrer blauen, uralten Handtasche. Aber keiner von uns, kein einziger von uns Globetrottern mit dem rastlosen Tropfen im Blut, hatte je den Mut, sie einzupacken, in ihre blaue Tasche ihren Pass zu stecken und zu sagen: *Chodźmy,* Omi. Wir fahren nach Gdańsk. Der Schmerz, der verschwiegen wurde, den keiner von uns beim Namen nannte, hat uns allen zu viel Angst gemacht.
Als sie im Dezember 1993 starb, stellte ich mich auf dünne Hinterbeine und setzte durch, dass auf ihre Todesanzeige hinter das Geburtsdatum die Worte »in Gdańsk« gedruckt wurden, wissend, dass das auf keinen Fall fehlen durfte, aber nicht wissend, warum. Danach verschwand das Wort »Gdańsk« aus meinem Leben. Ein knappes Vierteljahrhundert lang.
In dem Jahr, in dem ich für die Recherche zu diesem Buch mit Kindern und Enkeln deutscher wie polnischer Danziger gesprochen habe, ist mir klar geworden, dass das ein Schmerz ist, der sich durch etliche Familien ebenso zieht wie sein Verschweigen. Das Wort, das niemand aussprechen will.

Wenn ich in die Gesichter von Flüchtlingen sehe, die heute in Ländern, in die sie nicht wollten, ankommen, weiß ich, dass das Wort »Heimweh« heißt und auch, dass es über Generationen vererbt wird. Dass es aber mit mir und meiner Familie zu tun hat, habe ich mir nicht zu wissen erlaubt, weil Wörter, die mit »Heim« beginnen, ein heikles Eis darstellen. Allzu schnell schlittert man darauf in die Nähe von Verbänden und Einzelpersonen, die an Deutschlands Grenzen, wie sie durch Verträge zur Tatsache geworden sind, zu rütteln wünschen. Die Angst, in solcher Nähe auch nur erahnt zu werden, hat mir den Blick für das Einfachste vernebelt: dass man einen schmerzlichen Fall von ererbtem Heimweh ja auch angehen könnte, indem man einfach mal hinfährt.

Als ich im Winter 2016/17 mit einem geplanten Projekt partout nicht weiterkam, stieß ich auf die *Wilhelm Gustloff*, dachte: Ich liebe Schiffe, ich liebe Günter Grass, ich denke Tag und Nacht über im Meer ertrinkende Flüchtlinge nach – wieso mach ich denn nicht besser das? Ich habe dann meine grandiose Programmleiterin und meine grandiose Lektorin um ein Treffen gebeten, wobei meine grandiose Lektorin und ich feststellten, dass unsere grandiosen Großmütter (Jahrgänge 1903 und 1906) am Strand von Sopot oder Zoppot zusammen eine grandiose Sandburg gebaut haben könnten. Der Gedanke: »Au weia, dann muss ich ja nach Gdańsk«, kam mir erst, als die zwei bereits ihr Okay gegeben hatten. Und dann gab's kein Zurück mehr.

Den Rest erspare ich Ihnen, liebe Menschen, die Sie dieses Buch lesen. Geschichten von mir, der auf dem Bahnhof von Sopot vom Geruch nach Hagebuttentee schwindlig wurde, die nach einer Telefonzelle suchte, um Bescheid zu geben: »Omi, ich bin gleich bei dir«, und die einer zauberhaften, französisch sprechenden Kellnerin in einem Café an der Mottlau auf die Frage, ob sie als Touristin hier sei, antwortete: »Nein, auf Besuch bei meiner Großmutter«, können von Interessierten sehr gern auf meiner *Facebook*-Seite nachgelesen werden (Bilder inklusive). Alle anderen bleiben davon verschont.

Wichtig ist mir noch: Falls Sie auch ein Gdańsk in Ihrem Leben haben – fahren Sie hin. Es tut weh. Aber die Freude darüber, dass das Gdańsk existiert, dass es wieder steht und lebt und wächst, dass wir uns – im Gegensatz zu Unzähligen, deren Gdańsk in Syrien liegt – schlicht eine Fahrkarte kaufen, ein Hotel buchen und darin herumspazieren können, ist überwältigend. Noch ist Polen nicht verloren. Fahren Sie hin. Und falls Ihre Omi noch lebt – fahren Sie jetzt.

Wichtig ist mir außerdem, darauf hinzuweisen, dass ich, um mir eine Anzahl juristischer wie dramaturgischer Probleme zu ersparen, die Figur des Pfitzner erfunden habe. In denselben Zusammenhang gehört der Hinweis, dass ich die akribisch geführten Namenslisten, das Denunziantentum, das sie fütterte, und die absurden Privatfehden, die darin einfließend zur Ausrottung ganzer Familien führten, keineswegs erfunden habe. Dass die zu den Dingen gehören, die zu erfinden meinem kleinen Kopf eine Dimension fehlt.

Ich bin wie meine Wanda: Gdańsk hat mich jetzt am Hals, das lasse ich mir nicht mehr nehmen. Es gehört zu meiner Textur, und dass die sich aus quer durch Europa verstreuten Puzzleteilen zusammensetzt, ist in ziemlich direkter Folge ein Ergebnis der Katastrophe, die Hitler über diesen Kontinent verhängt hat. Ich denke: Wenn wir an solchen Texturen festhalten, wenn wir dreist darauf beharren, dass wir zusammengehören, wild und sexy vermischt sind, statt lebensfern in Schubladen sortierbar, dass wir in unseren Taschen keine Ahnenpässe, sondern Reisepässe brauchen, dass wir keine Grenzen verschieben, sondern Grenzen überschreiten wollen, dann hätten wir Hitler auf eindrucksvolle Weise bewiesen, dass wir nichts von ihm gelernt haben.

Dass wir, um zu lernen, um mit unserem Schmerz umzugehen und unsere Welt zu umarmen, keine neuen Hitlers brauchen. Auch keine ganz kleinen. Auch keine possierlich verkleideten.
Dazu ein letzter Hinweis in eigener Sache: Der Textur meiner Kinder und Enkel habe ich – ganz ohne Hilfe von Hitler, einzig indem ich mich in die Insel Britannien, mein *Old Blighty*, und anschließend in einen Kerl von da verliebte – ein weiteres europäisches Puzzleteil hinzugefügt. Wenn diese **** (Wort durch Zensur geschwärzt) in Westminster jetzt ernst machen und die Stränge zwischen den Puzzleteilen, die uns vor neuen Hitlers hätten schützen sollen, kappen, auf dass die Insel ins Meer treibt – haltet ihr dann bitte an uns, an der Insel, ganz fest? Damit meine Kinder und Enkel kein Gdańsk in ihrem Leben haben, das sie nicht mit einer blauen Tasche zwischen sich besuchen können.
Vielen Dank. Noch ist Polen nicht verloren. Und die Insel auch nicht.
Dies ist mein persönlichstes Buch. Dafür, dass Sie es gelesen haben, danke ich Ihnen, liebe Leserinnen und Leser, sehr herzlich. Dafür, dass es entstehen durfte, habe ich einer Vielzahl von Menschen zu danken, beschränke mich aber auf die drei Wahnsinnsfrauen, ohne die es nicht möglich gewesen wäre: Christine Steffen-Reimann. Silvia Kuttny-Walser. Und meine Omi Lita aus Gdańsk.

Glossar

Akkordzither — Auch Guitarzither genannt. Einfach zu spielende, meist zwei Oktaven umfassende Form der Zither, die für den Hausgebrauch entwickelt, preiswert und leicht zu erlernen war.

Armia Krajowa — Polnisch für Landesarmee. Größte militärische Widerstandsorganisation Polens während der deutschen Besatzungszeit, gegründet bereits im September 1939 unter dem Namen *Służba Zwycięstwu Polski,* Dienst für Polens Sieg.

Berlin Brigade — Nach den Abkommen von Jalta und Potsdam in Berlin stationierte amerikanische Brigaden.

Blauer Pudel — Polnisch: *Błękitny Pudel.* Schönste Kneipe von Sopot. Gelegen in der Bohaterow Monte Cassino, vormals Seestraße, gab's damals noch nicht, macht aber nichts, so was Himmlisches muss ins Buch. Bei Sopot-Besuch auf gar keinen Fall versäumen und natürlich unbedingt Piroggen essen.

Blohm & Voss — Heute: Blohm + Voss. Seit 1877 bestehende Großwerft in Hamburg-Steinwerder. Sowohl die Dampfschiffe der Monte-Klasse, der die *Monte Olivia* angehörte, als auch die *Wilhelm Gustloff* wurden hier gebaut.

Blue Skies — Das von Irving Berlin verfasste und von Al Jolson interpretierte Stück gehörte tatsächlich in den Film *The Jazz Singer*, der als weltweit erster Tonfilm gilt. In diesem spielte Jolson, der selbst einer jüdischen Familie aus dem heutigen Litauen entstammte, einen amerikanischen Juden, der entgegen dem Wunsch seines konservativen Vaters als Jazzsänger am Broadway Karriere macht. Der Film feierte allerdings nicht, wie von mir behauptet, im Frühjahr 1927, sondern erst im Oktober desselben Jahres Premiere. Ich habe mir diese Verschiebung erlaubt, weil das Lied so hervorragend in meine Szene passt – und weil es meiner Gundi so sehr gefallen hätte.

Bollermann und Welutzke — Sprichwörtliche Danziger Witzfiguren, ähnlich liebevoll-spöttisch benutzt wie z. B. in Berlin Latsch und Bommel.

Brennhexe — Primitiver, behelfsmäßiger Herd, der mit Briketts oder Torf beheizt und in Flüchtlingslagern nach Kriegsende zum Kochen und Heizen aufgestellt wurde.

Bullewupp — Danziger Kartoffelsuppe.

Cantulia — Akkordeon-Marke der Firma Kahnt & Uhlmann in Siegburg, die bis in die 1950er-Jahre bestand.

Conradinum — Traditionsreiche Oberrealschule in Danzig-Langfuhr, u. a. besucht von Günter Grass.

Dajos Béla — Aus Kiew stammender Orchesterleiter jüdischer Herkunft, der bis zu seiner

	Emigration 1933 in Berlin ein beliebtes Salonorchester leitete.
Dominik	Danziger Jahrmarkt, der ursprünglich nur am Tag des heiligen Dominik im August, später jedoch auch als Weihnachts-*Dominik* im Dezember stattfand.
Deutsche Arbeitsfront. DAF	Nationalsozialistische Einheitsgewerkschaft, die nach der Besetzung der Gewerkschaftshäuser durch die SA im Mai 1933 und der Zwangsauflösung aller Gewerkschaften die Gewerkschaftsbewegung in Deutschland gleichschaltete. Obwohl die Mitgliedschaft in der DAF nicht zwingend war, bildete sie die mitgliederstärkste nationalsozialistische Organisation.
Deutsche Tischgesellschaft	Von Achim von Arnim 1811 gegründete, reaktionäre Gesellschaft, der auch Clemens Brentano angehörte und die sich durch antifranzösischen Patriotismus und unverhüllten Antisemitismus hervortat.
Gdynia	Der erst zu Beginn des zwanzigsten Jahrhunderts zur Stadt erklärte Ort, in dem Polen den damals modernsten Hafen der Ostsee errichten ließ, wurde von der deutschen Minderheit Gdingen genannt, erhielt jedoch ab 1939 von den deutschen Besatzern den Namen Gotenhafen.

G. I.	Abkürzung für: *Galvanized Iron.* Bezeichnung für einfache amerikanische Soldaten, die sich während des Ersten Weltkriegs einbürgerte, weil die Abkürzung auf den von den Amerikanern mitgeführten Mülleimern aus Metall stand.
Görlitzer Abkommen	Am 6. Juli 1950 geschlossener Grenzvertrag zwischen der DDR und der Volksrepublik Polen, der die Oder-Neiße-Linie als Grenze zwischen beiden Ländern anerkennt.
Gulden	Eigene Währung der Freien Stadt Danzig.
Handfeste	Urkunde zur Sicherung eines Rechts, die dem Berechtigten in die Hand gegeben wurde. Der Deutschorden vergab diese Urkunden für die Gründung von Dörfern und Städten. Danzig erhielt durch den Orden die Kulmer Handfeste im Jahr 1343, nachdem es zuvor Lübisches und Magdeburgisches Stadtrecht besessen hatte.
Klütermus	Nahrhafte Danziger Suppe mit einer Einlage aus kleinen Klößen.
Komm morgen wieder	In Danzig beliebtes Gericht, das ursprünglich vermutlich aus Lettland stammt und aus dünnen, ausgebratenen und mit Fleischresten gefüllten Pfannkuchen besteht. Dazu wird meist eine Brühe gereicht.
Kraft durch Freude	Im November 1933 gegründete nationalsozialistische Organisation, die der

Deutschen Arbeitsfront angegliedert war und für die Gleichschaltung der Freizeitgestaltung in Deutschland sorgen sollte. *Kraft durch Freude* organisierte Ausflüge und kulturelle Veranstaltungen, Programme zum Ansparen von Radiogeräten, Automobilen etc. und war zudem der größte Reiseveranstalter des nationalsozialistischen Deutschlands.

Krambambula — Polnisch: Branntwein mit Wacholder. Deutsch: Krambambuli. Ebenso wie das Danziger *Goldwasser* berühmt geworden im Danziger Lokal *Lachs*.

Laubfrosch — Volkstümlicher Name für einen Personenwagen der Firma Adam Opel. Das erste deutsche Kraftfahrzeug, das am Fließband gebaut wurde.

Machandel — Wacholderschnaps. Wurde seit dem achtzehnten Jahrhundert im westpreußischen Tiegenhof hergestellt.

Malt Liquor — Aus den USA stammendes Bier (Lager) mit hohem Alkoholgehalt (mindestens 5 %).

Maybach Zeppelin — Zwölfzylindriger Personenkraftwagen der Luxusklasse, hergestellt bei Maybach am Bodensee in den 1930er-Jahren und bis 1940.

Missingsch — Mischsprache aus Niederdeutsch und Hochdeutsch. War unter anderem in einer Ausprägung unter deutschen Danzigern stark verbreitet und typisch.

Nicpoń — Polnisch für: Tunichtgut.

Osthilfe	Während der Weimarer Republik gegründetes Hilfsprogramm für Agrarbetriebe in den östlichen Provinzen. Bestand von 1926 bis 1937.
Ostmarken Rundfunkgesellschaft	Rundfunkanstalt mit Sitz in Königsberg, die in die vom Reichsgebiet abgetrennten Teile Ostpreußens übertrug und für die deutschsprachige Bevölkerung von besonderer Bedeutung war. Ab 1926 übernahm der neue Danziger Rundfunk einen Teil des Programms.
Paulys Nährspeise	Zwiebackpulver zum Einrühren in Milch. 1932 von der Firma Milupa auf dem Markt eingeführte Säuglingsnahrung.
Polonia Gdańska	Polnische Bevölkerung der Freien Stadt Danzig.
Pulmotor	1907 entwickeltes und bis in die Mitte des zwanzigsten Jahrhunderts eingesetztes Gerät zur Notfallbeatmung. Häufig bei Gasvergiftungen eingesetzt.
Rechtstadt	Historisches Zentrum von Danzig mit der Langgasse und dem Langen Markt.
Reichsmusikkammer	Im September 1933 gegründete und Joseph Goebbels unterstehende, der Reichskulturkammer angegliederte nationalsozialistische Organisation, die die beabsichtigte Gleichschaltung auf dem Gebiet der Musik vorantrieb. Ohne Arbeitserlaubnis der Kammer durften Künstler nicht auftreten, eine Verweige-

	rung der Mitgliedschaft kam einem Berufsverbot gleich.
Rozumieć	Polnisch für: »Hast du / haben Sie mich verstanden?«
Scapa	Britisches Flugboot der Firma Supermarine, das für Aufklärungsflüge gedacht war. Ging 1932 in Produktion.
Schietke, sagt Liedtke	Danziger Ausdruck für: »Da kann man nichts machen« oder »So ein Mist«.
SDS	Sozialistischer Deutscher Studentenbund. Politische Organisation für Studenten, die 1946 in Westdeutschland und Westberlin gegründet wurde und bis 1970 bestand.
Silberhammer	In Gebäuden eines einstigen Gutshofs eingerichtete Pflege- und Fürsorgeanstalt am Rand von Danzig-Langfuhr.
Sonderfahndungsbuch Polen	Liste von 61 000 Namen, die ab Mai 1939 vom Sicherheitsdienst des Reichsführers SS angelegt wurde. Die auf der Liste aufgeführten, unliebsamen Personen sollten sofort nach dem Einmarsch in Polen verhaftet oder erschossen werden.
Sternfeld	Großes, vornehmes Danziger Kaufhaus, seit 1848 in jüdischem Familienbesitz.
Storchenhaus	Geburtsklinik in Danzig-Langfuhr.
Szkopy	Polnisches Schimpfwort für Deutsche (»Kraut«).
Tripolitanien	Frühere italienische Kolonie in Nordafrika, im heutigen Libyen.

Volksempfänger	Im Auftrag von Joseph Goebbels entwickeltes Radiogerät, das bereits ab 1933 erhältlich und sehr preisgünstig zu erwerben war. Auf diese Weise sollte nationalsozialistische Propaganda in sämtliche Haushalte dauerhaft und nachhaltig verbreitet werden. Der Volksempfänger entwickelte sich schnell zu einem der wichtigsten Propagandainstrumente.
Volkssturm	Militärischer Verband »aller wehrfähiger Männer zwischen sechzehn und sechzig«, der im Oktober 1944 gebildet wurde, um den »Heimatboden des Deutschen Reiches«, zu dem Danzig gezählt wurde, zu verteidigen.
Volkstag	Seit 1920 bestehendes Parlament der Freien Stadt Danzig, das mit dem Ende der Freien Stadt am 1. September 1939 erlosch. Der Volkstag hatte zunächst 120 Abgeordnete, deren Zahl jedoch 1930 aus Kostengründen auf 72 gesenkt wurde.
Wigilia	Polnische Feier des Weihnachtsabends, dem deutschen Heiligabend entsprechend.

Nur wer zurückblickt, kann nach vorn blicken

Charlotte Roth

ALS WIR UNSTERBLICH WAREN

Roman

Berlin 1989: In der Nacht des Mauerfalls lernt die junge Ostberlinerin Alexandra den Geschichtsstudenten Oliver kennen, zu dem sie sich sofort hingezogen fühlt. Doch seine Familie reagiert ablehnend auf die Beziehung, und als Alexandra ihrer Großmutter den jungen Mann vorstellt, bricht die alte Frau zusammen.
Welches Geheimnis der Vergangenheit verbindet die beiden Familien? Die Suche führt das Paar in das Berlin Anfang des 20. Jahrhunderts, eine Stadt, deren Menschen auf dem Vulkan tanzen und in der sich die Studentin Paula leidenschaftlich für die Rechte der Frauen und Arbeiter engagiert. Ihre Träume von Gerechtigkeit und Frieden teilt sie mit dem charismatischen Clemens – doch ihre Ideale zählen wenig in einer Welt, die aus den Fugen geraten scheint …
Brillant recherchiert, hochdramatisch erzählt – Charlotte Roth erfindet in diesem Roman die Familiensaga neu und lässt den Leser gleichzeitig an den dramatischen Umbrüchen des 20. Jahrhunderts teilhaben.

KNAUR

Die Liebe ist ein Kind der Freiheit

Charlotte Roth

BIS WIEDER EIN TAG ERWACHT

Roman

Ein verwunschenes Küstendorf in der Provence, in den 1930er-Jahren. Trotz aller Klassenunterschiede wachsen sie gemeinsam auf: Nathalie, die lebenshungrige Bürgerstochter, und Fabrice und Didier, die Brüder vom Schloss. Doch auf dem Weg zum Erwachsenwerden zerbricht ihre kleine geborgene Welt. Nathalie ist in Didier verliebt, dieser aber bringt den Mut nicht auf, um für sie zu kämpfen. Enttäuscht verlässt Nathalie ihren Heimatort, stürzt sich in das Abenteuer Paris und begegnet dem Deutschen Alwin, der ebenfalls zum ersten Mal wirkliche Freiheit genießt. Doch das zaghafte Glück und alle Hoffnung finden ein jähes Ende, als Frankreich über Nacht im Krieg steht. Aus Freunden werden Feinde, und die, die sich gestern noch liebten, stehen einander auf Leben und Tod gegenüber. Plötzlich müssen Nathalie und ihre Freunde Entscheidungen treffen – die nicht mehr nur ihr eigenes Schicksal verändern, sondern die Zukunft ihres Landes und sogar der halben Welt.

»Schönere Unterhaltung als mit den Romanen von Charlotte Roth bekommt man nur selten in die Hand. [...] Was man hier zwischen den Buchdeckeln findet, ist ein literarisches Juwel.«

Literaturmarkt.info

KNAUR